萧殷全集

第十卷
年谱

名誉主编 王蒙
主编 林子雄

南方传媒 花城出版社
中国·广州

图书在版编目（CIP）数据

萧殷全集. 第十卷，年谱 / 萧殷著；林子雄主编
. — 广州：花城出版社，2023.8
ISBN 978-7-5360-9078-1

Ⅰ. ①萧… Ⅱ. ①萧… ②林… Ⅲ. ①萧殷（1915-1983）—全集②萧殷（1915-1983）—年谱 Ⅳ. ①I217.2

中国国家版本馆CIP数据核字(2023)第142346号

出 版 人：张 懿
责任编辑：黎 萍 夏显夫 秦翊珊
责任校对：汤 迪
技术编辑：凌春梅
装帧设计：黄龙明 张绮华

书　　名	萧殷全集．第十卷，年谱 XIAO YIN QUANJI DI SHI JUAN NIANPU
出版发行	花城出版社 （广州市环市东路水荫路 11 号）
经　　销	全国新华书店
印　　刷	佛山市浩文彩色印刷有限公司 （广东省佛山市南海区狮山科技工业园 A 区）
开　　本	787 毫米×1092 毫米　16 开
印　　张	28.25　2 插页
字　　数	485,000 字
版　　次	2023 年 8 月第 1 版　2023 年 8 月第 1 次印刷
定　　价	800.00 元（全十卷）

如发现印装质量问题，请直接与印刷厂联系调换。

购书热线：020 - 37604658 37602954
花城出版社网站：http://www.fcph.com.cn

凡例

一、本年谱的编纂，旨在记录萧殷先生的生平事迹，力求做到内容翔实，出处可稽。

二、本年谱以陶萌萌整理的《萧殷大事年表》（简称"《年表》"）为主线，参考采用萧殷先生的著作和记述萧殷先生生平事迹的图书文章以及各种工具书。

三、本年谱按公历纪年排序，并在公历纪年后附相应的农历干支纪年。

四、本年谱记录萧殷先生生平事迹尽量详细，月、日不详者，载录于月末或年末。

五、遇以春夏秋冬记述时间的内容，本年谱分别将其置于是年的2月（春）、7月（夏）、10月（秋）、12月（冬）。

六、本年谱注重反映采用条目或内容的出处，以注释方式置于当年正文之末。

七、注释文字要求准确（与原文一致），同时注明图书的著（编）者、书名、出版社、出版年及所在页码。

八、引用较多的图书，如《百年萧殷纪念文集》，简称"《百年萧殷》"，其后为页码。

九、《年表》（原载《百年萧殷》），按年排序，颇便寻找，故凡《年表》的内容省略页码。

十、本年谱中引用的信函，除另注明出处的，均为河源市图书馆萧殷文学馆收藏。故在年谱中不再注明出处。

十一、本年谱里频繁出现的机构单位名称，一般使用简称。如中国作家协会广东分会简称"广东省作协"（引用原文除外）。

十二、条目内容需加以说明的，以按语附在条目之后。

十三、萧殷的"萧"字，曾被简体为"肖"，编写时统一为"萧"，即萧殷。遇原文用"肖殷"则照旧。

十四、原文不规范的字，如"付主席"的"付"（副）、"鸡旦"的"旦"（蛋）等，一律径改。

十五、书信往来时间指写信落款日期，有收到书信的日期则在括号内注明。

十六、书后附《萧殷著作编年》，按出版时间先后排列。

十七、书后附《参考书目》，按出版时间先后排列。

十八、书后附《人名索引》，为《年谱》人物小传索引，按姓氏笔画排列，人名后面数字为其小传在《年谱》首次出现的时间，如丁力1980.7，查阅1980年7月的《年谱》内容，即可找到。

目录

前言 / 1

1915年　民国四年　乙卯　出生 / 001
1916年　民国五年　丙辰　一岁 / 002
1917年　民国六年　丁巳　二岁 / 002
1918年　民国七年　戊午　三岁 / 002
1919年　民国八年　己未　四岁 / 002
1920年　民国九年　庚申　五岁 / 002
1921年　民国十年　辛酉　六岁 / 002
1922年　民国十一年　壬戌　七岁 / 002
1923年　民国十二年　癸亥　八岁 / 002
1924年　民国十三年　甲子　九岁 / 003
1925年　民国十四年　乙丑　十岁 / 004
1926年　民国十五年　丙寅　十一岁 / 005
1927年　民国十六年　丁卯　十二岁 / 006
1928年　民国十七年　戊辰　十三岁 / 006
1929年　民国十八年　己巳　十四岁 / 008
1930年　民国十九年　庚午　十五岁 / 008
1931年　民国二十年　辛未　十六岁 / 009
1932年　民国二十一年　壬申　十七岁 / 010
1933年　民国二十二年　癸酉　十八岁 / 012
1934年　民国二十三年　甲戌　十九岁 / 014
1935年　民国二十四年　乙亥　二十岁 / 016
1936年　民国二十五年　丙子　二十一岁 / 018
1937年　民国二十六年　丁丑　二十二岁 / 027
1938年　民国二十七年　戊寅　二十三岁 / 034
1939年　民国二十八年　己卯　二十四岁 / 045
1940年　民国二十九年　庚辰　二十五岁 / 055
1941年　民国三十年　辛巳　二十六岁 / 058
1942年　民国三十一年　壬午　二十七岁 / 060
1943年　民国三十二年　癸未　二十八岁 / 062
1944年　民国三十三年　甲申　二十九岁 / 063
1945年　民国三十四年　乙酉　三十岁 / 064
1946年　民国三十五年　丙戌　三十一岁 / 066
1947年　民国三十六年　丁亥　三十二岁 / 075

1948年　民国三十七年　戊子　三十三岁 / 081
1949年　民国三十八年　己丑　三十四岁 / 085
1950年　庚寅　三十五岁 / 094
1951年　辛卯　三十六岁 / 101
1952年　壬辰　三十七岁 / 108
1953年　癸巳　三十八岁 / 110
1954年　甲午　三十九岁 / 119
1955年　乙未　四十岁 / 123
1956年　丙申　四十一岁 / 127
1957年　丁酉　四十二岁 / 137
1958年　戊戌　四十三岁 / 143
1959年　己亥　四十四岁 / 150
1960年　庚子　四十五岁 / 156
1961年　辛丑　四十六岁 / 159
1962年　壬寅　四十七岁 / 172
1963年　癸卯　四十八岁 / 183
1964年　甲辰　四十九岁 / 187
1965年　乙巳　五十岁 / 191
1966年　丙午　五十一岁 / 195
1967年　丁未　五十二岁 / 198
1968年　戊申　五十三岁 / 200
1969年　己酉　五十四岁 / 200
1970年　庚戌　五十五岁 / 202
1971年　辛亥　五十六岁 / 204
1972年　壬子　五十七岁 / 208
1973年　癸丑　五十八岁 / 213
1974年　甲寅　五十九岁 / 218
1975年　乙卯　六十岁 / 225
1976年　丙辰　六十一岁 / 229
1977年　丁巳　六十二岁 / 235
1978年　戊午　六十三岁 / 246
1979年　己未　六十四岁 / 274
1980年　庚申　六十五岁 / 301
1981年　辛酉　六十六岁 / 323
1982年　壬戌　六十七岁 / 342

1983年　癸亥　六十八岁 / 359
1984年　甲子 / 372
1985年　乙丑 / 373
1986年　丙寅 / 373
1987年　丁卯 / 373
1988年　戊辰 / 375
1990年　庚午 / 375
1993年　癸酉 / 375
1994年　甲戌 / 376
2011年　辛卯 / 377
2012年　壬辰 / 377
2015年　乙未 / 378
2018年　戊戌 / 378
2019年　己亥 / 379
2020年　庚子 / 379
2022年　壬寅 / 379

附录1　萧殷著作编年 / 380
附录2　参考书目 / 417
附录3　人名索引 / 422

后记 / 429
编后记 / 431

前言

年谱是一种用编年体记载人物生平事迹的著作。关于编纂年谱的要求,梁启超先生说:"年谱叙述一生事迹,完全依照发生前后,一年一年地写下去,不可有丝毫的改动。章实斋说:'年谱者,一人之史也。'"(梁启超《中国历史研究法补编》)

《萧殷年谱》(简称《年谱》)按年代顺序记录萧殷先生的生平事迹和交往经历,是萧殷先生一生写照。《年谱》的编纂,依照前人经验,广泛搜集资料,各方支持,群策群力,历经两年,完成书稿。在感谢学术前辈、社会各界和工作人员之时,兹将其经历过程简述于前,既是对编纂工作的一次小结,也希望能够给予读者一些启示。

早期史料

2018年,陶萌萌编辑整理的《萧殷大事年表》(简称《年表》)问世。此前关于萧殷先生的生平事迹的记录主要有两个方面,一是萧殷的手稿,如《萧殷简历》(1967年)、《萧殷答问》(1968年)、《萧殷履历表》(1969年)等。二是口述历史,如1971年陶萌萌整理的《萧殷口述历史》,1982年程贤章根据萧殷录音整理的《我怎样走上文学道路》,1983年陶萌萌整理的《萧殷口述历史》。《年表》是最早依照年代时间记载萧殷先生生平经历的著作,它为《年谱》提供了重要的线索。我们以《年表》为基础继续搜集,目标主要有二:一是与萧殷先生关系较为密切人物的年谱,如《赖少其年谱》《欧阳山年谱》《孙犁年谱》等;其次是与萧殷先生有关的历史文献资料。阅读前者主要是为了学习编纂方法,汲取经验,在书中寻找与萧殷先生相关的记载。后者范围可以说是无所不包,海阔天空,寻一文章,仿佛大海捞针。

据不完全统计,萧殷先生有著作22部,文章340多篇,编者期望能够全部找到它们,以利用著作文章的内容并著录作者名称、篇名、登载刊物以及发表时间等信息。出于种种原因,萧殷先生的著作,特别是早期发表的文章一直未能收齐。最早关注此事的并非我们,而是萧殷先生本人,他一直期望找到自己早期发表的文章,20世纪50年代他与杜埃曾请人到图书馆抄写旧作。杜埃曾经说过:"新中国成立后我和他合请了一位同志到中山图书馆和南京图书馆寻找并抄回了每人各数十篇30年代写的作品。我们高兴极了,作为历史的回顾,作为重新认识过去的脚印,我们都很珍视,虽然那些都是初期的作品,但对我们自己来说,也具有意义。不幸'史无前例'的龙卷风把这些旧作全部'抄'走了。现在要重新寻找已很困难,甚至不可能了。近年来他每提及此事,不胜扼腕叹息。"(杜埃《山居思故人》)

1979年,萧殷先生请王贵忱(时任广东省中山图书馆副馆长)代为查找。1982年他又托张幼峰(时任中山大学图书馆党委书记)和邹育根(时为华南师范大学教师)继续查找。1982年10月28日,萧殷先生在笔记簿记下待寻找发表在《广州民国日报·东西南北》文章的篇名,后来萧殷先生终于找到14篇文章。为了实现萧殷先生的夙愿以及编纂《年谱》的需要,我们在广东省立中山图书馆(简称省图)查到那14篇文章以外的6篇文章,在《年谱》里著录了全部文章的发表日期和所在《东西南北》的期数。我们在省图还找到了1937年6月萧殷先生在《广州市民日报》发表的两篇文章:《街头》《一个忧郁的旅伴——旅途杂记之一》,弥足珍贵。

记录萧殷先生早期活动的文献资料,距今80多年,能够将它们发掘出来,写入《年谱》,实属不易。1936年10月16日,鲁迅先生逝世。我们在省图发现一本《努力》杂志(1936年第一卷第二期),里面记录了1936年10月25日上午10时,萧殷先生出席在永汉北路新越香村三楼中山厅举行追悼鲁迅先生的大会的情形,填补了萧殷先生参加鲁迅先生追悼活动的一点空白(此前只有萧殷先生参加1936年11月8日中山大学鲁迅先生追悼会的记载)。此外,1937年出版的《广州市立美术学校一览》(省图藏,黄大德提供),书中详细记载16位"廿四年度中国画系第陆届"毕业生的姓名、年龄、籍贯,他们是萧殷先生就读广州市立美术学校时的同班同学,这对于了解和研究萧殷先生就读该校的经历或有帮助。

强调出处

年谱的特征是真实准确和严谨客观,在叙述的方法上,年谱不像传记那样可以有作者主观的评价,而丰富翔实的历史材料正是年谱的根基。《年谱》强调出处,即将年谱中每个条目的文字注释出来,既反映条目来源依据,同时为读者日后的进一步了解和研究提供检索点。《年谱》以已出版发表的文字为依归,每段注释文字的最后标明著者、书名、出版社、出版时间及所在页码。这一要求的作用有二，先是让读者知道年谱正文的依据所在，其次是便于编者的整理校对工作。注释文字多为引用，如遇多种备选的内容，如何选择最为合适，或者说最符合《年谱》的需要，这是编者要考虑的问题。譬如介绍萧殷先生家乡龙川佗城竹园里的图书文字很多，《年谱》选用了两段文字。先是《全粤村情》的内容，其次是谱主的自述。前者是2018年出版的广东省自然村落历史人文普查的最新成果，后者则是萧殷先生对家乡山水的肺腑感言。

《年谱》要求注释（出处）的文字来源于正式出版的图书报刊或部分未经发表却来源可靠的信函稿本资料。在编纂过程中，我们会通过知网、读秀、百度查阅相关信息，以此作为查找书刊资料的线索，但绝不能将其作为出处。有时在网上确有一些相关史料，但由于未能找到正式刊载的书刊而被迫放弃。在《年谱》完成初稿时，仅有一篇名在网上找到的题为《40年前广东省作家访问深圳记忆》（廖红雷撰），因其较详细地描述1980年9月萧殷先生率领广东作家在深圳参观访问的情形而难以割舍，故仍用"网上资料"保留下来。为此编者仍心有不甘，最后终于在《收藏深圳岁月》（廖红雷著，北京华文出版社2022年版）一书中见有《1980年省港作家首次访问深圳》一文，可以取而代之。

日记书信

日记，是编纂年谱重要可靠的文献资料之一，萧殷先生曾有写日记习惯。1947年10月28日，徐光耀曾看过萧殷先生的日记："读了他一大段日记。他的日记确乎比我下功夫得多，蝇头小字、齐齐整整，都是些理论性的杂感心得之类，可见比我修养强得多了。"（徐光耀《徐光耀日记》）遗憾的是萧殷先生的日记未能找到。时至今日，萧殷先生的日记（或是有日期的笔记）仅存十余页，其内容《年谱》已经载入。此外《年谱》还是采用了李公朴、徐光耀、张天翼、郭小川、陶萍等人的日记中关于萧殷先生的记载。

与日记相比，书信的信息量更大，内容更丰富。加上书信有撰写时间，以及书信的内容往往与事情发生的时间接近，相对准确可信。据不完全统计，萧殷先生与他人来往书信现存一千多封，它们是记录萧殷先生出行和交往的第一手资料，为《年谱》编纂提供了许多素材和精确的时间。如1972年萧殷先生前往广东清远出席广东省文艺创作室举办的全省青年作者文学讲习班，此便是后来多次被人们提及的"清远会议"。但对于这次活动的时间却是说法不一，且不准确。或说1972年初冬（谢望新《寒凝大地发春华》），或说1972年冬（程贤章《怀念恩师萧殷》），或说1972年秋（李前忠《忆萧殷老师》），或说1972年深秋（黄廷杰《耐读的萧殷》），或说1972年8月（《年表》）。《年谱》据萧殷先生1972年9月14日致吕蒙函的"我和陶萍决定十七日坐船到清远，在那里，省创作室要召开一次会议"的内容，将萧殷先生出发到清远的时间定为1972年9月17日，写进《年谱》，准确可信。但由于《萧殷全集·书信卷》与《年谱》编纂工作几乎是同时进行，我们未能充分利用书信资料，或有疏漏，颇为可惜。

为了读者

　　1935年，二十岁的萧殷先生曾希望到报社工作，却因无裙带关系而落空。同年他在《广州民国日报》发表了多篇文章，事后他非常感激一个名叫厉厂樵的编辑，让他"能够走上文学道路并继续努力"。或者是这段难忘的经历，以后萧殷先生无论是在《文艺报》，抑或在《作品》，他对待读者来信来稿一视同仁，满腔热情。陶萍曾说："萧殷在40余年的工作中，曾担任过八个报刊的编辑。这期间为编辑部写给文学青年的复信不计其数，如果说，他在工作中，大约用了三分之二的时间在看稿子写复信也不会有出入。"（陶萍《萧殷文学书简》）萧殷先生的一生，接触量最大的人群是读者，最关心和爱护的也是读者。

　　搜集整理萧殷先生相关资料和编纂《年谱》，方便人们认识、了解和研究萧殷先生，最终目的还是读者今后的阅读和利用。为读者着想，《年谱》尽量记录萧殷先生的书信往来信息，即萧殷先生写给他人的信函、他人致萧殷先生的信函，以及书信作者在信函中谈到寄发信函的情况等。在《年谱》收录的500多位人物小传中，与萧殷先生有往来信函的约320人，无论他们身份高低，或显或晦，皆有小传。当年许多文学青年写信投稿，他们多以为是冒昧打搅萧殷先生，殊不知却得到先生不厌其烦的回复和指导。编者相信或有一日，有年过古稀的读者看到《年谱》上留下了他们与萧殷先生的交往记录，多少会忆想起萧殷先生的那段情、那份爱。《年谱》后有附录，即《萧殷著作编年》《参考书目》《人名索引》，也是为了方便读者查阅和检索。

　　由于我们水平所限以及编纂时间仓促，《年谱》仍存在不少问题，挂一漏万，舛误难免，恳请读者批评指正。

编　者

二〇二三年六月

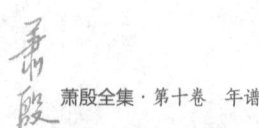

1915年　民国四年　乙卯　出生

9月

24日（农历八月十六）子时，出生于广东龙川县佗城竹园里（今佗城镇新塘村①）郑家。此地山清水秀、古色古香。②乳名文森。③1946年，始用萧殷之名，后以此行。

曾祖父郑秉吉。

祖父郑石佑，祖母刘氏。

父亲郑汝钧，又名玉秋。父亲是手工业者，制作红蜡烛④，兼营一间名为"万隆"的小杂货店。⑤母亲陈氏。母亲承担种粮、种菜、砍柴、洗衣、煮饭等家务。⑥

一兄，名文华⑦；五姐，分别名银娣、鸾娣、群娣、锦娣、英娣。⑧

【注释】

①新塘村，位于佗城镇东部，距镇政府0.2千米。与百晋村、佗城村、灵江村相邻。地处龙川南部平原，东江河西畔。因村境内有许多鱼塘，所以称新塘。[广东省人民政府地方志办公室编《全粤村情·河源市龙川县卷（一）》，广东旅游出版社2018年版第500页]

②佗城面临东江，背靠嶅山，山清水秀，景色宜人，处处古刹，古色古香，是南越王赵佗称帝的古城。（萧殷《我怎样走上文学道路》，萧殷编著《萧殷自选集》，花城出版社1984年2月版第955页）

③父母给我起的名字原叫"郑文森"。因大人们叫唤我时，总爱把"阿森"叫成"阿参"，是大海参的意思，这是对憨厚而又胖乎乎的孩子表示亲昵；可是我却不喜欢大海参，又黏又滑，还浑身肉刺，每听到这叫唤我就嘟起嘴来表示抗议，但毫无用处。（萧殷著《萧殷文学书简》，花城出版社1993年10月版第253页）

④我每次都去看他做。看着他煮好蜡，又把蜡倒罐头罐里，做成蜡烛，挂在一个会转动的架子上，看着开始做出的细细的蜡烛，一层层加厚、变粗，很有趣，最后把白色染成红色，然后又到下面去画。常常是一边坐柜台（卖几斤豆豉，几条咸鱼），一边在蜡烛上画龙、凤、菊花，我总是看着。（陶萌萌整理《萧殷口述历史》1983年稿本）

⑤萧殷家住城外，父亲郑玉秋在佗城内开一小杂货店，名叫"万隆"号，只卖些供穷人吃的咸鱼、榄角。父亲兼做蜡烛出售，又是手工业工人。（陶萍《俯首甘为孺子牛——萧殷传》，中国人民政治协商会议广东省委员会文史资料研究委员会编《粤海文踪——当代广东著名作家十七人传》，广东人民出版社1994年9月版第98页）

⑥萧殷有一个哥哥,五个姐姐,连他和父母全家九口人,父亲外出经商,家中要靠母亲种粮、种菜、打柴、洗衣、煮饭,实在忙碌。没有多少时间照顾小孩,父亲只好每天一早挑着两个箩筐,一头放些杂货,一头放进年幼的萧殷,进城做生意,晚上再带孩子回家。(陶萍《俯首甘为孺子牛——萧殷传》,《粤海文踪——当代广东著名作家十七人传》第98页)

⑦郑文华(1904—1965),广东龙川人。萧殷长兄。

⑧重修郑氏六一公族谱委员会编《龙川县和平县郑氏族谱》,重修郑氏六一公族谱委员会1999年版第132页。

1916年　民国五年　丙辰　一岁

1917年　民国六年　丁巳　二岁

1918年　民国七年　戊午　三岁

1919年　民国八年　己未　四岁

1920年　民国九年　庚申　五岁

1921年　民国十年　辛酉　六岁

1922年　民国十一年　壬戌　七岁

1923年　民国十二年　癸亥　八岁

是年春,入读私塾。①

是年,父亲病故②,"万隆"小店被债主夺去,五个姐姐相继被送出去当童养媳。母亲因患风湿病行动不便,家中生计多靠在城里当店员的兄长承担。③

【注释】

①1923年春—1926年夏,龙川第一区小学。这四年,初入私塾,第二年入一区小

学,后又入私塾,第三、四年在一区小学,直到初小毕业。(《萧殷履历表》,1969年1月12日稿本)

②到了我八岁那年,爸爸病了,脚上很肿,也不知是什么病,以后就关起店门,回家去了,爸爸一直病了好几个月。到阳历七月间就去世了。那时他才四十几岁。他死时听说连棺材也买不起。后来听说还是上高涧的三姐夫临时砍了一株杉树,做成棺材,才埋葬的。爸爸死后,杂货铺被隔壁的洋货店收去了。连家具和一些剩余的货品也全部收去。记得有一个很鲜亮的油漆桌子,一个很大的白瓷脸盆,都是家里最贵重的家具,都被收去了。有个在老隆做买卖的人用香粉给我做了一匹马,有轮子的,也被没收了,还有用空麻秆做成水车,夹进一些草叶,做成能转动的玩具,还有用植物茎做成的小喇叭,这些都被收走了。我当时莫名其妙,怎么搞的,为什么把我们的东西都拿走呢?到好几年以后才知道,原来爸爸欠了他们很多债。(陶萌萌整理《萧殷口述历史》1971年稿本)

③萧殷年幼缺衣少食,体质很弱,他8岁时,父亲因过于劳累而中年逝世,"万隆"小店被债主夺去,萧殷的五个姐姐相继被送出去当童养媳。母亲不幸因风湿病严重而卧床不起,家中只靠哥哥在城里当店员,每月工资有五元,除帮补家用外,还要供萧殷读书。(陶萍《俯首甘为孺子牛——萧殷传》,《粤海文踪——当代广东著名作家十七人传》第98页)

1924年 民国十三年 甲子 九岁

是年,入读龙川县立第一区第一国民学校。①
是年,在私塾念书。从事劳动,帮补家庭。②

【注释】

①(龙川县立第一区第一国民学校)它的前身是在五四运动推动下,合并县城的育英、育才、文英3所初级小学后的国民模范学校。民国九年(1920年)春,迁至北门育英堂办学,易名县第一区第一国民学校,设一至四年级各一班,有学生78人,教师4人。(龙川县地方志编纂委员会编《龙川县志》,广东人民出版社1994年8月版第395页)

②爸爸去世后的第二年,我上私塾,当时家庭生活很困难,常常在放假的日子去帮人挑泥砖。那时才九岁。一担只能挑三块砖。两块砖有十几斤重,三块有二十多斤。挑

几里路，挑到工地，就领一个竹签，每三块砖得两分钱。夏天，黄皮树上的果子已经被人摘光，树上还剩下一些"水果脚"。我就爬上树去。把东零西散的黄皮摘下来，用小麻绳把水果扎成整整齐齐的一小捆，拿到桥边榕树下，与卖凉粉的老太婆在一起卖掉水果。卖回的一分钱都交回给妈妈，买盐，买火水，买豆腐脑。有一次爬树去摘果子，因为肚子太饿。一下没站稳，从树上摔了下来，跌昏了过去。有时去池塘和小河里捞些鱼虾去卖，钱也全部交给妈妈。当时我穿衣服都很困难，到了冬天不能不穿上姐姐穿小的衣服。至于吃饭，就更困难了，常常只吃些杂粮，如红薯、芋头、粟饼，至于青菜，常常是没有一点油的。（陶萌萌整理《萧殷口述历史》1971年稿本）

1925年　民国十四年　乙丑　十岁
9月

是月，离开私塾，①在龙川县立第一区第一国民学校读四年级。改名郑文生。②

国民学校的礼堂挂着马克思、列宁和孙中山的照片，听国文老师讲天下大事，接受革命道理。③

是年冬，对北伐军东征部队张贴的标语"有田耕，有工做，有饭吃，有书读"印象深刻。梦想着一种人人有工做、有田耕，各尽所能的大同社会。④

是年，学会唱《国际歌》和《少年先锋》，逐步明白自己要做什么样的人。⑤开始接触民间传说和民间歌谣。⑥

【注释】

①一九二五年，我不满意在私塾读古书，转到国民小学，但是这个学校的体育教师（骆汉卿，抽鸦片烟的），喜欢打人。很多学生被打得不敢上学，用一块七寸长，两三寸宽的木板子打手心，还罚学生站在太阳下。头顶一条柴或一瓶墨水、一杯水，为了不让人动一动。我被打过几次。（陶萌萌整理《萧殷口述历史》1971年稿本）

②直到报名上小学时，我才私自把"森"字改成"生"字，从此仿佛与大海参脱离了纠葛，很是自得；不仅在小学、中学时我用这名字，而且到一九三二年我开始在广东《民国日报》副刊《东西南北》发表小说时，也用这个名字。虽间用"鲁德""心吾"做笔名，但自一九三二年到一九三六年春发表二三十篇小说散文时，都用"郑文生"这名字。（《萧殷文学书简》第253页）

③我的国文教师，是个很有革命朝气的人。既教语文，又教音乐。他上课的时候，

经常离开课本讲天下大事,热情地向学生传播革命火种。我们小学的礼堂里也开始挂着马克思、列宁、孙中山"世界三伟人"的像片。(萧殷《我怎样走上文学道路》,《萧殷自选集》第956页)

④一九二五年,"北伐军"第二次东征,以周恩来同志为政治部主任的东征军,主力是黄埔军校的学生军,共产党员和共青团员是其中的骨干……东征军张贴出"有田耕,有工做,有饭吃,有书读"的巨幅标语,使灾难深重的农民看到了希望的曙光,它像磁石一样吸引着挨饥受冻的广大农民。这时我正好十岁,读小学四年级。这动人的标语,对我这穷孩子也有很大的鼓舞和启发。我第一次打开了眼界,开始憧憬着未来,梦想着一种人人有工做、有田耕,各尽所能的大同社会。(萧殷《我怎样走上文学道路》,《萧殷自选集》第956页)

⑤陶萌萌整理《萧殷大事年表》,黄树森主编《百年萧殷纪念文集》,花城出版社2018年12月版第426—427页。

⑥萧殷《我怎样走上文学道路》,《萧殷自选集》第956页。

1926年　民国十五年　丙寅　十一岁

9月

是月,升读龙川县立中学①附属高级小学(简称川中附高)五年级。②

【注释】

①民国二年(1913年)秋,在县城西门考棚(今县机电厂)创设县立中学一所,学制4年,春季始业,招生2班、100人,教职工10余人,课程设置有修身、国文、英语、历史、地理、数学、博物、物理、化学、法学经济、乐歌、图画、手工、体操。(龙川县地方志编纂委员会编《龙川县志》,广东人民出版社1994年8月版第399页)

②萧殷同志,是我小学和中学的同学。他比我高一年级,原名郑文生。我们读的小学是龙川中学附属高级小学(简称川中附高)。(曾瑞祥《我的同学萧殷》,《百年萧殷》第175页)

1927年　民国十六年　丁卯　十二岁

9月

是月，升读六年级。读高小时，每学期考试均为第一名。①

阅读大量中外文学读物，尤喜蒋光慈的《鸭绿江上》和《少年漂泊者》，还有荷马的《奥德赛》等。②与曾瑞祥被学校选定为义务的课余"图书馆管理员"。③

【注释】

①我上了高小，很爱体育活动，也喜欢用功读书，连中午都不放过。我的成绩很好，高小四个学期成绩都是第一，除了用功，更重要的原因是我身体好、记忆力强。每当老师讲课时，我的精神都非常集中，除了老师讲课，几乎什么声音我也听不见，因此老师所讲的，我全都听懂，全都记得。（萧殷《我怎样走上文学道路》，《萧殷自选集》第956页）

②我把大量时间，包括早晨、晚上的自修时间，都用来阅读课外书，特别接触了大量中、外文学读物，除蒋光慈的《鸭绿江上》和《少年漂泊者》之外，连荷马的名著《奥德赛》也没有放过。（萧殷《我怎样走上文学道路》，《萧殷自选集》第957页）

③我们两人都爱好阅读文艺书籍，所以当时都被学校选定为义务的课余"图书馆管理员"。（曾瑞祥《我的同学萧殷》，《百年萧殷》第175页）

曾瑞祥（1915—　），中央陆军军官学校特别班第二期毕业。1949年以后曾任龙川县人民法庭副庭长、惠州师范学校副主任委员兼教导主任等。

1928年　民国十七年　戊辰　十三岁

7月

是月，在梁卓云等老师帮助下完成高小学业。①

高小毕业后，因家境困难，本想放弃投考初中。后在老师们鼓励帮助下，参加考试，考上初中。②

9月

是月，入读龙川县立中学一年级。③

是年，开始写作。发表散文《风雨之夜》《挑水妇》，其中，《风雨之夜》在广州一个全省展览会获得二等奖。④

与同学合办期刊《湖畔》，发表小说《明天》。⑤

1928年

【注释】

①读高小。每学期考试均为第一名,颇得教师重视。梁卓云、邓斐章、骆秉云等教师得知其家境贫寒深表同情,于是常到家中看望鼓励。每缴学费,各位教师更是各凑一元相助,使其得以完成学业。(陶萌萌整理《萧殷年表长编》稿本)

梁卓云,龙川中学附属高级小学教师。

②高小毕业后,家境愈加困顿,彻底放弃投考初中,暑假期间整日劳作,摘果捞鱼虾摆卖。小学的教师们鼓励他投考,在近三百名考生中考取第四名。教师们再次凑钱为其缴交学费,并借来课本,遂进入初中学习。(《年表》)

③由于几位小学教师积极帮助,替我缴了学费,我才能进入中学,此外,还靠教师向高班同学借来课本,才省去了买书的钱,可是每逢更换教科书(比如由"新学制"换成"新时代")时,就如遇到了难关。(萧殷《我怎样走上文学道路》,《萧殷自选集》第957页)

④还是初一的时候,我就开始写作。我记得当时曾写了好几篇散文,都在学校墙报上发表。有一篇叫《风雨之夜》,内容是反映一个家庭贫困的学生,因为第二天要交学费,到处奔走借钱,但自己周围都是穷亲戚,他们的日子也不好过,而那些富裕之家又不肯借,在这风雨之夜,分外凄凉……这篇文章,其实是自己生活的写照……文章后来在广州一个全省展览会获得二等奖。这件事,对我这立志要干出一番事业的穷学生,是一个很大的鼓舞。同一时期,我还写了一篇散文《挑水妇》。我读书的那间中学,几百个师生,只靠几个女工挑水。不管酷暑严冬,不管下雨刮风,那几个妇女都要到半里外的小河里去挑水,供几百人吃用。这些默默无语的劳动者,在我心灵中留下不可磨灭的印象。我的《挑水妇》就是同情、歌颂这些劳动人民的作品。(萧殷《我怎样走上文学道路》,《萧殷自选集》第957—958页)

⑤初中时,我和高中一部分同学办了一个文学期刊《湖畔》……我在《湖畔》第二期发表过一篇小说《明天》,写的也是自己交不起学费的不幸遭遇。(萧殷《我怎样走上文学道路》,《萧殷自选集》第958页)

按,《湖畔》,或为《畔湖》,见曾瑞祥《我的同学萧殷》。

读中学时,我们和另外几位同样爱好文学的同学(其中有张滨源同学)组织了一个读书会之类的小团体,请一位担任高中国文课的姚维锐老师给我们当指导。姚老师给我们写了一个招牌叫"畔湖文学研究社"。我们自己还集资去印刷,出过一两期小册子叫《畔湖》。(曾瑞祥《我的同学萧殷》,《百年萧殷》175页)

1929年　民国十八年　己巳　十四岁
9月

是月，升读龙川县立中学二年级。找准写作方向，早起，苦读英语，精读小说，琢磨作品，推敲出色章节，能揣摩出人物和情节的关系，也猜度到文学作品动人的力量在哪里。①

中学图书馆藏书五六万册，能借到的全部阅读，包括《中国文学史》《古诗评注读本》《文学概论》《文心雕龙》及顾实、鲁迅、茅盾、巴金、丁玲的著作，边读边做笔记，并坚持背诵《辞海》《词源》中的词条。②

在初二年级，曾发起罢课。③

【注释】

①初中二年级时，我不能不考虑自己的前途。想在理工方面谋出路，需要经过大学的教育，因为家里穷，供不起学费，肯定是没有希望了。对绘画，自己本来有很浓烈的兴趣，但考虑到绘画的工具，尤其是画油画，需要画布、画笔和颜料，也是无力购买的。想来想去，不得已，写点文学作品大概还有可能吧；不管纸张好不好，只要可以写字，总可以买得起，总可以写东西。这样一想，自己便悄悄下了决心。为了实现这一志愿，我拼命下苦功读书。同学们都起得很早，利用早晨在校园里读英语。我为了能精读小说，比他们还要早起一个钟头，独自一个人在琢磨人家的作品，对出色的章节，不惜时间反复推敲。那时，我就揣摩出人物和情节的关系，也猜度到文学作品动人的力量在哪里。（萧殷《我怎样走上文学道路》，《萧殷自选集》第958页）

②《年表》。

③我在初中时，课外书读得多了，慢慢地脑子里有了民主思想，对不合理的事情常常不满。记得在二年级一次讲演中，对当时的广东军阀陈济棠公开表示愤慨，表示要杀他，主持讲演的老师当时还表示称赞，但教务长非常跋扈，随便骂人，引起全体同学的公愤。举行罢课，我是这次罢课的发起人之一，由于人心不齐，罢课斗争没有成功。（陶萌萌整理《萧殷口述历史》1971年稿本）

1930年　民国十九年　庚午　十五岁
9月

是月，升读龙川县立中学三年级。对绘画有兴趣。①

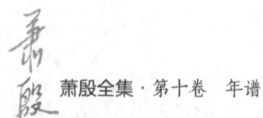

12月

1日，广州龙川学会杂志《雷声》第二十一期发表先生署名郑文生的小说《饿》。②

【注释】

①在初中念书的整个时候，都是抱着念一天算一天的消极态度，所以对于功课也就慢慢地不感兴趣了。又因为不能继续升学，幻想将来在文学上求出路，所以到了三年级，每天早晨很少温习功课，把最好的时光用来阅读文艺作品，有时候也练习写一写。此外，在美术教师的影响下，我在绘画方面发生了兴趣，有一个时期，几乎每天都画，而且有一些还裱起来，所以到毕业时开展览会时，我的绘画被展出了几十幅，绝大部分是花鸟之类。（陶萌萌整理《萧殷口述历史》1971年稿本）

②小说《饿》发表在《雷声》杂志，1997年3月28日由张继元提供复印件及注释，今藏萧殷文学馆。

1931年 民国二十年 辛未 十六岁

9月

是月，升读龙川县立中学四年级。

11月

19日，在龙川县立中学写文章《战阵中》。

12月

22日，在佗城怡泰隆写小说《芦苇边》。①

是年，《川中学生》杂志发表先生署名郑文生的小说《寒士》。②

是年，母亲因半身不遂，卧病在床。③

【注释】

①《战阵中》《芦苇边》发表在龙川《抗日救国特刊》（因原书残缺不全，未见出版时间）。这是1931年九一八事变发生后的两三个月内，正在佗城中学读书的萧殷连续撰写的两篇反映东北抗日题材的小说作品。原件由龙川县博物馆收藏。

②《寒士》（小说）郑文生（草于二乙教室）发表于《川中学生》杂志。这是萧殷以原名郑文生在一中初中二年级时写的一篇创作。（邹育根笔记手稿）

③《年表》。

1932年 民国二十一年 壬申 十七岁

7月

是月，从龙川县立中学毕业。

是月，到广州，在惠爱东路住了一个多月。① 其间到中山大学找刘士馗，后者为其拍照留念。② 临近毕业，打算投考公费学校。③

8月

月初，在广州写小说《乌龟》，完成初稿。④

16日，在广州观音山三元宫参加考试，⑤ 并以第四名的成绩考上广州市立美术学校⑥（简称"市美"）国画系⑦，学费靠郑文华"凑会"来的钱供给。赖少其同年考入该校西洋画系。⑧

11月

是月，在佗城，完成小说《疯子》。⑨

是年，参与创办杂志《一区》（半月刊）。⑩

是年，在广州参加抗日救亡运动。⑪

【注释】

① 我住在惠爱东路小里弄里一个旧祠堂的破陋房子里，地面是湿漉漉的烂泥地，用木板间隔成一小间一小间。我就在这地方安身，住了一个多月。（萧殷《我怎样走上文学道路》，《萧殷自选集》第959页）

② 1970年1月1日，刘士馗在照片背面题识："此乃余之处女作也，一九三一年孟夏，摄于中大附小校园，光阴荏苒，卅载于兹。六九年冬，余放逐坪田，捡点残篇，发见此照片，焊燃犹新，心潮起伏，感赋四言：看似优游非优游，灵台深处有千秋；波涛戏推心何许；涤尽人间万种愁！士馗志于七〇年元旦。"

按，"一九三一年孟夏"，误。

刘士馗（1909—1986），广东龙川佗南村人。1928年，就读国立中山大学化学系。民国年间任龙川一中校长（1936—1937）、龙川县教育局长、佗城小学校长。

③ 快毕业了，出路的问题又在脑子里打转，上高中是绝对没有希望了；听说有些公费学校可以投考军官学校之类，我没有兴趣，不想投考。听说有个测量学校要招生，但是听人说要国民党员才能投考。过几天就和几个想投考的同学到伪县党部找小学的一个老师（这位老师以前帮助过我），我向他说明了想投考公费学校的来意，就希望他写

一个证明信。他说证明信不能随便写，要填个表才好写，当时我因急于投考公费学校，便毫不犹豫地填了表。到毕业典礼举行以后，便去拿证明信。但到广州投考测量学校没有被取录。便一气之下，把证明信撕了。我当时对国民党虽然没有深刻的认识，但它的腐败，我是知道一些的，根本没有参加国民党的兴趣，当时只因为无钱升学，想投考公费学校而填了表，这就是我当时填表的动机。把证明信撕了以后，也就和它们没有关系了。（陶萌萌整理《萧殷口述历史》1971年稿本）

④《萧殷自选集》第683页。

⑤市立美术学校招中国画、西洋画、图案画男生，报名：八月一日至十五日，考期：八月十六日，校址：观音山三元宫。取章处：本校，永汉路良友公司。（1932年8月8日《广州民国日报》第一版）

⑥有一天，在日报上看到了广州市立美术学校的招生广告。这诱人的广告，使我反复考虑，去不去报考？我想学画，可是家庭确实太穷了。连一块钱报名费都拿不出来，即使考取了，谁来负担我的费用呢？好些同来的同学，都鼓励我："去吧，郑文生（我的原名），去试一试也好，反正我们已来到广州，总不能老待在这里，总得找一条出路啊。"有几位家境较好，经济比较宽裕的同学，给我凑了一块钱报名费。于是我决心去应试一番。我的入学考试成绩不错，作文、英语的成绩都很好，绘画考试题是"自由题"，当时只带了一块赭石，连绿的颜色都没有，这条件决定我只能画一幅丹枫之类的东西，由于一时感兴，遂竟画成一幅从枫树刚要起飞的喜鹊：一棵大枫树上，抹着一层金色的阳光，一只喜鹊刚刚张开翅膀，正欲离开枝干，从树上俯冲下去……考试结果，我作为第四名被取录。我在市美，是靠哥哥"凑会"来的钱供给的，这是客家地区一种流行的"经济互助"。每份五元、十元不等，这种办法，可以集中一点钱解决某一个人的紧急困难，比高利贷剥削要合理得多。（萧殷《我怎样走上文学道路》，《萧殷自选集》第959—960页）

⑦30年代初，我从陆丰县来到广州，而萧殷也从龙川县佗城来到广州，我们一起在广州市美术学校读书，他读国画系，我读西画系。（赖少其《我的革命战友萧殷》，《百年萧殷》第74页）

⑧周新月主编《赖少其年谱》，唐辉、于在海主编《赖少其全集》，荣宝斋出版社2018年12月版第10册第5页。

赖少其（1915—2000），广东普宁人。历任中共安徽省委宣传部副部长兼省文联主席、安徽省政协副主席。著有《赖少其全集》。

⑨《萧殷自选集》第694页。

⑩读书期间，与几位在广州读书的同乡创办了半月刊《一区》（佗城是龙川第一区），揭露佗城的地主和土豪劣绅欺压人民的罪恶及区公所和县政府种种腐败现象。（《年表》）

⑪当时，九一八事变，日本帝国主义侵占我国东三省，全国民众奋起抗日，各地抗日救亡运动风起云涌，广州市民众纷纷上街演说、游说，抵制日货，焚烧日货，抗议日寇的侵略……当时我们在学校读书，也受到抗日救亡运动的教育和影响。在这"山河破碎风雨飘摇"的国难当头之际，"国家兴亡匹夫有责"，热血男儿怎能坐视？！怎能沉默？！我和萧殷面对着轰轰烈烈的抗日救亡运动，抑制不住自己炽热的爱国心，便冲出教室，走上社会，参加如火如荼的抗日救亡运动。我们以笔当枪，作画写文章，揭发时弊，宣传抗日。当时我搞木刻作品，还写小说《刨烟工人》，揭露在国民党统治下，家乡一位工人悲惨的遭遇；而萧殷也在《广州民国日报》副刊发表了许多杂文，还写了小说《乌龟》和《疯子》等，抨击时弊，向旧社会进行控诉。我就是在参加当时的抗日救亡运动中和萧殷认识的，并在共同战斗中，结成亲密的战友。（赖少其《我的革命战友萧殷》，《百年萧殷》第74—75页）

1933年　民国二十二年　癸酉　十八岁

是年，在市美写作语体诗《月光浴着我的孤灵》。

在市美国画系同班的学生，至1935年毕业时有16人，均为男生。①

7月

是月，因感觉市美的学习脱离现实，加上家庭困难，经济拮据，不得已，决定停学。②

是年夏，回到故乡，在龙川县立简易师范学校③教授绘画。④从小喜欢绘画，对美术有很深的见解。⑤

8月

22日夜，完成小说《狗运的一生》。⑥

9月

是月，在佗城完成小说《生路》。⑦

1933年

12月

是月,在佗城完成小说《除夕之前》。⑧

【注释】

①《广州市立美术学校一览》,"廿四年度中国画系第陆届":郑泽铭(男、21岁、台山)、江拱垣(男、25岁、梅县)、陈叔垣(男、24岁、新会)、张清白(男、22岁、合浦)、凌子燊(男、24岁、南海)、曾汉光(男、25岁、番禺)、贺文罴(男、20岁、南海)、崔绍基(男、20岁、鹤山)、何文耀(男、20岁、南海)、胡秉均(男、20岁、开平)、黎清泉(男、22岁、恩平)、莫钜年(男、24岁、高要)、莫灏(男、25岁、茂名)、敖道仁(男、24岁、阳江)、蔡焕尧(男、22岁、三水)、郑仕就(男、22岁、台山)。(广州市立美术学校编《广州市立美术学校一览》,广州市立美术学校1937年版)

②我在市美学习一年,只是描摹古美人和花鸟虫鱼,远离现实生活,内心日益焦躁不安;再加上家庭困难,经济拮据,这种种使我无法在市美继续留下去。(萧殷《我怎样走上文学道路》,《萧殷自选集》第963页)

③民国十九年9月,在县城城北兴办县立乡村师范学校,学制3年,招生1班、40人,学生免费上学。不久,学校迁至县城小东门,后迁县城东岳庙。民国二十二年迁往通衢景韩书院,尔后易名县立简易师范学校。(龙川县地方志编纂委员会编《龙川县志》,广东人民出版社1994年8月版第406页)

④一九三三年夏,我回到故乡,并侥幸地在龙川乡村师范找了一份工作——教绘画。那年暑假,本来曾约好市美同学梁荣芬同赴杭州,打算转学杭州艺专。可是,这只是一种空想而已。家庭这么穷,哪有条件把空想变成现实?摆在面前迫切的问题,是找工作,谋饭碗。(萧殷《我怎样走上文学道路》,《萧殷自选集》第963—964页)

⑤父亲从小喜欢绘画,七八岁的时候,他把自己画的画贴在墙上,家里四壁被贴得满满的。上初中的时候,他把自己手抄的古诗集成一本,自己装订成册,还有自己模仿名家的写意国画,得到老师的赞赏,都在毕业展览会上展出。18岁的时候,在广州市立美术学校学习。一年后,在龙川县立乡村师范学校(现河职院前身)教绘画半年。一直以来,父亲对美术有很深的见解。我见过他把从东安市场买来的剪纸铺在桌上欣赏很久,还笑眯眯地啧啧称奇,我看了一下,觉得远不如小人书好看,再看看爸爸那爱不释手的模样,不得其解。(陶萌萌《一生,放不下的思念——回忆父亲萧殷之二》,《百

年萧殷》第389页）

⑥《萧殷自选集》第703页。

⑦《萧殷自选集》第711页。

⑧《萧殷自选集》第722页。

1934年　民国二十三年　甲戌　十九岁

是年春，在佗城小学教书。①

在佗城小学任教时，写作散文诗《第一次颤慄》《牵牛花》。②

在家乡教书时，保护兄长郑文华。③

暑假，到广州找工作无果。暑假后回佗城，因佗小已经开学并另聘教师，遂专心研习、探讨写小说。④

9月

月初，上海泰东书店出版的《学生文艺丛刊》第8卷第1期第111—112页发表先生署名郑文生的语体诗《月光浴着我的孤灵》。⑤

6日，写信给鲁迅先生，并附上署名"萧英"的散文诗《变》。⑥之前一直想找鲁迅，却未敢开口。⑦

10月

是月，在县文教馆（民众教育馆）⑧当干事，管理图书。⑨

12月

19日夜，在广州完成小说《父与女》。⑩

【注释】

①第二年春，乡村师范停办了，我只好到第一区小学去教书，这个小学中的有些教师很反动，因为我在第一区的一个小刊物上写了一些批判旧制度的短文，这批教师便趁机向我攻击，引起我极端反感，很想早点离开佗城。（陶萌萌整理《萧殷口述历史》1971年稿本）

②一九三四年春，我便转到佗城小学教书。这一期间，我写了一些散文诗。比较有印象的是《第一次颤慄》《牵牛花》。（萧殷《我怎样走上文学道路》，《萧殷自选集》第964页）

③那是我在小学教书时，哥哥因欠了债，除夕时，哥哥躲债，躺在床上，我不给别

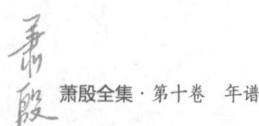

人进楼阁,要保护哥哥。有个姓刘的地主来逼债,很凶,要锁楼门(封门),我一个人顶住门,不许他锁。周围的人看到也不敢讲话。人们认为地主是不能得罪的。而我在他们眼里又是"共产党",也不敢得罪。(陶萌萌整理《萧殷口述历史》1983年稿本)

④《年表》。

⑤除了小说,我写过许多新诗,有的还在上海泰东书店出版的《学生文艺丛刊》发表过。(萧殷《我怎样走上文学道路》,《萧殷自选集》第958页)

⑥周海婴编、北京鲁迅博物馆研究室注释《鲁迅、许广平所藏书信选》,湖南文艺出版社1987年1月版第128—131页。

鲁迅(1881—1936),原名周树人,浙江绍兴人。北京大学、厦门大学及中山大学教授。1930年,发起成立中国自由运动大同盟,同年出席中国左翼作家联盟成立大会,并担任常委。

⑦萧殷老师先谈自己的一段经历后,便自问自答:"我为什么走上文学道路?就是一个字:穷。"他1932年至1935年间发表过30多篇小说,1936年写杂文。他说:"写小说时,很少有人指点。而这方面不是一般国文老师所能为力的。需要找到有经验的作家。当时,最想找的是鲁迅,但一直不敢,因为他是大名人。"萧殷老师斜靠在病榻上,嘘嘘地喘着气,慢慢地回忆:"当时,鲁迅与蒋光慈的小说对我的影响最大。他们的小说都是写社会的不平,能引起我们的共鸣,因而对他们更敬慕。""应该说,我们始终没有离开鲁迅,他是我们斗争的旗帜。"(郑心伶《他,伸出温热的手——兼谈萧殷与鲁迅》,《百年萧殷》第307页)

⑧民国二十年(1931年),龙川县设民众教育馆,馆址在龙川老县城(佗城)南门楼,后搬至大成殿。馆内设有图书、报纸、杂志阅览室,一套蜡制的十月怀胎塑像及一些有关医学的人体解剖蜡制模型。(龙川县地方志编纂委员会编《龙川县志》,广东人民出版社1994年8月版第436页)

⑨幸好,和我在广州办刊物的一个中大同学(刘士尢)在民教馆当馆长,他请我去当干事,去管图书,我在这段时间,看了大批进步的社会科学书,还写了一些诗和小说。(陶萌萌整理《萧殷口述历史》1971年稿本)

⑩《萧殷自选集》第717页。

1935年　民国二十四年　乙亥　二十岁

2月

是年春，在佗城小学教书。①

6月

是年暑假，到广州找工作，但始终找不到门路。②

7月

8日，《广州民国日报》副刊《东西南北》第三四一期发表先生署名郑文生的散文诗《牵牛花》。

9日，《广州民国日报》副刊《东西南北》第三四二期发表先生署名郑文生的散文诗《第一次颤慄》。

20日，《广州民国日报》副刊《东西南北》第三五二期发表先生署名郑文生的小说《除夕之前》。

8月

3日，《广州民国日报》副刊《东西南北》第三六四期发表先生署名郑文生的小说《疯子》（上）。

5日，《广州民国日报》副刊《东西南北》第三六五期发表先生署名郑文生的小说《疯子》（下）。③

8日，《广州民国日报》副刊《东西南北》第三六八期发表先生署名郑文生的小说《乌龟》。④

16日，《广州民国日报》副刊《东西南北》第三七五期发表先生署名鲁德的小说《芋园》（上）。

17日，《广州民国日报》副刊《东西南北》第三七六期发表先生署名鲁德的小说《芋园》（下）。

19日，《广州民国日报》副刊《东西南北》第三七七期发表先生署名郑文生的小说《一夜》。

30日，《广州民国日报》副刊《东西南北》第三八七期发表先生署名郑文生的小说《狗运的一生》（上）。

31日，《广州民国日报》副刊《东西南北》第三八八期发表先生署名郑文生的小说《狗运的一生》（下）。

9月

18日夜，完成小说《车夫阿火》。⑤

23日，完成小说《倒闭》。⑥

29日夜，完成小说《沉落——"倒闭"续篇》。⑦

10月

3日，《广州民国日报》副刊《东西南北》第四一五期发表先生署名郑文生的小说《倒闭》（上）。

4日，《广州民国日报》副刊《东西南北》第四一六期发表先生署名郑文生的小说《倒闭》（下）。

12日，《广州民国日报》副刊《东西南北》第四二二期发表先生署名郑文生的小说《车夫阿火》。

16日，《广州民国日报》副刊《东西南北》第四二四期发表先生署名郑文生的小说《沉落》。

11月

7日夜，在广州写《旅途速写》。

11日，《广州民国日报》副刊《东西南北》第四四六期发表先生署名心吾的散文《旅途速写》。

20日，《广州民国日报》副刊《东西南北》第四五四期发表先生署名征夫的散文《哥哥的脸及其他》《夜的永汉路》。

12月

6日，《广州民国日报》副刊《东西南北》第四六八期发表先生署名郑文生的作品《生路》。

9日，《广州民国日报》副刊《东西南北》第四七〇期发表先生署名郑文生的作品《阿牛》。

同日，北平学生举行轰轰烈烈的抗日救国大请愿，在全国引起巨大反响。受到震撼，决心投身抗日洪流，报效国家民族。

14日夜深，在广州完成小说《灾》。⑧

是年，《广州民国日报》副刊《东西南北》发表多篇文学作品，对该报编辑心怀感激。⑨

【注释】

①一九三五年的寒假,那个中大同学辞去馆长的职务,到一区小学当校长去了,于是我也不能在民教馆待下去了,到开学以后,才决定调我到一区小学教书。那批反动的教师仍然在那个学校,这时他们更猖狂了,想陷害我,说我是共产党。虽然对这个环境不满,但为了吃饭,又不能不待下去,不过我的小说这时已经开始一篇接一篇地在报纸上发表了。(陶萌萌整理《萧殷口述历史》1971年稿本)

②在佗城小学或民众教育馆工作期间,每年暑假,我都到广州找职业,有个同学曾介绍我到一家报馆当校对,但因无裙带关系,愿望还是落空。到秋天落叶满地时,我只能怀着失望的心情怅然回到家乡。(萧殷《我怎样走上文学道路》,《萧殷自选集》第964页)

③一九三四年(或一九三五年)初,在发表《乌龟》不久,我又在《东西南北》发表另一篇小说《疯子》,主题是控诉黑暗的旧社会,对一个农民的不幸遭遇表示深切的同情。(萧殷《我怎样走上文学道路》,《萧殷自选集》第963页)

④作品(《乌龟》)在《广州民国日报·东西南北》发表后,还被人改成话剧上演过。《乌龟》是我一九三二年写的几篇小说中的一篇,也是我前期的代表作之一,它是我的创作道路的起点。(萧殷《我怎样走上文学道路》,《萧殷自选集》第963页)

⑤《萧殷自选集》第784页。

⑥《萧殷自选集》第763页。

⑦《萧殷自选集》第770页。

⑧《萧殷自选集》第752页。

⑨我之所以走上文学道路并继续努力,与一个对文学作品有鉴别力的编辑是分不开的。我衷心地感谢他。(萧殷《我怎样走上文学道路》,《萧殷自选集》第965页)

按,"有鉴别力的编辑",即厉厂樵(1901—1960),浙江人,毕业于上海大学中文系。时任《广州民国日报》副刊编辑。著有《推窗集》。

1936年　民国二十五年　丙子　二十一岁
1月

是月,来到广州。在中山大学,结识曾生、林之原、赖伯权等爱国学生。加入"国际问题研究小组"。①其间与曾生、赖少其、杜埃、杨康华、陈残云、楼栖、吴有恒、刘仑、陈芦荻等策划开展抗日宣传活动,组织学生罢课。②曾生动员大家有条件的各自回家乡开展抗日救亡工作。③

7日，《广州民国日报》副刊《东西南北》第四九一期发表先生署名郑文生的小说《灾》（上）。

8日，《广州民国日报》副刊《东西南北》第四九二期发表先生署名郑文生的小说《灾》（中）。

9日，《广州民国日报》副刊《东西南北》第四九三期发表先生署名郑文生的小说《灾》（下）。

12日，为响应北平学生"一二·九"抗日救国大请愿，参加广州革命人民（学生）的万人大游行。④

13日，继续参加游行。其间与赖少其、吴有恒住在中大，一同参加中山大学举行的追悼会，与吴有恒为赖少其的漫画《如此抗日救国锄奸团》配文字。⑤

15日，《广州民国日报》副刊《东西南北》第四九八期发表先生署名郑文生的小说《父与女》。

春节前，返回家乡。⑥

按，1936年1月24日为农历正月初一。

23日，在佗城完成小说《年关杂写》。⑦

27日，《广州民国日报》副刊《东西南北》第五〇九期发表先生署名郑文生的小说《曹家庄的怪剧》。

2月

5日，《广州民国日报》副刊《东西南北》第五一七期发表先生署名郑文生的小说《年关杂写》。

3月

是月，重回龙川县民众教育馆工作。⑧

7月

是月，离开佗城来到广州。⑨

是月起，至年底，住在中大宿舍，参加革命文学活动，撰写矛头直指国民党反动派的杂文，参加党组织的革命活动。⑩

8月

是月，在广州永汉北路财厅前上海杂志公司楼上参加一会议。⑪

是月，参加广东艺术界联合会成立大会，主要参加小说组，有时也参加诗歌组。⑫

是月，参加进步文学团体，酝酿成立"广州艺术工作者协会"。⑬

是年下半年，不能在《广州民国日报》发表小说，把杂文《抓》等投寄到香港《珠江日报》。⑭

住在广州，改用"萧英"笔名发表杂文。⑮

9月

20日，"广州艺术工作者协会"成立大会在广州青年会（位于长堤）举行。⑯

10月

月初，给鲁迅先生写了一封信，在信中简要介绍广州革命斗争的形势，附上散文《温热的手》。⑰芦荻曾亲眼看过这篇作品。⑱

9日，寄给鲁迅先生的信及稿件送达。

19日，鲁迅先生逝世。⑲

21日，写《永别了，勇敢的战士！》，表达了对于鲁迅先生逝世的悲痛心情。

在此前的一段时间，每逢星期六，与赖少其等到惠爱西路（今中山六路）陈曙光（市美的同学）家里交流、讨论。⑳

25日上午10时，出席《努力》杂志社在永汉北路新越香村三楼中山厅举行的追悼鲁迅先生的大会。㉑

11月

8日下午1时，中山大学举行鲁迅先生追悼会。㉒与杜埃、楼栖等参加大会。㉓

15日，《文学生活》第三卷第一期（革新号）"哀悼鲁迅先生特辑"发表先生署名萧英的文章《永别了，勇敢的战士！》。

是月，某周六晚上在市区遇险。㉔

是月，形势越来越险恶，国民党特务跟踪、搜捕学运骨干分子，与赖少其、吴有恒等被列入黑名单遭到通缉，看着一个个熟悉的进步青年、同学朋友相继被捕，只能躲在石牌中山大学新建的学生宿舍，以避风头。㉕

是月一个周末，杂志《黑暗》的编辑梁逸告知，白色恐怖日益严重。准备离开广州。㉖

12月

是月，计划与赖少其一同离开广州前往上海，投奔市美同学吕蒙。㉗

是月,参与签名的《广州艺术工作者协会成立宣言》,在上海杂志《小说家》发表。㉘

是月底,向李日华借钱。㉙

是年,在广州的《黑暗》等杂志及报纸上发表文章。㉚

是年,与茜菲相识。㉛

【注释】

① 曾生(1910—1995),广东深圳人。1933年,入读中山大学教育系。曾任广东人民抗日游击队东江纵队、两广纵队司令员。1949年后曾任广东省副省长兼广州市市长、国家交通部部长。

林之原(1910—1969),广东澄海人。早年就读上海艺术大学文学系,1936年在广州组织国际问题研究小组,次年加入中国共产党。1941年参加东江纵队。1949年后在中联部工作。

赖伯权(1917—1997),又名赖宁,广东翁源人。毕业于广雅中学,1936年"广州艺术工作者协会"成立发起人之一,曾任广东省战时工作队第二队艺术指导员。1949年后,从事艺术研究工作。

②(赖少其)参加由中共地下组织领导的,由陈初、曾生、陈曙光等发起的"秘密读书会"(后改组为"国际问题研究小组"),成为广州学生运动的领袖人物之一。经常与曾生、杜埃、杨康华、吴有恒、陈残云、肖殷、刘仑、楼栖、芦荻等其他学生运动领袖一起,策划和开展各种抗日救亡活动。(周新月主编《赖少其年谱》,唐辉、于在海主编《赖少其全集》,荣宝斋出版社2018年12月版第10册第10页.)

杜埃(1914—1993),广东大埔人。1933年入读中山大学,同年参加左翼作家联盟。1949年后曾任广东省委宣传部副部长、广东省作协副主席。著有《风雨太平洋》。

杨康华(1915—1991),浙江会稽人,生于广州。1933年加入中国共产党,历任中共广州市委常委、宣传部部长。1949年后曾任广东省副省长。

陈残云(1914—2002),广东广州人。曾任广东省文联副主席、广东省作协副主席。著有《香飘四季》。

吴有恒(1913—1994),广东恩平人。1936年加入中国共产党,曾任粤中纵队司令员。1949年后历任广州市委书记、广东省作协副主席、《羊城晚报》总编辑。

刘仑(1913—2013),广东惠阳人。广州市立美术学校毕业,曾在中山大学任教。1949年后广州画院首任院长、广州市美协首任主席。

楼栖（1912—1997），原名邹冠群，广东梅县人。曾任香港达德学院哲学系教授、广州中山大学中文系教授。著有《反刍集》。

芦荻，即陈芦荻（1912—1994），广东南海人。1937年毕业于广州中山大学。曾任暨南大学中文系教授，《作品》编辑部主任。著有《芦荻诗选》。

③1936年，（刘仑）创作《土劣》《联合战线》《起来，不愿做奴隶的人们》等版画；开始写画语录。参加广州市艺术工作者协会（发起人之一），选为形象艺术股股长；加入进步组织"国际问题研究小组"，与肖殷、赖少其一起到中山大学校区参加了曾生同志主持的秘密活动。曾生同志动员大家有条件的各自回家乡开展抗日救亡工作。（广州市美术家协会编《广州老画家谈艺录：艺心探微.1》，西泠印社出版社2010年1月版第26页）

④1936年1月12日，我和萧殷、吴有恒等参加广州革命人民（学生）大游行，我们手举大标语，高呼"打倒日本帝国主义"等口号，与学生们一起前进，向国民党当局请愿，要求抗日。我们的队伍从文明路中大附中出发，到六二三路，当经过租界沙面时，帝国主义很恐慌，把桥头的铁门关起来，禁止游行队伍进入沙面。我们的游行队伍从沙面折回来，经过永汉北路将军前街教育厅时，学生将教育厅里面的琉璃打得稀烂，还把"教育厅"的招牌拿下来，托着去游行。教育厅厅长许崇清也被学生从汽车里拉出来，当胸打了几拳。我们的游行队伍回到文明路中大附中——抗日学生的大本营时，天已黑了，学生就把"教育厅"的招牌烧了，我们围着火烧的招牌跳起舞来。（赖少其《我的革命战友萧殷》，《百年萧殷》第75页）

⑤第二天，我们又和同学参加游行……萧殷和我、吴有恒住在中大，继续参加革命学生运动。当时在中山大学举行了追悼会，悼念在"一·一三"荔枝湾惨案中被军阀和反动派杀害的冯道先等几位中大学生。我和萧殷、吴有恒都参加了追悼会。我搞了一幅漫画《如此抗日救国锄奸团》，由萧殷和吴有恒配文字，揭露敌人制造荔枝湾惨案的丑恶嘴脸。（赖少其《我的革命战友萧殷》，《百年萧殷》第75—76页）

⑥快到春节了，经济上实在支持不下去，才又不能不回家乡去。（陶萌萌整理《萧殷口述历史》1971年稿本）

⑦《萧殷自选集》第731页。

⑧一九三六年春，我在龙川县民众教育馆工作期间，国民党军队有一个团驻在佗城。该团政治部有个"同志"，经常来借书，和我搞得很熟。后来，不仅从谈话中知道

他是个革命者，而且，他还不时带来一些宣传革命统一战线的书刊。我从中选了些呼吁"停止内战，一致对外"的文章，赶刻蜡版，趁黑夜，与工友徐阿香悄悄油印了数十份，然后由阿香带到佗城几个地方去张贴并散发。这时期，我开始把眼光注视整个革命形势的变化。并和一些活动的知识分子接触。除了和吕蒙、赖少其等同学通信外，我和吴有恒也开始建立通信联系。（萧殷《我怎样走上文学道路》，《萧殷自选集》第964—965页）

⑨一九三六年七月，我离开佗城来到广州。（萧殷《我怎样走上文学道路》，《萧殷自选集》第966页）

⑩这一次离佗城，我暗暗下了决心，不管遭遇怎样，我决不轻易回佗城了。我向中山大学地质系学生莫柱荪打听，结果，我决定住到中大宿舍。自七月到十二月，我在那里度过了最难忘的岁月。在那里，我参加过许多革命文学活动，写过许多矛头直指国民党反动派的杂文，参加了党所组织的革命活动，不仅印象深刻，而且还促进我的思想发生了质的飞跃。（萧殷《我怎样走上文学道路》，《萧殷自选集》第966页）

⑪一九三六年八月的一个晚上，我们四十多人在财厅前上海杂志公司楼上开了一个会。当时一个从日本回来的陈达人，站在国民党反动派的立场，在会上反复强调国民党那套思想统一，根本不提一致对外。在会上，展开了激烈的争论。会议虽然勉强成立了一个文艺团体，但大家都不把它当作一回事。因为我们（我只记得有李桦、楼栖、赖少其等）都得到第二天到白云山去参加另一个会议的通知。（萧殷《我怎样走上文学道路》，《萧殷自选集》第966页）

⑫我们在白云山半山一个凉亭里开会。参加这次会议的有一百多人。我只记得杜埃、叶红，有一位姓袁的，别的人都忘记了。大概是广东文学界的一次联合会。会议提出的口号非常鲜明，就是号召大家一致对外，团结抗日。会上，成立了广东艺术界联合会，下设小说、诗歌、歌咏、戏剧等组。此后，各个小组开展活动，我主要参加小说组，有时也参加诗歌组。记得还有一个歌咏团。这些组织，团结了一大批进步青年。（萧殷《我怎样走上文学道路》，《萧殷自选集》第967页）

⑬1936年8月，我和萧殷、杜埃、楼栖等一批进步青年，会集到白云山麓黄婆洞，酝酿成立广州艺术工作者协会，并公开发表了成立宣言。我和萧殷等157人都在宣言上签了名。（赖少其《我的革命战友萧殷》，《百年萧殷》第76页）

⑭一九三六年下半年，自蒋介石的反动势力潜入广东之后，我们再不能在《民国日

报》发表我们的小说了。不得已我们只好把稿件投寄到香港去。《珠江日报》是当时桂系的反蒋报纸,由于他们积极反蒋,我们便利用这个地盘,作为临时的战斗阵地。这时候,为了战斗的需要,我暂时不太写小说,而把主要精力都投进抨击国民党的杂文上,当时杜埃、楼栖和我在香港报纸上都发表了许多杂文……我立即也写了一篇《抓》,接着他们(不是杜埃,就是楼栖)又写了一篇接上去。(萧殷《我怎样走上文学道路》,《萧殷自选集》第970页)

⑮一九三六年夏,原广东军阀陈济棠从广东退走,蒋介石的反动势力迅速占据岭南,白色恐怖很快笼罩了广州的每个角落,原有的一点反蒋的小自由无影无踪了。形势更加恶劣,为了集中精力战斗,我暂时放弃了小说写作,以杂文作为主要武器,对蒋介石、国民党的所谓"新生活运动"及其倒行逆施展开猛烈射击,作战阵地由广州转到香港《珠江日报》(反蒋的桂系报纸)副刊《江声》;因为我们还住在广州,所以不得不临时改用"萧英"笔名发表杂文。(《萧殷文学书简》第253—254页)

⑯陈士廉《从艺术工作者协会成立会归来》,1936年9月23日《广州民国日报》第三张第一版《艺术》第四期。

⑰这半年来,我们一直注意着鲁迅先生,应该说,我们的革命文学活动,始终没有离开鲁迅。我们总是密切地注视着鲁迅的动向,把他当作我们斗争的旗帜。尤其在这革命更加复杂、更加艰苦的关头,盼望能得到他指导的愿望更加强烈了。正是在这时候,十月初,我怀着崇敬的心情,给鲁迅先生写了一封信。我向他简略地反映了广州反动势力的猖狂和与之斗争的形势,汇报了我正以杂文为武器参加了战斗。在这封信里,我还把散文《温热的手》寄去,希望得到鲁迅先生的指教。(萧殷《我怎样走上文学道路》,《萧殷自选集》第971页)

⑱萧殷老师说,他年轻时曾用"郑心吾"的笔名发表过作品,由于敬仰鲁迅,便在1936年10月初写信向鲁迅求教,鲁迅于10月9日就收到信,并在日记上写道:"得萧英信并稿。"此稿就是一篇散文习作,叫《温热的手》,后来发表在《新民日报》上。据芦荻先生说,他曾亲眼看过这篇作品。(郑心伶《他,伸出温热的手——兼谈萧殷与鲁迅》,《百年萧殷》第307页)

⑲信寄出去后,我天天盼望鲁迅先生的回信。但没有料想到,这位伟大的文学巨匠在收到我的信十天后,竟与世长辞了。鲁迅先生只在十月九日的日记上记上一句:"得萧英信并稿。"噩耗传来,我们悲痛欲绝,天啊,我们心灵中的精神支柱仿佛失去了支

点，都沉湎于悲痛之中。（萧殷《我怎样走上文学道路》，《萧殷自选集》第971页）

⑳有一段时间，每逢星期六，我和赖少其等照例到惠爱西路（今中山六路）陈曙光（市美的同学）家里碰头。在他那里零零碎碎地交换些对于目前斗争形势的看法，讨论一些斗争策略，尤其引起我们警惕的，是"左"的口号问题，当时的托洛茨基分子常用极"左"词句，把一些热血青年诱上"破坏革命"的"罪恶之路"。我们这些青年最容易受过左口号的诱惑，为了避免上当，我们几乎每次相聚都谈及这类问题。鲁迅先生追悼会以后，形势更加紧张，特务盯梢、监视、逮捕等活动更加猖狂。（萧殷《我怎样走上文学道路》，《萧殷自选集》第972页）

陈曙光，广东澄海人。1935年考入广州市美术学校，抗战期间参加东江纵队。1956年筹建中国电影出版社，1977年在北京科学电影制片厂工作。

㉑《本社追悼鲁迅先生大会记》：本社发起的追悼鲁迅先生大会，于十月廿五日上午十时在永汉北路新越香村三楼中山厅举行。计参加者洪深、陈达人、胡春冰……萧英、何春才、葛泽庭等二百余人，进场时每人分送鲁迅遗像一帧，至十时举行开会仪式，由本社社长陈达任主席，全体肃立向鲁迅先生遗像致默哀三分钟后，主席致哀悼词，继报告鲁迅先生生平奋斗史及报告鲁迅全部著作年表，副社长丘村弘报告鲁迅先生逝世前后状况，继洪深、胡春冰、余慕陶、陈翔凤、斐琴、吴朝聚等演说（演词录后），至下午一时始告散会，本社随即将追悼会详情，电唁鲁迅先生家属。（《努力》1936年第一卷第二期第47页）

㉒追悼大会于十一月八日下午一时在广州文明路中山大学附中礼堂举行。会场布置得庄严肃穆。附中校门顶端悬挂着"广东文化界追悼鲁迅先生大会"的匾额；礼堂主席台上挂着"开荒拓土"四个大字和鲁迅先生的巨幅遗像；台前摆满各单位和个人送的花圈；礼堂内张贴了各种悼念标语，四周绕悬着黑白布条。参加追悼大会的有各进步文学艺术团体和各大、中学校学生的代表共一千多人。鲁迅先生夫人许广平之妹许月平也前来参加。大会开始前，推选余瑞尧、陈达人、徐青等五人和妇女歌咏会的代表组成主席团。余瑞尧为主席团主席，另由杜埃、马荫隐当记录员。（黄义祥《鲁迅逝世后广州的悼念活动》，《广州研究》1982年第3期）

㉓我和杜埃、楼栖等参加了鲁迅先生追悼会。会堂设在文明路原中山大学礼堂里。许广平的妹妹许月平也参加了追悼会。杜埃在台上记录，发言者义愤填膺，声泪俱下，慷慨激昂，把追悼会变成对国民党反动派的控诉会。在礼堂的走廊上来回走动的便衣特

务,本来打算破坏追悼会,却被礼堂里台下台上的愤激情绪所震惊,慑于群众的威力,他们始终不敢动手。(萧殷《我怎样走上文学道路》,《萧殷自选集》第971—972页)

㉔当晚有一批人被捕了,过了几天,是星期六晚,我从石牌乘校车到广州,在大东门附近下车,准备到惠爱西路(即现在的中山六路)找美术学校的同学(我每星期六都到那里交谈政治问题),才走了几步,遇到一个龙川人,他一定要我到茶楼上去坐一坐,我本来对这个人很讨厌,就勉强和他一起上茶楼上,只坐了半小时就告辞了。等我走到那个同学的住宅时,发现门口站着两个伪警察,我知道事情不妙,但又不好回头,便硬着头皮走过去,到了门口,斜眼往里面一溜,里面正乱哄哄地抓人。我走出胡同,搭上一部黄包车,赶快回到大东门去,接着乘校车回石牌,第二天赖少其也躲到石牌来了,不几天他又跑到惠州去了。我躲在石牌,一直不敢到市区去。(陶萌萌整理《萧殷口述历史》1971年稿本)

㉕陶萌萌整理《萧殷年表长编》稿本。

㉖第二天《黑暗》的编辑梁逸骑单车来,通知我说,陈曙光和几个市美同学已被捕,要我提高警惕。白色恐怖气氛日益严重,形势日益紧张,反动派天天捕人,据说我们这些人,已上了敌人的黑名单。于是赖少其与刘仑到惠州去了,另一批人则到九龙去了,我寂然蛰居中大,极少外出。既不能活动,也不能外出,向《珠江日报》投稿,也不似以前那样顺利……我深感到,长此下去不是办法,于是建议由赖少其与上海的吕蒙联系,我们准备离开广州。(萧殷《我怎样走上文学道路》,《萧殷自选集》第972—973页)

梁逸(1911—2002),广东番禺人。1932年考入广州市立美术学校,编辑《市美学生》《艺术界》。曾任珠海市南国诗社社长。著有《方堂墨话》。

㉗同年12月,我从惠州回到广州,认为待在广州不是办法,我和萧殷商量,就决定乘客轮去上海。我们一到上海,上海警察局就要捉拿我们。原来我们行前与上海吕蒙写信时,在明信片上写了我们何时来上海,上海警察局认为,我们两人是广州学运的骨干分子,未上岸已派出特务通缉。在这险恶的环境下,我们在上海流浪了半年,找不到工作。三个人商量认为我最有资格回广州,这样我和萧殷分别了。我返回广州不久,七七卢沟桥事变发生,全面抗战开始,我带着一批抗日木刻与漫画到广西巡回展览。后来我在武汉曾见过萧殷。(赖少其《我的革命战友萧殷》,《百年萧殷》第76页)

吕蒙(1915—1996),浙江永康人。1932年入市美学习西画。1938年加入中国共产党。1949年后任上海市美术家协会副主席、上海中国画院院长。

㉘《小说家》1936年第2期第153—155页。

㉙十二月底,赖少其从惠州回来,我匆匆向中大学生李日华借了十元钱,便在白鹅潭上了一艘客轮。(萧殷《我怎样走上文学道路》,《萧殷自选集》第973页)

按,十二月底,误。

李日华(1913—2006),广东台山人。广州中山大学地理系毕业。1950年移居美国,在纽约、新泽西等地办餐馆酒家。曾任国立中山大学美东校友会会长。

㉚我也还写了一些散文,在《黑暗》和中大中文系《文学生活》以及《市民日报》发表。(萧殷《我怎样走上文学道路》,《萧殷自选集》第970页)

㉛我认识萧殷同志是在1936年,知道他是一位进步青年,但接触不多,那年冬,他离开广州奔赴革命圣地去了。(茜菲《萧殷同志十年祭》,《百年萧殷》第131页)

茜菲,即郭茜菲(1916—2012),广东南海人。楼栖妻子。1935年入读中山大学社会系,1940年在桂林逸仙中学任教。1949年后曾任《作品》编辑兼编委。著有《岁月流萤》。

1937年　民国二十六年　丁丑　二十二岁

1月

29日,与赖少其乘坐客轮前往上海。①

2月

4日,到达上海,住在萨坡赛路。②

5日,躲避追捕。③

在上海,生活拮据,没有经济来源,④住在金神父路花园坊亭子间,⑤房间小。⑥后搬到极司菲尔路。

是年春节,与赖少其、吕蒙到浦北饭店吃年饭。⑦

4月

是月,读《方志敏传》等油印小册子,⑧在《解放文选》油印本中读到延安《解放》周刊的文章,向往革命。得知陕北红军到达延安,深受鼓舞。⑨

四五月间,不愿参加"东亚和平促进会"。⑩

6月

月初,生活压力渐大。赖少其被迫回广州。⑪与吕蒙送船。⑫

吕蒙去小学代课,只好到金曼辉处搭住,⑬不久,金曼辉前往侨光中学教书。无处栖身。⑭

6日，《广州市民日报》发表先生署名萧英的文章《街头》。

13日，《广州市民日报》发表先生署名萧英的文章《一个忧郁的旅伴——旅途杂记之一》。

15日，《广州市民日报》发表先生署名萧英的文章《一个忧郁的旅伴——旅途杂记之一（续）》。

7月

1日，在黄浦江边，见到一名失业工人投江自杀。⑮

2日，遇到暨南大学学生陈凌霄，经介绍入住真如国立暨南大学。与暨南大学学生唐敬斋相识，通过唐敬斋介绍参加了"上海大学生暑期无锡农村服务团"，到无锡宣传抗日。⑯

8月

月初，宣传结束，回到上海，住在真如国立暨南大学。⑰

10日，夜里突发疟疾。⑱

11日，上午到医院看病。下午交通断绝，北站已架设铁丝网，无法再回真如，全部衣物和生活用品丢失殆尽，只好再次找吕蒙帮助。每日下午都发疟疾。⑲

是月，在上海任《金陵日报》记者。

月底，加入"上海防护团"，其中有严希纯、韩念龙、谢锋、张建甫、麦西、梁建勋等。⑳

9月

是月，住进法租界。㉑与友人张建甫上街。㉒

是月，韩念龙来访。㉓

是月，乘意大利商船离开上海，前往武汉。㉔

是月，来到被称为"战时首都"的武汉，暂住青年会。㉕

11月

是月，遵照严希纯的要求，与吕蒙、张建甫、梁建勋等到第七战区政治部宣传队从事宣传工作。㉖

12月

是月，先生等在汉口街头贴墙报，表示坚决反对投降，力主抗战到底。

是年，在上海观看苏联音乐代表团的演出。[27]

【注释】

①廿九日离粤，今早已抵上海。（1937年2月4日赖少其致许广平函，周海婴编、北京鲁迅博物馆研究室注释《鲁迅、许广平所藏书信选》，湖南文艺出版社1987年1月版第367页）

②到上海时刚天亮，吕蒙在码头接我们，便一起到贝勒路一间小旅馆里暂住，下午到萨坡赛路租了一个后楼，交了房租，我们的钱所剩无几。当晚我与赖少其都写信到《珠江日报》要稿费，并将新租的房子地址写在信上。（《萧殷简历》1967年稿本）

③第二天下午，吕蒙与一个代他转信的小学教师来，说上海伪公安局很注意我们两个人，以为我们是代表广州救国会到上海联系的，曾两次到该小学要人，那个小学教师不承认有这件事，伪公安局就把复印的信及信封给他看，那个教师说，我不知道这两个人，他们也没有来上海。这突来的情况使我们吃惊，即把书上的签名涂掉，把行李上贴的"由广州到上海"的标签撕下来。我们都改名换姓，从此我由姓郑改为姓肖。同时又怕昨天写的信落到伪公安局里，所以也不敢到新租的房子去住，白白丢了八元房租。（《萧殷简历》1967年稿本）

④我、吕蒙、赖少其三人都没有职业，也没有经济来源。开始，靠《珠江日报》一点稿费，后来《珠江日报》的政治态度逐渐变坏，便不再寄稿去，唯一的经济来源断绝了，只靠吕蒙有时去弄堂小学去代课，拿来几块钱维持着。但是这样子的代课职务是不常有的。有一段时间，吕蒙常常回来向我们发脾气，开始我们对他这样的发脾气很不理解，以为他脾气不好，后来慢慢才理解，原来他在外面受了各种冷眼，对旧社会各种人憋了一大肚子的火又无处发泄，只好回到亭子间向我们发泄。回想起来，旧社会把青年人逼得好苦。后来，有一个高中的语文教师要我们帮他改作文，一星期改六十篇，每篇五分钱，平时，我们也没有心情来改，到了星期六晚上，三个人集中力量苦干到深夜。这样每人每星期又捞到一块钱的生活费。（陶萌萌整理《萧殷口述历史》1971年稿本）

⑤把毯子拿到当铺去当了，吕蒙又带我们到北四川路底一家印刷厂向工人借了三四元，这样才又在金神父路花园坊租了一间亭子间，三人住在一起，两人睡地板，一人睡床。因为钱少，我们每人每天只花一角钱吃饭，即每人每天只吃两碗"阳春面"，一顿顶多只有二两面，半年多都是如此，经常处在饥饿的状态中。（《萧殷简历》1967年稿本）

⑥上海小亭子间，我们三人都是搞美术的，我们三人住在里间，房间很小。只能摆两张帆布床就满了，一个人只能睡在地上。当时我们心里烦闷空虚，前途茫茫，连这样小的房子也觉得大。就用大红色的水彩（玛丽水彩）颜料在四周的墙壁上画上一串锁链图案，使小屋里显得充实。当时，长征消息不断传来。很向往，又觉得太遥远。（陶萌萌整理《萧殷口述历史》1983年稿本）

⑦一九三七年春节，赖少其很高兴，说春节该吃顿好的，于是我们从很远的极司非尔路来到法租界蒲北路蒲北饭店。来的目的不是因为此店有好菜，而是因为平常都在这里吃饭，这里比较安静，据我们印象，除我们这群人之外，去这里吃饭的人很少。每逢佳节倍思亲，我和吕蒙都心事重重，谁也没有想到要吃的事，只有赖对菜牌子感兴趣，他平常喜欢吃鱼，就点了一大盆鱼，菜牌子上的价钱和平常一样，不贵，两个菜只一块多钱，所以赖边吃边赞菜味好吃。我和吕蒙心不在焉，毫无反应……使人难过的是后面算账的时候，说我们共吃了两三块钱（春节菜加价），可是我们身上只有一块多钱。我们你看看我，我看看你，不知怎么办好，大家自然把眼光集中在吕蒙身上，吕蒙责无旁贷，叹了一口气，说："你们等着吧，什么时候回来可难说啊！"就出去了，我们看着他的身影消失在门外，也相对叹了一口气，店里的人看着我们也不来收碗，也不来理我们，我们对着桌上的碗惨笑。店内有很多金色的小虫飞来飞去，我们一句话也不说，呆呆地看着那些小虫。说起吕蒙来，常常在紧要关头都要有他，他过去在上海生活，有些老熟人，穷朋友。有几次我们没有饭吃了，也是靠他带着我们从闸北路到南市（江湾），从复旦大学那个区跑到沪西，有时为了我们，吕蒙吃尽了大苦，有次为了借一两块伙食费，吕蒙从市区法租界一直跑到吴淞口，到了以后，钱不仅没借到，连车费都没有，他只好又求人说"给我两角钱车费回去都好呀"，结果那朋友（代课教师）就给他一个两角钱的银角子。回来时，从吴淞上车（要走八九站）。上车买车票时，售票员说钱是假的，给退回来，要他下车，他只好下车，那是夏天，太阳像火一样，他气得发昏，于是又上了汽车，上车后一买票又说是假的，车子到了下一站又被赶了下来。就这样，一站一站终于挨到了北站，他一肚子火，又热又渴，他就进了冰室："要一杯酸梅汤。"慢慢地喝，电风扇在上面转，很凉快，他做好了打架的准备，就去交钱，楼房上一个二十多岁的女人在收钱，整个冰室也没有第二个人。吕蒙把银角子用力"啪"的一声摔在楼台上，谁也没有想到，那个年轻女人看了他一眼，随后找了一角多钱给他，吕蒙快快走出了冰室……可是我们现在仍像人质一样坐在饭店，等啊等啊，足足等了三个

钟头,才见他回来,他拿来了钱。(陶萌萌整理《萧殷口述历史》1983年稿本)

⑧有一个叫老舒的山东人,穿蓝布大褂,个子不算太高,外表很像商人,他经常给萧殷他们带来一些《解放文选》(油印本,是从延安《解放》周刊的文章选编的)及《方志敏传》之类的油印小册子,有时也告诉他们陕北红军的一些动态。(贺朗著《萧殷传》,花城出版社1993年版第97页)

⑨《年表》。

⑩四五月间,他说有个组织叫"东亚和平促进会",问我们愿不愿参加,赖少其问这组织是谁领导的,老舒说,是中共领导的。我们问,为什么用这么一个名字?他说,取这个名字是为了不引起反动派注意。我们都嫌它灰色,不愿参加。(《萧殷简历》1967年稿本)

⑪《年表》。

⑫三七年六月初,赖回广东,我与吕送他上船,无多少人,船未开,我们坐了一阵子又下来,赖看着我们,深情看着我们:这两个流浪的朋友在上海怎么过下去!他叫了一声:"萧殷、吕蒙。"我们回过头,看着他问:"什么事呀?"他惨笑一下,说:"没有什么。"(陶萌萌整理《萧殷口述历史》1983年稿本)

⑬在上海时,住在金曼辉家里,我和他住前楼,后楼住着袁小姐,也写东西(抗战后到南洋)。金去代课。离开了,我就无地方住了,从早到晚,从沪东到沪西,窜来窜去,到了戈登路(上海北),张金轩住在那里。(陶萌萌整理《萧殷口述历史》1983年稿本)

金曼辉,作家。著有《我们的华北》。

⑭六月初,赖少其回广州,吕蒙临时到一间小学去代课,我无钱租房子,从六月起,只好到金曼辉处去搭住。但到六月底,金曼辉要到侨光中学去教书,六月底就退房,我无处栖身。(《萧殷简历》1967年稿本)

⑮他无处栖身,七月一日那天开始在街上溜达,沿着霞飞路,从东走到西,又从西走到东……萧殷一怔,这是有人投江自杀了。他跟着走去一看,一位老工人跳进江里,在江面扑打了几下,转眼间就被江水卷走了。萧殷看着,心碎了。过去他曾听到过许多传闻,工人失业,跳楼或投江自杀的事,如今他亲眼看到了,生命就是这么贱的吗?而且此情此景,联系到他眼前的处境,不觉心寒!这工人是因失业,走投无路而自寻死路的!自己还有母亲、哥哥和姐姐,他们希望自己干一番事业,光宗耀祖,自己不能学他

啊，自己还年轻，要活下去！（《萧殷传》第98—99页）

⑯萧殷在马路上蹓跶了一夜。第二天早晨碰见了暨南大学学生陈凌霄（即当时与冼星海合作《战鼓》等进步歌曲的"俯拾"），他见萧殷如此狼狈，就介绍他到真如暨南大学去住。住了四五天，他又介绍萧殷同暨大学生唐敬斋认识，然后由唐敬斋带萧殷去参加"上海大学生暑期无锡农村服务团"。这个服务团的任务，主要是宣传抗战。萧殷参加这个服务团到无锡做了许多宣传抗日的工作。（《萧殷传》第99页）

陈凌霄（1919—2011），笔名俯拾，广东东莞人。1937年毕业于上海暨南大学，曾任中共暨南大学支部书记。1949年后历任广州市劳动局局长、广州市文化教育委员会第一副主任。

唐敬斋，1937年，为上海暨南大学学生，创办杂志《文艺》，宣传抗战思想。

⑰《年表》。

⑱《年表》。

⑲《年表》。

⑳八月底或九月初，我的病不再发作，吕蒙要我和他一起参加"上海防护团"，该团主要负责人是方树民（他原与吕蒙熟悉，现名方仲伯，1938年在延安抗大学习，1957年在云南大学），该团的任务是宣传抗战和救护伤员。成员除青年知识分子、青年学生外，还有一半是工人，总共约四五十人，我现在还记得的人，有严希纯（现在中国科学院）、韩念龙（当时叫蔡仁元，现任外交部副部长）、谢锋（贵州人，据说在抗战前，曾任北平市委，以后一直不知音讯）、张建甫（又名张棣耕，抗战时在延安，1950年在西安工作）、麦西（东北人，抗战时在太行山，解放后听说在吉林省委任组织部长，好像改名为张梅溪）、梁建勋（抗战时在新四军，解放后听说在上海某部队）等。方树民在表面上一般避免与我们接触，后来才知道他与严希纯、谢锋等最熟悉，他的许多工作都通过严希纯来安排。（《萧殷简历》1967年稿本）

严希纯（1898—1965），贵州贵阳人。毕业于南京河海工程大学，参加北伐战争。1948年加入中国致公党。1949年后曾任政务院参事、科学技术委员会计量局副局长。

韩念龙（1910—2000），贵州遵义人。1936年加入中国共产党，曾任中国人民解放军三十三军政委。1949年后曾任外交部副部长。

谢锋（1910—　），即谢丰，贵州遵义人。1932年在北平加入左联，任北平西城区委宣传部长。1949年后任《湖北日报》社长、外交部代司长。

张建甫（1914—1957），即张棣耕，又名张狄耕，吉林人。早年参加抗日救亡运动。1939年入延安鲁迅文艺学院学习，毕业后做过编剧、导演、剧团团长。1949年后，任陕西省文联、戏剧家协会副主席。

麦西，姓张，东北人。抗战时在太行山。

梁建勋，抗战期间在南昌发起成立新四军战地服务团绘画组。

㉑华界已被占领，为了安全，到法租界避难。打仗了，大家都涌向法租界，商人就把门关起来，不让进租界。在法租界，我们与吕蒙、张狄耕……一起住了十几天，以后一起去武汉，去前听说田汉在前面船上被查出并被杀害。我们想：冒着被杀的危险也得出去。（陶萌萌整理《萧殷口述历史》1983年稿本）

㉒我想起了张狄耕。他原是东北的作家（现在西安）。抗战开始以后，我们去南京找救亡团体联系，正在走着。老张烟瘾大发，就从口袋里摸出半截香烟。马上向路旁的清道夫说："借借火。"（用东北话）上海清道夫没听懂，一看他的模样，有了成见。就说："我才点着，给你?!"老张很尴尬，只好把半截烟拿出，说"不是呀，我要借借火"。张，20多岁，穿着长大褂。满襟都是脏的，吃饭的油啊，菜汤的痕迹历历在目，他的习惯给他招来了无数麻烦，因为他胸前总有油渍。巡捕一看到这种人马上就拿出枪来，要他举起手来搜身，上海人叫"抄靶子"。我与张一起走路。走得高兴，边走边聊，突然来了一个巡捕，要搜他，他若无其事从容不迫地举起手来，搜完了没事。（陶萌萌整理《萧殷口述历史》1983年稿本）

㉓他（韩念龙）是复旦大学毕业生，爱人在复旦附中，后来去新四军离了婚。现爱人王珍。他家里是地主，但他过的是一个贫苦的救亡青年的生活，经常饥寒交迫。有一天他到我们的亭子间来，我们的衣服都是最廉价的纱线衫。已糟了。用力一扯就会裂开缝了，既不能洗也不能拉。他看到我们在看书，人人都穿着烂衣服，于是走上来扯我们的衣服，一下就撕烂了。我们大声惊呼："哎呀，撕烂了，下午没有衣服穿呀！"他说："不怕，我们去买新衣服。"原来他家里寄了点钱来。他家里隔三四个月寄几十块钱来，每次都是如此，早上寄到，下午就全部花光了，完全接济了穷朋友，但他自己都饿得要死，经常与他走在马路上，他突然不动了。两眼发直，我们都奇怪。顺着他的目光看去，原来路边的饭店的玻璃橱里吊着烧鸡烧肉。他太饿了，我们说："看什么？太无聊了。"他如梦初醒，说："唉，我自己都不知道。"于是大家又一起往前走。可是

在前面饭店前又站住了……我们的最高理想是吃一餐"四喜饭"。就是一碗蒸饭，饭面上有两块扣肉，放些猪油、酱油。饭拿来后，我们先把两块肉拨在一边，用酱油和猪油把饭吃完，然后再要一碗白饭，用肉送下。（陶萌萌整理《萧殷口述历史》1983年稿本）

㉔一天晚上六点多，敌人的炮弹在头上呼啸，意外进入法租界才得以逃生。一周后向汉口疏散。乘意大利商船离开上海（一个月以后，上海沦陷），商船到达江苏南通，之后在江北步行三日到达天生港。在天生港买到去武汉的船票。开船后方被通知改航至南京。经过艰难争辩，船长终于同意把船开往武汉，无意中避过南京大屠杀（一个多月以后，南京沦陷）。（《年表》）

㉕《年表》。

㉖按照严希纯的要求，与吕蒙、张建甫、梁建勋等到了第七战区政治部宣传队，利用刘湘与蒋介石的矛盾，到那里进行革命宣传。在第七战区，经常听到八路军驻汉办事处的负责同志做报告，记得张爱萍、张经武和聂鹤亭都去讲过政治工作和游击战略。这期间看到一本专门介绍游击战的专著，内容都是我军负责同志的文章。（《年表》）

㉗1937年在上海。一天，他听说有苏联音乐代表团来沪演出，其中有歌唱家费奥多尔。地点是市中心的南京路。票价一元。当时父亲身上只有一元钱，于是咬牙勒紧裤带，从住地步行到南京路，看完演出走回家，来回三四十里路。父亲虽然饿得肚皮贴上了脊梁骨，但却沉醉在男低音《伏尔加船夫曲》动人的旋律里，他一连兴奋了很久、很久。《伏尔加船夫曲》，那不断重复的音调 5 3 6 3 0 | 5 3 6 3 0 | ……配上带有呼吸声韵的"哎嗨 哟 嗬，哎嗨 哟 嗬"，低沉雄浑，忧郁苍凉，却铿锵有力，反映出被压迫者痛苦的呻吟、彻骨的不甘和强大的渴望。（陶萌萌《一生，放不下的思念——回忆父亲萧殷之二》，《百年萧殷》第386—387页）

1938年　民国二十七年　戊寅　二十三岁
1月

是月，随宣传队前往皖南前线，从南昌回到汉口。①

11日，《新华日报》在汉口创刊。②

是月，被吸收为全国各界救国联合会（简称"救国会"）成员。③

1938年

是月，同李公朴等一起乘火车从汉口离开，前往潼关。④

是月，在"全民通讯社"工作，与方树民等五人研究如何加强民族革命大学，开展组织和培训工作。⑤

是月，回到汉口。到范长江创建的中国青年新闻记者学会工作，成为唯一的驻会工作人员。⑥

3月

30日，中国青年记者学会第一届全国代表大会在武汉举行⑦，被推选为总务组干事。⑧

30日下午2点，中国青年记者学会第一届全国代表大会在汉口青年会召开。⑨

是月，范长江打电话给先生要他来《大公报》编辑部，介绍一位年仅15岁的男孩王杰作为助理（后来先生把他带到延安）。⑩

4月

1日，《新闻记者》创刊号出版。

10日，鲁迅艺术学院（简称鲁艺）在延安成立。⑪

是月，除了处理信件，也参加《新闻记者》月刊的编辑工作，在月刊写过两篇反对托派的短文。⑫

5月

1日，《新闻记者》第一卷第二期封面刊登中国青年新闻记者学会成立大会文件，内有先生签名"萧英"；刊登《中国青年新闻记者学会理事名单》，先生为干事；发表先生署名萧英的文章《上海大美晚报被禁发行与纵容侵略》。

6月

1日，中国青年新闻记者学会《新闻记者》第一卷第三期"游击队"发表先生署名萧英的文章《以打击庸报的手段去打击一切民族罪人》。

7月

是月，日寇步步逼近武汉，并掌控武汉上空制空权，武汉形势吃紧，大批工商企业都向后方重庆撤退，中国青年新闻记者学会等机构也决定一起撤往重庆，先生不愿撤退，下决心奔赴延安。⑬向学会负责人徐迈进提出到延安学习，在八路军驻汉办事处填表、口试、笔试，并且经过办事处主任罗炳辉亲自数次谈话，批准赴延安。⑭出发前八路军办事处吩咐先生带领六位向往革命的年轻人赴延安，一路设法保证大家安全。⑮

24日，启程离开武汉（三个月后武汉沦陷），奉命带领王杰、包慧、聂耶、金萍、贺昭、高立德⑯赴延安，一行七人（三男四女）在武汉大智门火车站搭去西安的火车。通过《全民》杂志社的关系，弄到"全民社西北旅行团"的公文，为了对付路上国民党的检查。路上，像大哥哥一样照顾六个年轻人。⑰

26日，到达西安七贤庄八路军驻西安办事处。因七人口音不同，被国民党特务注意。⑱前往延安，其他人被安排前往陕北旬邑陕北公学分校。⑲

28日，晚上乘汽车抵达洛川，然后徒步北上。⑳

30日傍晚，步行到达延安，㉑住在招待所。㉒

8月

1日，中国青年新闻记者学会《新闻记者》第一卷第五期《短评》发表先生署名萧英的文章《利用汉奸内部的矛盾加速其崩溃》。

2日，到达延安北关的文庙一带刚开办三个多月的鲁迅艺术学院，住进延安旧城北门外云梯山麓南侧半山坡的窑洞里。㉓

3日，与刚抵达的康濯建立友谊。㉔后经过考试一同进入文学系，即将在这里学习马列主义文艺理论、毛主席著作、苏联文学作品和文艺理论以及中外名著。㉕与康濯、高戈成为同一个窑洞的"室友"。㉖鼓励对报考"鲁艺"缺乏信心的康濯，使他有信心。㉗参加"民族解放先锋队"。㉘成为鲁迅艺术学院第二届学员。㉙

9月

是月，随文学系到二十里铺参加秋收，与农民同住并写下散文收集在册。㉚

10月

下旬，加入中国共产党，入党介绍人耿西、崔获。㉛

25日，武汉弃守。㉜

28日，《新华日报》第三版发表先生署名萧英的文章《抗战艺术在肤施——鲁迅艺术学院的轮廓画》。㉝

11月

是月，从鲁艺毕业㉞，被分配到"中国青年新闻记者学会延安分会"工作。㉟

6日，中国青年新闻记者学会延安分会成立，成立大会在延安边区文化协会举行，会员有七十余人，先生担任主席团成员，㊱并被推选为理事。㊲

6日，写新闻报道《中国青年新闻记者学会延安分会成立大会记》。㊳

7日，《战斗》1938年第32期发表先生署名萧英的文章《鲁迅艺术学院的轮廓画》

（上）。

17日上午，先生参加入党宣誓仪式。㊴

18日，《战斗》1938年第33期发表先生署名萧英的文章《鲁迅艺术学院的轮廓画》（下）。

24日，李公朴到达延安。㊵

27日，中国民主同盟发起人和领导人之一的李公朴来延安参观并会见毛泽东等中央领导人。㊶李公朴要求配备干部。㊷

是月，担任李公朴秘书。㊸

12月

10日，中国青年新闻记者学会《新闻记者》第一卷九、十期第36页发表先生署名萧英的文章《延安记者开始组织》（写于延安）。

25日，离开延安，随李公朴前往山西，㊹主要工作是为李公朴写讲演提纲，也帮他写些其他文章。㊺

26日，温健公在吉县遭敌机炸弹击中牺牲。㊻

27日，进入宜川兵站。㊼

29日晚，渡过黄河，到达吉县古县村。㊽

31日，日寇扫荡吉县。㊾

是年，任《新中华报》编委。㊿

是年，母亲陈氏去世。

【注释】

①宣传队调往皖南前线。但刚到南昌，刘湘在汉口病死，第二天宣传队即被宣布解散。大家知道前面不远就是刚刚建立起来的新四军根据地，都有投奔之意，坚决要求就地解散。但被拒绝，命令立即回汉口解散。（《年表》）

②这个时期，上海、南京和太原等重要城市相继失守，武汉成为当时抗战活动的军事、政治中心，全国性的重要报纸如《大公报》《申报》等都迁到汉口，中共所办的《新华日报》也于1938年1月11日在汉口创刊，加上原在当地出版的《扫荡报》和《武汉日报》，武汉确实成为全国新闻事业中心。（陶诒《"青记"的创立和它在武汉会战前后》，范苏苏、王大龙主编《范长江与"青记"》，北京工艺美术出版社2008年3月版第262页）

③我是李公朴先生的秘书，实际上，又不仅仅是属于他个人的秘书，当时救国会的所有活动，差不多我都在经手。所以我在公朴先生一住定下来后，就非常紧张地开展了许多活动。首先是战地流亡学生登记工作。我们聚集了一些战地流亡学生住在青年会，当时，以严希纯、萧殷为主另外吸收了一些从上海带来的青年学生参加。打印了好多登记表，先填表，后谈话，然后分别组织一些学习班，就在这些流亡学生中挑选出干部，编班分组，集中在几个学校以正式开展学习、培训。记得登记的人络绎不绝，连续开办了"艺训班""战工班""战地服务班"等近三十个班，人员仍源源不断。还从中挑选了一些优秀可靠的学生，介绍给八路军办事处。当时陈家康同志也经常来我们这儿，我们就请他想法转送一些人去延安学习。其他的由我们组织一些"战地服务工作团"，介绍到各个战地（有的是战区，有的是军以上的部队）去做部队或地方战时服务工作。（方仲伯著《风雨履痕》，云南德宏民族出版社1995年12月版第123—124页）

方树民（1910—1996），即方仲伯，曾在上海、武汉参加抗日运动，任李公朴秘书。1949年后任云南省政协副主席、云南大学党委书记、副校长。

④1938年初，公朴和我们坐着一列专车顶着严寒的风雪飞驰在从汉口到潼关的铁道上。同我们一起去山西的青年学生不下三千人，他们都一一填写了登记表，并按编号，发给他乘车证，上车，下车，以及车上秩序，全由我们管理。同公朴先生一起去的，除了我和严希纯、萧殷等外，还有不少学者、教授、作家，如何思敬、陈唯实、施复亮、贺绿汀、萧军等。在车上并不寂寞，到潼关后更为热闹了。（方仲伯著《风雨履痕》，云南德宏民族出版社1995年12月版第132页）

李公朴（1900—1946），江苏扬州人。1936年，任全国各界救国联合委执行委员，同年11月与邹韬奋等被逮捕，世称救国会七君子事件。1946年在昆明被国民党特务杀害。著有《怒涛集》。

⑤离临汾不远有个刘村，八路军政治部有一个办事处设在那里，丁玲同志也住在该处。办事处负责人是彭雪枫同志。全民通讯社，这时已从太原搬到临汾，李公朴任社长，实际工作由彭雪枫同志负责，周巍峙、罗干均在社内工作。因我也是全民社的记者，是该社战地特派员，所以我同公朴先生到临汾后，全民通讯社就设在我们住的那个面粉厂，这等于为公朴先生设了一个办事机构，集中了严希纯、萧殷、周巍峙、罗干我们五个人，专门研究如何加强民族革命大学的工作。在临汾我们不能过多插手学校的事，于是我们就把运城分校作为重点，开展了全面的多种形式的组织和培训工作，进

展得比较顺利。（方仲伯著《风雨履痕》，云南德宏民族出版社1995年12月版第133—134页）

⑥萧殷到了武汉，经陈农菲介绍到"中国青年新闻记者学会"工作。这个单位只有一间小房子，驻机关的工作人员只有萧殷一个人。（《萧殷传》第101页）

范长江（1909—1970），四川内江人。1927年参加南昌起义。1942年入苏北解放区，历任新华日报（华中版）社长、新华通讯社总编辑。1949年后曾任人民日报社社长。

⑦中国青年新闻记者学会（以下简称"青记"）于1938年3月30日在汉口召开了第一届代表大会。（陶诒《"青记"的创立和它在武汉会战前后》，范苏苏、王大龙主编《范长江与"青记"》，北京工艺美术出版社2008年3月版第261页）

⑧最后通过简章和成立大会宣言，并选举范长江、傅于琛、陆诒、钟期森、曾圣提、朱明、徐迈进、陈子玉、夏衍、陈农菲、恽逸群为理事，推定范长江、钟期森、徐迈进三人为常务理事，朱明为秘书，具体领导会务。在常务理事下面，分设总务、组织、学术三个组，各组除由理事兼任正副主任外，另设专职干事。当时，总务组的干事是肖英，组织组的干事是冯英子，学术组的干事是朱楚辛。会址初期设在汉口华商街济世总里，后来迁至江汉路宁波里，一直到武汉弃守时为止。（陶诒《"青记"的创立和它在武汉会战前后》，范苏苏、王大龙主编《范长江与"青记"》，北京工艺美术出版社2008年3月版第263页）

⑨这次会议是在1938年3月30日下午2时，在汉口青年会二楼礼堂举行。这次会议既是"青记"庄严隆重的成立大会，又是实际上的全国性的首次代表大会。（陶诒《"青记"的创立和它在武汉会战前后》，范苏苏、王大龙主编《范长江与"青记"》，北京工艺美术出版社2008年3月版第262页）

⑩《年表》。

王杰，原名王书绅，自小在剧团演戏，曾担任先生助理。

⑪鲁迅艺术学院（简称"鲁艺"）是一九三八年四月十日在延安城的北门外成立的。（《萧殷传》第111页）

⑫《年表》。

⑬1938年7月，武汉形势又吃紧，中国青年记者学会准备往重庆撤退，萧殷不愿再向后撤了，下决心奔赴延安。于是，他以"全民通讯社"记者的身份经京汉路和陇海路

到达西安，然后由西安八路军办事处安排他乘汽车到洛川。由洛川往北就没有汽车路了，萧殷和许多投奔革命的青年一同步行了三整天，终于来到了当时的革命中心——延安。（章明《老牛赢病犹奋蹄——记萧殷并为他写〈创作论〉呐喊》，广东省作家协会编《风范长存——萧殷纪念与研究文集》，暨南大学出版社1994年版第364页）

⑭萧殷当即向"青记"负责人徐迈进提出去延安学习的愿望，继而通过汉口新华日报社的介绍，萧殷来到八路军驻汉办事处。填表写明家庭情况，介绍自己发表过的作品，并且经过口试、笔试。最后，办事处主任罗炳辉亲自谈话数次，听萧殷介绍自己在广州参加曾生主持的"国际问题研究小组"以及参加创立"广州艺术工作者协会"的革命活动，并发表抨击蒋介石反动势力的文章；在上海参加"上海大学生暑期无锡农村服务团"宣传抗日；参加抗日救亡团体"上海防护团"宣传抗战并救护伤员；参加第七战区政治部宣传队进行革命宣传的经历……萧殷顺利被批准前往延安。（陶萌萌《我的父亲萧殷在延安》，刘妮主编《燃烧的岁月——我的父辈在延安》，即将出版）

徐迈进（1907—1987），江苏吴县人。1925年加入中国共产党。在延安时任《解放日报》副总编辑。1949年后任新闻总署办公厅主任、中央宣传部副秘书长。

罗炳辉（1897—1946），云南彝良人。1926年参加北伐，1929年加入中国共产党。曾任中国工农红军第九军团军团长、新四军第二副军长兼山东军区副司令员。

⑮《年表》。

⑯包慧（1921—2018），江苏苏州人。先后担任过《大众日报》《鲁中日报》编辑、记者，1949年后曾任新华社山东分社副社长。

聂耶（1925— ），曾入读上海法学院、上海财经大学。在延安时担任保育院小学部教师。

金萍，履历不详。

贺昭（1923— ），1938年加入抗日剧社，次年调入晋察冀四分区"火线剧社"。1949年后任中央实验话剧院演员、导演。

高立德，履历不详。

⑰《年表》。

⑱我们到达西安后，肖殷把我们安排在一个小旅馆里，租了一个大房间，七个人挤在一起，睡在地板上。由肖殷一个人秘密地到七贤庄八路军西安办事处去办理去延安的手续。尽管行动秘密，但七个人是天南地北，操各种口音的，已经引起国民党特务的注

意了。有一天晚上,国民党特务到旅馆,以查户口为名,向肖殷盘问,幸亏大家行李简单,只是肖殷带了一个破箱子,里边装了一些进步书籍,当即引起了肖殷的警惕。(包慧著《散忆半个世纪前的故事》,北京出版社2002年1月版第22页)

⑲在去延安的路上,八路军沿途都设有兵站。肖殷拿出汉口八路军办事处的介绍信,在兵站住宿、吃饭。兵站有时有汽车送我们一程,有时自己雇毛驴,或者马车,我们这一群年轻人,像刚从笼子里放出来的鸟儿一样,情绪激昂地一边唱着"工农兵学商,一齐来救亡"……各种救亡歌曲,一边赶着马车,直奔革命圣地——延安。除肖殷留在延安"鲁迅艺术学院"外,我们其余的人都分配到了陕北旬邑县陕北公学分校。(包慧著《散忆半个世纪前的故事》,北京出版社2002年1月版第22—23页)

⑳《年表》。

㉑七月三十日傍晚,终于到达延安!极度兴奋和激动,忍不住用家乡话高喊:"我来啦!"(陶萌萌《我的父亲萧殷在延安》,刘妮主编《燃烧的岁月——我的父辈在延安》,即将出版)

㉒萧殷到了延安,住在招待所。当时招待所住着许多青年人,他们都是为了抗日,为了革命,从各地向延安投奔而来的。(《萧殷传》第110页)

㉓《年表》。

㉔我和萧殷有过"三同":同是延安鲁迅艺术学院文学系第一期学员,同住过一个窑洞,同一天入党。那都是1938年8月到11月的事。那年8月3日傍晚,我们一伙由八路军西安办事处组织起来的青年步行到达延安,我和另外几个在分别各找单位时又到了鲁艺,就是北门外城墙西面半山坡的窑洞内。我是考文学系,记得考音乐系的有李焕之同志,住窑洞时都按系分开了。我住的是最高一层靠北的一个棚子,这个临时搭的棚左右都有窑洞,紧挨棚的后面也是个窑洞,由于里面塌了还没修整,便用木头、苇席和油毛毡搭了这个棚住人。我进去时棚里已住了三个人,通铺上正好还能住下我一个。当时已有一个在通铺上睡了,另一个独自占着仅有的一盏豆油灯在看书,第三个在棚外散步。就是这位散步的同志帮我把行李提进去,又帮着我解行李、铺好铺,然后同我一起坐在通铺边,很亲切地聊天、说话。这位我到鲁艺后碰到的第一热情者,就是萧殷同志。(康濯《萧殷——我的"三同"战友》,《百年萧殷》第78—79页)

康濯(1920—1991),湖南湘阴人。1938年入读延安"鲁艺"文学系,毕业后任八路军随军记者。曾任晋察冀边区《工人报》和《时代青年》主编。1949年后任中国作协书记处书记、湖南省文联主席。

㉕萧殷一边听,一边思索,还未做出最后决定时,组织部的同志又说:"你原来是搞文学的,你到鲁迅艺术学院学习,怎样?""好的。"萧殷认为自己是搞文学的,到鲁迅艺术学院学习合适,于是就答应了。(《萧殷传》第110—111页)

㉖《年表》。

高戈(1919—2010),湖南长沙人。1937年入鲁艺学习,次年加入中国共产党,曾任新华社东北总分社社长。1949年后任新华社总社副总编辑、北京市委秘书长。

㉗那还是在1938年8月3日,康濯当晚来到延安鲁艺,被分配住进临时搭了苇席棚子的破窑洞里。那里已经住进了三个人,其中就有萧殷同志,萧殷帮他把行李提进去,帮他解开行李铺好铺,给他第一印象,这位瘦小的广东人,热情又乐观。两人很亲切地聊起天来。那年萧殷23岁,康濯18岁,萧称他为小弟。当他知道康濯报考鲁艺缺乏信心时,就问起康濯读过哪些文学作品、知道哪些文学知识,听后鼓励他说不错,你还有些基础,不要慌张,万一考不取,也还可以进抗大、陕公,使他情绪稳定下来。第二天上下午都考试,晚上,萧殷又像老大哥一样,详细问了康濯出了什么考题和如何作答的,最后拍着康濯的肩膀开心地笑着说:"那我看,你怕基本上可以放心啰!"发榜时,康濯果然被录取了。他说这次考试的思想准备和情绪稳定,是得力于萧殷同志的帮助的。对于这一段经历,康濯曾有过详细的描述,题为《萧殷——我的"三同"战友》,他俩同是鲁艺文学系第一期学员,同住一个窑洞,同一天入党。(王勉思《怀念萧殷夫妇》,《百年萧殷》第107—108页)

㉘他到了鲁艺就参加了"民族解放先锋队"(简称"民先")组织。(《萧殷传》第113页)

㉙延安桥儿沟革命旧址管理处、延安鲁艺文化园区管理办公室编《延安鲁艺》,世界图书出版西安有限公司2017年版第195页。

㉚《年表》。

㉛《年表》。

耿西(1918—1969),湖北枣阳人。1938年在"鲁艺"学习,曾任八路军随军记者,晋冀鲁豫《人民日报》副刊编辑。1956年加入中国作协。著有《洞天怒潮》。

崔荻,延安鲁艺文学系学员。

㉜从1938年3月30日"青记"在汉口成立,到同年10月25日武汉弃守为止。[冯英

子《在武汉的日子》，中国社会科学院新闻研究所《新闻研究资料》编辑室编《新闻研究资料》第2辑（总第7辑），新华出版社1981年12月版第48页］

㉝在"鲁艺"学习即将结束的时候，萧英以全民社记者的身份写了一篇全民肤施通讯《抗战艺术在肤施——鲁迅艺术学院的轮廓画》，发表在《新华日报》1938年10月28日第三版。文中这样介绍"鲁艺"：在黄土高原上的一个古城的北门外，罗列着密密的荒冢，几根石柱伴着朱红剥落的"文庙"的牌坊。废墟上还有几个湮没了一半的什么礼义廉耻的残碑，这些都说明这里也曾经有过巍峨的宫殿，有过金碧辉煌的好景，但在时代车轮的不断进展中，环绕它周围的只剩下寂寞的荒冢了！随着抗敌浪潮的高涨，这古城——延安——的一切，都欣欣向荣地复活起来了。在这荒凉的北门外的土窑洞里，同样地活跃着无数的青年。他们拿起锄头和笔杆不倦地工作着，学习着。他们骄傲地唱着："我们是艺术工作者，我们是抗日的战士，踏着鲁迅开辟的道路，为建立新的抗战艺术，为继承他的革命传统，努力不懈……"这一切也同样地说明了在这荒漠的废墟和荒冢中，正创建着新的抗战艺术。（陶萌萌《我的父亲萧殿在延安》，刘妮主编《燃烧的岁月——我的父辈在延安》，即将出版）

㉞我于去年十一月毕业了。（肖英《西北鸿爪》，原载《新龙川》1939年，中国人民政治协商会议龙川县文史资料研究委员会编《龙川文史》第五辑，中国人民政治协商会议龙川县文史资料研究委员会1989年10月版第58页）

㉟《年表》。

㊱延安通讯：自武汉不守后，抗战形势已走入一个更艰苦的阶段了。这时候，各党派、各阶层、各生产部门及文化部门的从业员，应该更加团结，集中更多的力量，才能粉碎敌人的进攻。应着这需要，筹备不久的中国青年新闻记者学会延安分会于十一月六日假座边区文化协会宣布成立了……说明："从筹备至召开成立大会。一月余光景，已登记的记者共有七十余人……"筹备会的报告结束后，接着大会推举蒋委员长、毛泽东先生、范长江先生、萧同慈先生、丁文安先生、王亚明先生、王芸生先生、邹韬奋先生、吴克坚先生等为大会名誉主席团，又推定徐冰、向仲华、汪崙、雷炜、萧英、员宪千、方树民等同志为大会正式主席团。刘毅、黎光两同志为大会记录。（萧英《中国青年新闻记者学会延安分会成立大会记》，1939年1月14日《新华日报》）

㊲大会进行到这时，已过中午了，休息了片刻，又进行大会程序第六项：首先由汪崙同志诵读筹备会所拟的分会章程，然后由各会员配合边区特殊情形和根据总会章程的

原则,大家很热烈地讨论,修正和通过。程序第七项推选理事,结果以徐冰、向仲华、汪崙、萧英、沙凡、雷烨、方树民、田野、方绥、周游、员宪千、刘人寿、马寒冰等十三人当选。(萧英《中国青年新闻记者学会延安分会成立大会记》,1939年1月14日《新华日报》)

㊳"今天是中国青年新闻记者学会延安分会的成立大会",就在这时候《新中华报》负责人向仲华同志代表筹备会报告筹备经过,说明:"从筹备至召开成立大会。一月余光景,已登记的记者共有七十余人……"(萧英《中国青年新闻记者学会延安分会成立大会记》,1939年1月14日《新华日报》)

㊴不久文学系正式编班,我和萧殷已不在一个班上。不过我们来往还不少。当时我们党还是秘密状态,谁是党员,谁在申请入党,这些事互相都不清楚,也不议论。但我和萧殷仍曾为此背地里商量过,从是不是写申请、什么时候写直到党组织派人谈话,都议论、交换过意见并互通过信息。因此,当年11月17日上午,我和萧殷被分别通知,从延安北门外西山坡的窑洞绕到南面的山坡,也就是面对南边的城墙和紧挨大砭沟的山坡上,并找到一个清扫干净的废窑洞后,我们两个难免都暗自会心地笑了。这是我们同时参加入党宣誓的仪式,那一天同举右手,同在马克思、列宁、毛泽东的大幅木刻像前宣读誓词的新同志共20个,包括各个系的学员和个别教员。那天晚间我和萧殷同志还有过一次长谈,那是我们的临时话别。(康濯《萧殷——我的"三同"战友》,《百年萧殷》第81—82页)

㊵李公朴等人乘坐西安八路军办事处的卡车,经过几天的颠簸,于11月24日终于来到仰慕已久的延安。(周天度、孙彩霞著《李公朴传》,北京群言出版社2002年8月版第122页)

㊶《年表》。

㊷公朴先生就写信给毛主席,要求给他配备几个干部,特别需要一个秘书……毛主席将这件事交罗瑞卿同志,请他为公朴先生挑选几个干部。(方仲伯著《风雨履痕》,云南德宏民族出版社1995年12月版第150页)

㊸我于去年十一月毕业了,本在记者学会学术组工作,后因李公朴先生来延安,坚约我同赴山西,任其私人秘书。(肖英《西北鸿爪》,原载《新龙川》1939年,中国人民政治协商会议龙川县文史资料研究委员会编《龙川文史》第五辑,中国人民政治协商会议龙川县文史资料研究委员会1989年10月版第58—59页)

㊹12月25日，遂离延赴晋，刚抵黄河，晋西情势，顿形恶劣。（肖英《西北鸿爪》，原载《新龙川》1939年，中国人民政治协商会议龙川县文史资料研究委员会编《龙川文史》第五辑，中国人民政治协商会议龙川县文史资料研究委员会1989年10月版第58—59页）

㊺《年表》。

㊻（温健公）1938年12月26日在山西吉县遭日军飞机轰炸牺牲。（李盛平主编《中国近现代人名大辞典》，中国国际广播出版社1989年版第687页）

温健公（1908—1938），广东梅县人。1926年入读广州中山大学，次年加入中国共产党。1936年任河北抗日民军总部秘书长兼政治部主任。

㊼去年十二月二十七日晚，刚踏入宜川兵站，就听到你遇难的噩讯。（李公朴《哀健公》，《政治周刊》1939年2月27日第二卷第二期）

㊽二十九晚渡河，到了吉县古县村，知道你确实在敌机轰炸下牺牲了。（李公朴《哀健公》，《政治周刊》1939年2月27日第二卷第二期）

㊾敌人侵入吉县是十二月三十一日，是夜月色昏暗，寒风甚烈。（李公朴《两渡黄河》，方仲伯编《李公朴文集》，云南人民出版社1987年7月版第352页）

㊿《新中华报》是1937年1月29日由其前身——《红色中华》改名而来（期号顺延《红色中华》，为第325期）。它先为中华苏维埃中央机关报，一般为4开4版（特别时期会扩版）。油印。向仲华任主编，徐冰具体指导。汪峯、萧英、雷烨、员宪千、方树民、刘毅、黎光等参加编委工作。（陈忠实、李继凯主编《延安文艺档案·延安文学》，太白文艺出版社2015年版第31册第311页）

1939年　民国二十八年　己卯　二十四岁

1月

1日，日寇在井圪塔村奸淫掳掠，手无寸铁的村民惨遭残杀。①

是月，在吉县秋林镇，按李公朴吩咐写文章。这期间经常到八路军驻晋西办事处，与王世英主任谈论形势，并汇报第二战区政治部宣传部情况。其间听说吉县县城六七里外的井圪塔村被日军"扫荡"的惨案。②

14日，《新华日报》第369期第四版发表先生署名萧英的文章《中国青年新闻记者学会延安分会成立大会记》。

15日，再渡过黄河，步行两天，到达吉县。③

28日，在吉县参加为井圪塔烈士举行的追悼会。④

是月底，随同李公朴来到吉县县底村，访问白鸿宾家。⑤代笔撰写纪念温健公文章。⑥

2月

1日，与方树民等前往中市政治部。⑦

1日，先生的文章《母与子》（采访一个抗日军人家庭的白老太太的故事）由李公朴分别寄给吴江和《阵中日报》。⑧

8日晚，在山西吉县写文章《改变新闻宣传的方针》。

是月，到井圪塔村采访，了解日寇在井圪塔村进行的一次灭绝人性的抢掠和屠杀。⑨

13日夜，在山西吉县中市，完成报告文学《井圪塔的血》⑩。

25日，《新中华报》第四版发表先生署名萧英的文章《母与子》。

27日，《政治周刊》第二期刊登先生为李公朴代笔写的文章《哀健公》。

是月，重庆各报发表先生的文章《劫后山西》。⑪

是月，在山西吉县中市村，身穿八路军军装留影（方树民摄）。

3月

23日至25日，《新华日报》连载先生署名萧英的文章《井圪塔的血》。⑫

按，《新华日报》第426号第四版刊登先生署名萧英的文章《井圪塔的血》，《新华日报》第427号第四版刊登先生署名萧英的文章《井圪塔的血》（续），《新华日报》第428号第四版刊登先生署名萧英的文章《井圪塔的血》（续完）。

是月，随李公朴在临汾、汾城、襄陵、宁乡县活动。⑬

4月

月初，返回吉县。⑭

9日，撰写《日本法西斯灭亡》文稿，作为李公朴写信给健武的附件。⑮

在山西四月余，写了不少作品。⑯

24日晚上六时半，随李公朴抵延安，寓西北旅社。⑰留在延安，⑱在中国青年新闻记者学会延安记者协会分会工作，协会只有两名干部，每周回鲁艺参加一次党小组会，过组织生活。⑲

5月

1日，《西线》第5期发表先生署名萧英的文章《日本法西斯死灭的前夕》。

10日，毛泽东来鲁艺，为庆祝鲁艺成立一周年发表讲话。⑳

是月，寄文章《"五·一节"在延安》给《新华日报》。㉑

是月，与冼星海成为挚友。㉒时常在延河边交谈。㉓

16日，与方树民见李公朴并交谈。㉔

6月

1日，中国青年新闻记者学会延安记者协会分会举行第二次会员大会，先生被推选为大会主席团成员及理事，在会上报告半年来的会务。㉕

14日晚，与方仲伯在青年记者学会交谈。㉖

15日，李公朴离开延安，前往送行并一起合影。㉗

7月

1日，中国青年新闻记者学会《新闻记者》第二卷第一期《论文》发表先生署名萧英的文章《改变新闻宣传的方针》。

是月，调往太行山工作。㉘从西安护送30多名青年到抗大一分校，㉙途中，与包慧相遇。㉚

是月，与杨朔相识。㉛

8月

3日，鲁艺迁至桥儿沟。㉜

13日，《新龙川》发表先生署名肖英的文章《西北鸿爪》。

25日，《新中华报》第四版发表先生署名萧英的文章《传令兵之死》。

9月

1日，《新中华报》第四版发表先生署名萧英的文章《引路》。

从7月初离开延安，行军两个多月。㉝

是月底，抵达北方局。在武乡县韩碧村八路军总司令部，政治部负责人傅钟与先生谈话。㉞任《新华日报》（华北版）编委及通讯联络科科长。㉟其间活跃于太行山和冀南平原，写出大量反映敌占区人民战斗生活的文学作品。㊱

为联系和辅导作者，编印小刊物《通讯与联络》。㊲这是首次为培养青年作者而做的工作。㊳

10月

是月，住在冀南区党委、冀南行署和冀南军区所在的村子里，白天到前方采访，晚上住在村里给《新华日报》华北分馆写稿。每个地方只能住五六天就得转移。转移常常在晚上。[39]因而，学会了骑马。[40]以生疏的普通话向大家讲述日寇的罪行。[41]

是月，认识宋创。[42]

11月

15日，《新华日报》（华北版）刊登广告，《通讯与读者》第一期目录中有萧英的文章《要多面反映战斗的现实》。

17日，《新华日报》第三版发表先生署名萧英摘编的文章《苏联报业的轮廓画》（未完）。

19日，《新华日报》第三版发表先生署名萧英摘编的文章《苏联报业的轮廓画》（续完）。

是月，与李谦等一起生活。[43]

12月

11日，《战地》第四卷第一期第6—8页发表先生署名肖英的文章《展开战地通讯运动》。

23日，《新华日报》（华北版）刊登广告，《通讯与读者》第三期有先生署名萧英的文章《写通讯应注意四个要素》。

29日，《前线日报》第五版发表先生署名萧英的文章《通过敌人封锁线》。

是年，到延安后，一直与范长江通信，保持联系。[44]

【注释】

①井圪塔村位于吉县城西2公里。寨子，即百姓避难在山崖上打的洞。从民国二十八年（1939年）一月一日开始，躲藏在寨子里的32名手无寸铁的老弱妇孺，用石块、土块和来犯的日军整整打了3天，打死日本兵2人。最后，终因寡不敌众，除两个小孩被压在大人身下未被发现外，其余30人全部壮烈牺牲。（李玉明主编《山西古今地名词典》，三晋出版社2009年9月版第292页）

②《年表》。

王世英（1905—1968），山西洪洞人。毕业于黄埔军校，1925年参加第二次东征，1938年任八路军驻山西办事处处长。1949年后，任山西省省长、中共中央监察委员会专职委员。

③晋西战局，不十天就告好转，于一月十五日乃再渡黄河，两岸稀疏的一些炮弹

窟,留下敌人残暴的痕迹。步行两天,到吉县,沿途人去屋空,荒凉万状,尤其吉县城内和附近各村,已成一片焦土。(方仲伯编《李公朴文集》,云南人民出版社1987年7月版第351页)

④我们于一月二十八日参加他们追悼会之后,前往实地一视,断崖绝壁的山窟,亦被日寇搜劫屠杀,残衣遍地,血迹斑斑,不禁黯然!(李公朴《两渡黄河》,方仲伯编《李公朴文集》,云南人民出版社1987年7月版第352页)

⑤归家整理照片,白鸿宾家(第二纵队四纵队)的照片四张,每张后有两句话:1. 模范的抗战家庭;2. 爱国的母亲;3. 夫是英雄儿好汉,母更爱国,媳孝女贤;4. 父子同抗战,母慈妻孝弟妹贤。李公朴摄赠,廿八年二月一日于吉县。[《李公朴日记(1937年9—11月,1939年2—5月)》,《近代史资料》编辑部编《近代史资料》(总105号),中国社会科学出版社2003年版第59页]

白鸿宾,山西吉县人。抗日武装决死队排长。

⑥为了准确了解温健公,萧殷拜访了温夫人宋维静,并取得信任拿到温健公先生的日记,经过仔细研读,了解并推断温健公先生的品格和革命态度,写成纪念文章。除此之外,还写了一篇谈论文艺的文章。两篇都以李公朴署名,发表在邹韬奋主编的《全民抗战》三日刊上。(陶萌萌《我的父亲萧殷在延安》,刘妮主编《燃烧的岁月——我的父辈在延安》,即将出版)

⑦今晨树民、罗平、萧英等先赴中市政治部,我因对行营军官团讲话,明日再去。[《李公朴日记(1937年9—11月,1939年2—5月)》,《近代史资料》编辑部编《近代史资料》(总105号),中国社会科学出版社2003年版第91页]

⑧寄吴江的肖英写《母与子》一稿并附照片(母媳女及孙女在抱的相)。寄阵中日报稿一份《母与子》。代肖寄仲华稿一件。[《李公朴日记(1937年9—11月,1939年2—5月)》,《近代史资料》(总105号),中国社会科学出版社2003年版第92页]

吴江(1918—2012),浙江诸暨人。1937年加入中国共产党。次年到达延安,在陕北公学任教员。1957年在中国人民大学哲学系,曾任《红旗》杂志编委。

⑨《年表》。

⑩萧殷《井圪塔的血》,《萧殷自选集》第790页。

⑪如是奔波万山丛中,约20天,一直等到吉县收复,我们继续渡河,这情形我发表于重庆各报的《劫后山西》已详述,兹不重复。(肖英《西北鸿爪》,原载《新龙川》

1939年，中国人民政治协商会议龙川县文史资料研究委员会编《龙川文史》第五辑，中国人民政治协商会议龙川县文史资料研究委员会1989年10月版第58—59页）

⑫吉县发生一件徒手人民与敌寇苦战4天，最后皆壮烈牺牲的悲壮剧。我已写成报告，请翻阅《新华日报》3月23日、24日、25日三日连载的《井圪塔的血》。（肖英《西北鸿爪》，原载《新龙川》1939年，中国人民政治协商会议龙川县文史资料研究委员会编《龙川文史》第五辑，中国人民政治协商会议龙川县文史资料研究委员会1989年10月版第58—59页）

⑬从3月下旬开始，李公朴一行跋涉于临汾、汾城、襄陵、宁乡等县，于4月初又回到吉县。（周天度、孙彩霞著《李公朴传》，北京群言出版社2002年8月版第131页）

按，3月下旬，或是2月下旬之误。

⑭（1939年4月4日）李公朴在吉县，为县牺盟会出刊的油印小报题写报头"曙光"。（周天度、孙彩霞著《李公朴传》，北京群言出版社2002年8月版第134页）

⑮写信致健武，并附萧英《日本法西斯灭亡》稿件一文。［《李公朴日记（1937年9—11月，1939年2—5月）》，《近代史资料》编辑部编《近代史资料》（总105号），中国社会科学出版社2003年版第107页］

健武，履历不详。

⑯留在山西共4月余，当然我自己的作品也不少。前线是美丽的，使人兴奋的！动的，使人进步的！最快活的地方，到处是英勇杀敌的故事；但到处也是悲惨流血的故事。愈到前线，人民就越可爱，越能看出工农大众同仇敌忾的气象，越能说明人民基础的重要。（肖英《西北鸿爪》，原载《新龙川》1939年，中国人民政治协商会议龙川县文史资料研究委员会编《龙川文史》第五辑，中国人民政治协商会议龙川县文史资料研究委员会1989年10月版第58—59页）

⑰4月24日（第二次到延安），晚六时半抵延安，寓西北旅社。［《李公朴日记（1937年9—11月，1939年2—5月）》，《近代史资料》编辑部编《近代史资料》（总105号），中国社会科学出版社2003年版第112页］

⑱4月24日回抵延安，我本拟即转赴江南新四军政治部工作，但因记者学会需要我主持、推动，所以决定留在延安。（肖英《西北鸿爪》，原载《新龙川》1939年，中国人民政治协商会议龙川县文史资料研究委员会编《龙川文史》第五辑，中国人民政治协商会议龙川县文史资料研究委员会1989年10月版第58—59页）

⑲我和鲁艺20名同学在沙汀、何其芳两位老师带领下,跟随贺龙同志去前方分配了工作,我则于1939年3月又被鲁艺调回,在文学研究室当研究生,并又同萧殷见了面。他已分配到延安记者协会工作,协会只有两个干部,当然谈不上建立党支部,因此他每星期要回鲁艺参加一次党小组会,过组织生活。每次他总早来晚走,找我聊聊。(康濯《萧殷——我的"三同"战友》,《百年萧殷》第82页)

⑳5月10日出席在中共中央组织部大礼堂举行的鲁迅艺术学院成立一周年纪念大会,并讲话。毛泽东还为鲁艺成立一周年题词:"抗日的现实主义,革命的浪漫主义。"[袁永松主编《伟人毛泽东》(上卷),红旗出版社1997年版第681页]

㉑前天是"五·一节",延安非常热闹。我已给《新华日报》寄去一篇《"五·一节"在延安》,以后谅可读到,不赘。同时,还有工业展览会,成绩惊人,高射机关枪、三八式步枪,都是非常精巧的货色。还有呢绒出品……这些,都说明边区是蒸蒸日上,无论是政治、经济、文化、军事、教育。(肖英《西北鸿爪》,原载《新龙川》1939年,中国人民政治协商会议龙川县文史资料研究委员会编《龙川文史》第五辑,中国人民政治协商会议龙川县文史资料研究委员会1989年10月版第58—59页)

㉒与同样来自广东的人民音乐家冼星海成为挚友,朝夕相处,常常在黄昏后一同在延河边散步、谈心,冼星海详细描述《黄河大合唱》诞生的感人经过,那时生活虽然清苦,却十分温馨。(《年表》)

冼星海(1905—1945),广东番禺人。1928年,考入上海国立音乐院。1930年初到法国。1935年返回中国。1939年加入中国共产党。代表作品《黄河大合唱》。

㉓有一次当我要到黄河边时,冼星海同志问我,能不能帮他买到驼、牛、羊、马四种铃子?我当时感到莫名其妙,他要这些东西干吗?星海同志对我说:"我们搞音乐创作的与你们搞文学创作的一样,也要联想,要形象构思……只要当我听到这类牲口的叫唤或铃声时,我马上就联想到了沙漠,或想到了草原,想到沙漠无际,草原连成一片……"(萧殷著、弘征编《创作随谈录》,湖南人民出版社1985年1月版第35页)

㉔5月16日,树民、肖英来谈。[《李公朴日记(1937年9—11月,1939年2—5月)》,《近代史资料》编辑部编《近代史资料》(总105号),中国社会科学出版社2003年版第116页]

㉕徐冰、向仲华和萧英三位同志被推选为大会的主席团。接着由萧英代表上届理事会,报告半年来的会务……最后选出本届的理事,徐冰、李初梨、向仲华、乔木、刘

光、萧英、汪琦等七位同志当选为理事。(《延安青记举行第二次会员大会》，《新中华报》1939年6月2日第三版)

㉖当晚，同肖殷他们在青年记者学会谈到深夜，第二天，天刚破晓，驾驶员就开车来叫我上路了。(方仲伯著《风雨履痕》，云南德宏民族出版社1995年12月版第171页)

㉗1939年6月15日，李公朴率抗战建国教学团告别延安，和续范亭及其随行人员共乘一辆卡车，向晋西北进发。临行前，他们和延安交际处处长金城和其他送行人员，一起在车前合影留念。(周天度、孙彩霞著《李公朴传》，北京群言出版社2002年8月版第140页)

㉘1939年四月底再回延安，七月调太行山工作。(中国作家协会广东分会秘书组根据萧殷同志讲话记录整理《想起延安》，《百年萧殷》第422页)

㉙随即往西安，按照七贤庄八路军办事处的要求，从西安护送三十多名来自重庆等地的青年人去晋东南抗日军政大学一分校。乘火车从西安到达潼关，然后步行往渑池八路军兵站，住宿一宿，东渡黄河，往晋东南的阳城、晋城、壶关、陵川进发……把那批进步青年送到晋东南抗日军政大学一分校，继续赶往北方局。(《年表》)

㉚包慧一听，高兴起来："北方局离我们抗大一分校很近，我们同路啊。"(《萧殷传》第117页)

㉛萧殷与杨朔是老战友，早在1939年太行山八路军总部就相识了的，以后两人过从甚密，友谊也极深厚。(贺朗著《萧殷论》，广州文化出版社1989年版第89页)

杨朔(1913—1968)，山东蓬莱人。1939年参加八路军，担任新华社记者和部队政治工作。1949年后曾任中国作协外国文学委员会主任。著有《杨朔散文集》。

㉜1939年8月3日鲁艺就迁到延安城东北五公里的桥儿沟。(卓如著《青春何其芳：为少男少女歌唱》，北岳文艺出版社2007年7月版第276页)

㉝我只在延安逗留了两个月，七月初组织决定调我到敌后太行山去工作。经西安、潼关，过黄河，经晋城、阳城、壶关、陵川等，行军两个多月，九月底到达北方局。(《萧殷简历》1967年稿本)

㉞萧殷和老王行军两个多月，才到达了武乡县韩碧村八路军总司令部。当萧殷到达总部后，政治部傅钟接见了他，亲切同他谈了话。(《萧殷传》第119—120页)

傅钟(1900—1989)，四川叙永人。1921年加入中国共产党。曾参与制定并发布

《政治整军训令》。1949年后，任中国人民解放军总政治部副主任。

㉟中共中央北方局安排他去参加党报工作：到《新华日报》（华北版）担任编辑委员兼通联科长。（章明《老牛羸病犹奋蹄——记萧殷并为他写〈创作论〉呐喊》，《风范长存——萧殷纪念与研究文集》第366页）

㊱《年表》。

㊲来到报社工作时间不久，萧殷就感到稿源困难，要开辟稿源，必须有更多的作者。而作者从哪里来呢？只有报社自己把培养、辅导青年作者的任务负担起来。在他的建议下，报社办了个油印的辅导性的小刊物《通讯与联络》，专门发给报纸通讯员和一些作者。这里面有写作知识、问题解答、编辑部与作者的通信等等。这个小刊物一发行，立刻受到了热烈欢迎。萧殷把作品和作者比作鸡蛋和母鸡的关系，经常向编辑部的同志们宣传他的有趣的比喻："热衷于收鸡蛋，下功夫把鸡蛋擦洗干净（修改稿件）固然重要，但是喂养母鸡的工作尤其重要。因为你如果把母鸡喂养得好，它就会生出更多更大的鸡蛋来。"同志们很赞成他的主张。在以后编文艺副刊中，除在退稿信中指明优缺点及其产生原因外，还在发表的较好作品前面，加上编者按语，对作品进行分析，指出其优点和不足之处，鼓励作者继续下功夫。通过这种种措施，青年业余作者受到了极大鼓舞。对于经常联系的作者，萧殷不仅亲自为他们的作品写按语，并且只要有可能就主动去拜访他们，和他们一道讨论创作问题。（章明《老牛羸病犹奋蹄——记萧殷并为他写〈创作论〉呐喊》，《风范长存——萧殷纪念与研究文集》第367页）

按，《通讯与联络》或为《通讯与读者》。

㊳《年表》。

㊴《年表》。

㊵不久，报社因工作需要派他以特派员身份到冀南去采访。这个工作需要随着部队不断行军、转移，今天在这里，明天在那方，大部分时间要在马背上度过。在冀南大平原上，骑兵是极有用的兵种，可是对于广东人的萧殷来说，学会骑马却不是个简单的事。经过许多波折和拼命摔打，这道难关终于突破了。现在，萧殷不但能够骑着马在华北大平原上纵横驰骋，而且学会了俯身握缰、贴在马背上冲过日寇火力封锁的本领。（章明《老牛羸病犹奋蹄——记萧殷并为他写〈创作论〉呐喊》，《风范长存——萧殷纪念与研究文集》第366页）

㊶大家都愿意围在萧殷周围，听他用那生疏的普通话混杂着浓厚的客家音讲日寇在

各地的暴行，吃饭时也讲。（宋创《战地记者故事多》，《百年萧殷》第112页）

㊷我认识萧殷同志是1939年10月，我刚从部队转业到冀南妇救总会，他在冀南文救总会。当时环境还不十分恶劣，日寇在冀南是线的占领和点的统治，在铁路和城镇都有特务，一定的时间出来抢掠烧杀。冀南区党委、冀南行署和冀南军区驻在一个大村或附近的村庄。各抗日团体跟随领导机关，便于开会研究工作，而生活上却是各单位自理，群众团体在一个村住，一个伙食单位。不打仗时，每天三餐，大家在没有厨房的院里吃饭，没有桌凳，自己端着从各人房东家借的大粗碗，装满满一碗稀粥，一手拿着玉米窝窝头或玉米饼子站在院当中或靠墙边吃，议论着各地的抗日情况。萧殷同志也端个大碗，所不同的是他用一个长把调羹。他在北方人中间原属瘦小个儿，公家发的灰土布棉衣显着特别宽大，不过他系一条皮带，看起来挺精神。一律是老百姓支前的棉鞋，大小不一，穿起来不合脚，萧殷同志用条布带儿系在脚上，虽然不大美观，却十分暖和。连续打几天仗，和日寇在平原上没日没夜地周旋，神出鬼没地消灭敌人或冲出日寇的重重包围时，无水洗脸，更没饭吃，黄土满面灰尘遮衣，浑身像个土猴。稍事休息，就互相取笑。萧殷同志个头小，行动非常灵活，他像往常一样有空就给报社写稿，还向同志们讲日寇这次"扫荡"的目的和我们的胜利果实。（宋创《战地记者故事多》，《百年萧殷》第111—112页）

宋创（1916—2008），1937年在山西太原参军，曾任救国会主任。1961年在广东省委组织部任处长。

㊸11月，与战友李谦、杨播、小刘等一起生活，很艰苦，很艰难，夜晚冷得无法入睡，便坐起来"精神会餐"，或者打球打到天亮就去工作……这些建立了深厚情谊的战友，后来全部牺牲。（1957年写作《严寒的夜晚》回忆这年冬天的故事，《年表》）

李谦（？—1939），中共党员，1936年从上海出狱。

㊹我偶然得知，萧殷来延安之前，是在武汉由范长江主持的中国青年记者协会工作，同范熟悉，到延安后还通信。这使我既兴奋，又感动。兴奋是由于我对《大公报》名记者范长江和他所写我国西北地区与红军活动的通讯、报告作品很崇拜，而萧殷居然同这样一位名人熟识；感动则是由于萧殷并没拿这样的大事吹嘘过自己——这即使是在50年后的今天看来已经是小事了，但在当时显然也还是难得的。（康濯《萧殷——我的"三同"战友》，《百年萧殷》第80页）

1940年　民国二十九年　庚辰　二十五岁

1月

是月，被（《新华日报》）报社派到冀南抗日根据地采访平原游击战及政权建设的经验。住在冀南行署（即冀南人民政府）。①

在陈沂和马楠的协助下采访。②

2月

是月某日拂晓，突遭敌人包围，后得以脱险。③转战一个多月，任《新华日报》（华北版）战地记者，转战于晋察冀边区，及时报道人民和抗日武装与敌人战斗的事迹。此时《新华日报》（华北版）发行量已达五万余份。④

3月

是月某日半夜，在河北威县的一次紧急转移时被战马双蹄踢伤，致左腿胫骨断裂。⑤在军区医院治疗两月无效，拒绝医生锯掉左腿的建议。⑥后经民间医生医治，保住了左腿。⑦组织配马随军养伤，后被"坚壁"在一个红色家庭里。⑧

某日，日军突然进村，将皮包里文件嚼碎吞下，打算与鬼子拼命。⑨

是月养伤期间，陈沂与妻子马楠时常前来看望。⑩

6月

是月，陈沂、马楠前往山东。⑪

8月

是月，才能够起来行走几步，但仍不离拐棍。⑫

8月下旬至12月初，与华山等随军上前线采访。其间，发表新闻通讯，随军活跃在平汉线。⑬

11月

是月，返回太行山《新华日报》社编辑部工作。⑭

12月

11日，《新华日报》第二版《百团大战通讯》发表先生署名本报特派员萧英的文章《大破击在冀南》。

【注释】

①《年表》。

②一九四〇年一月，为了宣传报道我军歼灭敌人的胜利消息，鼓舞太行人民团结战

斗，报社派萧殷到冀南采访平原游击战和政权建设的经验。他住在冀南行署（冀南人民政府）。安顿下来后，他就去找在《冀南日报》工作的陈沂和马楠。他俩是萧殷过去在太行工作时认识的老战友。陈沂见萧殷来了，非常高兴。他们坐下来，就高兴地谈论时局、形势发展和文学等问题。陈沂和马楠，大力协助萧殷进行采访。（《萧殷传》第121页）

陈沂（1912—2002），贵州遵义人。1931年加入中国共产党，曾任《大众日报》社长、新华社山东分社社长。1949年后，任解放军总政治部文化部首任部长、中共上海市委副书记兼宣传部长。

马楠，陈沂夫人。1949年后曾任哈尔滨市文化局副局长。

③1940年2月，在一个拂晓，他们突然被敌人包围在西流舍固村。东、西、南三面枪声很剧烈，只有北面寂然无声。部队领导立刻机智地判断出：敌人一定在北面设有重兵埋伏，现在唯一的办法是冒着炮火从东边突出去。萧殷跨上马、一加鞭猛冲出去，机枪子弹"嗖嗖"地在耳边飞着，有一粒子弹贴着他的头顶飞过，棉军帽也被子弹烫焦了一块，幸好人、马都安然无恙。事后了解，日寇确实在北面埋伏着大部队。（章明《老牛羸病犹奋蹄——记萧殷并为他写〈创作论〉呐喊》，《风范长存——萧殷纪念与研究文集》第366页）

④《年表》。

⑤《年表》。

⑥萧殷和一位军区副司令员从前线赶回司令部，10小时要赶160公里以上，只由13个骑兵护送。半夜，在一个村庄问了情况之后，才知伪军一个团在这村庄驻了5天，今天傍晚才离开。由于敌情不明，而我方只有十几个骑兵，必须紧急行动。马队在村外，当萧殷骑着马在马队后边绕过去时，一匹劣马忽然一抬蹶子，重重地踢在萧殷的左腿胫骨上。他负了重伤晕厥在地，而那匹马却跑到田野嚼麦苗去了。过了好一会儿，萧殷才被抬到一个县游击队的驻地，次日被送到军区医院。经医生诊断，原来他的胫骨已经粉碎性骨折，住院一月余，左腿肿胀越来越严重，逐渐有坏死的趋势。有人提议给他截肢，萧殷说："如果截了肢，我就得离开战场，离开太行山和冀南，也许一辈子成为革命的拖累。不，我宁死也不干！"（章明《老牛羸病犹奋蹄——记萧殷并为他写〈创作论〉呐喊》，《风范长存——萧殷纪念与研究文集》第366页）

⑦后来，一位有经验的老中医用河北民间治跌打损伤的方法来给他治疗，因为瘀血堵住血管，伤口以下脚部停止了血液循环，已经冰凉，老中医用"活血药"化开了瘀

血。经过两个多月,渐渐能靠拐棍走路,左腿保住了,但留下了个行走不便的后遗症。为此,晋察冀军区发给他一张"乙等二级残废证"。(章明《老牛羸病犹奋蹄——记萧殷并为他写〈创作论〉呐喊》,《风范长存——萧殷纪念与研究文集》第366—367页)

⑧萧殷在医院养伤,组织上分配给他一匹马。当时医院成天转,无固定住处,行军时大家抬着他走,或让他骑着马走。萧殷随身带个小皮包,里面装有文件、稿子,行军时把它放在马背上,整天跟着转,对这种行军,萧殷感到十分辛苦。后来组织上把他"坚壁"在靠近"沙行子"(即黄河古道)的银边庄村的一个"红色家庭"里。主人是一位五十多岁的老大娘,她把萧殷当作自己的儿子看待。当时萧殷有些担心不安。大娘知道他的心思,就对他说:"你放心好了,有大娘就有你。"(《萧殷传》第122页)

⑨这时枪声越来越近,情况非常危急,敌人快来了,得紧急行动。于是萧殷忘了死的威胁,集中精力,将文件一边撕碎,一边咀嚼,吞下肚去……此刻,萧殷只有一个想法:就是牺牲了,也不能让鬼子拿到党的文件。(《萧殷传》第124页)

⑩那时候,陈沂和马楠怕他寂寞,一有空就去看他,和他聊天。(《萧殷传》第123页)

⑪同年六月,陈沂与马楠要去山东工作。临行前一晚,陈沂夫妇去看望萧殷,向他告别。(《萧殷传》第125页)

⑫《年表》。

⑬1940年8月下旬至12月初,华北八路军为了粉碎日伪对抗日根据地频繁的"扫荡",巩固扩大解放区,发动了对敌占交通线进攻的"百团大战"。肖英与林火、华山等同志随军上前线采访。这期间,在《新华日报》华北版报纸上,常常可以看到他们以特派记者或特派员的名义发表新闻通讯。肖英随军活跃在平汉线,以后进入冀南抗日根据地采访。(高戈《回忆初识肖英时》,中国人民政治协商会议广东省龙川县委员会文史资料研究委员会编《龙川文史》总第13辑,政协龙川县文史资料研究委员会1992年11月版第54页)

华山(1920—1985),广西龙州人。1938年到延安,在鲁艺学习。曾任新华社记者。1949年后,任新华社总编辑委员。著有《鸡毛信》。

⑭同年十一月,萧殷养好腿伤,返回太行《新华日报》社。他回到报社后,便参加编辑部工作。(《萧殷传》第125页)

1941年　民国三十年　辛巳　二十六岁

1月

25日，《北方记者》创刊号发表先生署名萧英的《敌后新闻堡垒——〈冀南日报〉》。

按，《北方记者》是中国青年新闻记者学会会刊，由该学会北方办事处出版。

是月，皖南事变发生。参加《新华日报》有关皖南事变的社论、专论写作。①

3月

是月，神经官能症急性发作，被送入白求恩国际和平医院。②

4月

是月，因战乱及腿部伤残，被调回延安。③在鲁艺休息一个月，这时的鲁艺已经从北门外山岗搬到桥儿沟天主教堂。④

28日，国民党当局禁止"青记"活动。⑤

5月

7日，《新华日报》的《新华增刊》第六期发表先生署名萧英的文章《平固故事》。

是月，到马列学院（马克思列宁学院）学习。⑥

6月

10日，《江淮日报》发表先生署名肖英的文章《活跃于冀中大平原的群众生活》。

7月

是月，马列学院改为马列研究院。⑦

在马列研究院进一步学习研究马列主义文艺理论和著作。⑧

8月

是月，中央研究院文艺研究室在延安成立。萧殷是文艺评论小组组员。⑨

是年，抗战进入相持阶段，在陕甘宁边区的军民生活艰苦。⑩

【注释】

①当时"皖南事变"发生，他参加社论和专论的写作。（《萧殷传》第125页）

②《年表》。

③因战乱腿部负伤致残，两年后离开太行山回到延安。此后，从1941年4月直到1945年9月的四年半时间，我一直留在延安。把三段时间加起来，我先后在延安工作和生活了五年。回忆延安生活的点点滴滴，今天，我的心依然激动不已。（中国作家协会

广东分会秘书组根据萧殷同志讲话记录整理《想起延安》,《百年萧殷》第422页)

④《年表》。

⑤"皖南事变"后的1941年4月,"青记"总会被国民党重庆当局查封。(邓涛《1938年:成立于武汉的"青记"》,《档案记忆》2018年第10期)

⑥《年表》。

⑦中央研究院文艺研究室成立。中央研究院的前身是马列学院。本年7月,根据毛泽东《改造我们的学习》精神,将马列学院改组为马列研究院。(孙国林编著《延安文艺大事编年》,陕西师范大学出版总社有限公司2016年12月版第318页)

⑧萧殷回到延安,组织分配他到中央研究院文学研究室学习和工作,这使萧殷有机会更好地系统研究马列主义文艺理论和著作,为他今后搞文艺理论工作,打下深厚的基础。(《萧殷传》第125—126页)

⑨8月,根据中央《关于调查研究的决定》精神,马列研究院又改名为中央研究院。中央研究院为培养党的理论干部的高级研究机关,直属中央宣传部。院长由中宣部部长张闻天兼任,副院长范文澜,秘书长徐建生,党委书记李言。全院设九个研究室:中国政治研究室、中国经济研究室、中国历史研究室、中国教育研究室、中国新闻研究室、国际问题研究室、俄语研究室、中国文化思想研究室(主任艾思奇)、中国文艺研究室(主任欧阳山)。欧阳山领导的文艺研究室成员有刘雪苇、魏东明、王光霞、汪琦、郭小川、余平若、金紫光、董速、蔡天心、江帆、金默生、张滨潢、伊明、吴杰民、尚伯康、魏荣章、陈振球、萧英、程堃、章炳南、王实味等。包括了文学、音乐、戏曲、美术各方面的人才。文艺研究室的宗旨是:以马列主义基本原则为指导,以研究中国文艺的实际问题为中心,调查研究各方面文艺的历史和现状,总结实践的经验,提出系统的文艺理论,指导今后的文艺实践。文艺研究室有特别研究员、研究员、研究生,总共有二十余人,下分五个小组:一、鲁迅研究小组,有刘雪苇、魏东明、江帆等。二、文艺评论小组,有王实味、萧殷、蔡天心等。……(孙国林编著《延安文艺大事编年》,陕西师范大学出版总社有限公司2016年12月版第318—319页)

⑩当年,党中央及根据地军民生活在陕甘宁边区贫瘠的黄土高原上,这里自然条件恶劣,杂粮等农作物的产量都很低,人民的生活十分艰苦。1941年和1942年,抗战进入相持阶段,国民党停发了八路军的军饷,并且对边区采取经济封锁,断绝一切外援,妄想将我们饿死冻死困死在边区。由于重重封锁,边区的生活必需品从布料、燃料、

饲料到药品和文具都很缺乏，吃饭、穿衣都成了问题。物资匮乏，还时时被敌人袭扰破坏，胡宗南几次进攻边区革命根据地，发生各种规模的"摩擦"，要顶住强大的敌人，需要很大的人力物力财力，但是战争的环境，无法进行正常的生产，生活十分艰苦。吃饭了，下饭的菜，只是一碗汤，上面仅仅浮着两片菜叶，没有油，于是多放盐，就像一碗盐水。穿衣也很困难。我们每次洗完澡以后，洗衣裳，然后要等衣裳干了才能穿上，因为只有一件衣裳。衣裳穿破了，便小心地撕，把长衫变成短袖，长裤变成短裤，当衣裳破烂得像块纱布一样的时候，就把它扭成布条编草鞋，行军的时候又可以穿了。冬天穿的毛衣、毛袜，都是自己纺的或用手捻成的毛线织出来的。（中国作家协会广东分会秘书组根据萧殷同志讲话记录整理《想起延安》，《百年萧殷》第422—423页）

1942年　民国三十一年　壬午　二十七岁

1月

是月，在延安写《关于创作态度——读书散记》。

2月

月初，毛泽东在延安分别做题为《整顿党的作风》《反对党八股》的报告。①

4月

2日，《解放日报》第四版发表先生署名萧英的文章《关于创作态度——读书散记》。②

9日，文艺研究室收到毛泽东写给欧阳山与草明的信。③

是月，毛泽东主持召开作家文艺家座谈会。④

是月，整风运动开始。⑤

5月

2日，中共中央在延安杨家岭召集文艺工作者举行座谈会。⑥

是年，在中央党校当教员，参加大生产运动。⑦

【注释】

①在1942年初，党中央准备来一次整风运动，即整顿党风、整顿文风、整顿学风的学习运动。毛主席于2月1日与2月8日相继为我们做了《整顿党的作风》《反对党八股》的报告。（草明《忆延安》，《文艺理论与批评》1998年第3期）

②目前仅找到1942年1月于《解放日报》以"萧英"（萧殷）署名的一篇评论文章

《关于创作态度——读者散记》。文章首以古罗马伟大的诗人维吉尔因不满意自己的作品要焚烧为题,引出艺术家有良心的创作话题,对延安一些文艺写作者"随便"的创作态度进行了批评,运用马克思、毛泽东的文艺观思想提出"先有生活,再从丰富而复杂的生活素材中选择主题"。在结论中说:"我总以为一个写作者——当他完成了一件艺术品之后,必须考虑到:这件是不是达到了一定的水平,是不是会辜负了读者?凡是有艺术良心的作家,总是尊重他的读者的。他献给读者的每幅作品,不一定每篇都十分'完美',但却能始终保持着一定的艺术水平。"这篇文章仅两三千字,但字里行间却洋溢着健康的气息和权威的指向,对延安文艺创作偏向发出了强有力的声音,体现了萧殷对文艺理论、文艺政策的掌握和运用正走向成熟。(陶萌萌《我的父亲萧殷在延安》,刘妮主编《燃烧的岁月——我的父辈在延安》,即将出版)

按,"1942年1月"和"《关于创作的态度——读者散记》"误,应为"1942年4月"和"《关于创作态度——读书散记》"。

③1942年4月我们已调到中央研究院文艺研究室,9日上午,忽然接到昆仑收发室的一封信,拆开一看,是毛主席亲笔写给欧阳山和我二人的信,邀请我们到他那里谈谈。(草明《忆延安》,《文艺理论与批评》1998年第3期)

欧阳山(1908—2000),湖北荆州人。1932年参加左联。1941年在延安,任中共中央研究院文艺研究室主任。1949年后任广东省作协主席、文联主席。著有《三家巷》。

草明(1913—2002),广东顺德人。1940年加入中国共产党,次年任文艺研究室研究员。1949年后历任东北文协副主席、中国作协理事等。

④1942年4月间,毛主席分别请几十位作家艺术家去谈话,并征求他们的意见。这是毛主席一贯的群众路线、集思广益的作风。中央正是对这批可贵的文艺人才十分爱护,对他们的优点和不足了如指掌,想通过循循善诱的座谈会发扬他们的优点,抛弃旧社会留给他们的缺点,给他们指明了一条正确的光明大道。我是受到这种教导的一个。(草明《忆延安》,《文艺理论与批评》1998年第3期)

⑤1942年4月,整风运动开始。因为同为文艺评论小组成员的王实味在三月份曾在《解放日报》副刊上发表了杂文《野百合花》,并在中央研究院墙报发表《矢与的》,文章上鼓动群众向上提意见,引发轩然大波,甚至惊动毛泽东来中央研究院看墙报。(陶萌萌《我的父亲萧殷在延安》,刘妮主编《燃烧的岁月——我的父辈在延安》,即将出版)

⑥1942年的5月2日,延安文艺座谈会召开了。(草明《忆延安》,《文艺理论与批评》1998年第3期)

⑦党提出"自己动手,丰衣足食",提出"保全自己,消灭敌人",提出"建立新中国,发动大生产"。那时候我在中央党校四部当教员,我们师生一起参加大生产运动。(中国作家协会广东分会秘书组根据萧殷同志讲话记录整理《想起延安》,《百年萧殷》第423页)

1943年　民国三十二年　癸未　二十八岁

1月

是月,因急病入院,在学生疗养院养病。①

早春,陶萍与陈颖参加革命。②

2月

3日,郭小川在延安结婚,先生担任证婚人。③

4月

是月,中央根据毛泽东的意见发布《关于继续开展整风运动的决定》。回中央研究院。④

5月

是月,参加延安整风。这时中央研究院扩大,并入中共中央党校,中央研究院成为中共中央党校三部。⑤

7月

15日,康生做《抢救失足者》报告,从延安到各抗日根据地全面掀起"抢救运动",知识分子成为"抢救"重点。⑥

是年,边区经济逐步好转。⑦

【注释】

①《年表》。

②一九四三年早春的一天,我和陈颖同学怀着兴奋、激动的心情,告别了从未离开过的天津市,转搭京汉路南下的慢车,踏上了革命的道路。(陶萍《带路人》,陶萍著《陶萍作品选萃》,广东省作家协会、广东文学创作出版基金会编,花城出版社1994年7月版第45页)

陶萍（1921—1997），天津人。萧殷妻子。1945年入读燕京大学社会学系。1949年后在中央宣传部文艺处、中国作协工作，曾任作协研究室研究员。1963年在广东省作协工作。著有《陶萍作品选萃》。

陈颖，陶萍同学。曾任华北联大学生会主席。

③就说郭小川吧，他和杜蕙在延安结婚时我是证婚人。（程贤章《怀念恩师萧殷》，《百年萧殷》第259页）

按，杜蕙，应为杜惠。

郭小川（1919—1976），河北丰宁人。1939年参加八路军。1941年到延安，曾任丰宁县县长。1949年后任中国作协党组副书记、《诗刊》编委。著有《郭小川诗选》。

④《年表》。

⑤《年表》。

⑥7月15日，康生在中央直属机关大会上做《抢救失足者》的报告，提出"消除内奸，这是我们目前急不可缓的任务""还有一些失足的人至今没有向党坦白"，强调这些人要在"紧迫的时间中挽救自己，而共产党员们也要在这短促的时间内抢救他们"。[张静如、张树军主编《中国共产党九十年历程》（第四卷：共赴国难），吉林人民出版社2011年5月版第599—600页]

康生（1898—1975），山东胶县人。1925年加入中国共产党。1938到延安，后任中共社会部部长、中央书记处书记。1949年后曾任全国人大常委会副委员长等职。1980年，被开除党籍。

⑦到了1943年边区经济逐步好转，已经达到丰衣足食，有毛衣、呢大衣穿，每顿还能吃上四两肉。那时候，无论多大困难，同志们从不叫苦，因为革命理想的支持，我们藐视困难，并且动脑筋克服困难。胡宗南大举进攻前夕，同志们都充满胜利信心，连因伤病住在疗养所的同志们也斗志昂扬，不能走路，就要求参加训练俘虏的工作。敌人搞细菌战，同志们说，我们可以趁机提高我们的卫生水平。（广东省作协秘书组《想起延安》，《百年萧殷》第424页）

1944年　民国三十三年　甲申　二十九岁
1月

是月，审查完毕，证实没有问题。①

3月

是月,调中共中央党校第四部当文化教员②,党校四部绝大部分是军事干部,在这里,一边教文化课,一边与他们一起学习党的政治路线与军事政策。③

11月

20日,《解放日报》第四版发表先生署名萧英的小说《四方脸》。

【注释】

①《年表》。

②党提出"自己动手,丰衣足食",提出"保全自己,消灭敌人",提出"建立新中国,发动大生产"。那时候我在中央党校四部当教员,我们师生一起参加大生产运动。(广东省作协秘书组《想起延安》,《百年萧殷》第423页)

③《年表》。

1945年 民国三十四年 乙酉 三十岁

5月

是月,响应党中央提出"耕三余二"和"耕二余一"要求,参加开荒生产大军。劳动,令人感到轻松快乐。①

是月,患急性偏头痛。②

6月

15日,《冀中导报》复刊。③为该报撰写文艺评论文章。④

8月

15日,日寇投降。

是月底,被派往晋察冀解放区,离开延安中央党校第四部,开始了两月余的行军。⑤

是月,陶萍考入北平燕京大学社会系。⑥

10月

30日,冼星海病逝。⑦

是月,抵达张家口,任新华社晋察冀分社编辑组长,同时兼任中共晋察冀中央局机关报《晋察冀日报》编委。邓拓、张春桥分别为总编辑和副总编辑。⑧

11月

月初,得知好友冼星海已在莫斯科病逝,极为伤感。⑨

8日，作为华北文艺工作团成员之一，到达张家口。⑩

14日，冼星海追悼会在延安举行。⑪

17日，《晋察冀日报》第四版发表先生署名萧英的小说《疯子——小故事之一》。是月末，认识仓夷。⑫

【注释】

①《年表》。

②1945年5月，我上山开荒，一回来就患急性偏头痛，两三个月不能工作。(《萧殷简历》1967年稿本)

③1945年6月15日，《冀中导报》在停刊近3年之后，又以崭新的面貌与冀中人民见面了。[何帅波《〈冀中导报〉与饶阳》，《党史博采(理论版)》2017年第1期]

④《冀中导报》从1945年6月15日复刊至1949年7月31日终刊，文艺副刊刊登的作品主要有以下三种类型：(一)文艺评论。有作家肖殷为辅导青年作家写的《论主题》《试论新闻导语》《论情绪》《论形象》《谈现实》《谈形式主义》。……(杜敬、肖特、展青雷编《冀中导报史料集》，河北人民出版社1990年9月版第155页)

⑤八月底，萧殷被派往晋察冀解放区。萧殷知道，这次离开延安，就不会再回来了。在抗战胜利的鼓舞下，心情极佳，一路兴奋哼唱着"向前向前向前！我们的队伍向太阳……"萧殷再次东渡黄河，经阜平往张家口方向进发。(陶萌萌《我的父亲萧殷在延安》，刘妮主编《燃烧的岁月——我的父辈在延安》，即将出版)

⑥1945年8月日本投降后，我离开晋冀鲁豫边区革命根据地，考入北平燕京大学社会系，不久，转入张家口华北联大政法学院政法系学习。(陶萍《相伴三十五载忆点滴》，《百年萧殷》第157页)

⑦10月30日晚……冼星海安详地合上了双眼。(田野编著《冼星海》，吉林文史出版社2015年10月版第126页)

⑧《年表》。

邓拓(1912—1966)，福建闽侯人。1930年加入中国共产党。曾任《晋察冀日报》主编、新华社晋察冀总分社社长。1949年后任《人民日报》总编辑、社长。著有《燕山夜话》。

张春桥(1917—2005)，山东菏泽人。1938年加入中国共产党。曾任《晋察冀日报》副主编。1949年后曾任国务院副总理等职。1977年被永远开除党籍，并被撤销党内外一切职务。

⑨《年表》。

⑩11月8日，延安文艺界组织的华北文艺工作团在团长艾青、副团长江丰带领下，经过五十多天的长途行军，胜利到达张家口。文化艺术界知名人士有：肖三、丁玲、肖军、杨献珍、邓拓、陈企霞、康濯、孙犁、田间、严辰、杨朔、秦兆阳、魏巍、刘流、贾克、贺敬之、郭汉城、蔡若虹、古元、崔嵬、胡沙、王昆、吴伯箫、侯金镜、胡可、胡朋、李波、陈强、汪洋、何迟、朱子奇、丁源、水华、梁化群、肖殷、何洛等。［李海清著《张家口文史资料》第23辑，《察哈泉纪事特辑（1675年—1952年）》第228页］

⑪11月14日，延安隆重举行了冼星海追悼会。（田野编著《冼星海》，吉林文史出版社2015年10月版第126页）

⑫大约是一九四五年十一月最末的几天，是我到达张家口半个月左右的光景。这一天，我从办公室里走出来，发现天气格外晴朗，蓝天里只飘着几朵薄棉絮似的白云，这是塞外冬天少有的好天气。但是当我刚走到一片旷阔的空地时，河对岸却忽然响起了凄厉的空袭警报，猛一抬头，几架国民党的飞机已进入市空，紧接着是一长串的机关炮；我急忙跳进近边的壕沟里，伏卧着。不一会儿，敌机回转头来，又向这一片空地扫射了一阵，碎石片和子弹在空中呼啸着，就在这会儿，一个人"呼"地从我上头跳下来，敏捷地趴下去，跟我正面对面地俯伏着。从他的动作看来，这个小伙子是蛮机灵的，在浓浓的眉毛下面，闪着一对很有神采的眼睛，他微微地笑着，两颗金牙在嘴里闪了一下……"我叫仓夷。"（萧殷《桃子又熟了——忆仓夷》，《萧殷自选集》第891页）

仓夷（1923—1946），即郑贻进，福建清源人。生于新加坡，1937年回国。1940年加入中国共产党。曾任《晋察冀日报》和新华社晋察冀分社记者。1946年，被国民党特务杀害。著有《纪念连》。

1946年　民国三十五年　丙戌　三十一岁
1月

11日，北平军事调处执行部（简称"军调部"）成立。①

31日，《晋察冀日报》第四版发表先生署名司徒达的小说《四方脸》。

2月

2日，新华社北平分社成立。②

1946年

是月,奉调到北平,参与筹办《解放》报,③任新华社北平分社采访科科长。④

15日,在"军调部"中共代表团驻地翠明庄留影。

22日,《解放》报在北平创刊,该报初为四开三日刊,⑤又称《解放》(三日刊),⑥总编辑为钱俊瑞,⑦先生与何洛负责编辑该报第四版(副刊)。⑧

是月,随军调部中共代表团住在翠明庄,采访并做新闻报道,⑨直接请示叶剑英同志后,把消息及时发回延安。⑩

是月,在北平,把一本粗纸铅印的毛泽东的《论联合政府》寄回家乡。⑪

3月

是月,写《〈解放〉(三日刊)创刊前后》,寄回解放区《晋察冀日报》发表。⑫

29日,《晋察冀日报》第三版发表先生署名肖盈的文章《〈解放〉(三日刊)出版前后——北平通讯》。报社考虑作者在白区工作,发表此文时把笔名"萧英"改为"萧盈"。受启发,从此开始使用"萧殷"名字。⑬

4月

3日,北平解放报社发生"四三"事件,⑭大批军、警、宪、特强行逮捕了解放报社工作人员十余人。到中共代表团去采访,向代表团汇报今天早晨国民党军警特务闯入报社无理抓人的情况。⑮直至军调部中共代表团团长叶剑英向国民党政府提出强烈抗议,才获释放。⑯

5日,《解放》(北平)出版。⑰市民争相购阅,发行量突破4万份。⑱

7日,《解放日报》发表先生署名萧英的文章《〈解放〉(三日刊)在北平》。

14日,《晋察冀日报》发表先生署名司徒达的文章《毛主席的像片——发生在北平××小学的故事》。

是月下旬,与蔡若虹被盯梢。⑲

是月,《解放》(北平)销量突破5万份。⑳

5月

1日,《解放》(北平)第五号发表先生署名萧英的文章《通讯:北平〈解放〉(三日刊)出版前后》。

29日,《解放》(北平)报社和新华社北平分社被封。㉑报社全体工作人员告别北平。㉒尽管它的寿命仅三个月,出报37期,却在平津人民心中播下革命的种子。㉓

6月

20日,《晋察冀日报》副刊发表先生署名司徒达的诗歌《再见吧,北平》。

22日,《晋察冀日报》副刊发表先生署名殷的文章《买米——北平小故事》。

是月,蒋介石撕去和谈伪装,和谈破裂,内战一触即发。回到张家口,编辑《晋察冀日报》副刊。㉔收到一位业余作者的短篇小说,字迹潦草很难辨认,花费一周时间字字辨认,发现作品出色,却因战局紧张而丢失稿件,痛惜一生。㉕

是月,与陶萍相识。㉖

7月

12日,《晋察冀日报》第四版副刊第25期发表先生署名何远的文章《论典型环境与事件》。

19日,《晋察冀日报》发表先生署名萧殷的文章《"武力崇拜"与"盲目服从"》。

29日,"安平事件"发生。㉗

8月

月初,军调部成立第二十五特别执行小组。与仓夷同志奉命到北平参加第二十五特别执行小组报道工作。㉘为国、共、美三方记者之一。㉙

7日,《时代妇女》第一卷第二期发表先生署名萧殷的文章《时感二题》。

8日,与仓夷往北平参加国共美三方记者对安平事件的采访。在国民党特务安排下,与仓夷分乘两架飞机前往北平。仓夷被引去山西大同遭杀害。在北平国共美三方的会议中,由于仓夷未到,成为我方唯一的记者报道谈判,每日写一至两条报道发至延安。㉚

其间,延安鲁艺同学周游被安排一同前往安平镇进行采访。㉛

是月底,回到张家口,继续编辑《晋察冀日报》副刊。㉜

9月

4日,《晋察冀日报》发表叶挺遗著《狱中诗一首》。㉝

14日,《晋察冀日报》发表先生署名何远的文章《随感》。

23日,《晋察冀日报》第四版发表先生署名萧殷的文章《论墙头草》。

10月

是月,张家口战役打响。

10日夜晚,在激烈的枪炮声中撤出张家口,到达阜平。《晋察冀日报》的工作被迫结束。在阜平约一周后,到达冀中平原。㉞

10日,《晋察冀日报》发表先生署名萧殷的文章《只有恨》。

11月

是月,在《冀中导报》编辑副刊《平原》。㉟

是月，任《冀中导报》副刊主编。㊱

12月

10日，《冀中导报》副刊第一期出版。㊲

24日，在华北联合大学（简称：华北联大）讲"创作与美学"。㊳

是年冬，选编《翻身诗谣》。㊴

是年，任《晋察冀日报》副刊主编。㊵

是年，"萧殷"为笔名，逐渐代替了原姓氏。㊶

【注释】

①1946年1月10日，由周恩来、张群、马歇尔组成的三人委员会达成协议，即在北平设一军事调处执行部，由委员三人组成，所有必要训令及命令应由三委员一致同意。1月11日，军事调处执行部成立，由郑介民（国民党军令部第二厅厅长）、叶剑英（第十八集团军参谋长）、罗伯逊（美国驻华代办）组成。1月13日，三人委员会及随行人员飞抵北平。这样，我党领导人在北平就处于完全"合法"的地位，而且身居"要职"，为我党公开出版报刊提供了有利的条件。（钱江《北平〈解放〉（三日刊）记事》，《新闻与传播研究》1986年第3期第37页）

②2月2日《人民日报》北平版创刊，新华社北平分社成立。同日，北平新华广播电台正式播音。[《二十世纪中国实录》编委会编著《二十世纪中国实录》（第四卷1944—1955），光明日报出版社1997年版第3840页]

③1946年初，党中央决定在北平创办《解放》报和新华分社以后，便利用军调部中共代表团在北平的驻地，从解放区调集人员进行筹备。首先调来的是华东解放区的钱俊瑞、姜君辰；陕甘宁解放区的于光远、马乃庶、田工；重庆《新华日报》的杨赓；《晋察冀日报》的马健民、萧殷、仓夷；山东《大众日报》的丁九；晋绥军区《战斗报》的程予（以新华社记者名义随太原调处执行小组中共代表到达此地）也相继来到这里。（程予《古都春暖——回忆北平〈解放报〉和新华社北平分社》，《新闻研究资料》1986年第2辑第22页）

④按照战争时期各解放区新闻单位的编制，报社和新华社是一个机构，两块牌子，叫作社、报合一。报社的采访部就是新华分社的办事机构，报社社长或总编辑兼任新华分社社长，新华分社的记者也就是报社记者。根据我的回忆，当时整个机构和主要人员配备，大致如下：《解放》报（包括准备创办的《解放日报》）社长徐特立（留延

安）；总编辑（后为代社长）兼新华社北平分社社长钱俊瑞；副总编辑姜君辰；秘书马乃庶。总编辑以下设编辑部，主任郑季翘，编辑：张沛、田工、余宗彦，美术编辑蔡若虹。采访部主任兼新华社北平分社副社长杨赓，下设采访科，科长萧殷，记者丁九、仓夷、张维冷、范元甄（女）、程予、杨觉。（程予《古都春暖——回忆北平〈解放报〉和新华社北平分社》，《新闻研究资料》1986年第2辑第26页）

⑤《解放》报创刊于1946年2月22日，为四开三日刊（即周二刊）。从是年5月9日第二十七期起，改为二日刊。《解放》报在北平出版了三个多月，共出版三十七期，于1946年5月29日被国民党北平当局封闭。（钱江《北平〈解放〉（三日刊）记事》，《新闻与传播研究》1986年第3期第36页）

⑥《年表》。

⑦新四军政治部宣教部部长钱俊瑞，奉命从山东来到北平，就任新华社北平分社社长和解放报社社长，兼任该报总编辑。姜君辰被任命为《解放》报副总编辑。他们来到北平，就在军调部中共代表团秘书长李克农的领导下，从四处调集人员，组成报社编辑部。（钱江《北平〈解放〉（三日刊）记事》，《新闻与传播研究》1986年第3期第37页）

钱俊瑞（1908—1985），江苏无锡人。1935年加入中国共产党，曾任新四军政治部宣传部长、新华社北平分社社长兼总编辑。1949年后任文化部党组书记和副部长。

⑧《解放》编辑部的干部配备大致如下：社长兼总编辑：钱俊瑞……外勤记者有：郑仓夷、余修、程予、范元甄、丁九等。各版的责任编辑是：一版（要闻版），张蓓；二版，于光远（并兼管资料室工作）；三版，祖田工；四版（副刊），萧殷、何洛；美术编辑，蔡若虹。（钱江《北平〈解放〉（三日刊）记事》，《新闻与传播研究》1986年第3期第38—39页）

何洛（1911—1992），四川丰都人。曾在延安鲁艺工作。1949年后在中国人民大学工作，并担任中文系主任。

⑨对1946年"国共和谈"期间的斗争生活，也谈得眉飞色舞，津津有味。那时他在北平编辑我党党报《解放》（三日刊），兼任新华社北平分社采访部主任，经常要和军调部的人员打交道，采访"和谈"新闻，及时揭露国民党破坏"和谈"的阴谋行径。（易准《诚挚的纪念——回忆和萧殷同志在一起的日子》，《风范长存——萧殷纪念与研究文集》第61—62页）

⑩《年表》。

叶剑英（1897—1986），广东梅县人。1924年任黄埔军校教授部副主任，1927年加入中国共产党。1946年任军调处执行部中共代表。1949年后任北平、广州市市长，中共中央华南局第一书记，中央军事委员会副主席、国家副主席、全国人大常委会委员长。

⑪《年表》。

⑫《年表》。

⑬《年表》。

⑭4月3日凌晨3时，人们正在熟睡，一阵急促的电铃声把人催醒。以北平警备司令部小头目张靖，市警察总局赵耀南为首，率领国民党九十二军一四二师四二六团一营二连，警备司令部侦察大队，警察第二中队三、四分队，宪兵十九团一部及便衣特务等二百余人，包围了解放报社。他们爬上附近的民房，以两挺冲锋枪对准报社门口，然后命便衣特务胁迫甲长叩门。大门刚开，武装军警即如临大敌，匍匐窜入各办公室，以检查户口为名到处搜查，翻箱倒柜，并以刺刀、手枪相指，遍搜全体人员周身，结果一无所获。后由总编辑钱俊瑞及军警宪到场人员签字证明，本社全无违禁物品。军警宪及特务相继退出。（程予《古都春暖——回忆北平〈解放〉报和新华社北平分社》，《新闻研究资料》1986年第2辑第28页）

⑮《萧殷传》第130页。

⑯《年表》。

⑰4月5日，《解放》报准时出版了！在第一版头条新闻中，详细报道了本社被武装包围，野蛮搜查和同志们被捕的经过。发表了编辑部文章：《我们的控诉和抗议》。一版正中，还发表了总编辑钱俊瑞在囚室中赶写的短文：《我们被捕了》。第二版国内要闻中，发表了新华社为此事件驳斥中央社歪曲事实、混淆黑白的报道。第三版《解放区之页》大量介绍了解放区各项成就。第四版刊登了读者对本报的慰问信和创刊以来军警特务对本报的迫害的报道。（程予《古都春暖——回忆北平〈解放〉报和新华社北平分社》，《新闻研究资料》1986年第2辑第30页）

⑱国民党当局企图搞垮《解放》（三日刊），结果搬起石头砸了自己的脚。4月5日，《解放》照常出版，市民争先购阅，销数突破四万份，成为北平各报之冠。《解放》（三日刊）掌握了宣传主动权，人心向背，一目了然。（钱江《北平〈解放〉（三日刊）记事》，《新闻与传播研究》1986年第3期第48页）

⑲方壶斋九号本是一个僻静的小胡同，自从《解放》创刊，胡同口就经常有特务化装成卖烟、修鞋的小贩进行监视。《解放》的编辑如果外出，常常被盯梢，为防止发生意外，"四三事件"后编委会做出一项决定，凡编辑、工作人员外出必须两人以上同行。4月下旬开始，特务的盯梢更趋严重，连编辑人员上街洗澡都不放过了。有一次萧殷和蔡若虹去洗澡，已经进入浴室关上了门，性格豪爽幽默的萧殷突然示意蔡若虹不要作声。只见他闪到门背后，轻轻拉开门插销，猛然一拉开，一个正趴在门上窃听的便衣特务竟一头栽进浴室，摔倒在地上。萧殷和蔡若虹放声大笑。（钱江《北平〈解放〉（三日刊）记事》，《新闻与传播研究》1986年第3期第51页）

蔡若虹（1910—2002），江西九江人。1931年毕业于上海美术专科学校西画系，同年参加中国左翼美术家联盟。1946年任《晋察冀日报》美术编辑。1949年后任文化部艺术局副局长、中国画研究院副院长。

⑳《解放》受到了读者真诚的热爱，4月里，它的销数达到了五万份。读者来信源源不断地寄到编辑部，倾吐他们对《解放》（三日刊）的感情。（钱江《北平〈解放〉（三日刊）记事》，《新闻与传播研究》1986年第3期第50页）

㉑1946年5月29日，北平市警察局查封了七十七家报纸、杂志和通讯社。《解放》报和新华社北平分社首当其冲。北平当局的发言人称："凡报纸、杂志、通讯社，出版发稿，必须事先呈请中央核准，早有规定。近查本市有多家报纸、杂志、通讯社，竟有未经遵照规定，一面呈请，一面即行发刊，甚有言论荒谬者殊属不合，迭奉中央严令取缔，勒令停刊。本府职责所在，不能不执行命令。"（1946年5月30日北平《新民报》，钱江《北平〈解放〉（三日刊）记事》，《新闻与传播研究》1986年第3期第53页）

㉒6月初，《解放》编辑部的同志们告别了北平。其中十余人由王康带队随李克农乘飞机回到延安，其余大部由罗瑞卿带队乘卡车到南口，然后转乘火车到了张家口。《解放》在北平的历史使命完成了。编辑部的同志在分手时相互勉励"我们一定会回来的！"6月2日，延安《解放日报》一版刊出了北平《解放》报、新华分社的《告全国同胞书》，其最后一段说："我们北平《解放》报和新华分社是永远扑灭不了的，在全国人民的支援下，我们一定不久就会更加坚强和更加充实地与平津和全国广大读者见面。"（钱江《北平〈解放〉（三日刊）记事》，《新闻与传播研究》1986年第3期第53—54页）

㉓《年表》。

㉔《年表》。

㉕那是在1946年,他在张家口主编《晋察冀日报》文艺版的时候,有一天,报社收到了一位业余作者寄来的短篇小说,拆开一看,字迹潦草得几乎完全不能辨认。几位编辑谁也不愿处理这稿件。萧殷只好自己费劲地连读带猜,因为忙,每天只能抽一段时间来苦读这篇来稿,足足花了一个星期才把它读完读通。他又惊又喜地发现:原来这是一个写得非常出色的短篇小说!萧殷把这篇稿子交给编辑部的一位秘书,请她抄写一遍,并且嘱咐:遇到困难可以随时来问他。这位女同志大概对其中很多字句也猜不懂,而她又觉得不便老去打搅萧殷,就把它暂时搁在一边。不料,过了十来天,战局更紧张了,张家口开始撤退妇女和儿童,那位女同志也在撤退之列。匆匆忙忙,什么也顾不上,在慌乱的情况下,那篇稿子便无影无踪了。在事情过去了30多年后的今天,萧殷谈起它来还十分心痛。他说:"这件事情主要怪我自己!如果当时我不把稿子交出去,每天挤时间抄写几十个字,十几二十天也能把它抄写出来。就这样,这篇好作品埋没了,而这位作者也埋没了!"以后有一次他又说:"要发现一个有才华、有培养前途的青年作者,是极不容易的。如果当时我处理得好,或者,如果他的稿子写得不是那样过于潦草,岂但报纸可以发表一篇好小说,很可能新中国还要多一位好作家哩!培养青年作者的工作,认真去做,可以说作用不小;掉以轻心,那可就罪孽深重了!"(章明《老牛羸病犹奋蹄——记萧殷并为他写〈创作论〉呐喊》,《风范长存——萧殷纪念与研究文集》第367—368页)

㉖1946年6月,一个偶然的机会我认识了萧殷。(陶萍《相伴三十五载忆点滴》,《百年萧殷》第157页)

㉗1946年7月29日,美军联合国民党军队向安平解放区发动进攻。我方守军冀东第十四分区第五十三团一部被迫自卫还击。战斗持续4个多小时,双方均有伤亡。接着,国民党军队和美军继续派出增援部队,并有美军飞机多架助战。我军被迫撤出安平,美军和国民党军队联合占领安平镇。这就是"安平事件"。(张蕴钰《参与调处"安平事件"前后回忆》,《中共党史资料》2007年第1期第64页)

㉘《年表》。

㉙翌日,在北京饭店二楼会议室,军调部三委员提出了各自参加25特别执行小组的人员名单……三方记者:萧英(新华社)……(纪学、曾凡华著《蓝色三环》,解放军出版社1992年8月版第408页)

㉚《年表》。

㉛《年表》。

周游（1915—1995），湖南长沙人。1938年在鲁艺学习，曾任《晋察冀日报》编辑、记者。1949年后任《北京日报》总编辑。

㉜《年表》。

㉝叶挺（1896—1946），广东惠阳人，1916年入读湖北陆军军官学校，1924年加入中国共产党。1938年任新四军首任军长。

㉞《年表》。

㉟1946年，作家方纪、孙犁、萧殷等从其他解放区调来《冀中导报》，于是编辑部内增设了副刊科，由他们几位编辑副刊《平原》，为《冀中导报》增添了文艺色彩，报纸的内容更丰富多彩了。（高巍《珍贵的革命历史资料——〈冀中导报〉》，《档案天地》2004年第5期）

㊱《年表》。

㊲一九四六年十二月十日，报纸出版了第一期副刊，到一九四七年十一月二十六日，副刊出版到一百四十七期。（杜敬、肖特、展青雷编《冀中导报史料集》，河北人民出版社1990年9月版第50页）

㊳早饭后去文学系听课，萧殷同志（《导报》主笔）讲"创作与美学"，满载而归，很满意所获的东西。（徐光耀著《徐光耀日记》第一卷，河北教育出版社2015年7月版第245—246页）

㊴这个诗谣集子，是我一九四六年冬在冀中编副刊时选编的，其中除少数作品是一些初学写作者根据民歌形式改写的之外，绝大部分都是农民自己的创作。当时正是土地改革初期，到处掀起火热的斗争，群众以诗谣形式来反映这火热斗争的作品也最多，我们每日几乎都收到二三十首上下，四个多月共收到不下二千首，编入这集子里的作品，可以说是从这二千首中挑出来的"精华"。（萧殷编《翻身诗谣》，人间书屋1951年版第1页）

㊵由丁玲主编的《副刊》在《晋察冀日报》上问世。丁玲在《创刊漫笔》中阐明其宗旨时说："《副刊》是人民的朋友，那上边有大伙的呼声，有人民的知心话语。"……《副刊》在丁玲的主持下，办得有声有色，无论从内容和形式上，都显示出党报副刊的特色。《副刊》到《晋察冀日报》撤出张家口时止，共出版131期。后期

由于丁玲调任《长城文艺》月刊主编,改由肖殷接任。(高洪《〈晋察冀日报〉的副刊》,《新闻与传播研究》1991年第1期)

㊷一九四六年,……组织上调我到北平负责报纸采访工作,开始时我的文章仍署名"萧英",但有些同志认为这名字在《解放日报》等根据地报纸出现过,现仍用它,怕引起敌人注意,有危险。经考虑后,遂改为"萧殷"。从此,它不仅成为我的笔名,而且它已逐渐代替了我的姓氏了。(《萧殷文学书简》第254页)

1947年　民国三十六年　丁亥　三十二岁

2月

是月,《冀中导报》副刊收到华北联大学生徐光耀的小说习作《周玉章》。①

27日,编发《周玉章》,且加按语,②该文发表在《冀中导报》副刊第六十二期。③

是月,写《论架子》《大家遵守法令》。

3月

是月,奉调到河北束鹿县(今辛集市)华北联大,④任文艺学院文学系教员,⑤讲授"创作方法"和"写作练习"。⑥

是月,写《关于诗的情绪》《从实际出发与具体分析》。

4月

5日,在华北联大文学系任一班教员。⑦

13日,华北联大文艺学院文学系安排先生讲授"创作方法论"课程。⑧

14日,"创作方法论"开讲⑨,徐光耀担任课代表。⑩

14日,在华北联大文学系第二班讲授"写作练习"(两周一单元,每周一次),至11月23日。⑪

21日,徐光耀等讨论创作方法。⑫

24日,继续讲授"创作方法论"。⑬

26日中午,与徐光耀谈了一两个钟头,并将《晴天》和俞林写的小说借给他。⑭

28日,鼓励徐光耀多写消息和通讯。⑮

是月,陶萍在华北联大政治系当协理员。⑯先生送西红柿给陶萍。⑰

5月

29日,与徐光耀交谈,暗示其可要求留校。⑱

6月

2日，开讲"创作的思想性"课程。[19]

7日，告诉徐光耀，其可要求留校。[20]

9日，请徐光耀帮忙整理笔记。[21]

9日，继续讲授"创作方法论"。[22]

10日，主编的诗歌集《翻身诗谣》出版。

13日，《文学新兵》第11期发表先生署名肖殷的文章《人物先呢？故事先？》。

15日下午，收到徐光耀整理的"创作方法论"笔记。[23]

16日，借书给徐光耀。[24]

17日，继续讲授"创作方法论"。[25]

21日，早饭后，批评徐光耀的文章《代耕》，再一次强调写作时人物性格在先。[26]午休后，给徐光耀讲授写通讯的经验。[27]

7月

14日晚，与蔡其矫、徐光耀交谈。[28]

9月

18—19日，借《思想方法论》给徐光耀，并一同去找王朝闻。[29]

24日，徐光耀来访。[30]

26日晚，与徐光耀谈创作问题，并借《红楼梦》给他。[31]

28日晚，与徐光耀谈编副刊及诗歌评论的方法。[32]

10月

5日，告诉学生："一学期写一篇好文章就不少。"[33]

17日，徐光耀：每次听萧殷的课总得启示与鼓舞。[34]

27日，从后方回来。黄昏，徐光耀来访。[35]

28日下午，与徐光耀谈历史观，徐光耀读先生日记。[36]

31日，徐光耀在萧殷住处见到李湘洲。[37]

是月，写《从几条消息的改作谈到消息的结构》。

11月

2日，教导徐光耀如何写景。[38]

12日，庆祝石门（1948年改名石家庄）解放。[39]

18日，《新石门日报》创刊，任副总编辑。㊵

12月

是月，写《谈写景》。参加获鹿县土地改革。㊶

是年，指导学生办刊《文学新兵》。㊷

是年，在华北联大文艺学院文学系开设题为"怎样编副刊""谈美"等临时讲座。㊸

【注释】

① 《年表》。

徐光耀（1925— ），河北雄县人。1947年入读华北联大文学系。1951年入中央文学研究所学习，曾任河北省文联党组书记、主席。著有《小兵张嘎》。

② 《周玉章》是下连队时在前线写的，老师看过之后很是肯定，很快在《冀中导报》上发了出来，编者还加了按语："以极愉快的心情读完，虽不称成功作品，确是副刊较好的稿件。不是琐事的堆积，不是生活的照相，是有形象有性格的。"（闻章著《小兵张嘎之父：徐光耀心灵档案》，河北大学出版社2011年版第107页）

③ 《导报》2月27号报副刊登着我的《周玉章》，前面还加上了一些按语。（《徐光耀日记》第一卷第292页）

④ 肖殷同志于1947年3月从《冀中导报》调来，给同学们开创作方法课。（马琦编写《华北联大文学系史话1945.11—1948.9》，晋察冀文艺研究会艺教组1992年版第14页）

⑤ 教员有欧阳凡海、何洛、厂民（严辰）、蔡其矫、萧殷。（陈恭怀《陈企霞在华北联大》，《档案春秋》2016年第8期）

⑥ 初到华北联合大学时，文学系主任要我教授甲班的"创作方法"与乙班的"写作练习"，但我自己却很担心，恐怕"胜任"不了。（萧殷著《论文学的现实性》，天下图书公司1950年版第99页）

⑦ 稿件整好后，给李湘洲写信，得知他代替萧殷编副刊了，希望他多给我指导，助我进步。萧殷前几天来此系，听说任一班教员。（《徐光耀日记》第一卷第307页）

⑧ 今天早晨，系主任宣布了下学期的课程："名著选读"（欧阳凡海）、"作家研究"（何洛）、"民间文学"（厂民）、"创作方法论"（萧殷）、"文艺讲座"（蔡其矫），欧阳凡海并且担任一班的主任教员。（《徐光耀日记》第一卷第310页）

⑨ 就我个人说，最觉得益的算来是萧殷的"创作方法论"……此人性情温和慈爱，

天生一副奖掖后进的心肠……我从头听了他的"创作方法论",后来还做了他的课代表。每堂课下来,我都赶忙搜集同学的各种反映,然后连同自己的笔记,一同拿给他看。他总是专注地听意见,记下要点,再仔细改正我记录上的舛误。实在说,我对文学创作能有个基本的概括的理解,确是从他开始的。(徐光耀著《昨夜西风凋碧树》,北京十月文艺出版社2016年7月版第76页)

⑩听萧殷第一次讲"创作方法论"。我这课代表经大家通过了,笔记要记得特别好,精神便不能不紧张。(《徐光耀日记》第一卷第310页)

⑪马琦编写《华北联大文学系史话1945.11—1948.9》,晋察冀文学研究会艺教组1992年油印本第26页。

⑫早晨,大家讨论创作方法上的困难和前几天萧殷情况的处理,情绪不高,后有起色。(《徐光耀日记》第一卷第314页)

⑬上午,一面听萧殷的"创作方法论",一面详细地做着笔记。(《徐光耀日记》第一卷第315页)

⑭中午,去找萧殷,他便打开话匣子,一气儿谈了一两个钟头。我微笑得两颊都很累了,两颊的肉像僵硬了,堆上去下不来。他真是善说得很,这样下去,好是好,他迟早要改正的。最后,我借了他的《晴天》和俞林写的小说,告辞而退。(《徐光耀日记》第一卷第317页)

俞林(1918—1986),原名赵凤章,河北河间人,1938年入读燕京大学。曾在华北联大任职。1949年后,历任《江西文艺》主编、江西作协主席。著有《一把火》。

⑮黄昏,弄坯回来,萧殷恰来找我,把《晴天》拿走。劝我不要带书,多注意写些消息和通讯,消息写好也是不容易的。(《徐光耀日记》第一卷第322页)

⑯一九四七年四月,萧殷通过华北联大文学系主任陈企霞,到束鹿县的华北联大文学系教书。而陶萍在联大政治系当协理员。(《萧殷传》第27页)

按,"一九四七年四月"误,应为"一九四七年三月"。

⑰1947年,萧殷在华北联大教书,正在追求陶萍。因为战争年代,物资匮乏,没有礼物,萧殷把自己精心种植的西红柿送给陶萍,还被其他老师笑说那是他们的定情信物。(李晓怡《园丁萧殷》,《河源日报》2021年12月14日第7版)

⑱转头去找萧殷,跟他又攀谈起来。首先,批评了我的《魏连长和小陈》是失败的,谈了一顿思想深入的问题。其次,谈到办墙报,经我动员答应给写一篇,号召注意

写新闻的文章。最后，谈到学习时间，他暗示我在快结束时可以向组织提出要求"继续留校学习"。天啊，但愿如此！（《徐光耀日记》第一卷第337页）

⑲今天，萧殷讲"创作的思想性"。拿我的《魏连长和小陈》做失败的例子，我好脸红体热了一阵，我那时起码是鼻尖上有汗的。虽然，我做了精神准备，尽力克制自己。（《徐光耀日记》第一卷第340页）

⑳昨晚去萧殷那儿送笔记，又跟他扯起来，我现在感到他非常好，尤其令我兴奋的是，他说陈企霞同志对我的《代耕》印象很好。他还说，将来有机会给我介绍个小册子。哎呀，我简直从不敢有如此奢想，他对我的鼓励太大了，切勿使我过分骄傲起来吧！他对我的作品评价较高，说已具有一定的风格了。语言也较好，但愿我能如此下去。他昨晚第二次提出，我毕业后可要求留校，不必出去了。我切望如此。（《徐光耀日记》第一卷第341—342页）

㉑昨天上午讲"创作方法论"，我精心地做着笔记，而萧殷却又要我替他整理笔记，累死我了，这怎么好呢？（《徐光耀日记》第一卷第342页）

㉒6月10日……昨天上午讲"创作方法论"，我精心地做着笔记。（《徐光耀日记》第一卷第342页）

㉓午睡起来后，去萧殷那儿，给他送笔记。他不在，见桌上放一封信，拿起来看，是《导报》副刊一编者来的（可惜，未认清名字），内中颇多牢骚，其中一段道："我硬主张刊登了《代耕》，结果全报社的人都说好，我也说好，要不就一直坚持没有退呢……"于是，我不禁一笑。这是什么心情呢？信上，还另外谈了些萧殷终身大事的问题，也颇有味……（《徐光耀日记》第一卷第345页）

㉔晚上，从萧殷处借书回来。（《徐光耀日记》第一卷第346页）

㉕6月17日……上午，上"创作方法论"。（《徐光耀日记》第一卷第346页）

㉖早饭后，萧殷批评我的《代耕》道："仅仅是一个故事而已。"说我是先有主题，而后用故事表现的。他再一次强调人物性格在先。萧殷对我的作品似乎是太严厉了些。这是个好现象。（《徐光耀日记》第一卷第349页）

㉗去萧殷处，拿回来通讯点滴经验。（《徐光耀日记》第一卷第348页）

㉘晚上，萧殷、蔡其矫都来谈了一阵儿。（《徐光耀日记》第一卷第360页）

蔡其矫（1918—2007），福建晋江人。1946年任华北联大教员。1952年后曾任中国作家协会文学讲习所教研室主任。著有《蔡其矫诗歌回廊》。

㉙上午把《创作方法论》第三章整完,中午拿给萧殷去看,又和他谈了一阵儿,他再次谈道:"等你写个十来篇东西,集起来出个单行本,向外介绍一下。"我心中是多么雀跃啊!在他那里借了本《思想方法论》(何干之著),去找厂民,未见,回来路上又碰见萧殷,叫我同去王朝闻那里玩儿。(《徐光耀日记》第一卷第367页)

王朝闻(1909—2004),四川泸州人。1937年加入中国共产党,抗战胜利后曾在华北联大文艺学院美术系任教。1949年后在中央美术学院任教授兼副教务长、中国艺术研究院副院长。

㉚又到萧殷那里玩儿了一下。他还是那样健谈,那样热情,令人感激。(《徐光耀日记》第一卷第370页)

㉛晚饭后到萧殷那里聊了半天天儿,他又谈了许多创作上的问题,劝我应特别多看点儿书,还介绍了许多书及作家。最后,借部《红楼梦》来,我希望这是我一段重要学习的开始。(《徐光耀日记》第一卷第371页)

㉜中午……就开始整"创作方法论"的笔记。吃过晚饭,去找萧殷,本让他请客,结果未获成绩。颇出意料,有"如萧殷者竟也如此吝啬"之感。听他谈了许多编副刊及评诗的方法。(《徐光耀日记》第一卷第371页)

㉝萧殷同志曾说:"一学期写一篇好文章就不少。"第二学期写了个《周玉章》,第三学期果然就没有出一篇文章。现在,是否该写一篇了呢?(《徐光耀日记》第一卷第378页)

㉞每次听过系主任的课,总得许多启示与鼓舞。他的话我总照办,他让我多写,我半日就完成了一日的创作计划。他让我弄出来鼓舞别人,我在昨天上午一气儿誊完《贺双成》,晚上开夜车点灯后誊完《王连长》,今晚灯下又一气儿誊完《刘习》。假如不是上课、开会,和遇见了文章的毛病,《鸡》今天也可能誊出来了。尽管这样,明日我可以拿出3篇文章或交上级或同学传阅了。陈企霞确实值得学习和研究。岂止他,在文艺学院,艾青和萧殷也是很伟大的,我应该专门有一个本子,记录他们的一言一行,想将来不管研究伟人也好,写文章做理想人物的模特儿也好,其他也好,都会是珍贵的材料。(《徐光耀日记》第一卷第388—389页)

㉟晚饭后去郝家庄看《文学新兵》第16期,见萧殷同志由后方回来了,黄昏去他那里玩儿了一阵子。(《徐光耀日记》第一卷第397页)

㊱下午在萧殷处坐了一阵儿,谈了个历史观点问题,举《第四十一个》为例,读了

他一大段日记。他的日记确乎比我下功夫得多，蝇头小字、齐齐整整，都是些理论性的杂感心得之类，可见比我修养强得多了。（《徐光耀日记》第一卷第398页）

㊲晚饭后，正打排球玩得兴奋，崔嵬来告诉我说："萧殷和李湘洲去看你。"我急忙跑回来，才进小屋，便见一人坐在桌后。萧殷介绍过，于是握手相坐。（《徐光耀日记》第一卷第399—400页）

李湘洲，《冀中导报》副刊编辑。

㊳萧殷对《贺双成》的评价是可以的，只是说后半（部分）是故事了，就没有人物性格了。而且他还告诉我，以后应注意写景，"你的文章中从没有写过景"，"写景对展现人物性格是有帮助的"。（《徐光耀日记》第一卷第401页）

㊴贺敬之说："石家庄解放了！"大家有的握手，有的拥抱，不知怎样表示自己的愉快……又跑去找蔡其矫、陈企霞、萧殷。出来到街上，迎着游行队伍。（《徐光耀日记》第一卷第409页）

㊵1947年11月18日，市委机关报《新石门日报》创刊，张春桥首任社长兼总编辑。陈道、萧殷为副总编辑。社务委员会由张春桥、陈道、周游、何纪荣组成；周游兼新华通讯社石门分社社长。（陶萌萌整理《萧殷年表长编》稿本）

㊶《年表》。

㊷他指导文学系的同学办文学刊物《文学新兵》，专门发表同学们的习作。当年在文学系学习的学生有徐光耀、陈淼、鲍昌、唐因、黎白、刘剑青、鲁煤等。（李宜《萧殷与徐光耀》，《百年萧殷》第171页）

㊷这学期还开了临时讲座……肖殷讲"怎样编副刊"……肖殷讲"谈美"。（马琦编写《华北联大文学系史话1945.11—1948.9》，晋察冀文艺研究会艺教组1992年版第14页）

1948年　民国三十七年　戊子　三十三岁

1月至4月底，继续参加获鹿县土地改革。①

1月

12日，与徐光耀到报社。②

14日晚，与徐光耀上街。③

15日，与徐光耀等离开石家庄前往获鹿参加土改。④

2月

8日，在大河机关工作（大河镇，今河北省石家庄市鹿泉区）。[5]

4月

30日，徐光耀为准备先生结婚事宜而奔走。[6]

5月

1日，与陶萍在华北联大结婚。参加婚礼的有沙可夫、丁玲、艾青、江丰、王朝闻、舒强、朱子奇、厂民、李焕之、成仿吾、何干之等。[7]

1日，徐光耀未参加萧殷婚礼。[8]

8日，与徐光耀谈话。[9]

9日，与徐光耀谈话。[10]

15日，与徐光耀谈话。[11]

是月，华北联大搬到河北正定县一座法国教堂里。[12]

是月，回华北联大继续教书。[13]

6月

3日，与华北联大文学系毕业学生在河北正定大教堂前合影。

7月

29日，徐光耀来函。[14]

8月

25日晚上，徐光耀来函。[15]

30日，徐光耀听说先生调往新华总社任特派记者。[16]

月底，离开华北联大，到石家庄市任《石家庄日报》副总编辑。[17]张春桥任总编辑。《石家庄日报》是中共晋察冀中央局隶属的市委机关报。[18]

9月

6日，徐光耀认为读《创作论》受益匪浅。[19]

10月

8日，在石家庄编副刊。[20]

是月，写文章《下命令是不民主吗？》。

11月

29日，平津战役打响。战火中迎接解放。[21]

是月，写文章《两条道路，你选择吧》。

【注释】

①《年表》。

按，《年表》中"束鹿县"误，应为"获鹿县"。

②晚上，同萧殷同志到报社去玩儿，接获一封皮上写着"越风，白石先生"的信，内中署名为"苦命人"。（《徐光耀日记》第一卷第448页）

③吃过晚饭，同萧殷在大街、铁路局转了一趟。（《徐光耀日记》第一卷第450页）

④11点钟，与萧殷等告别了市委及周巍峙，也告别了石家庄，一路投威州而来。约下午2点，到获鹿城。（《徐光耀日记》第二卷第2页）

⑤早晨，邹立山同志欲回大河机关去，便写一封信给萧殷。（《徐光耀日记》第二卷第19页）

⑥下午为萧殷明天结婚送礼问题转了许久，到崔嵬、逯斐等处都商洽了一番。（《徐光耀日记》第二卷第65页）

⑦昨天参加婚礼的，多是文艺界的知名人士。有沙可夫、丁玲、艾青、江丰、王朝闻、苏（舒）强、朱子奇、厂民、李焕之等等。再有校长成仿吾和我的院长何干之及文学院的师生，人真不少。而且丁玲同志，拉着我的手，祝贺说："愿你和萧殷白头携（偕）老。"（1948年5月2日《陶萍日记》手稿）

沙可夫（1905—1961），浙江海宁人。1926年加入中国共产党，历任延安鲁迅艺术学院副院长、华北联大文艺部部长。1949年后任文化部办公厅主任，中央戏剧学院党委书记、副院长。

丁玲（1904—1986），湖南临澧人。1932年加入中国共产党。1936年赴延安，1949年后任中国作协党组书记、《文艺报》主编。

艾青（1910—1996），浙江金华人。1932年加入中国左翼美术家联盟，从事革命文艺活动。1979年后任中国作家协会副主席。著有《大堰河》。

江丰（1910—1982），上海人。1931年参加上海左翼美术活动，1938年到延安，任鲁迅艺术学院美术部主任。1949年后任中央美术学院院长、中国美协主席。

舒强（1915—1999），南京人。1944年在延安鲁艺任教。1946年加入中国共产党，任华北联大文艺学院戏剧系主任。1949年后，任中央戏剧学院表演系主任，中央实验话剧院院长、总导演。

朱子奇（1920—2008），湖南汝城人。1938年入抗大学习。同年加入中国共产党。1949年为任弼时秘书，后历任中国作协书记处常务书记、中国作协党组副书记。

厂民（1914—2003），即严辰，江苏武进人。1941年后在鲁迅艺术文学院研究室工作，后任华北大学教师、《人民文学》副主编、《新观察》主编、黑龙江省文联副主席。

李焕之（1919—2000），福建晋江人。1938年到延安，同年加入中国共产党，在鲁迅艺术学院任教员。1949年后任中央音乐学院音乐团、中央民族乐团团长。

成仿吾（1897—1984），湖南新化人。早年创办创造社。1928年加入中国共产党，1935年后任陕北公学、华北联大校长。1949年后任中国人民大学、山东大学校长。

何干之（1906—1969），广东台山人。原名谭郁君。1926年考入中山大学。1934年加入中国共产党，在延安陕北公学、华北联大任教。1949年后任中国人民大学历史系主任。

⑧五一这天，我究竟做了些什么，已忘却了。大概有两件事：第一件，整个下午以及晚上，都为闻功的竞选操劳，于是萧殷的结婚盛典也未参加上，一顿糖果也白费了。第二件，是晚上的时候，编出了第二期报。（《徐光耀日记》第二卷第66页）

⑨早饭后……还要找萧殷、陈企霞。总之，失了常态似的，不知如何是好。（《徐光耀日记》第二卷第71页）

⑩早晨，跟伙房算账。到萧殷那里去。到校部办手续。他们说中央在平山、雁堡。萧殷同志给写了不少介绍信，内有张帆等人的。（《徐光耀日记》第二卷第73页）

⑪昨日，跟萧殷同志谈了很久，他说写日记要有思想内容，应经常简单写出个人思想上的结论和得出的规律。长此以往便可经常充实和提高自己（我又想起他"思想的闪烁"）。他说钱俊瑞不管多忙，每天早晨总看些理论书，每天晚上总看些文艺书。这是很好的习惯。他再次告诉我们多多看书，多多注意思想性的提高，学习分析问题的方法。（《徐光耀日记》第二卷第77—78页）

⑫《年表》。

⑬《年表》。

⑭睡了一阵，便给陈企霞、萧殷、鲍昌等写信，告诉他们，徐孔已经调往野政去了。（《徐光耀日记》第二卷第132页）

⑮晚上，回萧殷同志的信。是晚，饭后接到他的信。带来好消息，文协扩大会在石

门召开。不久,可能出版文艺刊物,创作组无变动,蔡其矫同志已调走,可能去解放区以外地区工作。唉,出校后,未给他去封信,真是对不起。(《徐光耀日记》第二卷第147页)

⑯听徐孔说,萧殷已调往新华总社任特派记者去了。(《徐光耀日记》第二卷第152页)

⑰1948年秋,萧殷也离开华北联大,调到石家庄市任《石家庄日报》副总编辑。(李宜《萧殷与徐光耀》,《百年萧殷》第172页)

⑱《年表》。

⑲闲时,看萧殷的《创作论》,益感其论断之大有好处。现在看来,又将启示人许多东西,可见我也在进步着,只是还大大不够而已。(《徐光耀日记》第二卷第156页)

⑳萧殷去石家庄编副刊,预备将来编综合性刊物。(《徐光耀日记》第二卷第181页)

㉑《年表》。

1949年　民国三十八年　己丑　三十四岁

1月

20日,在石家庄写《评〈木偶奇遇记〉》。

31日,北平和平解放。

2月

11日,离开《石家庄日报》。①到北京办刊。②

是月,随中共中央华北局进入戒严的北平,入城第一天即到天安门,③带队的是华北局宣传部长周扬。同住在后圆恩寺街华北局院内。随周扬参加文艺界的座谈会。周扬征求选择留在宣传部还是华北文化艺术委员会(华北文委)工作,先生选择文委。④

按,时华北局在后圆恩寺胡同7号、9号。

3月

5日,在北京写文章《语言要有生命,就要向人民学习》。

按,又名《论文学语言的创造》,见《论文学的现实性》;又名《向群众口语学习》,见《萧殷自选集》。

5日，徐光耀来函。⑤

是月，筹备第一次中华全国文学艺术工作者代表大会（文代会），当时文委仅有的三个人都被调去参加筹备工作。⑥

4月

1日，徐光耀感激先生的关心。⑦

是月，入住灯市口北辰宫。⑧陶萍暂住北平北新桥小三条十五号陶萍兄长家中。

按，即灯市口大街南85号，原华文学校校舍。

是月，参加华北联大文学系师生聚会，⑨谈及解放军即将渡江，解放全中国。⑩

5月

4日，《文艺报》（周刊）创刊。⑪

11日，在北京写文章《文学·生活现象和生活本质》。

12日，女儿萧萌萌出生。

按，萧萌萌，1953年改姓陶。

14日，龙川县解放。⑫

15日，《人民日报》第四版《星期文艺》第2期发表先生署名萧殷的文章《文学·生活现象和生活本质》。

19日，徐光耀谈论萧殷。⑬

20日，《文艺报》（周刊）第二期发表先生署名何远的文章《讨论：关于专家标准与群众标准》。

26日，《文艺报》（周刊）第四期发表先生署名萧殷的文章《我们需要文艺批评》。

是月，寄信和大捆识字课本回家乡。⑭

五六月间，东总布胡同22号拨给文委，于是搬到东总布胡同22号筹备文代会。⑮

按，自此，萧殷一家入住东总部胡同22号。

6月

1日，在北京写文章《关于文学的现实性》。

按，又名《关于真实性》，见《萧殷自选集》。

1日，《华北文艺》1949年第5期《研究》发表先生署名萧殷的文章《语言要有生命，就要向人民学习》。徐光耀读后惊叹：萧殷近年采集的民间语汇达3300余条。⑯

5日，在北平写文章《谈"桥"》。

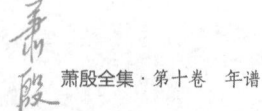

1949年

12日，《人民日报》第四版发表先生署名萧殷的文章《关于文学的现实性》。

13日，鼓励徐光耀大胆创作。⑰

18日，徐光耀来函。⑱

7月

2日，参加第一次中华全国文学艺术工作者代表大会开幕式。⑲大会期间在宣传组工作，⑳在中南海怀仁堂会场外参加全体工作人员合影。

5日，在北京写文章《我怎样教"创作方法"？》。

7日，在北京写文章《诗人·理性·情感》。

7日，参加"七七"纪念大会。㉑

15日，徐孔与徐光耀谈萧殷。㉒

16日，在北京写文章《论写作对象与文艺活动对象》。

19日，参加第一次中华全国文学艺术工作者代表大会闭幕式。㉓

19日，《光明日报》第三版发表先生署名萧殷的文章《谈诗人的人生观与情绪》。按，又名《诗人·理性·情感》，见《论文学的现实性》。

是月，担任第一次中华全国文学艺术工作者代表大会筹委会评选委员会小说组成员。㉔

28日，《文艺报》（周刊）停刊。㉕

8月

5日，在北京写文章《论工人诗的写作及其他》。

14日，写信给徐光耀、徐孔、郭锋。㉖

15日，《文艺劳动》第三期发表先生署名萧殷的文章《论工人诗的写作及其他》。

是月，留在中华全国文学工作者协会（文协，即后来的中国作家协会），筹备《文艺报》。㉗

是月，合编《文艺劳动》由中外出版社出版。㉘

是月，在《光明日报》主编《文学》周刊。㉙兼任《人民日报》副刊《人民文艺》编委。

9月

7日，徐孔收到先生的信。㉚

13日，徐光耀来函。㉛

25日，《文艺报》（半月刊）正式创刊，㉜是中华全国文学艺术界联合会文艺报编辑委员会成员之一。

25日，在《文艺报》创刊号以编辑室名义发表文章《做一个文艺通讯员》。

是月，写文章《美国的自由原来如此》。

10月

月初，收到邵燕祥的诗歌《歌唱北京城》，转《光明日报》发表。㉝

6日，徐光耀来函。㉞

25日，《文艺报》第一卷第三期发表先生署名萧殷的文章《评"红石山"与"望南山"》（批评）。

27日，在东总布胡同22号与杨朔、陈企霞、徐光耀交谈。㉟

30日，不同意徐光耀小说的名字《在烈火中》。㊱

是月，在北京写文章《多多表现新的人物》。

按，又名《多描写新人物》，见《与习作者谈写作》。

11月

1日，在北京写文章《泛论写真人真事》。

15日，《文艺劳动》第六期发表先生署名萧殷的评论《泛论真人真事》。

12月

16日，在北京写文章《关于文学评论的方法——两封复信》（一）。

17日，参加京津地区文艺报刊编辑工作座谈会。㊲

22日，在北京写文章《关于写新人物》。

30日，在北京写文章《略谈文艺作品的说服力》。

按，又名《文学作品的感染力》，见《萧殷自选集》。

是年，《文艺报》1949年第6期发表先生署名何远的文章《多多表现新的人物》。

【注释】

①萧殷到报社工作的具体时间不得而知。但有幸从一份原始档案的复印件中看到了他离开的时间：1949年2月11日《社长通知》"市委决定：一、萧殷另有任用，即日解放其副总编辑职务"。"解放"，今天用在此处当说"解除"。当时担任《石家庄日报》副总编的萧殷，为关内第一家城市党报文艺副刊的创办和发展做出了杰出贡献。萧殷非常重视报纸副刊的文艺评论工作，就像他之前在《晋察冀日报》任副刊主编时一样，对文学新人和业余作者热情扶持，积极撰文指导，发现培养了像徐光耀、邵燕祥、

鲍昌等一大批青年作家。（曹孜、王律《报社的两位晋察冀文艺名家》，《石家庄日报》2022年11月18日第四版）

②接受新任务——进京办刊。工作岗位从此由新闻界转向文艺界。（《年表》）

③萧殷同志跟我聊天，他说1949年他刚进北京城当天就到天安门去了，天安门城楼楼顶长满乱草，柱子油漆剥落，红城墙泥块掉落，露出城砖……当时的天安门，同今天的天安门，相差得远了。（宋永平《萧殷把我当朋友》，《百年萧殷》第166页）

④《年表》。

周扬（1908—1989），湖南省益阳县人，1928年毕业于上海大夏大学，同年冬留学日本。1949年后任中国文联主席、党组书记，中国作家协会副主席。

⑤早晨给真心拥护的老师萧殷同志写信，信提起他嘱咐我多写，我却没有做到，实为惭愧。（《徐光耀日记》第二卷第275页）

⑥《年表》。

⑦萧殷是更关心我们的，也是最热情的。如能有机会跟他一块儿工作，确实是太美了。他太值得感激了。（《徐光耀日记》第二卷第301页）

⑧筹备组入住灯市口北辰宫，一起住在那里工作的有陈企霞、严辰、杨犁、唐因、刘剑青等。（《年表》）

⑨1949年夏，文学系在北京中山公园来今雨轩举行了盼望已久的胜利后的欢聚盛会。系主任陈企霞和何洛、厂民、肖殷、蔡其矫、熊焰等老师，在华北党政军文机关部队工作的原文学系同学几十位纷纷从前方、后方来到北京欢聚一堂。聚会的气氛热烈感人，聚会的形式却是很简单的，拼起来的桌上只摆着花生、瓜子、糖果和茶水，师生们久别重逢，喜悦、激动中却也有着一些遗憾。（黎白《坎坷人生路——陈企霞逝世十周年祭》，《炎黄春秋》1998年第1期）

⑩北平解放不久，文学系师生在中山公园来今雨轩聚会了一次。这是迎接即将到来的全国胜利的一次喜悦的师生聚会。萧殷老师高兴地、激动地挥舞着手，笑着说："我们就要渡江了，就要彻底消灭蒋家王朝了，我的家乡广东也要解放了，那可是个好地方哟！将来我请你们吃广东名菜龙虎斗！"不幸，后来在不正常的政治运动中，这次聚会被诬为纠集反党集团的宗派活动，负罪达二十年之久。我们也一直没有吃上萧殷老师要请的名菜龙虎斗。（黎白《一个高尚的人——悼萧殷同志》，《文艺报》1983年第10期）

按，在北京中山公园来今雨轩聚会的时间，一说北平解放不久，一说1949年夏。暂置4月，待考。

⑪1949年5月4日创办的《文艺报》是第一次文代会的会刊，中华全国文学艺术工作者代表大会筹委会主办……5月4日出版的《文艺报》标注为"创刊号"，周刊，共出版十三期。（黄发有《〈文艺报〉试刊与第一次文代会》，《文学评论》2014年第1期）

⑫民国38年（1949年）5月14日龙川解放，龙川县国民党组织解散。（龙川县地方志编纂委员会编《龙川县志》，广东人民出版社1994年8月版第129页）

⑬跟徐、高两人谈起萧殷和王朝闻来，我感到他俩有很多相同的特点：对同学都热情关心，去信便回信，特别是都善于用脑子，经常在思索问题，一个问题想成熟了便写出文章来。这真是难得的天性，太可贵了。大约他两人都在黄金时代，都在集中一切努力放在学业的进取上吧！这样的努力何得不成功呢？萧殷对徐孔说，1944年以来，他每一拿起笔来便觉得是"像机枪"，感到它社会的重大作用，因之，写东西十分小心谨慎。（《徐光耀日记》第二卷第348页）

⑭1949年5月，游击队解放了小镇，南下大军进驻县城，萧殷叔父不仅寄回来抵万金的家书，还邮来了一大捆识字课本，他鼓励我要读书识字，还要用这套书帮助周围妇女扫盲，萧殷叔父始终是满怀真诚地关怀我，关怀故乡以至中国妇女的命运。（郑秀婵《回忆萧殷叔父》，《百年萧殷》第402页）

⑮《年表》。

⑯上午，徐孔拿来《华北文艺》第5期，我匆匆看了多半天，把三篇论语言的文章都读了。其中萧殷的最深刻，新问题亦提得多，举的例子都是成段的，这乃是最有用的记录和采集语言的方法。他对语言研究才开始不久，然而，一开始便步入正途，人的观点正确了，就是了不起。——萧也在一篇中说，他近年来采集的民间语汇竟达3300余条，这不禁使我吃了一惊。天下的有心人，正是多得很呢！（《徐光耀日记》第二卷第393页）

⑰徐孔的决心甚强，一定要努力搞出些东西来，萧殷说我们（创作组几人）并不比一般水平低多少，可以大胆创作。因之，他可马上行动起来，并和我合作，并再三再四地鼓励我振奋起来，一定要下决心搞，不刻苦不埋头是不行了。（《徐光耀日记》第二卷第388—389页）

⑱回来，给萧殷痛痛快快写了一封信，一起头就谈问题，直到四页才结束，把我对掌握新主题的认识仔细发挥了。此外，把几个懵懂问题提给他，请他给解答一下。（《徐光耀日记》第二卷第395页）

⑲为这次650人的会议服务的工作人员322人（少数人员重复出现在不同机构）。100人组成大会主席团……何其芳、严文井、陈企霞、吴伯箫都是处级主任，杨朔、马烽、萧殷、江丰、丁聪、吴作人等老师科级组长……7月2日开幕式，郭沫若致开幕词，茅盾介绍大会筹备经过，冯乃超介绍代表资格审查情况。（张柠著《再造文学巴别塔1949—1966》，广东教育出版社2009年12月版第24—25页）

⑳我和萧殷同志相识，是1949年夏天全国第一次文代会期间，我们都是大会工作人员。他在宣传处，我在联络处，他来自晋察冀边区，我来自晋绥边区。因为都是从老解放区来的，共同语言较多，很快就熟悉了。（马烽《萧殷不看人下菜碟》，《百年萧殷》第88页）

㉑7月7日，休会，全体代表冒雨参加"七七"纪念大会。（张柠著《再造文学巴别塔1949—1966》，广东教育出版社2009年12月版第25页）

㉒晚上，徐孔跟我谈了谈萧殷谈起的问题。他见了我的信很高兴，希望以后能常常给他写这样的信，也能刺激他的脑子想好多问题。对我提出的问题，他不同意的有两处：一是西蒙诺夫的《祖国炊烟》不是单凭热情可以写得出来的，还有主要一方面，即他对现实生活的观察能力。只有热情还是不能解决问题的，不能很好地理解现实，综合概括是不行的……萧殷积极鼓励徐孔写东西，拼命地让写。他说必须多写，写得多才能得出经验，组织材料才能快。别人一时组织不起来的，你可以很快组织起来。我们有些同志的最大毛病便是不用思想——脑子太懒惰！萧殷现在不是那样，谈着谈着问题，忽然一个思想闪上来，便连忙记在纸上。这真是不得了的功夫。我们这些人，比起他来，功夫都还差得太远——我又想起他的"思想的闪烁"来了。我多么想学，可是学不成！成功是跟在有恒的背后的，不下苦功，不得成绩，任何投机取巧都会是幻想……萧殷看了我的信后，说我"搞理论很有前途"的，我不由得好笑，难道我真能搞起什么理论来？我从未这样打算过。（《徐光耀日记》第三卷第11页）

徐孔（1927—2010），辽宁海城人。1945年参加革命，曾任新华社战地记者、北京军区文化部干事。1979年后在《中国农民报》《中国食品报》工作。

㉓7月19日闭幕式，冯雪峰主持，郭沫若致闭幕词，大会在"毛主席万岁"的口号声中结束。（张柠著《再造文学巴别塔1949—1966》，广东教育出版社2009年12月第26页）

㉔周扬在1949年3月9日致中央及陆定一的电文中，筹备工作的第六项任务为："组织评奖委员会，评奖作品。"……文代会筹委会设立的专门委员会中有评选委员

会、演出委员会和展览委员会，评选委员会下分小说（散文、报道）、诗歌、戏剧电影、音乐、美术五组，各组的评选委员为：1. 小说组——茅盾、叶圣陶、周扬、沙可夫……赵树理、陈学昭、杨朔、萧殷。召集人：叶圣陶。……（黄发有《〈文艺报〉试刊与第一次文代会》，《文学评论》2014年第1期）

㉕1949年5月4日创办的《文艺报》……同年7月28日停刊……事实上，5月4日出版的《文艺报》标注为"创刊号"，周刊，共出版十三期；9月25日出版的《文艺报》标注为"第一卷第一期"，半月刊。为了有所区别，本文沿用文学界惯用的说法，将第一次文代会会刊称为"《文艺报》试刊"。（黄发有《〈文艺报〉试刊与第一次文代会》，《文学评论》2014年第1期）

㉖郭锋，华北联大文艺学院文学系学生。

㉗《年表》。

㉘我与陈企霞同志决定在文联编"文艺报"（半月刊，每期五六万字，其中有四分之一是创作，大部份是理论批评、运动报导），同时我与厂民、吕剑合编"文艺劳动"（由中外出版社出版，每期八九万字，第三期明日可出版），此外，我还单独在光明日报主编"文学"（周刊，每期一万三千字）。（1949年8月14日致徐光耀、徐孔、郭锋函）

㉙此外，我还单独在光明日报主编"文学"（周刊，每期一万三千字）。（1949年8月14日致徐光耀、徐孔、郭锋函）

㉚中午，徐孔接着了萧殷的来信，信上问我为什么不给他寄稿子去，问我有旧稿没有，就是《魏连长和小陈》也应给他稍修一下寄去也好……我看了他的信以后，又是十分激动。因之，很想立刻跟他说几句话："萧殷同志：我不想把我说成孩子，但每次见了你的信，都禁不住激动得要流下泪来。已经两年了，《魏连长与小陈》你竟还记得，足见你对我们有着长远的关心！"（《徐光耀日记》第三卷第57页）

㉛早晨给萧殷写信，报告我的小说已经写完了，并告诉他我不会堕落的。信很热情，只是不知能引起何种反响。（《徐光耀日记》第三卷第61页）

㉜1949年9月25日，作为半月刊的《文艺报》正式创刊，是隶属中华全国文学艺术界联合会的机关刊物，其主要内容有：介绍各地展开的文艺活动，交流彼此的文艺工作经验，报道广大群众的意见。（胡友峰《〈文艺报〉与十七年（1949—1966）的文学批评》，《百家评论》2017年第4期）

㉝新中国成立那年，他16岁，10月4日写了一首抒情长诗《歌唱北京城》，投到

《文艺报》，几天后便收到萧殷的复信，称赞该诗"很有泥土气息"，因《文艺报》是评论刊物，他已将诗稿推荐给《光明日报》。10月17日，此诗就发表了。（游焜炳《文学青年的良师益友——萧殷》，饶芃子、温儒敏主编《师者·文心——萧殷评说七十年》，花城出版社2022年版第38页）

邵燕祥（1933—2020），北京人。曾就读北平中法大学、华北大学。1949年后任中央人民广播电台编辑、记者。著有《到远方去》。

㉞回到政治处，给萧殷写了一封信，告诉他我正在收集演出，将来可以写给他，并告知通信处。他给徐孔的信上，打听我哩！（《徐光耀日记》第三卷第80页）

㉟大会完了，再吃了饭，挤上电车去，天便黑了。找到东总布胡同22号，登了记，见了萧殷，刚坐下来谈，杨朔来了。于是听他两人闲扯竟听了两个钟头。杨和萧谈到批评，认为还不够。又说，批评必须严格，批评是一回事，创作又是一回事，批评尽可以提出某些接近标准的要求，但是，有的作品还是可以发表的。只要作品有一些意义，能起一些作用就可以。他还说，国民党时代搞文学的成名很容易，只要多写几篇恋爱故事，发发小资感情就行了。在解放区成名也很容易，有些生活，写得比较好，发表几篇——反正越发表得多，就越成名。萧还说，有些人只能在背后议论，批评这不好那不好，让他提笔写批评却不行了。有的写是写了，但不像批评，而是"读后感"……最后，由萧殷领去看陈企霞。陈企霞领我们到办公室去谈，让我们多写些领导人物，多写些历史题材。在目前要想法解决永远是战斗队的题材，说这是个严肃的题材。他身体很好，精神很好。（《徐光耀日记》第三卷第93页）

陈企霞（1913—1988），浙江鄞县人，历任浙江省作协副主席、《民族文学》主编。

㊱萧殷去了，他也不同意《在烈火中》这样的名字。我和他要了徐孔的《王团长》，便告辞出来。（《徐光耀日记》第三卷第98页）

㊲1949年12月17日，文化部艺术局召集京津地区文艺报刊编辑工作座谈会，出席的有《人民文学》艾青，《文艺报》陈企霞、肖殷，《人民日报》袁水拍，《人民中国》徐迟，《新华月报》臧克家，《光明日报》巴波，《天津日报》方纪以及《大众诗歌》沙鸥等。周扬到场讲话，强调文艺刊物要加强思想战斗性。（谢艳玲《国家意识形态下的地方文学：以1959—1963年的〈上海文学〉为中心》，《怀化学院学报》2010年第10期）

1950年　庚寅　三十五岁

1月

5日，在北京写文章《为什么不能深刻地反映生活》。

按，又名《为什么不能本质地反映生活》，见《生活、艺术和真实》。

7日，丁玲让萧殷写来信，表示愿意评论孙犁作品。①

8日，写文章《谈严肃》。

10日，《文艺报》（半月刊）第一卷第八期出版，主编：丁玲、陈企霞、萧殷。

16日晚上，与徐光耀谈生活的问题。②

29日，在北京写文章《谈人物与作者的爱憎》。

按，又名《能把你所讨厌的人写成英雄好汉吗？》，见《谈写作》。

是月，至1952年1月，兼任北京大学中文系校外辅导老师。

2月

1日，在上海华东画报社工作的吕蒙，在与先生、韩念龙的合照背面题记："十二年第一次重逢纪念。吕蒙，一九五〇年二月一日于上海华东画报社留念。"

4日，在北京写文章《评"红旗歌"及其创作方法》。

按，又名《脱离典型环境去追求性格，行吗？》，见《萧殷自选集》。

15日，在北京写文章《关于文学评论的方法——两封复信》（二）。

25日，《文艺报》（半月刊）第一卷十一期发表先生署名萧殷的文章《评"红旗歌"及其创作方法》。③

是月，天下图书公司出版《论文学的现实性》（萧殷著）。

是月，在北京写文章《一条走不通的歪路》。

3月

1日，谈论苏联文艺。④

是月，《文艺报》成立由丁玲负责，田间、陈企霞、康濯、萧殷等五人组成的"文艺建设丛书"编辑委员会。该丛书专收延安文艺座谈会以来的重要作品。⑤

是月，写文章《"生动"与"严肃"及其它——问题简答》一则（山西一位读者问）。⑥

4月

1日，在北京写文章《写"真人真事"与艺术的加工》。

按，又名《论真人真事和艺术概括》，见人民文学出版社1980年2月版《论生活、艺术和真实》。

16日，写文章《读"撞车"》。

21日，在北京写文章《活得伟大才写得伟大（和张铭同志谈写诗）》。

23日，《人民日报》第五版发表先生署名萧殷的文章《写"真人真事"与艺术的加工》。

是月，写文章《影评要写得通俗些》。

是月，在北京写文章《"生动"与"严肃"及其它——问题简答》一则（一读者问）。⑦

5月

是月，写文章《"生动"与"严肃"及其它——问题简答》两则（业余艺术学校文学系学生班问）。⑧

22日，在北京写《翻身诗谣》前言。

5月、6月随"和大"组织的"和平宣传团"到南方五六个城市宣传斯德哥尔摩和平宣言，做保卫世界和平巡回演讲。⑨

6月

26日，中央人民政府文化部批准筹办"中央文学研究所"。⑩

29日，随"和平宣传团"抵达西安，当晚出席西北各族各界代表举行的欢迎会。在西安留影（黄修一摄，新闻局新闻摄影科赠）。⑪

7月

8日，出席马烽在北京东总布胡同22号文协礼堂举行的婚礼。⑫

8月

8日，在北京写《论小说中的故事和人物》。

月间，与艾青和萧三到长沙做巡回演讲。⑬

是月，天津知识书店出版《翻身诗谣》（萧殷编）。

是月，在北京写《关于诗的形式》。

10月

1日，《人民文学》1950年第2卷第6期发表先生署名萧殷的文章《论小说中的故事和人物》。

15日，在北京写《读〈永不掉队〉》。

按，又名《"永不掉队"怎样展开它的主题》，见《论文学与现实》。

30日，在北京写《试论普及与提高——在中央戏剧学院的谈话记录》。

是月，写《"生动"与"严肃"及其它（之五）》。[14]

是月，作为中央文学研究所筹备委员会成员，担任中央文学研究所第一期研究班教员，[15]与张天翼分别做辅导报告。[16]

11月

10日，《文艺报》第三卷第二期发表先生署名萧殷的文章《试论普及与提高》。

12日，与徐光耀谈其作品《平原烈火》。[17]

26日，与徐光耀谈创作计划。[18]

12月

1日，《人民文学》第三卷第二期发表先生署名萧殷的文章《华尔街战贩们的逻辑》。

是年，在《文艺报》开辟《读稿随谈》专栏。[19]

是年，担任《文艺建设丛书》编委，[20]参与编辑出版《文艺建设丛书》工作，重点负责具体看稿、协助作者改稿和发稿。[21]

是年，《人民文学》从第一卷第六期起，分期刊登了"一九五〇年文学工作者创作计划调查"结果，其中包括先生的创作计划。[22]

是年，十个月时间都在《文艺报》编辑部工作，[23]主持《文艺报》来稿来信工作。[24]

是年，认识唐达成。[25]

是年，担任北京大学中文系校外辅导教师，认识贺朗。[26]

是年，参加中国文联理论组召开的关于《太阳照在桑干河上》的座谈会。[27]

【注释】

①丁玲让萧殷写来信，陈企霞也写来信，愿意评论孙犁作品。（段华著《孙犁年谱》，人民出版社2022年版第79页）

②晚上7点，去萧殷那儿看了看，谈了些所谓生活的问题。他主张不光"工农兵"才有生活，周围都是生活，自己也是生活，都可以写的，都可以观察和运用形象的思维，也就是法捷耶夫所说的"经验与劳动"的劳动！他写了不少杂文，名字都换了，可是却都保存着。精神可敬可佩。（《徐光耀日记》第三卷第156—157页）

③贺朗著《萧殷论》，广州文化出版社1989年版第49页。

④萧殷曾夸耀苏联文艺取题广泛多样，就是从这部影片（《远方未婚妻》）中得到的启

示。他告诉人们，应从多方面去选取题材，从事创作。（《徐光耀日记》第三卷第193页）

⑤王周生著《丁玲年谱》，上海社会科学院出版社1997年7月版第103页。

田间（1916—1985），安徽无为人。1934年加入中国左翼作家联盟。1938年到延安，1948年任张家口市委宣传部长。1950年后历任全国文联研究会主任、河北省文联主席。

⑥萧殷著《谈写作》，湖南人民出版社1980年版第224—225页。

⑦萧殷著《谈写作》，湖南人民出版社1980年版第229—231页。

⑧萧殷著《谈写作》，湖南人民出版社1980年版第225—227页。

⑨《年表》。

⑩文化部关于筹委会的批复时间是1950年6月26日，在文化部致康濯信函中说："本部为了培养一些较有实际斗争经验的青年文艺写作者及一些从事文学理论批评的青年，业经呈准文化教育委员会及政务院，决定本年内筹办文学研究所，并聘请丁玲、张天翼、沙可夫、李伯钊、李广田、何其芳、黄药眠、田间、康濯、蒋天佐等十二人筹备委员组织筹委会并以丁玲为主任委员、张天翼为副主任委员，特此函达。"［王秀涛《中央文学研究所的筹备与成立》，《中国现代、当代文学研究（人大复印）》2017年第8期］

⑪黄修一，西北画报社负责人，时任西北总分社编辑部业务秘书，西北军政委员会新闻局新闻摄影科科长。

⑫马烽（1922—2004），原名马书铭，山西孝义人，就读于孝义县立高小。1938年参加了抗日游击队，曾任《说说唱唱》编委、北京文学讲习所副秘书长。著有《马烽小说选》。

⑬《年表》。

萧三（1896—1983），湖南湘乡人。1922年加入中国共产党。在延安任鲁迅艺术学院翻译部主任。1949年后任中国作协书记处书记、中国人民对外文化协会常务理事。著有《萧三诗选》。

⑭《年表》。

⑮中央文学研究所聘请来第一期研究班教学的有杨晦、黄药眠、肖殷、胡风、丁玲、刘白羽等31人。（柴章骥、蔡学昌《中央文学研究所创办录》，《新文化史料》1994年第1期）

⑯10月底，中央文学研究所筹备委员会根据研究员报到情况，拟订了一个临时的两个月学习计划，并组织实施。其计划为：甲、政治学习：《辩证唯物主义与历史唯

物主义》每日有课,临时穿插时事学习;参考书有《新哲学大纲》《大众哲学》等。乙、业务学习:1.作品研究——《阿Q正传》《永不掉队》。由张天翼、肖殷分别做辅导报告。2.专题报告——胡风做《关于读文艺作品问题》的报告,丁玲做《关于创作与生活问题》的报告,刘白羽做《关于部队创作问题》报告。3.写作——要求学员都有写作计划,并组织写作计划的专题座谈会。(柴章骥、蔡学昌《中央文学研究所创办录》,《新文化史料》1994年第1期)

张天翼(1906—1985),湖南湘乡人。1926年考入北京大学。1931年加入左联,1936年起从事抗日救亡活动。1949年后任中国作协书记处书记、《人民文学》主编。著有《大林和小林》。

⑰我对萧殷说,有机会找他去谈谈对《平原烈火》的意见,他答应可以的。他随即提起丁玲拿它与《日日夜夜》打比较的话,我说那太吹牛了。他说是的。但,当一个人提出什么优点来,你就应费思索去考虑它对不对。对了,就接受它,发扬它。吹牛的瞎捧的,放到一边去算了。他随即举出两个优点,一是他的论人物与故事的文章中写出,周铁汉处死尹增是合乎人物性格的;另一是狱中党的领导是通过行动表现的,假如没有党的组织,越狱事件就将不可想象!他建议我把这两个优点想想看。如果对,那就继承下去好了。(《徐光耀日记》第四卷第69页)

⑱下午到《文艺报》去,陈企霞正出门接郑重(她生了个2磅重的小孩,怀6个月生的)。便去找萧殷,问他对《平原烈火》的意见。他说看得太仓促,没有记下什么,只记得几条优点。我把李昭文章谈到的缺点说给他。对群众描写不足,他认为是对。对刘一萍的处理意见,他不大同意。他认为不把他处死,不能表现当时的环境,也不能教育一般人警惕。至于党的政策,不能全部照顾的,因为主要的不是写党的知识分子政策啊!后来,我问他陈淼写了《韩雪野先生在文学研究所》,写得太不满意怎么办。他说还是要好好写好。他推荐给我蒲林写的《契诃夫印象记》去学习。他说一般人的缺点,是不能把东西融化成自己的。听了,也懂,看了,也感动。但变成自己的,加入自己的感情,用自己的话说出来就不行了。他强调对事物必须有自己的融化过程,这过程大约就是思索。他说他看完一部书之后,必须好好想一想。想不完,想不出东西,绝不另外再看别的。他说看了得不到东西,一天看一万本又有什么用呢?他是主张看一遍就应有深刻印象,有一定收获的。今年他计划再写三篇文章,一篇谈生活的真实与艺术的真实,一篇谈《草原上的太阳》,一篇谈《他们有祖国》。他的努力真是刻苦得多了,这

样下去，什么堡垒攻不下呢？接着他谈到我有多少短篇，可否凑个集子，编入《文艺建设丛书》。我说，文学研究所要出丛书啊？他说："不，不，还是拿来我们出，那出个小册子有什么用呢？"我说还凑不成，他叫赶快写……萧殷谈得多，他还谈起一个问题：听说文学研究员有的背了很大个作家包袱来学习的，他提议应展开批评。对李纳他很赞赏，说她有思想内容，谦逊、老实、不乱来。这很使我警惕，我是否已经背了包袱呢？天哪，我千万莫落进这样的陷阱去！（《徐光耀日记》第四卷第87—89页）

⑲身为《文艺报》主编的萧殷……他利用《文艺报》这个阵地，开辟《读稿随谈》专栏，反映读者的要求，解答文学青年的问题，并发表他们的作品。做到"每稿必退，每信必复"，并针对他们写作存在的问题，撰写的有关文学常识的文章，给他们进行新理论新知识的启蒙、普及工作。（贺朗著《萧殷论》，广州文化出版社1989年版第37—38页）

⑳《文艺报》社与三联书店经过商讨与研究，做出了新的决定："（一）扩大编辑委员会，以丁玲、老舍、艾青、赵树理、李伯钊、田间、陈企霞、严辰、康濯、萧殷等十人为编辑委员，由丁玲负责……"（袁洪权《"文艺建设丛书"的命运与共和国初期文学的场域——以丁玲1952年致厂民信考释为中心》，《现代中文学刊》2016年第1期）

㉑其中有一段时间他在丁玲同志负责的《文艺报》工作，我在丁玲同志负责的文学研究所工作，互请讲课、写稿的往来不少。我们还都参加了以丁玲同志为首的"文艺建设丛书"编委会，他和我主要的工作是具体看稿、协助作者改稿和发稿。这期间我们发现互相的文艺观点还比较一致。他主要搞评论，也搞创作并发表过小说，因此他的论文大多能联系当前创作实际做比较生动、具体的分析，当然也就比较重视艺术分析，从而受到读者的欢迎。这又促使他对自己的观点总是认真坚持，对公式化、概念化的评论和政治表态式的文章总是反感。为此还曾发生过一件同我直接有关的事。（康濯《萧殷——我的"三同"战友》，《百年萧殷》第83页）

㉒从第一卷第六期起，《人民文学》分期刊登了"一九五〇年文学工作者创作计划调查"结果，方纪、田间、吕剑、何其芳、周立波、洪深、秦兆阳、袁水拍、孙犁、马烽、康濯、张庚、贺敬之、杨朔、碧野、赵寻、刘白羽、萧殷、萧也牧……大批作家榜上有名。（吴俊《〈人民文学〉的创刊和复刊》，《南方文坛》2004年第6期）

㉓《年表》。

㉔国家文艺核心报刊之《文艺报》，接二连三地发表关于编辑职业道德问题、呼

唤"好编辑"的读者来信,并加了编者按语。第1980期题为《现在还有这样的编辑吗?》的回应短文,作者卢弘是一位志愿军烈士的战友,他还把他保存了半个世纪的烈士遗物——一封《文艺报》编辑复信做附件(复信书写工整,约千字,知心朋友般的口气)。作者该是七秩上下的人了吧,但军人血性不改,听听:"请今日的某些编辑'先生'或'女士''小姐'和他们编辑部的'老总'们看看,他们的前辈是怎么对待自己的读者、作者的……"相信卢弘先生对编辑职业道德问题所闻所受所感是蓄之既久不发不快,《文艺报》领导也用心良苦。从卢弘提供复信时间判断,那时,主持《文艺报》来稿来信工作的,正是萧殷![黄廷杰《耐读的萧殷(五题)》,《百年萧殷》第345页]

㉕认识萧殷同志已是36年前的事了。那时他在《文艺报》任主编,我从新华社新闻训练班分配到编辑部工作,刚刚22岁,对于周围那些从老区来的文学前辈,总是怀着既钦敬又拘谨的心情,唯独在萧殷同志面前,那拘谨的窘态,往往很快被他亲切平易与和蔼的言谈所冲走。他微微歪着脑袋,抽着烟,从眼镜片后面闪动着睿智的眼神,用带点广东口音的普通话,和我们无拘无束地谈文说艺。促膝而谈的融洽自然气氛,常常让我觉得面对的是中学时代自己熟悉的老师,在他面前,我不必紧张,也不必害羞,有什么想法,尽可以说,有什么难题,尽可以问。萧殷同志一开始给我的就是这样的印象。(唐达成《成灰蜡炬魂如火》,《百年萧殷》第28页)

唐达成(1928—1999),湖南长沙人。1948年毕业于中国新闻专科学校新闻系。历任《文艺报》副主编、中国作协书记处书记。

㉖1950年我在北京大学读书时,就认识了萧殷同志。那时萧殷同志是《文艺报》主编,又是我们中文系的校外辅导老师。我们得知《文艺报》主编萧殷同志是从延安解放区来的老作家、文学评论家,曾在华北联大文学系讲授文学理论课,于是我们中文系就邀请萧殷同志来北大给我们授课,当我们校外的辅导老师。(贺朗《萧殷师教我做个革命人》,《百年萧殷》第366—367页)

贺朗(1930—),原名王有钦,广东罗定人。1952年毕业于北京大学中文系,广东省社会科学院研究员。著有《萧殷传》。

㉗一九五〇年,竹可羽将评论丁玲的长篇名著《太阳照在桑干河上》的论文寄给《人民文学》编辑部。文中认为这部小说的缺点在于对贫苦农民对土地的渴望的描写尚有不足,不料稿子被轻率地退了回来。他把论文稿又寄给了在上海的冯雪峰,他似乎更

相信冯雪峰会支持他的论点。冯雪峰为此给他写了一封长信，表示不同意他的观点。这封长信是由在北京的陈企霞转交给他的。不久，中国文联理论组召开了关于《太阳照在桑干河上》的座谈会，并通知竹可羽列席参加。作者丁玲首先发言，时间未超过半小时。接着大家要竹可羽发言，他滔滔不绝地讲了三个小时。康濯、严辰、肖殷、黄药眠、杨晦、张天翼、田间、王淑明等名家大都做了简短的发言。（周舟《评论家竹可羽的遭遇》，《新文学史料》1990年第4期）

1951年　辛卯　三十六岁

1月

2日，中央文学研究所正式成立。①

6日，写信给徐光耀。②

8日，出席中央文学研究所开学典礼。③

8日，致徐光耀函送达。④

18日，写信给徐光耀。⑤

19日，致徐光耀函送达。接徐光耀电话。⑥

26日，徐光耀将《我怎样写了〈平原烈火〉》寄往《文艺报》。⑦

是月，人间书屋出版青年学习丛书《生活·思想·随笔》（萧殷著）。

是年，新文艺出版社出版《论文学与现实》（萧殷著）。

2月

1日，写给徐光耀的信送达。⑧

20日，讲授语言课，以"可以"评价徐光耀的《我怎样写了〈平原烈火〉》。⑨

3月

5日，在北京写文章《论人物转变与新人物的描写——和中央文学研究所学员们谈话的一段》。

7日，是日授课，讲"怎样塑造人物性格"。⑩

10日，《文艺报》第34期刊登徐光耀的文章《我怎样写了〈平原烈火〉》。⑪

13日，是日授课，讲"怎样塑造人物性格"。⑫

16日，《人民日报》第三版《新片评介》发表先生署名郑文森的文章《评〈内蒙人民的胜利〉》。

25日，在北京写文章《生活的真实与艺术的真实》。

按，又名《论艺术的真实》，见《谈谈写作》。

是年，《文艺报》1951年第12期发表先生署名萧殷的文章《生活的真实与艺术的真实》。

是月，《人民文学》1951年第3期刊登《一九五〇年文学工作者创作计划完成情况调查》（一）记载："萧殷，完成文艺论文约八万字。"

是月，在北京写文章《再深入一步》。

是月，写文章《中国人民电影事业的新胜利》。

4月

2日，在北京写文章《论主题的普遍意义——兼评柯夫的剧本〈堤〉》。

13日，在北京写文章《由"撞车"谈到思想矛盾的描写》。

25日，《文艺报》（半月刊）第四卷第一期（总第37期）发表先生署名何远的文章《再深入一步》。

25日，《新华月报》1951年第三卷第六期发表先生署名郑文森的文章《评〈内蒙人民的胜利〉》。

是月，写《想起一件小事》。

5月

2日，在北京写文章《"生动"与"严肃"及其它——问题简答六则》。

7日，《中国青年》第六十四期发表先生署名萧殷的文章《活得伟大才写得伟大（和张铭同志谈写诗）（写作漫谈）》。

11日，写文章《歌颂、悲剧及其它》。

是月，《人民戏剧》第三卷第一期发表先生署名萧殷的文章《论主题的普遍意义》。

是月，郑秀婵参军。⑬

6月

13日，在北京写文章《论"赶任务"》。

25日，《文艺报》第四卷第五期发表先生署名萧殷的文章《论"赶任务"》。⑭

29日，在北京写文章《再论普及与提高——在中央文学研究所的谈话记录》。

7月

8日，与徐光耀交谈。⑮

10日，在北京写《论文学与现实》后记。

17日，欢送陈企霞、徐光耀出访苏联。⑯

22日，为徐光耀送行。⑰

是月，写《怎样写新闻消息》前记。

8月

8日，暴热之夜，写《论生活、艺术和真实》后记。

9月

是月起，受中央美术学院党总支书记胡一川邀请，兼任中央美术学院绘画系文学选读教授。⑱

10月

13日，与陶萍参加陈企霞为祝贺徐光耀的小说出版所取得的成绩聚餐。⑲与徐光耀谈立场问题。⑳

13日，复函杨澄，约其18—20日到东总布胡同二十二号一谈。㉑

17日晚，参加中国文联为出国代表团举行的饯行宴会。㉒

20日，在北京，写文章《写作有秘诀吗？——代"文学写作常识"小引》。

22日，送别出国代表团。㉓

28日，在北京，写文章《从工人阶级的高处看现实——"文学写作常识"之一》。

按，又名《从革命的高处看现实——"文学写作常识"之一》，见《萧殷自选集》。

是月，写《"生动"与"严肃"及其它》问题简答一则。㉔

是月，约见杨澄当天，先生有事外出，留便条另约时间面谈。㉕

11月

8日，在北京写文章《在斗争中认识生活——"文学写作常识"之二》。

10日，在北京写文章《评电影〈刘胡兰〉》。

按，又名《惊险场面不能填补生活的不足——评电影〈刘胡兰〉》，见《萧殷自选集》。

10日，《文艺报》第五卷第二期发表先生署名萧殷的文章《从工人阶级的高处看现实——"文学写作常识"之一》。

25日，《文艺报》第五卷第三期发表先生署名何远的文章《评"葡萄熟了的时候"》和署名萧殷的文章《在斗争中认识生活——"文学写作常识"之二》。

是月，文艺整风运动开始。

是月，重新选编的《翻身诗谣》由人间书屋出版。

12月

1日，在北京写文章《生活现象的提高和概括——"文学写作常识"之三》。

12日，《人民日报》第三版发表先生署名萧殷的文章《评电影〈刘胡兰〉》。

16日，长子萧葵葵出生。

25日，《文艺报》第五卷第五期发表先生署名萧殷的文章《生活现象的提高和概括——"文学写作常识"之三》。

是月，离开《文艺报》。参加北京市工商业的"五反"运动。

是年，人间书屋出版青年学习丛书《怎样写新闻消息》（署名黎政）。

是年，在《文艺报》工作。这一年，《文艺报》编辑部收到一些人来信，要求再次批评胡风文艺思想。㉖

是年，每月一两次到位于沙滩红楼北大讲课，解答同学们各类文艺方面的问题。对贺朗说："要成功一种事业，必须准备付出毕生的精力！"㉗

是年，发表过一两篇谈论杜勃罗留波夫的文章。㉘

是年，兼任《人民日报》副刊《人民文艺》编委及《光明日报》副刊《文学》主编。

【注释】

①1951年1月2日，中央文学研究所正式成立，直属文化部领导，全国文联协办。（柴章骥、蔡学昌《中央文学研究所创办录》，《新文化史料》1994年第1期）

②《平原烈火》出版后，各方反映都还好。现在编辑部希望你写一篇写作《平原烈火》的经验，如果不能把全部经验都写出来，那么，写写其中几点最主要的经验也好……请你一定写出来，因为你这篇文章已经计划在我们的刊物内容之内。并且希望你在一个月到一个半月写出来。（1951年1月6日致徐光耀函）

③10点左右开学典礼正式进行。丁玲、郭沫若、茅盾、周扬、张天翼、沙可夫、艾青、李文田、李伯钊……都来了，萧殷同志也来了。（《徐光耀日记》第四卷第141页）

④通信员一下子给我送来三封信：申述一封，萧殷一封，妹妹敬民一封。萧殷的信叫我在一个月至一个半月内写出我写《平原烈火》的经验来，说这篇文章已列在他们编

辑计划之中。看来是非写不可的样子……要讨个题目的话,《〈平原烈火〉是怎样写成的?》(或《〈平原烈火〉是怎样产生的?》)怕是要恰当一些,把功劳多归给党、英雄和联大,怕是更准确一些。(《徐光耀日记》第四卷第142—143页)

⑤《平原烈火》的写作经验,动笔了没有?如果可能。希望能于一月廿五日以前寄来。我们一共只约了五个人写这类文章,因其他文章还未寄到,希望你的文章能在《文艺报》第八期上发表。(1951年1月18日致徐光耀函)

⑥萧殷又来信了,叫写《平原烈火》经验的文章于25日前写出寄去。我只好又给打个电话,说有困难,他便说2月初写出来吧。(《徐光耀日记》第四卷第157页)

⑦1月26日……把《我怎样写了〈平原烈火〉》下午寄去《文艺报》。(《徐光耀日记》第四卷第167页)

⑧今晚,我又接到萧殷的信,我的稿退回来了。然,并非全退,他说写得还好,但为给初学写作者一些更好帮助起见,叫我再补充一些具体材料,他们拟于第34期发表。叫我2月13号以前改好寄给他们。(《徐光耀日记》第四卷第175页)

⑨下午,听萧殷讲语言,一般化,听得疲倦。《我怎样写了〈平原烈火〉》他见到了,连说"可以,可以"。我放心了。(《徐光耀日记》第四卷第200页)

⑩晚饭前萧殷给讲人物,又是一般化。(《徐光耀日记》第四卷第223页)

三月七日(周三)下午萧殷讲"怎样塑造人物性格"。中央文学研究所的证章发了,克罗米底子,红字,我的是59号。(王景山《我所知道的中央文学研究所和所长丁玲》,《新文学史料》2002年第4期)

⑪3月10日……《文艺报》34期来了,《我怎样写了〈平原烈火〉》已给登出来。(《徐光耀日记》第四卷第226页)

⑫下半天是听萧殷的"人物"课。今天讲得蛮好,有新的东西,特别是逻辑的思维与形象的思维,这区别和关系,给人以不小启发。当然,他缺乏创作实践的经验,总不免有些书本气味的。(《徐光耀日记》第四卷第232页)

⑬1951年5月,学校推荐我参加中国人民解放军,在广州等待两个月后,八一建军节前夕,我终于在西安空军干校穿上了绿色的军服。(郑秀婵《回忆萧殷叔父》,《百年萧殷》第402页)

郑秀婵,广东龙川人。萧殷侄女。1951年,参加中国人民解放军。1953年,在北京空军机关工作。1958年转业至安徽省马鞍山市工作。

⑭无可讳言,萧殷毕竟无法脱离他所处的时代语境和所处的工作位置,无法不对来自更高层面的意志做必需的也是不得已的呼应,从而做出并不是自己认可的工作性质的理论呼吁,比如1951年6月25日,他在《文艺报》第四卷第五期发表的《论"赶任务"》一文,就是一篇为配合中心工作做辩护的文章。(编者《序言 萧殷与当代广东文学批评的起点》,《百年萧殷》第4页)

⑮11点从他那儿出来,遇见了萧殷,又扯了大半天。(《徐光耀日记》第四卷第360页)

⑯6点钟,去文联赴宴。周扬、艾青、严文井、陈涌、萧殷、厂民等作陪,吃得还好。我喝了约二两啤酒、半盅葡萄酒。(《徐光耀日记》第五卷第4页)

⑰晚上9点多上车。来送的有周扬、丁玲、艾青、李伯钊、宋之的、厂民、萧殷等。(《徐光耀日记》第五卷第9页)

⑱在中央美术学院学习的时候,确立了艺术的方向性问题,就是文艺为什么人服务。我认为这一点是很重要的。中央美术学院成立之后,胡一川、王朝闻、王式廓、罗工柳、张仃这5个人是党组核心。那个时候中央美术学院是党总支,胡一川是党总支书记。胡一川书记他们几人从华北大学第三部美术系合过来,利用老解放区的人员关系,请了一批文艺工作者到学校开系列讲座。比如艾青讲文艺思想课,蔡仪讲艺术欣赏,王朝闻讲新艺术创作论等,李庚讲新民主主义革命史,都是系列讲座。也请一些人来做单次讲座,比如杨尚昆的夫人李伯钊在中央戏剧学院工作,也来讲过,讲的都是进步的文艺思想历史和我们推崇的艺术欣赏。比如蔡仪的讲座是介绍俄罗斯巡回展览派画作,讲他们的代表作。文学选读请的是萧殷、王森然和中央美术学院图书馆馆长常任侠等。(广东省人民政府文史研究馆,广州美术学院编《郭绍纲研究文集》,中山大学出版社2020年12月版第543页)

胡一川(1910—2000),福建永定人。1933年加入中国共产党,1938年在延安任鲁艺木刻研究班主任。1950年参与组建中央美术学院。1958年任广州美术学院院长。

⑲早晨,我好像还躺在被窝里,陈企霞来通知我说:"今晚6点钟到我那里去,文学系的同志们开会请客,要在蔡其矫那里吃饭。"……下午5点半,陈企霞叫我跟他一起走,于是借坐上柳青的汽车,一气儿跑到了文联,到了陈企霞的房子。(《徐光耀日记》第四卷第464页)

⑳萧殷同志又和我谈了一大堆立场问题,他就将在《文艺报》上连载《写作常识》

了。熊焰笑他又开了"文学系",陶萍则说他不顾场合。于是,他才罢休。(《徐光耀日记》第四卷第466页)

㉑杨澄同志:来信收悉。你有志于文学写作,那是好的,但我不知你到底有什么写作条件?希望告诉我。写作,不能完全靠一时的兴趣,重要的是战斗生活知识的丰富。有了生活,才有写作的欲望,只有在这欲望引导下所写出来的作品,才可能是真正文学的、富有思想内容的作品。我不清楚你的情况如何?望能于十月十八日至二十日间来东总布胡同二十二号找我一谈。来前请电话通知我,以便等候你,我的电话是(五)〇三六八。(1951年10月13日致杨澄函)

杨澄,中央美术学院绘画系学生。

㉒(1951年10月)17日……晚上6点,孙犁参加全国文联为出国代表团举办的饯行宴会,周扬、艾青、严文井、陈涌、萧殷、厂民等都参加。(段华编著《孙犁年谱》,人民出版社2022年3月版第100页)

㉓(1951年10月)22日,启程赴苏。周扬、丁玲、艾青、李伯钊、宋之的、厂民、萧殷等送行,周扬一一与代表团成员握手道别。晚上9点多上车,10点开车,是二等卧铺。(段华编著《孙犁年谱》,人民出版社2022年3月版第100页)

㉔萧殷著《谈写作》,湖南人民出版社1980年版第227—229页。

㉕杨澄同志:很对不起,因临时有紧急事情,我马上需要外出,以至不能按照约定时间与你谈话。今晚五六时以后,我可能在家,希望再来。来前请来电话,以免再使空跑一趟。(致杨澄留条本日一时)

㉖《年表》。

胡风(1902—1985),原名张光人,湖北蕲春人。曾就读于北京大学预科和清华大学英文系。曾主编《七月》杂志。新中国成立后任中国文联委员、《人民文学》编委。著有《胡风评论集》。

㉗萧殷师每一次来沙滩红楼给我们讲完课后,我都亲自送他出门口。他从我的北方人难以听懂的广东普通话,知道我是广东老乡。因而他对我格外亲切。我在文艺思想上有什么问题,就向他请教,他都热情给予指导帮助。有一次,他找我谈话时,我向他表示自己将来要当个文学评论家。他听了认真地打量我,然后严肃地对我说:"你有这个志愿很好嘛。但是要成功一种事业,必须准备付出毕生的精力!"萧殷师的话深刻地教育了自己:要当个文学评论家,可不容易啊!必须付出毕生的精力!(贺朗《萧殷师教

我做个革命人》,《百年萧殷》第367页)

㉘《年表》。

1952年　壬辰　三十七岁

1月

10日,《文艺报》1952年第一号出版,任主编之一(丁玲、陈企霞、萧殷)。

25日,《文艺报》1952年第二号出版,任编委。

是月,《〈文艺报〉通讯员内部通报》陆续刊登了要求再次批评胡风文艺思想的来信,因而拉开几年后一场运动的序幕。①

2月

是月,调《人民文学》工作,与杨思仲(陈涌)轮流任执行编辑。②《人民文学》约稿不易。③

是月,与康濯夫妇同住在一座小楼里。④

3月

是月,在北京写小说《高经理》。

是月,继续担任北京大学中文系校外辅导教师,每月到沙滩红楼北大中文系讲课。⑤

是月,人民文学出版社出版《论生活、艺术和真实》(萧殷著)。

4月

1日,《人民文学》1952年3—4期发表先生署名郑文森的小说《高经理》。

2日,在北京写文章《关于认识生活》。

27日,在北京写文章《克服诗歌创作中的概念化和现象罗列的倾向》。

按,又名《谈写诗》,见人民文学出版社1980年2月版《论生活、艺术和真实》和《萧殷自选集》。

5月

是月,因将康濯的文章放在较前位置发表而受到批评。⑥

6月

1日,《人民文学》1952年第6期发表先生署名萧殷的文章《克服诗歌创作中的概念化和现象罗列的倾向》。

7日,在北京写文章《为什么把动人的故事写得无血无肉——给一个初学写作者的复信》。

是月,人民文学出版社再版《论生活、艺术和真实》(萧殷著)。

7月

是月,与家人在北戴河度假。⑦

是月,写文章《关于找题材——几封给习作者的复信》(第五封信)。

七八月间,收到杨朔寄来的《三千里江山》原稿。⑧

9月

1日,萧萌萌入读北京"六一幼儿园"。(1949年9月,延安第二保育院迁至北京。1950年,该院被教育部正式命名为北京六一幼儿园)

25日,《人民日报》第二版发表先生署名萧殷的文章《"白毛女是否实有其人?"——答读者问》。

29日,上海《文汇报》第七版发表先生署名萧殷的文章《白毛女是否实有其人?》。

是月,人民文学出版社三版《论生活、艺术和真实》(萧殷著)。

是月,北大与燕大合并,北大搬到万寿山。继续到北大讲课。⑨

12月

28日,写文章《〈与习作者谈写作〉后记》。

是年,在北京天坛与吴运铎留影。⑩

【注释】

①《年表》。

②《年表》。

杨思仲(1919—2015),原名杨熹中,又名陈涌,广东省南海县人。1939—1941年在鲁迅艺术学院文学系学习。20世纪50年代曾在《人民文学》《文艺报》从事编辑工作。著有《文学评论集》。

③当时是胡乔木管文艺,他认为《人民文学》每期都应有名家的作品,他说"现在你们每期都发表一些谁也不熟悉的作者的作品,怎么能引起读者注意?"(大意)当时我们感到很为难,凡是稍有名的作家都搞行政工作,约稿也约不来。(《萧殷简历》1967年稿本)

④1949年,我们同回到解放后的北京,又同住在中国作家协会一座小楼里。这时她已和萧殷同志结婚,我也和康濯结婚。他们住在楼上,我们住在楼下。萧殷同志在《人民文

学》主持编务，经常找老康邀稿。（王勉思《怀念萧殷夫妇》，《百年萧殷》第108页）

⑤《年表》。

⑥1952年《在延安文艺座谈会上的讲话》发表十周年的时候，萧殷已调到《人民文学》主持编务，并为纪念《讲话》发表了几篇文章……其中有我一篇，是萧殷所约，他事先告诫过我"别讲空话"，我也写得比较实在，讲了点自己的不足和苦恼。发表时萧殷便把我这篇摆在了比较靠前的位置，而把另一位资历和名望都比我深的作家所写文章排在了我的后面。当时发表作品的排列已比较习惯地可以不计作者资历之类，但重要纪念文章却虽无明文规定而实际是仍然要排座次的。于是萧殷为此受了批评。不过他并没接受，理由是那位名人的文章主要是在表态，给发表就是照顾的了。他这一态度当然使提出批评的领导者印象不好，可他也一直不悔。而这件事他几十年始终都没对我讲过，我只是侧面听到的……（康濯《萧殷——我的"三同"战友》，《百年萧殷》第83—84页）

⑦我三岁的时候，作协机关到北戴河度假，爸爸妈妈也把我带去了。在北戴河银色的海滩，我坐在爸爸肩膀上，小手被爸爸紧紧攥着，他哼着《伏尔加船夫曲》，两脚按着节拍，夸张地左右岔开，一步步，走向大海……他那男中音"嘣嘣 嘣 嘣！嘣嘣 嘣 嘣"至今回响在耳畔。（陶萌萌《一生，放不下的思念——回忆父亲萧殷之二》，《百年萧殷》第387页）

⑧《三千里江山》的原稿，是杨朔一九五二年七八月间从朝鲜战场直接寄给我的。当时我与陈涌同志在《人民文学》编辑部轮流值班。我是这部长篇小说稿的国内的第一个读者。我看后，觉得从第十一段到小说结尾部分写得好，前面却嫌松散，但仍决定连载，分两期登完。（《创作随谈录》第49页）

⑨《年表》。

⑩吴运铎（1917—1991），湖北武汉人。祖籍湖北省武汉市，生于江西省萍乡县安源。1939年加入中国共产党，曾任子弹厂厂长，新中国成立后任中南兵工厂厂长。1952年，出版自传体小说《把一切献给党》，被誉为"中国的保尔·柯察金"。

1953年 癸巳 三十八岁

1月

在《人民文学》工作，负责编辑部的业务学习和其他日常工作。①

5日，接待新同事涂光群。②

8日，《人民文学》编辑部召开《三千里江山》座谈会。

11日，与徐光耀谈写作。③

是月，人民文学出版社四版《论生活、艺术和真实》（萧殷著）。

2月

11日，答应参加徐光耀的婚礼。④

3月

1日，在北京写《不要辜负了这光荣称号》。

2日，《人民文学》1953年三月号（总第41期）《短论》发表先生署名"柳"的文章《不要辜负了这光荣称号》。

11日，找徐光耀约稿。⑤

16日，与徐光耀交谈。⑥

是月，随《人民文学》编辑部搬到小羊宜宾胡同三号办公。⑦

春，郑秀婵来访。⑧

4月

2日，《人民文学》1953年四月号（总第42期）《斯大林同志永垂不朽》发表先生署名萧殷的文章《伟大的人类灵魂工程师》。

是月，胡乔木给先生来了一封信，要求《人民文学》应该发不同风格的诗歌。⑨

是月，在北京写文章《应当写出与人物言行相适应的性格》。

是月，中国青年出版社出版《与习作者谈写作》（萧殷著）。

5月

22日，次子萧荃荃出生。

是月，神经官能症恶性发作，编完了六月号《人民文学》，便到颐和园"云松巢"中国作协疗养处休息，⑩邵荃麟、沙汀、何路、罗立韵等游览颐和园。⑪

在颐和园，与中国作协勤务员、来自河北农村的年轻人宋永平成为好朋友，并鼓励指导他写作。⑫

6月

是月，写文章《关于找题材——第一封信》。

7月

18日，写文章《〈论生活、艺术和真实〉修订后记》。

29日，全国文协召开党组会议，同意丁玲提出的文学研究所的机构及负责人名单：主任，田间；副主任，萧殷、邢也、田家。⑬

8月

是月，写文章《关于找题材——第二封信》。

9月

2日，谈《三千里江山》。⑭

5日，写信给宋永平。⑮

6日，写信给宋永平。⑯

23日至10月6日，中国文学艺术工作者第二次代表大会召开。⑰作为全国文协代表出席会议。

10月

是月，写《论创作方法》前言。

11月

4日，中国作家协会理事会主席团第一次扩大会议，通过原中央文学研究所改为中国作家协会文学讲习所，任命田间为文学讲习所主任，萧殷、邢也、田家为副主任。⑱

是月，调中国作家协会任文学讲习所第二期副所长。⑲办公地点为鼓楼东大街103号的四合院，直到1955年。

是月，为"文艺思想与文艺政策"的专题授课，讲题为《再论普及与提高》；为"苏联文学探讨"专题授课，讲题为"从《永不掉队》谈起"。⑳

是月，写文章《关于找题材——第三封信》。

是月，在广州石榴岗观赏紫荆花。

12月

10日，写信给宋永平。㉑

是月，回佗城，住6天。㉒在佗城，得知有老师受到极"左"路线迫害时，即向县教育部门提意见，要求给老师落实政策。㉓

是月，到海南岛休养。㉔

是年初冬，王蒙开始动笔写《青春万岁》。㉕

1953年

是年，用稿费收入在北京买一四合院（北京东城区赵堂子胡同8号）。㉖

按，萧殷及家人自1953年底在此四合院居住，至1962年9月。

是年，在《人民文学》编辑部，鼓励涂光群认真学习。㉗指导涂光群撰写并发表文章《漫谈青年在阅读文学作品中的一些问题》《一本作家谈创作经验的好书——读第二届全苏青年作家会议论文集〈作家与生活〉》。㉘要求《人民文学》编辑不要看轻处理读者来信，要答复他们提出的问题，并养成思考、分析、记笔记的习惯。㉙编辑部经常安排两项业务学习，一是学习社会主义现实主义的理论问题，一是学习中国古典文学（《诗经》和白居易的诗）。㉚要求编辑们养成思考、研究文学问题的习惯，并具体指导缺乏经验的年轻编辑。㉛强调作家要深入生活，没有生活写不出好作品。㉜

是年，常听古典音乐。㉝热爱贝多芬、柴可夫斯基的音乐，也喜欢欣赏中外名画、名人字帖，在书房里悬挂着希什金的名画《田野》，还有齐白石的花鸟小品。㉞

是年，任《文艺报》编委。

是年，在中央文学研究所工作中指导贺朗。㉟

是年，萧萌萌改姓陶，即陶萌萌。㊱

【注释】

①大北屋是编辑部的办公室。东、西厢房一边住着陈涌，一边住着萧殷。这时我才知道当时编辑部的两个负责人就是陈涌和萧殷。他们都不是编委。而主编和副主编基本上是挂名的，四个编委也不处理编辑部的日常工作。萧殷、陈涌共同负责编辑部的全部工作，两人轮流发稿。当一个人发稿时，另一个人就负责抓编辑部的业务学习和其他日常工作。我来编辑部的头两个月，萧殷正担任后一个角色。（涂光群《萧殷在〈人民文学〉》，《百年萧殷》第94页）

②1953年1月5日，我从武汉来到北京东总布胡同22号全国文协报到，被分到《人民文学》编辑部工作。《人民文学》负责人、一个瘦小个儿、戴近视眼镜的中年人找我谈话，他就是文学评论家萧殷。（涂光群《萧殷在〈人民文学〉》，《百年萧殷》第93页）

涂光群（1933—2019），湖北黄陂人。1950年毕业于武汉中原大学，曾任《人民文学》评论组长，《传记文学》主编、社长。著有《两栖人》。

③4点半赶回文学研究所来——路上，遇见萧殷和厂民。萧殷问我写什么东西没有，我说没有！我的条件不好。他说，夜间写嘛！现在很多人紧张得很，白日工作一天，夜间还写很久很久的东西。好多东西都是夜间写出来的。（《徐光耀日记》第五卷第540页）

④上午给萧殷、厂民、陈淼等打电话,他们都答应来参加婚礼。(《徐光耀日记》第六卷第26页)

⑤萧殷昨天坐汽车来,把两篇文章占了去,让15号以前寄给他们。(《徐光耀日记》第六卷第56页)

⑥晚上,给萧殷打电话,他让我去。于是便在8点10分,赶到了他那里(小洋赛胡同3号),把芸撇在了家里。萧殷说他也给改了一下。他认为我的语言坏到令他吃惊。他说:"你的语言越来越坏了,怕是有什么思想问题吧!你《平原烈火》的语言已不如从前好,现在,更不如《平原烈火》了。"我解释说,近两年来放松了对语言的注意,又生活在机关里,贫乏得很。他劝告我要随时随地地注意语言,一个词也好,也应该记下来。干这一行,就应每时每刻都下功夫才成。(《徐光耀日记》第六卷第60页)

⑦不久,《人民文学》编辑部搬到东总布后边的小羊宜宾胡同三号。这是个安静、幽雅、标准的北京四合院。二道门里,宽敞的院中有紫藤萝架、丁香花树、迎春花树,一到春天,先是黄色的迎春花开放,紧接着紫丁香开花,满院生香……萧殷发表意见时严肃、认真、专注,头微向前倾,眼神向下,有时又抬起头来,以手势助话语,带客家味儿的普通话,往往滔滔不绝,道理一套又一套,显得很雄辩。(涂光群《萧殷在〈人民文学〉》,《百年萧殷》第93—94页)

⑧于1953年春,分配到北京空军机关工作,记忆中,我当时兴奋之情溢于言表,到北京刚安顿好住宿,就请假到东总布胡同二十二号,拜访从未谋面的叔叔婶婶。(郑秀婵《回忆萧殷叔父》,《百年萧殷》第402页)

⑨1953年4月,斯大林逝世,胡乔木转来一个新月派诗人(名字忘了)的一首诗,他说登不登由编辑部决定。我们看诗后觉得感情太陈旧,与纪念斯大林不相称,决定寄回给作者,但当时负责诗稿的编辑吕剑却粗心地把诗寄给胡乔木。为此,胡乔木给我来了一封信,意思是不要因为个人爱好而排斥不同风格的诗,还举斯大林对苏联某作家的事为例。不得已,只好勉强发出去。(《萧殷简历》1967年稿本)

⑩解放初期,颐和园里的空房子很多,公园管理不过来,便将一部分分配给文化部门,供文人休息、写作、疗养之用。作家协会分得两处,一处是云松巢,一处是邵窝殿,都在佛香阁的西面,距昆明湖不远。(李向东《丁玲、陈明融合在一起的生命》,《百年潮》2004年第9期)

⑪五月,我的神经官能症恶性发作,编完了六月号《人民文学》,便到颐和园去

休息并由红十字医院治疗。但我离开《人民文学》不几天,作家协会秘书处来电话催我搬出编辑部,要我把留在《人民文学》编辑部的东西搬走,我无地方可搬。气得我恨不得马上离开作协。不久,邵荃麟、沙汀、何路、罗立韵等到颐和园游览,顺来我休息的地方,问我愿意不愿意搞评论委员会工作,这时我还怀着一肚子怨气,便一口拒绝了。(《萧殷简历》1967年稿本)

邵荃麟(1906—1971),浙江慈溪人。1926年加入中国共产党。曾任中共中央香港分局文委书记。1953年任中国作协党组书记。

沙汀(1904—1992),四川安县人。1927年加入中国共产党,1938年赴延安,曾任鲁迅艺术学院文学系代主任。1978年后任中国社会科学院文学研究所所长、中国作协副主席。

何路(1922—1993),河南睢县人。1938年赴延安。1945年后历任哈尔滨市文工团团长、《人民文学》评论组长、《中国文学》社长。

罗立韵,邓力群妻子。曾任人民文学出版社现代室主任。

⑫记得是1953年5月,送走了中央电影剧本创作所的张水花和梅白同志后不久,《人民文学》的萧殷同志来了。我听到大门响,接着是萧殷同志亲切的声音"宋永平!"这浓重的广东客家口音,奇怪的音调由低往高,前面"宋永"两字的发音很低,然后那个"平"字突然高了八度,听起来很好笑,却充满友爱。很多年过去了,我耳边一直回响着萧殷同志第一次喊我名字的那个声音,一生难忘。(宋永平《萧殷把我当朋友》,《百年萧殷》第164—165页)

宋永平,河北农民。1953年在中国作家协会担任勤务员,派驻颐和园云松巢,负责接待前来休养的干部。

⑬王军《从中央文学研究所到鲁迅文学院》,《作家通讯》2019年6月6日。

邢也(1918—2004),即邢野,天津人。曾任中国作协外委会副主席、河北省文联副主席。著有《平原游击队》。

田家(1917—1975),湖南凤凰人。曾任北京市文联秘书长、《文艺红旗》主编、西安电影制片厂副厂长。著有《论诗的共产主义风格》。

⑭附:萧殷一九五三年九月二日关于《三千里江山》的谈话(摘要)。(《创作随谈录》第50页)

⑮我因脑病,决定到颐和园去休息几个月,准备九月初就搬去。不过需要有个人来

帮忙,希望你能来北京,与我一起到颐和园去。(1953年9月5日致宋永平函)

⑯我的那所房子已买好,不过房东还没有搬走,二姥娘和葵葵、荃荃等仍旧住在礼拜寺十三号。大约再过两个月后,我们可以搬进新房子去住。(1953年9月6日致宋永平函)

⑰1953年9月23日至10月6日,中国文学艺术工作者第二次代表大会召开,将中华全国文学艺术界联合会更名为中国文学艺术界联合会。(《第二次全国文代会　第三次全国文代会　扎根群众生活　争取文艺更大繁荣》,《中国艺术报》,2019年7月15日第008版)

⑱王军《从中央文学研究所到鲁迅文学院》,《作家通讯》2019年6月6日。

⑲《年表》。

⑳《年表》。

㉑我们的房子,现在弄得更好看了,火厨修好了,天天都可以洗澡。葵葵和荃荃到处乱跑,比起礼拜寺十三号,有更多地方可以让他们玩耍了。(1953年12月10日致宋永平函)

㉒遵红十字会医生建议来到南方海岛。经过广州时,顺便回家乡佗城看看。这是自1936年离家后十七年来第一次回到家乡。只住了六天。(《年表》)

㉓直到新中国成立后的1953年才返回故乡。当时萧殷已是《文艺报》副主编,是全国有名的文学评论家了。他深知是母校培养自己走上文学道路的,因此当他回到佗城时,首先就回到母校,拜访老师和同学。当他知道有些老师受到极"左"路线迫害时,他就挺身而出,向县教育部门提意见,要求给老师落实政策。当时佗城区一位领导人,每天晚上就到学校主持召开批斗大会,批斗那些出身地主家庭的老师。这位领导人还说:"对这些出身不好的老师,统统要赶下台去,让工农子弟上来……"萧殷知道这个情况后,非常生气,而且知道这位领导人是他的远亲,他就立即去找这位领导人。他一坐下,茶也不喝,就劈头给这位领导人严厉批评。萧殷非常气愤地指着对方说:"你这土皇帝,骑在人民头上作威作福,如果你不认错,改正错误,你就要彻底垮台!"这位区领导人在萧殷批评后,改正了错误。(贺朗《佗城往事记萧殷》,《百年萧殷》第202页)

㉔一九五三年十二月,我从北京来到海南岛,一边养病,一边接触生活。在榆林港住的时候,我第一次拾捡贝壳,兴奋极了。(《创作随谈录》第6页)

㉕这次谈话的最后,萧殷老师把他的一本与青年习作者谈创作的小册子送给了我。

说也好笑,在1953年初冬开始动笔写《青春万岁》的时候,我从来没看过这一类的书,我连一期《人民文学》也没看过。我当时已经是团区委的副书记,我要开很多会,写很多请示报告和工作总结,而爱好文学、大量阅读文学书刊却是童年的事。萧殷同志送给我的这本书,是我新中国成立以后读的第一本这样的书,我只觉得生动具体、字字珠玑,我从来没有想到过写小说还要考虑这么多,要从生活出发,要写人物性格,要突出性格特点并运用艺术夸张。"没有艺术夸张便没有光彩。"对,萧老师是这样对我说的:"不要搞什么抢题材。"多大的学问,多丰富的经验呀!(王蒙《安息吧,鞠躬尽瘁的园丁》,《百年萧殷》第181页)

王蒙(1934—),河北南皮人。曾任中国作协副主席、书记处书记,文化部部长。著有《青春万岁》。

㉖林绍纲《35年目睹之文坛现状》,《中国新闻周刊》2018年第2期。

㉗萧殷同志对我说:"把你分到评论组处理读者来信,这是件很重要的工作。为了答复读者提出的各种各样的文学问题,你自己就得好生学习。你很年轻,这对你是个锻炼。"说这些话时,他那生动的眼神专注地看着我,我感觉镜片后边似有热光闪动。(涂光群《萧殷在〈人民文学〉》,《百年萧殷》第93页)

㉘我在处理读者来信过程中,没有想到要写文章。有一天,萧殷把我找到他办公室兼卧室的西厢房里,把我介绍给《中国青年》杂志的一位女编辑。原来,这位女编辑带来一批青年读者的来信,要萧殷针对青年读者们提出的问题,写一篇辅导青年阅读文学作品的文章。萧殷说他没有时间写。我在编辑部是处理读者来信的,这篇文章可以让我写。我诚惶诚恐。但在萧殷鼓励下我勉力为之。文章初稿写成后,我送给萧殷过目。我至今记得他帮我修改、增添的字句。文章送出后,很快发表于《中国青年》1953年第17期,题目叫《漫谈青年在阅读文学作品中的一些问题》。不久我又写了篇《一本作家谈创作经验的好书——读第二届全苏青年作家会议论文集〈作家与生活〉》,是陈涌具体指导,经萧殷之手发表于《人民文学》1953年第6期的。当时我不过是二十刚出头的年轻学徒编辑,没有他们的具体指导、帮助、鼓励,不可能在全国性的刊物发表文章。(涂光群《萧殷在〈人民文学〉》,《百年萧殷》第95—96页)

㉙萧殷继续说:"不要看轻了处理读者来信。读者提出的问题,可以帮助我们了解很多情况。有些是带共同性的普遍性的问题,就更值得重视了。我的好些文章,就是从青年人的来信引起的,是为着答复他们提出的文学思想问题、创作问题。这就要在工作

中养成思考、分析的习惯,甚至记笔记的习惯。有了问题随时记下来,分析、思索。我工作了一阵子,小本子就积累一大堆,那上边都是记的各种问题、各种感受……"(涂光群《萧殷在〈人民文学〉》,《百年萧殷》第93—94页)

㉚萧殷尤其强调编辑应加强学习,这样才有可能提高工作水平,做好工作。编辑处理稿件,答复读者来信,不是一般的事务性工作,而是严肃的思想工作。编辑虽是文学组织工作者,但更应是文学评论工作者,熟悉、精通文学业务的行家。萧殷、陈涌当政的1953年上半年(下半年《人民文学》改组,他们两人离开了编辑部),《人民文学》编辑部内,安排了两项经常性的业务学习,一是学习社会主义现实主义的理论问题,一是学习中国古典文学(《诗经》和白居易的诗),两项穿插进行,坚持不懈,贯彻始终。编辑们轮流做有准备的重点发言,展开热烈讨论,萧、陈亲自参加。编辑部内自然形成浓厚的读书风气,《诗经》和白居易的诗好些人通读了,研究了。为了弄清新旧现实主义的联系和区别,大家认真研究和阅读契诃夫、高尔基有代表性的作品,观摩上演的他们的戏剧。苏联关于社会主义现实主义的理论文章,凡翻译过来的,大家几乎都搜罗了,通读了,熟悉他们各家各派的论点。(涂光群《萧殷在〈人民文学〉》,《百年萧殷》第95页)

㉛萧殷、陈涌要求编辑们养成思考、研究文学问题的习惯。而练习写文章——记读稿札记和读书心得笔记,是锻炼分析、思考问题的能力,提高写作水平的最好的方式。因此,他们从来没有将编辑工作和写文章对立起来,相反,提倡编辑们结合工作,结合处理来稿来信,或阅读某一作品有了体会,便练习写文章。对于缺乏经验的年轻编辑,他们具体指导,手把手地教,为他们提供学习和锻炼的机会。(涂光群《萧殷在〈人民文学〉》,《百年萧殷》第95页)

㉜我记得萧殷那时强调的一些基本观点是:作家要深入生活,没有生活写不出好作品。但光有生活不行,还必须学习理论,学习文学本身的业务,提高认识和表现生活的能力。作家是人类灵魂工程师,负有教育人民,改造和提高人民道德品质的崇高责任。作家的描写、研究对象是现实生活,是社会中的人,人与人的关系,人的思想感情、精神面貌。作家的责任,显然应该与自然科学家、工程师和政治运动的直接指挥者有所区别。因而他反对在作品里单纯描写生产技术过程、工作方法,或是图解政治运动,进行没完没了的政治说教;反对脱离生活,忽略文艺本身特点的公式化、概念化倾向;反对对作品不做深入研究,不做具体艺术分析的简单、粗暴的批评……(涂光群《萧殷在

〈人民文学〉》,《百年萧殷》第94页)

㉝有天上午,我路过萧殷房门前,不禁停住脚步,那音乐实在太美妙、太动人了。这时萧殷正好开门,他要我进去听。他那留声机是陈旧的,显然是从东安市场的旧货店里搜罗来的。萧殷动情地对我说,这曲子真好!你也喜欢听吧?这是俄罗斯作曲家柴可夫斯基的《如歌的行板》("弦乐四重奏")。这曲子是柴可夫斯基根据一首民歌曲调创作的。(涂光群《萧殷在〈人民文学〉》,《百年萧殷》第96页)

㉞那天上午,在萧殷的讲解下,记得还欣赏了贝多芬的第六(田园)交响曲。萧殷对他的每一张西洋古典音乐唱片的来历,几乎都能讲出段甜美、曲折的体验。那些唱片多是他从东安市场、琉璃厂细心搜罗来的,自珍、自得之情不加掩饰。萧殷不但热爱贝多芬、柴可夫斯基的音乐,也喜欢欣赏中外名画、名人字帖。印象中郑板桥、齐白石、黄宾虹等人的字画,俄罗斯现实主义大画家的名作,他也用心搜集。在他书房里,悬挂着希什金的名画《田野》,还有齐白石的花鸟小品。(涂光群《萧殷在〈人民文学〉》,《百年萧殷》第97页)

㉟1952年我从北大毕业后,被分配到中央文学研究所读研究生。萧殷师也调到该所当副所长,讲授新文学理论课,是我的直接老师了。我在中央文学研究所毕业后,就留在该所教务处负责教学辅导工作,于是我和他就有更多的接触联系。在工作中,他热情帮助我,教我如何了解和掌握学员的思想及其作品情况,提供给来所讲课的专家,使专家讲课时有针对性,帮助学员解决在学习中的实际问题。(贺朗《萧殷师教我做个革命人》,《百年萧殷》第367页)

㊱一天我突然想痛改前非当个好孩子。于是我跟老师说,我要改名字……很快我就被同意跟妈妈姓了。(陶萌萌《那时我们初相识——回忆父亲萧殷》,2015年6月7日香港《大公报》A4版)

陶萌萌(1949—),广东龙川人,生于北京。萧殷长女。曾任《作品》、香港《大公报》、香港《明报月刊》编辑。

1954年 甲午 三十九岁

1月

9日,写信给宋永平。①

是月,在万山群岛遇见章明。②在驻军领导谭玉林、易波等陪同下,于今广东省珠海市的桂山岛（时称垃圾尾岛）、担杆岛上参观视察并留影。③

是月，在海岛活动近两个月后，神经官能症有很大好转，遂回北京。④

2月

4日，在上海与此前抵沪的家人会合，住在复兴西路34号卫乐公寓八楼。在沪期间与黄宾虹相见。⑤

3月

是月，在北京完成小说《伤疤》。

是月，随冯至、吴组缃、黄药眠、戈扬等去东北鞍山钢铁公司。在鞍山住了半个多月，访问劳模孟泰。回京后，应《新观察》之邀撰写散文《孟泰仓库》。⑥

是月，写文章《关于找题材——第六封信》。

是月，人民出版社二版《论生活、艺术和真实》（萧殷著）。

4月

16日，《新观察》第八期发表先生署名萧殷的散文《孟泰仓库》。

27日，中国作家协会《文艺学习》（月刊）创刊。

是月，任《文艺学习》编委，参与编辑《文艺学习》。⑦

是月，兼任中央美术学院教授，教授文学课。⑧教导学生说："诗是给人民群众看的，不是自我陶醉的。"⑨

是月，在北京写文章《英雄事迹的"垄断"》《关于提问题——给一个文艺爱好者的一封信》《仿佛是一部录音机》。

是月，写文章《关于找题材——第四封信》《关于找题材——第七封信》。

5月

3日，写信给宋永平。⑩

6月

是月，在北京写文章《谈人物精神面貌的描写——复初学写作者的一封信》。

按，又名《如何反映人物的精神面貌——复初学写作者的一封信》，见《萧殷文学评论选》。

是月，在中国作家协会讲习所会见德国作家雷恩、乌塞并合影。⑪

7月

是月，在北京写文章《从生活出发——读"测量员与老羊倌"》。

是月，在中国作家协会讲习所接待保加利亚诗人伊萨叶夫等人并合影。⑫

8月

是月，写文章《关于找题材——第八封信》。

10月

2日，与萌萌一起游万寿山后山。

是月，在北京西郊写文章《向文学作品汲取精神力量——"作品内容与自己生活没有直接关系，读了有什么用"的讨论总结》。

按，又名《向文学汲取精神力量——为"文艺学习"讨论"作品内容与自己生活没有直接关系，读了有什么用"问题所写的总结》，见《给文艺爱好者与习作者》。

是年，《文艺学习》1954年第7、8期发表先生署名舒章的文章《向文学作品汲取精神力量——"作品内容与自己生活没有直接关系，读了有什么用"的讨论总结》。

是月，《西南文艺》第10期发表先生署名萧殷的文章《应当写出与人物言行相适应的性格》。

12月

是年，王蒙的《青春万岁》完稿。⑬

是年，《文艺报》受到批评。⑭

是年，婉拒担任《人民文学》副主编。⑮

【注释】

①1954年1月9日，给我的信，是用"华北文化艺术工作委员会便签"写的，他写了自己近来的生活情况，然后问我，他给我的那本肖洛霍夫的《被开垦的处女地》读完没有……（宋永平《萧殷把我当朋友》，《百年萧殷》第168页）

②1953年春天……我正在万山群岛采访，碰巧在一个渔港邂逅了萧殷同志……在他的建议之下，我陪同他参观了翠亨村孙中山先生故居，访问了当地的渔村，并且跑了好几个海岛，听了十几位干部和战士介绍守卫海防前哨的战斗生活。（章明《老牛羸病犹奋蹄——记萧殷并为他写〈创作论〉呐喊》，《风范长存——萧殷纪念与研究文集》第356页）

按，1953年春，误。

章明（1925—2016），江西南昌人。1949年毕业于武汉大学并参军，一直在广州部队担任创作员。曾任广东作协理事兼杂文委员会主任。著有《章明杂文随笔选》。

③谭玉林、易波时在海南驻军部队。

④《年表》。

⑤一九五四年春过沪,遇宾虹老人相谈甚欢。老人愿回杭后即将画幅寄赠。但我拟岁暮入浙,欲亲到府上观并领教。岂料不久老人不幸辞世,不胜悲伤。今见先生墨宝,犹见其人。愿贵忱同志永宝之。一九七八年夏萧殷于羊城。(王贵忱藏黄宾虹《画学篇》题跋)

黄宾虹(1865—1953),祖籍安徽歙县,生于浙江金华。1879年入读金华丽正书院、长山书院。1931年任上海美术专科学校教授。1949年后任中央美术学院华东分院教授。代表画作有《富春江上游图》。

⑥回京后,邵荃麟对我说,"有几个同志——戈扬、冯至、黄药眠、吴组缃等,马上要出发到东北鞍山去参观,你是否也去看看?你到了海南岛,也到东北看看,到了最南方,也到最北方去看看,有好处。"我在鞍山住了半个多月,访问了孟泰,并通过孟泰的家人、邻居、上级、厂党委以及鞍山的文艺青年了解他的生活、为人和事迹等。回到北京之后,本来打算以孟泰为模特儿,写一篇小说,已有个较完整的构思。不久,《新观察》要求先写篇散文,因之我把次要的素材加以集中、概括,写了一篇《孟泰仓库》的散文。(《创作随谈录》第6—7页)

孟泰(1898—1967),河北丰润人。1949年加入中国共产党,中华人民共和国第一代劳动模范,曾任鞍钢炼铁厂工会副主席。

冯至(1905—1993),河北人。1930年,留学德国。返国后在同济大学任教。1949年后任中国社会科学院外国文学研究所所长。

吴组缃(1908—1994),安徽泾县人。1949年后曾任中国作协书记处书记。著有《一千八百担》。

黄药眠(1903—1987),广东梅县人。早年毕业于广东高等师范学校。1928年加入中国共产党,1938年创立国新社。1949年后任教于北京师范大学。

戈扬(1926—2009),江苏淮安人。曾任上海《解放日报》驻京办主任、《新观察》主编。

⑦《年表》。

⑧《年表》。

⑨南方都市报:你自己喜欢写诗,当时文化课在中央美院受到重视吗?杨之光:不

太重视。当时教我们文学的是萧殷,因为我从中学就写诗,萧殷看我的诗稿,就给我加了几句批语:诗是给人民群众看的,不是自我陶醉的。(李怀宇《杨之光:艺术要海纳百川》,新浪收藏)

⑩1954年5月3日,他用"中国作家协会"的信笺给我来信,他写道:"由颐和园带去的竹子,不知种活了没有?希望告诉我!"接着他画图说明怎样把牵牛花苗接种在番薯茎上,他说这样嫁接了的番薯会增产很多倍。(宋永平《萧殷把我当朋友》,《百年萧殷》第168页)

⑪雷恩,即路德维希·雷恩(1889—1979),参加过第一次世界大战,1928年加入德国共产党。曾任德国无产阶级革命作家联盟书记。著有《战争》。

乌塞,即保杜·乌塞(1904—?),德国作家。1929年任编辑,1948年后积极参加德国的文化建设事业。时与雷恩访问中国,写了一部《中国旅行日记》。著有《爱国者》。

⑫伊萨叶夫,即伊萨耶夫·M,保加利亚诗人。1956年访问中国。著有《在中国的阳光下》。

⑬1953年秋天,我大胆开始了《青春万岁》的写作。1954年,完成初稿,经潘之汀老师之手送到中国青年出版社萧也牧编辑室主任那里。(王蒙《难忘恩师萧殷》,《百年萧殷》第184页)

⑭丁玲在晚年多次讲过,作协五七年的问题是从五五年开始的,五五年的问题是从胡风那里引起来的,是从五四年批评《文艺报》引起来的。(李向东、王增如著《丁陈反党集团冤案始末》,湖北人民出版社2006年1月版第37页)

⑮当时,《人民文学》的主编严文井,由于在1954年3月号的杂志上刊登了路翎的短篇小说《洼地上的"战役"》,受到了批评,情绪低落,想撂挑子不干了。作协党组副书记刘白羽找到萧殷,请他到《人民文学》做副主编,但萧殷一心想搞创作,没有同意,刘转而又找秦兆阳,让他来干。秦兆阳答应了。(王培元著《永远的朝内166号:与前辈魂灵相遇》,人民文学出版社2014年9月版第174—175页)

1955年 乙未 四十岁
1月

是月,在北京写《作品为什么和它所描写的人物的生平不完全一致》。

按,又名《作品为什么和它所歌颂的真人的生平不完全一样》,见《萧殷自选集》。

是月，向中国作协提出要到农村去生活，去创作。①

2月

是月，王蒙来访。②

3月

是月，曾到武汉。

5月

16日，《新观察》1955年第十期（总第113期）发表先生署名萧殷的文章《石湾陶瓷雕塑》。

是月，趁休假期间回佗城，住个半月。③县委书记等人来访，应接不暇。为刘绍棠的长篇小说《运河的桨声》和韩北屏的长篇小说《高山大峒》写书评。④曾受茅盾委托，在广州寻书，不果。⑤

是月，完成小说《五月间》。⑥

6月

15日，写《〈给文艺爱好者与习作者〉后记》。

下半年，任中国作家协会青年作家工作委员会副主任。⑦主要工作是带领几位年轻编辑，阅读全国各地业余作者来稿，并对来稿提出意见，进行辅导性回复。

7月

1日，内部肃反运动在全国范围展开。⑧

8日，《文艺学习》1955年第7期（总第16期）发表先生署名萧殷的文章《从胡风集团的"爱"和"憎"谈起》。

16日，《新观察》1955年第十四期（总第117期）发表先生署名萧殷的文章《变色蚊》（寓言）。

是月，收到中国青年出版社交来的王蒙《青春万岁》手稿。⑨每晚牺牲几小时的睡眠时间，看完了王蒙《青春万岁》初稿。⑩

是月，萧也牧带王蒙来访。⑪

8月

19日，《文艺报》编辑部迁至北京鼓楼东大街152号。⑫

月初，参加中国作协党组七十人扩大会议，批判"丁陈"。被要求揭发丁玲的反党表现，写下《对丁玲同志的意见》一文，坚持实事求是。⑬

是月，在赵堂子胡同八号家中接待哥哥郑文华及同乡刘成锦，同去中山公园等处游览。⑭

9月

8日，《文艺学习》第九期发表先生署名萧殷的文章《作品为什么和它所描写的人物的生平不完全一致》。

是月，中国青年出版社出版《给文艺爱好者与习作者》（萧殷著）。

11月

29日，写信给宋永平。⑮

12月

18日，写信给宋永平。⑯

是年，每周至中医研究院看病。⑰

是年，请创作假。与茅盾谈文学与生活。⑱

【注释】

①萧殷大约是1955年即离开全国作协的工作岗位，去南方体验生活。那时听说他要写长篇小说，后来在刊物上也见过他发表的作品片段。（涂光群《萧殷在〈人民文学〉》，《百年萧殷》第98页）

②1955年春天，只有20岁又半的我惴惴地推开了赵堂子胡同八号的门。屋里坐着的还有高大、驼背、目光深邃的吴小武，他是当时中国青年出版社的文学编辑室负责人。他们把我的处女作——《青春万岁》的杂乱的草稿拿给萧殷同志看了，并安排我与萧殷同志见一次面。萧殷同志满脸皱纹，笑嘻嘻地，用至少有百分之十是我听不懂的广东味的普通话与我说话，话中有欣慰也有叹息。而且从第一眼我就看出来了，他的身体不好。（王蒙《安息吧，鞠躬尽瘁的园丁》，《百年萧殷》第180页）

按，中国青年出版社将《青春万岁》书稿送给萧殷的时间或为1955年夏天，参见注释⑨。

③《年表》。

④他回到龙川，县委书记等很多干部都来找他，使他应接不暇。他的兄弟将楼阁上的门反锁了，让我们两人在楼上安静闲叙。那时他严重失眠，烟抽很厉害，每天要几包。他说自己一定要戒烟了。他还说当时正在阅读刘绍棠的长篇小说《运河的桨声》和韩北屏的长篇小说《高山大峒》，要为他们写书评。他说天天要看很多书……（曾瑞祥

《我的同学萧殷》,《百年萧殷》第176页)

刘绍棠（1936—1997），河北通县（今北京通州区）人，曾就读于北京大学中文系。13岁始发表短篇小说，1951年借调到《河北文艺》编辑部当见习编辑。著有《蒲柳人家》。

韩北屏（1914—1970），江苏扬州人，曾任中国作协广州分会副主席。著有《高山大峒》。

⑤1955年，他那次回龙川，约我到佗城，在他的故居家里见面。那时我在广东惠阳高级中学教书。他说这次回龙川，一件重要的事情，就是要找回抗战前他在广州读书时买的一本书，是上海商务印书馆出版的《柴霍甫短篇小说集》（译本，柴霍甫，今译作契诃夫）。他说，茅盾说现在只有全国作协有一部，而上海东方图书馆被日寇炸毁后，就绝了版，茅盾希望他回来取回那部书。只可惜，他的兄弟并无找到此书。（曾瑞祥《我的同学萧殷》,《百年萧殷》第176页)

茅盾（1896—1981），即沈雁冰，出生于浙江省桐乡县乌镇，毕业于北京大学。1928年发表首部小说《蚀》三部曲，1949年10月，主编《人民文学》杂志。著有《子夜》。

⑥《年表》。

⑦《年表》。

按，《年表》误，全称是中国作家协会青年作家工作委员会。

⑧《年表》。

⑨一九五五年夏天，我刚从广东回到北京，中国青年出版社就将王蒙的《青春万岁》手稿交给我，并要我阅后提出处理意见。（《创作随谈录》第59页）

⑩他每日审稿、开会、与作者谈话，真是一刻值千金，但他还在一个月内，每晚牺牲几小时睡眠时间，看完了王蒙的长篇《青春万岁》的初稿，意外地发现了其中有"闪光"的东西。（陶萍《心上，拴着文学青年》,《百年萧殷》第152页)

⑪1955年，萧也牧带着我去北京东城赵堂子胡同萧殷老师家，听取萧殷老师的指导。他那时因《致青年作者》一书而著名。他热情肯定了小说的基础，郑重表扬了我的"艺术感觉"，同时指出了结构上的问题，一直谈到如何为我安排"创作假期"的事。从此，赵堂子胡同八号那个小院，成了我喜欢去的地方，成了我知识与力量的源泉。我阅读了萧殷致青年作者的一批谈创作的文章，从生活出发构思与下笔，把人物写活，他讲得亲切实在，读之获益良多。（王蒙《难忘恩师萧殷》,《百年萧殷》第184页)

萧也牧（1918—1970），浙江吴兴人。1945年加入中国共产党。1949年后，主编《伟大的祖国》《红旗飘飘》。著有《萧也牧作品选》。

⑫本部自八月二十九日起，迁至北京鼓楼东大街一五二号办公。（《文艺报》1955年第16号）

⑬《年表》。

⑭刘成锦，广东龙川人，后来留在先生家中帮忙料理家务。

⑮1955年11月29日，萧殷给我来信，他写："我从广东带来的花，房间里都长得很好，这两天，巴兰还开出两朵花，放出一阵阵喷香的香气……现在，我参加中国作家协会青年作家工作委员会的工作，很多工作需要我做……有空闲时，希望你把农村里发生的小故事写下来……"（宋永平《萧殷把我当朋友》，《百年萧殷》第176页）

⑯明年四月间，我决定到农村里去住两个月，打算看看农业合作化的情况。为了方便，我打算到你们村里去，你觉得怎样？因为我考虑过，有个把熟人，要了解情况，要有许多方便，另外有熟人，也不至于太寂寞。希望你也想一想，看方便不方便。希望你把农村里一些生动的人和事写出来，寄给我！并且希望多写些好人和好事。你不必太拘束，有什么事就记下什么事，要记得详细，记得生动！你说先写出挨了几次打的王区长，也可以。但希望你写得详细一些。（《萧殷文学书简》第196页）

⑰我仍然很忙，每星期到中医研究院去看一次病，经治了一个多月，脑病比从前好些了。（《萧殷文学书简》第197页）

⑱他（萧殷）说："创作源于生活，这是一条规律，不能违背。茅盾在他的《子夜》里写了资本家。新中国成立后，他计划写新社会的资本家。1954年他曾请过创作假，准备实现自己的这个创作计划。不久，有一次开会的时候，我见到了他，便问：'沈部长，你的小说写得怎么样了？'他回答说：'对新社会的资本家我还是了解不多。没有生活，写不成呀。'"萧殷笑了笑，立即又把原来的话题拉了回来，他说："如果茅盾用他这个切身体会来给学生讲创作与生活的关系问题，那就定会讲得非常生动。"（许桂燊《回忆病中的萧殷同志》，《百年萧殷》第352页）

1956年　丙申　四十一岁

1月

2日，写信给宋永平，提及计划四月到农村去搞创作。①

15日，《文艺报》1956年第一号（总第148号）刊登了一幅著名漫画《万象更新图》。这幅漫画作者包括丁聪、方成、叶浅予、华君武。漫画场面宏大，八十个作家被标上名字，使文坛状况一目了然。画中，与韦君宜、公木的漫画形象出现在中国作家协会下属的文学讲习所的屋子里。②

2月

5日，写信给宋永平。③

是月，在北京写文章《关于主题思想》。

3月

15日，全国青年文学创作者会议在河南郑州召开。会议期间，指导贺朗从事审稿工作。④鲍昌、陈淼来看望。⑤

19日，《语文学习》3月号（总第54期）发表先生署名萧殷的文章《读〈永不掉队〉》。

是月，到河北、河南指导各地文学青年创作会议。⑥

是月，完成《要更多地和更深地理解生活（评刘绍棠的小说）》。

按，又名《作品的内容为什么这样贫乏和肤浅？——评刘绍棠的小说》，见《鳞爪集》。

是月，通过中国作家协会青年作家工作委员会为王蒙请了半年创作假。⑦

4月

30日，《文艺报》1956年第八号（总第189号）发表先生署名肖殷的文章《要更多地和更深地理解生活（评刘绍棠的小说）》。

是月，在北京写文章《姚玉贵——记一个劳动模范的事迹》。

6月

1日，《作品》1956年六月号发表先生署名萧殷的文章《五月间》。

是月，再回佗城个半月，完成小说《月下》。其间发现佗城区粮食不足及干部问题，写了一封信给广东省委反映情况，后经过地委派工作组调查证实后，该区的粮食问题得到解决。⑧

在佗城，住在佗城中学的泥砖小屋，⑨跟少先队员讲故事，与文学青年谈写作问题等。⑩主持召开座谈会，佗中教员罗海清、徐焕麟、张仕林、张玉鸣、邓振华等参加会议。⑪亲自为母校设计校门。⑫

是月，在佗城写儿童文学《天旱的时候——陈小培的日记》。⑬

是月，在佗城拍摄古塔（唐代）。

是月月底，杨雨民来到中国作协，代表中宣部和中国作协书记处重新审查"丁陈"一案。萧殷的《对丁玲同志的意见》因为没有上纲上线被打回修改。坚持实事求是，不愿改动。⑭

8月

13日，离开广州飞赴北京。⑮

21日，在河北省青年创作者会议上做题为《深入个别观察，克服概念化和公式化》（又名《个别观察和艺术概括——在河北省青年业余文学创作者会议上的讲话》）的讲话。

31日，写信给宋永平。

是月，在河北保定，得陆定一于5月做的报告《百花齐放百家争鸣》，很受鼓舞。⑯

是月，收到王蒙交来刚完成的《青春万岁》，读后感到很满意，交给中国青年出版社。⑰

是月，《作品》1956年8月号发表先生署名萧殷的小说《月下》。

按，又名《月夜》，见《萧殷自选集》。

9月

是月，写《谈谈写作》后记。

10月

7日，《河北文艺》1956年10月号（总第114期）发表先生署名萧殷的文章《深入个别观察，克服概念化和公式化——在河北省青年创作者会议上的讲话》。⑱

是年秋，到广州，在《作品》编辑部座谈会上谈文艺问题。⑲

按，这是萧殷第一次与《作品》交集。

11月

是月，在河南洛阳参观了龙门石窟，回京后写散文《龙门印象》⑳，文章被收入《中国名家名作游◎人文之旅》㉑。

22日，《旅行家》1956年第11期封三发表先生署名萧殷的摄影作品《佗城古塔》及配文：

这座古塔，坐落在广东龙川佗城西五里处。高约八丈，直径丈余；状甚奇特，但宏伟而壮丽！

关于塔的来历，当地人民流传着不少神话般的传说；其中有一说："塔是仙子们在一个夜晚建成的。"被人民称它为"仙塔"。其实，它是唐代开元年间的建筑。

在过去，古塔旁边，古松矗入云霄（古松亦唐宋遗物），几与塔齐，翠蔼可爱，与塔相映成趣，构成绝佳风景。故每逢春秋佳节，塔下游人不绝。

可惜！这些千年古松，不幸于去年竟在"农民意识"的指使下，尽已化为炉中灰烬！（萧殷文并摄影）㉒

12月

16日，在上海写文章《论思想性、真实性及其他——在上海青年宫与青年作者们谈话》。

26日，接到作协党组通知，同意搞专业创作，下月起停发工资。㉓

是月，到上海。㉔与文学青年座谈。㉕

是月，中国少年儿童出版社出版《天旱的时候——陈小培的日记》（萧殷著）。

是年，继续担任文学讲习所副所长兼中国作协青年作家工作委员会副主任、《文艺学习》月刊编委。㉖

是年，在北京家中接待罗源文，谈起中宣部部长陆定一同志做了关于"百花齐放，百家争鸣"的报告，感到很鼓舞，8月间，到河北保定，同那里的青年业余文学创作者会见，并讨论了个别观察和艺术概括等问题，交换了如何克服作品中的概念化与公式化的意见。㉗

是年年底，王蒙的短篇小说《组织部来了个年轻人》（又名《组织部新来的青年人》）受到"围剿"。㉘

【注释】

①我决定四月间到农村去，这已经没有什么问题了。你要我于春节前后下乡去，却是不可能的。因为从现在到三月底，我有许多工作要做，只有四五月间才能抽出一些时间到农村去。我是很想到你们村里去看看，因为你在那里，我可以得到许多方便。我下去的目的，是想了解一些斗争情况，了解一些新和旧的斗争，特别是斗争中的新人物。我打算住在乡间，一边了解情况，一边写几篇文章。你村里大概很方便吧？如确定到你们那里，我一定会先写信告诉你的。我可能先到保定去，然后再给你写信。你不必来接我，以免耽误生产。（《萧殷文学书简》第199—200页）

②《年表》。

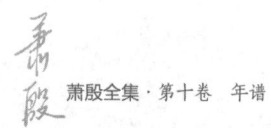

1956年

丁聪（1916—2009），上海市人。曾就读于上海清心中学，抗日战争后，为《救亡国画》杂志作画。新中国成立后，任《人民画报》副总编辑。著有《丁聪漫画选》。

方成（1918—2018），原名孙顺潮。祖籍广东中山，生于北京。毕业于武汉大学。曾主编《观察》周刊漫画版。1951年起，任《人民日报》社美术编辑。著有《康伯》。

叶浅予（1907—1995），原名叶纶绮，浙江桐庐人。1922年就读于杭州盐务中学。1929年始创作漫画。1954年任中央美术学院中国画系主任、教授。著有《叶浅予作品选集》。

华君武（1915—2010），祖籍江苏无锡，生于浙江杭州。1933年就读于上海大同大学高中部。1940年，任延安鲁艺美术系教员。1949年后任《人民日报》美术组组长。著有《华君武漫画选》。

韦君宜（1917—2002），生于北京。1936年加入中国共产党。1939年到延安。1949年后，曾任作家出版社总编辑、人民文学出版社社长。

公木（1910—1998），河北辛集人。1938年在延安加入中国共产党。1954年任中国作协文学讲习所副所长。《英雄赞歌》《中国人民解放军进行曲》词作者。

按，略有改动。"第一期《文艺报》"改为"《文艺报》1956年第一号（总第148号）"，"公木象"改为"公木的漫画形象"。

③1956年2月5日，他用"中国作家协会"的信笺写信给我，他恭喜我新婚，还赞赏我的小故事写得好，说我把人物思想、爱好、脾气和感情都写出来了，鼓励我要继续下去，接着告诉我今天立春了，家里的水仙花和桂花开得很旺，蟹爪兰和含笑也开了很多花。到四五月间，各种花都要开了。最后，萧殷说，过几天他会到东安市场买个本子寄给我，还说："希望你把故事都写在本子上，并且希望你把本子写得满满的……"萧殷在信的末尾，不再是"握手"，而是"祝你们都好"，因为我结婚了。（宋永平《萧殷把我当朋友》，《百年萧殷》第168页）

④1956年3月15日，中国作家协会和共青团中央、全国总工会联合举办"全国青年文学创作者会议"。会前，成立了筹委会办公室。我被调到办公室负责审读从全国各地送来的青年作者的作品。这个会不是代表大会，而是青年文学创作者会议，参加会议者是根据其作品水平决定的。因此审读作品的工作，要十分认真细致。但自己是初次审稿没有经验，怕出差错。萧殷师知道后，就鼓励我大胆工作。他亲切地教导我说："你

审读作品,既是编辑,又是文学评论家了。你要深入细致地研究作品,认真分析作者的构思,找出问题的所在。要从作品的客观实际出发,实事求是地评审作品的优缺点,避免主观主义,避免从概念和定义出发。"(贺朗《萧殷师教我做个革命人》,《百年萧殷》第367页)

⑤1956年召开全国青年文学创作者会议时,我和陈淼等几位同学去看了他。他是那样热情,以至于我想起了"经传北海,义盛西河"那句古话。(鲍昌《"送你两个民字"——萧殷同志漫忆》,《百年萧殷》第87页)

鲍昌(1930—1989),辽宁凤城人。1942年考入北平辅仁大学附中。1984年任中国作家协会书记处常务书记。著有《庚子风云》。

陈淼(1927—1981),辽宁大连人。1952年加入中国作家协会,曾任鞍山市文联副主席。著有《早晨集》。

⑥1956年3月,"全国青年文学创作者会议"后,各省纷纷召开文学青年创作会议,贯彻落实会议精神。当时河北、河南等省邀请萧殷师去参加指导他们的会议。萧殷师要我随行。我们到了郑州,为了了解河南省的青年作者的创作问题,就准备召开青年文学作者座谈会。这个会是萧殷师主持的,但当晚他突然病了,只好由我主持。在这个座谈会上,都是我讲话,这个会变成由我对他们谈创作问题了。事后,萧殷师知道了就狠狠批评了我一顿。他说:"你怎么搞的!这个座谈会主要是听取他们对创作问题的意见,可你不是听取他们的意见,却是给他们做报告了,表现你不虚心、自高自大、个人英雄主义!"(贺朗《萧殷师教我做个革命人》,《百年萧殷》第369页)

⑦从此,我成了赵堂子胡同八号的座上客,萧殷同志不仅对《青春万岁》的修改做了许多指点和鼓励,而且,终于在1956年初,他通过中国作家协会青年作家工作委员会给我请到了半年创作假。(王蒙《安息吧,鞠躬尽瘁的园丁》,《百年萧殷》第181页)

⑧1956年那一次,除在佗城写过《天旱的时候》及小说《月夜》外,曾写过一封信给广东省委(是直接写给杜埃的),主要是反映佗城区粮食不足情况及干部生活特殊化。经地委派工作组调查后,该县的粮食问题普遍得到解决,广大劳动群众对这事反应热烈,但他们把功劳都归到我身上,我很觉不安,1957年夏我再回去时,我一再向群众说明,我只是反映了情况,问题能解决,主要是党、是毛主席的政策的正确,是县委和广大干部坚决执行了党的政策。(《萧殷简历》1967年稿本)

⑨后来,罗海清先生领着我来到西边土岗上的一间泥砖小屋。罗海清先生告诉我

说："当年萧殷就是在这小屋写作的。"我不禁愕然,打量这间小屋,只有十来平方米,又矮又小。罗海清先生对我解释说,这间小泥砖屋,原来是个厕所。因为它靠宿舍太近,老师反对,这厕所就没有使用。那年萧殷回到佗城,正想找个安静的地方写作。他来到母校,发现这间小泥砖屋,觉得很安静,是写作的好地方,他就建议学校把这厕所改为住房。学校赞成萧殷的意见,把厕所填平,改为平房了。于是萧殷就住进这间泥砖小屋,作为自己的创作室,开始构思、创作他的长篇小说《多雨的夏天》(该长篇小说只写了十多万字,"文化大革命"期间被怕事晚辈烧毁)和其他文章。(贺朗《佗城往事记萧殷》,《百年萧殷》第203页)

⑩萧殷住进这间小屋后,就把屋前的小草坪美化了一番。在门前的草坪上,种上各种鲜花,特别从广州带来棵鹰爪树,亲手种在屋门前。每当星期六,萧殷就和少先队员坐在屋前的草坪上讲故事;他还和文学青年坐在草坪的树荫下,谈论文学写作问题。他在这间小屋里,还接待来自广州暨南大学的学生和老师……(贺朗《佗城往事记萧殷》,《百年萧殷》第203页)

⑪佗城中学过去在城里,新中国成立初就迁到如今城外北山麓,这里环境很好,优美安静,但要进行建设。他亲自同老师开座谈会,要将母校环境美化。当时学校成立美化环境小组,组长就是他的老同学罗海清老师。他同罗海清先生研究如何美化学校环境。当时学校很穷,没有钱。萧殷就说,穷有穷办法,一定要把校园环境美化。他说,只要把学校环境搞好了,让学生有个舒适的学习场所,人家就会来我们学校读书了。于是,他和罗海清走遍校园每个角落,哪里种树,哪里种花,他都做出了详细规划。他亲手设计校门。如今的校门就是他精心设计的。他还规划在校门口种一棵榕树。当榕树长大了,婆娑茂盛的枝叶,将校门遮盖,这就使得校门更加美观好看了。萧殷还建议校园向北边山坡开拓,在校园中间种两棵榕树,把北边的山坡开拓为广场,当榕树长大了把广场盖住,学生就可以在树荫下看书学习了。尤其是把校园中心的池塘搞好,两边种上花树。萧殷亲自在池塘边的草地种了丁香、含笑和美人蕉等花木,辟了一个"百花园"……(贺朗《佗城往事记萧殷》,《百年萧殷》第202—203页)

罗海清,广东龙川人。萧殷同学,佗中教员。

徐焕麟,佗中教导主任。

张仕林,佗中教员。

张玉鸣,佗中教员。

邓振华，佗中总务。

⑫校门两边是水泥方柱墩，柱墩的顶端像个拳头，又似一束笔杆。它象征着智慧和力量。然后由这两个柱墩，像两只拳头那样烘托起半月形的四个红色大字：佗城中学。字体苍劲有力，是萧殷的手迹。（《萧殷传》第149页）

⑬一九五六年，我写了一篇儿童文学《天旱的时候》。动笔前，大体有个提纲，但是，在情节发展过程中，人物将会说些什么，如何行动，人物之间将会发生怎样的纠葛，提纲中是没有的。在写作过程中，逐渐熟悉了主人公及其周围的人：有一次，陈小培看见山坡有人推车推不上时，他迅速地去帮别人推独轮车，结果弄脏了衣服，引起母亲十分不满，骂他"多管闲事"。小培经常受到类似的责骂，但不服，又不敢反抗，思想很不通，内心十分压抑。另外，陈小培有个小伙伴阿娥，这个小朋友却为人泼辣，两条辫子两边甩，学着大人说话，有时得罪人。写到大江边抗旱那天，只知道陈小培、谢老师和阿娥要碰面，但在情节的发展中他们要发生什么事却不知道。（《创作随谈录》第2—3页）

⑭《年表》。

杨雨民，内蒙古赤峰人。1936年毕业于北京大学外语系。1937年加入中国共产党。曾任冀中军区政治部敌工部副部长、中国作协书记处书记。

⑮我是八月间才离开广东的，回来时是坐飞机回来的，南方今年大丰收，那里的雨水必很正常，当飞机飞到华北上空时，看见几条河都汹涌着滚滚的黄水，我才知道北方在闹水灾，从广州到北京，只飞行了六个钟头，当日下午四点钟就到了北京。在广东住了三个月，身体比从前好得多了。到北京只住了一个星期，我又到保定去参加河北省青年业余写作者会议。（1956年8月31日致宋永平信）

⑯《年表》。

陆定一（1906—1996），江苏无锡人，毕业于上海南洋大学（交通大学前身），中国共产党宣传思想阵线的卓越领导人。曾任中国共产党中央宣传部部长。

⑰八个月后，即一九五六年夏，王蒙又将改稿送来。我一看，又惊又喜，比我原来预想的改得还要好。我很满意，什么也没有改动，就交给中国青年出版社了。事后我想，如果我当时只注意情节，而把人物丢在一边不管，这部不成熟的作品可能被埋没，这根茁壮的但是幼嫩的新苗可能被闷死。（《创作随谈录》第60页）

⑱编者语：《深入个别观察，克服概念化和公式化》一文，是文艺理论家肖殷同

志，代表中国作家协会参加我省青年业余文学创作者会议时，在大会上所做的报告；肖殷同志结合我省文学创作中的主要倾向，着重分析了概念化和公式化的各种表现形态、产生根源，并指出了克服的途径。我们相信，这个报告对于进一步繁荣我省创作，将会起到推动作用。（《深入个别观察，克服概念化和公式化——在河北省青年创作者会议上的讲话》，《河北文艺》1956年10月号）

⑲大概是1956年秋天吧，《作品》编辑部召开的座谈会上，我看到一个陌生人。会议主持人介绍说："这是著名评论家萧殷同志……"他就是萧殷？既无书生的文弱，又欠军人的豪雄；面容清瘦，质朴敦厚；如果不是穿着干部服，我准以为他是个乡下人。由于入神观看，我没注意听主持人说话，只听到萧殷这次从北京来，是回乡深入生活，路过广州，编辑部请他来谈谈文艺问题。（梵杨《萧殷——不顾惜自己的人》，《百年萧殷》第134页）

⑳1956年11月，父亲在河南洛阳参观了龙门石窟，回北京后写下散文《龙门印象》，并发表在1957年2月的《旅行家》杂志上。这篇3700字的美文已被选进《中国现代名家写景美文436篇》中。（陶萌萌《一生，放不下的思念——回忆父亲萧殷之二》，《百年萧殷》第390页）

㉑成有子、阿宏编著《中国名家名作游◎人文之旅》，深圳海天出版社2006年1月版第188页。

㉒萧殷《佗城古塔》，《旅行家》1956年第11期封三。

按，此为正相塔，又名仙塔、开元塔、老塔，在佗城西南塔西村东江河畔的小山冈上。始建于唐开元三年（715年），其结构独特，是广东名塔之一。1962年被列为广东省重点文物保护单位。

㉓十二月廿六日，作协党组织忽然通知我，同意我搞专业创作，从1957年一月起停发工资。一时弄得我的生活非常狼狈。（《萧殷简历》1967年稿本）

㉔在我告别萧殷和陶萍时，他告诉我，他将在年底前离京赴沪。后来知道，他于这一年（1956年）12月上旬末到了上海，月中在上海青年宫与青年作者们谈了一次话，这就是后来收入他的《论生活、艺术和真实》一书中的那篇《论思想性、真实性及其它》的文章。（罗源文《"老乡再加半个老乡"——忆萧殷老师》，《百年萧殷》第362页）

㉕一九五六年，我在上海与一些文学青年座谈，据一个工厂的业余作者反映：他曾

先后给一个刊物的编辑部投去几篇小说，结果都被退回来，编辑部每次给他写退稿信，都指出他的作品写得太浅，生活气息淡薄，恳切地希望他深入了解生活。可他每次接到信都感到很难理解，认为自己天天都在工厂里，哪里还有什么生活问题呢？这位青年作者反映的情况，引起了我的注意。究竟哪一方的判断是正确的呢？为慎重起见，会后，我向这位青年索取了编辑部给他的退稿，经过仔细阅读，发现作品的生活气息淡薄，人物只有朦胧的影子，既不生动，也不深刻，似乎都有一点意义，但都不是来自生活。看来编辑部的意见是中肯的。（《创作随谈录》第40页）

㉖乃至稍后，我翻阅1956年北京出版的《文艺学习》，始知萧先生是该刊物的编委。（老南《萧殷鼓励〈侨乡的山〉》，《百年萧殷》第292页）

㉗那是1956年，我和陶萍同志在北京中国作家协会主办的文学讲习所学习。陶萍同志当时是《人民文学》的编辑。我同她在一个学习小组。这个名叫编辑学习班的党支部书记是刘剑青同志，支部委员有山西来的关守义、《解放军文艺》的蒋寿山以及陶萍和我等。我和陶萍又是住在地安门鼓楼大街宝钞胡同的一个四合院内的邻居。有一天，陶萍告诉我，萧殷很想见见从家乡来的同志，了解了解家乡的新闻。不用说，我一听就知道他不仅是个十分关心社会的人，而且对广东家乡有一种眷念之情。我欣然接受了陶萍的热情邀请。萧殷和陶萍住在赵堂子胡同八号。小院子很整洁，一进去就像置身于一个静谧的小图书室。萧殷见到我，谈兴很高。他告诉我他刚从河北保定回京，他在河北同那里的青年业余文学创作者会见并讨论了关于个别观察和艺术概括等问题，交换了如何克服作品中的概念化与公式化的意见。他说，近几年来，由于自由讨论的空气不浓，相互交换意见、探讨问题的风气没有很好地形成，批评与自我批评也没有充分展开，结果，我们的文学艺术不能得到应有的提高与发展。接着，他高兴地指出，最近，党中央宣传部部长陆定一同志做了关于"百花齐放，百家争鸣"的报告，强调在文艺领域贯彻这一方针，这将对整个文学艺术事业的发展产生推动作用。他还谈到办我们这一期学习班的重要性。他说，文学期刊和出版社的编辑，无疑是贯彻这一方针的重要一环，考虑到这一点，所以，作家协会党组和书记处决定文学讲习所举办你们这一期文艺编辑学习班。接着，他问起了周钢鸣、陈残云等同志的工作、创作和身体，以及家乡的变化。（罗源文《"老乡再加半个老乡"——忆萧殷老师》，《百年萧殷》第361—362页）

罗源文（1928—2005），广东南海人。1955年，参与创办《作品》，1960年初调入省委文教部文艺处。1985年初任广东省文联党组副书记。著有《天涯未了情》。

㉘作为饮过延河水的战士萧殷，他有理想，有热情，始终忠诚于党的文学事业；作为评论家的萧殷，他服膺真理，固守良知，敢于真刀真枪地针砭文坛时弊。1956年底，王蒙的《组织部来了个年轻人》受"围剿"，萧殷公开发文为王蒙辩护。（温儒敏《被王蒙称为"第一恩师"的萧殷》，《百年萧殷》第53页）

1957年　丁酉　四十二岁

1月

29日，中国作协党组召开会议专门讨论王蒙1956年9月在《人民文学》发表的小说《组织部新来的青年人》①，批评逐步上纲上线。②

是月，停发工资，靠稿费生活，直到1958年9月。接多家刊物编辑约稿。③

是月，在北京写文章《关于形象》。

年初，中国作协机关搬到王府大街64号，东总布胡同22号院改为用来存放图书和招待宾客。

2月

22日，《旅行家》1957年第二期发表先生署名萧殷的散文《龙门印象》和摄影作品《白居易墓》。

23日，上海《文汇报》（第3545号）1957年2月23日第三版发表先生署名萧殷的评论《读"青春万岁"》。

是月，在北京写文章《关于作品的积极意义》《谈作者的爱憎》《是人性论主宰了思维，还是阶级论——与一位青年朋友讨论"组织部新来的青年人"》。

按，《谈作者的爱憎》，又名《人物和作者的爱憎》，见《萧殷自选集》《鳞爪集》。《是人性论主宰了思维，还是阶级论——与一位青年朋友讨论"组织部新来的青年人"》又名《是阶级论主宰了思维，还是永恒原则？——与一位青年朋友讨论〈组织部新来的青年人〉》，见《谈写作》。

是月，完成散文《严寒的夜晚》，深情回忆太行山时期牺牲在鬼子刺刀下的战友李谦④。

是月，中国青年出版社出版《谈谈写作》（萧殷著）。

是月，河北人民出版社出版《进一步繁荣文学创作——河北省青年业余文学创作者会议报告、发言集》，书中收录了先生署名萧殷的文章《深入个别观察，克服概念化和公式化》。⑤

是月，王蒙来看望。⑥

是月，写文章《动机与效果为什么发生了矛盾——与一位青年朋友讨论"组织部新来的青年人"》。

3月

8日，《人民文学》1957年三月号发表先生署名萧殷的散文《〈严寒的夜晚〉——回忆散记之一》。

20日，《北京文艺》三月号（总第23期）发表先生署名萧殷的文章《动机与效果为什么发生了矛盾——与一位青年朋友讨论"组织部新来的青年人"》，其中写道："据我所知，作者王蒙同志平日对党很忠心，对社会主义事业很热情；在谈吐之间，他头脑冷静，是非分明；他喜欢思考，有相当不低的分析能力；他的美学理想，一般地看来，也是正确的。"⑦公开为王蒙的《组织部来了个年轻人》辩护。⑧

22日，《教师报》1957年第94号发表先生署名萧殷的文章《关于作品的积极意义》。

是月，北京文艺界对《组织部来了个年轻人》批判的火药味渐浓，约王蒙到家。针对王蒙说林默涵的批评文章引用的内容以及小说结尾都不是他的原作，而是《人民文学》杂志编辑部修改的结果，表示极其重视，强调对方必须澄清，才是对党负责的态度。⑨

是月，在北京写文章《为什么不能发掘得更深些？——与苏玉林同志讨论小说〈杨春林〉的一封信》。

是月，写文章《"弯弯曲曲的前进"》。

4月

7日，《蜜蜂》1957年4月号《蜜蜂书简》发表先生署名萧殷的文章《谈作者的爱憎》。

21日，《文艺报》1957年第二号发表先生署名萧殷的文章《"弯弯曲曲的前进"》。

是月，在北京写文章《生活应当和思想感情相融合——为〈文艺学习〉纪念毛泽东同志的"在延安文艺座谈会上的讲话"发表十五周年而作》。

是月，在北京写散文《桃子又熟了——忆仓夷》。

是月，构思长篇小说《多雨的夏天》，并且开始写提纲。同时用钢笔绘画多张小说的大环境和场景细节。小说人物和故事呼之欲出。⑩

是月底，回到佗城，准备以此作为生活根据地，长时间生活、写作。⑪

5月

8日，《文艺学习》1957年第5期（总第38期）发表先生署名萧殷的文章《生活应当和思想感情相融合——为纪念毛泽东同志的"在延安文艺座谈会上的讲话"发表十五周年而作》。

15日，《红旗飘飘》第1集发表了先生署名萧殷的散文《桃子又熟了——忆仓夷》。⑫

6月

20日，《北京文艺》1957年六月号（总第26期）发表先生署名萧殷的评论《为什么不能发掘得更深些？——与苏玉林同志讨论小说〈杨春林〉的一封信》。

7月

是月，回北京参加反右运动，王蒙的《青春万岁》夭折。⑬

是月，参加中国作协党组反对丁陈大会，从7月底一直开到9月17日结束，没有上台发言批判丁陈，没有表态同意划丁陈为右派。⑭

8月

是月，在广州写文章《坚决保卫工农兵文艺方针》。

按，又名《工农兵文艺方针不容动摇》，见《鳞爪集》。

是月，在北京写文章《不要把自己摆在一个危险的位置上》。

暑期，与来北京的楼栖见面。⑮

夏天，收到《青春万岁》的铅印稿。⑯

9月

1日，《作品》1957年9月号发表先生署名萧殷的文章《坚决保卫工农兵文艺方针》。

1日，北京各学校都不能开学。先生在家里的书房弹风琴《渔光曲》，表达对百姓生活的担忧。

21日，接待张天翼。⑰

是月，在北京写文章《光辉灿烂的榜样》。

10月

29日，在"黄秋耘思想批判会"上发言。⑱

11月

18日，在北京写文章《要正确地对待生活中的消极现象——评秋耘同志的所谓"生活的真实"》。

24日,《收获》1957年第三期（总第三号）发表先生署名萧殷的文章《光辉灿烂的榜样》。

30日夜,在广州写诗《一位县委书记——全省党代会速写》。

是月,王蒙被打成右派后最后一次到赵堂子胡同8号看望先生。得知王蒙遭到批斗,鼓励他,并把自己从家乡龙川带回来的两条"斗鱼"送给了王蒙。[19]

是月,调回广东,把中国青年出版社停止出版的《青春万岁》排印样书[20]带在身边,[21]带了组织关系和户口回到佗城。[22]

是月,在北京写文章《图解不是艺术方法——给一位青年作者的复信》。

12月

1日,《羊城晚报》第二版《花地》发表先生署名燕南的文章《私欲的碰壁》。

9日,《羊城晚报》第二版《花地》发表先生署名萧殷的诗歌《一位县委书记——全省党代会速写》。

是月,在佗城写《马克思主义会妨碍创作吗？——给一个青年读者的回信》《应当深入到基层去》。

【注释】

①《组织部来了个年轻人》是王蒙1956年4月创作的短篇小说的题目,在《人民文学》1956年9月号发表时改为《组织部新来的青年人》。（王蒙著《王蒙八十自述》,人民出版社2013年9月版第28页注①）

②《年表》。

③从1957年1月起,我主要靠稿费生活,一直到1958年9月止。（《萧殷简历》1967年稿本）

④《年表》。

⑤河北省文学艺术工作者联合会编《进一步繁荣文学创作》,河北省人民出版社1957年版第62页。

⑥那天,王蒙患感冒,他带着病,坐了一辆人力三轮车来到赵堂子胡同看望萧殷。萧殷一如既往地热情接待了王蒙。他知道王蒙带病来看自己,也很受感动。他知道王蒙患的是感冒,就劝王蒙说："你要用一点'鼻通',那对治感冒很有效。"他留王蒙在家里吃饭,又叫家里做饭的老刘加点菜。吃饭时他特别向王蒙介绍桌上的菜说："我们炒菜用的是广东出产的蘑菇酱油,所以炒出的菜就很好吃。"（《萧殷传》第59页）

⑦《北京文艺》1957年三月号第1页。

⑧1956年底,王蒙的《组织部来了个年轻人》受围剿,萧殷独具胆识,公开为作者辩护,著文在《北京文学》发表。[黄廷杰《耐读的萧殷(五题)》,《百年萧殷》第349页]

⑨《年表》。

按,《组织部来了个年轻人》,即《组织部新来的青年人》。

林默涵(1913—2008),福建武平人。1935年赴日本东京新闻学院学习,曾主编《新华日报》副刊。1949年后,任中国文联党组书记、副主席。著有《狮与龙》。

⑩《年表》。

⑪《年表》。

⑫1957年,他几乎是连串写出《严寒的夜晚》和《桃子又熟了——忆仓夷》,都是非常好的散文。那年他才41岁,风华正茂,正是作家出好作品的年华。他也接到多家刊物的约稿。就在这个时候,他完成了长篇小说《多雨的夏天》的提纲,并开始写作,小说人物呼之欲出。(陶萌萌《一生,放不下的思念——回忆父亲萧殷之二》,《百年萧殷》第390页)

⑬一九五七年,我在广东家乡搞专业创作,到下半年,中国作协要我回北京参加反右运动。回去不久,就得知王蒙被划为右派;而他的长篇小说《青春万岁》虽已排印出来,还来不及装订封面,就夭折了。我当时的心情是沉痛的,痛惜一个刚刚闪出光芒的人才被摧残、被毁灭。我曾接触过无数的文学青年,但从没有这次那样难过。(《创作随谈录》第61页)

⑭《年表》。

⑮1957年暑期,我在北京办理去东柏林的出国手续。星期天我去看他。谈起当年在石牌那段日子,他对创作生活异常留恋。他经历了从全面抗战到解放战争的10多年战斗生活,积累了丰富的生活素材,可惜没有时间创作。谈起梅县山歌,我念了一首:"入山看见藤缠树,出山看见树缠藤。树死藤生缠到死,树生藤死死也缠。"他拍案叫好,高兴得跳了起来,表现出诗人气质,富于激情,且很天真。他要我抄出来,后来在一篇谈诗的文章中引用了。(楼栖《忆往事寄哀思》,《百年萧殷》第117页)

⑯王蒙把修改后的小说送到我手里,是原稿,而不是成册的铅印稿。事实是:一九五五年夏,我与王蒙讨论这部小说的优缺点,经八个月修改,一九五六年夏天,他才可能将稿子送回来(一九五六年秋,上海《文汇报》连载了《青春万岁》五六万字,

一九五六年九月三十日《北京日报》刊出《青春万岁》的最后一章）。到一九五七年夏，我才收到中国青年出版社送来的订成册的《青春万岁》的铅印稿。（《萧殷文学书简》第123页）

⑰晚与宽（即沈承宽，张天翼夫人）访萧殷、陶萍，同散步。（张天翼著《张天翼日记》，中国戏剧出版社2017年2月版第50页）

⑱今天是开批判黄秋耘思想的会，这个同志的修正主义思想真是有代表性的。他自己做了很有兴趣的检讨。萧殷、林心发了言。（郭小川著，郭小惠、郭小林整理《郭小川1957年日记》，河南人民出版社2000年7月版第226页）

黄秋耘（1918—2001），广东顺德人，生于香港。毕业于中山大学。新中国成立后，曾任《文艺报》编辑部副主任、中国作协广东分会副主席、中国广州笔会中心会长。著有《黄秋耘散文选》。

⑲一九五七年十一月，王蒙又去了一次赵堂子胡同看望萧殷。这是他最后一次到赵堂子胡同了。但萧殷却像他第一次来家时那样非常热情地接待了王蒙。当他知道王蒙已经开始被批斗了，心里非常痛苦。作为老师，该对学生如何安慰呢？他曾使尽全力试图帮学生渡过险滩，但却无济于事！他俩默默相对在痛苦难言中。萧殷极力安慰王蒙说："你不要着急，特别是文艺的问题，比较复杂……不必忙于检讨。"萧殷还鼓励王蒙正确对待批评，正确对待生活。后来又谈起台上玻璃缸里的斗鱼来。这是萧殷从家乡带回来的……王蒙临走时，萧殷特意把两条斗鱼用玻璃瓶装着，送给王蒙作为留念。（《萧殷传》第59—60页）

⑳他给我印象最深的事情，是对于一些青年作家、作品的竭力推荐。这是他的工作。而他办这些是比写他自己的文章或办他的私事都热心得多的。他向我讲过的头一部作品，是王蒙的《青春万岁》。单是向我推荐过起码三次。头一次是在中国作家协会的《文艺学习》编辑部，他提起过《青春万岁》很好。后来，1957年的事情出来了。王蒙被错划了，《青春万岁》在中国青年出版社已经打好清样又停止出版了。《文艺学习》关了门，我被下放农村，萧殷也给调到广东去了。（韦君宜《为工作而生存——悼萧殷》，《百年萧殷》第90—91页）

㉑那年十一月，我调到广东，还把《青春万岁》排印样书带在身边，虽然王蒙已是右派，但仍忍不住对他发出赞赏。我竟忘记了目前的处境，不时揭开《青春万岁》样书的某一段，对业余作者大加赞扬；果然，到"文化大革命"期间，就有人骂我"为右

派分子涂脂抹粉",当时我没有反驳,因为我认为这总比那些无中生有的捏造要高明一些。(《创作随谈录》第61页)

㉒《年表》。

1958年　戊戌　四十三岁

1月

1日,《作品》1958年1月号发表先生署名萧殷的文章《这才是正确的道路》。

按,又名《应当深入到基层去》,见《谈写作》《鳞爪集》。

10日,《羊城晚报》第二版《花地》发表先生署名柳辛的杂感《"过关"》。

是月,在佗城竹园里写小说《在深山里》。

是月,北京出版社出版《月夜》(萧殷著)。

春节以后,参加"大跃进"的宣传。①

2月

5日,《延河》1958年2月号(总第23期)发表先生署名萧殷的文章《马克思主义会妨碍创作吗?——给一个青年读者的回信》。该杂志目录将"萧"误作"菁"。②

7日,在竹园里写诗歌《把村庄喊醒……》。

12日,《羊城晚报》第二版《花地》发表先生署名萧殷的诗歌《把村庄喊醒》。

27日,访问佗城老区,在龙川县苏维埃纪念地门楣上题写"革命到底"四个大字,③与龙川县老区访问团第一组全体人员留影。在龙川县义都乡体验生活。④

3月

1日,《作品》1958年3月号发表先生署名萧殷的小说《在深山里》。

是月,在广州写文章《素材、灵感和干劲》。

4月

1日,《作品》1958年4月号发表先生署名萧殷的文章《素材、灵感和干劲》

28日,在佗城写文章《良好的开端——读"在农村社会主义建设的道路上"征文以后》。

5月

27日,在竹园里写文章《谈素材、消极现象及其它——给一个习作者的复信》。

6月

3日，在竹园里写文章《形象和构思》一则。

4日，在竹园里写文章《形象和构思》两则。

5日，在竹园里写文章《形象和构思》一则。

11日，在竹园里写文章《形象和构思》一则。

16日，《羊城晚报》第二版《花地》发表先生署名萧殷的小说《亘古以来》。

17日，《羊城晚报》第二版《花地》发表先生署名萧殷的小说《亘古以来》（续完）。

是月，在佗城写小说《在柳庄》。

是月，在佗城写文章《把社会主义的激情唱出来——为"龙川报"作》。

7月

1日，《作品》1958年7月号发表先生署名萧殷的小说《在柳庄》。

28日，在老学背写文章《技巧还不能做你的救兵——给一个文艺习作者的复信》。

是月，惠阳地委同意萧殷调回龙川县工作。⑤

是月，被王匡、杨康华联名写信要求调广州暨南大学中文系工作。⑥

是年夏，一天晚上，在龙川县金安中学做报告。⑦

是年夏，到中山大学中文系做报告。⑧

8月

11日夜，在广州写《如果敢来挑衅就消灭它》。

12日，《羊城晚报》第二版发表先生署名萧殷的诗歌《番禺印象》。

15日，《文学青年》八月号发表先生署名肖殷的文章《谈素材、消极现象及其它》。

是月，受陶铸邀请担任暨南大学中文系主任。⑨住在办公楼四楼，⑩设法因材施教。⑪

9月

1日，《作品》1958年9月号发表先生署名萧殷的文章《如果敢来挑衅就消灭它》。

5日，《草地》1958年9月号发表先生署名肖殷的文章《技巧还不能做你的救兵》。

是月，饶芃子担任助教。⑫饶芃子进步很快，不仅在教学上获得好评，她的论文在文艺界也引起极大的注意。⑬

先生虽为系主任，但却成了与学生交往最多、关系最密切的人。自编《创作方法论》的参考教材，写出教学提纲。请来了周扬、张天翼、艾芜、林默涵、秦牧、陈残云、吴组缃给学生讲课、谈创作，组织大家下乡采风、搜集民歌，编成民歌集《荔枝满山一片红》。[14]

是月，开设《中国古代文论》《文学批评》和《文学创作》等课程。[15]

10月

月初，写诗《直顶天上北斗星——仿客家山歌》。

8日，《人民日报》第8版发表先生署名萧殷的诗歌《直顶天上北斗星——仿客家山歌》。

13日，暨南诗社刊物《战鼓》创刊，创刊号有先生的题词："用饱满的热情，歌唱人们在劳动创造中豪迈的气概和冲天的干劲！"

11月

2日，访张天翼。[16]

9日下午，张天翼来访。[17]

11日，写文章《民歌应当是新诗发展的基础》。

25日，《诗刊》11月号（总第23号）发表先生署名萧殷的文章《民歌应当是新诗发展的基础》。

28日，写文章《社会主义缔造者的歌声——民歌选〈荔枝满山一片红〉代序》。

是月，多次到广州市近郊江村烧焦工地看望暨南大学的学生，并座谈。[18]

12月

3日，写文章《既忠于生活，又高于生活》。[19]

按，又名《求实精神与革命热情相结合》，见《萧殷文学评论选》，人民文学出版社1980年2月版《论生活、艺术和真实》。

是月，在广州石牌写《鳞爪集》后记。

是年，派黄树森、郭东野参与编写"雷州青年运河史"。[20]

是年，龙川贯彻粮食统购统销政策。写信给省委书记陶铸，反映龙川县农民生活和当地生产的情况，说明县里统购的数字偏高，使得县里的统购任务减轻了。[21]

是年，在龙川佗城中学，与教师一起讨论文学创作。

是年，兼任中山大学教授，继任中国作家协会广东分会副主席、党组副书记及《作品》月刊副主编。[22]

【注释】

①《年表》。

②萷,为"萧"的错别字。"美中不足的是在题款上将'萧'写成'萷',其实后者乃粤人'土造','肖'字是北方人的俗写字,用来代替'萧'字,实际上现行的简体字并未规定以'萷'代'萧',所以在报刊上依然用'萧'。"(《萧殷文学书简》第18页)

③萧殷调广东工作,偕其夫人陶萍第二次回乡省亲,住在佗城竹园里……并为《龙川报》撰写专稿。2月27日,萧殷随龙川县老区访问团第一组全体团员访问四甲老区,并在县苏维埃纪念地门楣上书写"革命到底"四个大字。(龙川县《佗城镇志》编纂委员会著《佗城镇志》,龙川县《佗城镇志》编纂委员会2005年2月版第26页)

④萧殷同志生前,生活俭朴,作风正派,关心群众疾苦。他1958年回乡时,深入到义都乡体验生活,与群众同吃同住同劳动,同甘共苦。当他了解到农民一年人均只有二三百斤口粮时,立即向当时的中南局书记陶铸同志反映这一情况。在萧殷同志关心和努力下,当地农民的生活得到了改善。我们向萧殷同志学习,就是要像他那样关心群众,努力为群众办好事实事。当前,我们要积极响应党中央号召,密切联系群众,坚决同一切腐败现象做不懈的斗争,努力把干部教育好,把人民教育好,把萧殷家乡建设好。(谢忠灵《缅怀萧殷业绩,努力把萧殷家乡建设好》,《百年萧殷》第25页)

听说他回龙川期间,还到义都乡体验生活,那时正在搞"合作化"。听说农民一年的口粮只两百多到三百市斤的谷子,生活苦得很。于是他写了一个报告给华南局的陶铸同志,在广东全省县委书记扩大会议上,陶铸叫每个与会者学习研究萧殷的那个报告,要求各个县搞好农业合作社,提高农民生活水平。后来龙川很多地方农民因此提高了口粮,改善了生活。(曾瑞祥《我的同学萧殷》,《百年萧殷》第176—177页)

⑤《年表》。

⑥《年表》。

王匡(1917—2003),广东东莞人。1946年,任周恩来秘书。1949年后,曾任南方日报社社长、国家出版事业管理局局长、新华通讯社香港分社第一社长。

⑦第一次见到萧殷先生,是1958年夏日的一个晚上。那天早上我们学校阅报栏就贴出布告,说晚上7时有重要报告,全体师生和教职员工于6:50在大操场集合完毕。那天晚上整个操场坐得满满当当,2000多名师生全都到齐了,听说有大人物来做报告,有

的做饭的工友也来了。那晚，台上挂了五盏煤气灯，把台上台下照得通明，校长站在台的旁边，两个副校长和教导主任坐在台下，大约7时过一点，萧殷先生由几个大约是县区里的有关人物陪同着进来了，然后其他人同时也在台下坐定后，报告就开始了。记得萧殷先生讲的题目是《做又红又专的国家建设人才》。先生那天晚上穿的是老式的一身黑绸子衣服，因为晚上蚊虫（飞蛾）很多，所以他讲一讲，又摇摇扇子；讲一讲，摇一摇，因怕影响先生讲话，校长干脆坐在旁边帮他扇一扇。我记得最清楚的一句话，先生微笑着说"金中不仅是全体师生热情好客，连蚊虫也热情好客，来凑热闹啊"，整个广场一阵欢笑声。讲着讲着，先生情绪和话音好像激动了起来。因为学校派两位语文老师和包括我在内的两位同学在台上做记录，所以听得比较清楚。他高声地说："现在很多学校都在批判'只要学好数理化，走遍天下都不怕'这句话，我就不懂这句话错在哪里，这些天来，不仅大中院校批，而且有的报纸杂志也批……"听着这些话，整个广场一片寂静，好像空谷深山一样，然后面面相觑，不时响起一阵空前热烈的掌声。（钟永华《恩师萧殷随记》，《百年萧殷》第279页）

⑧1958年夏天，他从他的故乡也是他当时被下放"劳动锻炼"的地方龙川到广州来，被请来中山大学中文系向全体学生做报告，谈的是当时文艺界热烈讨论的新诗与民歌的关系和发展问题。（黄伟宗《文学评论家的勇气和责任心》，饶芃子、温儒敏主编《师者·文心——萧殷评说七十年》，花城出版社2022年版第105页）

⑨1958年，陶铸同志在广州复办暨南大学，自任校长。创办伊始，他邀聘萧殷同志任中文系主任，约期两年。当年，东南亚某些地区排华恶浪汹涌，许多华侨青年舍弃一切，心向祖国，争相回归。（杨嘉《文学家与教育家萧殷》，《百年萧殷》第239页）

陶铸（1908—1969），湖南祁阳人。1926年入黄埔军校，曾任中央军委秘书长、辽宁省委书记。1949年后，任中共广东省委第一书记、中共中央中南局第一书记、国务院副总理。

⑩1958年，暨南大学在广州复办，萧殷同志担任中文系主任。有他这样一位著名作家、理论家牵头，大家都十分高兴。那时，暨大住房很紧张，他住在办公楼四楼的一个单间。（张振金《我心中的萧殷》，《百年萧殷》第210页）

⑪暨南大学是华侨学校，立足国内，面向海外。对于当时约占八成的热情爱国华侨子弟，不可能照搬旧一套，萧殷同志针对现实的特殊情况，设法因材施教。（杨嘉《文学家与教育家萧殷》，《百年萧殷》第239页）

⑫我认识萧殷先生,是在1958年秋天,当时暨南大学刚刚在广州复办,他是暨大中文系的系主任,我是系里最年轻的助教,学校领导要我跟萧殷先生进修文艺理论,当他的助手,所以,有幸比别的同事得到他更多的关怀和帮助。我敬仰萧殷先生的学识,也敬仰萧殷先生的为人,作为长者,作为导师,他一直是我的榜样和引路人。(饶芃子《回忆与悼念——缅怀萧殷先生》,《百年萧殷》第186页)

饶芃子(1935—),中共党员,暨南大学教授,博士生导师。曾任暨南大学中文系主任、副校长。著有《文学批评与比较文学》。

⑬(饶芃子)盖自一九五八年起,在艺术哲学、文艺观点、创作方法、文学批评及治学态度等方面,都与我多方面接触,加上她治学严谨,对经典不仅下过苦功,且对具体作品的具体分析——从而掌握创作规律——也从未放松。可以说,芃子同志从那时以来,进步一直很快,不仅在教学上获得好评,她的论文在文艺界也引起极大的注意。(《萧殷文学书简》第247页)

⑭《年表》。

艾芜(1904—1992),四川新都人。1931年参加左联。1949年后任重庆市人民政府委员、文化局长。著有《丰饶的原野》。

秦牧(1919—1992),广东澄海人。1949年后,历任广东省文联执行主席、广东省作协副主席。著有《贝壳集》。

⑮萧殷强调要在理论和实践的结合上培养出优秀学生。他认为,中文系毕业的学生,应该懂得文学理论、也能写一手好文章。因此,他特别开设了《中国古代文论》《文学批评》和《文学创作》这些课程。要求学生每周写一篇文章,由老师在课堂上评讲,目的是提高学生的写作能力。(张振金《一代名师的教诲》,《暨园古道照颜色:暨南大学百年华诞纪念文集》,香港日月星制作公司2006年11月版第56页)

⑯萧殷来一谈。(《张天翼日记》第160页)

⑰下午携小张章(张章,张天翼女儿)到萧殷、陶萍家。(《张天翼日记》第162页)

⑱这一年秋冬,在大跃进和大炼钢铁的热潮中,我们第一届中文系师生到广州市近郊江村炼焦。在萧殷先生的指导下,我们在炼焦劳动中学习写民歌,把文学和实际生活结合在一起。他多次到工地上和我们座谈,要我们学习工人阶级优秀品德和思想感情,同时向我们讲述民歌的艺术性,如何通过这一艺术形式表现劳动生活。(钟毓材《荔枝又红了》,《暨园古道照颜色:暨南大学百年华诞纪念文集》,香港日月星制作公司

2006年11月版第22—23页）

⑲1958年出现"大跃进"浮夸风，在文艺上也有所表现，萧殷敏锐地觉察到这种倾向，写了《求实精神与革命热情相结合》一文，批评文艺界"左"倾的现象。（温儒敏《被王蒙称为"第一恩师"的萧殷》，《百年萧殷》第53页）

⑳1958年动工的鹤地水库已经建成，长达178公里的青年运河正在日夜赶工。工程指挥部就设在遂溪县城附近，大渡槽工地的旁边。当时海康、遂溪、廉江三县合并成雷北县，县委就在遂城镇。县委和运河工程指挥部正在考虑编写运河史，见我去了，双方不谋而合，便决定成立雷州青年运河史编写领导小组，由雷北县委书记、运河工程指挥部副总指挥陈华荣任组长，我当副组长，并立即从指挥部政工处和基层单位抽调了几个同志组成编写小组。抽调上来的同志，如朱崇山、秦岗、列拔、张志诚、钟士明等，都有一定的文学工作能力，但基本上没写过文学作品。我感到担子很重，便回广州向作协求援。当时萧殷同志从北京调来不久，已经担任作协副主席和党组副书记，很支持我的请求，立即决定派黄树森、郭东野两位同志参加我们的工作，并鼓励我大胆去干，有问题及时写信向他反映。我有了信心，高兴地与黄、郭二位同返运河工地。有了生力军，七八个年轻人兴高采烈地分头下去深入生活搜集素材去了。（李士非《难忘的教诲——萧殷同志十年祭》，《百年萧殷》第228页）

黄树森（1935— ），湖北武汉人。1959年毕业于中山大学中文系，在广东作协理论研究组工作，历任《作品》编委、《当代文坛报》主编、广东省文艺批评家协会主席。著有《黄说》。

郭东野（1933— ），1958年广东作协干部，后在广东外国语学院工作。

㉑1958年秋，萧殷回到龙川县佗城镇竹园里深入生活。佗城人见萧殷外出20多年，忽然回家乡住了，感到奇怪。萧殷离家20多年，如今有机会回家看看，也倍觉新鲜。萧殷住在佗城中学，这是他的母校。每天有亲友、老农、青年人来学校找他谈心，他也常去拜访农民、教师和村干部。这时，农村正第一次贯彻粮食统购统销政策。龙川县属于贫困落后地区，因公布的统购数字较高，影响群众生活。农民向萧殷反映了真实情况。萧殷认为作家深入生活首先了解广大人民的生活疾苦，为他们排忧解难才是，于是他亲自写信给当时的省委书记陶铸，反映龙川县农民生活和当地生产的情况，说明县里统购的数字偏高，这样会影响农民的生活。陶铸非常重视萧殷反映的情况，立刻派了人下乡调查，通过地区减轻了县里的统购任务，使龙川县农民生活未受影响，农民对萧殷此举

感恩在心。（陶萍《俯首甘为孺子牛——萧殷传》，《粤海文踪——当代广东著名作家十七人传》第108—109页）

㉒1958年，任广州暨南大学中文系主任，兼任中山大学教授，继任中国作家协会广东分会副主席、党组副书记及《作品》月刊副主编。[萧殷《自传》，徐州师范学院《中国现代作家传略》编辑组《中国现代作家传略（下）》，四川人民出版社1985年5月版第464页]

1959年　己亥　四十四岁

1月

7日，中共广东省委宣传部发文，中共广东省委常委会同意萧殷同志为暨南大学党委会委员。

8日，《人民文学》1月号（总第110期）发表先生署名肖殷的文章《既忠于生活，又高于生活》。

2月

18日，在文学创作工作座谈会小组上发言。①

26日，中共广东省委宣传部发文，"经省委决定：肖殷任暨南大学中文系主任"。②

是月，北京作家出版社出版《荔枝满山一片红——华南新民歌选》（暨南大学中文系编），是书为先生指导暨南大学学生下乡采风、搜集民歌而成。书前为先生所撰《社会主义缔造者的歌声（代序）》。

5月

11日，访张天翼。③

7月

28日，写《论创作方法》（内部参考读物）附记。

28日，因脑病复发，回北京养病。④

是月，北京作家出版社出版《鳞爪集》（萧殷著）。

是月，自编《论创作方法》的参考教材完成。

8月

2日，钟毓材、林万里、温应忠来访。⑤

是月，给饶芃子审看新学期开课讲稿，⑥与其谈古典文学，要求其注意阅读国内外有争议的学术论文和文学作品，有针对性地写些文艺短论和评论文章，鼓励、引导、培养改变学科方向的饶芃子。⑦

9月

是月，听饶芃子讲第一堂课。⑧

是月，中国青年出版社出版《与习作者谈写作》一集（萧殷著）。

是月，中国青年出版社出版《与习作者谈写作》二集（萧殷著）。

10月

是月，顾不得北京家事，回到广州暨南大学参加"反右倾"斗争。⑨

至年底，《多雨的夏天》已断断续续写了两年，依照提纲只完成十二万字，占全书计划三分之一，在两年写作《多雨的夏天》稿期间随时记录下了《创作随感录》（七十多条，共八万余言，有待今后抽空完成）。⑩

按，《萧殷自选集·形象和构思》附记：这本《创作随感录》，是我构思、创作长篇小说《多雨的夏天》时，于每晚就寝前所记下来的零（灵）感，共七十多条，约九万字。

12月

30日，暨南大学举行明湖建成暨迎接1960年大会。先生为暨南大学新修建的湖命名为"明湖"，寓意"战胜困难，取得光明"。⑪

是年底，杨嘉调入暨南大学中文系工作。⑫

是年，在教导学生理论学习的同时，重视实践，⑬并请作家杜埃、陈残云等给学生讲课、谈创作。⑭

是年，妻子陶萍因写作并发行的儿童故事书《一角钱》被污蔑"替丁陈翻案"，被打成"右倾机会主义分子"。⑮陶萍因此气得病倒，后被送到颐和园云松巢邵窝殿休息。⑯

是年，暨南大学出版《论创作方法》（内部参考读物）。⑰

是年，在暨南大学任教期间，提倡教师全面关心、启发、引导学生。一批又一批的教师和学生到住房请教，包括从东南亚各国回来求学的侨生，住房变课室，为他们解答文艺理论问题，指正习作。其间，推荐了1959级的学生写的分析欧阳山的小说《金牛和笑女》的评论文章发表在《羊城晚报》，为学生发表诗歌而高兴。⑱

【注释】

①在一九五九年这次会上,评论家萧殷的提问颇有几分书生气:"为什么不敢写内部矛盾?哪一级党委都没限制过,领导希望你写出矛盾帮助工作,如果你制造假矛盾或粉饰生活,他倒感到没意思,不敢写的原因多是自己怕出问题。"河南作协负责人于黑丁接着说:"为什么有些人不敢反映?有些同志不敢写内部矛盾,是怕引起麻烦,多一事不如少一事。"像萧殷、于黑丁类似的话,老舍不愿在会上说,他只能绕开这个敏感话题。以后的几年间,心急口快的老舍偶尔还会在会上发几句牢骚,心里的那块大疙瘩似乎越结越大。在中国作协一九六一年六月十六日第四期《整风简报》中,就记录了老舍在作协的一次发言,他说,剧院让他改《宝船》,但修改很难,把皇帝写胖了,写瘦了,都怕人说是影射领导。简报中称老舍这样的发言"很尖锐",当作一个思想动态向上反映。(陈徒手《果戈理到中国也要有苦闷》,《读书》1998年第6期)

②中国共产党广东省委员会宣传部文件(干字第305号):"经省委决定:肖殷任暨南大学中文系主任……中共广东省委宣传部,1959年2月26日。"(广东省档案馆《肖殷等三人任职通知》,档案编号255-1-92-126-126)

③萧殷来一谈。(《张天翼日记》第205页)

④来暨大之后,偶被几位教师看见,认为尚有参考价值;可惜我的脑病复发,今日下午我就要回京去养病。(萧殷编《论创作方法》(内部参考读物),暨南大学1959年版第91页)

⑤那天,我约了同在第二故乡印度尼西亚万隆山城一起成长的好朋友,又是清华中学初中的同学林万里,还有温应忠,三人前往去拜候萧殷先生。这一天的日记是这么写的:八月二日 星期天 晴 下午三时,我、万里和应忠三人去拜访萧主任,他见到我们,非常高兴。我能够在首都北京和萧主任相见,感到特别兴奋、愉快。萧主任还是老样子,热情好客,谈笑风生。和往常那样,很健谈,一谈就谈了几个钟头。(钟毓材《四合院里清凉的夏天——与万里在萧殷先生家作客》,林万里著《林万里文集》,鹭江出版社2000年12月版第217—218页)

钟毓材,广州暨南大学印尼侨生。香港作家。著有《寻梦的香港人》。

林万里(1938—),福建福清人。印尼华侨。1957年就读北京师范学院中文系。著有《林万里文集》。

温应忠,履历不详。

⑥1959年9月,我正式开课,萧殷先生利用暑假帮我审看了全部的讲稿,还告诉我,他将抽空来听我的课,如发现新的问题,再给我指出来。(饶芃子《回忆与悼念——缅怀萧殷先生》,《百年萧殷》第188页)

⑦我到暨南大学之前,原是中山大学中文系古典文学教研室的助教,到暨大中文系以后,由于工作需要,要我改变学科方向,跟萧殷先生学文艺理论,这对我来说,不无思想斗争。萧殷先生知道后把我找去,问我对这一决定有什么想法,我如实地把自己当时的思想情况告诉他,并且说为了这件事情,我还伤心地哭了很久。他听了并没有生气,而是耐心地开导我:"文艺理论是探索文艺创作、文艺发展的规律的,它的研究对象包括古今中外的文艺现象和作家作品,一个有一定古典文学基础的人,对领会和掌握文艺理论是很有好处的。你的那些古书以后仍然有用,不需要用眼泪去同它们告别。"他说他自己也非常喜欢古典文学,特别喜欢我国的古典诗词,那天他还和我谈到他对王维诗歌和柳永慢词的看法。那是他第一次和我长谈,给我留下的印象是很深刻的。为了培养我对文艺问题的敏感性,萧殷先生要我注意阅读国内外有争议的学术论文和文学作品,从中发现问题,分析问题,提出自己的看法,有针对性地写些文艺短论和评论文章。但开始时他对我写的东西常常是不满意的,他每次都针对我文章中的不足之处,提出许多具体尖锐的意见,每篇文章都要修改多次才能定稿。经过一段时间的磨炼,我的文章比较地能令他满意了,我告诉他:"我终于有了一点小小的进步。"他笑着回答:"这是我同你的学院派文风苦苦'斗争'的结果。"而后,我的一篇文章在《星星》杂志上发表,他看了十分高兴,说我已跳出了学院派的"篱笆"。这当然是他对我的鼓励,事实上,直至今天,我也还有那么一点"迂"气的。(饶芃子《回忆与悼念——缅怀萧殷先生》,《百年萧殷》第188页)

⑧讲第一堂课时,我在课室最后一排为他准备了一把靠背椅,没见他来,以为不来了,下课后才发现他坐在课室外面的走廊上,他笑着解释说:"我怕影响你的情绪,所以没进里面坐。"我当时听了,真有说不出的感动。(饶芃子《回忆与悼念——缅怀萧殷先生》,《百年萧殷》第188页)

⑨《年表》。

⑩《年表》。

⑪暨大刚刚落户石牌时,校园里"只有两个荒洼,一片坡地"。1959年10月,暨大组织修建人工湖,包括华侨生、港澳生在内的全校师生一千多人轮流上阵,肩挑手

搬，挥锄不止。12月23日，人工湖建成了。学校采纳了中文系主任萧殷和副教授杨嘉的建议，将人工湖命名为明湖，象征"战胜困难，取得光明"。（方晴《老照片里看暨大百年传奇》，《广州日报》2019年5月8日第A14版）

⑫首先，他认为文学教学，理应重视文艺创作及其规律。他计划设置创作论一课，并自编《创作方法论》的参考教材。1959年底我被调至暨南大学中文系，在萧殷同志的领导下开始一门新的工作。他对我说："中文系应设有关创作的课程，但我身体不好，且期满便离开，你就来接替我的工作，实践我的设想。"我自问对教学与文艺理论都是门外汉，学力不逮，不敢应允。他鼓励我说："你在省文化局工作，又是作协会员。自己发表过文章，经常听到中央对文艺问题的讲话和政策，把这两方面结合起来，教学相长嘛。"我只好恭敬不如从命。他带着我们到家乡龙川备课一月，写出教学提纲。嗣后我讲授了创作论及指导文艺学硕士研究生的工作，均师承自萧殷的启发和指导，衣钵相传。（杨嘉《文学家与教育家萧殷》，《百年萧殷》第239—240页）

杨嘉（1917—1995），辽宁铁岭人。1940年，前往新加坡，曾加入中共地下党领导的"星州文化界抗日工作团"。1959年调入暨南大学中文系，任教授。

⑬学习理论之中，他同时重视实践。他一贯认为，中文系的学生如不能执笔为文，囿于学院式的讲述，是不能称作完善的。在首届的学生中，他拨出经费，趁春节期间由师生分列队伍到全省各地区，体验生活，以亲身感受分别写出文章，由教师负责修改指点，据此出版了一本诗歌集《荔枝满山一片红》，散文在各报刊发表，这对师生的鼓舞甚大。这才是真正的"开门办学"，创见于先，惜无后继，但首届毕业生中也有几位在海内外成为颇有影响的作家。（杨嘉《文学家与教育家萧殷》，《百年萧殷》第240页）

⑭1959—1964年，我就读于暨南大学中文系，萧殷同志就是当时的中文系主任。他身兼数职，工作繁忙，身体也不大好，但非常关心我们的思想、学习和生活……为了配合文艺理论和写作理论的教学，萧殷同志经常邀请省内外的著名作家来中文系做学术报告，谈创作经验。本省的作家杜埃、陈残云、韩北屏、周钢鸣、楼栖、秦牧都给我们上过课；外省的作家，凡是到广州出差或路过广州，萧殷同志都用"拦路打劫"的办法，把他们请到我们课堂上来。记得张天翼、康濯、艾芜、吴组缃等老作家都给我们做过内容丰富生动、富有启发性的报告。（谭志图《求实精神·理论胆识·人格力量——忆萧殷》，《百年萧殷》第205页）

⑮一转眼，到了1959年，全国又开始了"反右倾机会主义"的政治运动……罪状

是为丁玲翻案，内容有两条：一是我在公开批判丁玲时未登台批判，在讨论丁玲党籍时，我意见给以其他处分，而不是开除她党籍。二是我写了一本连环画册。名叫《一角钱》，硬说这里的故事内容是为丁玲翻案编的。（陶萍《特殊的考验——忆萧殷经历的一场政治运动》，《风范长存——萧殷纪念与研究文集》第27页）

⑯散会时，张僖同志对我说，看我的病情要好好休息，先送我到作协在颐和园的别墅"沙窝殿"去休养。（陶萍《特殊的考验——忆萧殷经历的一场政治运动》，《风范长存——萧殷纪念与研究文集》第33页）

⑰这本小册子，是1953年秋我在颐和园养病时一时的兴趣选录和编辑出来的。选编之初，本拟交出版社出版，可是编完之后，发觉很不完善，且选录也不尽皆适宜，恐有误读者，只好把它锁在书柜里。来暨大之后，偶被几位教师看见，认为尚有参考价值；可惜我的脑病复发，今日下午我就要回京去养病，因此，无论对内容的增补或删节，或者对"供讨论时参考"所提出的不十分妥当的意见，都来不及修改了。为供本校中文系的教师作为参考，我同意以原有的样子印刷数十册。萧殷1958年7月28日离穗之前数小时。（萧殷编《论创作方法》（内部参考读物），暨南大学1959年版第91页）

⑱萧殷先生到暨大任职时，才43岁，但已著有《与习作者谈写作》《论生活、艺术和真实》等书，是一位国内知名的文艺理论家。他生活简朴，平易近人，很快就和系里师生打成一片。那些日子，陶萍女士尚未从北京调来，他一个人就住在学校办公大楼四楼的办公室里，家具全租用公家的，一张大床、一张大办公桌子、两个书架，还有若干木头做的折凳、方凳和一个小茶几，三餐都在教工饭堂搭食。由于他待人热情，许多学生和教师都愿意找他谈心和讨论问题，特别是那些刚从东南亚各国回来求学的侨生，常常带着自己的习作和不能解答的文艺理论问题去请他指正和解答。于是，他的住房就变成了课室，往往是送走了一批学生，另外一批学生又来了，他对此一点也不觉得厌烦，总是满腔热情地接待他们，使他们的求知欲望得到满足。他常说，他自己过去也是一个爱好文学的青年，走过一段艰难曲折的文学道路，所以很能理解青年人急切求学的心情，愿意为他们尽心尽力。所以，许多学生在他面前并不感到"代沟"的存在，无论在什么时候，讨论什么问题，他们的交谈都是亲切的、平等的。他既是青年学生的导师，也是他们的朋友，他帮助他们，扶持他们，对他们中的一些优秀的习作，总是热情地给予赞扬和鼓励。1959级的两个学生，写了一篇分析欧阳山的小说《金牛和笑女》的评论文章，拿给他看，他认为写得不错，就马上推荐给《羊城晚报》发表。一个学生

在文艺刊物上发表了三首较好的诗歌,他高兴得一个星期内跟我说了三次,表现出来的情绪就像年轻人一样纯真。他经常提醒我们,这些华侨生、港澳生怀着一颗爱国心到暨大来求学,很不容易,我们一定要对他们负责,使他们能健康地成长。他向来反对用各种禁锢的措施去限制学生的交往和活动,而提倡教师要全面地关心学生,给他们以启发和引导。(饶芃子《回忆与悼念——缅怀萧殷先生》,《百年萧殷》第187—188页)

1960年　庚子　四十五岁

年初,患肝炎。①不能继续坚持工作,回佗城养病。②

5月

是月,回暨大。③关爱华侨和港澳学生。④

是月,《把社会主义的激情唱出来——为"龙川报"作》(萧殷)在《龙川民歌》(中共龙川县委宣传部编)一书发表。

6月

是月,中组部要求先生回中国作协工作。

是月,省委同意离开暨大回北京。⑤

7月

22日,在北京出席中国文学艺术工作者第三次代表大会开幕式,并参加大会。⑥

是月,《作品》杂志暂时停刊。

11月

月初,经广东省委同意,回到广州工作。⑦

3日至10日,出席广东省文学艺术工作者联合会第一次代表大会及首届广东省作协会员代表大会。⑧

13日,中国作家协会广州分会更名为中国作家协会广东分会(简称:广东省作协),任副主席。⑨

12月

23日,任广东省作协党组副书记。⑩

是年冬天,到雷州青年运河。⑪

是年,认识朱崇山。⑫

是年,李士非来函。⑬

【注释】

①1960年，萧殷患了肝炎，除了吃药外，别人也介绍一些民间的偏方。其中一个，就是用满天星炖瘦肉——喝汤。后来他是不是吃了这个民间土方治好的，不能肯定，但从此他就种起了这种花，还送给过不少患肝病的朋友。（陶萍《相伴三十五载忆点滴》，《百年萧殷》第161页）

②《年表》。

③《年表》。

④萧殷先生在任暨南大学中文系主任的日子里，他无微不至地关怀和爱护华侨和港澳学生，经常对我们学生干部说，他们抛弃安逸的资产阶级生活回到祖国内地来，这就是爱国的表现，我们党和国家就要欢迎他们，热情帮助他们。萧殷主任尤其对首届的华侨和港澳女学生，像黄裕珠、李玉梅、伍素娴、司徒婵、黄若梅、黄美兰等特别关心和爱护。每逢暑假寒假，港澳学生回港探亲前夕，萧殷先生总会是和他们开谈心会，像慈爱的父亲，讲述延安时代的革命故事，艰苦的生活，鼓励年轻人应有远大的理想，告诉他们，祖国的前途是美好的……一九六〇年经济困难的时候，不少体弱的港澳学生患肝炎和水肿病。萧殷先生不仅在生活上照顾他们，不让他们参加过重的体力劳动，还特别介绍他们到部队医院去看病。更多的时候，萧殷先生从思想上和精神上给他们鼓励。香港女学生伍素娴，三年级时想离开祖国出国去治病，就是因萧殷先生的鼓励、关怀和爱护而深受感动，终于继续留在祖国内地读完大学课程。当年萧殷先生要我多接近素娴，帮助和开导她；我和素娴之间的缘分和情愫也因此而萌生。萧殷先生的这份情义，我俩这生都感激和铭记着的。（钟毓材《荔枝又红了——怀念萧殷先生》，张汉明、李玉梅主编《暨园古道照颜色：暨南大学百年华诞纪念文集》，香港日月星制作公司2006年11月版第25—26页）

⑤《年表》。

⑥1960年7月全国第三次文代会在北京举行，萧殷同志是全国文代会代表，我是广东代表团的秘书，会议期间大家朝夕相处，可惜当时会务工作太忙，未能和他深谈。直到文代会结束，才有机会和他促膝谈心，那时他已知道自己将要调去作协广东分会负责党组的工作，所以在交谈中很自然地就谈到了对作协工作的一些设想。他认为创作和评论，为车之两轮，鸟之两翼，既要组织好创作，也要抓好评论，作协应把理论研究组尽快建立起来，希望我能协助他开展研究和评论工作。这次谈话，大大加强了我对评论工

作的信心。（易准《诚挚的纪念——回忆和萧殷同志在一起的日子》，《风范长存——萧殷纪念与研究文集》第57页）

⑦刘白羽说杜埃要求把我调回广州，并得广东省委同意，他和党组也表示同意云云。不久，我离开北京来广州。（《萧殷简历》1967年稿本）

刘白羽（1916—2005），山东潍坊人。1938年加入中国共产党。1960年任中国作协党组第一书记。

⑧1960年11月3日，召开首届中国作家协会广东分会会员代表大会。（广东省地方史志编纂委员会编《广东省志·文化艺术志》，广东人民出版社2001年8月版第185页）

⑨11月13日决定将中国作家协会广州分会改名中国作家协会广东分会（含广东、广州部队、香港、澳门会员），选举欧阳山任主席，周钢鸣、萧殷、秦牧、陈残云、韩北屏任副主席。（广东省地方史志编纂委员会编《广东省志·文化艺术志》，广东人民出版社2001年8月版第185页）

⑩12月23日，周钢鸣任党组书记，萧殷任党组副书记。（广东省地方史志编纂委员会编《广东省志·文化艺术志》，广东人民出版社2001年8月版第185页）

⑪前年冬天，到雷州青年运河工地看了一下，虽是匆匆一瞥，但工地上那红旗飘飘、战鼓雷鸣的沸腾的景象，却给我留下了难忘的印象。（《银河纪事·小序》，广东人民出版社编《银河纪事》，广东人民出版社1962年8月版第Ⅰ页）

⑫我认识萧殷同志是在雷州青年运河工地。当时，李士非、黄树森和郭东野同志下来，组织反映运河建设的报告文学。他们都是青年作家，对我们的写作帮助很大。那天，士非同志说萧殷要来运河看望我们。他是由广州坐船来的。我们一时慌了手脚，这些日子，一日两餐饭，"无缝钢管"煮高邮芥菜。拿什么来招待啊！萧殷同志中午来到，我们只好奉上一碗白糖糯米花生粥。他尝了一口说："好吃！好吃！"我们听了，脸也红了。很惭愧拿不出一点像样的东西接待这位德高望重的大作家。（朱崇山《高山景行——纪念萧殷同志》，《百年萧殷》第268—269页）

朱崇山（1933— ），广东台山人。生于越南。1948年入读香港达德学院。次年参加中国人民解放军。1949年后任大学教师、处长。著有《流动的雾》。

⑬经过几个月的努力，素材掌握得差不多了，可以进入写作阶段了。这时我又感到了困难。虽然我已经有了10年编辑工作的经验，但自知理论修养和创作实践都很欠

缺，黄树森、郭东野两位大学毕业不久，经验也不足，要我们帮助几位"半路出家"的同志写出像样的文学作品，实在没有把握。我想到了萧殷同志，如果能请他来亲自辅导，事情就好办了。于是写信去请。果然如愿。萧殷同志很快就来到遂溪。编写组全体成员欢天喜地迎接了自己的老师。那是1960年的冬天。健康状况不佳的萧殷和我们住一样的工地草棚，吃一样的饭菜。陈华荣同志在县委招待他，也只能拿出掺了细糠和"小球藻"的包子，那就算是"美点"了。（李士非《难忘的教诲——萧殷同志十年祭》，《百年萧殷》第228—229页）

李士非（1930—2008），江苏丰县人。1949年毕业于中原大学并参加出版工作。曾任花城出版社总编辑兼《花城》杂志主编，广东作协第三届副主席。著有《北大荒之恋》。

1961年　辛丑　四十六岁

1月

18日，参加暨南大学中文系党支部会并讲话。

2月

8日，针对三年经济困难，在中国作协广东分会谈《延安作风，延安精神》。①

20日，参加工业创作小组会。

是月中旬，参加区梦觉在迎宾馆召开的一次文艺界的会议，听取民主人士的批评。②

是年春，留守省作协工作。③

3月

30日，出席在广东省作协文艺俱乐部举行的广东省作协关于创作问题座谈会。④

是月，主持召开"百家争鸣问题"座谈会。⑤

4月

5日下午，参加文教部汇报会。

6日下午，参加作家座谈会，谈如何深入生活。

13日，展开对于逢长篇小说《金沙洲》的讨论。⑥

是月，《羊城晚报》的《文艺评论》版（双周刊）交由广东省作协主编。⑦直接领导《文艺评论》版编辑工作，责任编辑为黄伟宗。⑧

5月

9日上午,在暨南大学参加教研组汇报会。

10日下午,在暨南大学中文系发表关于学风问题的讲话。

19日上午,写《关于英雄性格》(不成文)。

是月,给省委文教部写汇报,希望为作家提供机会到基层挂职,深入生活的同时,多读优秀古典作品,以创作出好作品。⑨

6月

2日,《羊城晚报》第二版《花地》发表《锦绣三江口——在三水河口公社编辑的专页》,此前先生曾组织作家到三水河口公社参观访问,专页文章有李门《故乡行》,徐楚《在陈海大伯家里》,周敏《江渔话》和芦荻《河口杂咏》。⑩

10日晚,与工人作者谈如何将写作提高一步。

29日,在广州接待以龟井胜一郎为团长的日本文学代表团。⑪

是月,参加省三级干部会议。

7月

1日至9日,带领广东省作协理论研究组四位同志到顺德清晖园讨论写作《金沙洲》评论的文章。⑫

6日,写信给康濯。

10日,参加广东省作协的创作座谈会。⑬

是月,经过"五反"学习,深刻检讨自己,写八千字检查。⑭

是月,与易准等到龙川佗城,住在竹园里哥哥家。⑮

是年夏,接待龙世辉。⑯

是月,主持关于《金沙洲》的大讨论,⑰要求易准写体现编者意图的短文。⑱

《羊城晚报》发表了关于《金沙洲》的讨论评论和读者来信24篇。⑲

8月

3日,《羊城晚报》第二版《文艺评论》发表署名"中国作家协会广东分会理论研究组"的文章《典型形象——熟悉的陌生人》。⑳

7日上午,与韦丘、徐楚交谈。㉑

17日,《羊城晚报》第二版《文艺评论》发表署名"中国作家协会广东分会理论研究组"的文章《文艺批评的歧路》。㉒

21日，《文艺报》1961年第八期（总第255号）发表署名"中国作家协会广东分会理论研究组"的文章《典型形象——熟悉的陌生人》。

是月，到"百花园"参加党内文艺工作会议。㉓

10月

29日，接待张天翼。㉔

30日晚，与张天翼、容希英交谈。㉕

31日，与张天翼到华南美术学院，拜访胡一川。㉖

是月，与杜埃等陪同文化部副部长林默涵到广州文化公园，参观广州美术学院美术作品展览会。

12日，《羊城晚报》第二版《文艺评论》发表署名"中国作家协会广东分会理论研究组"的文章《论〈金沙洲〉》。此为先生与易准等回龙川县佗城竹园里合作撰写的文章。㉗

11月

1日上午，在文德路广东省作协接待张天翼。中午，在文德路50号吃茶点。㉘

2日，陪同张天翼到广东从化。㉙住在从化温泉中区四号楼。㉚

6日，与张天翼、周钢鸣交谈。㉛

10日，与张天翼返回广州。㉜

13日，陪同张天翼到暨南大学。㉝

13日晚，陪同张天翼在华侨大厦用餐。㉞

18日下午，到顺德，住在清晖园。㉟

19日，在顺德参观。㊱

19日，住在清晖园前院。㊲

24日，陪同张天翼到新会，住圭峰招待所。㊳

27日，返回广州。㊴

是月，讨论结束。这场历时七个多月的讨论，批判庸俗社会学，纠正简单化的教条主义批评方法，在中国文坛产生巨大影响。《文艺报》接连两期转载了《熟悉的陌生人》和《文艺批评的歧路》，还发表一篇题为《一次引人深思的讨论》的详细报道。㊵

12月

1日，在广东省作协会议上发言。㊶

16日，偶遇冰心等人。㊷

是月，筹备《作品》杂志复刊，兼任副主编。增加《谈薮》等一些栏目。㊸

是年，将暨南大学中文系学生分成10个采访队，分发全省各县去采访，下乡采写《岭南春色》。㊹

是年，与易准多有接触交谈。㊺

是年，邀请康濯到暨大参加座谈会。㊻

是年，曾敏之到暨南大学任教。㊼

是年，沈仁康到广东省作协工作。㊽

是年，认识金敬迈。㊾

是年，担任广东省作协讲习班班主任。认识程贤章。㊿

是年，向来广东组稿的人民文学出版社的韦君宜推荐王蒙的《青春万岁》和王杏元的《铁笔御史》《绿竹村风云》。㉛

是年，黄华担任司机。㉜

是年，鼓励和指点饶芃子发表在报刊上的文学评论，并悉心教导。㉝

【注释】

①《年表》。

②《年表》。

区梦觉（1906—1992），广东南海人，早年就读于广州坤维女子中学，解放前，任中国解放区妇女联合会常务委员兼秘书长，解放后，任中共广东省委书记。

③1961年春，作协大批干部仍在农村参加整风整社运动，一向负责作协日常工作的副主席韩北屏也正式调去了北京中国作协工作，只剩下萧殷和我们几个同志留家搞业务。（易准《诚挚的纪念——回忆和萧殷同志在一起的日子》，《风范长存——萧殷纪念与研究文集》第57—58页）

④广东省档案馆《肖殷的发言记录》，档案编号313-1-34-054-061。

⑤3月间，萧殷同志主持召开了"百家争鸣问题"座谈会，为开展讨论和争鸣征求意见，进行酝酿；同时考虑如何解决争鸣的阵地问题。（易准著《艺海浪花》，广东高等教育出版社1998年1月版第109页）

⑥这年的四月，开展了对于逢的长篇小说《金沙洲》的讨论。为了搞好这次讨论，萧殷同志付出了巨大的精力，他一再强调要把它作为贯彻百家争鸣方针的一次重要的战

役来认真对待。在开展讨论之前,他要我们对广东文学评论的现状和问题进行调查研究,从《作品》月刊和各报副刊编辑部收到的评论稿件中先摸摸情况,经过一段时间的调查,发现在对长篇小说《三家巷》(作者欧阳山)和《金沙洲》的评论中,教条主义、形而上学的倾向相当突出,于是便确定以这两部小说为开展争鸣的对象。三月间,萧殷同志主持召开了"百家争鸣问题"座谈会,为开展讨论和争鸣征求意见,进行酝酿;同时考虑如何解决争鸣的阵地问题。当时作协大批干部已下乡参加农村的整风整社运动,《作品》已于1960年7月暂时停刊,以《作品》为阵地开展争鸣已不可能了,必须另找阵地。为了解决这个问题,萧殷同志与各方磋商后,向省委提出建议,要求在讨论作品期间,把羊城晚报的《文艺评论》版(双周刊)交由作协主编。这个建议很快便得到了省委文教领导小组的批准,羊城晚报的总编辑杨奇和副刊部主编杨家文都给予了积极的支持。就这样,对《金沙洲》和《三家巷》的讨论便于4月13日在《羊城晚报》上展开了,每两周编一期,每期发表一个整版的文章。开头是两部作品同时讨论,但在发表了两三期文章后,萧殷同志觉得编辑力量不够,版面也有限,同时讨论两部作品容易顾此失彼,不利于把讨论引向深入,便决定集中力量和版面,专门讨论《金沙洲》。这就是突然中断了对《三家巷》的讨论的主要原因。(易准《诚挚的纪念——回忆和萧殷同志在一起的日子》,《风范长存——萧殷纪念与研究文集》第58—59页)

于逢(1915—2008),原名李兆麟,广东台山人,生于越南海防。1936年任集美堂书店编辑。曾任《救亡日报》记者。新中国成立后,负责参与创建广东作协,任副主席。著有《金沙洲》。

⑦萧殷首先在作家协会成立理论研究组,由易准担任组长,理论研究组开始进行调查研究,着重调查当前文艺界存在的问题。然后集中意见,以作家协会广东分会名义,给省委文教领导小组组长区梦觉写了一份报告……这份报告送到省委,文教领导小组马上批准了。为了立即开展文学评论工作,萧殷便和有关文艺和新闻单位联系,成立了文艺批评领导小组。报社、大学搞评论工作的同志,都参加到领导小组,比如萧殷、杜埃、楼栖、《羊城晚报》总编辑杨奇等,都是领导小组成员,并经省委批准,出版《文艺评论》专版,由萧殷挂帅,作家协会理论研究组负责编辑,《羊城晚报·花地》副刊负责出版。(《萧殷传》第157页)

⑧1961年夏天,萧殷师从中国作家协会下放到他的故乡——广东龙川县体验生活一段时间后,正式确定留在广东作家协会任党组副书记、《作品》杂志执行副主编。他一

上任即着力《作品》杂志改版，并要大力开展文艺评论。因为《作品》是月刊，出版周期长，篇幅有限，而《羊城晚报》"花地"文艺副刊每日大半版，发稿量大，省委宣传部决定其每周出版一期"文艺评论"专版，由萧殷师直接领导。我当时是这个专版的责任编辑。（黄伟宗《"花地"、萧殷师与我的二十年情缘》，《百年萧殷》第219页）

黄伟宗（1935— ），广东肇庆人。1955年，入读中山大学。历任《羊城晚报》《作品》编辑。后为中山大学教授。著有《创作方法论》。

⑨《年表》。

⑩李门（1914—2000），广东三水人。毕业于广州大学法律系。曾任东江纵队鲁迅艺宣队队长、中共中央香港分局文委支部委员。1949年后任广东省文化局副局长、广东省剧协主席。著有《剧坛风雨》。

徐楚（1924—2018），广东五华人。曾任香港小学教员，中原剧艺社社员，粤中纵队政工总队演员、生活股长。1949年后任广东省作协秘书长、广东省文联副秘书长。

周敏，履历不详。

⑪日本文学代表团6月19日由深圳入境，6月30日离穗飞赴北京。代表团长为龟井胜一郎，团员有井上靖、平野谦、有吉佐和子（女）、白土吾夫（秘书）。出面主人：欧阳山、肖殷、秦牧、陈残云、于逢、郁茹。陪宴：出面主人、冯乃超、张志辉。（广东省档案馆：《接待越南等作家代表团登记簿》，档案编号313-1-52-122-124）

龟井胜一郎（1907—1966），生于北海道。1926年入读东京帝国大学，1928年退学。1932年加入无产阶级作家同盟。曾任日本文艺家协会、日中文化交流协会副理事长。

⑫《年表》。

⑬《年表》。

⑭《年表》。

⑮他顺便回家探望他的哥哥，我当时也同他一起住在他哥哥的家里。住在竹园里写文章的这段日子，对我来说是很愉快的，也是使我深情怀念的。那时还没有电视看，晚饭后我们常坐在一起海阔天空地聊天。正是在这些闲聊中，使我了解到萧殷同志苦难的童年生活和后来的革命经历。他哥哥一家对我们都很亲切，他哥哥过去是个店员，为人谦和，言语不多，平时都叫萧殷文生（萧殷原名郑文生）。萧殷在闲谈中谈起自己童

年的清贫生活时,总是深情地注视着他的哥哥说:"那时多亏了我的哥哥,我才能勉强读完初中。"感激之情溢于言表。(易准《诚挚的纪念——回忆和萧殷同志在一起的日子》,《风范长存——萧殷纪念与研究文集》第61页)

易准(1931—2006),广西北海人。1952年入读华南人民文学艺术学院,1954年在广东省委宣传部工作,历任广东省文化厅副厅长、广东省作协党组副书记。

⑯1961年夏季我出差去羊城,就住在中国作协广东分会楼上的一间小客房里,他和陶萍同志住在楼上一间较大的房里,又是办公室又是宿舍,窗前有一个很大的阳台,可以种花,甚至可以散步。因为我是第一次到广州,语言不通,一下火车就闹出很多笑话,对广州作家的情况都不了解,到的那天晚饭后,我就上他屋里想向他汇报请示一下工作,他和陶萍却带着我去逛广州的夜市。我习惯了北京街上入夜铺店就关门上板的生活,可广州的夜晚,街上灯火辉煌,行人熙熙攘攘,热闹非凡,九十点钟达到了高潮。萧殷和陶萍带着我在闹市中穿来穿去,向我指点介绍广州的风土人情和生活习惯。萧殷在谈话中,不时插进广东作家和作品的情况,有时还谈到全国文艺创作中理论性的问题。后来我在他屋里聊天,和他在窗前阳台上散步,他都是在看来漫不经心的闲谈中,告诉我许许多多有关的情况和问题。他提醒我某某作家如何如何,访问时应注意什么,哪些作家和作品是值得注意的。他告诉我,他正在展开一场关于《金沙洲》的讨论。他说,不是《金沙洲》本身需要进行这么一场讨论,而是《金沙洲》的批评者的教条主义批评方法应该引起人们的注意,抓住典型开展一场讨论是值得的……萧殷不止一次用平时说话的嗓门大声对我说,他看过《青春万岁》的原稿,王蒙是个很有才气的青年作者,可惜划了右派,表示无限惋惜。他还预料《青春万岁》将来可能还会出版的。反右的风暴在我脑子里深深布下了阴影,在他说这话的时候,我本能地环顾四周,生怕被人听见,其实当时屋子里只有我们两个人。(龙世辉《老师·朋友·"场外指导"》,《百年萧殷》第100—101页)

龙世辉(1925—1991),湖南武冈人。1952年,到人民文学出版社做编辑工作,曾任《当代》文学杂志编辑部副主任。著有《龙世辉寓言集》。

⑰这场由萧殷主持的大讨论,最后以连续发表广东作协文艺理论组(包括易准、曾敏之、黄树森)写的《典型——熟悉的陌生人》《艺术构思和作品效果为什么会脱节》《文艺批评的歧路》三篇文章结束。同年第八期《文艺报》转载了《典型——熟悉的陌生人》全文。这场讨论以深刻而系统的典型理论,批评了文艺批评简单化、庸俗化倾

向，同时又对文艺规律（主要是形象创造规律）进行了深入探索，是以文艺规律解决当时具体问题的批评实践。事后被多部中国当代文学史评述其价值和意义，在全国产生广泛影响。黄伟宗评价这场讨论为"有意识、有目的、有组织、有队伍、有计划、有水平、有成效地进行文学评论活动"……这场讨论，也是萧殷典型理论的一次总张目、总表述。在萧殷的文学理论主张中，典型理论也是他的文艺美学思想的一个核心、一个枢纽。萧殷视典型问题为马克思主义美学的根本问题，文学创作的核心问题，所以他不遗余力地写出了《典型形象——熟悉的陌生人》《事件的个别性与艺术的典型性》《脱离典型环境去追求性格，行吗？》《关于典型环境中的典型人物》《谈谈人物的个性化》等一系列文章，阐述他对典型问题的看法。同时，他在参加有关长篇小说和多幕剧的讨论中也一再阐明他对典型问题的主张，在回答青年作者的问题并指导他们创作时也不失时机地阐发典型理论问题。（编者《序言　萧殷与当代广东文学批评的起点》，《百年萧殷》第6—7页）

⑱为了把《金沙洲》的讨论逐步引向深入，萧殷同志很注意讨论的进展情况和来稿中暴露的矛盾和问题。他根据讨论的情况和读者的反映，曾要我写了十来篇体现编者意图的短文，先后以"'文艺评论'编者的话""编者的按语"和"编后记"等名义发表，目的是把作者和读者的注意力，逐步引向一些具有普遍意义的问题，如典型问题、批评方法问题和创作方法问题，以便进行深入探讨。例如1961年7月20日的《编后记》是这样说的："有关《金沙洲》问题的讨论，已有一段时间，据说有些读者对此表示不耐烦，啧有烦言了。他们认为《金沙洲》并不是了不起的作品，何必小题大做？还有一些人则认为，要讨论《金沙洲》就讨论《金沙洲》，为什么又'节外生枝'讨论起典型问题和批评方法问题来呢？"（易准《诚挚的纪念——回忆和萧殷同志在一起的日子》，《百年萧殷》第197页）

⑲关于《金沙洲》的讨论，是1961年上半年在《羊城晚报》的《文艺评论》版上开展的。据同年《文艺报》发表该报记者所做的《一次引人深思的讨论》报道，这次讨论在《羊城晚报》发表评论和读者来信24篇，讨论的问题主要是：一、怎样理解艺术形象的典型意义，即是艺术典型如何表现一定社会力量的本质，反映一定时代的特征。争论中实际上接触是否"一个阶级在一个历史时期只有一个典型"的问题。二、分析文艺作品时，是将固定的政治概念拿到复杂的文艺现象上去硬套，还是按生活的真实，尊重艺术反映生活的特殊规律，对具体作品进行具体分析。争论的中心问题是文艺作品究竟

怎样反映时代的本质和主流。（编者《序言 萧殷与当代广东文学批评的起点》，《百年萧殷》第6页）

⑳此文是与易准同志合写。（《自选集》第264页）

㉑韦丘（1923—2012），广东清新人。1945年参加工作，曾任两广纵队文工团戏剧队队长。1949年后任广东省作协副主席、《作品》杂志编辑部主任。著有《红花集》。

㉒此文是与易准同志合写。（《自选集》第513页）

㉓《年表》。

㉔二十九日晚十时三十六分抵穗，老西、肖殷来接。寓友谊宾馆。（《张天翼日记》第349页）

㉕三十日晚，肖殷、容希英来一谈。（《张天翼日记》第349页）

容希英（1926—2006），笔名柳方眉，广东台山人。1953年华南文艺学院文学系毕业。后任广东省作协行政组副组长、副秘书长。著有《碉楼》。

㉖三十一日与肖殷访华南美术学院，晤一川。（《张天翼日记》第349页）

㉗萧殷同志对这场讨论的指导思想是很明确的。他认为，对《金沙洲》讨论的过程，实际上是理论与实践相结合的过程。在探讨矛盾的时候，由于各人用不同的观点和方法来对待矛盾，就必然要暴露出观点和方法上的差异。如果我们能以马克思主义的立场、观点和方法对这种差异进行认真的研究和分析，找出它的实质和规律，给予理论的说明，那不仅有助于具体问题的解决，同时也可能深一层地阐明某些经典著作的原则，或使这些原则更加明确起来。为了使这场讨论达到上述的目的，做到善始善终，避免虎头蛇尾，草草收场，萧殷同志提出最后要写三篇带小结性的文章，这就是后来在羊城晚报上以"中国作家协会广东分会理论研究组"名义发表的《熟悉的陌生人》《文艺批评的歧路》和《论〈金沙洲〉》。第一篇文章是在广州写的；到写第二篇文章时，由于在广州写作干扰太多，就去顺德清晖园住了几天；第三篇文章则是在龙川县佗城竹园里写的，这里是萧殷同志的家乡。（易准《诚挚的纪念——回忆和萧殷同志在一起的日子》，《风范长存——萧殷纪念与研究文集》第61页）

㉘一日，到作协访肖殷……中午老西、残云、秦牧、肖殷、钢鸣等邀在50号吃茶点。（《张天翼日记》第350页）

㉙二日，星期四，与肖殷抵从化。（《张天翼日记》第350页）

㉚中区四号楼我们觉得很好。肖殷不满意,为什么不住翼溪四号等处,觉得亏待客人。(《张天翼日记》第355页)

㉛六日,诸友谈起十条,都说好是好,只是太抽象,不具体。如何保证三结合?肖、周特别提到业余作家怎么办,如何进修、生活、创作。(《张天翼日记》第350页)

周钢鸣(1909—1981),广西罗城人。1932年参加左联,曾任《救亡日报》记者。1949年后任广东省文联副主席及广东省作协党组书记、副主席。

㉜十日,星期五,从从化回广州。(《张天翼日记》第353页)

㉝十三日,星期一,上午与肖殷、容希英访暨大,见到王越(第一副校长)、梁奇达(党委书记)、杜桐(中文系副主任)、周冷(新闻系副主任)、张德昌(中文系主任)、文乃山(中文系副教授)。留饭,吃到非洲鲫鱼。生物系有藻类班专业,看了许多海南岛的红藻、绿藻、蓝藻、褐藻等门标本。(《张天翼日记》第357页)

㉞"散了会,到华侨大厦去吃饭。"肖告诉我。"为什么要上馆子。真不好意思。还是打平伙吧。"却原来有三桌。有中大的教授。"暨大常常要招待华侨,在馆子里请客的。"主要是吃狗肉。(《张天翼日记》第361页)

㉟十八日,星期六,上午,羊晚古同志陪我们看陈家祠。下午杜埃邀游顺德。二时四十分起程,遇以群等,趁空一访文殊、君里、吴天、柯灵。四时余抵良,寓清晖园。不料与林川相遇,多年访问未得,一旦把臂,快何如之。同游者,杜埃夫妇、肖殷夫妇。(《张天翼日记》第358页)

㊱十九日,星期日,参观干部农场。这是1958年开始搞起来的。下午看顺德县的人民礼堂(可坐五千人,连屋顶七层楼)、文化公园、动物公园。礼堂和动物公园也都是1958年搞起来的。(《张天翼日记》第358页)

㊲到八点钟才看见住处。杜、肖两人家住前院。我们住后面——一个三开间。(《张天翼日记》第365页)

㊳二十四日,星期五,与肖殷夫妇、希英到新会,寓圭峰招待所。遇乃超,一川。识周国瑾、马思聪。郁茹在此落户,晤谈甚快。饭后逛了逛街。(《张天翼日记》第358页)

㊴二十七日,星期一,肖殷夫妇回穗。希英赴台山。郁茹来一谈。散步,看"盆趣"。(《张天翼日记》第359页)

㊵《年表》。

㊶广东省档案馆《肖殷的发言记录》，档案编号：313-1-34-054-061。

㊷最愉快的一次旅行，是1961年12月15日至31日，应农垦部王震部长之约，冰心、赵朴初、周立波、张僖、郑效洵等到广东湛江农垦场参观访问，当时的航线为北京—郑州—武汉—广州。广东作协陈残云与农垦所刘因等来机场迎接，然后下榻羊城宾馆718号房，冰心觉得"甚舒畅"。次日与周立波下楼早餐，遇韦君宜、周扬、萧殷、欧阳山等，下午与茅公（盾）夫妇参观陈家祠堂等。晚餐李副省长宴请，晚上秦牧送来散文集。〔王炳根著《玫瑰的盛开与凋谢：冰心吴文藻合传》（下），福建教育出版社2017年9月版第850页〕

冰心（1900—1999），原名谢婉莹，福建长乐人。毕业于燕京大学。1919年始发表作品。1946年在日本被东京大学聘为第一位外籍女教授，讲授"中国新文学"课程。著有《寄小读者》。

㊸《年表》。

㊹1961年，中文系组织学生下乡采写《岭南春色》。这是萧殷同志的主张。他认为农村生产遭到"大跃进"破坏之后，现在开始复苏。在这个转机的时刻，中文系学生应该走出书斋，了解社会，加强实践。全系学生分成10个采访队，分发全省各县去采访。我到了罗定县，采访一位在朝鲜上甘岭战斗中负伤致残的独臂英雄，回乡后如何带领乡亲恢复生产、克服困难的模范事迹。我把这篇文章交给了萧殷同志。他看了我的文章，又听了我的汇报。他不但指出文章的缺点，更注重指出产生这些缺点的原因。（张振金《我心中的萧殷》，《百年萧殷》第211页）

㊺1961年，是我和萧殷同志接触和交谈最多的一年，尽管工作日程排得满满的，有时忙得有点喘不过气来，但由于上下无间，齐心协力，工作起来却感到很愉快。这一年，在萧殷同志的主持下，作协的工作生气勃勃，很有成效。我们组织创作了一批反映雷州青年运河的特写和报告文学，这就是翌年结集出版的《银河纪事》，萧殷同志还为这本集子写了一篇《小序》。当时省委强调文艺要反映农村生活，作协就组织了几次座谈会，座谈如何反映农村生活的问题，同时组织了一些作家到三水县河口公社作为期五天的参观访问，写出的作品在羊城晚报《花地》出了一个专版。萧殷同志对青年农民作家王杏元的创作很关心，一再与王的家乡饶平县委联系，希望给条件让他把长篇小说《绿竹村风云》继续写下去，并要陈善文恢复对王杏元的创作辅导。萧殷同志还亲自审阅了谢立全写的革命回忆录《珠江怒潮》的书稿，组织了对这部书稿的讨论会，由我们

把讨论的意见综合整理供作者修改时参考。《珠江怒潮》终于在年底正式出版了。（易准《诚挚的纪念——回忆和萧殷同志在一起的日子》，《风范长存——萧殷纪念与研究文集》第58页）

㊻1961年我送外宾去深圳，见到萧殷仍是积极、热火地忙忙碌碌，曾千方百计拉我去暨大参加座谈并讲话，又不遗余力把我海南岛之行安排得周到、细致，更毫不客气地逼着我给《南方日报》留下了一篇海南人物记。（康濯《萧殷——我的"三同"战友》，《百年萧殷》第84页）

㊼对萧殷同志崇念之情，于我来说也特别深切。30年前的1961年，我奉调到暨南大学中文系任教，并承领导指定负责写作教研室的工作。当时学校领导要我对中文系第一届毕业生的写作水平做出有所提高的教学，因此我诚惶诚恐地拟了一个教案，提交萧殷同志审阅指导，他耐心地与我做了反复的研究，最后定了下来。他提示的教学原则是从具体到抽象再到具体，避免空泛的理论，重在具体实践的过程，教学效果证明他的指示是正确的。我们读他写的文学评论文章，都是从具体分析出发的，绝非学院派、学究式的评论，也非文霸式的评论。因此他的文学评论是独树风格的。（曾敏之《怀念萧殷》，《风范长存——萧殷纪念与研究文集》第56页）

曾敏之（1917—2015），广东梅州人。曾任香港作家联合会会长，香港《文汇报》副总编辑。

㊽我认识萧殷同志，是在20世纪50年代的北京。1961年我由位于北京的中国青年报社调到广东省作家协会工作，也得益于萧殷同志的帮助。我到广东后经常到他家里坐坐。他是个酷爱艺术、蔑视丑恶、不畏压制、正直无私的人，几十年南征北战的革命生涯，造就他成为一个忠贞的共产党人，但是他始终带有一种清高的知识分子习气。（沈仁康《迟到的纪念》，《百年萧殷》第266页）

沈仁康（1933—　），江苏常州人。北京大学中文系毕业。1961年调广东作协，曾任《作品》副主编、广东文学院副院长。著有《柳暗花明》。

㊾说起萧殷老师对我迈入文学门槛时的帮助，感慨良多。我一直觉得文学这道门槛非常庄严，在萧殷老师主持广东省与文化有关的各项工作时，我还没有迈进文学殿堂这道门槛……这篇文章是写1961年我下部队去搞"两忆三查"……我当时觉得这个故事很好，就平铺直叙地写下来，自认为写得比较成功、动人。萧殷老师看了以后，对把我的稿子给他的人说，你去把他找来，我和他说一说。我第一次见萧殷同志，他问我是

哪里人,我说是南京人。他说,你看过朱自清的《背影》吗?我说《背影》我读过,读的时候也是泪流满面,父子真情实在太动人了。当时我心想,叫我编也编不出来。朱自清是何等实力,哪是我一个业余作者能够比拟的。虽然他也全是白描,但那功力我远远达不到。萧殷说,文章不在于辞藻华丽,而在于思想的深沉。他让我好好读一读《背影》,这是他看到的少有的写父爱的佳作,读一读会受益无穷。他嘱咐我说,好好读一篇文章,不要拿起来就翻到结尾,要看看人家是怎么铺陈、怎么白描的。(金敬迈《谢谢萧殷老师,怀念萧殷老师》,《百年萧殷》第406—407页)

金敬迈(1930—2020),江苏南京人。曾免费就读于湖北省立第一初中。1957年加入中国共产党。1962年任广州军区战士话剧团创作员。著有《欧阳海之歌》。

㊿我初识萧殷,记得是1961年冬1962年初。那时作协广东分会办了一个讲习班。萧殷任班主任。当时,国凯、干华、学良、松岩都在同一班学习。萧殷、欧阳山、钢鸣、逸生、韦丘等亲自讲课。我们这批从各地来的文学青年,初来广州,见到许多自己平日里崇拜的作家,内心甚喜,学习也十分认真。一天,萧殷来上课,约我去他家谈话。那天晚上,我是和林建征同志一起去的。他当时住在大沙头一间公寓里。(程贤章《怀念恩师萧殷》,《百年萧殷》第250页)

程贤章(1932—2013),生于印尼雅加达市,广东梅州市梅县区人,中共党员,毕业于桂林广西大学。曾任《风流人物报》主编、广东文学院院长。著有《樟田河传》。

㈼隔了几年,1960年我由下放地点调回一家出版社工作,1961年出差去广东,又见到萧殷。谈起近来有什么作品可出,他忽又说起了《青春万岁》,这时早已时移世变,与1957年以前大有不同,作者王蒙的问题不知几时才有解决希望。而一向平稳的萧殷这时却明明白白地说:"是好的!我敢保那部小说是好的。"还说:"那没问题。即使《组织部来了个年轻人》有问题,这书也没问题。这完全是两回事!"虽然只是向我一个人说的,但我不能不感到他这话里包含的重量……除了王蒙,他在1961年还向我大力推荐过王杏元——一个青年农民作家。他看了王杏元的《铁笔御史》,还有本《绿竹村风云》的稿本,向我连声赞扬,说真有才气,还说他要自己帮助这个青年,逐章修改。我说:"那我就去组稿吧。"可巧那个人不在广州。萧殷就说:"包在我身上!"那劲儿简直好像这位青年作家是他的儿子似的。(韦君宜《为工作而生存——悼萧殷》,《百年萧殷》第91页)

王杏元（1937—2019），广东饶平人。小学毕业后务农，1952年当过乡政府民政委员、农业社社长。1970年被选为广东作协副主席。著有《绿竹村风云》。

㊺自一九六一年萧殷调到作协广东分会工作，黄华就给他开小车。尽管一个是作协副主席，一个是普通司机，但两人亲密无间，没有上下级之分。在工作之余，他俩一起蹲在阳台上，摆弄水横枝盆景，或种养鹰爪、含笑等花木。萧殷休假下乡，也和黄华一起回到老家龙川县佗城，到南山上挖九里香、紫薇和栀子的树根，用来制作盆景。他很体贴黄华工作的辛苦，星期天和假日，除了接待外宾外，他从不用车。（《萧殷传》第9页）

黄华，时为广东省作协司机，后到广东省中山图书馆工作。

㊼1960年以后，我开始在报刊上发表一些文学评论，他每次读了，都及时给我鼓励和指点。他反复教导我，要评论作品，一定要深入研究作品，认真揣摩作家的构思，要有体贴作家之心，评论家应该是作家的好友、读者的知心人。他反对从概念、定义出发来写文学评论，他不喜欢那些四平八稳、没有自己见地的评论文章。他常说，写文章不是为文而文，而是要把自己的文艺见解告诉别人，没有见解还写什么文章呢。（饶芃子《回忆与悼念——缅怀萧殷先生》，《百年萧殷》第188—189页）

1962年　壬寅　四十七岁

1月

是月，《作品》复刊，任副主编。接待涂光群，分享编辑《作品》的设想，增加新栏目，如《谈薮》《诗文杂记》《文艺书简》《创作谈》等等，并登翻译作品。①

8日上午，到车站送张天翼返京。②

11日，参加省委办公厅召开的座谈会。

12日，参加文教部召开的文艺界座谈会。

14日上午，接待巴金。③

15日，《作品》1962年新一卷一期出版，刊内《谈薮》发表先生署名文洲的文章《别忘了目标》。《作品》受到广大读者的欢迎，《文艺报》发表专文评介。④

17日，与韦丘、刘逸生、陈芦荻等参加《作品》编辑部会议。⑤

17日，写信给郭沫若。⑥指出广东诗歌界的同志在向古典诗歌学习时遇到一些疑难，请教如何从古典诗歌中汲取养料提高我们诗歌质量等两个问题。⑦

22日，《羊城晚报》第一版《广东文坛百花飘香》一文，其中记载："作协副主席

1962年

萧殷为帮助青年业余作者创作"青年运河史",到雷州青年运河工地,阅读了原稿,召开了几次座谈会进行辅导。去年6月,他阅读了工厂青年业余作者的许多作品,然后根据作品中存在的问题召开了小型座谈会。会后,工人作者反映很好。"

24日,听报告《集体领导与团结》。

29日,在友谊宾馆听周扬同志讲话。

2月

1日,《羊城晚报》第二版《文艺评论》的《新诗向古典诗歌学习什么?》专版。编者按:"去年以来,广州文艺界对于新诗如何继承古典诗歌传统的问题,展开了讨论和探索。为使这一讨论深入一步,广东省作协诗歌组和本刊编辑部特邀请了文艺界部分同志。于1月17日、18日、25日,连续举行了三次座谈。下面刊登的是座谈会上的部分发言。"先生做开场白:"学习古典诗歌对提高我们诗歌创作的质量具有很大的意义,这里包含继承传统、创造民族形式的问题在内。一年多来,大家在探索,也做出了一些成绩。"

5日,郭沫若来函,谈诗歌创作。⑧

20日,在编辑部写动员报告提纲。

3月

2日,参加在广州举行的全国话剧、歌剧、儿童剧创作座谈会。郭沫若、沈雁冰、齐燕铭、田汉、阳翰笙、老舍、曹禺、林默涵、徐平羽、张庚等参会。周恩来总理、陈毅副总理到会做了重要讲话。⑨

5日至10日,参加省文化局召开的全省文化工作座谈会。⑩

7日,在文艺俱乐部接待郭沫若。⑪

9日,写文章《习艺录》(一)。

按,又名《谈谈人物的个性化》(一),见《萧殷自选集》。

12日,在广州写文章《关于写孩子》。

按,又名《谈谈写孩子》,见《萧殷自选集》。

14日,《羊城晚报》第二版《花地》发表先生署名萧殷的文章《习艺录》(一)。

22日,写文章《习艺录》(二)。

按,又名《谈谈人物的个性化》(二),见《萧殷自选集》。

25日,邀请郭沫若出席由广东作协和《作品》《羊城晚报》主办的诗歌座谈会。

26日，《羊城晚报》第二版《花地》发表先生署名萧殷的文章《习艺录》（二）。

26日，全国话剧、歌剧、儿童剧创作座谈会在广州闭幕。

4月

15日，《作品》新一卷四期发表先生署名萧殷的文章《关于写孩子》（作家书简）。

17日下午，在编辑部会议上讲话。

是月，在广州写文章《事件的个别性与艺术的典型性》。

是月，在华南师范学院、暨南大学、中山大学各大学做报告，阐述最能引起人们共鸣共感的文学作品，要么具有哲理性，要么歌颂田园风光，要么散发人性光芒。⑫

5月

11日，《羊城晚报》第二版《花地》刊登文章《读〈习艺录〉之后》（陈捷）。

是月，在广州，为《银河纪事》写序言。⑬

是月，编好《作品》第六期，因急性阑尾炎入院。⑭

6月

1日，《作品》新一卷五、六期发表先生与易准合写署名萧殷的文章《事件的个别性与艺术的典型性》。

3日，《新闻业务》1962年第6期发表《作家美术家谈报纸工作——欧阳山、杜埃、萧殷、黄新波访问记》（本刊记者）。

4日，《羊城晚报》第二版《花地·诗品录》发表先生署名何迈的文章《简妙》。

6日，《羊城晚报》第二版《花地·诗品录》发表先生署名何莲的文章《爆竹与撞钟》。

20日，在广州写文章《砌砖铺瓦的精神》。

29日，《羊城晚报》第二版《花地》发表先生署名萧殷的文章《拿起枪来！被激怒的人们！》。

7月

5日，《羊城晚报》第二版《文艺评论》发表先生署名萧殷的文章《砌砖铺瓦的精神》。

13日，写《读〈实践论〉之后》一文（未完稿）。

15日，《作品》新一卷七期发表先生署名萧殷的文章《保卫为人民服务的权利》。

是月，写信给黄谋远。即文章《从生活出发——给黄谋远同志的一封信》。⑮

按，又名《离开生活去探求提高准会落空——给黄谋远同志的一封信》，见《萧殷自选集》。

是年夏天，收到王蒙的信。⑯

是月，与两个儿子回龙川佗城竹园里摘稔子。⑰

8月

是月，广东人民出版社出版《典型、批评方法及其它——关于小说〈金沙洲〉的讨论》，收录了先生与易准合写，以"中国作家协会广东分会理论研究组"名义发表在《羊城晚报·文艺评论》版的文章：《典型形象——熟悉的陌生人》《文艺批评的歧路》和《论〈金沙洲〉》。

是月，广东人民出版社出版《银河纪事》，前有先生署名萧殷的《小序》。

9月

10日，《四川文学》1962年9月号（总第31期）《文学窗》发表先生署名萧殷的《从生活出发——给黄谋远同志的一封信》。

12日，出席广东著名作家座谈会。⑱

27日，《羊城晚报》第二版《文艺评论》的《海阔天空说散文》专版。编者按："中秋前后，我们邀请部分作家，就当前散文创作的若干问题，举行了两次漫谈。这里面涉及散文的特点与提高问题、散文的群众性以及散文如何表现现实的矛盾斗争等问题。下面发表的是发言记录，部分经过发言者自己整理。标题是我们加的。"版内有署名萧殷的发言记录，题为《给读者以激励，给读者以启迪》。

12月

月初，主持广东省作协文学讲习班（第三期），杨干华、陈国凯、谭学良等是学员。⑲

24日，乘船到汕头参加汕头专区召开的文艺创作会议。但船刚开不久，急性阑尾炎再次发作。⑳

25日，到达汕头，入院手术。㉑

是月，曾前往饶平王杏元家。㉒

是年冬，与康濯常交谈。㉓

是年年底，《青春万岁》暂停出版。㉔

是年，为老烈的杂文说公道话。㉕

是年，主张《作品》编发短文。㉖

是年，住所从作协办公楼搬到广州大沙头沿江路17号4栋302房。㉗

是年，鼓励钟永华参军。㉘

是年，在大沙头住所接待龙世辉。㉙

是年，认识陈国凯，㉚建立师生关系。㉛

是年，带头发表为欧阳山的《三家巷》《苦斗》平反的文章和一些刚被平反的作家的作品。㉜

是年，将北京的房子卖给臧克家。㉝

【注释】

①1962年初春，我去广州出差，我惦着萧殷同志，很快去看望他。他这时正在革新《作品》杂志，兴致勃勃地谈他编辑《作品》的种种设想。刊物要有基本的作者队伍，但这队伍又不是狭隘的、宗派主义的。搞了几十个特约撰稿人，包括港澳作家，把他们的名字登在版权页上。刊物要坚定地贯彻双百方针，搞了些新栏目，如《谈薮》《诗文杂记》《文艺书简》《创作谈》等等，还登翻译作品。总之，想把《作品》编得具备自己的风格，新颖别致，内容充实，形式讲究，引人入胜。事实上，这段时间，萧殷将他的心思、精力全都倾注于《作品》的编辑工作上。在20世纪60年代初期，《作品》杂志以它那内容的多姿多彩，开本样式的精美、讲究，在全国文艺杂志中，的确是独树一帜的。（涂光群《萧殷在〈人民文学〉》，《百年萧殷》第97—98页）

②乘七时快车返京。陈经理送，萧殷、希英到站送。（《张天翼日记》第380页）

③1962年1月，巴金作为人大代表到海南岛视察。同行的有方令孺、周瘦鹃等几位代表。他们先在广州会合，1月14日上午8点半，巴金坐火车到达广州，欧阳山、萧殷已在车站等候多时，他们将巴金等送到了羊城宾馆（今东方宾馆）。中午王匡请巴金饮茶，再一次邀请萧珊和孩子们来花城过春节。下午，巴金一行参观农讲所、烈士陵园。当晚，巴金把这个意思写信告诉萧珊，使萧珊好不兴奋。24年前，在她少女时代曾在广州住过，如今沧桑变化，有机会重游，对她实在是很大的诱惑，而且全家从未在外地度过春节，现在竟要变成事实，萧珊感到不可思议，向往不已，以至比孩子们还要热情兴奋。次日，巴金一行到花县参观人民公社，在那里吃到了木瓜、香蕉、荔枝干和龙眼干，巴金在给萧珊的信中说："广东农村一片欣欣向荣的好景象，令人高兴。"巴金一到广州便委托萧殷代订一份《羊城晚报》，王匡听说后要报社送一份，当天晚上报纸就

送到了巴金住的房间。从这天开始，巴金开始订阅《羊城晚报》。(林子雄《巴金心中的广州》，杨柳主编《羊城后视镜》1，花城出版社2017年11月版第99页)

巴金（1904—2005），四川成都人。历任全国政协副主席、中国文联副主席、中国作协主席。著有《随想录》。

④在《金沙洲》讨论的后期，萧殷同志就着手筹备《作品》复刊。经省委同意，作协在下半年陆续抽调了一些业务干部回来，为《作品》复刊进行了紧张的准备工作。为了使《作品》办出自己鲜明的个性和风格，萧殷在大家出谋献策的基础上，参考30年代一些文学杂志的可取之处，从刊物的内容到形式都进行了精心设计，新辟了《谈薮》等一些栏目，对每个栏目都提出了明确的要求，同时把原来的16开本改为大32开本，书脊标出"作品"及"新×卷第×期"（每卷12期）字样。由于内容丰富多彩，形式别开生面，《作品》（新一卷第一期）于1962年1月复刊时以崭新的面貌出现，受到广大读者的欢迎，《文艺报》还发表专文评介。(易准《诚挚的纪念——回忆和萧殷同志在一起的日子》，《风范长存——萧殷纪念与研究文集》第62页)

⑤刘逸生（1917—2001），广东中山人。毕业于香港中国新闻学院。曾任香港《正报》副总编辑和《华商报》编辑。1949年后，任《南方日报》副刊《热风》副主任、《羊城晚报》副刊《晚会》主编。著有《唐诗小札》。

⑥黄淳浩编《郭沫若书信集》（下），中国社会科学出版社1992年12月版第363页。

郭沫若（1892—1978），四川乐山人。1927年加入中国共产党。1949年后任政务院副总理、文化教育委员会主任、中国科学院院长、中国文联主席。

⑦《年表》。

⑧黄淳浩编《郭沫若书信集》（下），中国社会科学出版社1992年12月版第363页。

⑨齐燕铭（1907—1978），北京人。1938年加入中国共产党，曾任延安中央研究院研究员。1949年后任中央统战部副部长、文化部副部长。

田汉（1898—1968），湖南长沙人。早年留学日本，1932年加入中国共产党，任左翼剧联中共党团书记。1949年后任中国剧协主席、中国文联副主席。

阳翰笙（1902—1993），四川高县人。1926年任黄埔军校政治教官、政治部秘书。1949年后任中国对外友协副会长、中国文联副主席。

老舍（1899—1966），满族人，生于北京。1918年毕业于北京师范学校。先后在齐鲁大学、山东大学任教。1949年后任中国文联副主席、中国作协副主席。

曹禺（1910—1996），湖北潜江人。1929年，入读清华大学，后曾任复旦大学教授。1949年后历任中国文联常委委员、执行主席，北京市文联主席。

徐平羽（1909—1986），江苏高邮人。入读上海大夏大学。1930年加入中国共产党，曾任华东野战军随营军政干校政治部主任。1949年后任上海市文化局局长、宣传部副部长，文化部副部长。

张庚（1911—2003），湖南长沙人。1938年到延安，曾任鲁迅艺术学院戏剧系主任。1949年后任中央戏剧学院副院长、中国戏曲学院院长。

⑩《年表》。

⑪阳春三月的七日早晨，诗歌界的老前辈郭沫若同志，应作家协会广东分会和本报副刊部的邀请，来到了文艺俱乐部。在会议室里坐下以后，萧殷同志给郭老介绍了广东诗歌界的活动情况，说："……广州诗人不少，也很活跃。最近诗人们对新诗应该如何在古典诗词和民歌的基础上发展、创新的问题，展开了热烈的讨论，其中有一些问题，大家想请郭老指点一下。"（彭放编《郭沫若谈创作》，黑龙江人民出版社1982年版第75页）

⑫《年表》。

⑬1962年5月，萧殷同志为这本定名为《银河纪事》的特写集写了序言，8月正式出版。出书之前，《羊城晚报》连续选发了部分作品，反应良好。萧殷同志的序言道："这些作品所描写的都是真人真事。尽管在反映生活的深度上和对生活的概括上还存在着这样或那样的缺点，但大部分作品都没有被生活中实有事物所束缚，比较深刻地表现了先进人物的精神品格，避免了单纯地如实'摹写'的偏向。这就使得作品不但具有饱满的战斗热情、真实的生活气息，而且具有一定程度的艺术感染力。"（李士非《难忘的教诲——萧殷同志十年祭》，《百年萧殷》第230页）

⑭《年表》。

⑮萧殷《从生活出发——给黄谋远同志的一封信》，《四川文学》1962年9月号。

黄谋远，四川省作协会员。著有《永不凋谢的花朵》。

⑯到一九六二年夏天，我忽然接到王蒙从青海寄来的一封信，他似乎想探听我的意见，他说：邵荃麟同志认为《青春万岁》还是可以出，不知出版社的意见如何？我回信说：书能不能出，现在还很难知道。因为据我所知，凡右派的作品，当时都不打算出版，因此我无法由衷地表明自己的态度，只好劝他耐心等着。（《创作随谈录》第61—62页）

⑰在我的记忆中,第一次清楚地记得舅公的形象,是在我上学前的一个夏天,那时候正是桃金娘成熟的季节(桃金娘是遍布家乡小山坡上的一种小灌木。春季开花,夏末秋初果实成熟,是一种老少皆宜、口味极佳的野果。当地人叫"稔子")。舅公兴致勃勃地让我带着他,还有两个与我年纪相仿的小表叔,一起去山上摘稔子。我告诉两位小表叔,黑色的果子最甜,红色的是没有熟透的,吃了拉不出屎,青的是生果,不能吃。我把摘到的果实给大家品尝,告诉大家现在稔子刚刚开始熟,七月七时果实就又大又甜又多,舅公向两位小表叔夸我懂得真多,并亲自弯下腰很认真地在树丛中寻找成熟的果子。我当时心里想,大人(特别是像他那样受人尊敬的人)竟然也和我们这些小孩子一起摘稔子,这可真有意思。我盘算着明天到稔子最多的山上去,给舅公摘更多又黑又大又甜的稔子。在回来的路上,舅公问我会不会讲普通话,我摇摇头,他要我上学要好好学讲普通话,并给我念普通话"稔子"的发音。(罗秋兰《他把生命献给文学事业——回忆我的舅公萧殷》,《百年萧殷》第394页)

⑱当时《人民日报》开辟《笔谈散文》专栏,许多散文名家都参与讨论,在全国掀起了一股"散文热"。我考虑《文艺评论》版也应当对这股"热"有所响应,便提出召开一次广东著名作家参加的散文座谈会,在研究名单的时候,总编辑杨奇、《花地》主编杨家文,考虑到报社的顾问、《花地》评奖委员都有在其中,于是决定在评奖委员的基础上增加邀请著名的散文家,参加座谈。地点就选择在流花湖公园的"渔林"酒家,借座谈散文的机会,使这班著名作家也参与为这间酒家起新名字。在1962年中秋前夕的一个晚上,这个会召开了,参加的有欧阳山、周钢鸣、萧殷、秦牧、陈残云、杨石(即杨应彬)、林遐、紫凤和杨奇、杨家文等人,我也作为工作人员参加。(黄伟宗著《浮生文旅》,广东旅游出版社2001年11月版第206页)

⑲农历十一月初二,是我结婚的大喜之日。同一天接到通知,要我到广州去参加广东省作协的文学讲习班的学习。春风得意,踌躇满志,我第三天就由新娘子和一班中学同学的欢送,踏上了往省城的旅途。我这一期是讲习班的第三期,著名评论家萧殷主持。人数不少,多数已在文坛上崭露头角,其中年纪最小的是我。还有陈国凯和谭学良(谭日超)。给我们讲课的有陈残云、张永枚、梁信等。印象最深的是欧阳山和萧殷。欧阳山当时已出版《三家巷》和《苦斗》,给我们讲八个字:《古今中外,东西南北》。萧殷则是《作品》月刊主编,强调深入生活,艺术真实,而青年习作者最要紧是写"生活手记"。记得他看过我们上交的"手记"后,很严肃地指出我们没有一个称得

上合格的。还要刻苦，不断努力。（杨干华《从田野走来——杨干华自传》，中国人民政治协商会议广东省委员会文史资料研究委员会编《粤海文踪——当代广东著名作家十七人传》，广东人民出版社1994年9月版第98页）

杨干华（1942—2001），广东信宜人。1979年入广东省作协文学院。著有《天堂众生录》。

陈国凯（1938—2014），广东五华人。1958年到广州氮肥厂当工人。1979年从事专业创作，1990年任广东省作协主席。著有《代价》。

谭学良（1940—1985），笔名谭日超，广东台山人。中共党员。毕业于新会学校。曾任广东文学院副主任，深圳市文联副主席，广东作协文学院专业作家。著有《爱的复苏》。

⑳1962年12月14日，萧殷和作协的几位同志从广州太古码头登剑兰号轮船去汕头，不料轮船一出虎门便遇上大风浪，船身颠簸得很厉害，船上乘客多数晕船，这时，萧殷忽然感到腹部疼痛难忍。（陶萍《俯首甘为孺子牛——萧殷传》，《粤海文踪——当代广东著名作家十七人传》第122页）

㉑次日早晨进汕头港……船进港时，萧殷已不能行动，只好由同志们背他下船，送入医院。（陶萍《俯首甘为孺子牛——萧殷传》，《粤海文踪——当代广东著名作家十七人传》第122页）

㉒1962年……萧殷和中篇小说《绿竹村风云》的作者王杏元初次谈话，就为这位青年农民作者对生活中各种人物熟悉的程度所惊叹。几天后，他不顾刚动手术的阑尾炎伤口已经感染，正在流脓，专程从汕头赶到王杏元家乡饶平，亲自和县委书记商谈如何培养这位青年农民作者。（谢望新、李孟昱《寒凝大地发春华》，《百年萧殷》第61页）

㉓1962年冬天，我调至湖南工作后同他见面多了，每一交谈，总发觉互相都对当时越来越"左"的指导思想颇有不通和愤懑。（康濯《萧殷——我的"三同"战友》，《百年萧殷》第84页）

㉔到1962年，我和中国青年出版社交涉索要《青春万岁》的清样，同时在社内提出出版这部书。这时又听到了些不同意见，我便写了封信给萧殷，征求他的意见，实际是想找人帮着撑撑腰。他果然不负我的希望，写来回信，还是坚决主张出版。记得还附来了两页他保存多年的剪报资料，这促使我坚定起来，决定发稿。可是，转眼就是1962年底，"利用小说反党是一大发明"的提法又出来了，许多已定发稿的书，不得不又收起

来。《青春万岁》也在其列。一直弄到1979年才得出版。——还好，萧殷总算看见了。（韦君宜《为工作而生存——悼萧殷》，《百年萧殷》第91页）

㉕1962年初，我因写了几篇杂文，反右倾的微风一吹，便成了"对象"，左记棍子重重打将下来。正当我六神无主、惶惶不可终日之际，有人悄悄地告诉我："宣传部不同意这种搞法。萧殷说：就算有不妥之处，也绝非反党、反社会主义，不能断章取义、无事生非嘛。"听萧殷这么一说，我觉得真理并未被左家包销，公道自在人心。但也不过认为，萧殷既然身为中共中央中南局文艺处处长，自应执行文艺政策，说几句公道话，乃是理所当然。虽然感到几丝温暖，却也并无特别的感激之情。这是我的初识萧殷。（老烈《我们成了推心置腹的朋友——忆萧殷》，《百年萧殷》第126—127页）

老烈，辽宁绥中人。1941年，在山东沂蒙山区参加八路军。1949年，任中南局政策研究室副处长。

㉖我曾一再号召写短文，《谈薮》规定在一千字以下，提倡五千字以下的短篇小说（五千字以下的，稿费从优），我于一九六二年编五、六期《作品》时，就发了一组（约五六篇）五千字以下的短篇小说。但现在遇到的阻力很大，有些编辑只顾情节，不管作品结构，更不讲究精练。（《萧殷文学书简》第47—48页）

㉗大概学期快要结束时，因为福建前线形势骤然紧张，中国人民解放军总部破例地颁布了夏季征兵的命令……当天，我们系人事秘书叶秘书就找我正式谈话，考虑到独子可以免征，要我慎重考虑。事关如此重大的命运关头，我自然就会去找先生为我做主。他的住址是临时的，我记得他的住处又从作协办公楼搬到广州白云路不远靠珠江边的楼上一套房子。（钟永华《恩师萧殷随记》，《百年萧殷》第284页）

㉘1962年，国际国内形势骤然紧张起来。恰逢中国人民解放军招收大学生入伍，还在读大学三年级的钟永华动了心思。萧殷老师说出了他心中的渴盼："你到部队去吧，那是一座锻炼的熔炉，在那里，你会大有作为的。我也当过兵，打过游击，好多人才都出在部队啊！"（紫吟《萧殷与诗人钟永华》，《百年萧殷》第371页）

钟永华（1940—　　），广东龙川人。1962年从暨南大学中文系参军，1970年调武汉军区政治部任专业创作员。1984年转业到深圳，曾任《特区文学》总编辑。

㉙1962年、1963年我又连续两次去广州。萧殷搬了家，住在大沙头的一幢新楼房里。那时，广州火车站就在大沙头附近，我下了火车安顿好住处就直奔他家，还给他带去一件礼品——北京的棒子面。因为去年在他家吃饭，看见他们家拿棒子面粥当宝

贝，全家一小锅，每人只许喝一小碗。陶萍是北方人，他们的孩子都是在北方出生的，都有吃窝头喝棒子面粥的习惯，广州不缺鸡鸭鱼肉和蔬菜，可没有这玩意儿，托人从北京带点棒子面，就成了珍贵食品。我看着他们喝得那么香，就说："这还不容易，明年我给你捎十斤来。"（龙世辉《老师·朋友·"场外指导"》，《百年萧殷》第101页）

㉚是萧殷同志把我这个普通工人引入文坛的。我和萧殷老师第一次见面是在1962年。那时，我发表了一两篇小东西，我不敢企望卓有声望的老作家萧殷会注意到我这无名小卒的习作。但有一天广东作协的同志通知我，说萧殷同志读了我的一篇小说，要见我。在我的设想中，文艺理论家大概是严肃得可怕的人，我怀着对权威人士的敬畏心理来到他家，出现在我面前的是一位和蔼可亲的清瘦长者，说话缓慢温和，就像跟家里人聊天。他谈了很多，亲切的话语，像高山流水，潺潺地流过我的心田。第一次见面，我就感受到：广东的老作家是很关心文学新苗成长的。（陈国凯《是您把我引入文学之门》，《百年萧殷》第232页）

㉛1962年，萧殷在报纸上看到了陈国凯的短篇小说《部长下棋》，从中发现了作者的出众才华，于是，立刻找他来面谈。此后他们建立了师生感情，往来渐多，陈国凯每有新作必来征求意见。萧殷每次和陈国凯相会、谈创作或聊天时间都很长，总是一个上午未谈完，饭后再继续。萧殷把陈国凯看成一棵好苗，对他要求极严格，期望也很高，一心想着他大器必成、大器速成，因而对他初期比较缓慢的进步，或是有些差错都表示了急躁和不安。（陶萍《心上，拴着文学青年》，《百年萧殷》第153页）

㉜萧殷同志和《作品》有很深的渊源，除了1962年《作品》复刊时任主编外，"文革"以后他仍是作协的副主席，兼省作协理论批评委员会主任，我是副主任，《作品》的评论工作就是由他亲自抓的。在他的主持下，《作品》发表了好些抨击"左"的文艺思潮的文章，率先闯入了描写爱情题材的禁区，带头发表了为欧阳山的《三家巷》《苦斗》平反的文章和一些刚被平反的作家的作品，开展了对陈国凯的小说《我应该怎么办？》的讨论。这些都引起了文坛和社会的关注，收到了很好的社会效果。（易准《诚挚的纪念——回忆和萧殷同志在一起的日子》，《风范长存——萧殷纪念与研究文集》第62页）

㉝臧克家（1905—2004），山东诸城人。1927年，考入中央军事政治学校武汉分校。1956年，任中国作家协会书记处书记。

1963年 癸卯 四十八岁

1月

5日，黄卓才为先生理发。①

15日，《作品》新二卷一期发表先生署名萧殷的文章《形象和构思》(《作家手记》专栏)。

24日，《羊城晚报》第二版《文艺评论》的《烈火炼新诗》专版。前言："怎样反映当前火热的斗争？对于这个重大而迫切的课题，中国作家协会广东分会与本报编辑部最近一连两次邀请了在穗诗人、作家促膝畅叙。新老诗人，济济一堂，各陈己见，畅所欲言。两次座谈会都延续到深夜，仍然兴会未已。诗人们面向灿烂的1963年，对于进一步繁荣诗歌创作，充满了信心。记者现将两次座谈记录按问题整理如次，以飨读者。"版中有先生发言记录10处。

是月，从汕头回到广州。以《印象和感想》为题汇报汕头之行，详细阐述继承山歌剧的具体做法。②

是月，李前忠、杨昭科来探望。③

3月

21日，《羊城晚报》第二版《花地》《〈花地〉优秀业余创作评奖结果》一文，先生为"《花地》优秀业余创作评奖委员会"成员之一。这是首届《羊城晚报》"花地"作品评奖，也是全国首例报刊文学作品评奖。陈国凯的短篇小说《部长下棋》获一等奖。④

5月

21日，出席广东省文学艺术界联合会委员会扩大会议（简称扩大会议）开幕式。⑤

21日，在扩大会议听取区梦觉报告。会议于5月31日结束。⑥

是月，在佗城写文章《二者必舍其一——给一位初学写作者的信》。

是月，在佗城接待林默涵、杜埃。⑦

6月

20日，《羊城晚报》第二版《文艺评论》发表先生署名萧殷的文章《二者必舍其一——给一位初学写作者的信》。

7月

23日，写信给朱逸辉⑧。

8月

是月，调中共中央中南局宣传部，任文艺处处长。唱片社征求对外录制民间音乐时，建议选些潮梅地区的戏曲曲调与民间音乐。⑨

9月

30日，写信给朱逸辉。

是月，在海南主持第一届文学创作讲习班。⑩

是月，搬进梅花村20号（梅庐）。

秋，到暨南大学，指导张振金。⑪

11月

是月，在长沙写文章《关于反映矛盾和斗争》，并在一个业余作者座谈会上以《试谈反映阶级斗争》为题发言。

按，又名《如何反映阶级斗争》，见《习艺录》；又名《试谈反映阶级斗争》，见《萧殷文学评论选》。

12月

27日，写文章《谈练笔——致友人书》。

是月，到河南、湖南、湖北。回来写了汇报，主张现代戏、传统戏、新编历史剧三者并举。认为不可把传统剧一脚踢开。再次强调给予作家长期到基层生活，积累并练笔的机会。强调建立专业评论家队伍。建议"题材广泛"。⑫

是年，与姚雪垠谈创作。⑬

是年，陶铸去汕头经过佗城中学，称赞先生设计的校门。⑭

是年，饶芃子常来梅花村萧殷家里做客。⑮

是年，在广州接待来访的以日本著名戏剧作家木下顺二为团长的日本作家代表团。⑯

是年，邀请柳青来广州。⑰

是年，在梅花村四号接待罗源文。⑱

是年，兼任广州对外文化协会理事，至"文化大革命"。⑲

【注释】

① "啊，是卓才，快，给我理理发，我要到中南局去报到。"中南局？一个管广东、湖南、湖北等六个省和广州、武汉两市的大机关！一边理发，一边聊天。肖主任告诉我，是陶铸书记（中南局书记、广东省委书记，兼暨大校长）调他的，去当文艺处

长。（黄卓才《艰苦岁月的记忆碎片》，张汉明、李玉梅主编《暨园古道照颜色：暨南大学百年华诞纪念文集》，香港日月星制作公司2006年11月版第36页）

黄卓才（1939— ），广东台山人。1963年暨南大学毕业，到中山县任教。后调回母校，任中文系写作教研室主任、教授。著有《秦牧评传》。

②《年表》。

③我久仰萧殷老师的大名，曾见过他几次，可没有作品给他留下印象，他仍然不认识我。大约是1964年，他带一批作家来汕头，我们当时在礐石学习。他一到汕头就病了，住进医院，我与杨昭科等只能尾随大家去探望他。（李前忠《忆萧殷老师》，《百年萧殷》第324页）

按，1964年，误。

李前忠（1938—2013），广东潮安人。1956年初中毕业后在农村基层工作。后任潮州文联主席、潮州作协主席。

杨昭科（1937— ），广东普宁人。1958年参加工作，历任汕头作协副主席、普宁县政协副主席。著有《风云图》。

④事情出自1962年首届《羊城晚报》"花地"作品评奖。这是当年继《大众电影》杂志评"百花奖"之后，全国首例报刊文学作品评奖。报社聘请欧阳山、周钢鸣、萧殷、秦牧、陈残云等名家组成评委会，由我担任评委会秘书，负责初评等具体工作。当时初选陈国凯的短篇小说《部长下棋》为一等奖，但有争议，因有人说作者有骄傲情绪，出身不够纯，作品个别细节不妥。我将作品和有关反映提交评委会讨论。欧阳山和萧殷当即否定了这些反映意见，评委会通过了评奖决定，并委托我在公布前代表评委会与陈国凯谈话，还代萧殷师约陈国凯谈话。这是萧殷师扶持陈国凯的开始。（黄伟宗《"花地"、萧殷师与我的二十年情缘》，《百年萧殷》第220页）

⑤广东省档案馆《广东省文联委员会扩大会议名单及详细日程安排》，档案编号309-1-54-26-28。

⑥广东省档案馆《广东省文联委员会扩大会议名单及详细日程安排》，档案编号309-1-54-26-28。

⑦接着嘉宾们来到萧殷的故居——佗城郊外竹园里，古老传统式的小阁楼。小阁楼三层。每次萧殷回乡都住三楼。房内摆设朴素，雅致大方，古老的公事桌，旧式架子床和竹床，还有木凳、竹椅。在这里，他写过不少评论文章和小说；在这里，他曾与农民

坐着聊天,跟基层干部谈心,给初学写作者以文学启蒙。1963年,林默涵与杜埃出差路经佗城,还到此阁楼与老朋友叙旧。(罗怀金《萧殷雕像揭幕典礼追记》,《百年萧殷》第41页)

⑧朱逸辉(1925—2016),海南万宁人。早年参加琼崖纵队,1949年后任海南人民出版社总编辑,海南文化局副局长,海南作协副主席。

⑨《年表》。

⑩《年表》。

⑪1963年秋,我大学毕业了。那时,大学毕业生是由国家统一分配工作的。萧殷此时已调到中南局文艺处任职。不料,有一天他突然回校找我。原来,他听说我毕业之后,是留在学校还是下到基层正在犹豫,鼓励我到基层去,在斗争中磨炼自己,积累生活经验,这对自己搞创作、评论或者其他的事业都有好处。我听从萧殷的教诲,鼓起勇气,到了人生地不熟的、历代被视为流放之地的海南岛。(张振金《一代名师的教诲》,《暨园古道照颜色:暨南大学百年华诞纪念文集》,香港日月星制作公司2006年11月版第57—58页)

张振金(1941—),广东郁南人。1963年暨南大学毕业,留校任教。后为广东省社科院文学研究所所长、研究员。著有《秦牧散文艺术》。

⑫陶萌萌整理《萧殷年表长编》稿本。

⑬一九六三年,《李自成》第一卷刚出来,在姚雪垠的家里,他对我说:"有一次他看了一本关于太平天国的书,其中一条注释,引起了他的想象,后来便据此写成了小说的一章。"(《创作随谈录》第10页)

姚雪垠(1910—1999),河南邓州人。曾任《风雨》周刊主编。1949年后,任湖北省文联主席。著有《李自成》。

⑭罗海清先生是萧殷的老同学,他高兴地告诉我说:"这校门也是萧殷设计的。1963年,陶铸去汕头经过这里,特别下车看看,对这个校门设计大为称赞。"(贺朗《佗城往事记萧殷》,《百年萧殷》第202页)

⑮1963年,因工作需要,萧殷先生调离暨大,到中南局担任文艺处长,搬到梅花村四号楼下居住,见面的机会少了,但每逢假日,我仍常去探望他和陶萍女士,从石牌到梅花村,公共汽车只有四个站,但假日人多车少,等车挤车,一早出门,抵达他家,总得10时左右,所以常常是早上去,中午就在他家用饭,下午回校。(饶芃子《回忆与悼

念——缅怀萧殷先生》,《百年萧殷》第191页)

⑯木下顺二(1914—2006),生于日本东京。东京帝国大学毕业,后任明治大学教授。曾多次应邀访华。著有《木下顺二作品集》。

⑰话说,因《创业史》而闻名、几乎"天下无人不识君"的柳青患严重花粉过敏症,正是初夏小麦开花时节,他的朋友、广东作协副主席萧殷邀请常年在长安县农村居住的柳青到广州,与这里的作家交流创作经验,又可避免浓重花粉。在朋友和家人的劝说下,柳青便乘火车踏上广州之旅。多年扎根乡土的柳青很少出门,虽只有四十四岁,其地道的陕西农民打扮,坐在硬卧车厢,谁都认不出来是个名头恁大的作家。火车晚点到达终点站广州,萧殷几次驱车到站去接,都没接到,只好无奈回家。火车误点太久,等柳青下得火车,未见萧殷,已是深夜,不愿打公用电话,打扰人家休息,便在火车站附近找了个小旅店,要了大屋中的床铺,与十多人同宿。(汪兆骞《作家柳青与年轻警察》,《新民晚报》2020年6月5日)

柳青(1916—1978),陕西吴堡人。1936年加入中国共产党。1952年起在陕西长安皇甫村安家落户。曾任西安作协副主席。著有《创业史》。

⑱1958年他南回广东,担任暨南大学中文系主任、中共中央中南局宣传部文艺处长及《作品》文学月刊主编等职。在此期间,我和陶萍同在中共广东省委文教部及宣传部文艺处工作。出于这种原因,我常常到萧殷、陶萍住的梅花村四号一楼串门,当时是我主动向他反映我所知道的广东文艺界的一些情况,他也主动问起我这样那样的一些问题,但更多的却是对文艺形势、文艺思想进行随想式的漫谈。(罗源文《"老乡再加半个老乡"——忆萧殷老师》,《百年萧殷》第362—363页)

⑲1963年调任中共中央中南局文艺处长兼广州对外文化协会理事,直至"文化大革命"。[萧殷《自传》,徐州师范学院《中国现代作家传略》编辑组《中国现代作家传略(下)》,四川人民出版社1985年5月版第464页]

1964年 甲辰 四十九岁
1月

1日,《羊城晚报》第二版《迎春书简——花地专刊》发表先生署名萧殷的文章《谈练笔——致友人书》。

2月

《作品》1964年二月号（总第94期）刊登《作品》记者的作家访谈录《关于时代精神及其他》，内有先生关于时代精神、面向农村问题的论述。

3月

5日，《湖南文学》1964年三月号（总第137期）发表先生署名萧殷的文章《关于反映矛盾和斗争——在长沙业余作者座谈会上的讲话》。

22日，应邀到武汉大学做关于文艺问题的报告，有400多师生听报告。①

25日，写文章《抛掉心灵里的秽物》。

4月

13日，在洛阳写文章《关于戏剧创作的几点感想》。

5月

24日，住进广东省人民医院东病区，直到7月25日出院，住院63天。王伟轩来探望。②

6月

是月，毛泽东对中央宣传部文艺处《关于全国文联和各协会整风情况的报告（草稿）》做批示。自始，全国文联和各协会进行长达十个月的整风。

29日，《羊城晚报》第二版《文艺评论》发表先生署名朱若的文章《"辩护"的积极意义在哪里？——关于旧版〈金沙洲〉的艺术构思问题》。

是月，《学术研究（广州）》1964年第6期刊登由齐兰贞执笔的文章《资产阶级美学观点的艺术标本——〈北国江南〉的思想实质和美学理想解剖》，署名萧殷与蓝宜（即齐兰贞）。③

7月

25日，出院。

是月，在广州写文章《生活的火花》。

29日，《羊城晚报》第二版刊登"萧殷评点"专版《生活的火花——〈花地〉诗专页》。编者按："这里，我们选编了一组新诗，并请萧殷同志写了评点意见……我们请萧殷同志写评点意见的用意是，希望通过评点，帮助初学作者提高自己的创作，同时引导更多的诗作者联系自己的创作实践，进行有益的思索。萧殷同志在几次来信中提到：'这些意见，很不成熟，只能作为一个忠实的读者读了这些诗之后的随感。算不得诗评。'又说：'我写这些意见时，更多地从诗的发展方向着眼。无论是内容或形式，认为好的就赞扬;认为不对头的,就不客气地提出意见。因此,对其中某些诗的赞扬或指责很可能超过了分寸。但不要紧,只要读者明白我在拥护什么和反对什么,并因此引起他们去思考,那么,我写这些意见的目的,就算达到了。'这做法只是一种尝试,希望能得到更多老作家的支持。"

8月

15日,《萌芽》1964年第8期发表先生署名萧殷的文章《抛掉心灵里的秽物(作家书简)》。

12月

1日,《作品》1964年12月号发表署名《作品》编辑部的《本刊重要启事》:本刊因编辑部大部分同志参加社会主义教育运动,经上级批准,决定自一九五六年一月份起,暂停出版,特此敬告各地读者。

是年年底,整理陶铸在广东思想工作会议上的报告。④

是年,给家乡龙川捐款、⑤捐书。⑥

是年,支持康濯。⑦

是年,自学装订字帖。⑧

是年,担任《作品》杂志主编,主管《羊城晚报》每周一版的《文艺评论》版。⑨

【注释】

①三月二十二日上午,中共中央中南局宣传部文艺处处长、著名的文艺批评家肖殷同志应邀来我校做关于文艺问题的报告。参加听报告的有:中文系、外文系和哲学系的教师、学生共四百余人。肖殷同志首先指出:作为为经济基础服务的上层建筑之一的文学艺术,作为为政治服务的意识形态之一的文学艺术,在今天就是要为社会主义革命和建设服务,为阶级斗争、生产斗争、科学实验三大革命运动服务……他着重谈到文学艺术应该怎样反映阶级斗争……关于典型人物的塑造,肖殷同志也做了详细的论述……肖殷同志还热情地解答了听众所提出的一些问题……最后,肖殷同志还就文艺教学方面的问题做了一些指示。[陆耀东《肖殷同志来我校做关于文艺问题的报告》,《武汉大学学报(人文科学版)》1964年第1期]

②1964年,我较多到医院和梅花村拜访他,是因为我当时正奉命编王匡的文集《过门集》。作为责任编辑,我怕才力不逮,想多听听这位文艺处长和老作家的意见,以便向作者谈意见时心中有些底,我看他也很乐意谈自己的看法。但是我看他的身子

弱，弱不禁风似的，尤其是哮喘或咳嗽发作起来，我真为他难受，不敢久留。1964年在省人民医院的东病区，我曾看见护士送一张菜单让他点菜，当时我看已是佳肴美味了，可他看了还是摇头，说吃不下，原来他是服抗生素太多，把胃口都"抗"坏了。食少事繁，怎么支持得了呢？（韦轩《记文艺育花人萧殷》，《百年萧殷》第243页）

王伟轩（1929—2001），笔名韦轩。祖籍广西，生于广州。时为广东人民出版社编辑。

③齐兰贞（1927—　），1947年任复旦大学抗议美军暴行委员会主席团成员。

④《年表》。

⑤1964年春夏之交，龙川发生了历史上罕见的洪水灾害，萧殷同志获悉后，亲笔书信，鼓励家乡人民克服困难，战胜灾害，把家园建设好，并且把平时积蓄的一笔款项寄到灾区，为家乡人民战胜自然灾害增添一份力量。为了保护佗城古文物、古遗址，萧殷同志也花了不少心血。佗城正相塔是唐朝时期兴建的千年古塔，由于历经沧桑，年久失修，面临着坍塌的危险。萧殷同志回乡发现后，心急如焚，亲自到北京找来了唐塔图样，主动与有关部门做出了修缮计划，并捐献了一笔款，终于使这个千年古塔恢复了原貌。（谢忠灵《缅怀萧殷业绩，努力把萧殷家乡建设好》，《百年萧殷》第24页）

⑥在家乡我们都知道舅公一直用自己的工资帮助自己的嫂子一家，老师告诉我们在我们就读的学校图书馆的存书有相当部分是萧殷捐赠的。1964年家乡遭受了特大洪水灾害，镇里收到较大一笔的捐款也是萧殷个人捐赠的。但生活中的他对自己比我这个穷学生的晚辈还节俭。（罗秋兰《他把生命献给文学事业——回忆我的舅公萧殷》，《百年萧殷》第397页）

⑦1964年冬天，文艺界批判所谓"写中间人物"等观点，我也在被公开点名之列，那真是黑云压城的时节，但萧殷私下里还表示同情和支持地对我说过："写中间人物有什么错？"（康濯《萧殷——我的"三同"战友》，《百年萧殷》第84页）

⑧今天，看着父亲留下的他亲手装订的草书字帖，看着那一针针爸爸亲手缝制的装订线，我想起了当年爸爸装订这些"小书"时的情景。1964年的一天，爸爸拿着一沓纸跑来问姥姥"怎么缝"，姥姥找来锥子说，这么扎个眼，这么穿过去，再扎个眼，这么绕回来……然后姥姥说："我给你做吧。"爸爸摇摇头，说不用，这，还有学问啊。果然从此以后，每隔不久，爸爸就会"装订"一本字帖出来。（陶萌萌《一生，放不下的思念——回忆父亲萧殷之二》，《百年萧殷》第384页）

⑨从1960年当选广东省作协副主席,到1964年做关于戏剧创作的报告提出出身于剥削阶级的人物(包括知识分子)也能在舞台上成为正面人物形象,作为一个时期。萧殷正式从中国作家协会调任广东作协,任党组副书记、副主席,主持日常工作,兼任《作品》杂志主编,主管《羊城晚报》每周一版的《文艺评论》版。五年间,他以《作品》和《羊城晚报》为主要阵地,创作与批评双管齐下,两相兼顾,推动了创作和批评的齐头并进。(编者《序言 萧殷与当代广东文学批评的起点》,《百年萧殷》第6页)

1965年 乙巳 五十岁

1月

12日,对中南区音乐创作问题发表意见。①

21日,《羊城晚报》第二版《文艺评论》发表由中南局宣传部组织安排集体撰写、署名萧殷的文章《一服精制的资产阶级的腐蚀剂——评〈三家巷〉〈苦斗〉》。②同日,《中国青年报》第四版发表同题文章。

是月,审查珠江电影制片厂影片《山水主人》等。③

是月,陶铸直接领导《羊城晚报》工作,影响很大,先生"席卷其中"。④

2月

7日,接待王汶石。⑤

20日,出席中国戏剧协作广州分会的"红灯记"座谈会并发言。⑥

3月

8日,《羊城晚报》第二版《花地》发表先生与郭秉箴合作署名萧箴的文章《革命的内容和戏曲的特点——看华东现代戏曲的几点感想》。

5月

1日,写信给张振金。⑦

19日,离开广州,到达北京,准备出访罗马尼亚。⑧

25日,与李英儒一同出发,当天从北京飞抵莫斯科,住中国大使馆。⑨

26日,飞抵布加勒斯特。⑩

是月,与张天翼见面。⑪

6月

是月,在罗马尼亚参观访问。⑫

5日，在布加勒斯特参观一所学校时与师生合影留念，与罗马尼亚作家交流并合影。

16日，离开罗马尼亚，抵达莫斯科，参观红场。[13]

17日，回到北京。[14]

7月

1日，中南五省现代戏会演在广州举行，至8月15日结束。[15]

是月，以中南局宣传部文艺处名义主持广东各地方剧种戏剧会演。陪陶铸及中南局常委等每天看戏，座谈评戏，选戏进京，拍电影等。[16]

8月

是月，中南五省现代戏会演在广州举行。主持中南五省戏剧会演，负责审批《会刊》呈报。[17]

是月，先生为广州文艺界做关于戏剧创作的报告。[18]

20日，写信给钟永华。

9月

是月，在广东花县参加"四清"。[19]

11月

是月，先生书写与装订"字帖"《草字摘粹》。

是年冬，《羊城晚报》向周立波约稿。[20]

【注释】

①广东省档案馆《王匡、肖殷对评选工作的意见》，档案编号310-1-54-5-9。

②萧殷师当时是中南局宣传部文艺处长，仍兼任省作协领导工作，自然要承担领导这场批判的重任，并且发表了一篇题为《一服资产阶级思想的腐蚀剂》的讨论总结性长文。这件事情说明在当代中国文艺思潮的风风雨雨中，处于浪潮中的每个人物往往是身不由己的，大人物如此，小人物也如此。萧殷师与我，就是这样的悲剧。（黄伟宗《"花地"、萧殷师与我的二十年情缘》，《百年萧殷》第220页）

③《年表》。

④1965年1月，《羊城晚报》归中南局领导。时任中南局第一书记陶铸，因怀疑癌症住从化温泉检查身体，自告奋勇在养病期间直接领导《羊城晚报》工作。在这期间，他亲自组织一班秀才撰写了学习毛泽东思想的系列专论，称毛泽东思想是"马列主义的顶峰"，举世瞩目，影响很大。另一件很有影响的事情，是发表著名作家周立波写毛泽

东回故乡的散文《韶山的节日》。这篇被江青诬为"大毒草"的文章,不仅使周立波和《羊城晚报》遭受灭顶之灾,也使陶铸从政治命运的"顶峰"一下掉入厄运的谷底,从中央"第四号人物"一下变成被打倒的全国"第三号最大的走资派",直至含冤辞世。这件惊天动地的大事,我居然是始作俑者,萧殷师也席卷其中。(黄伟宗《"花地"、萧殷师与我的二十年情缘》,《百年萧殷》第220—221页)

⑤二月七日,上午九时半自从化动身返广州,八时车抵羊城宾馆,下午无活动。广州对外联络处给我一封玉墀发自西安的电报,电报是一号下午发到广州的,七号才交给我,而且是已经拆开的。广州人做事乱弹琴,于此可见一斑。晚间宴会。萧殷主持,在泮溪酒家,很讲究,房屋也很讲究。(王汶石著《王汶石文集》第四卷,陕西人民出版社2004年9月版第603—604页)

王汶石(1921—1999),山西荣河人。1939年加入中国共产党。曾任延安西北文艺工作团第二团团长。1949年后任陕西省作协、文联副主席。

⑥广东省档案馆《座谈"红灯记",肖殷、张庆川、罗品超、刘天一、陈仲达等发言记录》,档案编号312-1-62-119-132。

⑦1965年1月,他给我回信说:"读来信,知道你努力工作,认真锻炼,并且还学会了海南话,可喜可贺。不过,这仅仅是开始,世界观的改造是长期的,千万不要满足于某一方面的一点成绩。你在学校读书时,当不少教师吹捧你的文章的时候,我就表示过异议,我以为那种思想感情、情调以至于文字,都是与工农兵的方向不相适应的。这种现象也反映了那些教师的文艺倾向。《岭南春色》结束,大家在讨论时,你所流露的思想是有代表性的。今后,希望你在前进道路上,不要忘记那段教训。应当好好总结,思想认识才会不断地提高。"(张振金《我心中的萧殷》,《百年萧殷》第213页)

按,1965年1月,误。

⑧《年表》。

⑨《年表》。

李英儒(1913—1989),河北保定人。1937年参加八路军,曾任记者、编辑、八路军某部团长。1953年在部队从事文化工作。著有《野火春风斗古城》。

⑩《年表》。

⑪看见张天翼同志时请代问好!我们已十五年不晤面了,一九六五年我去罗马尼亚前后见过他了。(1980年5月25日致弘征函)

⑫英儒同志于一九六五年六月曾与我一同访问罗马尼亚。回来后因忙于中南戏剧会演，接着又忙于下乡搞"四清"，不久又"文化大革命"，因而始终未通信。(《萧殷文学书简》第155页）

⑬《年表》。

⑭《年表》。

⑮7月1日至8月15日，中南区戏剧观摩演出大会在广州举行。参加演出的有中南五省（区）和武汉、广州部队的代表团，共演出话剧、歌剧和京剧等十九个戏曲剧种的五十一个现代戏长短剧目。广东省代表团演出的剧目有粤剧《山乡风云》《阿霞》、潮剧《万山红》、京剧《带兵的人》、话剧《千锤百炼》等长剧和琼剧《接绳上路》、广东汉剧《一袋麦种》、山歌剧《彩虹》等短戏。陶铸在闭幕式上作题为《革命现代戏要迅速地全部地占领舞台》的总结报告。（中国戏曲志编辑委员会、《中国戏曲志·广东卷》编辑委员会编《中国戏曲志·广东卷》，中国ISBN中心1993年11月版第55页）

⑯《年表》。

⑰《年表》。

⑱1964年夏天，听说萧殷同志在作协会议室做关于戏剧创作的报告，他是全国知名的文艺评论家，但谈戏剧的理论却不多，我当时作为广东人民出版社的戏剧编辑，赶去听了。这是我第一次听萧殷做报告。他在会上谈了典型人物、戏剧矛盾、生活和艺术真实诸问题，看来他身体颇弱，但说话中气足，也很有条理，逻辑性也强。他强调戏剧要写人物性格，如果只写事件，不抓人物性格，就不动人，事件也贯穿不起来。他批评好些戏反面人物活灵活现，但正面人物却立不起来。（韦轩《记文艺育花人萧殷》，《百年萧殷》第241页）

⑲为了锻炼思想和身体，我决定九月中到花县去参加"四清"。（1965年8月20日致钟永华函）

⑳1965年冬，周立波应广州《羊城晚报》约请，写作发表了散文《韶山的节日》。[熊坤静《长篇小说〈山乡巨变〉创作的前前后后》，《党史博采（纪实版）》2013年第6期]

周立波（1908—1979），湖南益阳人。1930年加入左翼戏剧家联盟，延安鲁艺教师。1949年后任湖南省文联主席。著有《暴风骤雨》。

1966年　丙午　五十一岁

1月

21日，《羊城晚报》第二版《花地》刊登周立波散文《韶山的节日》，① 此文记述了1959年毛泽东返回故乡韶山的情景。② 不久，引起了风波。③

2月

2日，张春桥责令中宣部通知全国报刊不得转载《韶山的节日》。④

22日，钟永华来函。

是月，受陶铸委派核实情况。⑤

3月

8日，写信给钟永华。

是月，刘庆云调中南局宣传部文艺处工作。⑥

4月

是月，为周立波《韶山的节日》再次发表撰写"编者按"，强调此文的教育意义。

23日，《羊城晚报》第二版《花地》发表周立波散文《韶山的节日》，并加上了先生写的编者按："一月二十一日本报刊登周立波同志所写的《韶山的节日》一文之后，读者反应热烈，一致认为这是一篇好文章，受到深刻的教育。但也有读者指出，其中有数处和事实有些出入。经过多方核对，确实如此。为避免以讹传讹，特请周立波同志做了一些修改。现将修改后的该文重登一次，并向来信指出缺点的读者表示谢意。"⑦

月底，康生办公室委派两名《解放军报》记者到广州调查此事，并企图挑起事端。萧殷回答《解放军报》记者调查。⑧

5月

12日，写信给钟永华。

6月

5日，张汉青来函⑨

20日，写信给钟永华。

7月

是月，焚书。⑩ 将焚烧剩下的照片和底片放在一个皮箱里交给张海浪保管。⑪ 不久，红卫兵来抄家。⑫

11月

是月，中南局机关通知"文革"深入。⑬

是月，对女儿陶萌萌说："如果爸爸死了，将来你一定要为爸爸甄别，爸爸没有反党反社会主义反毛泽东思想。"⑭

12月

是月中旬，周小舟来访，还书。⑮

是年，七十多条、共八万余言的《创作随感录》则在抄家中不翼而飞。⑯断断续续写了八年的长篇小说《多雨的夏天》，已经完成十几万字。尤其重要的是，每完成一章，就写下这一章的笔记，详记自己写作时遇到的各类困难和解决办法，想通过自己的创作实践，结合理论研究的心得，让青年作者学会观察生活，提炼主题，安排主次矛盾，突出人物性格，以至少走弯路。这部计划三十万字的小说只写了三分之一，而写作笔记也有十万余字。为了防止"文革"抄家，把《多雨的夏天》手稿以及多张小说场景绘图寄放到家乡故居。想不到后来被怕事的侄儿烧毁。而那本十余万字的写作笔记则在抄家中不翼而飞。"文革"，令两部作品无法完成，是一生大憾。⑰

【注释】

①征求的结果，各方都没有提出什么意见。当时的中南局宣传部长王匡，也注意到有罗瑞卿名字这一点，此外，均无异议。总编辑杨奇还打电话询问过中央，得到"可以由你们自己处理"的答复后，他们才在略去了罗瑞卿名字之后，将文章发表出来。见报的时间是1966年1月21日。［杨建民《周立波散文〈韶山的节日〉引起的一场风波》，《党史博采》2009年第8期］

②发表了散文《韶山的节日》。作品生动地记述了毛泽东主席1959年6月25日回韶山故里访问的情景。［熊坤静《长篇小说〈山乡巨变〉创作的前前后后》，《党史博采（纪实版）》2013年第6期］

③事后才知道《韶山的节日》之所以闯下如此"大祸"，皆因文中写了毛泽东首任妻子杨开慧的名字，犯了江青之"大忌"，故必置之死地而后快，谁也难避这急风暴雨之灾。（黄伟宗《"花地"、萧殷师与我的二十年情缘》，《百年萧殷》第221页）

④文章是如何"丑化"毛泽东的呢？据杨奇回忆，文章在记述毛泽东回乡扫墓时是这么写的：毛泽东用一截松枝插在父母坟前说："不管三七二十一，鞠个躬吧。"这"不管三七二十一"可以有多种解释，引起了社会的一些批评，湖南韶山"毛泽东旧居陈列馆"的工作人员写信给湖南省委，指文章"许多细节不确""根本就不应该在报上公开发表"。张春桥在看到文章后，立即打电话给中宣部，认为该文"是歪曲毛主席形象，攻击

毛主席"的大毒草，"因为这是一篇不能或不便批评的文章，全国一登就麻烦了"，他要求全国报刊不得转载。2月2日，中宣部通知全国报刊不能转载《韶山的节日》。〔叶曙明《1966年封闭〈红卫报〉（原〈羊城晚报〉）》，《广东史志》2002年第4期〕

⑤陶铸决定派萧殷核实情况，随后以报社名义写信给湖南省委宣传部，要求修改后重新刊登。周立波也通过湖南省委寄来了修改稿和更正启事。杨奇说他自己对此文"慎之又慎"，事先请示了中央，得到"可以由你们自己处理"的答复后，为了避免误解，还把原文中"不管三七二十一"那句删掉了，才在4月23日第二次发表。（叶曙明《1966年封闭〈红卫报〉（原〈羊城晚报〉）》，《广东史志》2002年第4期）

⑥1966年春，在经过半年的焦灼等待之后，我被分配到了中共中央中南局宣传部文艺处……当时萧殷同志是文艺处长，我的顶头上司。他可能看出了我的惶惑，有一天来到我的办公室，坐在我的对面，亲切地说："小刘，你以后要转入对当代文艺的关注与研究。你不要担心，我会好好带你。我过去带出了饶芃子，她像你一样是学古典文学的，但现在成为文艺评论的骨干，我也会像带她那样带你的。"话不多，极为诚恳。我心存感激，表示一定好好学习。（刘庆云《高尚质朴长者风范——对萧殷同志的点滴回忆》，《百年萧殷》第316—317页）

刘庆云（1935—　），湖南长沙人。武汉大学研究生毕业，湘潭大学中文系教授，系主任。著有《词话十论》。

⑦隔了一段时间，据说是陶铸接到康生的信，说《韶山的节日》有错误，要中南局和报社检查。萧殷师任处长的中南局宣传部文艺处，负责向韶山纪念馆核查，回复称文章只有一个错字，严肃起见，即使如此也要认真改正重登，由萧殷师亲自执笔写了一篇约200字检讨性的"编者按"语。孰料发表之后，问题更大。（黄伟宗《"花地"、萧殷师与我的二十年情缘》，《百年萧殷》第221页）

⑧《年表》。

⑨张汉青（1931—　），广东揭阳人。1949年8月参加工作。1951年调华南分局宣传部工作。1991年后任省人大常委会副主任。

⑩不久以后，听说萧殷同志烧毁了自己的藏书，烧了三天三夜，我感到万分惋惜。我自己的书，包括《史记》《昭明文选》《渊鉴类函》及陶渊明、李白、杜甫、李商隐、欧阳修、苏轼等人的诗文集，是绝对不会烧的。我知道萧殷同志也是爱书之人，听说他把每月的工资大部分都用来买书。这段时间因为红卫兵多次抄家，为免被人借题发

挥，大做文章，还不如自己处理掉，可以想象萧殷同志这样做心里有多痛。（刘庆云《高尚质朴长者风范——对萧殷同志的点滴回忆》，《百年萧殷》第317页）

⑪张海浪，广东龙川人。1942年入读龙川一中初中。1959年毕业于湖南医科大学。广州中山医学院脑外科专家。1982年移居香港。1983年在澳门镜湖医院任职。1992年退休。

按，先生把焚烧剩下的照片和底片放在一个皮箱里交给张海浪保管，后来张海浪担心出事，把照片转交给昔日在龙川的同学刘庆才收藏。

刘庆才，广东龙川人。时在广州某设计院工作。

⑫还有一户焚书最多的是著名的文学评论家肖殷同志，他藏书甚多，同时职居中共中南局宣传部文艺处处长，自然是"重点户"。他几乎把所有的书全部烧光，整整烧了一个晚上，第二天还余烟袅袅，不绝如缕，这样反而欲盖弥彰，果然不多久，红卫兵就来抄他的家了……我当时忽然想到古时候有一副对联："误我此生缘识字，愿君再世续焚书。"（黄秋耘《焚书记》，黄秋耘著《黄秋耘散文选集》，姚玳玫编，百花文艺出版社2004年9月版第106—107页）

⑬《年表》。

⑭据陶萌萌回忆。

⑮周小舟（1912—1966），湖南湘潭人。曾任毛泽东秘书。1949年后曾任湖南省委书记。1962年6月调任中国科学院中南分院副院长。

⑯《年表》

⑰陶萌萌整理《萧殷年表长编》稿本。

1967年　丁未　五十二岁

年初，真实评价杨朔。①

2月

25日，写信给钟永华。

7月

是月中旬，某中午服下大量安眠药昏迷。直到傍晚女作家郁茹来访才被发现，送医院已经瞳孔放大，没有呼吸，经急救恢复呼吸，昏迷一周后苏醒。②住院半个月，期间由陶萍、陶萌萌和杜埃的妻子、儿子负责陪护。

1967年

8月

是月,"打倒陶铸"的大字报现街头。北京出现《羊城晚报》"再三发表《韶山的节日》大毒草"的大字报。③

是年,被广州和全国各文艺团体、各大专院校人员频繁抄家批斗,或者陪中南局的书记部长们挨斗以至吐血。被学生造反派带走关押多日,不知下落。④被关押时,与大学生王作志成为朋友。后来的数年里,一直指导王作志写作。⑤

每日的工作,就是为中南局机关大院外墙洗刷标语大字报。⑥

是年,曾打算到河北肃宁县农民朋友宋永平家暂避风头。⑦

【注释】

①记得一九六七年初,北京有人来向我"调查"杨朔的为人,我坦率地谈了他的诚恳真挚和治学精神,并洋溢着赞叹之词。来人听了竟骂我:"你这人真胆大,竟想替杨朔涂脂抹粉。"我说:"你们是来了解我对杨朔的印象的,我忠实地谈了杨朔与我在交往中所留下的主要印象,怎么是涂脂抹粉?"来人不仅不愿听下去,反而大骂我不老实。当时我也火了,很激动,说:"你们听就听,不听就算了!我不能讲些适合你们需要的话。"那时候,当然还不可能预料到局势会发展到后来那样严重。但我始终认为:诚恳,说真话,却是做人的第一条。(《创作随谈录》第49页)

②陶萌萌整理《萧殷年表长编》稿本。

郁茹(1921—),浙江杭州人。历任香港《华商报》记者,广东《南方日报》记者、编辑、文艺部副主任,广东省作协副主席。著有《郁茹作品选集》。

③1967年8月间,北京街头出现了"打倒陶铸"的大字报,所列罪行中有:"是造谣放毒的《羊城晚报》黑后台""再三发表《韶山的节日》大毒草"。随即周立波被揪出在湖南全省游斗致残,《羊城晚报》被封闭停刊。不久我随晚报同人被下放英德黄陂五七干校,萧殷师也随中南局机关下放连山五七干校。(黄伟宗《"花地"、萧殷师与我的二十年情缘》,《百年萧殷》第221页)

④《年表》。

⑤王作志(1947—),毕业于广州外语学院,广东湛江市外事处干部。

⑥陶萌萌整理《萧殷年表长编》稿本。

⑦直到1967年"文革"期间,陶萍同志给我来信,大意是萧殷同志被折磨得很痛苦,说想到我的家乡来避避风头,我立刻回信答应了他。但是他始终没有来,为了保护

家人不遭追究,他没有来。后来,我听说他真的几乎活不下去……(宋永平《萧殷把我当朋友》,《百年萧殷》第168—169页)

1968年　戊申　五十三岁
8月

3日,杨朔逝世。①

是月,中南局实行军事管制。②

是年,继续挨批斗,被关押,写检查。③

【注释】

①杨朔在连续被批斗后,终于1968年8月3日,他带着终生的遗憾离开了人世。后来当杨朔的弟弟杨玉玮来信给萧殷,告诉关于杨朔惨死的讯息,不禁使萧殷悲痛万分,老泪纵横,他万分悲伤地说:"杨玉玮同志的来信,勾起了我对杨朔的无限怀念之情。进入老年后,我很少哭泣。这一回,我再也无法控制自己的感情而失声恸哭。"(贺朗著《萧殷论》,广州文化出版社1989年版第103页)

②1968年8月,中南局实行军事管制。(刘庆云《高尚质朴长者风范——对萧殷同志的点滴回忆》,《百年萧殷》第317页)

③《年表》。

1969年　己酉　五十四岁

3月,下放到粤北连山县上草五七干校,在干校万里坪①养猪……②关心其他被关押审查的干部及他们未成年的子女,受到尊敬。③

是年,得了肺气肿、高血压、冠心病。④

是年秋,回中南局招待所养病,饶芃子到访。⑤

是年,在干校采集中草药。⑥受到王少卿的照顾。⑦设计新灶。⑧

是年,全家人下乡。⑨分散在广东各地。⑩

【注释】

①1969年3月,中南局绝大部分干部下放到广东连山上草五七干校,萧殷同志也和宣传部、组织部、政研室的干部一起到了干校五连驻地万里坪。连山,地处南岭五岭之一的萌诸山脉之中,位于粤、湘、桂三省(区)接合部,峰峦林立,地势高峻,沟壑

纵横，人烟稀少（以壮族、瑶族为主）。这里，曾是唐代诗人刘禹锡的贬谪之地……万里坪，虽号称"万里"，实则不足500平方米，位于通往广西的公路边，地势高于公路四五米，有两处斜坡，可以上下。这里原是下放知青的住地，因而有一栋现成的坐北朝南的房屋。房屋中间为走道，走道后面有房子十来间，走道前面亦为住房，靠中间为一略大的厅堂，是全连聚集开会之地，亦为雨天打饭菜之所。每间房屋有不高的阁楼，勉强可住人。我们多数人分住房间（三人一间），也有少数人住阁楼。有的阁楼一人一世界，故亦有人主动要求住阁楼者。在房屋的右侧，另有厨房及油盐米面的储藏室。厨房外有屋檐，为堆垛柴草之处。房屋前有一供休憩、玩乐的七八十平方米的敞坪。（刘庆云《高尚质朴长者风范——对萧殷同志的点滴回忆》，《百年萧殷》第317—318页）

②《年表》。

③陶萌萌整理《萧殷年表长编》稿本。

④萧殷说，现在搞卫生倒是方便了。我问他这些年怎么熬过来的。他说，1969年到五七干校，先养猪后又放鹅，跋山涉水，本来身体就不大好，这一锻炼改造，又添了新病。和你家老康一样，哮喘也更厉害了，又得了肺气肿。啊！我知道这是很折磨人的病，这时我看他桌子上还堆了一些稿件，有的还没开封。我说，你们都该好好休息了，挨了这些年整，整出一身病，还不好好养养。陶萍说，我也这样说他，他不听，有什么办法，病一发作，只有自己受苦了。我问陶萍身体情况，她得了高血压，冠心病的帽子也戴上了。（王勉思《怀念萧殷夫妇》，《百年萧殷》第109页）

⑤直至1969年秋天，听作协的同行说萧殷先生已从干校回中南局招待所养病，我赶快去看他，他没想到我会突然出现，高兴得忙叫我坐，房间里到处堆放着劫余的旧书、旧物，我坐在唯一的一把靠背椅上，一时百感交集，不知说什么好。他看我沉默，反而宽慰地说："劫后余生，不容易，应该高兴才对。"那天，他的大儿子葵葵还为我们在招待所门口拍了两张照片，作为灾难之后久别重逢的纪念。（饶芃子《回忆与悼念——缅怀萧殷先生》，《百年萧殷》第189页）

⑥他信中长篇大段描述的是他在干校扛着小锄、拎着小篮、如何踏遍当地的山山水水采集中草药的情景，俨然一个中草药郎中。他说，由于爬山采药，饭吃得多了，身体也好了。（龙世辉《老师·朋友·"场外指导"》，《百年萧殷》第103页）

⑦萧殷转头一看，对方是班上的炊事员王少卿。因为她做炊事工作，腰间经常围着围裙，像《沙家浜》里的阿庆嫂，于是大家就叫她"阿庆嫂"……"阿庆嫂"打发大家

吃饭，再把萧殷的饭菜放在锅里暖着，然后走出门口来接替萧殷的那担猪菜。她知道，萧殷每天清早就上山找猪菜，总是中午过后，他才能下山。（《萧殷传》第184页）

王少卿，时在上草干校，任炊事员。

⑧给猪煮饲料的柴火，是班上大伙上山砍来的。他们上山弄柴火很辛苦。萧殷看在眼里，记在心上。每天都要大量的柴火煮猪食，能不能节约柴火，减轻大伙的负担呢？萧殷反复琢磨，认为应该从改造煮饲料的灶入手。他觉得旧灶耗柴火，就自己设计了新灶。由他画灶图，请人来制作。果然，他设计的新灶，既省柴，火势又旺。（《萧殷传》第191页）

⑨1969年我们全家人下乡，去干校，家交给孩子的姥姥。不久，我家被扫地出门，因为有老人在，分了一间八平方米的小屋。老人家搬家的时候只有一个概念，只要是萧殷的东西就尽量要搬走。（陶萍《心上，拴着文学青年》，《百年萧殷》第152页）

⑩萧殷本来有个美好和睦的家庭。一家六口，快快活活地住在梅花村。"文化大革命"一来，就把这个幸福的家庭冲散了。萧殷去了连山上草中南局干校；爱人陶萍也去了英德省文艺干校；大女儿陶萌萌上山下乡去了徐闻农场；大儿子葵葵去了海南岛屯昌农场；姥姥回了北京；只有权权因年纪还小，还读小学，未到上山下乡的年龄，只好留在广州。一家六口分散在六个地方……但一九六九年春，中南局撤销，部队接管，一道命令，住在梅花村的各户人家统统被赶出来，于是姥姥和权权被迫迁到这里来了。（《萧殷传》第7页）

1970年　庚戌　五十五岁
1月

1日，刘士馗题赠先生1936年在中大附小水池戏水照。①

是年，边劳动，边继续写检查，自我批评。②

是年，所在干校的连队从五里坪搬到湘洞，负责养鹅工作。③

是年，结交农民朋友。④

是年，关心老烈及其儿子。⑤

是年，学会治病。⑥

是年冬，萧荃荃（权权）参军。⑦

【注释】

① 见本年谱1936年6月。

② 《年表》。

③ 待到我从长沙休完产假回来,已是1970年初了,五连已从万里坪搬到了靠近上草小镇的湘洞。湘洞是一座很大的楼房,有左、中、右三大间,男士居左,女士居右,中间为开会之处。因为几个连合居一处,人数大增,这座楼的面积有限,安排不下,故而又有少数人居住在主楼旁边的一栋较小的楼房里,萧殷同志也被安排在这栋小楼居住。搬到湘洞后,萧殷同志的任务是到河滩上放牧三只白鹅。当时有人提出,以萧殷同志的月工资计算,牧一只鹅付出的报酬是多少?计算完以后,大家相视一笑。这"笑",并非针对萧殷同志本人,而是别有深意。计委的李紫湘和我,还曾和萧殷同志开玩笑,戏称他为"牧鹅少年马季"(此系一外国电影片名)。这时萧殷同志应该是年过半百了,已非"少年",也不加反驳,只是微微一笑,手持竹竿,赶着几只昂首高歌的白鹅走向河滩。(刘庆云《高尚质朴长者风范——对萧殷同志的点滴回忆》,《百年萧殷》第319页)

④ 劳动中萧殷结交了不少老农朋友。人们看萧殷从外形到内心和农民这么亲近,都说:"萧殷改造得和农民一样了!"(陶萍《俯首甘为孺子牛——萧殷传》,《粤海文踪——当代广东著名作家十七人传》第114页)

⑤ 三识萧殷是在1973年我从有名的粤北"一〇三队"放回来以后,心力交瘁、骨瘦如柴、弱不禁风,眼看着就不行了。在我那一间小黑屋、两张落架床的四口之"家"里,我的小儿子对我说了一件事:当我被"革命派的战友们"带走,下落不明、音信杳然之后,我的一家,大儿子被赶往海南,小儿子随他母亲被下放到连山干校。在那里,他虽然也和小朋友们同吃同住同读书,但在左视眼中,他是属于"黑七类"之列,看高些也不过是"可以教育好的子女"。小朋友之间和平共处时倒还可以,无非背后指指点点,倘若发生龃龉,吵起架来,那便"狗崽子""小三反""你爸爸反革命"骂声不绝。这使我那八九岁的小儿子羞愧难当,万分难过。萧殷看在眼里,记在心上,便经常找他闲聊,说:"小朋友们不懂事,你不要听,你爸爸还没有审查定案,我看他不是坏人,你要有信心。"还对他讲晋察冀整风的一些事情,讲写作《桃子熟了的时候》的背景、意图,教他写大字。后来小朋友又起哄,萧殷便像个慈祥的老师似的慢慢劝解:"小朋友要讲团结,不要伤害别人的感情。受审查的干部那么多,都还没有结论,不好无根据地乱说呀!我看也许都没事。"经过萧殷的几次说服,我的小儿子不再遭受

辱骂；和小朋友们一起学习得很好，他心里感到十分温暖，非常感激。他告诉我这番经过的时候，眼里含着泪水说："萧伯伯是个好人哪！"真的，我听了也几乎落下泪来。干校时期，我早已被打翻在地还踏上了一只脚，在"另册"里都没有名字，代之以"二十八号"，只待"秋后处决"了，谁还承认我是一个人，相信我还活在人间？萧殷！在那风雨如晦的年月，对一个已"失踪"了的"死囚"，他还敢说"我看他不是坏人"，多方维护、解释，这岂止于对我个人的知遇，分明是他对党、对真理、对同志的坚定信念。呜呼萧殷，党的好战士，我的好同志啊！（老烈《我们成了推心置腹的朋友——忆萧殷》，《百年萧殷》第127—128页）

⑥萧殷白天把狮头鹅赶到外面，一边看鹅，一边在地里找草药。他懂得很多草药，采了草药，晚上就放在那当桌子的木板上，分类，晾干。他送我一本草药书，书上有各种草药的图画，并注明药性、可治什么病等等。我也跟他学，经常采集各种草药，对照书看。我当时认得好几种草药，但现在都忘了，只记得马齿苋有消炎的作用，可治拉肚子。萧殷有哮喘病，他常常按书上的草药煎药喝。干校缺医少药，有点小毛病，一般就到镇上的医院去看。萧殷从不信这种医院，他认为这种医院的医生，都没有正式学过医，就是当时所谓的赤脚医生。他不论哪里不舒服，都用草药给自己治。鹅睡在他房里。鹅睡的时候也会发出一些声音，萧殷认为鹅也有哮喘，就把自己喝的草药水再煎一道给鹅喝。这一点，我实在不懂了。我说："我没听说过鹅也有哮喘病的。"萧殷说："你看，我喝了没事，鹅喝了也不会有事的。"（沈容《萧殷养鹅》，《百年萧殷》第420—421页）

⑦还有老三权权，一九七〇年冬参加人民海军，已近四年，估计本年底或明年初可能复员回家，这问题不大，我们用不着去操心，最令人操心的是萌萌，是女儿，又已经廿五岁。（1974年10月15日致白拓方函）

萧荃荃（1953— ），广东龙川人。萧殷次子。毕业于广东工学院。曾在海军部队服役，后在广州汽车制造厂工作。

1971年　辛亥　五十六岁
2月
是月，回广州，住农林下路四横路1号，左腿动手术。①
春节，萌萌回家。②

1971年

是月，买固体酱油寄给在海南乡下的萧葵葵。③

3月

13日，写信给白拓方。④

28日，参加"批修整风"学习班。⑤

5月

18日，"批修整风"学习班结束。⑥

19日，写信给王作志。

23日，离开广州，返回干校。⑦

6月

21日，写信给王作志。

7月

11日，在连山（干校）写信给吕蒙。

17日，写信给王作志。

19日，吕蒙来函。

是年，夏天，政治审查结束。⑧听说省文化单位准备调回广州，但迟迟没有通知。⑨

8月

1日，写信给吕蒙。

29日，写信给王作志。

9月

24日，写信给钟永华。

是月，正式"解放"。⑩

30日，离开上草干校。⑪

10月

12日，回到广州。⑫常常到王阑西家里聊天。⑬

13日，参加学习班。⑭

17日，返回上草干校。⑮

18日，写信给王作志。⑯

21日，写信给钟永华。

21日，写信给郑集思。⑰

11月

3日，写信给吕蒙。

是月，因不能抵御粤北寒流，肺气肿病发作，致呼吸困难几乎送命，立即被护送往广州治病。⑱

12日，上午九时半，入广东省干部疗养院（现名广东省老干部事务中心）疗养，⑲住院号为2560。由此至1972年6月4日，住院204天。

14日，写信给吕蒙。

23日，写信给张继元。⑳

是月，从此离开中南局系统。㉑

12月

29日，回广州过元旦。㉒

是年，《青春万岁》的清样仍在先生家里。㉓

是年底，刘庆才的女儿刘菊芳把1966年先生委托张海浪保管的照片和底片交还陶萍。㉔

【注释】

①1970年冬天，广州农林下路四横路的一间房子，门口的白玉兰在朔风中瑟缩着。房内，仅有的窗棂虽被关得严严实实，里面的空气却好像被冻得凝结了。房子的主人刚从粤北山区回来，身上还带着山区的寒气。他左腿刚动过手术，正倚靠床栏，全神贯注地阅读着信稿。这是他熟悉的青年作者们寄来的。几个钟头过去了，他还是纹丝不动，似乎身子在寒冷的空气里也被冻结了。直至看完这沓信稿的最后一页，他才轻轻舒了口气，抬起头来环顾了一下房子的四周：房间只有10平方米，并排摆着的两张单人床，填满了大部分空间。在极窄的走道上，放着一张小三角折凳。凌乱地放在床上的几本《鲁迅全集》，不是被白蚁吃掉了一角，就是给蛀了一个个洞。这是他去五七干校以来第一次回到他的"新居"，一切都感到陌生。他淡然地笑了笑，心想：我们这些"反动权威"大概都是如此的境遇吧！（谢望新、李孟昱《寒凝大地发春华》，《百年萧殷》第55—56页）

按，"1970年冬天"误，应为"1971年2月"。

②我的大女儿萌萌，今年第一次回来过春节，住了约三周又回建设兵团去了。（1971年3月13日致白拓方函）

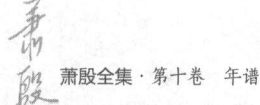

③萧葵葵（1951— ），广东龙川人。萧殷长子。毕业于华南理工大学。曾在轻工业部、广州轻工设计院工作。

④白拓方（1917—1988），山东文登人。1946年参加革命工作。1949年后任北京经济学院教授兼经济研究所所长。

⑤广州美协的人，自"文化大革命"后中断了来往，一直到今年五月参加"批修整风"学习班时，才见到关山月、杨秋人（两人都是原广州美院的副院长）和黄笃维。（1971年7月11日致吕蒙函）

⑥昨晚我才从学习班回来，这次学习时间二十二天，讨论了中央几个文件，收获不少。（1971年5月19日致王作志函）

⑦我和葵葵于上月廿三日离开广州，回到干校快一个月了。在我们回到干校之前，连部同志已替我们在上草镇租了一间楼房，因新搬的房子不够住，不少人都在山下租房住……运动结束后，我们干校也将结束。到那时，该分配的分配，该退休的退休。我退休的可能现在看来概率更大了，因体质比去年还不如。（1971年6月21日致王作志函）

⑧《年表》。

⑨陶萌萌整理《萧殷年表长编》稿本。

⑩我于九月已正式解放，问题已解决了。大家悬念了很久的问题，终于在毛主席的光辉思想照耀下彻底解决了。（1971年10月18日致王作志函）

⑪九月卅日，我离开上草，十月一日早晨到达广州。（1971年10月18日致王作志函）

⑫十月十二日，我回到广州，首先参加了一个短期学习班，听了中央的重要传达，学习结束，即去医院检查了身体，除原有老病外，又发现高血压和动脉硬化症。现在只在家里等候通知，随时准备动身到从化温泉疗养院。据说疗养一期是三个月，如一期不够，可以继续延长。我估计到从化，至少要住上三个月。（1971年11月3日致吕蒙函）

⑬王阑西（1912—1996），河南兰考人。1932年加入中国共产党。抗日战争时期，任中共河南省委文委书记。1949年后，曾任广东省副省长。

⑭十二日晚回抵广州，第二天就到学习班，一连学习了六日，学习了中央几个文件，于十九日结束。现在已决定不回干校去，组织上指定到中山医学院检查身体。我准备去从化之前再回连山一趟，把全部行李取回来。（1971年10月21日致钟永华函）

⑮昨日,我从广州回到干校。(1971年10月18日致王作志函)

⑯在广州每日来人不绝,说是回去休息,其实因来人多,弄得更疲劳,最后连到医院看病的时间也抽不出来。半月假期已经满了。回到干校,一切都很好。今后三连决定不养鹅,改为大力养鸡了。我主要的劳动是养鸡,这比养鹅要省力得多。(1971年10月18日致王作志函)

⑰郑集思(1955—),广东中山人。曾任中山市文化局局长。著有《梦回》。

⑱陶萌萌整理《萧殷年表长编》稿本。

⑲十二日上午九时半,准时到达从化温泉干部疗养院。(1971年11月14日致吕蒙函)

⑳张继元,曾任广东龙川县老隆师范学校校长。

㉑陶萌萌整理《萧殷年表长编》稿本。

㉒廿九日回广州度元旦,大约四日或五日回疗养所去。(1972年1月1日致吕蒙函)

㉓到了1971年,萧殷因病从干校回来,在一个破旧的纸盒里发现了这本清样,因保管不善,纸张变黄变脆。萧殷心疼地把它重新用纸包好。小小的家中没有书柜,萧殷就把它放在枕下……直到后来,王蒙寄来了印有封面的、新出版的《青春万岁》。(陶萍《心上,拴着文学青年》,《百年萧殷》第152—153页)

㉔刘菊芳,刘庆才女儿。时在香港居住。

1972年　壬子　五十七岁

1月

1日,写信给吕蒙。

7日,回到疗养院。①

8日,写信给钟永华。

23日,写信给吕蒙。

3月

3日,做"鸡眼"切除手术。②

7日,写信给钟永华。

24日,写信给王作志。

4月

11日,写信给吕蒙。

1972年

5月

20日，写信给吕蒙。

是月，整理旧照片。

6月

3日，离开从化广东省干部疗养院。③

8月

4日，写信给吕蒙。

22日，写信给王作志。

是月开始工作，担任广东省文艺创作室副主任。④

9月

是月，仍住在农林下路四横路1号。⑤

7日，写信给吕蒙。

14日，写信给吕蒙。

17日，到清远县太和洞（师范学校旧址），出席广东省文艺创作室举办的全省青年作者文学讲习班（又名创作学习班）。⑥

17日，同去清远的有韦丘、郁茹、黄庆云、陶萍等。⑦学习班分小说、散文报告文学、诗歌三个大组。⑧为学员上课，⑨阐述创作规律，⑩给报告文学组做辅导时，谈创作经验⑪讲评习作。⑫在同时举办的韶关地区创作学习班上，做关于如何创造英雄形象的专题报告。⑬

是月，认识黄廷杰。⑭

是月，为杨昭科、李前忠、陈焕展等多位青年作者看稿并仔细指点。⑮

11月

13日，搬入梅花村三十一号二楼。⑯

14日，到达海口，参加海南戏剧会演活动。⑰

15日，写信给王作志。

16日，写信给张继元。

23日，返回广州。⑱

12月

5日，韩念龙来函。

12日，写信给朱逸辉。

12日，写信给张继元。

是年，计划写一部《创作论》。⑲

【注释】

①我七日回疗养院。（1972年1月8日致钟永华函）

②我三月三日，请张医生来给我开了刀，切除了左脚的两个"鸡眼"，手术用了四十分钟，割出的"鸡眼"足有一公分半深，又大又硬，张医生以为这次可能割干净了。（1972年3月24日致王作志函）

③我于六月三日离开疗养院，在家中继续休息。（1972年8月4日致吕蒙函）

④我已分配了工作，在广东省文艺创作室担任副主任，主要任务是抓创作和青年辅导工作，但由于身体不好，很少去上班，只在家中看些稿子或处理些问题。（1972年8月22日致王作志函）

⑤我每日照旧坐在床边看稿写字，以床为桌，以小木箱为凳，这种工作方式，在五七干校确很普遍，但在城市却不多见，而我居然天天如此，而且还不知道要继续到什么时候。（1972年9月7日致吕蒙函）

⑥我和陶萍决定十七日坐船到清远，在那里，省创作室要召开一次会议，讨论、修改一些作品，估计会议要开一个多月，但我不一定参加到最后。（1972年9月14日致吕蒙函）

⑦1972年冬，刚成立的广东省文艺创作室便在清远太和洞举办了一次创作学习班。《平原枪声》的作者李晓民同志是当时创作室的负责人。这个学习班，聚集了全省各地五十多名中青年业余作者。辅导老师有萧殷、韦丘、郁茹、陶萍、黄庆云等。这是"文革"后第一次重建创作队伍的重要一次集中。（程贤章《怀念恩师萧殷》，《百年萧殷》第252页）

黄庆云（1920—2018），广东广州人。1941年创办《新儿童半月刊》。1949年后，任《少先队员》主编、广东省作协副主席。著有《香港归来的孩子》。

⑧1972年秋，在韶关地区清远县举办的全省文学创作学习班，汕头地区学员包括我共12人……萧殷是全国著名的作家、评论家、编辑家，他当之无愧是这次学习班的"祖师爷"。学习班近百位学员，分小说、散文报告文学、诗歌三个大组，小说组人多，又分三个小组，我与曾庆雍、杨昭科、梁广道属小说第3组，陶萍老师是我们的辅

导老师。(李前忠《忆萧殷老师》,《百年萧殷》第322—323页)

⑨1972年底,广东省曾举办过一个青年作者学习班,请他去讲课。据参加过这个学习班的一个学员说,萧殷同志当时只是结合古今中外的著名作家、作品,具体阐述文艺创作的基本原理、基本规律,不但只字不提"样板戏"的创作经验,还指出"三突出"的理论不符合文艺创作规律。结果他被人整了"材料",告到"中央文革",在后来反对"文艺黑线回潮"的时候,被当作"典型",再一次遭受批判。(谭志图《求实精神·理论胆识·人格力量——忆萧殷》,《百年萧殷》第208页)

⑩他说的,是1972年夏天……帮助一批年轻作者修改、发表作品。作为年轻作者,陈云清也参加了会议。会议期间萧殷讲话阐述创作规律,提倡从生活出发,创造典型环境中的典型形象……会后被人五次上书"中央首长"诬告,说萧殷违背江青"三突出""主题先行"的创作方法。不久,萧殷被"四人帮"打成"文艺黑线复辟回潮"的典型。陈,正是告黑状的人。我记得父亲去世前一周,陈几乎天天到医院来看望,我记得父亲对他和气地说:"你回去吧,我什么也没放在心里,你不要担心,啊!没事。好好写啊!好好写。"(陶萌萌《一生,放不下的思念——回忆父亲萧殷之二》,《百年萧殷》第385—386页)

⑪事情得追溯到1972年深秋。当时的省文艺创作室在清远县办创作学习班。孱弱的萧老与学员们一道来到位于山脚的师范学校旧址。他和陶萍大姐住在山坡上,为给学员们看稿,日夜熬神,有时还一手打着电筒、一手拄着竹棍下山来。在给我们报告文学组做辅导时,他结合自己的创作经验,谈《桃子又熟了……》等文的写作经过,并从理论上勇敢地向阴谋家们的歪论发起挑战。而后,应邀给韶关地区创作学习班做报告,他又做投枪。这下子招来横祸,有人五次写告状信,告到于会咏那里去。翌年,他成了"文艺黑线回潮复辟"的典型。[黄廷杰《耐读的萧殷(五题)》,《百年萧殷》第340页]

⑫忘不了,1972年秋,萧殷同志在清远的全省文学讲习班上讲课,启发学员摆脱"三突出"的桎梏。这在当时来说,被视为跟江青唱"对台戏"。没有非凡的胆略是不敢讲的。后来有人告密,使萧殷同志再次蒙冤受审查,但,他没有后退,始终认为他讲得没错。这次讲习班,潮汕去了八人,住一室,常泡工夫茶,萧殷同志几乎天天来给我们讲评各人的习作,使大家获益殊深。(杨昭科《忘不了萧殷同志》,《百年萧殷》第290页)

⑬1972年初冬,刚离开干校重新工作的萧殷,正在清远县参加省文艺创作室举办的

创作学习班。他应在那里同时举办的韶关地区创作学习班的邀请,做一个关于如何创造英雄形象的专题报告。这是萧殷自"文化大革命"以来,头一次就文艺创作问题公开发表意见,他完全掂量得出这次报告的分量……他明确、清晰地阐述了如何按照毛主席的文艺思想来创造英雄形象和各种各样的人物;对当时奉若神明的那套"理论",他只字不提,就好像它从来没有在这个人世间存在一样。在报告结束时,他对被某些人钦定的一个"创作原则"提出了异议:"有人说,塑造英雄形象是根本任务。我认为这不是唯一的任务……"萧殷的报告,像一颗石子,在许多作者沉闷窒息的创作思想里,激起了层层波澜。(谢望新、李孟昱《寒凝大地发春华》,《百年萧殷》第58—59页)

⑭我有幸认识萧殷于1972年,那是他门庭冷落时。我与他通信,经"盘点",从1975年下半年始到1977年下半年计11封,其中就写作问题讨教仅二。[黄廷杰《耐读的萧殷(五题)》,《百年萧殷》第348页]

黄廷杰(1939—   ),广东汕头人。1960年参加工作,1976年从事群众文化工作,任汕头市群众艺术馆馆长。著有《迎舟之死》。

⑮近一个月的反复辅导与交谈,萧殷的理论犹如一把火,把来自基层的业余作者的生活火花点燃了起来。到了学习班后期修改作品时,大家都兴奋地说,这回有门路了。我当时带了一篇《田寮纪事》的小说,交上去,萧殷对陶萍说:"告诉作者,这一篇只写个故事躯壳,没有人物,算什么小说?"于是,陶萍告诉我:"听曾庆雍、陈焕展说,你很有生活积累,重写一篇吧!"同室的杨昭科和我都下决心重写。昭科改好了《闯崖》,我写了一个短篇《落地生根》。小说稿送上去,心里惴惴不安。第二天,陶萍悄悄来宿舍,招呼我到门口,高兴地告诉我:"你这一篇写得好,萧殷昨晚看了好几遍,边看边笑,他说,从这篇作品看,作品有生活,如果辅导得好,作者有希望。"陶萍还告诉我:"萧殷正在屋里等你去座谈哩!"

我一听,高兴得跳起来,快步奔到半山腰他的临时居室……谈了近一个钟头,话题才转到了《落地生根》这篇习作来,萧殷老师没有拿出我送上去的初稿,说起来,小说中几个人的名字他都记住了。他说:"吴鹏这个党委书记的形象基本勾画出来,文章结尾那食甜蛋的细节符合人物性格,鸡嘴尖,鸭嘴扁,这类潮州方言很有地方特点,就是要加以整理,使之外地人读得懂,本地人觉得亲切。"在萧殷老师的具体指导下,《落地生根》这篇小说终于在《广东文艺》复刊号上发表了。(李前忠《忆萧殷老师》,《百年萧殷》第323—324页)

陈焕展（1935—2008），广东潮阳人。曾任《汕头日报》副总编辑。著有《韩江拾翠》。

⑯前日，我们由农林四横路搬到梅花村三十一号二楼，房子很宽敞，虽很旧，但住起来，比梅花村20号要舒适得多。（1972年11月15日致王作志函）

1972年冬，萧殷搬了一次家……果然，一个星期后，作协行政科一位同志通知，要我领几位留在广州的青年作者帮萧殷搬家。于是，我带着清远班留在广州的几位作者——黄火兴、熊诚、丘超祥和现在已经不在文坛打照面的梅县青年作者罗文来、黄均康，以及饶平县《小理发师》的作者林慧泉，去帮萧殷搬家。我记得，我们七人，加上萧殷夫妇，加上全家家具用品，煤炉和剩下的蜂窝炉煤都上了停在门口的卡车。车斗仍然空出好大一块位置。总之，钢琴被虫子咬成一块废木料，书籍给钻成一个一个洞穴，萧殷满面泪痕，被我们推进驾驶室，直奔梅花园三十五号二楼。（程贤章《怀念恩师萧殷》，《百年萧殷》第253—254页）

按：梅花园三十五号，是"梅花村三十一号"之误。

⑰我昨日到达海口，参加海南戏剧会演活动，现住海口华侨大厦三楼三一六号房。（1972年11月15日致王作志函）

⑱我可能廿三或廿四日回广州。（1972年11月15日致王作志函）

⑲一九七二年我打算写一部《创作论》，已拟好八九十个题目，计划每篇千字上下，一篇只写一个具体创作的问题，可单独看，亦可联系起来读。总之，我打算尽可能把创作过程中常常遇到的问题都包括进去，而且尽力写得具体易懂……可是由于身体条件不行，力不从心。但我没有绝望，总希望在自己的晚年能把这点"理想"变成现实。〔黄廷杰《耐读的萧殷（五题）》，《百年萧殷》第342页〕

1973年　癸丑　五十八岁

1月

9日，写信给罗怀金。①

12日，写信给卓可珩。②

22日，写信给吕蒙。

2月

春节，楼栖来看望。③

3月

4日，写信给卓可珰。

12日上午，参加"广州市文艺创作会议"。④

12日，写信给王作志。

18日，写信给卓可珰。

是月，任《广东文艺》主编。

是月中旬，广东作家协会的诗歌创作座谈会召开，9位青年作者参加，韦丘和西彤、老南等人来访。⑤

4月

5日，写信给陶萌萌。

9日，陶萌萌来函。

10日，写信给卓可珰。

15日，写信给陶萌萌。

16日，写信给陶萌萌。

5月

1日，写信给王作志。

25日，写信给卓可珰。

6月

7日，写信给朱逸辉。

9日，写信给卓可珰。

29日，写信给张继元。

7月

2日晚，写信给未艾。⑥

9日，写信给卓可珰。

14日，写信给吕蒙。

21日，写信给卓可珰。

23日，写信给罗海清。

8月

3日，写信给张继元。

3日,写信给卓可珰。

9月

15日,写信给卓可珰、张继元。

16日,写信给王作志。

28日,王作志来函。

10月

11日,写信给卓可珰。

12月

24日,参加年终总结部署会。

是年,心爱的藏书、字画、音乐唱片荡然无存,手稿丢失。⑦

是年,因"清远讲话"被公开点名为广东"文艺黑线复辟回潮"的典型,⑧被贴大字报。⑨

是年,与龙世辉通信。⑩

是年,罗秋兰来穗读书,帮忙寄发信件。⑪

是年,程贤章来访,带来长篇小说《樟田河》584页书稿。⑫批阅书稿时,突然晕倒,送医院抢救。⑬

【注释】

①罗怀金(1941—2022),广东龙川人。罗海清儿子。《河源日报》记者。

②卓可珰(1940—2021),广东大埔人。萧殷在暨南大学任教时的学生。曾任《龙川文艺》编辑。后在香港定居。

③十年动乱给萧殷的身心以严重摧残。1973年春节,我到农林下路去看他,"乍见翻疑梦,相悲各问年"。他的住宅给人家占住了,只留下两个大房间给堆放杂物兼做卧室。没有家具,只有几张凳子。儿女们参军的参军,下放的下放,没一个在身边。生活没人照料,家不成家,晚景凄凉,哮喘经常发作。为了取暖,把煤炉搬进房里,卧室兼做厨房。生活条件比"文革"前差得远,健康情况比"文革"前坏得多。但萧殷担心的却是我党的命运和祖国的前途,从他不多的话语中,隐约流露出对"四人帮"的仇恨。(楼栖《忆往事寄哀思》,《百年萧殷》第117页)

④今日上午还到白鹤洞去给"广州市文艺创作会议"谈创作问题,谈了三个半小时。(1973年3月12日致王作志函)

⑤记得1973年3月中旬,我参加了广东作家协会的诗歌创作座谈会,那时文艺刚开始复苏,座谈会只有九位青年作者参加。萧殷先生那时是《广东文艺》主编,因身体欠佳,很少回机关办公。韦丘和西彤带着我们来到了广州东山梅花村三十五号。我就是在这里见到了慕名已久的文艺青年的导师。萧先生个子矮小,身体消瘦,脸色带黄而因牙痛有些臃肿。一张略多皱纹的脸常显露慈祥的笑容。声音微弱但温和,双目细小却有神。(老南《萧殷鼓励〈侨乡的山〉》,《百年萧殷》第293页)

西彤(1930—),原名吴西彤,广西恭城人。毕业于上海声乐研究所,1947年始发表作品,1949年随军南下,长期在广东工作。曾任《作品》副主编、《华夏诗报》主编。

老南(1940—2004),原名黄英晃,广东台山人。旅美诗人,曾任《美华文学》杂志副主编。著有《梅菊姐》。

⑥未艾,履历不详。

⑦11年后的1973年,那时我在体育报社工作,去广州出差,我仍惦着看望萧殷同志。阔别了这么多年,他到底怎样了?见了面,见他头发已花白,显得又瘦又老,简直大变了样,我心里涌起一股酸楚之情。他正在阳台上晾晒王羲之的草字帖。他一脸苦相,向我诉说,这是仅存的王羲之的草字帖,是他最后的一件文宝。"文化大革命"期间,家中像公共过道,任何人都可以进来随便拿走他的书、字画,经过反复抄检、洗劫,他几十年辛苦积存的心爱的藏书、字画、音乐唱片已经荡然无存,有些未完成的手稿也丢失了。现在最苦恼的是,要写点什么,没有参考材料,没法找参考材料。一个写文章的人,没有参考书、参考材料,那还怎么干下去?(涂光群《萧殷在〈人民文学〉》,《百年萧殷》第98页)

⑧1972年,广东省文艺创作室假清远县办大型写作"学习班",萧殷针对所谓"三突出",做了有关创作规律问题的报告。在我们这边讲平安无事,到韶关办的班一讲,立马坏事,有人五次上书"中央首长"告密,隔年,萧殷便成了"文艺黑线回潮复辟"的"典型"。中共执政前萧殷曾两度与张春桥共事,有好心人劝他:是不是给张写写信消灾?萧殷就是萧殷,坦然面对"黑"到底![黄廷杰《耐读的萧殷(五题)》,《百年萧殷》第347页]

⑨萧殷极力掩饰着内心的愤慨,轻蔑地说:"清远那个讲话,被告状,被贴大字报了。"说完,就一头走进卧室……萧殷从稿堆中拿出清远报告提纲,对陶萍说:"前几

天听到一点风声,我重看了一遍,没有错。等我死了,你叫孩子拿去发表。"大字报贴出后不久,一个工作组进驻了省文艺创作室。他们圈定了"文艺黑线回潮复辟"人物的名单,还在创作室党支委会上宣布:"我们打算将这封告状信印出来,并在信前写上几行字,发给全省各地区。"工作组的这把火一点,创作室里的"震派"人物兴奋得发狂了,四处嚷嚷:"创作室就是有一股回潮复辟的暗流,源头就在清远学习班,要害是萧殷那个报告。"面对着这股喧嚣的狂风恶浪,省文艺创作室的绝大部分具有革命风骨的同志都报以冷眼、嗤之以鼻。他们坚强不屈,像屹立在逆流中的一块巨石,岿然不动。(谢望新、李孟昱《寒凝大地发春华》,《百年萧殷》第59页)

⑩1973年从干校回到北京后,我去信广东人民出版社的李士非同志,从侧面打听一下萧殷的情况,李士非回信说,他二十多天前还见到过萧殷,我打听的消息肯定是误传。我这才直接写信给萧殷。萧殷很快就回了一封长信,他在这封长信中简单地叙说了这些年来的行止,但几乎没谈他在"文化大革命"中的灾难。(龙世辉《老师·朋友·"场外指导"》,《百年萧殷》第103页)

⑪1973年,我从林场被保送到广东农林学院(现在的华南农业大学)林学系读书,舅公萧殷是我在广州的唯一一个亲戚。报到后的第二天,我就按地图上查的交通线路,从学校坐22路公共汽车到位于中山一路的梅花村去拜访舅公……从1973年到1976年,只要周末有空,我都会坐22路公共汽车到舅公家里去,做得最多的事就是将舅公回复各地文学青年的信件或稿件拿到东山邮局去寄。有的写着杂志社编辑部收,有的直接回复本人,地址既有省内的,也有省外的。(罗秋兰《他把生命献给文学事业——回忆我的舅公萧殷》,《百年萧殷》第394—395页)

罗秋兰(1953—),广东龙川人,先生三姐的孙女。曾任龙川县农业局副局长、深圳市宝安区绿化委员会办公室副主任。

⑫正当萧殷开始俯首伏案,执笔写作时,梅县地区业余作者程贤章,将他那本被人说成"回潮复辟"的长篇小说《樟田河》手稿送来了。(谢望新、李孟昱《寒凝大地发春华》,《百年萧殷》第60页)

⑬这天晚上,萧殷看到第十九章,他想再少睡些觉,索性把第二十章看完,明天就完成任务了。不料当他感到疲倦时,忽然头痛难忍。他本想起身饮些水,使自己精神有所恢复再继续看下去。可是突然觉得左半身失去知觉,而且不能活动了。家里人吓坏了,以为是脑溢血,急送医院抢救。经医生检查,不是脑溢血而是因用脑过度,患了脑

神经痉挛。在医院治疗，恢复很慢。萧殷想起了他在干校时，看过不少药书，记得书上有个偏方：用三钱钩藤、三钱川芎、三钱天麻为一剂煮水饮，连饮三次可见效。萧殷服用后，果然头痛减轻，手脚慢慢能动了。程贤章很内疚。他常去医院看望萧殷，但就在萧殷病后两天，他被当时梅县革委会的人带回县去，说他是为林彪、"四人帮"死党树碑立传。程贤章失去了自由，心里又惦念萧殷，非常苦恼。一个月后，萧殷恢复了健康，首先给程贤章写信，他说："看了《樟田河传》十九章，非常遗憾没有看完。这个题材不错，要下苦功夫修改好。以前你在广州，对你提的意见，你可以不全盘接受。艺术创作的主体意识很强，除了作者本人，任何人的意见，再权威都是只做参考。"这封信和萧殷对《樟田河传》的约有一万来字的眉批、横批、旁批，程贤章都视为至宝。（陶萍《俯首甘为孺子牛——萧殷传》，《粤海文踪——当代广东著名作家十七人传》第120—121页）

1974年　甲寅　五十九岁
1月
春，接受杜建国等人采访。①

12日，写信给卓可珰。

13日，写信给张继元。

18日，下午参加党支部委员会会议。

22日，写信给罗海清。

25日，写信给沈仁康。

4月
19日，入从化温泉广东省干部疗养院疗养。

19日，写日记。②

20日，写日记。③

21日，写日记。④

22日，写日记。⑤

22日，写信给张继元。

23日，写日记。⑥

24日，写日记。⑦

25日，写日记。⑧

26日，写日记。⑨

27日，写日记。⑩

28日，写日记。⑪

29日，写日记。⑫

5月

1日，写疗养日记。⑬

2日，写日记。⑭

4日，写日记。⑮

5日，写日记。⑯

6日，写日记。⑰

7日，写日记。⑱

8日，写日记。⑲

9日，写日记。⑳

13日，写日记。㉑

14日，写信给陶萌萌。

15日，写日记。㉒

22日，写日记。㉓

23日，写日记。㉔

27日，陶萌萌来看望，写日记。㉕

28日晚上，陶萌萌回广州。

29日，写日记。㉖

6月

4日，写信给罗怀金。

8日，写信给朱逸辉。

14日，写日记。㉗

20日，写日记。㉘

26日，写信给沈仁康。

26日，写日记。㉙

28日，卓可珰来函。

29日，罗怀金来函。

7月

2日，写信给罗怀金。

6日，写日记。㉚

10日，写信给白拓方。㉛

11日，写日记。㉜

19日，写信给卓可珰。

8月

20日，写信给罗海清。

24日，离开广东省干部疗养院。疗养期间，自制竹笔筒，上刻有"牢骚太盛防肠断，风物长宜放眼量。一九七四年季夏于流溪河畔"字样。

是月，写信给白拓方。㉝

是年夏天，与罗源文相遇。㉞

9月

6日，收到罗海清函。㉟

9日，写信给罗海清。

10日，写信给张继元。

22日，白拓方来函。

26日，写信给罗海清。

26日，写信给卓可珰。

27日，写信给吕蒙。

是月，关炳辉为先生拍照。㊱

10月

3日，罗海清来函。

6日，写信给罗海清。

15日，写信给白拓方。㊲

21日，写信给罗海清。

1974年

11月

1日，写信给白拓方。㊳

5日，白拓方来函（10日收到）。

7日，白拓方来函（11日收到）。

10日，写信给罗海清。

11日，写信给白拓方。

18日，白拓方来函。

22日，写信给卓可珰。

26日，写日记。㊴

29日，写信给白拓方。

12月

30日，入住广东省人民医院。㊵

是年，在广州写文章《素材·题材·积累》。

是年，草拟《创作论》的题目100多条。㊶

是年，接待陈绍伟。㊷

【注释】

①1973年底，宋维静因引进水利设备的事情来到广州，同来的除了延安地区的水利干部之外，还有几位党史工作者——延安革命纪念馆的杜建国、延安党校的俞清天、志丹县革命纪念馆的段明轩。引进水利设备的事情结束之后，他们便住进广州农民运动讲习所，开始了另一项工作——采访广州地区的"老延安"……从1973年底到1974年春整整两个多月时间，他们分头采访了陈郁、王首道、欧阳山、吴有恒、雍文涛、肖殷、焦林义等40多人。这些人，宋维静大部分都很熟悉，其中很多人还是她的老朋友。（黄穗生、杨苗丽、廖惠霞著《宋维静传》，广州出版社2001年6月版第232—233页）

杜建国（1940—　），陕西兴平人。曾任延安革命纪念馆研究室主任、陕甘宁革命根据地史研究会副会长。

②四月十九日入院，医生检查，血压100/140。查眼底：明显的动脉硬化痕。准备验血、小便。服B、芦丁斯、毛冬青粉、"6911"。（萧殷《疗养简记》稿本）

③四月廿日，留小便，指头抽血。血压86/135。体重85.5斤。雾喷喉咙（糜蛋白酶），注射长效青霉素，早午晚服B、芦丁斯、毛冬青、6911。加服：胰酶（助消化

用）。（萧殷《疗养简记》稿本）

④4月21日（星期日），BP：92/130。喷喉（糜蛋白酶）。（萧殷《疗养简记》稿本）

⑤4月22日，BP：90/135。抽血（静脉），喷喉，服药（同前数日）。（萧殷《疗养简记》稿本）

⑥4月23日，BP：90/130。透视：肺气肿，慢性气管炎（明显增大）。下午电疗，心电图（因听报告，未做）。喷喉，服药。经数日温泉浴后，痔疮流血现象减轻。但睡觉不酣畅，易醒。（萧殷《疗养简记》稿本）

⑦4月24（日），BP：100/140。早喘得急，喷喉。潘仲文医生诊断：除肺气肿、冠心病外，还有肾病，服中药。欧医生说用按摩减轻失眠。下午做心电图及超声波检查。电疗（超短波），晚加服：肾气丸。（萧殷《疗养简记》稿本）

⑧4月25日（星期四），BP：96/140。早晚服肾气丸。喷喉。西药如前周。中药，电疗，喷喉。（萧殷《疗养简记》稿本）

⑨4月26日（星期五），BP：100/142。服药，电疗，喷喉。（萧殷《疗养简记》稿本）

⑩4月27日，停止量血压。加按摩（镇静）。（萧殷《疗养简记》稿本）

⑪4月28日（星期日），电疗，按摩，服药，喷喉。（萧殷《疗养简记》稿本）

⑫4月29日，喷喉（最后一次），电疗（超短波），按摩。服中、西药及"肾气丸"。（萧殷《疗养简记》稿本）

⑬4月30日—5月1日放假。中药，理疗停止，西药照常。（萧殷《疗养简记》稿本）

⑭5月2日（星期四），服中、西药。理疗：超短波；按摩。（萧殷《疗养简记》稿本）

⑮5月4日（星期六），看病，中医第二处方。西药减去毛冬青，因对胃口有影响。超短波，按摩。欧医生建议早上尽可能做体力活动。（萧殷《疗养简记》稿本）

⑯5月5日（星期日），早六时到后山散步半小时，回来喘。服西药，肾气丸。（萧殷《疗养简记》稿本）

⑰5月6日，六时半散步（半小时，喘得厉害）。服中西药，肾气丸。超短波，按摩。（萧殷《疗养简记》稿本）

⑱5月7日，服中西，按摩。因停电，超短波中止。早散步。（萧殷《疗养简记》稿本）

⑲5月8日（星期三），早散步半小时，回来仍气促。电疗，按摩。诊病，处第三次方（中医）。（萧殷《疗养简记》稿本）

⑳5月9日，注射胶性钙。电疗，按摩。服中、西药。（萧殷《疗养简记》稿本）

㉑5月13日，同上。（萧殷《疗养简记》稿本）

㉒5月15日，看病，血压110/150。电疗，按摩结束。（以后改腹部按摩，钩藤直流导入）。中药如前，续服肾气丸。西药，改服：复方降压片、心得宁、"6911"。今日中午回广州（与葵、权一起）。（萧殷《疗养简记》稿本）

㉓5月22日，回疗养院。（萧殷《疗养简记》稿本）

㉔5月23日，续服中药，服6911、心得宁、复方降压素。钩藤直流电游子导入。（萧殷《疗养简记》稿本）

㉕5月27日（萌萌来院），钩藤导入，腹部按摩（第一次）。中药，加"附桂八味丸"。去林参及蛤蚧研末服。西药，6911，复方降压片，心得宁。（萧殷《疗养简记》稿本）

㉖5月29日，（昨晚萌回广州）。这两天血压异常正常，80/120。这三四年来少见的现象，但却感到头晕了，也许是长期习惯了高压的缘故。低压110或130时，我都无什么感觉，无头晕。这次每日三次服复方降压素。可能压得太急，不知道还有别的原因？（萧殷《疗养简记》稿本）

㉗6月14日，这星期电疗（钩藤导入）及腹部按摩都已结束，但食欲未解决。今天，注射苯丙酸诺龙（又名肥仔针）。医生希望增加食量，增强体质。同时服心舒宁、心得宁、维生素E，及复方降压素。15日回广州，20日回来。（萧殷《疗养简记》稿本）

㉘6月20日，诊病，拟注射肌苷（Inosine）及续打苯丙酸诺龙（Durabolin）。（萧殷《疗养简记》稿本）

㉙6月26日，诊病，肌苷注射后腹泻，已停。续注射苯丙酸诺龙（每周一次）。每日注射复方甘油磷（滋补神经）。服用：复方降压素、胎盘片、"6911"、VC，及心得宁。电疗：超短波（因近日不舒适，尚未去做）。（萧殷《疗养简记》稿本）

㉚7月6日，复方甘油磷十针已毕，未见什么疗效。苯丙酸诺龙，每周注射一次，

也不见食量有所增加。开始服"蛤蚧定喘丸"。同意服用肾气丸。中药每日一次,西药三次:复方降压素,"6911"。心得宁、胎盘片无药,已停服。(萧殷《疗养简记》稿本)

㉛来温泉不觉快三月,按一般规定,住满了三个月就该出院了,但是听医生的口气,我大概不能出院。因疗效太差,特别是肺气肿与哮喘症,几乎看不出一点减轻。特别是最近气候反常,哮喘症显得十分严重。(1974年7月10日致白拓方函)

㉜7月11日,半月来,每晨四五时出冷汗,大概因体质太虚,最近服潘医生的药后,此现象已停止。今日超短波理疗结束。下午,胸部按摩开始。上星期三,血压正常:80/120。故停服复方降压素,其他西方照旧。另注射AFP(自费)中药及肾气丸照服。(萧殷《疗养简记》稿本)

㉝这个月算是比较平稳,没有完全好转,也没有变坏,饮食与睡眠都较正常。自入院四个月来,没有一天不服中药,"肾气丸"也整整服了三个月,可能是这些中药起作用,现在才出现这种"平稳"现象。(1974年8月致白拓方函)

㉞1974年盛夏,他开始写作阐述文学创作方法的《创作论》。有一天,我在中山五路北京服装店门前和他相遇。他穿一身过分朴素的衣服和一双洗得发白的"解放鞋",迹近"寒酸"。他对我说,他预感到"岁寒将压城"。(罗源文《"老乡再加半个老乡"——忆萧殷老师》,《百年萧殷》第363页)

㉟二日来信六日就收到,随即把鸡心椒种子播在花盆里,且每日都洒点水,可是到今天仍无发芽的征候,不知什么原因,照理八天时间应该出芽了。(《萧殷文学书简》第232页)

㊱载于《羊城晚报》1983年9月8日第二版。

关炳辉,广东南海人。1977年从事摄影工作,曾任《华侨画报》《风采》记者。

㊲九月廿二日信悉。我于八月廿四日离开温泉,不觉已五十多天,但健康情况还是老样子,不见好转,也没有变坏,但体质却日见衰弱,这是使大家深感不安的。我自己却泰然置之,早在抗战初期,就体弱多病,真未料到我能把生命拖到今天,而且还多少为党做了一点工作,到了油尽了就该熄灭,这是自然法则,用不着悲伤,也无什么遗憾。(1974年10月15日致白拓方函)

㊳有时想看点闲书,但不易找到。我的藏书几乎全部没有了,现在四壁皆空,不仅没有一架架的书,连一幅画也没有……你那里有无值得看的书籍?我现在每到找不到什么可读的时候,就爱找出马、恩和列宁的著作来读,这确百读不厌,越读使人头脑越清

醒的经典作品！（1974年11月1日致白拓方函）

㊴1974.11.26 李季医生来诊。B_1注射（与ATP混合注射），辅酶A（co-enzyme-A），速可眠（Seconal），降压灵（verticilum）。（萧殷《疗养简记》稿本）

㊵到十二月卅日，我正在给你写信，只写了个开头，机关就派车来送我到人民医院速诊室看病，我本来不想去，但车既然来了，只好去看看。谁知医生一看，却要我进医院留医，时已下午五时半，便毫无准备地被送入医院。现在住院十二天。（1975年1月10日致罗海清函）

㊶1974年的一天，我去看他。他告诉我，他有一个大计划，准备写《创作论》，要把几十年从事文学工作——特别是辅导文学青年的心得体会都写出来，献给文学青年。计划很大，光题目就有100多条。他的身体很虚弱，肺气肿很严重。我知道他对所谓"三突出"的东西是嗤之以鼻的，便问他："您写出来能出版吗？"他沉默了一会儿，才缓慢地说："不管怎样，我得写下去。我想，总有一天我的书会出版的。"（陈国凯《是您把我引入文学之门》，《百年萧殷》第233页）

㊷作为一个后学，我早就读过他的文学论著，而真正得到面教，是1974年的事。一天，周苇兄约我们到萧老家坐坐。我没有拜访名家的念头，他们太忙了，怎好打扰他们？这次我去了，去求见一位文坛老将。他住的是一座普通的楼房，那时他已重病缠身，仍和我们仔细交谈。以后，我因工作关系，一年总要到他家几次，他总是谈吐不止，常常被他夫人陶萍同志劝说，才不得不中止谈话。我后来知道，萧老对每个来访者都如是，由谢望新同志整理发表的《文学随谈录》，就是他那些谈话的记录。（陈绍伟《萧老与〈花地〉杂志》，《百年萧殷》第356—357页）

陈绍伟（1941— ），广东新会人。从教10年，曾任《花地》《华夏诗报》主编、广州市文联副主席。著有《诗歌辞典》。

1975年　乙卯　六十岁

1月

10日，写信给罗海清。

25日，写信给钟永华。

26日，写信给白拓方。

2月

27日,罗海清来函(3月2日收到)。

27日夜,写信给罗怀金。①

3月

10日,写信给吕蒙。

20日,写信给罗海清。

4月

29日,写信给白拓方。②

30日,写信给罗海清、杨昭科。

5月

1日,写信给白拓方。

7日,写信给罗海清。

21日,写信给罗海清。

26日,写信给罗怀金。③

27日,写信给罗海清。

6月

是月初,脑血管痉挛,左上下肢也麻木。④

21日,写信给白拓方。⑤

7月

5日,写信给黄廷杰。⑥

11日,写信给罗怀金。

16日,写信给白拓方。

28日,写信给黄廷杰。⑦

8月

12日,写信给吕蒙。

21日,写信给罗海清。

9月

14日,写信给罗海清。

28日,写信给黄廷杰。⑧

1975年

10月

8日，写信给罗海清。

14日，写信给白拓方。

15日，写信给白拓方。⑨

11月

17日，写信给罗海清。

12月

12日，写信给白拓方。

21日，写信给黄廷杰。⑩

27日，入住广东省人民医院。⑪

是年，起草《创作论》主要论点。⑫

是年，委托到新疆出差的沈仁康寻找王蒙，沈无功而返并报告此事，很伤感。⑬

是年秋天，"四人帮"猖獗，写作计划搁置。⑭

【注释】

①两次来信及最近由陈进洪同志带来的家具（两个书架、一个书桌）已收到……《投入战斗》一诗，我收到后就交给编辑部诗歌组，请他们审阅决定……以后你们如想投稿，请直接把稿件寄给编辑部……我春节后，一连发烧一个多星期，因肺气肿感染，体质更衰弱了，近来稍好，决定每日下午到办公室去办公。（1975年2月27日致罗怀金函）

②我的最小的孩子荃荃已从海军复员归来，顺利地分配到广州汽车制造厂当安装钳工，我们对这工作很满意，因为可以学到不少技术。只是离得太远，他早上五点钟起床，五点半出发，要晚上七时半才能回来。好在年轻力壮，顶得住。（1975年4月29日致白拓方函）

③我每日早六点到山间散步，上午进行理疗和注射，中午有时去游泳，下午则在室内休息或聊天，晚饭后，又去散步，目的是配合医生治疗，争取早日恢复健康，以期将来为党做更多的工作。（1975年5月26日致罗怀金函）

④上月初，因急于在三晚上阅读一部长篇原稿，引起脑血管痉挛，不仅右脑剧痛难忍，左上下肢也麻木了，幸好及时找到了一些"天麻"，服用后剧痛才有所减轻。（《萧殷文学书简》第178页）

⑤这一个多月没有写信给你，主要是由于病痛。这一次不是老病复发，而是新出现的脑血管痉挛。（1975年6月21日致白拓方函）

⑥近来因在匆促中审阅了一部小说原稿，引起脑血管痉挛，一边手脚发麻，服用"天麻"后稍减轻，顺告。（1975年7月5日致黄廷杰函）

⑦上月初因急于在三晚上阅读一部长篇原稿，引起了脑血管痉挛，不仅右脑剧痛难忍，左上下肢也麻木了，幸好及时找到了一些"天麻"，剧痛才有所减轻。（1975年7月28日致黄廷杰函）

⑧1975年9月28日信……写了部《创作论》……可是由于身体条件不行，力不从心。但我没有绝望，总希望在自己的晚年能把这点"理想"变成现实。[黄廷杰《耐读的萧殷（五题）》，《百年萧殷》第342页]

⑨昨日写完信，但无法外出投邮，因风雨越来越大。我的四邻都冒雨忙于防台准备，有的把阳台上的盆花搬入室内，有的把竹篱笆加固……到五点钟，电台传来风讯："台风已到珠江口，中心风力十二级以上，有沿海边向西移动趋势……"傍晚不见烈风来袭，大家估计台风已转向湛江地区。一直等到十点钟，人们才安心休息，知道十四号台风已向西移。（1975年10月15日致白拓方函）

⑩当然也存在着缺点，还有应当努力改进的地方，譬如在散文的立意以及如何开拓立意方面，你似乎还不大注意，还没有引起你足够的重视……对于你的三篇散文，我提不出更新异的意见，现只将读后感告诉你，仅供参考。（1975年12月21日致黄廷杰函）

⑪仿佛很久未通信了，我十二月廿七日入医院，一转眼，已足足过了两个月。这期间，我已记不清楚曾否给你写过信。（1976年2月×日致罗海清函）

⑫1975年冬天，严寒，酷冷。一天晚上，大地迷茫，夜空沉沉。梅花村死一样地阒寂。几只电灯在树影中摇曳着，灯光一闪一闪，好似魑魅魍魉在跳动……萧殷卧室，灯光微弱。他侧身靠在床头，双手捧着一个蓝色的笔记本，上面记着《创作论》的160多个题目，每个题目下，还写有100~300字的主要论点。由于肺气肿发作，他被压迫得几乎喘不过气来，血压升高，心跳每分钟达110多次。他思考着，不时地用颤抖的手在笔记本上写着什么。他的女儿在一旁，轻声劝道："爸爸，你病成这个样子，别写啦！"说着，就要下蚊帐、熄灯。萧殷摇了摇手，艰难地从枕头旁摸出一个蓝色小瓶子——气喘气雾剂，张开口，压喷了几次，才顺气些。他哀求女儿："先不要熄灯。"女儿叹了口气，转身回房间去了。（谢望新、李孟昱《寒凝大地发春华》，《百年萧殷》第

62页）

⑬《年表》。

⑭《年表》。

1976年　丙辰　六十一岁

1月

8日，周恩来总理逝世。亲笔写挽联。①

23日，写信给白拓方。

29日，白拓方来函。

31日，回家半天，晚上返回医院。②

是月，对从雷州半岛回广州探亲的陶萌萌说："你以后再也不要写东西了。"

是月，决定不写《创作论》。③焚《创作论》手稿。④

2月

20日，写信给张继元。

21日，写信给黄计钧。⑤

24日，写信给白拓方。

26日，罗怀金来函。

是月，写信给罗海清。

是年春，对《人民日报》发了一首题为《××之歌》的诗歌表示批判。⑥

3月

5日，写信给罗怀金。

4月

3日，入从化温泉广东省干部疗养院疗养，住在疗养院三疗区。⑦其间，包慧曾来探望。

3日，写信给罗海清。

15日，写信给梵杨。⑧

15日夜，又写信给梵杨。

23日，写信给白拓方。⑨

是月，写信给黄梅。⑩

5月

20日，李永川来函。⑪

6月

1日，写信给吕蒙。

2日，写信给白拓方，谈及戒烟。⑫

2日，写信给黄计钧。

3日，写信给罗海清，告知其因萌萌发表了三篇作品而欣慰。⑬

12日，李永葆来函。⑭

7月

7日，写信给黄廷杰。⑮

29日，写信给白拓方。

8月

16日，写信给王作志。

30日，离开广东省干部疗养院，住院149天。

是年夏天，与杨昭科畅谈。⑯

9月

12日，李永川来函。

按，李永川将信件寄给李永葆，由李永葆转交。

13日，写信给陶萌萌。

25日，写信给白拓方。

是月，为郑心伶论文《从鲁迅诗看他的思想发展》提意见。⑰

10月

6日，中共中央粉碎"四人帮"，十年"文化大革命"结束。⑱决定再写《创作论》。⑲

18日，写信给陶萌萌。

19日，写信给罗海清。

22日，写信给吕蒙。

30日，写信给黄廷杰。⑳

是月，写信给王作志。

1976年

11月

8日，写信给黄计钧。

12日，写信给吕蒙。

20日，写信给白拓方。㉑

26日，写信给罗海清。

26日，抄叶剑英诗歌《悼念周总理》。

29日，参加由中共广东省委宣传部学习室、省文艺创作室和《南方日报》编辑部召开的文艺界座谈会。㉒

是年秋，刘庆云调湖南工作，为其送行。㉓

12月

13日，写信给白拓方。

17日，写信给王作志。

22日，写信给黄计钧。

22日，写信给黄廷杰。

25日，写信给陈谦。㉔

是月，写信给黄升民。㉕

是年，书写及自己装订《草字汇》。

【注释】

①1976年，老一辈国家领导人相继去世，唐山大地震等自然灾害给我们的生活和心情都蒙上了一层阴影。我明显感到舅公的心情一直比较沉重，常常会放下手中的笔发出一声长长的叹息。在周总理逝世的日子里，舅公问我在学校有没有看电视转播，我说看了，我们都自发到红满堂外面的露天草坪上看，很多人都哭了，我们还写信给电视台要求重播。我看到舅公的屋子里端正地摆着周总理的遗像，像的中间挂着一朵很精致的黑纱绸花，旁边是舅公亲笔写的挽联。屋子里两位老人心情沉重，脸色悲伤。我知道他们都在为党和国家的命运而担忧。（罗秋兰《他把生命献给文学事业——回忆我的舅公萧殷》，《百年萧殷》第398页）

②春节，我于初一那天回家去玩了半日，晚上就回医院来。两个孩子及萌萌都在家里过春节！这是难得的团聚。可惜我住在医院，不能与他们畅度新春。（1976年2月24日致白拓方函）

③《年表》。

④从干校回来后,他住在一间十平方米的小屋里,用几块木板搭成一张桌子,整天趴在上面,悄悄地写着,到1976年初,已写了10多万字。就在这时候,周总理逝世的噩耗传来,他感到天旋地转,再也静不下来写东西了,整天忧心忡忡,焦虑不安。在"四人帮"疯狂镇压"四五"运动的血腥日子里,他更是悲愤欲绝,拿起稿子就向煤炉掷去。通红的火苗,焚烧着他的手稿,也吞噬着他的心!(余仙藻《萧殷——不声不响的向导》,《百年萧殷》第50—51页)

⑤黄计钧(1943—),广州人。1961年毕业于广东戏剧学校并入伍。曾任广州军区政治部编研室研究员,转业后任《粤港信息日报》社长。著有《在彭总指挥下》。

⑥记得一九七六年春,《人民日报》发了一首题为《××之歌》的所谓政治抒情诗,还加了编者按语。这首诗的致命缺点,就是感情不真实,用政治概念来代替艺术形象。周总理逝世时和"四五"运动前后,曾出现了一些好诗;后来,做作、矫饰的东西又渐渐多了起来,文艺园地又长满了杂草。因此,文艺界的当务之急,是必须拨乱反正。(《创作随谈录》第64页)

⑦我于四月初由省人民医院转来温泉疗养院疗养,一转眼已过去三个月,病况虽无好转,但也没有恶化,肺功能似乎更衰弱了,医生时刻都可看见,但他们仿佛毫无办法,每日都服中药西药,还进行电疗等理疗,可是不见疗效,我打算住到八月初就出院,因为再住下去对疾病只会更加不好。(1976年7月7日致黄廷杰函)

⑧我四月三日来从化,住在疗养院三疗区,一切都还算好,值得告慰。(1976年4月15日致梵杨函)

梵杨(1930—),广东四会人。1949年后在南海、佛山及广东人民出版社、广东省作协、广东省文联工作。著有《罗屋村》。

⑨我于四月初来温泉疗养院,仍然住在三疗区。这是我所喜欢的疗区,建筑是一幢幢独立的小型庄院,四周都是翠绿的树林,尤其是荔枝树,已成为郁郁苍苍的林海。(1976年4月23日致白拓方函)

⑩黄梅(1936—2005),曾任广东龙川县教育局长。

⑪李永川(1903—1984),广东龙川人。毕业于上海大厦大学(华东师范大学前身)。曾任龙川一中教员、教务主任、校长等,兼县民教馆馆长。

⑫顺便告诉你,我已半年多不吸烟了,吸了三四十年,成为条件反射,所以曾多

次戒烟都未戒成，这次在医生严重的警告之下，护士的严格监督再加上陶萍及女儿的压力，总算彻底戒绝了。拿起笔来这种条件反射已消失，因此旁人吸烟对我已不起刺激作用，可以说，这次戒烟是成功了。（1976年6月2日致白拓方函）

⑬《水浒》出版社给陶萌萌送了一部，是作为稿酬送她的。她去年写的三篇文艺作品都被采用了，两篇被收入专集出版，一篇刊于六月号《广东文艺》，但仍在五一农场教小学，因那里不肯放人，至今没法调回。（1976年6月3日致罗海清函）

按，"《水浒》出版社给陶萌萌送了一部"意思是"（广东人民出版社）给陶萌萌送了一部《水浒》"。

⑭李永葆，广东龙川人。李永川之弟。时在广州市第四中学工作。

⑮翌年3月，我有一篇散文在《解放军文艺》发表，通信时我向萧老禀报。先生7月7日信末提到："我去年给你写的信，你似乎没留下什么印象……"着实叫我心中惴惴！我那篇小文，本借竹的精神立意，写竹乡一代新人。刊物发来用稿通知的同时，希望能再"往路线斗争上靠更好"。我深感无能为力，后来便由编者"捉刀"刊出。我该如何向先生解释？一直没的谈。（黄廷杰《耐读的萧殷（五题）》，《百年萧殷》第349页）

按，此内容与书信原文有出入，因"往路线斗争上靠更好"是解放军文艺编辑部的要求，非萧殷信中的内容。

⑯1976年夏，我应邀到广州梅花村省气象局创作长篇小说《风云图》，恰好住处跟萧殷同志家仅一墙之隔，因而来往常是隔时无隔日。他谈创作，论时局，兴头来，一谈就是大半天，几乎无所不谈，谈过他自己青少年时代的往事，谈过他跟赖少其（普宁人）的交情，谈过江青的为人，等等。到了"四人帮"垮台之后，我和萧殷同志见面，他牵着我的手笑着说，昭科，我给你说的都没错吧，江青终于彻底垮台了！不过，我当时跟你说的那些话，如果稍有泄露，是不得了的，要杀头的。我乃一介村夫俗子，能得到萧殷同志如此信任，深感荣幸也。（杨昭科《忘不了萧殷同志》，《百年萧殷》第291页）

⑰1976年9月，我从海南调来广州工作。一篇论文《从鲁迅诗看他的思想发展》让我与萧殷老师紧紧连在一起。他为我看稿，提意见，直至发表，都给我莫大的鼓励、支持与帮助。那时，我才30多岁，刚刚逃脱"文革"的劫难。是他与别的领导、老师一步步地扶我走上鲁迅研究道路的。由于工作关系，与萧殷老师直接接触的机会多了，我便越来越清晰地从他身上看到一个活的鲁迅，深切体会到鲁迅当年是怎样培养青年作者的。他，向我们伸出的永远是温热的手。（郑心伶《他，伸出温热的手——兼谈萧殷与

鲁迅》，《百年萧殷》第306—307页）

郑心伶（1938—2023），海南文昌人。1962年华南师范学院毕业。历任广东省文联理论部主任、广东省文艺批评家协会副主席。著有《鲁迅诗浅析》。

⑱1976年10月6日，党中央一举粉碎"四人帮"，迎来了第二个文艺春天。（黄伟宗《"花地"、萧殷师与我的二十年情缘》，《百年萧殷》第222页）

⑲（萧殷）抱病着手写一部规模宏大的《创作论》，列出了一百多个选题并写出了一部分初稿；后以在一九七六年元月周总理逝世的巨大悲痛中，被投入药炉付丙。"四人帮"被粉碎后，他又计划重写，以久病不愈，而未能如愿。（《创作随谈录》第186页）

⑳我初去（从化疗养院）时可以散步两公里，后来连半公里也走不了。饮食量越来越差，不是供应不好，而是做得太糟。加上胃口不好，于是越吃越少，越来越消瘦，到了八月底，我决心回广州来，在家里即使吃青菜，也比疗养院的鱼肉有滋味。（1976年10月30日致黄廷杰函）

㉑《萧殷文学书简》第32页。

㉒1976年11月29日，中共广东省委宣传部学习室、省文艺创作室（当时陈残云是室主任）和《南方日报》编辑部联合召开了文艺界座谈会，强烈控诉、愤怒批判"文艺黑线专政"论。这是全国行动最迅速的一次文艺界批判"文艺黑线专政"论的会议。参加座谈会的有欧阳山、杜埃、陈残云、华嘉、黄新波、关山月、萧殷、胡一川、李门、于逢、吴有恒、周国谨、韦丘、梁伦、肖玉、楼栖、陈国凯等。周钢鸣因病未能出席，特地送来书面发言。这是广东文艺界一次团结战斗的会议。（何楚熊著《陈残云评传》，上海文艺出版社2003年版第446页）

㉓最后一次见到萧殷同志已是1976年的秋天。我在广东省广播局工作三年多以后，主动要求调往湘潭大学任教，临行前，曾到东山梅花村，和一些中南局的老同志告别。有的人和我开玩笑说："怎么跑到大学去教书，想争当教授吗？"我说："不是。想换换环境。"那时真的没想争当教授。和萧殷同志道别时，他没有和我开玩笑，而是一如既往地真诚地说："好呀！好好干，做出成绩来！"40年过去，言犹在耳，殷切神情，如在目前。（刘庆云《高尚质朴长者风范——对萧殷同志的点滴回忆》，《百年萧殷》第319—320页）

㉔陈谦（1913—1999），广东饶平人。毕业于广东省立第二师范。曾任汕头市文联主席。著有《履迹思痕》。

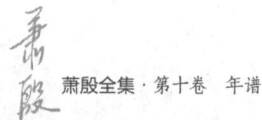

㉕黄升民（1955— ），广东佛冈人。1972年起任《广州日报》记者。1977年入读北京广播学院，后任中国传媒大学新闻传播学院副院长、教授。

1977年　丁巳　六十二岁

1月

15日，写信给罗海清。

20日，写信给陈谦。

25日，写信给张继元。

25日，在广州写文章《从生活出发——〈创作论〉片段》。

是月，写文章《撕下红色的面纱》。

年初，担任省文艺创作室"大批判小组"成员。①

2月

8日，写信给罗海清。

11日，写信给陈谦。②

21日，写信给白拓方。

24日，在广州写文章《人物·情节·主题——〈创作论〉片段》。

26日，写信给罗海清。

是年春，为周立波案在《南方日报》发表文章。③住院一月有余，写信给熊诚。④

3月

15日，在广州写文章《是"英雄典型"，还是阴谋家形象——斥"四人帮"对"无产阶级英雄形象"的无耻篡改》。

20日，写信给白拓方。⑤

25日，白拓方来函。

27日，白拓方来函。

26日，在广州写文章《一定要把立足点移过来——纪念〈在延安文艺座谈会上的讲话〉发表三十五周年》。

是月，《广州文艺》1977年3月（双月刊）第2期（总第26期）《深揭狠批"四人帮"》专栏发表先生署名萧殷的文章《撕下红色的面纱》。

是月，《广东文艺》（月刊）1977年第3期（总第56期）发表先生署名萧殷的文章

《从生活出发——〈创作论〉片段》。

4月

1日,写信给白拓方。

7日,白拓方来函。

14日,写信给黄廷杰。

14日,写信给罗海清。

14日,写信给王作志。⑥

19日,写信给晏明。⑦

20日,《人民文学》1977年第4期(总第13期)《评论》发表先生署名萧殷的文章《是"革命英雄",还是内奸典型?》。

按,又名《是"英雄典型",还是阴谋家形象——斥"四人帮"对"无产阶级英雄形象"的无耻篡改》,见《习艺录》。

22日,在广州写文章《关于散文的立意——〈创作论〉片段》。

23日,写信给王作志。

是月,《广东文艺》1977年第4期(月刊)(总第57期)《评论》发表先生署名萧殷的文章《人物、情节、主题——〈创作论〉片段》。

28日,张苹⑧来函(5月4日收到)。

5月

1日,《广东文艺》1977年第5期(月刊)"纪念毛主席《在延安文艺座谈会上的讲话》发表三十五周年"发表先生署名萧殷的文章《一定要把立足点移过来》。

4日,写信给白拓方。⑨

5日,写信给吕蒙。

6日,杨全宁来函(5月17日收到)。⑩

8日,吕蒙来函。

10日,王作志来函。

15日,王作志来函。

16日,《广东文艺》编辑部转来稿件评阅表,请先生回答读者杨全宁"为什么想描写生活而总感觉没有题材可写"问题。

21日,莫务平来函。⑪

21日，关礼彬来函。⑫

23日，参加座谈会，再次代黄廷杰向黄新波要《怒向刀丛觅小诗》木刻版画。⑬

24日，写文章《人物和故事——〈创作论〉片段》。

25日，写信给罗海清。

26日，写信给邓良球。⑭

27日晚，写信给黄廷杰。

30日，写信给黄伟宗。

6月

2日夜，张长兴来函（6月10日收到）。⑮

2日，邓良球来函。

3日，写信给陈谦。

4日，上海人民出版社文艺读物编辑室来函，希望出版《创作论》。

5日，张波良来函（6月8日收到）。⑯

12日，写信给陈谦。

13日，给上海人民出版社复信。

13日夜，写信给黄廷杰。

18日，上海人民出版社文艺读物编辑室来函（6月21日收到）。

17日，莫务平来函（7月5日收到）。

21日，写信给张长兴。

22日，《陕西文艺》编辑部来函，向先生约稿（7月11日收到）。

25日，给上海人民出版社文艺读物编辑室复信。

27日，葛南照来函。⑰

是月底至7月初，参加广东省第一次文艺工作会议。⑱

是月，写信给张波良。

7月

1日，钟永华来函。

5日，屈燕新来函。⑲

14日，给《陕西文艺》编辑部复信。

19日，钟永华来函。

19日，《延河》编辑部来函。

20日，刘剑青来函。[20]

26日，写信给黄廷杰。

28日，写信给刘剑青。

29日，收到由人民文学编辑委员会转交的屈燕新来函。

29日，程贤章来函。

30日，写信给罗海清。

是月，写信给康濯。[21]

8月

3日，写信给白拓方。[22]

3日，吕蒙来函。

3日，林元来函。[23]

6日，白拓方来函。

9日，《中国青年出版社》编辑部来函（9月13日收到）。

9日，罗海清来函。

10日，刘剑青来函。

12日，江晓天来函。[24]

15日，写信给屈燕新。

16日，给《中国青年出版社》编辑部回函。

20日，入住东方宾馆，筹备广东省文艺创作会议。[25]

23日，广东省文艺创作会议在广州东方宾馆召开。[26]

29日，巴金来函，提到约稿一事（9月1日收到）。[27]

30日，钟永华来函。

是月，《广东文艺》1977年第8期（总第61期）《评论》发表先生署名萧殷的评论《人物和故事——〈创作论〉片段》。

是月，林李明夫妇来家里请教先生如何对付肺气肿，告别时讲好从北京回来再来详谈。8月19日，林李明在北京参加中央会议期间病逝。[28]

9月

3日，吕蒙来函。

3日，写信给陈谦。

7日，雷铎来函（9月11日收到）。㉙

15日，梵杨来函。

15日，沈仁康来函。

16日，读雷铎函。

18日，罗海清来函。

是月，写《狠批"三突出"，努力创造高大的英雄形象》文章。

20日，前往参加广东省文艺创作会议。在会上，发表题为《狠批"三突出"，努力创造高大的英雄形象》的讲话。㉚

24日，黄准来函。㉛

是月，《广州文艺》1977年9月（双月刊）第5期（总第29期）《创作谈》发表先生署名萧殷的文章《关于散文的立意——〈创作论〉片段》。

10月

1日，王德伦来函。㉜

4日，写信给白拓方。

5日，楼栖来函。

7日，林元来函。

10日，写信给朱逸辉。

12日，罗怀金来函。

12日，周扬来函。

13日，在广州梅花村，接受谢望新第一次采访。㉝

按，这是谢望新第一次到访，开始用日记形式记录谈话内容。

是月，在广州梅花村三十五号二楼，接待客人。㉞

13日，李永川来函（10月14日收到）。

13日，吴远来函。㉟

14日，在梅花村家中接受谢望新采访。

15日，在梅花村家中接受谢望新采访。

15日，写信给李永川。

16日，在梅花村家中接受谢望新采访。

28日，白拓方来函（11月2日收到）。

是月，吕蒙及黄准来函。

是月，卢炜圻为刻"萧殷"印章一枚。㊱

11月

3日，写信给白拓方。㊲

5日，入院治痔疮。

19日，在南方日报社接受谢望新采访。

19日，赖少其来函。

20日，在梅花村家中接受谢望新采访。

27日，在梅花村家中接受谢望新采访。

28日，在梅花村家中接受谢望新采访。

30日，在梅花村家中接受谢望新采访。

是月，因为时间太少，《创作论》仅仅完成七篇，在出版社同志建议下，先以《习艺录》为名出书。㊳

12月

6日，出席广东省文联第二届第二次全体委员（扩大）会议。㊴

10日，写《习艺录》后记。

14日，童健飞来函。㊵

15日，《南方日报》第二版发表先生署名萧殷的文章《讨伐"文艺黑线专政"论》。

20日，钟永华来函。

21日，写信给吕蒙、黄准。

22日，写信给陈谦。㊶

22日，写信给白拓方。㊷

23日，收由《广州》文艺编辑部转交的童健飞函。

26日，丁国成来函，为《诗刊》约稿。㊸

26日，陈谦来函。

30日，写信给丁国成。

是月，担任中国人民政治协商会议广东省第四届委员会委员，出席会议。

是月，中国书法家协会理事麦华三写"野火烧不尽，春风吹又生"赠送先生。㊹

是年冬，收到杨之光赠画《斯里兰卡罐舞》。㊺

是年冬，称赞《侨乡的山》。㊻

是年，金明常来先生家里聊天，至1979年3月金明上调北京。㊻

【注释】

①恢复后的广东作协和《作品》杂志，主要是为在"文革"中被诬陷的作家、作品平反，并对林彪、"四人帮"极"左"路线进行批判和消毒工作。其实，这项工作早在1977年初就开始了。当时省文艺创作室最早成立"大批判小组"，由萧殷、于逢和我组成，首先批判的是江青炮制的"三突出"，由我根据大家意见写出文章，在《广州日报》上发表。接着由于逢执笔，用李冰之的笔名，在《广东文艺》上连续发表两篇文章，批判浩然的长篇小说《西沙儿女》和原名《三把火》的《百花川》，后由《人民文学》转载。接着，又有省委宣传部副部长黄文俞直接领导下的批判组，由易准、黄树森和我组成，先后写出批判电影《反击》和"反真人真事论"的文章，以省文化局批判组名义在报上发表。（黄伟宗著《我的文学文化生涯》，广东旅游出版社2023年3月版第50页）

②分别给《广州文艺》与《广东文艺》写了两篇短文。其中一篇是谈创作的，算是《创作论》的开始。（1977年2月11日致陈谦函）

③粉碎"四人帮"后的1977年春，湖南《湘江文艺》主编为周立波案来穗考察此事，萧殷师和我都写了文章在《南方日报》发表，当年陪毛主席回韶山的罗瑞卿大将，也同时发表文章为此事平反。（黄伟宗《"花地"、萧殷师与我的二十年情缘》，《百年萧殷》第221—222页）

④我刚刚在床上为《南方日报》撰写了一篇评论员文章，到时，您可以找来看一看，文学创作方面的理论，这十年来被"四人帮"搞乱了，青年作者受毒害犹深……我已住院一个多月，整天卧床。（《萧殷文学书简》第173页）

熊诚（1950—　），广东信宜人。广东文学院专业作家，《特区文学》编辑部主任、《岭南文报》执行副主编、《粤港经贸》主编。著有长篇小说《狂澜》。

⑤拓方同志：前十天，赶着给《人民文学》写了一篇《英雄形象乎？"内奸典型"乎？》的短文，三千五六百字，算是纪念《讲话》的文章，更着重的是痛斥"四人帮"对于无产阶级英雄形象的歪曲。已寄去，说是四月号刊出，不知符合他们标准乎？现在

我正在为《广东文艺》赶写纪念文章,我想在思想改造上谈谈感想,已考虑得差不多,只是客人如鲫,白天极少时间动笔。前四篇文章都是在夜晚写的。不过已不似以前,十点钟以后即不能睡眠,也无法继续工作。所谓夜晚,只是晚饭后到睡觉这段时间。梅花村是高干相当集中的住宅区,即使在夜晚,来串门的人仍然不少。特别是揪出"四人帮"之后,想发泄的话就更多了。"夜谈"似更适宜。(《萧殷文学书简》第33页)

⑥现在,每逢星期日,一家五口都齐全,这是一九六八年以后所没有的盛况。(1977年4月14日致王作志函)

⑦晏明(1920—2006),湖北云梦人。1941年后历任《诗丛》《胜利报》主编。1949年后任北京出版社《十月》杂志编辑。著有诗集《三月的夜》。

⑧张苹,成都某工厂女工。

⑨广州一年比一年地高了,不是地面高,而是屋顶越来越高。因地皮少,房子见缝插针,而且只能向高处发展,六楼八楼是普遍的,六楼以下的越来越少了,最高的达到三十三层。我住宅旁边,突然起了六层大楼,把西照的太阳遮住了。(1977年5月4日致白拓方函)

⑩杨全宁,海南琼海县福田人民公社茂东生产队农民。

⑪莫务平,浙江金华人。时在公社农机厂工作。

⑫关礼彬,时在广西全州城关绕山三队区工作组。

⑬谈起《怒向刀丛觅小诗》,我已经向新波同志说了无数遍,他每次都答应给,从来没有拒绝过。四月以前,他说已印起,但尚未着色;五月廿三日我在座谈会上又对他谈起这幅木刻的事,我把你的名字写给他,这一次他也答应给。(1977年5月27日致黄廷杰函)

黄新波(1916—1980),广东台山人。1933年参加中国左翼作家联盟。1949年后任广东省文联副主席、广东画院院长。著有《新波版画集》。

⑭邓良球,时在广东省公安局工作。

⑮张长兴,广东兴宁人。1966—1967年在华南师范大学读书,后任教于和平县东水中学。

⑯张波良,广东大埔人。曾在广东大埔、宝安文化馆工作。先后任宝安县文体局副局长、龙岗区文体局副局长。合著粤剧小戏曲《换种》。

按,先生收到张波良的函后,花了大量的时间与精力进行修改其与人合著的戏曲

《换种》，并给其复信。

⑰葛南照（1915—1995），广东龙川人。曾在广东、四川邮电系统及国家邮电部工作。

⑱一九七七年夏天，广东省召开了第一次文艺工作会议。据说会议分两个阶段，这是第一阶段。八月间还要召开第二阶段会议。萧殷被邀请参加了会议。被邀请参加的大都是省市的文艺界老作家和知名人士。会议地点在越秀宾馆。这个会议，是十年浩劫后的首次聚会，这些曾在十年浩劫中历尽创伤，弄得遍体鳞伤的老头子，拿着红请帖，有的被人扶着，有的自己拄着拐杖，带着惊喜的心情，走进这间镶着大理石地板的、金碧辉煌的大厅……十年浩劫，大家劫后逢生，终于今天相会了，这是多么难得啊！萧殷在大厅，逐个和老同事握手：欧阳山、周钢鸣、陈残云、秦牧、杜埃、王起，还有楼栖呢……他不是吴有恒么？（《萧殷传》第218—219页）

⑲屈燕新，云南昆明合成洗涤剂厂工人。

⑳刘剑青（1927—1991），北京顺义人。1948年毕业于华北联大文艺学院文学系。后任《人民文学》副主编。

㉑这以后就直到1977年7月，萧殷在广州听到另一同志谈起我的情况便立即给我写了信，介绍他"1969年春到'五七'干校，初养猪，后放鹅，跋山涉水，滚了一身泥巴，人变老了，身体逐渐衰弱，除宿疾外，又添上肺气肿、高血压等等"，但也仍讲到他除了养病，还在审阅些稿件，辅导创作，并为此去过海南岛和清远县。信上也谈到他的家庭情况，还谈了欧阳山、王匡、魏伯、周钢鸣、陈残云的情况。这是我们12年后的再次联系，读信时我简直激动得恍如隔世！（康濯《萧殷——我的"三同"战友》，《百年萧殷》第84页）

㉒六月底—七月初，广东省开了一次创作会议，算是第一阶段，据说八月间还要续开第二阶段会议。（1977年8月3日致白拓方函）

㉓林元（1916—1988），广东信宜人。曾在文化部文学艺术研究院工作，《文艺研究》主编。著有《碎布集》。

㉔江晓天（1926—2008），安徽定远人。1949年后在中国青年出版社、作家出版社工作，曾任中国文联书记处书记。著有《文林察辨》。

㉕九月二十日收到你的来信，当晚就要搬到东方宾馆去参加广东省文艺创作会议。（1977年10月4日致白拓方函）

㉖1977年9月23日，广东文艺界在停顿活动十一年之后，在广州召开第一次全省文艺创作工作会议。（祝宇《走过风雨　回顾港城》，《湛江日报》2011年5月15日第四版）

㉗你要我给《广东文艺》写稿，我记得于逢同志也曾交来《广东文艺》的约稿信，刊物也收到了……我们这里要创刊《上海文艺》，十月发刊，颇感紧张，我只是写一个短篇，其他就无能为力。（1977年8月29日巴金来函）

㉘林李明（1910—1977），海南文昌人。1933年加入中国共产党。1956年后，曾任广东省委副书记、书记处书记，广东省副省长、代省长。

㉙雷铎（1950—2017），广东潮州人。1968年应征入伍，任广州军区政治部创作组创作员。后任广东省社科院研究员。

㉚九月二十日收到你的来信，当晚就要搬到东方宾馆去参加广东省文艺创作会议，曾将你的信带到宾馆，准备在会议空隙时给你写信，但未料到，日程排得非常紧，白天开会，晚上看节目。来参加的千余人，其中熟人不少，但竟无谈天的时间和机会，因此，给你写信的打算，自然也给破坏了。大会开了八天，我发了言，题为《狠批"三突出"，努力创造高大的英雄形象》，大会印发了，现在《南方日报》要发表，但我还无时间来修改它，共九千多字，很想删短些，但很难下手。（1977年10月4日致白拓方函）

㉛黄准（1926—　），浙江黄岩人。吕蒙妻子。毕业于延安鲁艺，1949年后在北京电影制片厂、上海电影制片厂工作。

㉜王德伦，时住在广西灌阳城关胜利路72号。

㉝一九七七年十月十三日晴朗的下午，我第一次来到梅花村萧老家。门开处，面前站着的就是这位"熟悉的陌生人"。我没想到他的身体如此羸弱，似乎一阵轻风，就可以把他吹倒……萧老本打算撰写一部一二十万字专门谈艺术创作规律的著作《创作论》（主要是给文学青年看的），因老病日趋沉重，终未能执笔。萧老知道我用日记的形式，记录了他的每次谈话，便鼓励我将有关谈文学创作规律的内容整理出来，这就是现在的《文学随谈录——萧殷论创作》。萧老说，这个《随谈录》，基本上包容了他拟写的《创作论》的思想。（《创作随谈录》第1—2页）

谢望新（1945—　），江苏金坛人。中山大学中文系毕业，1970年在南方日报社工作，历任广东省作协副主席、广东电视台台长等。著有《落潮之后是涨潮》。

㉞这些年我常常去萧殷家。在那时捕捉领略文艺界反"四人帮"、反极"左"的地下火山即将井喷的信息和征兆。萧殷住在东山梅花村38号二楼,常常宾客如云。他家有很多漂亮的扇子,那时候,没有风扇,更不用说空调,客人接过萧家扇子,常常离别时顺便带走。萧殷说:"我只好在每把扇子上写上梅花村38号的标记。"萧那段时间身体不好,厌食哮喘,靠酸奶度日,但生命力旺盛,常常用浓重的客家音,弹出"很严重""很复杂"的短语。人说有庙堂有江湖之分,其实庙堂里也有江湖,江湖里也有庙堂,萧殷身处庙堂,也有他的江湖。(黄树森著《黄说·黄大记》,广东教育出版社2015年1月版第16页)

按,梅花村38号,为梅花村35号之误。

㉟吴远,业余作者。时在广州市国营白云山农业机械厂工作。

㊱卢炜圻(1944—2005),广东东莞人。篆刻家,广东省书协常务理事。

㊲今天接医院来信,我决心后日入院治痔疮,是中医疗法,据说能根治,不知要住多少时间,我估计,半个月大约足够了。(1977年11月3日致白拓方函)

㊳《年表》。

㊴十二月开文联(及各协会)恢复活动的会议。(1977年12月22日致陈谦函)

㊵童健飞,时为广西壮族自治区大新县委宣传部工作人员。

㊶这几个月,我一直忙于开会,七月初开第一阶段创作会议;九月下旬又开更大型的第二阶段会议;十一月参加批揭"文艺黑线专政"论的大小会;十二月开文联(及各协会)恢复活动的会议;十二月中旬又参加省政协会议,至前天才结束。(1977年12月22日致陈谦函)

㊷半月前恢复了文联与作家协会之后,又到政协去参加了十天会议,这种会议,形式多于内容,却把人弄得十分疲倦。(1977年12月22日致白拓方函)

㊸请您给《诗刊》以大力支持,帮助我们搞好《诗刊》的评论工作,尽快把文章写好寄来!(1977年12月26日丁国成来函)

丁国成(1939—),黑龙江肇东人。1965年吉林大学中文系毕业,历任国家出版局版本图书馆副主任、《诗刊》常务副主编。著有《古今诗坛》。

㊹麦华三(1907—1986),广东番禺人。1942年任教于广州大学。曾任广州美术学院副教授,广东省文史研究馆馆员。著有《古今书法汇通》。

㊺杨之光(1930—2016),广东揭西人。1948年,师从高剑父学中国画。1953年毕

业于中央美术学院绘画系。历任广州美术学院教授、系主任、副院长。

㊻大约是1977年的冬天,我和朋友合写了一首歌颂侨乡变化的诗歌《侨乡的山》投寄《广东文艺》编辑部,当时的诗歌编辑——老诗人黄雨先生来信说,此诗已交萧殷先生看过,他十分高兴,并说这两位作者有写诗的才能(其实过奖),要鼓励他们继续努力。虽然是三言两语的点评,但我们不难看出萧殷先生对文学青年无比的热忱和关怀,使我们心中产生由衷的敬意。(老南《萧殷鼓励〈侨乡的山〉》,《百年萧殷》第293页)

㊼金明(1913—1998),江苏常州人。1932年加入中国共产党。历任国务院秘书长、中共河北省委第一书记。

1978年　戊午　六十三岁

1月

2日,萧葵葵来函。①

4日,写信给陈谦。②

5日,因病未能出席广东省作协座谈会。③

6日,雷加来函。④

7日,复函童健飞。

7日,张振金来函。

8日,在广州写文章《艺术创造必须用形象思维》。

8日,写信给雷锋。

9日,在广州写文章《形象思维——艺术创造的必由之路》。

10日,白拓方来函(13日收到)。

10日,李克异来函。⑤

14日,写信给白拓方。

15日,郑真来函。⑥

15日,写信给陈谦。

16日,在广州梅花村家中接受谢望新采访。

16日,杨继业来函。⑦

16日,曾敏之来函。

19日，《广州日报》第三版发表先生署名肖殷的文章《艺术创造必须用形象思维》。⑧

19日，谢望新来函。

20日，郑秀婵来函。

20日，写信给罗海清。

25日，罗莉莉、骆士漪来函（1月31日收到）。⑨

26日，罗海清来函。

26日，在广州梅花村家中接受谢望新采访。

27日，童健飞来函（1月31日收到）。

28日，《南方日报》第三版发表先生署名肖殷的文章《形象思维——艺术创造的必由之路》。

28日，曾敏之来函。

28日，李永川来函。

30日，在广州梅花村家中接受谢望新采访。

31日，在广州梅花村家中接受谢望新采访。

31日，那沙来函。⑩

2月

2日，在广州梅花村家中接受谢望新采访。

2日，陈业驯来函。⑪

9日，陈雨田来函。⑫

11日，刘学强来函。⑬

12日，写信给张盛裕。⑭

15日，在广东省中医院护管区接受谢望新采访。

16日，吴超来函。⑮

16日，张盛裕来函，约写一篇有关《韶山的节日》文章。⑯

23日，刘剑青来函。

27日，在广东省中医院接受谢望新采访。

是月，《广东文艺》1978年第2期（总第67期）《评论》发表先生署名萧殷的文章《〈习艺录〉后记》和陈国凯的小说《女婿》。

是月，与战友介绍给儿子的对象及其母亲谈《女婿》。⑰

是月，黄树森带刘学强来访。[18]

是年春，弘征来访。[19]

是年春，全省小说散文座谈会在广州三元里华侨旅社召开，李前忠到医院看望。[20]

3月

1日，丁国成来函。

11日，写信给野曼。[21]

15日，在广东省中医院接受谢望新采访。

15日，写信给刘剑青、阎纲、镇波。[22]

18日，人民文学出版社现代文学编辑室理论组来函。

18日，黄升民来函（3月22日收到）。

19日，写信给吕蒙、黄准。

22日下午，与黄伟宗谈《桃子又熟了——忆仓夷》。

23日下午，参加主席团会议。

25日下午，汇报小说创作会议问题。

27日下午，做报告。

27日，在广东省中医院接受谢望新采访。

30日，写信给白拓方。[23]

是月，广东人民出版社出版《习艺录》（萧殷著）。

是月，戴木胜来访。[24]

是月，在从化，参加《广东文艺》工作会议，同李门、陈残云、张仲实等作家及广东省作协同事合影。[25]

4月

1日，在广东省中医院接受谢望新采访。

2日，在广东省中医院接受谢望新采访。

2日，写信给戴木胜。

3日，上海复旦大学中文系《鲁迅日记》注释组来函（4月10日收到）。

6日，在广东省中医院接受谢望新采访。

7日，给人民文学出版社现代文学编辑室理论组复信。

7日，张盛裕来函。

9日，丁元昌来函。㉖

10日，收到上海复旦大学中文系《鲁迅日记》注释组的询问信。㉗

11日，龙世辉来函。

13日，给复旦大学《鲁迅日记》注释组复信。

15日，在广东省中医院接受谢望新采访。

16日，在广东省中医院接受谢望新采访。

16日，写信给龙世辉。

18日，陶萌萌来函。

19日，写信给丁元昌。

21日，蔡其矫来函。

22日，王蒙来函。

26日，上海复旦大学中文系《鲁迅日记》注释组再次来函。

28日，陶萌萌来函。

28日晚，在中医院写文章《图解政策——导致作品概念化（创作谈）》，又名《图解政策只会导致作品概念化》，见《给文学青年》。

29日，出院（广东省中医院）。㉘

是月，复函王蒙，为《作品》约稿。㉙

是月，因肺气肿不敢抽烟了。龙世辉来访。㉚

是年春末，陶然来访。㉛

5月

2日下午，参加文联党组会议。

3日下午，参加作协党组会议。

3日，写信给陈谦。

6日，写信给艾青㉜，并约稿。㉝

9日，艾青来函。

13日，丁元昌来函。

17日，中国文学艺术界联合会《文艺报》编辑部来函（5月25日收到）。

是月，赖少其与韩美林分别为先生即将出版的《习艺录》《论生活、艺术和真实》题字、设计封面。㉞

23日，赖少其来函（6月11日收到）。

26日，宋文郁、陈端民、陈汉涛来访。㉟

26日，艾青来函。

27日，写信给白拓方。㊱

28日，写信给王贵忱。㊲

29日，王蒙来函。

29日，丁国成来函（6月3日收到）。

是月下旬，收到艾青稿件。㊳

是月，龙世辉来函。

是月，《广东文艺》1978年第5期发表先生署名肖殷的文章《桃子又熟了——忆仓夷》和黄伟宗的文章《青山着意化为桥——记萧殷同志谈散文〈桃子又熟了……〉的写作》。

是月，向丁玲、艾青、舒展等人约稿。㊴

6月

5日，写信给野曼。

6日，在广州中山纪念堂听廖承志做报告。㊵

7日，入院（广东省人民医院东病区）。

13日，写信给白拓方。

14日，赖少其来函。

17日，蔡其矫来函。

18日，陈国凯来函。

21日，写信给丁国成。

是月，龙世辉来访。㊶

是月，收王蒙稿件《最宝贵的》，㊷欢欣若狂。㊸

是月，写文章《赶快建立文学队伍！》。

是月，写信给熊诚。㊹

7月

6日，丁元昌来函。

7日，写信给蔡运桂。㊺

8日，在医院写信给陈国凯。㊻

13日，艾青来函。㊼

14日，写信给钱钺。㊽

15日，《广东文艺》复名《作品》，㊾任主编。

20日，陈国凯来函。

21日，龙世辉来函。

22日，晏明来函（7月26日收到）。㊿

23日，林建征来函，希望作协给业余作者提供创作条件。㉛

24日，刘剑青来函。

25日，写信给陈谦。

28日，蔡运桂来函。

29日，在广东省人民医院接受谢望新采访，谈《关于新诗》。㉜

30日，吕蒙来函。

31日，陈玉刚来函（8月14日收到），提及代购药品。㉝

31日，柳荫来函。㉞

31日，王蒙来函。

是月，《作品》1978年7月号发表先生负责约稿的王蒙小说《最宝贵的》。

是月，在广东省人民医院接受谢望新采访，谈《关于叙事诗》。㉟

是月，应《广州文艺》之约，整理1978年4月间住在省中医院写的三封信，写成文章《作品概念化的原因何在？》。㊱

是月，《作品》1978年7月号《评论》发表先生署名肖殷的文章《赶快建立文学队伍》。

8月

3日，陈国凯来函。

4日，离开广东省人民医院，共住院58天。

8日，黄计钧来函。

8日，在广东迎宾馆会议厅参加人民日报社文艺界座谈会，做发言。㊲

9日，谢金雄来函。㊳

13日，写信给季涤尘㊴。

15日，《作品》1978年8月号《评论》发表先生署名肖殷的文章《图解政策——导致作品概念化（创作谈）》。

19日，赖少其来函。

26日，秦牧来函。

26日下午，参加作协整风会，并在会上发言。

29日下午，在党委五楼会议室开会。

30日，李洪沛来函（10月31日收到）。⑥⁰

是月，黎白来访。⑥¹

是月，在杨之光1977年所赠画作《斯里兰卡罐舞》原画上题跋："空山百鸟散还合，万里浮云阴且晴　摘李颀诗句赠司徒婵学娣　一九七八年夏末于广州　萧殷"，并将之赠给学生司徒婵⑥²。

是月，在广州写文章《关键在于领导》。

9月

1日，《中国青年》文艺组宋文郁、陈端民、陈汉涛来函。

2日，黄计钧来函。

3日，《南方日报》第四版《南粤》版刊登谢望新、李孟昱的报告文学《寒凝大地发春华》，报道先生事迹。⑥³

4日，刘峰来函（9月16日收到）。⑥⁴

4日，给宋文郁、陈端民、陈汉涛复信及寄《习艺录》《南方日报》。

4日，启斌写诗《赞萧殷》并致函《南方日报》。⑥⁵

5日，邱峻锋来函（9月16日收到）。⑥⁶

6日，卢先发来函。⑥⁷

9日，林默涵来函。

10日，卢洁香来函（10月11日收到）。⑥⁸

10日，廖永基来函，希望刊登保护青蛙的文章或放映科教影片。⑥⁹

10日，蒋策超来函。⑦⁰

10日上午，在广东佛山市西樵山文学创作座谈会上讲话，并和与会者合影（刘家泽摄）。⑦¹

11日，《南方日报》编辑部谢望新来函，附启斌诗《赞萧殷》。

11日，邝炯光来函（10月12日收到）。⑫

11日，沈敬来函（9月16日收到）。⑬

13日，谢东阳来函，并附诗稿《南疆呵，山高水长》。⑭

14日，在广州写文章《写什么，怎么写》。

14日，在广州市文学创作座谈会上以《写什么，怎么写》为题发言。

15日，张惊秋来函。⑮

17日，李兆军来函。⑯

18日，谢东阳来函。

18日，黎勇来函。⑰

20日，《南方日报》来函，转卢先发函。

20日，写信给罗海清。

21日，王蒙来函。

21日上午，在广州友谊剧院参加广东省文艺创作会议。

21日上午，在广东省文艺创作会议上发言。

23日，在广东省文艺创作会议的主席台就座。⑲

24日，在广东省文艺创作会议小组会上发言。

22日，蔡力君来函。⑲

22日，宫兆玮来函。⑳

25日，龙世辉来函。

25日，赵贤和来函。㉑

26日，《广州文艺》1978年9月（双月刊）第5期（总第35期）《作家与作品》发表先生署名萧殷的文章《作品概念化的原因何在？》和谢望新、李孟昱的报告文学《寒凝大地发春华——记作家萧殷同志》。

26日，黎美兰来函。㉒

26日，王蒙来函。

27日下午，在广东省文艺创作会议上与文化部林元、光明日报社张惠、新华社郭玲春座谈。㉓

27日，写信给黄钢。㉔

28日上午，在广东省文艺创作会议上与新华总社、光明日报社等记者座谈。

28日下午,在广东省文艺创作会议上听吴南生做总结发言。[85]

29日,舒心来函(10月4日收到)。[86]

30日,陈凤珍来函(10月4日收到)。[87]

30日,写信给罗海清。

30日,刘肖宁来函(10月4日收到)。[88]

10月

3日,罗维金来函。[89]

4日,人民文学出版社现代文学编辑室来函,邀请为王蒙的小说《青春万岁》写序言。[90]

5日,白原来函。[91]

6日,写信给陈谦。

6日,朱育军来函(10月9日收到)。[92]

7日,写信给白拓方。

7日,雁翼来函。[93]

8日,陈国凯来函。

8日,刘锡诚来访。[94]

8日,写信给丁元昌。

8日,鲁芝来函。[95]

8日,写信给晏明。

9日,刘维民来函(10月12日收到)。[96]

10日,丁元昌来函。

11日,陈国凯来函。

11日,白拓方来函。

12日,曾炜来函。[97]

13日,陈国凯来函。

14日,王蒙来函。

16日,暨南大学(复办)举行第一次开学典礼。

17日,陈波文来函(10月21日收到,并批不复)。[98]

18日,黄升民来函。

18日，写信给晏明。

18日，写信给丁元昌。⑨⑨

18日，写信给龙世辉。

19日，写信给野曼。

19日，林建忠来函。⑩⑩

20日，陈凤珍来函。

20日，罗怀金致函萌萌，记挂先生健康。⑩①

21日，黄升民来函。

22日，王鸣风来函。⑩②

22日，在广州梅花村家中接受谢望新采访。⑩③

22日，王雪风来函。⑩④

23日，黄培亮请陶萌萌给陈凤珍复信。⑩⑤

23日，杨玉玮来函。⑩⑥

23日，舒心（燕南）来函。

23日，丁元昌来函。

23日，罗君策来函。⑩⑦

24日，弘征来函。

25日，陈绍锦来函。⑩⑧

29日，写信给丁元昌。

30日，巴金来函，介绍上海《文汇报》文艺部徐开垒到广州组稿。⑩⑨

25日，写信给谢望新。

30日，祝河祥来函（10月31日收到）。⑩⑩

30日，刘肖宁来函。

31日，龙世辉来函。

是月，在广州写文章《关于典型环境中的典型人物》。

是年秋，鲍昌来访。⑪⑪

11月

1日，在广东省作协与业余作者谈创作。

3日，郝铭鉴来函（11月6日收到）。⑪②

7日，未能出席全省文艺创作汇报会。⑬

7日，写信给张海标。⑭

8日，评阅谢望新文章创作谈《"模式化"与"虚伪"》。

9日，给郝铭鉴复信。

9日，蔡天心来函。⑮

9日，写信给晏明。

10日，弘征来函。

12日晚，徐开垒到访。⑯

13日，程贤章来函。

13日，写信给弘征，谈及对萧、肖二字的看法。⑰

15日，《作品》1978年11月号发表艾青的小说《垦荒者之歌（外一首）》（先生约稿）。

17日，陈国凯来函。

20日，丁元昌来函（11月25日收到）。

20日，缪俊杰、郑荣来来函，先生在北京和广州座谈会的发言稿将在《人民日报》发表。⑱

24日，弘征来函。

26日，姜晓新来函。⑲

27日，写信给西彤。

27日，写信给黄培亮。

29日，侯民泽来函。⑳

30日，丁元昌来函。

是月，弘征为刻"萧殷藏书"印章一枚。

是月，在顺德和广州召开包括三十位有影响的文艺界人士参加的座谈会，研究当时的文艺形势、文艺战线的主要倾向和极"左"思潮干扰的祸害。针对这些问题讲话，旗帜鲜明地对极"左"思潮在文艺界的种种谬论进行严厉而富有说服力的批判。因为在《作品》发表多篇"伤痕文学"的作品，还发表了丁玲的文章、艾青复出的第一首诗、王蒙平反后的第一篇小说《最宝贵的》、舒展的小说《重婚》等，而遭到质问，先生回答："不怕，我了解他们，他们都是好同志，算什么右派？"同时组织一系列文艺论争文章，在全国最早开展了对"四人帮"文艺路线的批判，有力捍卫现实主义创作原则。《作品》还在全国最早发表了白先勇的短篇小说、梁羽生的武侠小说，充分体现出文学领域的思想解放。当时的《作品》成为全国文艺思想解放运动的排头兵。[121]

12月

2日，张文来函。[122]

4日，蔡其矫来函。

5日，出席广东文学创作座谈会，在会上做《彻底推倒"文艺黑线"论》的发言。[123]

6日，白拓方来函。

8日，王文若来函。[124]

8日，写文章《彻底推倒"文艺黑线"论》。

9日，聂智艺来函。[125]

12日，郑秀婵与一医生来访。

13日，陶萌萌代阅王文若函。[126]

在广东省文学创作座谈会上发表关于召开第四次文代会及作家代表大会的意见。[127]

广东省文学创作座谈会会议期间，向韦君宜推荐陈国凯等年轻作家。[128]

会议期间，陈国凯把小说《我应该怎么办》稿件交给陶萌萌。

16日，广东省文学创作座谈会闭幕。

17日，涂乃贤来函。

17日，写信给弘征，谈广东省文学创作座谈会感想。[129]

19日，写信给黄伟宗。

20日，弘征来函。

23日，写信给徐开垒。

23日，写信给朱文森，告知写小说应从生活出发。[130]

29日，《南方日报》刊登先生让黄树森写的文章《砸烂"文艺黑线"论，为实现四个现代化而创作》。[131]

是月，在广州写《给友人的信》。

按，又名《〈伤痕〉是"眼泪文学"吗？》，见《给文学青年》。

是年，关心引导"伤痕文学""反思文学"创作。[132]

是年底，同意黄伟宗到中山大学任教。[133]

是年，谭大法来函。⑬⁴

是年，经常派在《作品》工作的女儿陶萌萌到李克异家，鼓励他写作，并带去信件、书籍。⑬⁵

【注释】

①来信请寄：云南省华宁县盘溪糖厂，广东化工学院实习队，本人就可。（1978年1月2日萧葵葵来函）

②这个元旦过得很热闹，不但客人多，来约稿的人也多，几个报纸编辑都上门来催稿，闹得元旦也不能平静。（1978年1月4日致陈谦函）

③作家协会广东分会举行座谈会，畅谈学习《毛主席给陈毅同志谈诗的一封信》的体会……座谈会由作协广东分会副主席陈残云主持……肖殷同志因病不能出席会议，送来了书面发言。（《掌握艺术规律搞好文艺创作》，《南方日报》1978年1月10日第一版）

④雷加（1915—2009），辽宁丹东人。1938年入延安抗大学习。1949年后曾任北京作协副主席。

⑤李克异（1919—979），辽宁沈阳人。曾任《人民铁道》记者，后在工人出版社、珠江电影制片厂工作。

⑥郑真，广东龙川人。1978年在广东佛山市农药原料厂工作。

⑦杨继业，1978年在广东潮州市饶平县卫生学校工作。

⑧文联及作协恢复活动后，我们更忙了，会议也多起来。最近，我们讨论了形象思维问题，报纸也希望发表这方面的文章，我已分别给《南方日报》及《广州日报》各写一篇，《广州日报》昨日已发，《南方日报》也许星期天发表。（《萧殷文学书简》第235页）

按，《萧殷文学书简》，第235页"一九七九年一月二十日"，误。《萧殷自选集》第426页"一九七九年一月九日于广州"，亦误。

⑨罗莉莉（1951—2010），广东龙川人。罗海清女儿。时在甘肃工作。

骆士漪，广东龙川人。罗莉莉丈夫。1978年在甘肃张掖甘冶地质队工作。

⑩那沙（1918—2000），原名林澄思，广东博罗人。1938年在延安鲁艺学习。1949年后任安徽省文联副主席，《安徽文学》《戏剧界》主编。

⑪陈业驯，广西人。曾任龙川商业局运输股股长。

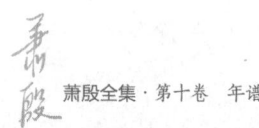

⑫陈雨田(1912—2004)，广东人。曾任广州美术学院教授。

⑬刘学强(1956—)，广东深圳人。1977年任宝安县委宣传部新闻秘书，后任深圳市委宣传部副部长。著有《深圳飞鸿》。

⑭张盛裕(1931—)，上海人，1953年毕业于中央文学研究所，历任《文艺报》理论研究组编辑、《江南》社长及《湘江文艺》主编。著有《北欧散记》。

⑮吴超(1929—)，安徽桐城人。1949年后任《民间文学》《诗刊》编辑及《中国歌谣报》《通俗文学选刊》主编。

⑯《韶山的节日》第二次在《羊城晚报》刊登是你处理的，前面加的编者按语是你写的，这事我还是见到你这次来信才知道，并已去信转告立波同志。以后如有机会，愿闻其详，因为关于《韶山的节日》事件我做了第一手调查，北京、湖南、广东许多和此事有关的人物，我几乎都访谈了，或通信联系了，却偏偏把你忘了，真是遗憾！如果你对《韶山的节日》事件还有补充要说的，希望能写点文字寄我，如能在本月25日前寄到，可发在三月号上，赶不上发在四月号刊物上也行，不知尊意若何？（1978年2月16日张盛裕来函）

⑰萧殷不只是研究作品、修改作品，而且通过作品，研究作者的思想，帮助作者提高政治思想水平。过了不久，陈国凯一口气送来了一组短篇小说。萧殷看过后，高兴极了，经常把其中的故事讲给客人听。正好这天有个战友为我们的儿子介绍对象，把姑娘和她的母亲带来了。萧殷见到这些人来，又兴高采烈地讲起陈国凯的小说《女婿》的故事情节，听的人，有的脸上一阵红、一阵白，有的莫名其妙，有的却哈哈大笑。客人走了，我问萧殷："你知道这些人是来干什么的？"他说不知道。我说人家是来看女婿的，谁要听你讲《女婿》呢？（陶萍《心上，拴着文学青年》，《百年萧殷》第154页）

⑱案头上摆着老师赠送的几本论著和许多封老师的书信，还有老师带病参观深圳特区的相片。睹物思师，我潸然泪下。老师啊，你记得吗？在1978年初春的一天，有一个年仅20岁的小青年惴惴地敲响了梅花村三十五号的门，您晃着一头白发出来了，慈祥地向我笑，向我伸出了温暖的手，并给我泡了一杯香茶，在书房里开始了我们一老一少的真挚对话。也许我太冒昧了。只因为我在中学时代，曾在封存了的学校图书馆里偷得一本书：《与习作者谈写作》，这是我第一次读到的关于创作理论的书，它启蒙了我的文学情思，令我神往于萧殷老师，这种愿望给《作品》编辑黄树森同志知道后，他亲自

带我去拜见萧殷老师了。（刘学强《笔仍屹立着——痛悼萧殷老师》，《百年萧殷》第358页）

⑲其实，我第一次到这座小楼来拜见他已是1978年春，正跨不惑之年。但在萧老心目中，我仿佛还是20世纪50年代初在读了他的《与习作者谈写作》后写信向他求教的小伙，仍然是一个"文学青年"。（弘征《小楼长忆坐春风》，《百年萧殷》第332页）

弘征（1937—2022），湖南新化人。1955年毕业于株洲铁路机电学校，历任湖南人民出版社副主任、湖南文艺出版社社长。著有《浪花·火焰·爱情》。

⑳1978年春，"四人帮"垮台后的第二个春天，省作协恢复活动，通知我到广州三元里侨社开全省小说散文座谈会，汕头地区去了陈焕展、杨昭科及我三人……怎么不见萧殷老师呢？隔天，《人民文学》一位女编辑找我校对通信地址，我惊讶地问："你怎么认得我？"她说："我昨天到医院探望萧殷老师，他说这次座谈会是他点了你的名，你看，这笔记本上写的通信地址，是萧老师的亲笔字。"唷！原来萧殷老师病了，他住院还记得我这无名小辈。我心急如焚，当天下午，我放弃讨论，约了陈焕展，跑到医院看望萧殷老师，只见他那枯瘦的身躯，半躺在吊铺上，床头堆着一大摞书信和稿件。医院人员再三叮嘱我们探望一下就应该走，让他老人家休息。（李前忠《忆萧殷老师》，《百年萧殷》第325页）

㉑野曼（1921—2018），原名赖澜，广东蕉岭人。中山大学毕业。1949年后任广州作协副主席、《华夏诗报》总编。

㉒阎纲（1932— ），陕西礼泉人。曾任《文艺报》《人民文学》《小说选刊》《当代文学研究丛刊》编辑。

镇波，履历不详。

㉓最近我们省委文教书记吴南生同志亲自抓落实知识分子政策，我的工资问题，在大会、小会都被提出，也可能有解决的希望。（1978年3月30日致白拓方函）

㉔1978年仲春，踏着和煦的阳光，我来到广州梅花村萧殷师的家里。一进门就闻到一股浓浓的中药味，可谓药香满室。萧殷师见我进来便放下案头工作，与我聊天，谈文学、谈创作。他当时身体不好，一边熬中药，一边在阅读大批青年作者的来稿，给他们回信，提出具体意见。我见他房子里到处是稿件、信件，心想这对一个体质羸弱的老人来说，是多么沉重的负担啊！萧殷师是几乎来稿必阅，读后必亲笔复信，提出他的看

法的。这些书简有的几百字,有的长达数千字。我在下乡劳动时曾写了一组诗请他指正,没想到很快就收到他的来信,指出我那组诗主要问题是缺乏意境,后来我有一短篇小说寄他,他阅后也给我复函,极其认真地谈这篇小说的毛病。这些信件我一直珍藏着。(戴木胜《药香犹在 恩泽永存》,《百年萧殷》第301页)

戴木胜,广东龙川人。毕业于中山大学中文系,历任深圳市文联副主席、党组副书记,《特区文学》社长、总编辑。著有《望深圳,望香港》。

㉕张仲实(1903—1987),陕西陇县人。1925年加入中国共产党,1935年初任生活书店总编辑。1949年后任中共中央宣传部国际处处长、中共中央马恩列斯著作翻译局副局长。

㉖丁元昌,1973年在上海文艺出版社文学室工作。

㉗值得一提的是,因为信寄去后没几天鲁迅便去世,当时的萧殷,并不知道鲁迅是否收到了他的信和文稿。直到42年后,1978年4月10日,上海复旦大学中文系鲁迅日记注释组,把一封询问信寄到位于广州的萧殷的家中,萧殷才知道,当年在鲁迅去世前几天,收到了他寄去的信和文章。(陈家基《萧殷两次给鲁迅写信》,《北京日报》2021年9月15日第24版《五色土·品读》)

㉘四月廿九日离开医院,回到家里就读了你的来信。(1978年5月3日致陈谦函)

㉙前些日子,收到他的第一封来信后,我即刻写信请他为《作品》写小说。(《创作随谈录》第62页)

㉚1978年4月,我终于又有机会出差再去广州,在东山梅花村的新居见到了一别15年的萧殷。他样子显老了,更瘦了,见着我第一句话就说:"能活着见面就是胜利!真不容易!"15年不见,要说的话太多……房子并不太宽敞,陈设也很不讲究,东西不多但显得乱,有点空荡荡的感觉。我忽然想起他在信中说过,他的藏书全部被抄被毁,已经是"家徒四壁"了。啊,原来是没了书才显得这样的!一个作家屋里没有书,这不能不说是当今的奇景!他的儿女都已经长大工作了,有的已经结了婚,白天只有老两口在家,整套房间静寂悄然,再也听不到萌萌的琴声,也听不到那小哥俩的吵嚷声,我突然觉得,这是一对老夫妇度晚年的情景。我再仔细看看萧殷,他才60多岁,但由于过分瘦弱,模样显得比他的年龄衰老,并不像他自己在信中所说的那样健康,他过去一支接一支地抽烟,因为肺气肿,现在连烟也不敢抽了。他苍老了,我为他的健康担着心!就在我在广州进行组稿活动期间,他犯病住进了医院,记得好像就是我和我的老同学王

有钦同志送他进医院的。(龙世辉《老师·朋友·"场外指导"》,《百年萧殷》第104页)

㉛我是在1978年春末,由在文学讲习所他当年的同事、诗人蔡其矫陪同,去广州东山梅花村他家探访。从此便有了交往,出于对后辈的关心,无论是面谈,还是写信,他总是督促我,也评论了我的一些作品;并在他主编的《作品》上发表了我的小说《法庭上》和散文《夜归》,对我鼓励良多。(陶然《萧殷拜访记》,《羊城晚报》2018年4月15日第A07版)

陶然(1943—2019),即涂乃贤,广东蕉岭人。1969年入读北京师范大学,毕业后移居香港。历任香港《体育周报》记者、《香港文学》总编辑。著有《追寻》。

按,散文《夜归》(陶然)刊登在《作品》1979年第9期,小说《法庭上》(陶然)刊登在《作品》1979年第12期。

㉜你在六日写的信,我在七日就收到了。(1978年5月9日艾青来函)

㉝今年五月初,我写信请他为《作品》写稿。(《创作随谈录》第68页)

㉞我和韩美琳(林)同志合作给你二本书设计了封面和扉页,字是我写的,都是繁体字,如不适当,请告知,当再写。我们将于后天赴京参加全国文联会议,封面另寄上。(1978年5月23日赖少其致先生、陶萍函)

韩美林(1936—),山东济南人。毕业于中央美术学院,清华大学教授、博士生导师,中央文史研究馆馆员。

㉟自五月二十六日拜访请教以来,一直没再跟您联系。我们先后寄去的几期《情况简报》谅您都已看到了吧?我们出差回京后,汇报情况,研究宣传思想,搞了一段时间。这两个月来,是忙于抓复刊第一期的稿子。(1978年9月1日宋文郁、陈端民、陈汉涛来函)

宋文郁(1931—),天津人。毕业于中央团校政治专业,1954年调北京《中国青年》杂志社工作,历任编辑、记者及文艺部主任。著有《徐学惠的故事》。

陈端民,女,广东人。毕业于中山大学,任《中国青年》杂志社编辑。

陈汉涛(1937—),广东兴宁人。毕业于中山大学中文系,历任《中国青年》杂志社编辑、中国电影出版社副编审。

㊱《习艺录》于五月初只印了一万五千册,一下子抢购一空,连样书也还未送来。(1978年5月27日致白拓方函)

㊲王贵忱（1928—2022），辽宁铁岭人。1949年后历任汕头地区建设银行行长、广东省中山图书馆副馆长、广东省博物馆副馆长。

㊳他在接到我的信的第二天，就回信说："你要我的稿子，我一定写，不过你要的是精短的、富有意境的，可把我难住了。多少年了，我是在用自己的嘴梳理受伤了的羽毛。好像拣起瓦砾重新垒起窝棚——的确像地震之后的人。当然，要是'四人帮'不垮台，像我这样的一株小草，就不会有重见天日之时了。我正在忙于整理稿子，如有合适的，一定给《作品》。看看月底之前能赶出来就好。"果然，五月下旬，他又来了一封信，说："我是一直在考虑给你寄什么东西，而我的稿子几乎没有一篇不需要整理——再三地推敲与修改。好像是患了神经衰弱。"并决定从他在垦区的存稿中，抄出几首给《作品》。（《创作随谈录》第68页）

㊴他当《作品》主编时，提出派人到北京向丁玲、艾青、舒展等人组稿，编辑部有人觉得，向这些人组稿不太好，担心会出问题，萧殷微露锋芒，说："我了解这些人，他们都是好同志，算什么右派？"（黄树森《梅花村头忆萧殷》，《百年萧殷》第225页）

舒展（1931—　），湖北武汉人。1950年中央戏剧学院毕业，在《中国青年报》工作。历任记者、编辑、编委。后为《人民日报》高级记者。

㊵不料六月六日在中山纪念堂听廖承志同志报告时，被冷气冻着，引起肺气肿感染，于六月七日来东病区诊病，就被"扣留"下来，至今不觉已两个月。（1978年7月25日致陈谦函）

廖承志（1908—1983），广东惠阳人。廖仲恺子。1928年加入中国共产党。曾任中央宣传部副部长、新华社社长。1949年后任中央统战部副部长、全国人大常委会副委员长。

㊶1979年6月，我又去了一次广州。这次我去看他，他是从床上爬起来和我谈话的，和我同去的还有两位年轻的女编辑，他很高兴，但说话时有点上气不接下气，人更加瘦弱，简直是"最最轻量级"了。他吃不了东西，据陶萍说，只能喝点蕹菜汤。看他勉强支撑着和我们谈话的神情，我们不便多打扰，没坐多久就告辞出来了。过几天我再单独去看他，他已经又住进医院，接待我的只有陶萍。没想到上次的见面，竟是我们师生的最后一次。（龙世辉《老师·朋友·"场外指导"》，《百年萧殷》第104—105页）

按，"1979年6月"，误。

㊷他很快就寄来了短篇小说《最宝贵的》。我看了很满意，即马上安排在最近一期发表。（笔者注：《最宝贵的》发《作品》一九七八年第七期，并获一九七八年全国优秀短篇小说奖。）看来，这十几年中，王蒙在短篇小说上有了提高，主要表现在写得更精粹、更简练、更深刻了。（《创作随谈录》第62页）

㊸直到1978年，粉碎"四人帮"的春雷响过，"实践是检验真理的唯一标准"的春风开始在大地上劲吹的时候，我试投了一封致萧老的信。回信很快就来了，那是一封欢欣若狂的回信。"王蒙来信了，王蒙来信了……"他说，他大叫着把这个消息告诉他的妻子陶萍同志，告诉他的友人。那种洋溢的热情和师情，使我泪下。他当时正在编《作品》文学月刊，《最宝贵的》便是应萧老之约寄去的。（王蒙《安息吧，鞠躬尽瘁的园丁》，《百年萧殷》第182页）

㊹认真说，这篇小说还未能算是佳作。但是个可喜的开端，说明您对文学创作的观念有了认真的思考和反省，开始注意从人物出发，而不是从政治概念出发进行构思。另外，有个人请您打听一下。记得在清远文艺创作学习班上，跟您一起有个肇庆来的青年作者，写《老牛倌》的。这几年没见到他发表作品了，不知他现况如何？（《萧殷文学书简》第174页）

㊺蔡运桂（1934—　），广东陆丰人。1959华南师范学院中文系毕业后留校工作。后曾任广东省作协党组书记。著有《文学问题争鸣集》。

㊻国凯同志：《美丽的姑娘》已阅。这类牵涉到恋爱观的题材，显然是值得写的……题目改为《车床皇后》似乎更恰当，这一来，与小说结尾呼应得更有意义，请考虑！（《萧殷文学书简》第153—154页）

按，《车床皇后》（小说）于1980年6月20日刊登在《人民文学》1980年第6期（总第249期）。

㊼你对我的热情关怀，的确鼓舞了我。我对投稿是不积极的。这几个月来，约稿的不少，但我只是给《作品》寄了稿子，其余的只得慢慢来了。我也决定给《作品》建立持久的友谊。（1978年7月13日艾青来函）

㊽钱钺，时在上海重庆北路11弄1号居住。

㊾《广东文艺》从本期起恢复《作品》的刊名。复刊后的《作品》，是主要发表文学创作和评论的文学月刊……为此，将恢复和开辟《谈薮》《创作谈》和《诗品》等

栏目。（《作品》编辑部《为〈广东文艺〉改名〈作品〉致读者》，《作品》1978年7月号）

(50)尊著《习艺录》收到了，十分感谢。这是当前极需的推动文学创作、指导青年作者的好书，是广大青年作者的良师益友……我已请两位画家为你作画，一画花卉，一画山水，还有钟灵兄的猫……我近来写了几首诗，以寄报刊，等发表后，请你和陶萍同志指正。（1978年7月22日晏明来函）

(51)我很想常写一点东西，并且想按照您过去对我的评论去改好作品。但写东西的机会很少。这几年上级要我负责一个文化科，苦恼的就是缠在事务之中。我觉得广东文化方面拨乱反正不快，我很希望作协对我们这些业余作者能给其创造一些写作的必要条件。（1978年7月23日林建征来函）

林建征（1927—　），广东中山人。1949年在惠东参加革命，1955年后在《海南日报》社、海口市文化局、广东人民出版社任职。著有《歧江英烈传》。

(52)《创作随谈录》第64页。

(53)从长春回来，我收到您寄来的书。我一口气读完了《习艺录》，感触颇深，像这样的好文章，已十多年没读过了。“四人帮”把我们的文坛变成了沙漠。广大读者，多么希望老作家们能奋笔疾书，以填补这段空白，作为一个较长时间从事工作的编辑，我希望早日把您的文稿送到读者的手里……有什么需要从北京天津购买的药品没有？请随时来示。（1978年7月31日陈玉刚来函）

陈玉刚（1927—　），吉林舒兰人。1952年毕业于哈尔滨外国语学院，历任文化艺术出版社社长、西苑出版社总编辑。著有《中国文学通史》。

(54)柳荫（1915—2005），吉林扶余人。1938年到延安。1945年任新华社晋察冀总分社特派记者。1949年后任中央广播文工团团长、中国唱片社社长。

(55)《创作随谈录》第69页。

(56)萧殷《作品概念化的原因何在？》，《广州文艺》1978年第5期第19页。

(57)1978年7月28日，人民日报社召开文艺界座谈会，人民日报社常务副总编辑秦川主持了会议。张光年、刘白羽、冯牧、赵寻、邓绍基等就深入揭批“四人帮”的极左文艺路线发表了重要意见。《人民日报》做了详细报道。会后《人民日报》编委会决定在上海、广州也要开这样的座谈会……这次座谈会于1978年8月8日在广东迎宾馆的会议厅举行。会前罗源文同志交给我一份出席会议的作家艺术家名单。有欧阳山、陈残云、杜埃、肖殷、梁信、于逢、韦丘、丁希凌、关山月、罗品超、黄新波、伊琳、李门、叶明、郁茹、曾炜、罗源文、唐瑜、欧阳翎、西彤、黄培亮、黄宁婴、黄伟宗、沈仁康等20多人……肖殷的发言指出：领导瞎指挥，实际是破坏文艺创作和文化工作。肖殷说：“大家在会上都说到‘心有余悸’的问题。现在有各种各样的‘心有余悸’。有的作者顾虑重重。从前作家不考虑这些东西，现在想得多了，不是过敏和过虑，而是长期打棍子、扣帽子的结果。现在有些人还掌握着一些权，拿着棍子在那里挥舞。还有一些人，在‘四害’横行时期，一直在整人，自己身上不干净。这些人不是认真改正错误，而是采取溜的办法，想溜之大吉。有些人始终怀着不满情绪，不肯承认自己的错误。有的人继续执行假左真右的路线。”肖殷还谈到党领导与创作规律的关系。他说：“有的领导不懂创作规律瞎指挥，实际是破坏文艺创作和文化工作。对‘根本任务论’，我们没有理它，只谈塑造英雄形象。文艺上只谈唯一的任务是不对的。离开生活，离开创作规律，在创作中搞瞎指挥，是错误的。艺术形象要作家进入人物形象，经过思考。”（缪俊杰《复苏：广东文艺界的三次“破冰之旅”》，《炎黄世界》2011年第3期）

(58)谢金雄（1934—2019），广东电白人。毕业于广州暨南大学，萧殷学生。曾任珠海市副市长、人大常委会副主任。

(59)季涤尘（1928—2016），江苏无锡人。1951年毕业于北京新闻学校。曾任《工人日报》、人民文学出版社编辑。著有《太湖远眺》。

(60)李洪沛，时在广州市光明南路71号居住。

(61)1978年，我到广州，又去看望萧殷老师。他的身体更坏了，人也更瘦了，精神却还好，谈锋仍在，对文艺界的一些不正之风很为愤慨。他说他刚刚出医院，差一点见了马克思，又终于没有见到。（黎白《一个高尚的人——悼念萧殷同志》，饶芃子、温儒敏主编《师者·文心——萧殷评说七十年》，花城出版社2022年版第80—81页）

黎白（1930—　），湖南湘潭人。1947年毕业于华北联大，任华北军区政治部助理员。1949年后任八一电影制片厂高级编剧。

(62)司徒婵，1958年至1959年在暨南大学中文系读书，后因患病返回香港。

(63)李孟昱（1941—　），湖南涟源人。1969年中山大学毕业，历任《南方日报》记者、编委，《南方周末》主编，《南方日报》社长。著有《春之韵》。

(64)刘峰，时在汕头市公安局华坞派出所工作。读《寒凝大地发春华》等文章后致函先生。

(65)启斌，时为中学生，在三水县金本公社官元大队居住。

(66)邱峻锋，时在郁南县连滩镇大圹边14号居住。读《寒凝大地发春华》后致函先生。

(67)卢先发，时在湛江北区海康县国营奋勇农场一队工作。

(68)卢洁香，时年21岁，上山下乡知青，时在广州市郊区石龙公社雄丰大队工作，读《寒凝大地发春华》后致函先生。

(69)我现在既不是谈文学作品，又不是写小说、散文、诗歌、词句，而是谈一谈我们地区近几年来农村中和市场上出现的问题……我在这里有一个建议是否能在报上或其他刊物登出有关保护青蛙的内容来，使广大群众能深刻认识青蛙的生活特性和保护青蛙的重大意义。其次你们文化部不是有关于保护青蛙的科教影片吗？也可以拿出来给广大群众看看，恐怕对农业生产丰收有利。（1978年9月10日廖永基来函）

廖永基，时在平远县机电排灌总站工作。读《寒凝大地发春华》后致函先生。

(70)蒋策超，1963年海南第一届文学创作讲习班学员。时任海南黎族苗族自治州委宣传部科长。

(71)《广州文艺》在主编柳嘉主持下，召开西樵山座谈会，萧殷夫妇、菡子、曾敏之、陈国凯等数十位作家与会，我也有幸在被邀之列。（范汉生口述、申霞艳整理编写《风雨十年花城事——一个刊物的创业史》，范若丁著《编辑部内外》，花城出版社2017年7月版第7页）

刘家泽（1924—　），即柳嘉。广西桂林人。1949年毕业于北京大学。1978年后任广州市文联专职副主席、广州市作协主席。著有《野性的林》。

(72)邝炯光，时在东莞县第一招待所工作。读《寒凝大地发春华》后致函先生。

(73)沈敬，时在大埔县梓县公社梓县大队务农。读《寒凝大地发春华》后致函先生。

(74)谢东阳（1956—　），广东高州人。1974年高中毕业后上山下乡，1983年后历任《粤西农垦报》《南国》编辑。

(75)张惊秋（1917—2008），即殷白，浙江海宁人。1938年到达延安，同年加入中国共产党。1948年筹办《晋南日报》，任副刊主编。1949年后任西南文联常委、秘书长。

(76)李兆军，广州第七橡胶厂工人。1964年在《羊城晚报·花地》读过先生的诗评。

(77)黎勇，时在始兴县石人嶂矿卅台里防修区工作。读《寒凝大地发春华》后致函先生。

⑦⑧早在这次"广东省文学创作座谈会"召开之前,广东省文联已在友谊剧院开过"广东省文艺创作会议",文艺创作会议开到第三天,吴南生从北京回穗到会,见坐在主席台上的全是当时的"文化官",文艺家仅杜埃一人在主席台上,他当即宣布:"请欧阳山、周钢鸣、陈残云、萧殷、秦牧、黄新波、关山月、李门等上主席台,且坐第一第二排。"这一宣布,引来经久不息的掌声,有人激动得流下热泪(其时包括欧阳山在内的多位在"文革"期间遭批判和审查者尚未结案平反,直到1978年12月22日,省委在省委礼堂召开全省宣传战线落实政策平反大会,欧阳山、田蔚、秦牧、李门、杨嘉等才获正式平反),诗人胡希明在会场即时赋诗赠吴南山:"早云犹自掩尘埃,岭上寒梅尚未开。闻道北京春讯早,谢君带得雨丝来。"(江励夫《需自备粮票参与的文学座谈会》,《羊城晚报》2016年1月16日)

⑦⑨蔡力君,笔名芳麦。曾到云南边疆服务,1963年转业到大埔物资局。

⑧⑩官兆玮,曾在黑龙江插队,后在北京崇文光学仪器厂工作。读《赶快建立文学队伍!》后致函先生。

⑧①赵贤和,在广东香洲船厂工作。读《寒凝大地发春华》后致函先生。

⑧②黎美兰,时为广东兴宁毛巾厂女工。读《寒凝大地发春华》后致函先生。

⑧③张惠,时任《光明日报》记者、编辑。

郭玲春(1940—),福建闽侯人。复旦大学毕业,1971年调往新华社工作,任编辑、记者。

⑧④黄钢(1917—1993),湖北武昌人。1938年在延安鲁艺学习。曾任《解放日报》记者、采访科科长。1949年后任《人民日报》评论员、中国社科院新闻研究所副所长。

⑧⑤吴南生(1922—2018),广东潮阳人。1937年加入中国共产党。1944年赴延安学习,后赴东北任吉林市委委员、宣传部部长。1949年后,历任中共中央华南分局宣传部部长,广东省委常委、副书记,深圳市委第一书记。

⑧⑥舒心,原名舒燕南,时在韶关市汽车修理厂工作。读《寒凝大地发春华》后致函先生。后为韶关市第六中学语文教师。

⑧⑦陈凤珍,时在广州市郊石井公社红峰大队工作。家住一德中路,看了先生好几篇评论。

⑧⑧刘肖宁,广州黄埔冷冻厂工人。

⑧⑨罗维金,时在兴宁县宁新公社文星岭尾居住。

(90)王蒙同志过去写的小说稿《青春万岁》，我社拟于近期出版。据作者说，您对这部稿子很熟悉，也很关心，希望您能为这本书写篇序言……请您在百忙中为本书作序，望勿推辞。清样将由作者直接奉寄。（1978年10月4日人民文学出版社现代文学编辑室来函）

(91)白原（1914—2001），即钟逢美，广西合浦人。曾任《人民日报》和新华社记者。著有诗集《十月》。

(92)朱育军，时在无锡市制刷厂工作，读《赶快建立文学队伍！》后致函先生。

(93)雁翼（1927—2009），即颜洪林，河北馆陶人。1942年参加八路军，曾任冀鲁豫九团通讯员分队长、政治指导员。1949年后任西南铁路工程局文工团团长，《星星》《四川文学》主编。著有《大巴山的早晨》等。

(94)10月8日一大早……晚上我们去拜访萧殷。萧殷也住在梅花村。与萧殷谈话，如叙家常，自由自在，无拘无束。他接着欧阳山的话题，建议《文艺报》在文学队伍的培养问题上进行一些呼吁。我们谈到王蒙复出文坛时，他的精神为之一振。他说，王蒙的《青春万岁》就是1953年在他担任《文艺报》主编时，经他的手在《文艺报》（同时在《北京日报》）上发表的。我们谈话的时候，他的床头上就放着刚出版的《青春万岁》（人民文学出版社1978年）。萧殷还告诉我们，他正在写关于英雄人物的文章。（刘锡诚《采访本上的广东故事》，《文艺报》2016年4月6日第8版）

按，“他的床头上就放着刚出版的《青春万岁》（人民文学出版社1978年）”，误。《青春万岁》初版于1979年5月。

刘锡诚（1935—　），山东昌乐人。1957年毕业于北京大学俄语系，历任新华通讯社编辑、记者，《文艺报》编辑部主任，中国文联理论研究室研究员。著有《小说创作漫评》。

(95)鲁芝（1927—2004），山东栖霞人。曾在北京市农机局工作，后任山东栖霞县文化馆副馆长、县政协副主席。

(96)刘维民，时在兴宁县新陂公社新岭大队长安围居住。读《寒凝大地发春华》后致函先生。

(97)曾炜（1919—2007），广东顺德人。曾在华南分局华南文工团工作，1953年调入广东省作协，1985年任广东省作协秘书长。

(98)陈波文，时在海南岛保亭县五三六一〇部队六十分队。读《寒凝大地发春华》后致函先生。

⑨⑨《习艺录》只印二万五千本,许多读者直接写信来向我索阅,弄得我无法应付,远至新疆、黑龙江、内蒙都有来信,皆因印得太少。(1978年10月8日致丁元昌函)

⑩⑩林建忠,时在河北元氏装甲兵学院政治部工作。读《创作论》后致函先生。

⑩①对你父亲的健康,我总是提心吊胆地挂念着。看这9、10《作品》两期没有他发表的文章,我更悬念着他!(1978年10月20日罗怀金致陶萌萌函)

⑩②王鸣风(1945—2017),广东龙川人。曾任广东省委宣传部干事。

⑩③《创作随谈录》第58页。

⑩④这几年,每一次见面,您对我的学习、工作都非常关心,鼓励我努力学习,并常以您的亲身实践教育我。您对我这个爱好文学的青年,有鼓励,有指导,您亲送的《习艺录》,我已经看了多遍。特别使我感动的,是您对社会现象的极深的洞察力。(1978年10月22日王雪风来函)

王雪风,时在总政文化部工作。

⑩⑤黄培亮(1931—),福建惠安人。1956年毕业于厦门大学中文系,曾在中国作协工作,后调广东省作协,曾任《作品》主编。

⑩⑥杨玉玮,山东蓬莱人,杨朔胞弟。

⑩⑦罗君策(1940—),1965年毕业于暨南大学,人民文学出版社、《中国现代文学》编辑。

⑩⑧陈绍锦,广东龙川人。时住广东省中山县南蓢公社榄边墟。

⑩⑨徐开垒(1922—2012),浙江宁波人。1949年后历任上海《文汇报》记者、《笔会》主编、文艺部副主任。著有《徐开垒散文选》等。

⑩⑩祝河祥,时在东莞县麻冲公社大步大队西二生产队,读《寒凝大地发春华》后致函先生。

⑪⑪1978年秋,我第一次造访广州,特地到他的寓所去拜望他。那时他刚落实政策不久,兴致很高,同我谈了好几个小时的话,祖国前途,文坛旧事,师友近况,创作新图,似乎都涉及了。这其中也掺杂了关于华北联大的回忆:那晨曦初照的东山坡,那行军徒涉的桑干河,那寒秋翻越的太行山,那黉夜穿插的封锁线……历历如同昨日。(鲍昌《"送你两个民字"——萧殷同志漫忆》,《百年萧殷》第87页)

⑪②郝铭鉴,时任上海文艺出版社理论室编辑。因筹备编辑文艺理论小丛书致函

先生。

⑬今天省文化局与省文联合开全省文艺创作汇报会,我本来要参加的,因连日不断开会,今天的会议只好缺席。(1978年11月7日致张海标函)

⑭张海标(1916—2006),又名海飘,广东龙川人。曾任佗城小学教导主任。

⑮蔡天心(1915—1983),辽宁沈阳人。1941年,任延安中央研究院文艺理论研究员。1949年后任辽宁作协副主席、《东北文艺》主编。1977年调北京外文出版社工作。

⑯1978年11月12日晚上,我到广州梅花村他的住所看他,当时他虽还不曾住到医院里去,但气喘病已经十分严重了,人消瘦得很……我一走进他的卧室,一眼就看见连日刊登《于无声处》剧本的几天《文汇报》,都放在他的床头枕边。他自己则坐在靠窗的书桌旁,正在为青年作者修改稿件。(徐开垒《难忘的会见》,《百年萧殷》第138页)

⑰"萧"字最好不用简化字,我总觉得"肖"字不好看,你看如何?(1978年11月13日致弘征函)

⑱北京和广州两个座谈会的消息,暂定不发了,但发言稿准备作为文章陆续发表……您的文章,我们也已拼头版上,拟早日用出去。现寄去清样两份,请看还有没有要修改的地方。(1978年11月20日缪俊杰、郑荣来来函)

缪俊杰(1936—),江西定南人。毕业于武汉大学,在《人民日报》任记者、文艺部副主任。

郑荣来(1938—),广东大埔人。毕业于复旦大学中文系,在《人民日报》工作。

⑲姜晓新,1976年毕业,在黑龙江双鸭林业局工作。读《赶快建立文学队伍!》致函先生。

⑳侯民泽(1927—2004),又名敏泽,河南渑池人。曾任《文艺报》理论编辑组组长、《文学评论》主编。

㉑陶萌萌整理《萧殷年表长编》稿本。

白先勇(1937—),广西桂林人。毕业于台湾大学、美国爱荷华大学。曾任香港中文大学博文讲座教授。

梁羽生(1924—2009),广西蒙山人。曾任香港《大公报》《新晚报》编辑,从事武侠小说创作,与金庸、古龙、温瑞安齐名。著有《白发魔女传》。

㉒张文,广东龙川人。在龙川县佗城公社电力管理所工作。代其父张海标复函先生。

㉓刚刚恢复活动的中国作协广东分会于1978年12月5日召开的历时十二天的广东文

学创作座谈会，是我国进入新时期后第一次召开的大规模的文学创作座谈会，引起了中宣部、中国作协和部分兄弟省市文学部门的重视……参加这次大型座谈会的广东老中青作者有一百五十余人，港澳文学界代表也参加了会议。"春风桃李，济济一堂。他们中有欧阳山、杜埃、陈残云、萧殷、秦牧、于逢、华嘉、胡希明、黄秋耘、王起、楼栖、芦荻、韦丘、曾敏之、吴其敏、李成俊、杨奎章、紫风、郁茹、黄庆云、杨家文、杨嘉、郑江萍、岑桑、杨干华、陈国凯、孔捷生等。"……萧殷做了题为《彻底推倒"文艺黑线"论》的发言，以他在中国作协和中国文联的工作实践雄辩地证明，"文艺黑线"完全是江青在《纪要》中"无中生有，是捏造，是诬陷"。最后他说："所谓一条'反党反社会主义的文艺黑线'以及'受到一条黑线干扰破坏'都是毫无根据的诬陷，是一种阴谋，必须彻底推翻。"彻底批判和推翻"文艺黑线"论，是这一次会议的重要成果。它在全国范围内，对彻底消除广大文艺工作者的思想顾虑，进一步解放思想，繁荣创作，具有历史的和现实的重要意义。（何楚熊著《陈残云评传》，上海文艺出版社2003年3月版第451—453页）

㉔王文若，时为沈阳师范学院中文系文艺理论教研室教师。因购买《习艺录》致函先生。

㉕聂智艺，时为高中生，在广西壮族自治区苍梧大坡公社居住。读《赶快建立文学队伍！》后致函先生。

㉖爸：读了这封信我想起昨晚和秀婵姐姐一起来的医生说，安徽有人要买10本《习艺录》，我说等第二版出了以后再代买，是否从街上买，总之由我负责。她要给钱的。——萌萌（1978年12月13日王文若来函中陶萌萌的批语）

㉗十一届三中全会对"两个凡是"的批判和纠正，为第四次文代会的筹备扫清了思想障碍。胡耀邦出任中宣部部长后，有力地推动了文艺界思想解放的进程。1978年12月，周扬、林默涵、张光年、夏衍等人在出席广东省文艺座谈会期间，"邀请了欧阳山、陈残云、萧殷及文联诸同志征询了关于召开第四次文代会及作家代表大会的意见"，"取得了以下一致意见：一、争取在明年4月召开文代大会。二、不搞总报告，只为茅盾、黄镇分别准备较简短的讲话稿作为引言或动员报告。会上发言民主，最后由几位同志做重点发言，加以集中提高。三、修改会章。民主选举。四、广州等条件较好的地方，可先开省、市代表大会。其他地方等传达文代大会后再开省、市会议"。［黄发有《第四次文代会与文学复苏》，《中国现代、当代文学研究（人大复印）》2014年

1978年

[第2期]

⑱那时广东正开文代会,他在"文革"中被整得够呛,比以前更瘦了,简直成了皮包骨。可是,我一到他屋里拜访,提起广州新出现的青年作者,他却立刻又如数家珍地讲起来:有一个陈国凯,写了个什么什么小说。他把故事给我从头讲了一遍,后来还从自己抽屉里找出张报纸来,叫我看。我一边看,他一边问:"你看怎么样?"还有个孔捷生,作品还很少,他也说:"有希望!"另外还有两个,都让我去找。他的脑子简直不装别的,专装这些青年作者的名字和特点。不需要准备,和万宝囊似的,他的介绍比作协搞组联的同志还清楚完备得多。(韦君宜《为工作而生存——悼萧殷》,《百年萧殷》第91—92页)

⑲昨日才结束广东省文学创作座谈会,昨夜才回到家里。开会之前就收到你的篆刻,刻得很有功夫,尤其是两枚闲章,不但我欣赏,还引起不少人的羡慕,现在桌上堆了一大堆来信来件,不得不赶着处理,因此来不及详叙,只能向你表示谢意,并对你的篆刻的成就表示赞赏!这次创作座谈会,是一次少见的会议,它从各叙己见开始……结果,大家都非常满意,思想解放了,禁区冲破了,可以说,周、林、张、吴、陈等人的发言,还有不少业余作者的发言都十分精彩,尤其是周扬同志和林默涵同志的讲话博得长时间的鼓掌,无人不称赞,大家都认为他们站得高,看得远,很解决问题。我们打算在二月号《作品》上发表出来。(《萧殷文学书简》第75页)

按,两枚闲章,即弘征所刻"萧殷收藏"(白文长方印)"不辞羸病卧残阳"(白文方印),后者内容为萧殷亲自选定。

⑳写小说应从生活出发,从生活中吸取素材,否则就不可能写出有血有肉有内容的作品,人物也不可能写得活。不幸你的《江河风云》恰恰就是这样。(《萧殷文学书简》第212页)

朱文森,业余作者。

㉛正是在这个背景下,在广东省文艺创作座谈会召开期间,在东方宾馆,萧殷要我为《南方日报》写《砸烂"文艺黑线"论,为实现四个现代化而创作》一文(见《黄说——叩问岭南一甲子》,广东教育出版社2015年版),以该报特约评论员的名义,于1978年12月29日头版刊登。在其后数年中,我也"烽火"不断,炮声连天,很是招来了几次大论战。如主编《当代文坛报》时对台湾小说的首次引进、对李士非报告文学《昭雪之后》的辩护、对"恭喜发财"的首肯等,正是得之于萧殷的人格和魅力的激励,那

是潜移默化的，是汩汩静流的，也是担当正义的。（黄树森《梅花村头忆萧殷》，《百年萧殷》第226页）

⑬㉜1977年冬和1978年，"伤痕文学""反思文学"思潮席卷全国，广东的《作品》杂志，因连续发表陈国凯的《我应该怎么办》、王蒙的《最宝贵的》等伤痕作品，也成了这思潮的领潮大军之一。萧殷师是这大军的主要指挥者之一。不久，因这思潮引出全国文艺评论界关于"歌德"与"缺德"的争论，在广东又发展为对《向前看呵，文艺》的争论，更是风口浪尖中的冲刺，我亲眼看到，萧殷师始终是走在前列的。（黄伟宗《"花地"、萧殷师与我的二十年情缘》，《百年萧殷》第222页）

⑬㉝1978年底，我以探求一条学术与实际结合的文艺批评之路为由，说服萧殷师批准我应中山大学中文系主任吴宏聪教授邀请，回母校任教，萧殷师也同时被聘为客座教授。这样，萧殷也仍然是我的同事和导师，此后他仍然一直指挥着我工作，如筹备社科院文学研究所、筹办华南文艺大学文学系，以及对文艺思潮的研究和论争等，尽管他对现代派和我提出的"社会主义批判现实主义"观点有异议，但他始终以关怀后辈、尊重后辈的态度，与我交谈，情真意切，诲我不倦，从而使我与他的不解之缘进入更高更深的境界。（黄伟宗《"花地"、萧殷师与我的二十年情缘》，《百年萧殷》第222—223页）

⑬㉞谭大法，时住广东省阳江县阳江城向阳街26号。

⑬㉟1978年，我在《作品》杂志社做编辑工作，父亲了解到李克异身体欠佳，多次派我到李克异位于珠江电影制片厂的家中倾谈，关心他，鼓励他写作，并带去信件、书籍等资料。他的夫人姚锦，是中华人民共和国国务院副总理姚依林的妹妹。（据陶萌萌回忆）

1979年　己未　六十四岁

1月

2日，写信给罗海清。

3日，写信给西彤。

4日，弘征来函。

4日，入住广州二沙头体委招待所。①

在二沙头体委招待所住了半个月，写文章《〈形象和构思——摘自一九五八年创作随感录〉（附记）》。②

8日，写信给徐开垒。

10日，《人民日报》第三版发表先生署名萧殷的文章《领导思想要再解放一点》。

10日，写信给丁元昌，编完《谈写作》书稿。③

11日，谢望新来函。

14日，沈季平来函。④

17日，写《自传》。

17日，程贤章来函。

17日，丁元昌来函。

17日，写信给黄伟宗。

17日，写信给钟永华。

18日，上海《文汇报》第四版发表先生署名萧殷的文章《给友人的信》。

20日，《人民文学》1979年第1期（总第232期）发表先生署名萧殷的文章《关于典型环境中的典型人物》（作家书简）。

20日，王蒙来函。

22日，钟永华来函。

25日，在广州写文章《议论能代替生活描写吗？》。

是月，文毓来函。⑤

2月

3日，前往高州。⑥

7日晚，在广东茂名市主持文艺创作座谈会并讲话，即文章《在某市文艺创作座谈会上的讲话》。⑦

7日晚，带病给青年作者看稿。⑧

7日，让吕雷"进来坐坐"。⑨

8日，黄升民来函。

9日，在广东高州与青年作者谈话。⑩

14日，涂乃贤来函。

15日，陶萌萌代笔写信给郑贻源。⑪

20日早上，写信给易准。

22日，写信给白拓方。⑫

27日，被聘请兼任中山大学中文系教授。

27日，写信给《广州文艺》主编，即文章《希望有个辅导青年的文艺刊物出现》。

是月，《作品》1979年第2期发表先生署名萧殷的文章《彻底推倒"文艺黑线"论》（在广东省文学创作座谈会上的发言）。

是月，香港《开卷》1979年第4期发表作家访问记《王蒙反对官僚主义》。⑬

是月，在茂名，点评吕雷写的短篇小说《血染的早晨》。⑭

3月

4日，写信给舒燕南。

9日，写信给白拓方。

9日，写信给吕雷。⑮

9日，写信给晏明。

10日，写信给罗海清。

11日，写信给陈谦。⑯

12日，吕雷来函。

12日，敏泽来函。

16日，写信给黄伟宗。

17日，吕蒙来函。

17日，写信给罗怀金。

20日，严庆澍来函。⑰

25日晚，写随想一则——《枕边随想录》。

26日晨，写随想三则——《枕边随想录》。

27日晨，写随想一则——《枕边随想录》。

29日晨，写随想一则——《枕边随想录》。

29日午，写随想一则——《枕边随想录》。

30日晨，写随想一则——《枕边随想录》。

31日，何锡洪来函。⑱

是月，参与创办的文学刊物《红豆》出版，刊头为先生题写。⑲

4月

1日晨，写随想一则——《枕边随想录》。

1日午,写随想一则——《枕边随想录》。

1日,在梅花村写文章《小说的社会意义从何而来?》。

3日晨,写随想一则——《枕边随想录》。

4日晨,写随想一则——《枕边随想录》。

4日,晏明来函。

5日晨,写随想一则——《枕边随想录》。

5日,黄东涛来函(4月9日收到)。[20]

7日,陈国凯来函。

7日,涂乃贤来函。

7日,郑贻源来函。

8日,写信给谢望新。

11日,曾敏之来函。

15日,写信给谢望新。

17日,黄东涛来函(4月21日收到)。

18日,赵启强来函。[21]

20日,写信给黄东涛。

21日,写信给张海标。

22日,杨奎章来函。[22]

24日,曾敏之来函。

24日,蔡天心来函。

24日,在广州写文章《戏剧冲突和性格冲突》。

5月

1日,黄东涛来函(5月14日收到)。

3日,写信给丁元昌。[23]

3日,严庆澍来函,要求重寄作协申请表。[24]

4日,在广东省作协评论工作委员会主持全体会议。[25]

5日,曾敏之来函。

6日,涂乃贤来函。

6日,写信给曾炜。[26]

8日，在广东省作协评论工作委员会主持全体会议。

9日，写信给弘征。㉗

14日，写信给骆世昌。㉘

15日，广东省作协公布选举文学方面出席全国第四次文代会代表结果，先生得131票。

17日，《文艺报》编辑部来函。

17日，陈国凯来函。

17日，李国柱来函。㉙

20日，柯蓝来函。㉚

22日，写信给陈谦。

23日，罗君策来函。

25日，写信给李国柱。因《作品》稿件问题，今日去新会的计划改期。㉛

25日，《南方日报》1979年5月25日第三版发表先生署名萧殷的文章《小说的社会意义从何而来？》。

是月，王蒙的《青春万岁》由人民文学出版社首次正式出版。㉜

是月，被暨南大学聘请为中文系教授。

是月，《广州文艺》1979年第5期（总第41期）《文艺书简》发表《希望有个辅导青年的文艺刊物出现（萧殷同志给本刊编辑部的信 文毓同志给萧殷同志的信）》。

是月，出席中共广东省委四届三次常委（扩大）会议。

是月，在广州为陈国凯的《羊城一夜》写序。

6月

1日，离开广州。㉝

2日，抵达新会，㉞病倒，入新会县中医院治疗。㉟注射"核酪"。㊱

9日，与夫人陶萍在新会圭峰招待所。

9日，在新会圭峰山劳动大学参加省作协创作会议。

9日，在新会孔庙向本省文学业余作者讲话。

12日，李国柱来函。

15日，罗海清来函。

18日，写信给陈貌。㊲

1979年

18日，写信给谢望新。

22日，在圭峰山下写文章《能纳入批判现实主义吗？》。

27日，写信给陈谦。[38]

28日，因高血压到新会县中医院看病。

是月，香港《文汇报》文艺副刊《作家书简》刊登韦丘关于萧殷病情的文章。[39]

7月

2日，离开新会，回到广州。[40]

4日，写信给李国柱。[41]

5日，李国柱来函。[42]

6日，写信给弘征。[43]

8日，写信给李国柱。[44]

9日，写信给罗海清，决定写信给黄儒林。[45]

13日，徐健伟来函（7月16日收到）。[46]

13日，写信给黄东涛。

13日，写信给刘学强。

14日，李国柱来函。

15日，李国柱来函。

15日，写信给晏明。[47]

16日，李国柱来函，请先生审阅文稿。[48]

20日，黄东涛来函。

20日，写信给刘锡诚。

20日，写信给刘学强。

20日，写信给李国柱，谈及想辞去《作品》主编职务。[49]

20日下午，写信给李国柱。

22日，写信给季涤尘。[50]

22日，上海《文汇报》第11592期发表先生关于批判现实主义的文章。[51]

23日，写信给陈国凯。[52]

24日，写信给李国柱。[53]

26日，写信给丁元昌。

26日，李国柱来函（8月4日收到）。

27日，批阅徐健伟来函：培亮同志，将这位作者来信转你一阅，并望小说组复他一信。按来信所述，那篇作品的题材是不错的，至少是可以加工修改的。阅后请将原信退我，以便复信。㊴

27日，写信给黄培亮。

29日，写信给丁元昌。㊵

31日，李国柱来函。

31日，为新版《论生活、艺术和真实》写后记。

是月，在广州梅花村接待陶然、海辛、黄河浪、杜渐、原甸、彦火等一批香港青年作家，并合影留念。㊶

是月，由先生倡建的广东文学院在广州市文德路成立。㊷

是月，刘士尬、徐阳春来函。㊸

8月

1日，严庆澍来函。

1日，写信给刘锡诚。

2日，李国柱来函（8月7日收到）。

3日，写信给吕雷。

10日，中国当代文学学术讨论会在吉林省长春市举行，发言由易准代讲。㊹

11日，关山月来函。㊺

12日，写信给曾炜。

15日，与苏晨同车前往广东顺德大良镇，㊻出席参加文艺座谈会。㊼

16日，写信给李国柱。㊽

17日至24日，在顺德和广州，与陈残云共同主持广东省作协部分会员座谈会。㊾

17日，《广州日报》第三版发表先生署名萧殷的文章《能纳入批判现实主义吗？》。㊿

27日，《南方日报》第一、第三版刊登记者虞丹、谢望新和《广州日报》记者肖伶的报道《排除极"左"思潮干扰发展文艺大好形势》，报道广东省作协17日至24日召开的部分会员座谈会的看法和意见。㊿

27日，写信给谢望新。

31日，写信给罗海清。

1979年

是月，在广州，写文章《他们用的是什么武器？》。

9月

1日，写信给陈谦。⑥⑦

1日，写信给潘耀明。

3日，李国柱来函。

8日，写信给李国柱。

12日，《文艺报》第9期（总第357期）发表先生署名萧殷的文章《他们用的是什么武器？》。

12日，《光明日报》第4版发表先生署名萧殷的文章《〈羊城一夜〉序》。⑥⑧

13日，写信给谢望新。

13日，写信给李国柱。

13日，写信给刘锡诚。

16日，严庆澍来函。

17日，《广州日报》发表先生的短文一篇。⑥⑨

17日，写信给钟永华。

18日，写信给丁玲、陈明。⑦⓪

20日，写信给林建征。⑦①

24日，写信给赵启强。⑦②

25日，罗君策来函。

27日，写信给李国柱。⑦③

27日，黄起衰来函。⑦④

28日，写信给陈国凯。

30日，写信给吕雷。⑦⑤

是月，丁玲来函。⑦⑥

是月，接待江俊绪。⑦⑦

10月

1日，"庆祝中华人民共和国成立三十周年广东省美术作品展览"举行，其间王勉思来访。⑦⑧

5日，江俊绪来函。⑦⑨

5日,参加广东省文联召开的会议。⑧⁰

5日晚,写信给丁玲。⑧¹

6日,黄起衷来函,向先生约稿。⑧²

8日,李国柱来函(10月12日收到)。⑧³

9日,写信给弘征。

9日,写信给李国柱。

11日,在暨南大学讲课。⑧⁴

11日,陈沂、马楠来函。

13日,陈国凯来函(14日收到)。⑧⁵

13日,赵启强来函。

13日,李国义来访。⑧⁶

14日,写信给李国柱,为《作品》向其约反映港澳生活稿。⑧⁷

14日,写信给陈国凯。

15日,潘耀明来函。

15日,广东人民出版社来函,向先生约稿,联系人:王伟轩。⑧⁸

19日,写信给赵启强。⑧⁹

19日,写信给潘耀明。

21日,写信给李国柱。

25日,凌志轩来函。⁹⁰

27日,写信给潘耀明。

27日,写信给王贵忱。

28日,前往北京参加中国文学艺术工作者第四次代表大会。⁹¹

29日,成为中国文学艺术工作者第四次代表大会代表。

30日,写信给钟永华。

30日,写文章《现实主义的胜利》。

30日,出席在北京召开的中国文学艺术工作者第四次全国代表大会,全国的文学艺术工作者代表云集首都,作为广东代表团成员,住在北京第四招待所,医生卢宜为先生诊病。⁹²

31日,因高烧被送入北京积水潭医院。⁹³ 诊断为"肺心病",⁹⁴ 住院期间,不愿麻烦护士。[95]

是月，收到严庆澍题写"殷兄萍嫂指正"的长篇小说《金陵春梦》。

11月

6日，出院（北京积水潭医院）。住在招待所。[96]抱病工作，一直坚持到文代会结束。[97]

11日，写信给白拓方。

13日，《新华社新闻稿》第3575期的《国内新闻》栏目刊登报道：《通讯：泥土的风格——访文艺评论家萧殷》。[98]

14日，与那沙、天蓝、康濯、田蔚、周游、莫耶（原延安鲁迅艺术学院文学系一期同学）合影。[99]

15日，李国柱来函。

15日，丘峰来函。[100]

会议期间，参加作家协会第一次理事会。[101]

会议期间，与唐达成见面。[102]

会议期间，见到楼栖。[103]

会议期间，与古鉴兹相谈。[104]

16日，与巴金、蹇先艾、陈沂合影。[105]

16日，中国文学艺术工作者第四次全国代表大会闭幕。会上，当选为中国作家协会理事。[106]

17日，回到广州。[107]

19日，《四川文学》编辑部来函。

19日，赵启强来函。

24日，凌鹰来函。[108]

26日，董德芳来函。[109]

28日，写信给陈谦。[110]

29日，《四川文学》编辑部来函约稿。[111]

29日，写信给谢望新。

是月底，赵启强来函。[112]

是月，上海文艺出版社出版陈国凯著作《羊城一夜》，序为先生所写。

12月

1日，丁有朝来函。⑬

1日，郑臣年来函。⑭

2日，被送进广东省人民医院。⑮直到1980年2月13日才出院，73天在医院治疗。

2日，陈念根来函。⑯

7日，新蕾出版社编辑部来函，为《作家的童年》丛书，向先生约稿。⑰

7日，韦嫈来函。⑱

7日，写信给赵启强。

7日，杨家文来函。⑲

8日，写信给野曼。

15日，陈国凯来函。

15日，写信给王伟轩。

15日，写信给潘耀明。

16日，写信给卢宜。

20日，写信给谢望新。

21日，在广东省人民医院东病区201室写信给丁玲。⑳

22日，龙世辉来函。

25日，写信给李国柱。

27日，写信给西彤。

27日，被中国作家协会聘为青年文学工作委员会委员。

27日，暨南大学领导小组发来请柬：为庆祝1980年元旦，定于12月30日上午8：30，在暨南大学大礼堂举行正副主任、教授、副教授茶话会，请萧殷同志出席。

31日，赵启强来函。㉑

是月，被中共羊城晚报委员会聘请为《羊城晚报》顾问。

是月，《广州文艺》十二月号刊登赵启强的《在百分之九十里》。㉒

是月，在广州写《〈谈写作〉后记》。

是月，继续写《习艺录》，回暨南大学指导硕士生。㉓

是年，为《小说月报》顾问委员会成员之一。

【注释】

①由于上海文艺出版社催促甚急,我决定明日离开梅花村,暂时躲到一个清静的地方,准备集中精力把那本二十多万字的文艺论集整理出来。(1979年1月3日致西彤函)

②一月份,我为了赶紧给上海文艺出版社改编一本《谈写作》(共二十余万字),躲到二沙头的体委招待所住了半个月。(1979年3月10日致罗海清函)

③最近为抓紧时间赶编《谈写作》,托体委一个同志在珠江边一个小岛上找到一间招待所,我正住在这里,今日刚编完《谈写作》一书,趁寄稿机会,顺此给你写封短信,并祝新年愉快……《作品》的订户由十三万突然增至二十九万份,这本来是好事,但却让一些人叫苦不迭,纸不够呀,这怎么得了!虽如此,但零售还是无法解决!连广州也买不到《作品》,据说每期给香港一千本,当天就销售一空,其实,这个刊物问题很多,编辑却也困难重重。结果只是把我累得喘不过气来。(1979年1月10日致丁元昌函)

④沈季平(1927—2011),广东高州人。毕业于清华大学。1949年后任《文艺报》编辑组长、《文艺研究》编辑部主任。

⑤文毓,时从事共青团工作。

⑥上月底曾收到你从杭州发来的信……接到你的信的第三日就出发到高州、茂名一带。(1979年2月22日致白拓方函)

⑦萧殷《在某市文艺创作座谈会上的讲话》,《创作随谈录》第153—163页。

⑧我跟萧殷同志的直接接触是从1979年初开始的。他当时去茂名访问,由省里来了一位著名文艺评论家,理所当然地由我来接待了。一见面,他那瘦小孱弱的身躯和炯炯有神的眼光是那么不大调和,而淳朴诚恳的神态和精辟锐利的谈吐又是那么统一,给我一个非常深刻的印象。接着,他提出要召开一个当地文学作者的座谈会,和当地爱好文学的青年见面。那时他走起路来已经有些气喘了,但因为在茂名逗留的时间只有一两天,就不顾旅途劳顿,当晚就开了座谈会。在会上他像见到老朋友一样和青年们促膝谈心,并不时回答他们提的问题,谈笑风生,神采飞扬。会后,他还接见了一些业余作者,帮他们看稿子、提意见,态度是那么严肃、认真。事后我才知道,他当时还在发着烧,回到广州就住进了医院。(吕坪《忆萧殷同志在病榻上谈诗》,《百年萧殷》第215页)

⑨我第一次见到萧师,是在1979年初春。在茂名的招待所里,我刚听完萧师的报

告,怀着初学者惶恐的心情,尾随着这位举步维艰的老人,企望能和他说上一两句话,可是,我始终没有勇气开口。他发现了我的窘态。在房门口,他回头笑了笑,招呼我:"进来坐坐吧——"就这一声招呼,把我带进了一道新的"门槛"。(吕雷《记忆,撞击着心扉……》,《百年萧殷》第276页)

吕雷(1947—2015),广东惠阳人。早年上山下乡,1988年毕业于北京大学中文系。后任广东省作协副主席。著有《云霞》。

⑩《开拓题材,提高艺术质量——一九七九年二月与高州青年作者谈话》。(《萧殷自选集》第206—220页)

⑪我是肖殷的女儿,这个月您给他的信转来的时候,正逢他卧病发高热,但他还是读了您的信,并嘱我把他所知的一些线索提供给您。(1979年2月15日陶萌萌致郑贻源函)

郑贻源,福建清源人。仓夷弟。

⑫《作品》月刊于年底各地订户已达到二十八万册,零售数不在内。可能是省级刊物中订户最多的一份刊物了。《作品》在香港也极畅销。(1979年2月22日致白拓方函)

⑬整理者注:香港《开卷》杂志一九七九年第四期刊登的作家访问记《王蒙谈反对官僚主义》一文中,王蒙在回答记者的提问时,也专门谈到了这件事。他说:"五十年代作家协会有个萧殷,他对我帮助很大。那时我的草稿写得很乱,如果放在一个比较平庸一点的编辑手里,不一定被看中,因为它写得实在是乱,最大的困难是不会结构,不会编故事,尽是些零零碎碎的画面,自己实有所感的一些东西。这些画面掺和在一起,在一些编辑看来,会认为是乱成一团,可是萧殷看了,给予了相当的重视,肯定它有较好的基础,做了大量的工作,还给了我创作假,让我能比较专心地去进行修改。任何人都是离不开老一代的培养的啊……那时他在作协青年作家工作委员会担任副主任,对青年很是关心爱护。"(《创作随谈录》第60—61页)

⑭约1978年中,他去茂名,发现这个青年作家已写出一篇揭露"文革"祸害的短篇小说《血染的早晨》,就表示赞赏,给发表在《作品》上,吕雷于是出来了。可是以后对于吕雷某些作品的弱点和缺点,他还是很严格地指出,使之设法克服。他对青年作者有一副菩萨心肠,但却从不放弃原则。广东二十年来先后出现的青年作家,如王杏元、杨干华、孔捷生等,他都很了解和很关心。当然,后来出现的新秀,因为他精力衰

疲,已无暇顾及了。(于逢《临终难忘〈金沙洲〉——萧殷在最后的日子里》,《百年萧殷》第337页)

按,约1978年中,误。

第一次见到萧殷师,是在1979年初。当时我还在茂名石油工业公司工作,茂名市开了一个由省里知名作家与当地业余作者见面的座谈会。会上我见到一位瘦小孱弱的老人——他就是萧殷师。没想到连上楼都大喘不止的他,讲起文学来竟中气十足,精神亢奋,简直一发不可收。他深入浅出地从浪漫主义、批判现实主义一直讲到社会主义的现实主义。我在稿纸上涂鸦了好些年,这还是第一次接触到较系统的文艺理论教育,不禁对这位老人景仰起来。会后,我跟着一些业余作者到他房间里攀谈了几句,接着就不知天高地厚地掏出自己一篇习作塞给他,请他"看看"。这个唐突的举动,竟成了我人生的一个转折点……我这篇习作,就是发表在当年《作品》5月号上的《血染的早晨》,这也是我第一次在文学杂志上发表小说。这篇稿子我至今珍藏着,稿子字里行间还留着萧殷师的手评——他改批青年习作喜欢用铅笔做眉批,都很简短,从不大删大砍和乱画,有的只写个"好"字。有的画上细线,写上"不真实"三字,字都写得很小,充分体现了萧殷师尊重作者、呵护文学新人的一片苦心。(吕雷《文坛流沙河的淘金者》,《百年萧殷》第271—272页)

⑮我离茂名到湛江时,在小车上受了凉,回来病了十几日,幸现在已好转,勿念!(1979年3月9日致吕雷函)

⑯(1978年)十二月,省文学创作座谈会召开,周扬、默涵、夏衍等同志应邀参加,使会议开得更充实,更切中时弊,大家都十分高兴,获得意外的收获。周、林的发言,本来决定在二月号《作品》发表,因他们十分慎重,一改再改,周扬同志的决定三月份发表,《人民日报》已于前十天刊载了,而林默涵的连三月号也赶不上,前三日才改好寄来,最早也得四月号才能刊出。这些文章都很解决问题,可惜因发表太迟,现实意义多少受到了一点影响。今年一月份刊在《人民日报》《文汇报》《人民文学》的杂感就是那时被压榨出来的,连我自己也不想重读一遍……二月初,参加高州文联恢复活动,顺便还到茂名去住了两日,给两地文艺青年座谈了创作问题,一切都很好,身体也仿佛有点转机,但不料,从茂名到湛江乘飞机时,在小车上受了凉,回广州后一直发高烧,原来肺气肿又感染了,足足躺了半个月,最近才好转的,真倒霉!(1979年3月11日致陈谦函)

⑰严庆澍（1919—1981），笔名唐人，江苏苏州人。毕业于燕京大学新闻系，1947年在《大公报》台北分馆工作。1950年任香港《新晚报》编辑。著有《金陵春梦》。

⑱何锡洪（1934— ），广东江门人。1950年后在粤中文工团（粤西文工团）、湛江专区粤剧团工作，后任广东粤剧院艺术室副主任、编剧。著有《艺海留痕》。

⑲《红豆》，中山大学钟楼文学社创办。《红豆》编辑部编辑。1979年3月创刊。铅印16开本，56页。定价3角5分。著名作家周扬题词，刊头由著名文艺评论家萧殷题写。（姜红伟《1978—1990，中国大学生文学刊物索引之〈红豆〉》，《作品》2014年第5期）

⑳久闻先生大名，更从涂乃贤处获悉他与先生相熟。而我与乃贤在港份属知交、文友。近奉寄一册拙作、长篇小说《出洋前后》给先生及《作品》编辑部请前辈指教。（1979年4月5日黄东涛来函）

黄东涛（1945— ），笔名东瑞，福建金门人，出生于印尼。毕业于华侨大学中文系，1972年到中国香港，开办获益出版事业有限公司。著有《天堂与梦》。

㉑赵启强，四川成都人。1989年毕业于西北大学中文系。甘肃电视台导演。著有《扎西梅朵》。

㉒杨奎章（1921—2009），广东梅县人。1946年毕业于广州中山大学。1949年后历任广州市文化局局长、广东省文联副主席、广东省政协副主席。

㉓这半年来，我忙得莫名其妙，从主观、客观来看，都是如此。除了承担《作品》的责任之外，作协的整副担子又压到我肩上来。其他同志都身强体壮，却只有时写点东西，对我这个瘦骨嶙峋的病夫，却一再增加砝码，不知是根据什么逻辑？（1979年5月3日致丁元昌函）

㉔作协登记表已由罗孚兄给我，是在四月卅日于火车上给我的，不慎当场弄湿，交不了卷。（1979年5月3日严庆澍来函）

㉕针对极"左"思潮的攻击，作协广东分会连续举行了两次座谈会，在全国范围内率先予以有力反击。一次是1979年5月4日和8日由萧殷主持的作协广东分会评论工作委员会全体会议。陈残云同与会同志一起，对澄清极"左"思潮造成的混乱思想，进一步肃清"四人帮"流毒，以利于文艺创作的繁荣和发展做出了重要贡献。（何楚熊著《陈残云评传》，上海文艺出版社2003年3月版第454页）

㉖信最后千嘱万嘱,要"问候于逢、韦丘诸老友"。(一)请你将登记表寄给他!(二)请将《作品》寄给他!希望在适当的时候,组织几个熟朋友去探望他一次。(1979年5月6日致曾炜函)

㉗现在不仅负责《作品》,作协的担子也压在我肩上。会议多,来人多,待审阅的信稿多,这一来写东西固然抽不出时间来,就是读书的时间也几乎被挤掉了……《作品》印二十九万份还无法满足供应,连广州的读者也买不到,可是出版社无动于衷,奈何!(1979年5月9日致弘征函)

㉘骆世昌(1945—),广东龙川人。1963年毕业于龙川佗城中学,在新疆建设兵团农五师八十九团工作。1985年到深圳宝安中学任教,高级教师。

㉙李国柱(1931—2016),即林真,广东台山人。1947年赴香港,香港作家,出版人,擅长相学。著有《霍元甲》。

㉚柯蓝(1920—2006),原名唐一正,湖南长沙人。曾在延安鲁艺学习,后任陕甘宁边区《群众报》主编。1949年后任湖南省文化局副局长。

㉛本来今天我要到新会去参加一个创作座谈会,但因临时发现七月份《作品》的稿子,质量太差了,不能不调整,可能要忙好几天,因此去新会只好延期了。(《萧殷文学书简》第46—47页)

㉜《青春万岁》在历时二十余年之后,终于1979年第一次出版了,我想,萧殷同志的心情绝不会比我平静。我多么想请他为这本晚出的书写一篇序言啊,然而他告诉我,他身体已经不行,力不从心了。(王蒙《安息吧,鞠躬尽瘁的园丁》,《百年萧殷》第182页)

㉝因六月初作协要在新会召开一次创作座谈会,我六月一日赶去,不料第二天就病倒了,由于医病,不得不在那里住了一个月。(《萧殷文学书简》第13页)

㉞为了参加在那里召开的创作座谈会,我六月二日离广州赶到那里去。谁知到的那天下午,血压就升得惊人,185/130mmHg,到了脑血管随时可能破裂的境地。医生即刻叫我躺倒,既不许活动,连谈话也受到禁止。医生似乎太厉害了,但不这样,却可能出问题。(《萧殷文学书简》第76页)

㉟我是六月初到新会的,谁知一到那里,当天就病倒了,幸好那里有个中医院,经黄副院长精心治疗,病体有所好转。(《萧殷文学书简》第205页)

㊱我在新会中医院得到一种药针,叫"核酪"(上海可买到)。注射后,体质较稳

定,虽消瘦,但精神尚好。(《萧殷文学书简》第14页)

㊲陈貌(1949—),广东遂溪人。历任团中央干部、《经济日报》驻广东站站长、深圳市委办公厅副主任、南油集团党委副书记。

㊳我是六月二日到新会的,任务是来新会参加省召开的创作座谈会。不料二日下午就病倒了,血压183/130mmHg,还发高烧,于是医生嘱咐卧床休息。座谈会十一日结束,我不得不于六月九日到座谈会去谈了一些问题。参加会议的人早回广州去了,我和陶萍被留新会中医院治病,至今快一月,病情有减轻,决定七月二日回穗。(1979年6月27日致陈谦函)

㊴韦丘也被这情况吓得呆了,在给香港文艺界友人写信时,顺便谈到我病倒的情况,香港《文汇报》的文艺副刊,竟把这封"作家书简"发表出来,引起了不少朋友的惊动和悬念!当我回到广州时,家里已来了几封香港友人的探病信函。(《萧殷文学书简》第76—77页)

㊵你来粤时间,我恰好在新会……七月二日才回到广州。(《萧殷文学书简》第205页)

㊶《花城》《作品》二本及欧阳小姐送来的书,以及七月四日、七月八日两信,俱已收到。非常感谢。你两封信亦已交敏之兄看过。你的新闻写作论影了两份,一寄府上,一寄作协。(1979年7月14日李国柱来函)

㊷在六月十二日迄今,寄上两函;同时又寄了一套诗话丛刊到作家协会,未知已否收到?敏之兄昨日给我电话,说你已经病好,返回广州。(1979年7月5日李国柱来函)

㊸寄来的诗集和茶叶均收到,诗集早在我去新会之前就收到了……你的诗除《牵牛花》之外,其余三首都不错,我已批转韦丘和西彤,他们以后大概会把处理的结果告诉你!有空来信!毛笔很好,但至今还无心情来试笔。(《萧殷文学书简》第76—77页)

㊹七月八日两信,俱已收到。(1979年7月14日李国柱来函)

㊺今天,我决心给黄儒林同志写封信,对于调佗中事请他帮帮忙,大概不会置之不理吧?(1979年7月9日致罗海清函)

黄儒林,曾任龙川县法院院长、龙川中学校长、龙川县人大常委会副主任。

㊻徐健伟,时在广东南雄房管所工作。

㊼……一年半来,我曾三次抽下他们认为很不错的小说,其实是政治上、艺术上都有问题的作品。相反,有时把一些写得不错的作品退了。这一点,我最犯愁,但他们又

不愿总结经验，没法提高。（1979年7月15日致晏明函）

㊽附上的五篇稿件，有三篇是我的习作：《碧街习作》《喜尝粗咖啡》和《处困室日记》。有两篇是我相交了三十年的朋友郑辛雄（海辛）兄的作品。我们两人由十七八岁便开始摸索着学习写作，从来没有人来加批评、指导。我把这些东西寄给你，假如你精神较好时，请你看看，一来可以知道香港文坛的一些情况，二来如有可能时，请给我们提点意见。（1979年7月16日李国柱来函）

㊾下半年，我打算专事写作，这是许多老朋友以及无数青年读者一再催促的任务，似乎再不能拖下去了。为了能集中精力和时间，我想抛开《作品》主编的职务。现打算把这计划提出来，还不知能否取得同意。（1979年7月20日致李国柱函）

㊿《散文特写选》何时出版？望可能时顺便告我一下……下半年准备专事写作，为集中精力和时间，不能不摆脱《作品》主编的职务。已向领导提出来，不知能否获得批准。（萧殷《书信二封》，巴金等著，季涤尘编《文学书事：作家给编辑的信》，人民文学出版社2001年8月版第156页）

(51)你的关于批判现实主义的文章，本月廿二日在《文汇报》的文艺版刊出，拜读过了。有点小意见，下次来信时再告诉你。（1979年7月26日李国柱来函）

(52)陈国凯的《在厂区马路上》，决定发我刊八月号。（1979年7月23日致陈国凯函）

(53)七月廿四日来信收到，前两天寄出一批书、一封信和发了一通电报，想已收到。（1979年7月31日李国柱来函）

(54)1979年7月13日徐健伟来函。

(55)《习艺录》已寄出，谅你已收到了这本小书，这里印得太少，只两万五千册，在广州两三天就卖完了。各地读者直接来信向我要书，弄得我无法应付，我向出版社要了一百五十本，早已分赠了，现在连买也买不到，奈何！（1979年7月29日致丁元昌函）

(56)海辛（1930—2011），原名郑辛雄，广东中山人。毕业于香港南方学院文艺系。香港凤凰电影公司职工，香港中联电影公司编剧。著有《银色的漩涡》。

黄河浪（1941—2012），福建长乐人。毕业于福建师范中文系，1975年9月定居香港。著有《海外浪花》。

杜渐（1934—2022），即李文健，广东新会人。毕业于广东中山大学，香港《开卷》杂志主编。著有《雁痕》。

原甸（1940—　），福建闽侯人。长期从事诗歌创作。著有《掌声集》。

彦火（1948—　），原名潘耀明，福建南安人。曾任香港明报出版社及《明报月刊》总编辑。

㊼三元里座谈会结束后，在萧殷老师的倡导下，广东成立了文学院。（李前忠《忆萧殷老师》，《百年萧殷》第326页）

㊽七月间接士馗、阳春两兄来信，因来信只写梅花村，未写门牌，故在邮局耽搁了两天，同时他们未写出通信地址，使我无法给他们回信。今日又收到士馗兄来信，说阳春兄继续在"佗中"任教，而士馗兄却落得个"残生日日闲"的结果，实在令人难过！龙川的教育事业落后到如此地步，难道当局者连一点"复苏"的想法都没有吗？刘来信中曾问我与海浪、其初有无致函公社及佗中。我自去大良后并未与海浪联系，更未联名致函"佗中"。此种"传说"，不知来自何处，应加以警惕！——请将以上情况转告士馗、阳春两兄。（《萧殷文学书简》第240—241页）

徐阳春（1910—1998），广东龙川人。国立中山大学毕业，1939年任龙川县立第一中学校长。

㊾《光明日报》《文艺报》的文章，已包括在内，全编入《给文学青年》一书内。只有《关于文学期刊的编辑工作》未发表过，那是一九七九年在长春召开的文学期刊会议上我的发言（由易准同志代讲），他最近才整理出来。作为地方文学编辑经验，还是有点参考价值的。（1981年2月27日致弘征函）

㊿关山月（1912—2000），广东阳江人。毕业于广州市立师范学校，历任广州美术学院教授、院长，中国美术家协会副主席，广东省文联副主席。

㉛去大良时，我和苏晨同车。（1979年9月8日致李国柱函）

苏晨（1930—　），辽宁本溪人。1949年后任花城出版社副社长、副总编辑，《沿海大文化报》总编辑，《财富》社长。

㉜明日一早就要到顺德县大良镇清晖园去，据说约了文艺界五六十人（据说也有香港作家），准备在清晖园座谈五六天。（1979年8月16日致李国柱函）

㉝读到你八月十六日的来信，说第二批书仍未收到，真是奇怪。希望你现在已经收到。倘若还未收到时，请尽快写信告诉我。（1979年9月3日李国柱来函）

㉞作协广东分会在1979年8月17日至24日召开了部分会员座谈会。这次会议由陈残云和萧殷共同主持，座谈的中心是"排除极'左'思潮干扰，乘胜前进"……座谈会先

后在开放改革走在前头的顺德和广州两地召开。（何楚熊著《陈残云评传》，上海文艺出版社2003年版第456页）

(65)六月曾在新会应香港《文汇报》写了篇《应纳入批判现实主义吗？》后约八月十七日《广州日报》转载过。（《萧殷文学书简》第205页）

(66)虞丹（1925—2014），江苏常熟人。1945年参加新四军。曾任《广州日报》文艺部主任、《羊城晚报·花地》主编、《南方日报》文艺部主编。

肖伶（1931— ），即萧麟。原名胡尚泰，福建永定人。1949年投身闽粤赣边游击区。1952年冬，参加创办《广州日报》，一直在该报工作，主任编辑。

(67)以后打算集中精力写《创作论》，已向组织提出不当《作品》月刊的主编……家里来客太多，虽平日不上班也做不了多少事情，许多宝贵的时间，都在客人的空谈中浪费了。有什么办法呢？有一年左右，陶萍在门上贴了一张条子："为了不影响工作，希望下午来访"。可是谁也不理会，还是照样来。（1979年9月1日致陈谦函）

(68)《光明日报》九月十二日的短文，是给陈国凯小说集的序言，是五月写的。（《萧殷文学书简》第205页）

(69)四月以来，文艺界的斗争激烈，这是中国政治形势的反映。我于月中曾给《文艺报》撰文一篇，大约九月才能与读者见面，本月十七日在《广州日报》发的短文，见到否？这都是参战的文章。十月初，我大约要到北京参加第四次"全国文代会"。（《萧殷文学书简》第241页）

(70)也不知你们住在什么地方，偶然问到一个地方，先寄本小书试试看，如果你们能收到，希望给你回个条子，并希望将你们的住址告诉我……我虽名义上还是《作品》主编，实际上我逐步把担子下放给第二把手。（1979年9月18日致丁玲、陈明函）

陈明（1917—2019），江西鄱阳人。丁玲丈夫。1936年毕业于上海麦伦中学，同年加入中国共产党。1949年后在国家电影局工作。

(71)《作品》虽然在名义上我仍担任着"主编"的职务，实际上我已逐步把担子转到第二把手的肩上。我无论脑力与体力都不能长期地担任太重的编务。（1979年9月20日致林建征函）

(72)关于你的小说《在百分之九十里》，八月间我曾交给一个朋友看，认为你写得还不差，并转介绍给《广州文艺》，说十二月号《广州文艺》准备发表。（《萧殷文学书简》第99页）

㉓来信及影印件两份均收到,你的信已付火,保证不会将此事告诸别人……十一月七八号回穗,估计我们那时在广州。昨日广州作协代表,讨论全国文代会的报告,各组意见不一,回北京汇合意见后,还要做修改。据说十月八日召开全国文代会,直至昨日还不见正式通知。估计十月中旬开始,十一月上旬也回到广州了。到时候,还会写信告诉你,勿念!(1979年9月27日致李国柱函)

㉔黄起衰(1929—1988),湖南长沙人。1954年转业,历任湖南人民出版社、湖南文艺出版社总编辑和社长。

㉕我七月才离开新会,八月又得去顺德开会,现在准备参加全国文代会,忙得很!(1979年9月30日致吕雷函)

㉖我现仍住西郊友谊宾馆,你们的茜菲同志曾来过。十月上旬可能仍在这里,中旬可能搬家,但那时你一定已早来北京了。你的书我已略约翻过几篇。我对你的希望是真正办好一个刊物,不要交给二把手三把手或一些小姑娘,要帮助他们、教他们,不要放手不管。办好一个刊物很不容易。现在中国刊物很多,却都不能成为一个权威。人不要权威,但刊物却要办成权威。《作品》是比较有声望的,但还要加劲。要旗帜鲜明,要有好作品,要有尖锐的、细致的理论。要不怕得罪人,要有基干队伍。(老中青)要有倾向性,要培育新人。不要抹稀泥,不要官办架子。你当编辑是有经验的,现在也六十多岁了,有什么怕的?真正担起担子来,培养出一批编辑人才,是有思想见地,是真正的文艺运动健将,不是当官,不是当职员;能组织一批要帮助他们的敢说敢想的新生力量,而又要有文学基础,比较深刻、真正的想写作的人才,不是想钻营、出风头的后补棍子、准备弄权的小人。第二我想你多写点作品批评。把那些写创作、生活、表现形式等等转移到对具体作品的评论。对读者来稿分析,不如对读者都熟悉的作品分析与评论更有作用。(1979年9月丁玲来函)

㉗我已于九月三十日回上海。在穗时蒙您热情接待,并馈赠《习艺录》,十分感谢。(1979年10月5日江俊绪来函)

江俊绪(1939—2021),无锡江阴人。毕业于华东师范大学,在上海文艺出版社工作,《艺术世界》主编。

㉘1979年,我们出版社去广州参观美术作品展览。我抽空去看望萧殷夫妇,算起来我们已有二十多年不见了。临行前我买了两条腊肉,因为我见过广东的同志回家过年,买了些猪肉皮,可见他们那儿缺肉。这次到了梅花村,见萧殷同志更显得瘦小,陶萍虽

然胖了,但也是虚胖,两人身体都不大健康。多年不见,又是在一场"文革"之后,我们有说不完的话。(王勉思《怀念萧殷夫妇》,《百年萧殷》第109页)

王勉思(1926—2015),北京人。康濯妻子。1944年参加革命工作,曾任晋察冀边区青联干事。1949年后任《湖南文学》编辑部主任、湖南少儿出版社社长。

㊾您答应为《艺术世界》写稿,我们非常高兴……并希望您能在最近一个多月内一定拨冗给我们一篇,以便在明年元月出版的新年首辑上看到您的文章。艺术欣赏或艺术随笔都可以,题目、内容、形式均请您根据本刊性质酌定。(1979年10月5日江俊绪来函)

⑧⓪今日我们文联开会,谈到全国文代会的问题,到底什么时候开,直到今日未接正式通知。一说是十月十五日开,一说是十月十七日开,都是小道新闻,没一个是正式的。估计,我们不久便将在北京见面了。自一九六〇年离开北京,瞬已快廿年,这次想到能看见你和陈明同志,十分高兴!(1979年10月5日致丁玲函)

⑧①读了你的来信,仿佛是亲自聆听你说了一番话,二十多年前的情景马上又出现在我的眼前:你还是那样亲切、那样热情、那样诚挚地对人,能不令人感动?经过这十多年的折磨,我苍老多了,现在精神虽然尚好,但消瘦得如一个人干,见到我的熟人都说我太瘦了,但有什么办法?自一九七六年后,我好像一年比一年消瘦,不知道是什么原因……今晚是中秋之夜,来人不断。(1979年10月5日致丁玲函)

⑧②"谈写作"的书,我们很欢迎,请整理编好寄给我们。据说,文代会推迟到十月下旬,时间宽裕一些,有利于您进行书稿的编选工作。《芙蓉》丛刊第二期的稿子,计划在年底发排。请您在百忙中赐寄新作。(1979年10月6日黄起衰来函)

⑧③写到这里,收到你昨天(十三日)写的信,你的稿子确是被邮局压了四日,因是欠资信,他只将通知单送来,等我们当天下午去领来时,发现已超过四日(你八日发出,我们十二日才收到)。(《萧殷文学书简》第154页)

⑧④后天,我要回暨南大学去讲"当前文艺局势问题",是向中文系和新闻系师生讲话。(1979年10月9日致李国柱函)

⑧⑤写到这里,收到你昨天(十三日)写的信。(《萧殷文学书简》第154页)

⑧⑥国义弟昨日来过,畅谈了一个上午,陶萍留他吃饭,他却异常客气。(1979年10月14日致李国柱函)

⑧⑦你如果对《作品》有兴趣,欢迎你给《作品》写些反映港澳生活的短篇小说或散

文。（1979年10月14日致李国柱函）

⑱我们决定约请省内从事文艺编辑工作的同志们从自己的工作实际出发，写一些谈论文艺创作的一得之见，汇编成《编余漫话（笔）》一节出版，以后有足够稿件，还可以出版续编。预料这是会受到广大业余作者和编辑工作者欢迎的。现谨约请您在今年十一月底以前惠稿一两篇（寄我社文艺编辑室）。以后尚请陆续惠寄。（1979年10月15日广东人民出版社来函）

⑲今天收到你的来信，我同意你对《在百分之九十里》的意见，那四条要你改的意见，是脱离了时代，脱离了特定环境的……我太忙，身体又不好，成堆成堆的来信来稿，几乎占去了我的全部时间，加上会议和编务，我几乎没有一点空余的时间，所以我不能替你写序，不是不愿意，而是没有时间……再过七八天，我大概要和广东代表团一起，到北京去参加全国文代会。（《萧殷文学书简》第100—101页）

⑳凌志轩，时在广东徐闻县前山糖厂工作。

㉑明日——十月廿八日我将和广东代表团飞北京参加文代会，大会于十月三十日开始，开到什么时候还不清楚，讨论什么问题为重点也不清楚，反正到了北京就清楚了。（1979年10月27日致潘耀明函）

㉒我与萧殷同志是在全国第四届"文代会"期间相识的。那是1979年10月，盛况空前的中国文学艺术工作者第四次全国代表大会在北京召开，全国的文学艺术工作者代表云集首都。萧殷同志是广东代表团成员，他们住在北京第四招待所。我们医院接到任务，要保证与会老艺术家的健康。那时候，经过"文革"风浪折磨，他们之中很多人的身体都不好。我们的任务就是巡回、询问，发现问题要认真对待。（卢宜《怀念我的病人萧殷同志》，《百年萧殷》第173页）

卢宜，1961年毕业于北京医科大学医疗系。时在北京积水潭医院工作，为神经内科主任医师。

㉓真后悔十月廿九晚，我没有坐到你旁边，向你诉说我近年来的情况，同时听听你的教诲。当时我想时间还不少，二十多天的文代会，总能找到个畅谈的机会。谁料第二天，我没有找到你，到周扬同志做报告时，我不幸病倒了，接着在积水潭医院住了六天。病未痊愈，便回到招待所，一直躺在床上。（1979年12月21日致丁玲函）

㉔肺气肿的病，自去年到北京患病后，一直没有全好过，北京医院说我已发展到"肺心病"，由于肺的负担重，心脏受到很大威胁，于是心脏也受到损害。现在已明显

感到，比起去年来，气促的现象更经常了。稍微活动一下，便感觉受不了。（《萧殷文学书简》第236页）

⑨⑤按规定，代表住院是可以受到某些照顾的，但他拒绝照顾，和普通病人一样住在大房间，食用一般饭菜。住院期间每日输液、打针，行动不便，进食与大小便都有一定困难，但他总不愿意麻烦护士们，尽量自己去做。（卢宜《怀念我的病人萧殷同志》，《百年萧殷》第174页）

⑨⑥此次来北京参加文代会，第二天就病入医院，在医院（积水潭医院）又四天不能吃什么，烧一退，我就于第五天坚决要求回到招待所（车公庄大街二十一号市第四招待所一六五号房）。（1979年11月11日致白拓方函）

⑨⑦但是因为惦记着大会，烧刚退，仍然咳喘着，仅仅在医院待了四天，他就坚决要求出院。出院时医护人员对他都不放心，大家都过来叮嘱他多保重……出院后，他仍抱病工作，一直坚持到文代会结束。（卢宜《怀念我的病人萧殷同志》，《百年萧殷》第174页）

⑨⑧从新中国诞生起，肖殷就把自己的精力和心血倾注在文学青年的身上。三十年来，他先后担任《人民文学》《文艺报》和《作品》等杂志的副主编或主编，工作一向比较繁忙。然而，他对于登门求教的文学青年，总是热情接待；对于他们提出的问题，总是耐心回答。"文化大革命"前十多年，他坚持每天写两三封信给文学青年。这些信，长的近万字，短的几百字，累计起来有几百万字。现在，人们在图书馆看到的肖殷所著的《论生活、艺术和真实》《与习作者谈写作》《鳞爪集》和《习艺录》等书，里边所收的文章大部分是他给文学青年写的回信。在肖殷的扶助下，许多有才华的文学青年逐步成长起来。[刘卓安、陈婉雯《通讯：泥土的风格——访文艺评论家萧殷》，福建医科大学图书馆编《新华社新闻稿 11月1-15日 3563-3577期1979》（第3575期）1979年版第19页]

⑨⑨天蓝（1911—1984），原名王名衡，江西南昌人。毕业于燕京大学外文系，曾在延安鲁艺任教。1949年后任《工人日报》主编、中国社科院研究员。著有《像太阳般升起》。

田蔚（1918—1989），王匡夫人。1949年以前曾在新华社总社广播部工作，1949年后任广东人民广播电台台长、广东省委宣传部副部长。

莫耶（1918—1986），福建安溪人。1938年春进入鲁艺学习。1979年，任甘肃省文联副主席。著有《生活的波澜》。

⑩丘峰（1941— ），原名丘滔珍，广东梅县人。1966年复旦大学毕业，历任上海卢湾区教育学院教师、上海文艺出版社文学编辑、《大墙内外》总编辑。

⑩许多会议与活动都不能参加，作协第一次理事会，我勉强去参加了，满以为那天可以见到你，但不幸那天你却感冒了。（1979年12月21日致丁玲函）

⑩1981年第四次全国文代会上，终于又见到了他。然而我没想到，"文革"动乱的摧残，竟使他变得那样瘦弱和衰老了。阔别以后的重逢，固然令人欣慰，但看他变得步履蹒跚的病弱身躯，又不禁黯然，心中只有默默祝祷他能早日康复。他自己情绪倒是很高，仍然很健谈，对粉碎"四人帮"后文坛出现的令人鼓舞的新转机，充满了欢欣快慰之情，而且他似乎已经萌生了许许多多写作计划，一心想奋力把失去的时间夺回来。（唐达成《成灰蜡炬魂如火》，《百年萧殷》第30页）

按，1981年，误。

⑩全国第四次文代会是在1979年11月间举行的。那天中午下了一点雪。下午在人民大会堂开大会。散会后出来时，萧殷走不动了，靠别人扶下台阶，扶上汽车。回来就躺倒了，发高烧。他在北京熟人多，经常有人来探病。他不断哮喘，呼吸困难，但精神很好，谈话滔滔不绝，客人反而插不上嘴。我劝他少说话，多养神。他说："十年浩劫，大难不死，憋着一肚子气，吐出来才痛快。下一次文代会能不能来，谁也拿不准。"（楼栖《忆往事寄哀思》，《百年萧殷》第118页）

⑩古鉴兹同志去年在文代会期间曾看见，他好像从他故乡调回来不久，五七年以前，他在中国作协工作，是一九四七年我在华北联大文学系教书时的学生。其余如秦兆阳、徐刚与王蒙同志，则是老朋友了。不知还有什么熟人？（《萧殷文学书简》第155页）

古鉴兹（1929—2021），河北滦县人。1946年参加革命工作，历任中央文学研究所研究员、鲁迅文学院副院长、中国作协机关党委书记。

⑩蹇先艾（1906—1994），贵州遵义人。毕业于北平大学经济系，1936年加入文学研究会。1949年后曾任贵州省文化局局长。著有《朝雾》。

⑩去年第四次全国文代会当选为中国作家协会理事。[萧殷《自传》，徐州师范学院《中国现代作家传略》编辑组《中国现代作家传略（下）》，四川人民出版社1985年5月版第464页]

⑩⑦一直到十七日我回广州前,除了人大会堂、西苑宾馆、积水潭医院以及我住的第四招待所外,我什么地方也没有去过,什么活动也不能参加。(1979年12月21日致丁玲函)

⑩⑧凌鹰,时23岁,在辽宁锦州市义县居住。

⑩⑨我虽然现在年近半百,头发始白,但你仍然是我的老师,我永远是你的学生。不知你是否还记得,在建国初期,一个保定师范学生,用粗糙的黄色草纸,用歪歪扭扭的字写了稿件寄去,《文艺报》的编辑们都认真阅读,提出意见、给以有益指导、将稿退回,从未投之纸篓。给我帮助很大,使我写作上能够有所进步,尤其是你,还写了读后感,给了我很大的鞭策和鼓励,虽然事隔近三十年了,但现在想起来,仍然充满感激之情……据说肺气肿吃些狗肉煮鸡蛋,很有效益。你一定能和疾病做顽强的斗争,望你早日康复。(1979年11月26日董德芳来函)

董德芳,年近50岁。在河北衡水县子牙河务处工作。

⑩⑩我到北京的第三天就感冒了,还住了医院。只最后参加了文代会的闭幕式,十七日就飞回广州,回到广州一直卧至今日,还没有真正起来。(1979年11月28日致陈谦函)

⑪⑪我们准备发起组织"我与文学"的专题笔谈,特请作家们谈谈自己是怎样走上文学道路的,或者选择最喜爱的作品谈谈创作体会。这些文章拟在明年的刊物上陆续发表。我们想,作家们在生活、学习和创作实践中的亲身体会,哪怕是点点滴滴,一事之见,对业余作者也是有启发的。如果您很忙来不及写,过去谈创作体会的旧作也可寄给我们重新发表(或告知篇名及出处)。我们热忱地希望您支持这一工作。文章不论长短,不拘形式,回忆、散文、随笔、书信等都欢迎。(1979年11月29日《四川文学》编辑部来函)

⑪⑫十一月底写来的信,我已收到,当时我正躺在床上,连起床也困难,故未及时写回信,请原谅!(《萧殷文学书简》第102页)

⑪⑬丁有朝,时在广东海康县英利公社空字54分队工作。

⑪⑭郑臣年,广东普宁人。时在广东梅田矿务局四矿普宁民工队工作。

⑪⑮到十二月二日忽然又发高烧,心跳极快,脉搏却很微弱,于是又被送进省人民医院。医生说我体质太糟,这一次要下决心"修理"一下,看来,这一两个月我大概不能离开医院了。(1979年12月21日致丁玲函)

⑯陈念根，时在广东佛山市鲤鱼沙南海棉织厂工作。

⑰为了教育广大少年儿童，认识社会，热爱生活，热爱社会主义祖国，向革命前辈学习，我社计划编辑出版一套供少年儿童阅读的《作家的童年》丛书。我们约请您为本丛书的撰稿人……为了使这套丛书尽快与小读者见面，请您在百忙中，早日动笔，并请将交稿日期，拨冗相告。（1979年12月7日新蕾出版社编辑部来函）

⑱韦嫈（1922— ），江苏常州人。曾任《大众日报》《工人日报》记者，中国作协创作委员会秘书。

⑲杨家文（1923—2004），湖北浠水人。1942年就读于湖北省第八中学高中。1949年后历任《长江日报》记者、编辑，中共中央中南局宣传部干事，《南方日报》编辑部主任，《广州日报》《羊城晚报》副总编辑。

⑳丁玲同志，希望你和陈明同志来广东疗养一个时期……有一个"温泉疗养院"是一个疗养胜地。除温泉外，医疗设备及生活环境都是不错的。（1979年12月21日致丁玲函）

㉑今天读了你十二月卅一日来信，并收到药方……（《萧殷文学书简》第102页）

㉒你的《在百分之九十里》，已在十二月号《广州文艺》首篇刊出，而且还有一篇评论文章，谅你已收到该刊物。评论文章说你没有把其余几个人物都加以刻画，我不同意这个意见。如果把那些人物都深入描写性格，这篇小说的主题是什么呢？不是更凌乱吗？我四月间就有这样的意见，认为你这篇小说写得不错，只是不能发表，原因是你把那个"百分之九十里"的典型环境写得不够充分，不够典型，那种人受到的压力还没有很好表现出来，倒有一点像他的女儿逼死了他。后来杨家文同志想在《广州文艺》发表，我也表示同意，因为你那篇小说虽然还没有达到可能发表的程度，我想发表了可给你一个鼓励，同时发表后再给你提这个意见，你也许更能够考虑和接受。（《萧殷文学书简》第102页）

㉓1979年12月，萧殷先生应邀回暨大兼课和指导文艺学硕士研究生，我参加以他为主的研究生指导小组，给研究生讲马列文论和创作论的专题课，由于工作的关系，和萧殷先生常有接触，他当时正在写《习艺录》，身体又不好，但对研究生的工作仍十分认真，一丝不苟。他对学生的要求非常严格，为了帮他们选择硕士论文的题目，曾几次同他们谈话，使他们在下笔之前有明确的指导思想，在写作中能逐步建立自己论文的观点体系。为了组织论文的答辩，萧殷先生还由陶萍女士陪着进暨大住了一个半月，直至论

文答辩结束。现在,这两位研究生都已先后得到了硕士学位,正以他们年轻旺盛的精力在文艺界服务,他们已再不能得到萧殷先生的指教和鼓励了,但我相信,他们将会更加自爱自重、努力上进,他们一定不会辜负萧殷先生的教育和希望。(饶芃子《回忆与悼念——缅怀萧殷先生》,《百年萧殷》第190页)

1980年　庚申　六十五岁

1月

1日,李国柱来函。

1日,招琪来函。①

5日,安天士来函。②

6日,写信给弘征。

6日,写信给陈谦。③

8日,高泽凡来函。④

9日,写信给李前忠,并为《韩江》题字。⑤

9日,陆国松来函。⑥

9日,写信给赵启强。

10日,郭景春来函。⑦

15日,刘成学来函。⑧

16日,毛海平来函。⑨

17日,写信给张继元。

17日,唐达成来函。

17日,赵启强来函。

19日,写信给凌志轩。

21日,获杜惠赠《医疗体育知识》一书。⑩

22日,罗海清来函。

23日,写信给弘征。

24日,黄计钧来函。

26日,在广州写文章《关于生活细节的描写》。

26日,凌志轩来函。

26日，写信给罗海清。

26日，写信给罗君策。

29日，写信给曾炜。

29日，杨家文来函。

30日，在广东省人民医院东病区201房写信给刘学强。

31日，李国柱来函。

31日，写信给赵启强。

是月，在东病区写《〈月夜〉后记》。

是月，岑桑和韦轩到医院探望，谈出版广东小说散文集的事。⑪

是月，整理散文、小说。⑫

2月

4日，游焜炳来函。⑬

5日，写信给《小说月报》编辑室。⑭

7日，百花文艺出版社《小说月报》编辑室来函。

7日，写信给李国柱。

12日，钟永华来函（致陶萍）。

13日，出院（广东省人民医院）。⑮住院期间被批准不再担任《作品》主编。⑯

16日，写信给吴世枫。⑰

19日，李国柱来函（2月24日收到）。

19日，写信给陈谦。⑱

20日，写信给钟永华。

20日，请严庆澍吃饭。⑲

20日，潘耀明来函。⑳

22日，将《开拓题材，提高艺术质量》《创作实践——谈写人物》《创作没有秘诀》《如何评论作品》《关于文学期刊的编辑工作》《辅导很必要，但不能过分依赖》（代后记）7篇文章用挂号信寄给黄起衰。

24日，复李国柱函。㉑

25日，在广州写文章《关于想象》。

25日，写信给郭景春。

27日，写信给白拓方。㉒

27日，写信给李国柱。

29日，写信给赵启强。

是月，北京人民文学出版社出版《论生活、艺术和真实》（萧殷著）。

是月，广东省作协党组同意辞去《作品》主编职务。应邀写《作家的童年》和怎么走上文学道路的。㉓

按，"《四川文学》约我写怎么走上文学道路的"相关文章于1983年5月载四川人民出版社出版的《中国现代作家传略（下）》第463—468页。

是月，《谈写作》书稿已提交湖南人民出版社，散文集《月夜》书稿已提交广东人民出版社。㉔

是月，是《小说月报》顾问委员会委员。

是月，刘菊芳携儿女来访。㉕

是月，人民文学出版社四版《论生活、艺术和真实》。

是月，陈企霞来旅馆探望。㉖

3月

1日，在广州写信给潘耀明。

3日夜，在广州写文章《关于人物个性》。

4日，到新会，在县中医院住院治疗。

9日，睿智来函（3月29日收到）。㉗

9日，弘征来函。㉘

11日，离开新会县中医院，搬至圭峰招待所。

11日，郭景春来函。

13日，在新会座谈会上，答业余作者问，即文章《典型、本质、形象与图解政策——答业余作者问》。

13日，王蒙来函。

15日，写信给黄展人、饶芃子。㉙

17日，在新会写信给弘征。㉚

19日，郭琼鸣来函。㉛

24日，写信给弘征。

24日,广东省第二次文代会在广州召开,仍在新会未能出席。

29日,返回广州。㉜

29日,写信给弘征。

31日,罗君策来函(4月5日收到)。㉝

是月,在圭峰山下写文章《悲剧、题材及其他》。

是月,王蒙来函。㉞

是月,与陈国凯同在疗养。㉟

4月

1日,《作品》1980年4月号《文学信箱》发表先生署名萧殷的文章《关于生活细节的描写》。

2日,写信给李国柱。

4日,出席广东省第二次文代会。㊱

6日,复罗君策3月31日函。

7日,李国柱来函。

7日,黄起衰来函。

8日,写信给弘征。

9日,写信给陈谦。

12日,在暨南大学与中文系师生讨论"社会主义和解放思想"问题。㊲

13日,写信给李国柱。

13日,在暨南大学。㊳

15日,写信给谢望新。

18日,写信给陈国凯。

18日,潘亚暾来函。㊴

19日,写信给张海标。

27日,写信给罗君策。

28日,李国柱来函。

是月,写文章《分析作品能"先政治、后艺术"吗?》。

是月,陶然来访。㊵

1980年

5月

1日,《作品》1980年5月号《文学信箱》发表先生署名萧殷的文章《关于人物个性》。

1日,弘征来函。[41]

4日,写信给弘征。

5日,写信给李国柱。[42]

9日,接受美国学者林培瑞的采访[43],并合影留念。

10日,写信给黄伟宗。

12日,写信给弘征。

18日,罗海清来函。[44]

19日,收到《谈写作》清样。[45]

21日,校对《谈写作》完毕。[46]

25日,中国作家协会安徽分会、《清明》文学季刊编辑部、《安徽文学》编辑部来函。

25日,写信给弘征。

27日,《谈写作》的清稿寄达。[47]

28日,写信给李国柱。

28日,写信给罗君策。

29日,写信给李国柱。[48]

29日,写信给黄起衰、弘征。

是月,写文章《要在基本功上多下功夫》。

是月,赠《论生活、艺术和真实》给罗源文。[49]

是月,李国柱来访。[50]

是月,在家设宴招待严庆澍及李国柱。

是月,《人民日报》文艺部、《中国当代作家谈写作》编辑室约稿。[51]

6月

4日,丘峰来函。

6日,杜埃与罗君策来访。[52]

7日,章新建来函。[53]

9日,何洛来函。

7日，赵启强来函。

10日，李国柱来函。

10日，黄准来函。

10日，写信给王越。㉞

12日，赖少其来函。

13日，陶萍和萧葵葵去北京。㉟

13日，写信给曾炜。

14日，写信给章新建。

14日，钟永华来函。

14日，黄起衰来函。

15日，写信给文山。㊱

16日，写信给何洛。

17日，董秀玉来函（6月21日收到）。㊲

18日，写信给罗海清。

21日，李国柱来函。

22日，唐达成来函。

23日，复董秀玉函。

27日，写信给白拓方。㊳

27日，写信给李国柱。

是月，被全国部分高等院校当代文学学会总会聘请为顾问。

是月，在广州签赠刘剑青和唐梅《论生活、艺术和真实》。㊴

是月，在阅读问题归纳（1980年6月21日）后，批语："把浪漫主义理解为写理想，本身就错了。"

是月，湖南人民出版社出版《谈写作》（萧殷著），销行十几万册。㊵

是月，辞去《作品》主编职务。㊶

7月

3日，原甸来函。

4日，李国柱来函。

10日，写信给罗海清。

15日，刘剑青来函。

15日，严庆澍来函。

15日，写《关于创造艺术形象问题》，即文章《当前创作中的几个问题——在中国电影家协会广东分会的一次谈话》第二部分。

18日，在广州参加中国电影家协会广东分会座谈会并发言，即文章《当前创作中的几个问题——在中国电影家协会广东分会的一次谈话》。

18日，写信给罗君策。

20日，黎白来函。

23日，苏华写赠书法一幅。[62]

24日，写信给丁国成。

24日，陈国凯来函。

26日，丁浪来函。[63]

26日，写信给陈谦。

28日，丁力来函。[64]

29日，黎白来函。

是月，陈家基来访。[65]

是月，康濯来访。[66]

是月，武汉大学来函（8月16日收到），邀请先生参加中国古代文学理论学术讨论会。

是月，《芙蓉》1980年第3期《作家谈创作》发表先生署名萧殷的文章《要在基本功上下功夫》。

8月

1日，高桂清来函。[67]

4日，李国柱来函。

4日，韦丘来函。

6日，吴允海来函。[68]

6日，蒋荣贵来函。[69]

7日，赵启强来函。

9日，写信给晏明。

13日，写信给赵启强。

14日，罗君策来函。

15日，复吴允海8月6日函。

16日，写信给罗怀金。

16日，写信给李国柱。

19日，写信给弘征。

20日，《人民日报》第五版发表先生署名萧殷的文章《发挥文艺编辑培养新人的作用》。呼吁要关怀、重视并正确、客观地评价编辑的重要作用。⑩

22日，陈国凯来函。

23日，赵启强来函。

26日，写信给蔡运桂。

26日，吴允海来函。

26日，晏明来函（9月16日收到）。

26日，高戈来函。

27日，苏华来函。

29日，刘剑青来函。

29日，参加珠江夜游活动。⑪

30日，写信给赵启强。

是月，写信给刘学强。⑫

是月，写信给高桂清。

是月，广东人民出版社出版《月夜》（萧殷著）。

9月

2日，丘峰来函。

2日，写信给晏明。

5日，率领广东文艺理论批评家参观团访问深圳。⑬住深圳市政府新园招待所。⑭

6日，参观上埗工业区。⑮

6日，龙世辉来函。

7日，上午参观蛇口工业区。下午听报告，召开座谈会。在深圳水库的深圳展览馆接待厅里做辅导发言。⑯

7日，丁浪来函。

8日上午，参观沙头角镇。⑦

9日，回到广州。⑱

9日，原甸来函。

9日，赵文龙来函。⑲

10日，写文章《清除障碍，是为了前进》。

10日，写信给罗海清。

10日，徐开垒来函。

15日，发烧。⑳

16日，写信给易准。

17日，赵启强来函。

19日，复函原甸。

19日，李成俊来函（9月28日收到）。㉑

19日，写信给弘征。

19日，写信给李国柱。

20日，方冰来函（10月3日收到）。㉒

20日，在梅花村写信给罗君策。

20日，写信给白拓方。㉓

20日，丘峰来函。

21日，从广州前往龙川。㉔

23日，在故乡佗城过中秋节。㉕

23日，谢望新来函。

28日，陈国凯来函。

30日，写信给谢望新。

是月，在广州写《谈谈写人物》。

是月，为苏华书法题跋。㉖

10月

1日，复函武汉大学。

4日，入住龙川矿泉治疗所（龙川县黎咀镇梅子坑）。㉗

9日，写信给谢望新。

10日，写信给罗海清。

13日，黄潮洋来函。[88]

13日，丁励松来函。[89]

15日，李乐山来函。[90]

15日，写信给易准。

16日，陈国凯来函。

17日，李国柱来函。

18日，写信给谢望新。

19日，陈民生来函。[91]

19日，刘学强来函。

22日，原甸来函。

24日，离开龙川矿泉治疗所治疗（疗期20天）。[92]

24日，住佗城中学。[93]看到校园里的鹰爪树。[94]

25日，刘士馗来函。

30日，刘士馗来函。

是月，骆开源去世。[95]

11月

1日，《作品》1980年第十一期《作家手记》发表先生署名萧殷的文章《随感录》。

4日，回到广州。[96]

6日，弘征来函。

9日，黄潮洋来函。

11日，复方冰来函。

11日，鸭绿江文艺月刊社单复来函。[97]

11日，写信给弘征。

12日，郭风来函。[98]

16日，在广州，接受《文艺报》记者采访，见文章《如何写作品评论（答《文艺报》记者问）》。

19日，陈民生来函。

19日，黄潮洋来函。

21日，周尊攘取去《创作随感录》。[99]

22日，写信给弘征。

22日，写信给龙世辉。

23日，写信给晏明。[100]

24日，写文章《创作没有秘诀——答民生同志问》。

25日，弘征来函。

30日，湖南人民出版社文学艺术编辑室来函，为《作家谈创作》小丛书向先生约稿。

30日，写信给弘征。

12月

1日，写信给罗海清。

1日，赵启强来函。

1日，钟永华来函。

2日，刘士馗来函。

3日，晏明来函。

5日，写信给钟永华。

6日，陈民生来函。

6日，刘剑青来函。

7日，写信给李国柱。

9日，谢发旺来函。[101]

11日，担任世界笔会广州中心副会长。[102]

14日，郭风来函。

15日，唐达成来函。

15日，羊城晚报社编辑部发出《聘请书》，聘请萧殷为春联评选委员会委员。

16日，严庆澍来函。

16日，韦丘来函。

17日，写《自传》。

19日，复函刘士馗。

19日，写信给黄梅。

22日，唐维安来函（12月25日收到）。⑩

25日，钟永华来函（致陶萍）。

26日，李成俊来函。

27日，写信给王有钦。

30日，陈国凯来函。

31日，林明深来函（1981年1月3日收到）⑩，为《美育》约稿。

31日，周尊攘来函。

31日，仍十分忙碌，客人、信件不断，需要接待和处理。⑩

是月，《中国现代当代文学研究》1980年第24期发表先生的文章《发挥文艺编辑培养新人的作用》。

是年，写信给罗海清。

是年，任广东省政协委员，省文联副主席、党组副书记，中国作家协会广东分会副主席、党组副书记。⑩

【注释】

①招琪，时在广州延安三路东华西横街居住。

②安天士，时在四川巴县百节中学任教。

③其实自（《作品》）八月号开始，我已不看稿了。（1980年1月6日致陈谦函）

④高泽凡，时在重庆嘉陵机器厂四〇三车间工作。

⑤读来信，知道你们在基层干得很欢，又得知你们打算办一个文艺双月刊《韩江》，甚为赞成。通过刊物，发现些人才和作品，是十分必要的。但不要完全都是"文娱资料"，应适当发表些散文、小说。要我题字，我毛笔字不好。姑写几个由你们挑选吧！（李前忠《忆萧殷老师》，《百年萧殷》第327页）

⑥陆国松（1937—　），广州人。1953年在黄埔区工作，后调《南方日报》任编辑，曾任《南方日报》（农村版）副主编。

⑦郭景春（1932—　），福建漳州人。时在安徽戏剧创作研究室工作，曾任全国艺校艺术理论研究会会长。著有《绿原集》。

⑧刘成学，时在贵州六枝特区新场区中学任教。

⑨毛海平，时在上海市南市区。

⑩杜惠在书前写道："肖殷同志：这书对你是会很有帮助的。杜惠购赠于穗。

1980.1.21飞京前。"是书今藏萧殷文学馆。

杜惠（1920—2019），四川长寿人。郭小川妻子。1939年加入中国共产党，后到延安。1950年后在中南局宣传部、光明日报社工作。

⑪记得1980年，岑桑约我到医院看他，谈出版广东小说散文集的事，又是在同一间医院，他可是老病号了。但在病榻前，他却像换了个人似的，兴致勃勃地谈稿，看稿，推荐作品，写批判"四人帮"文艺谬论的文章，并把《习艺录》结集出版。他似乎想把病房当作工作室、编辑室。我想起契诃夫有篇《第六病房》的散文，我想我们的作家可以写一篇新型的"第七号病房"，那便是萧殷的病房。他好像与饱经忧患的祖国同时振作起来。他恢复了活力。（韦轩《记文艺育花人萧殷》，《百年萧殷》第244页）

岑桑（1929—2022），广东顺德人。1949年中山大学毕业。1958年后任广东人民出版社编辑、社长兼总编辑。著有《当你还是一朵花》。

⑫在"艺术"和"生活"之间空半格或加一个顿点，你既然经过力争还是无济于事，那就算了！我多年来所出版的书，没有一本是符合我的审美要求的。在权力上扭不过他们，只有认输！我不会怪你，少其同志更不会怪你的！请放心！我在医院期间，曾把解放后写的散文、小说编成一本《月夜》（一九五八年，曾在北京出版社出版过），准备交广东人民出版社出版，昨夜写了"后记"，谅这两三月内可与读者见面。《论生活、艺术和真实》出版后，请按计划寄我两百本。（《萧殷文学书简》第98页）

⑬游焜炳（1947— ），广东潮州人。1979年入读暨南大学中文系，后任广东作协副秘书长、创研部调研员，《新世纪文坛》主编。著有《文学思考录》。

⑭二月五日来函已收阅。得知您俯允为我刊顾问，非常高兴。（1980年2月7日百花文艺出版社《小说月报》编辑室来函）

⑮我二月十三日出院，不是病愈出院，而是要求出院准备转赴新会中医院继续治疗。在省人民医院住了两个多月，除去高烧被压下去之外，其他（痰喘、胃口）依然如故。每餐连一两饭也咽不下去，这种现象本身就是一种威胁。因此，一再要求出院，准备三月二三日赴新会。（《萧殷文学书简》第53页）

⑯一直到我住医院期间，才正式批准我卸去《作品》主编的负担。（1980年2月19日致陈谦函）

⑰吴世枫（1937— ），广西合浦人。毕业于中山大学，曾任暨南大学文艺理论教研室副主任、广东省艺术研究所所长、广东省文史馆副馆长。

⑱二月十三日我离开东病区，准备在家过了春节之后，到新会县中医院去继续治疗。这次在医院住了七十多天，高烧虽退去了，但痰喘与胃口却依然如故。进院时三十八公斤，至今仍旧是三十八公斤……三月二三日准备到暨南大学去谈谈文艺情势，然后就到新会去。（1980年2月19日致陈谦函）

⑲年初五那天，我请严庆澍兄来家里吃便饭，值得告慰的，他吃得很香。原因是医院的饭菜很少变化，长期总是那几样，令人恶心。这是我的感受，我正是从这种体验出发，请严兄来便饭的。（《萧殷文学书简》第54页）

⑳廿日信敬悉，对你的诚挚关怀，表示深切的感谢！我已于二月十三日离开医院，但并非病愈出院，而是病况毫无起色，我要求转院治疗。（1980年3月1日致潘耀明函）

㉑初四日来信今日收到，勿念……《十八家诗钞》仍未收到，不知出了什么事故？《读者文摘》已收到两本。只于休息翻翻，很有趣。（《萧殷文学书简》第53—54页）

㉒现在我刚离开医院，过几天就到新会县去。（1980年2月27日致白拓方函）

㉓前信曾否提到我卸去《作品》主编的担子？在住院期间，党组同意我卸去此职务，我对此十分高兴！也堪告慰一切好友。今后我可能有较多的时间写文章，现在从全国各地出版社及刊物来的约稿信及题目，压了一大堆，但因健康条件不允许，加上《作品》编辑部长期的纠缠，还未能动笔。到新会后，如身体能逐步好转，我当欣然命笔。天津新蕾出版社约写《作家的童年》，《四川文学》约我写怎么走上文学道路的，我童年及青年时代很清苦，这两个题目都准备写。此外，文学论文不计外，还有不少熟人编者来信约散文的。今后，只要身体与时间允许，要写的东西很多。所以这次到新会，无论从哪方面来说，都寄予许许多多的希望。（《萧殷文学书简》第54页）

㉔在省人民医院期间，由于闲得难受，除给湖南人民出版社编了一本《谈写作》外，还给广东人民出版社编辑了一本小说散文集《月夜》，这是我于解放后写的短篇小说和散文的结集。一九五八年曾出版过，这次是重编。《谈写作》原给上海文艺出版社的，七月退回来了，我不知什么原因退回来的，这次我细看审阅者的记号与铅笔线时，竟使我大吃一惊，凡是谈到艺术规律，谈到复杂的思想问题或哲学问题时，都被画上一道粗铅笔线，或打个问号。这说明：审阅者根本不知创作实践是什么，更谈不上知道创作规律是什么，奇怪的是该出版社负责人竟把我的书稿交给这样的人，而且由这样无知的人来处理！现在，我略略修饰后已交湖南人民出版社，谅四五月可出书。顷接人民文

学出版社来信,我的《论生活、艺术和真实》一书,第一季度将出版。到时,这几本书都会奉寄,希望得到你的评价。(《萧殷文学书简》第54—55页)

㉕刘菊芳携儿女从香港来广州探望萧殷。(陶萌萌口述)

㉖陈企霞来旅馆看过我,一切尚好。(1980年2月27日致白拓方函)

㉗睿智,时在中国人民解放军八一二八五部队六十三分队(吉林蛟河县)。

㉘三月九日寄梅花村的信,今日已由陶萍带到新会来。(《萧殷文学书简》第77页)

㉙始初我住在"新会中医院",因环境不安静,不能睡眠,因此也不思饮食。至十一日医院要我搬至圭峰招待所二号楼。这里较清静,睡眠较正常,吃饭也有所增加。勿念!大约再一星期,我决定回广州去,参加省文代会后不拟再来新会了。(1980年3月15日致黄展人、饶芃子函)

黄展人,1949年后曾赴朝参战。后为暨南大学文学院副教授。

㉚来这里(圭峰招待所)后,环境很清静,睡眠状况有改善,因此,饮食量也有所增加……赖少其同志专程来广州参加黄新波同志的追悼会,会后特来新会看望我。他现在与我住在一个招待所内,大概到四月初,才可能回广州去。(1980年3月17日致弘征函)

㉛郭琼鸣,时在南雄县工商行政管理局工作。

㉜我与少其决定三月廿九日回广州,以后来信请直寄梅花村。(1980年3月24日致弘征函)

㉝《论生活、艺术和真实》一书,本拟计划一季度出书,二月初,我担心有变,到出版部了解了一次,果不出所料,不知哪个环节拖了一下,发印计划在二月底才送厂,因超过20号,工厂只能排在三月份发印。(1980年3月31日罗君策来函)

㉞王蒙同志的回信,我在新会时收到了,看见他时,请代问候!(《萧殷文学书简》第156页)

㉟陈国凯同志来新会只住了一星期就回广州去了。他神经衰弱症很不轻,可是他第一次住医院,以为慢病可以快治,错误地以为服几次药后马上就可痊愈。怀着这种想法,他自然对中医会感到失望的,于是他回去了。(《萧殷文学书简》第77页)

㊱省文代会四月四日结束,我只能参加最后一段。(1980年3月24日致弘征函)

㊲十二日,我到暨大和中文系的教师与研究生们谈了一次"社会主义和解放思想"

问题，着重谈了政治方向、目标和理想不可动摇，也谈了为实现理想必须把思想从束缚中解放出来；谈到两者的相互促进，相辅相成的关系，如把两者引到各自为政的地步，则是危险的。（1980年4月15日致谢望新函）

㊳我深居简出，上星期六，除到暨南大学谈过一次问题之外，再没有外出。但来人不少，来信来稿还是源源不断，因体力日衰，痛感到有"应付不过来"之苦。（《萧殷文学书简》第155页）

㊴潘亚暾（1932—2014），福建南安人。华南文艺学院、中山大学毕业。1980年调暨南大学任教，曾任台港暨海外华文文学研究中心主任。著有《香港文学史》。

㊵1980年4月，我从北京回港，途经广州，趁便去探望他。只见他家大门上贴着一张纸条，大意是说：萧殷因身体不好，需要静养，谢绝会客；但外地来客例外。我犹豫了一下，既感到机会难逢，不舍就此离去，加上又看到外地来客例外之说；于是便贾勇敲门，心里也在嘀咕，三下轻敲，如没有反应，我就转身离去。但很快就有人应门了，是萧殷夫人陶萍。她领我进入他的卧室，他正倚在床边看稿子。一见到我，他立刻下床，连说："你来啦？"（陶然《萧殷拜访记》，《羊城晚报》2018年4月15日A7版）

㊶接读五月一日来信，知道你下旬可能出差，希望西安的任务完毕后，南来广州走走。（《萧殷文学书简》第78页）

㊷寄来的三封信（五月五日、五月廿八日、五月廿九日）全都收到了。（1980年6月21日李国柱来函）

㊸林培瑞（1944— ），英文名：Perry Link，美国人。毕业于哈佛大学。美国普林斯顿大学荣誉教授、加利福尼亚大学河滨分校校长特聘讲座教授。

㊹海清同志：五月十八日来信早收到，今日已经是六月十八日，整整过了一个月了，大概快放暑假吧？（《萧殷文学书简》第236页）

㊺近一周来，我忙乱不堪，特别是十九日至二十二日，当时我答应给出版社写一篇短文，并约定二十二日交稿。刚巧，湖南人民出版社也于十九日上午寄来《谈写作》清样，二十多万字也限于二十二日校完。（《萧殷文学书简》第56—57页）

㊻刚巧，湖南人民出版社也于十九日上午寄来《谈写作》清样，二十多万字也限于二十二日校完。整整忙了两天半，到二十一日晚总算基本完成了。所谓校阅清样，只粗粗读了一遍，反正都是些旧文章，保留着原来的旧面貌，所以也用不着太多的改动。

（《萧殷文学书简》第57页）

㊼《谈写作》的清样上月廿七号才寄到，我随即做了处理，退工厂付型。按规定的时间晚了几天，这也是个特殊情况。（1980年6月14日黄起衰来函）

㊽五月二十九日来信今午收到。（1980年6月10日李国柱来函）

㊾1980年5月，他把人民文学出版社三个月前刚出版的《论生活、艺术和真实》一书赠我留念。（罗源文《“老乡再加半个老乡”——忆萧殷老师》，《百年萧殷》第363页）

㊿我于五月八日至十二日返广州参加春交会时，在萧老家看到《羊城晚报》，无意中谈起，认为《羊城晚报》的副刊应该开一个专栏，让香港朋友来写，专门谈一些世界文学动态和各家各派的文学作品，因为在香港懂外文的朋友多，买书较易，而且有很多朋友还直接跟各国的作家经常通信，有了较深切的了解。我相信这样的专栏会对国内读者有一点帮助，至少替他们打开一个小窗子，让他们看看外边的景物。（1980年6月21日李国柱致杨家文函）

(51)《人民日报》文艺部催着我写一篇关于辅导青年的文章。《中国当代作家谈写作》编辑室又要我写一篇有关“人物”的文章。（《萧殷文学书简》第57页）

(52)六月六日随杜埃同志到您家小坐后，想不到竟再抽不出时间到您那里了。（1980年7月7日罗君策来函）

(53)章新建，1954年安徽师范学院中文系毕业并留校任教，后在安徽省教育厅工作。著有《曹丕》。

(54)王越（1903—2011），广东兴宁人。曾任中山大学教务长、暨南大学副校长、广东省政协副主席。

(55)陶萍于本月十三日带葵葵去北京了。她离北京已二十年，回去一方面看看姥姥，一方面也去探望一些老朋友。葵葵在工学院化学系制糖专业毕业后，分配在糖纸公司工作，这次到北京，是为工作出差，也顺便探望亲戚。大约七月上旬母子才会归来。（《萧殷文学书简》第237页）

按，《萧殷文学书简》第237页落款“七九年六月十八日”，误。

(56)文山，履历不详。

(57)董秀玉（1941—　），上海人。1956年在人民出版社工作，1979年任《读书》编辑部副主任。

(58)全国文代会后，我胃口一直很坏，回来在省人民医院住了两个半月，后又到新会

县中医院住了一个月，四月初才回到广州来。（1980年6月27日致白拓方函）

(59)唐梅，刘剑青夫人。

(60)1980年出的《谈写作》一年之内即两次印刷，销行十几万册。（游焜炳《文学青年的良师益友——萧殷》，饶芃子、温儒敏主编《师者·文心——萧殷评说七十年》，花城出版社2022年版第33页）

(61)《作品》主编的职务，我已推掉，现由秦牧接管。只有必要时的会议去参加外，一般情况我极少外出，可是从全国各地来的编辑、客人等还是不少，几乎每天都有一两批。来约稿的很多，但由于写稿的精力与时间减少了，能满足他们需要的却很少很少。但来的很多，总得应付一下，所以有时也写点短稿。可是我从来未像现在这样痛切地感到“有心无力”，也从未感到对“无力”会如此痛苦！（《萧殷文学书简》第236页）

(62)落絮无声春堕泪，行云有影月含羞。姜夔《踏莎行》，庚申大暑萧殷老师嘱书。（此书法作品今藏龙川县博物馆）

按，“姜夔《踏莎行》”，误。应是：吴文英《浣溪沙》。

苏华（1943—　），广州人。广州美术学院毕业，岭南美术出版社编辑。曾任广东省书法家协会副主席、广州市美术家协会副主席。

(63)丁浪（？—2021），广东连县人。1956年东北人民大学中文系毕业，后在《北京日报》《北京晚报》《人民日报》工作。

(64)丁力（1920—1993），湖北洪湖人。北京电影学院、中央音乐学院教授。曾任《诗刊》编辑部主任。

(65)陈家基（1949—　），广东梅县人。广州外国语学院英语系毕业，留校任教，留学英国获硕士学位，曾担任英语系副主任。中美及南非文化学者，近年来专注于萧殷研究。

(66)自然又是不断联系。由于同患肺气肿，还互相找过药、寄过药和药方。1980年，我们在广州一个会议上再度相逢，当时我被与会者逼问得讲话还可以讲三四个钟头，想不到过去同样侃侃而谈的萧殷，却两小时都讲不到，并且对着扩音器，其音量也只能让十排左右的听众能勉强听清楚。我到他家去坐了坐，他谈一阵话还发了脑袋疼的老毛病，然而室内还到处是读者来信来稿，以及他正阅读的稿件和尚未写完的复信。此外他也谈了自己计划近日要写的东西和做的事，但是那只怕三五年都完成不了，何况他还要留我吃饭，连做什么菜也要亲自安排……（康濯《萧殷——我的“三同”战友》，《百年萧殷》第84—85页）

(67)高桂清，河南洛阳人。

(68)吴允海，时为湖北洪湖县代市公社社直学校青年教师。

(69)蒋荣贵，时居住上海。

(70)1980年，是萧殷第一个在《人民日报》上发表文章，呼吁要关怀、重视编辑，正确、客观地评价编辑在发展文学事业中的重要作用。萧殷编辑的《作品》月刊，发行份数猛增、陡增，出现了引人注目的新作家，发表了深刻揭露、控诉“四人帮”的作品，受到全国读者欢迎。他还不时发表短文，对当前文艺思想问题、创作问题，表达他那成熟、精湛的见解。但他的身体日渐衰弱。这既是几十年工作劳瘁所致，也是“文革”期间对他的无情折磨所致。（涂光群《萧殷在〈人民文学〉》，《百年萧殷》第98—99页）

(71)昨夜《羊城晚报》邀集广州的积极支持者（文艺界占多数）“珠江夜游”，共四五十人，坐上一只风凉雅致的船，在珠江游了两个钟头。（1980年8月30日致赵启强函）

(72)当我在文学这条路上刚刚学走几步，发表了一些作品不久，萧殷老师介绍我参加了中国作协广东分会。记得1980年8月，他读到我的一篇评论文章的初稿，马上给我来信：“……我粗粗读了一遍，准备叫评论组摘要发表。你的论点是正确的，有些地方分析得较深，但整篇都还嫌一般……看了你此文，我觉得你可以继续在这方面努力。”（刘学强《笔仍屹立着——痛悼萧殷老师》，《百年萧殷》第359页）

(73)1980年9月5日（星期五）的下午，中国作家协会广东分会副主席、《作品》杂志主编、著名作家萧殷和中山大学中文系主任李育中教授、黄伟宗副教授，暨南大学中文系副教授陈芦荻，著名作家陈善文、贺朗（王有钦，时任《羊城晚报·花地》副刊主编）、李钟声（《南方日报》文艺部副主任），著名文学评论家易准、黄树森等一行20多人，从广州抵达深圳，开始为期5天的参观访问。（廖红雷《1980年省港作家首次访问深圳》，廖红雷著《收藏深圳岁月》，北京华文出版社2022年版第271页）

(74)省作家们下榻于罗湖区老街解放路的深圳市政府新园招待所。傍晚，广东省委书记、省特区管委会主任兼深圳市委书记吴南生会见全体访深作家，在欢迎宴会上，吴南生书记介绍了特区创建的情况，并描绘了未来前景，使作家们很受鼓舞。（廖红雷《1980年省港作家首次访问深圳》，廖红雷著《收藏深圳岁月》，北京华文出版社2022年版第271—272页）

⑦次日,省作家一行参观上埗工业区中深圳市引进第一家大型现代彩色印刷设备和技术的嘉年印刷厂、中外合资的华强电子厂,亲临百年罗湖桥和著名输港物资的深港边境口岸文锦渡。(廖红雷《1980年省港作家首次访问深圳》,廖红雷著《收藏深圳岁月》,北京华文出版社2022年版第272页)

⑦7日,省作家们参观蛇口工业区……在简陋的工业区指挥部铁皮棚里,面对蛇口规划模型沙盘,听着工业区副总指挥许智明动情的介绍……7日下午,省作家们返回市区听取市委秘书长丁励松对全市外资引进和经济情况介绍。……在深圳水库的深圳展览馆接待厅里,和当地20多位作者举行亲切的座谈。特别是萧殷老师,精神矍铄,兴奋地和深圳文学青年谈学习、谈写作。我们早就听闻萧殷老师是延安时期的老作家,他原名郑文森,广东龙川人……他在这次座谈会上,深入浅出的文艺理论和妙趣横生的辅导发言,深深地吸引了深圳的读者;他长辈般的话语,表达了对深圳这座新城市和文学青年的殷切希望。(廖红雷《1980年省港作家首次访问深圳》,廖红雷著《收藏深圳岁月》,北京华文出版社2022年版第272—273页)

⑦8日上午,省作家们参观与香港一街之隔的"特区中的特区"——沙头角镇,徜徉在"中英街",领略着特殊边防小镇的风情;铭记香港九龙被清政府割让给英殖民主义者的那段屈辱史,感受到改革开放时代赋予的重任。(廖红雷《1980年省港作家首次访问深圳》,廖红雷著《收藏深圳岁月》,北京华文出版社2022年版第273—274页)

⑦昨日我才从深圳回来,相隔十一年,深圳的面貌完全变了,满街是汽车,高层建筑增多了,与外资合营的工厂很多。(1980年9月10日致罗海清函)

⑦赵文龙,时在陕西潼关县李家村公社李家村五年制学校。

⑧昨天,我病了,躺在床上发烧,而且太疲乏,无力起床。(《萧殷文学书简》第145页)

㉛李成俊(1926—2015),广东新会人,生于澳门。1944年参加抗日。1958年后,李成俊历任《澳门日报》经理、社长、董事长。

㉜方冰(1914—1997),安徽淮南人。陕北公立学校毕业。1956年,在中国作协沈阳分会工作,后任分会主席。著有《战斗的乡村》。

㉝明日,我和陶萍暂离广州,回故乡龙川矿泉休养所去住一段时间,因我的肠胃病日趋严重,每餐吃不了一两饭,长此下去,显然是不能支持的。据说龙川矿泉水与法国维希的矿泉水有同样疗效,既然如此,我决心去试试看。如疗效太差,半月我就回来,

如有点效果，则住长一点时间。（1980年9月20日致白拓方函）

㊾我们廿一日才从广州动身，中途车坏了三小时，晚六点才到达佗城。（1980年9月30日致谢望新函）

㊿小阁楼三层。每次萧殷回乡都住三楼……他怀着欢欣鼓舞的心情，于1980年中秋节回故里来了。这时的小阁楼，又与主人沉浸在热闹愉快的气氛之中。小阁楼又出现他孜孜不倦伏案写作的身影；小阁楼充满欢声笑语，充满着浓浓的故乡情……（罗怀金《萧殷雕像揭幕典礼追记》，《百年萧殷》第41—42页）

㊏苏华书法潇洒，雄奇如画。此处姜夔，实乃吴文英之笔误。转赠。萧殷于庚申初秋。（此书法作品今藏龙川县博物馆）

㊐十月四日我准备到矿泉疗养院去试试看。这里许多人都主张我继续住佗城，因疗养院上下坡对我不合适。准备到那里去看看，如不合适，就带些矿泉水回佗城来疗养，估计十月七、八号会再度回到佗城来。（1980年9月30日致谢望新函）

㊑黄潮洋（1916—2008），笔名碧野，广东大埔人。曾任湖北作协副主席。著有《丹凤朝阳》。

㊒丁励松（1927—2004），湖南桃江人。曾任广东省人民政府副秘书长、广东省经济特区办公室主任。

㊓李乐山，时在江苏徐州市沛县鹿楼中学任教。

㊔陈民生，时在广东清远连南三江红旗街居住。

㊕我在黎咀住了二十天，后来确实有些疗效。一年多来，我一直不思饮食，连一两食物都吃不下，这次回来后，逐步有些好转，有时甚至可以吃二两食物，这是这一年多来少见的情况，不能不算是一种好转情况。但我的肺气肿却仍然如故。（《萧殷文学书简》第118页）

㊖总共只在矿泉治疗所住了二十天，后来在佗城中学又住了十天，到十一月四日便回到广州了。（1980年12月5日致钟永华函）

㊗1980年萧殷回到母校，看到自己亲手种下的鹰爪树还在，无限感慨地说："它幸存下来，我也幸存下来了。"（贺朗《佗城往事记萧殷》，《百年萧殷》第203页）

㊘回到佗城的前一晚，恰巧骆开源不幸去世了，我即刻送了花圈，还叫文教办同志去参加追悼会，这可能有些好影响，人们说："三十年来，也没有开过这样隆重的追悼会！"（《萧殷文学书简》第128页）

骆开源（1910—1980），广东龙川人。上海华光大学经济系毕业，在南京等地报社当编辑。1949年后在龙川一中、劳动大学和车田中学任教。

(96)我于十一月四日从龙川回到广州。这次在矿泉治疗所饮了二十天矿泉水，食欲略有改善。（1980年11月11日致弘征函）

(97)单复（1919—　），福建晋江人。曾任《群众文艺》《东北文艺》编辑，《鸭绿江》副主编。

(98)郭风（1917—2010），福建莆田人。曾任福建作协主席、福建文联副主席。著有《蒲公英和虹》。

(99)周尊攘（1925—　），广西蒙山人。1953年毕业于华南人民文学艺术学院文学系。历任《华南文艺》《文艺学习》编辑，上海《文汇报》主任记者。

(100)回到广州，过去那种闹哄哄的生活，立即又恢复了。唉！真没办法，城市越来越喧闹，噪声已高到难以忍受的地步，我开始想：将来有可能，最好到农村去居住。（《萧殷文学书简》第25页）

(101)谢发旺，广东龙川人。佗城镇工作人员。

(102)一九八〇年成立世界笔会广州中心，任副会长。［萧殷《自传》，徐州师范学院《中国现代作家传略》编写组《中国现代作家传略（下）》，四川人民出版社1983年版第464页］

(103)唐维安（1930—　），湖南邵东人。时在湖南人民出版社工作，后为该社文艺理论编辑室主任。

(104)林明深，时在湖南人民出版社工作，《美育》编辑。

(105)今天已经是八十年代的最后一天，但我还是那样忙乱不已，上门来的客人还是照样多；约稿信依旧是一封接一封，待处理的来信来稿，还是那么一大堆……面对着这一大摊杂务，而我的身体又老弱多病，处理事情的能力远不如从前那样利索，老牛破车，对什么都慢吞吞的，那有什么办法呢？尽管自己还有一股倔强的意志，但能拗得过年暮衰老的规律吗？（《萧殷文学书简》第108—109页）

(106)萧殷《自传》，徐州师范学院《中国现代作家传略》编辑组《中国现代作家传略（下）》，四川人民出版社1985年5月版第464页。

1981年　辛酉　六十六岁

1月

1日，《作品》1981年1月号《文学信箱》发表先生署名萧殷的文章《创作没有秘诀——答民生同志问》。

1日，陈风举来函。①

4日，李前忠来函。

5日，钟永华来函。

6日，李国柱来函。

7日，写信给易准。

7日，写信给刘剑青。

7日，丘峰来函。

8日，韦丘来函。

10日，郑连英来函。②

11日，写信给易准。

12日，中国作协广东分会来函。

14日，叶孝慎来函（1月22日收到）。③

15日，骆世桨来函。④

17日，吕蒙来函。

17日，武国华来函。⑤

19日，苏敏来函。⑥

20日，黄国强来函。⑦

20日，《小说月报》编辑室来函。

21日，涂乃贤来函。

21日，黄梅来函。

23日，写信给白拓方。⑧

23日，写信给李国柱。

24日，杜君慧来函。⑨

25日，赵启强来函。

26日，在广州，写文章《探索是为了什么？》。

27日，李国义来函。⑩

27日，《奔流》编辑部评论组来函。

29日，林文山来函。⑪

31日，宫庶华来函。⑫

31日，张又君来函。⑬

2月

2日，丘峰来函。

4日，写信给蔡运桂。

4日，章明来访。⑭

6日，写信给罗君策。

7日，李国柱来函。

7日，写信给刘剑青。

12日，写信给葛南照。

12日，唐维安来函。

13日，写信给弘征。

15日，写信给叶孝慎。

15日，吕蒙来函。

17日，香港《新晚报》1981年2月17日刊登彦火的文章《与小说家王蒙的对谈》，提到："'我的第一个恩师是萧殷，是萧殷发现了我。'王蒙深情地说。"

18日，黄准来函。

19日，弘征来函。

20日，丘峰来函。

21日，弘征来函。

21日，苏华来函。

22日，《文艺报》（半月刊）1981年第4期发表先生署名肖殷的文章《如何写作品评论》（答《文艺报》记者问）。

22日，写信给李国柱。

22日，到广州流花宾馆报到，参加省政协会议。⑮

22日，写信给林振名。⑯

23日，严庆澍来函。

25日，丘峰来函。

27日，写信给弘征。

27日，叶孝慎来函。

27日下午，写信给弘征。

是月，《南风》1981年第4期发表先生署名萧殷的文章《关于文学期刊的编辑工作——在长春全国文学期刊编辑工作会议上的发言》。

3月

4日，赖少其、曾菲来函。⑰

5日，在广州流花宾馆1512室，写信给赵启强，即文章《作品的"深度"是什么？——给赵启强同志的信》，见《萧殷文学评论选》。

5日，回到梅花村家中。⑱

6日，写信给弘征。

10日，《奔流》1981年3月号（总第127期）《评论·杂文》发表先生署名萧殷的文章《随感录两则》。

14日，写信给弘征。

17日，写信给刘晓冬。⑲

17日，在广州，写文章《不顾环境和性格，任意安排情节行吗？》。

18日，赖少其到访。⑳

19日，写信给弘征。

20日，《人民文学》1981年第3期（总第258期）刊登谢望新的文章《文学随谈录（创作谈）——萧殷谈创作》。

按，《文学随谈录（创作谈）——萧殷谈创作》记载先生一九七八年三月二十七日与谢望新的谈话。

24日，写信给罗海清。

是月，与赖少其、吕蒙合影。㉑

是月，《作品》杂志发行量近69万份。㉒

4月

2日，因病住院（广东省人民医院），直到5月11日出院。

2日，周霭楣来函。㉓

5日，聂默然来函。㉔

5日，写信给李国柱。

6日，叶孝慎来函。

6日，钟毓材来函。

7日，黄东涛来函。

10日，李国柱来函。

是月，《作品》4月号《创作谈》发表先生署名萧殷的文章《关于创造艺术形象的断想》。

是月，《鸭绿江》第4期（总第224期）发表先生署名萧殷的文章《谈人物》。

10日，张世平来函。㉕

12日，梁超荣来函。㉖

14日，写信给郭瑞三。㉗

14日，写信给弘征。

16日，丁浪来函。

17日，马兴昌来函。㉘

17日，写信给谢望新。

18日，侯安全来函。㉙

19日，宋志清来函。㉚

19日，卉春来函。㉛

22日，郭瑞三来函。

26日，写信给李国柱。

是月，赵启强来函。

4—5月间，与陈谦同在东病区治病。㉜

5月

3日，李国柱来函。

3日，叶孝慎来函。

4日，写信给陈国凯。

4日，郭瑞三来函。

4日，写信给游焜炳。

5日，丁浪来函。

7日，蔡雪林来函。㉝

10日，胡真来函。㉞

11日，出院（广东省人民医院），住院39天。

11日，弘征来函。

12日，韦丘来函。

13日，写信给李国柱。

15日，写信给谢望新。

16日，写信给郭瑞三。

19日，写信给弘征。㉟

20日，写信给丁元昌。

20日，上午8点半，离广州，往北京，准备参加中国作家代表团出访朝鲜。㊱

20日，写信给罗海清。

20日，写信给钟永华。

20日，胡真来函。

20日，写信给萧葵葵。

21日，被河南人民出版社聘为《文学知识》顾问。

22日，在北京卫生检疫所接种预防天花、霍乱疫苗。

22日，杨立平来函。㊲

23日，弘征来函。

是月，在北京，与丁玲等相聚。㊳

26日，因胸部疼痛，㊴到"三〇一"医院治疗未果。㊵

27日，由陶斯亮介绍到空军医院治疗。㊶出访朝鲜事宜最终取消。

30日，离开北京。㊷

6月

1日中午，回到广州。㊸

3日上午，写信给弘征。

3日，萧会晃来函。㊹

8日，写信给郑秀婵。

8日，写信给易巩。㊺

9日，徐刚来函。㊻

10日，让郑心伶代为搜集鲁迅资料。㊼

10日，杜园山来函。㊽

11日，郑心伶送来五本图书。㊾

11日，写信给弘征。

12日，周良沛来函。㊿

15日，写信给吴世枫。

18日，写信给郑秀婵。

21日，应湖南文艺出版社邀请到长沙讲学，陶萍随行。㊿¹

24日，在湖南《芙蓉》文学丛刊举办的"青年文学讲习班"上讲话。㊿² 主办方对讲话录音。㊿³

24日，戴长松来函。㊿⁴

26日，在湖南《芙蓉》文学丛刊举办的"青年文学讲习班"上讲话。㊿⁵ 在长沙与弘征、黎维新、袁琦见面及合影。㊿⁶

29日，白拓方来函。

30日，在湖南宾馆，写文章《关于文学评论与编辑工作》。

是月，《芙蓉》1981年第2期《作家谈创作》刊登谢望新整理的文章《萧殷文学随谈录》。

7月

1日，陈云清来函。㊿⁷

1日，黄记海来函。㊿⁸

2日，萧会晃来函。

5日，在湖南《芙蓉》文学丛刊举办的"青年文学讲习班"上讲话。㊿⁹

5日，丁浪来函。

6日，在湖南《芙蓉》文学丛刊举办的"青年文学讲习班"上讲话。㊿⁶⁰

18日，马兴昌来函。

19日，萧葵葵和卢任民到长沙㊿⁶¹，接先生回广州。㊿⁶²

19日，离开长沙，康濯送行。○63

21日，周霭楣来函。

22日，麦文峰来看望。○64对麦文峰说要有奋斗的目标。○65晚上因病入广东省人民医院，○66直到1982年1月16日才出院，时长178天。

8月

1日，在广州，复读者肖涛玉来函，写《给文学青年朋友们》一则——《读人家的文章，要防止断章取义》。○67

3日，在省人民医院东病区，与郑心伶倾谈鲁迅与青年的问题。○68

5日，《飞天》1981年第8期发表先生署名萧殷的文章《作品的"深度"是什么？——给赵启强同志的信》。

6日，在广州，写信给梁超荣，见《给文学青年朋友们》一则——《靠档案资料写作，只会导致概念化》。

7日，曹树夏来函。○69

8日，在广州写信给李宏伟，见《给文学青年朋友们》一则——《创作贵在创新》。○70

10日，写信给丁力。

12日，匡谷生来函。○71

13日，在东病区，写信给杜园山，见《给文学青年朋友们》一则——《题材不是苦想出来的》。

14日，在省人民医院东病区，写信给宋志清，见《给文学青年朋友们》一则——《写作要求作家说真话，发真情》。○72

15日，李喜来函。○73

19日，赖少其来函。

25日，赵启强来函。

26日下午，在省人民医院东病区二楼病房，郑心伶、黎服兵来做录音采访。○74

27日下午，郑心伶、黎服兵继续在省人民医院东病区二楼病房做录音采访。

27日，陈云清来函。

27日，写信给谢望新。

28日，余东平来函。○75

31日,写信给弘征。

9月

2日,写信给易准。

7日,写信给陈谦。

7日,弘征来函。

8日,写信给赵启强。

10日,苑永权来函。⑯

10日,龙川县佗城公社管理委员会来函。请求题写佗城文化楼、佗城文化公园、佗城影剧院、佗城人民广场名称。

10日,《洞庭湖》1981年第9期发表先生署名萧殷的文章《不能具体地回答抽象问题(作家书简)》。

12日,陈谦来函。

12日,写信给卉春。

12日,罗怀金来函。

14日,写信给白拓方。

15日,在东病区,复余东平、曹树夏、苑永权来函,写《给文学青年朋友们》一则——《不要作不切实际的幻想》。

20日,在东病区,复李喜来函,写《给文学青年朋友们》一则——《应从生活出发》。

20日,白拓方来函。

21日,写信给杨立平。

23日,叶孝慎来函。⑰

23日,文科来函。⑱

25日,受邀出席广东省纪念鲁迅诞辰一百周年大会。

26日,写信给弘征。

29日,李宏伟来函。

是月,被广东人民出版社聘为编辑顾问。

是月,《十月》1981年第5期(总第17期)刊登谢望新整理的文章《文学的特性和为"四化"服务——萧殷谈创作》。

10月

1日，刘建来函。[79]

4日，卉春来函。

5日，弘征来函。[80]

5日，陈春飞来函。[81]

10日，陈云清来函。

11日，写信给罗海清。

11日，赵启强来函。

12日，写信给弘征。

12日，写信给赵启强。

13日，写信给丁元昌。谈及吕雷来探望。[82]

15日，新蕾出版社《作家的童年》编辑组来函。

16日，在医院写信给弘征。

16日，写信给刘学强。

16日，叶孝慎来函。

18日，陈福连来函。[83]

19日，周霭楣来函。

23日，写信给蔡雪林，见《坚持写作实践与青年作者的成长——答爱好文学的青年朋友们》一则——《没有实践经验就无法理解别人的经验总结》。

23日，陈国凯来函。

24日，在广州，写信给徐刚，见《坚持写作实践与青年作者的成长——答爱好文学的青年朋友们》一则——《重要的是认真积累总结实践经验》。

25日，在广州，写信给陈风举，见《坚持写作实践与青年作者的成长——答爱好文学的青年朋友们》一则——《不要把希望寄托在秘诀上》。

25日，梁超荣来函。

25日，在广州，写信给聂默然，见《坚持写作实践与青年作者的成长——答爱好文学的青年朋友们》一则——《生活真实不在于量的集中，而在于质的必然性》。

26日，在省人民医院东病区，写信给黄国强，见《坚持写作实践与青年作者的成长——答爱好文学的青年朋友们》一则——《为什么你对四周的生活看得如此平淡？》。

26日，萧会晃来函。

27日，写信给陈国凯。[84]

27日，在省人民医院东病区，写信给张世平，见《坚持写作实践与青年作者的成长——答爱好文学的青年朋友们》一则——《理论是实践经验的总结》。

27日，凌志轩来函。

29日，写信给匡谷生。

是月，在广州，为弘征的《浪花·火焰·爱情》一书写序。[85]

是月，《十月》第五期发表《创作随谈录》。

初秋，弘征、黄起衰、章明来访。[86]

11月

5日，在省人民医院东病区，写《坚持写作实践与青年作者的成长——答爱好文学的青年朋友们》前言。

8日，写信给弘征。

9日，陈国凯来函。

9日，汪明涛来函。[87]

10日，在省人民医院东病区202室写信给晏明。

15日，写信给李国柱。

15日，广西《语文园地》编辑部来函。

17日，写信给归秀文。[88]

18日，胡真来函。

29日，丘峰来函。

是月，在省人民医院写文章《要善于从阴暗处看到光明》。

是月，《芙蓉》1981年第4期《报告文学》刊登章明的文章《老牛羸病犹奋蹄——记萧殷并为他写〈创作论〉呐喊》。

是月，中国作协广东分会来函。

12月

5日，写信给罗海清。

7日，刘剑青、周明来函。[89]

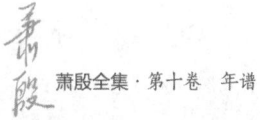

8日,写信给易准。

8日,写信给赵启强。

10日,写信给易准。

15日,刘剑青来函。

16日,涂乃贤来函。

18日,李宏伟来函。

19日,写信给黄梅。

19日,涂乃贤来函。

22日,李国柱来函。

25日,钟永华来函。

31日,写信给李国柱。

是月,创立暨南大学文艺学硕士点,使暨南大学中文系成为国务院学位办第一批硕士研究生学位点的授权单位。⑨

是月,湖南人民出版社出版《给文学青年》(萧殷著)。

是月,编辑65万字《萧殷自选集》。⑨

是年,韦君宜来访。⑨

是年,钟永华、韦丘来访。⑨

初冬,广东省作协党组派程贤章为先生整理回忆录。⑨

是年,通过在《作品》杂志社担任编辑的萧殷的女儿萌萌介绍,认识了黄东涛,随后介绍他和弘征相识。

是年,《复印报刊资料(文艺理论)》1981年第8期刊登谢望新的文章《文学随谈录(萧殷谈创作)》。

是年,《复印报刊资料(文艺理论)》1981年第9期发表先生署名萧殷的文章《关于创造艺术形象的断想》。

是年,《复印报刊资料(文艺理论)》1981年第11期发表先生署名萧殷的文章《谈人物》。

是年,为《花地》杂志顾问,记录先生言论的《文学随谈录》首先在《花地》杂志刊载。⑨

【注释】

①陈风举,业余作者,时在湖北87313部队。

②郑连英,时为黑龙江大庆师专80届英语二班学生。

③叶孝慎(1949—),浙江鄞县人。曾任《萌芽》《电视·电影·文学》《博古》编辑。

④骆世桨(1937—2022),广东龙川人。铁岭电机中专毕业,在辽宁铁法矿务局工作。后到深圳经济特区工作,高级工程师。

⑤武国华(1934—2009),河北行唐人。曾任《河南日报》副刊编辑、河南人民出版社编审。

⑥苏敏,《中国青年报》副刊编辑。

⑦黄国强,时在广东阳江。

⑧现在我在编一本《给文学青年》,另编一本《文学随谈录》,大约还要忙两个月。(1981年1月23日致白拓方函)

⑨杜君慧(1904—1981),广州人。1924年入读广东大学。1930年加入左翼联盟。1949年后任北京二中校长。著有《中国妇女问题》。

⑩李国义,广州人,李国柱弟。

⑪林文山(1928—2004),广东新会人。曾任广东《学术研究》主编、《红旗》编审。

⑫宫庶华,时在吉林省吉林市房产局预制构件厂工作。

⑬张又君(1915—1992),广东梅县人。1932年入读暨南大学。1951年从印尼回国后一直在《光明日报》工作。

⑭很久没有去看望萧殷了,为了完成这篇给他的《创作论》呐喊的文字,我在春节前一天(旧历除夕)又一次登门拜访。(章明《老牛羸病犹奋蹄——记萧殷并为他写〈创作论〉呐喊》,饶芃子、温儒敏主编《师者·文心——萧殷评说七十年》,花城出版社2022年版第291页)

⑮接到你来信的当天(二月二十二日)下午,我即来流花宾馆报到,因省政协第三次会议即将召开,一直到三月五日才结束。(1981年2月27日致弘征函)

⑯林振名,曾任《花城》编辑部副主任。后移居香港,任香江出版公司总编辑。

⑰曾菲,赖少其夫人。

⑱政协每天都开会,很紧张,为了争取休息,晚上的文艺晚会我一律不参加。到三月五日,我就搬回梅花村。(1981年2月27日致弘征函)

⑲刘晓冬,笔名萧冬。著有《强者》。

⑳昨天,赖来我家里吃便饭,顺便又写了几个题字封面:《谈写作》《给文学青年》以及《创作随谈录》,现寄上。(1981年3月19日致弘征函)

㉑三月,在广州与老友相会,赋《故乡访战友》诗。(周新月主编《赖少其年谱》,唐辉、于在海主编《赖少其全集》,荣宝斋出版社2018年12月版第10册第52页)

㉒2015年9月24日,是我的老师萧殷诞辰百年纪念日。20世纪50年代,京城十年,老师迭经重挫;1960年他从《文艺报》回归广东,才复振起。《作品》杂志声名鹊起,发行量高峰期达79万份;《典型问题》三篇宏文,横空出世;批判"文艺黑线论",头角峥嵘,被阎纲评为"使广东大旗多次飘舞在国家队前头",从此,令岭南评坛蔚然而兴。萧殷回归后,谁人敢轻岭南?!萧殷,在中国文艺批评界是一个难以企及的标杆人物。(黄树森《梅花村忆萧殷》,《百年萧殷》第224页)

按,"79万份"误,应为"近69万份"。据省作协大事记:1981年上半年,《作品》发行量激增,第一季度达689 522册,为全国省级刊物之冠。

㉓周霭楣,广州暨南大学学生。1960年赴美,1971年获哥伦比亚大学师资学院护理硕士学位,后在康纳尔大学附属医院纽约医院工作。

㉔聂默然,时在黑龙江依安县。

㉕张世平,时在湖南宁乡。

㉖萧殷著、张永如编《萧殷文学评论选》,湖南人民出版社1983年3月版第133页。
梁超荣,时在广西钟山平桂矿务局工程队。

㉗我于四月二日上午,因忽然发高烧被送进人民医院(三楼三一一房)。经急诊,断定系肺气肿感染,心跳快,血压高,需要急救,遂被医院留医。(1981年4月14日致郭瑞三函)

郭瑞三,曾任河南人民出版社编辑、《文学知识》编辑。

㉘马兴昌,上海人。时在安徽凤阳梨元公社石马医务所工作。

㉙侯安全,时在安徽省芜湖县化肥厂工作。

㉚萧殷著、张永如编《萧殷文学评论选》,湖南人民出版社1983年3月版第131页。

宋志清，时在湖北。

㉛卉春，时在新疆阿克苏农垦五团工作。

㉜陈谦同志常见面吗？看见时，请代问好！去年四五月间我们同在东病区治病，他近来曾来信，感谢他一片好心，劝我安静休养，摆开一切杂务。（1982年1月22日致黄廷杰函）

㉝蔡雪林，时在浙江嘉兴。

㉞胡真（1921—2011），江苏无锡人。早年入读延安马列学院。曾任湖南省出版事业管理局党组书记、局长。

㉟明天八点钟，我和陶萍都飞北京，然后出国。作协怕我在半途中病倒，特叫陶萍陪我到北京。在北京住一星期，到月底就赴朝鲜。到朝鲜的具体任务还不清楚，如果是到处参观访问，我可能力不胜任。最迟可能在六月中旬回来。（1981年5月19日致弘征函）

㊱今早八时半，我与陶萍从白云机场起飞，一直在一万公尺以上飞行，虽则下面是厚厚的云层，但上面却晴空万里，阳光灿烂，到十时五十分，准时到达北京。（1981年5月20日致罗海清函）

㊲杨立平，在上海华东人民文艺创作丛书编委会、人民文学出版社及"鲁迅著作编辑室"工作。

㊳1981年，萧殷准备出国去朝鲜。我送萧殷到北京。丁玲听到萧殷去北京，正好她在停笔20年后又写出了一本新书，刚拿到稿费，就在北京绒线胡同的一家四川菜馆内，订了两桌菜，请的人除萧殷是从广东去北京的，其他都是住在北京的，有艾青、秦兆阳、罗烽、苏群、唐因、唐达成、杨黎、侯敏泽等人，多数是原来《文艺报》的人。从1958年大家分别后，经过23年又齐集一堂。大家围着丁玲，互相握手寒暄。有人在欢笑的眼神中，还含着泪光。23年来，大家都经历了难言的苦痛，而今能够再相逢，都感到珍惜、可庆！想得太多了，但好像话被卡在嗓子里，却说不出来。（陶萍《相伴三十五载忆点滴》，《百年萧殷》第162页）

㊴不料五月廿六日我胸部疼痛。（《萧殷文学书简》第219页）

㊵由朱树诚同志带来的信已收阅，我们本决定廿八日动身去朝鲜，但胸骨忽然发炎，陶萍原以为用些碘酒就可以治愈，幸好朱树诚同志在旁，认为只用碘酒还不行，必须让医生来看看，并且即刻请来一位医生，看后疑为肋骨发炎，但不排除其他奇症，叫

去“三〇一”医院，可是那个医院架子十足，那天不仅不挂号看病，连“急症”号也不挂。（《萧殷文学书简》第81页）

㊶第二天由陶斯亮介绍，才到空军医院看了，肯定是骨膜炎，却难保内部没有毛病，但不住院不能透视，于是他劝我不要出国，以免在途中发生意外。（《萧殷文学书简》第81页）

陶斯亮（1941— ），湖南祁阳人。在中共中央统战部工作，《中国市长》主编。

㊷我于三十日离开北京。（《萧殷文学书简》第81页）

㊸六月一日中午才回到广州。（《萧殷文学书简》第81页）

㊹萧会晃，时在江西省泰和县武山中学。

㊺易巩（1915— ），原名梁植涛。1929年考进南海中学附小，曾参加欧阳山、章明所组织和领导的“广东战时文艺工作团”的各种工作。新中国成立后，曾任《作品》主编。著有《杉寮村》。

㊻徐刚，时在安徽庐江。

㊼1981年6月10日收到萧殷老师一张便条，要我为他搜集鲁迅与青年的有关资料。（郑心伶《他，伸出温热的手——兼谈萧殷与鲁迅》，《百年萧殷》第307页）

㊽萧殷著、张永如编《萧殷文学评论选》，湖南人民出版社1983年3月版第128页。

杜园山，时在湖北洪湖。

㊾我第二天就把五本书送去。他高兴极了，不顾身体患病，在昏黄的灯光下，一页页，认真地翻阅。后来还叫我8月3日到广东省人民医院东病区同他倾谈鲁迅与青年的问题。（郑心伶《他，伸出温热的手——兼谈萧殷与鲁迅》，《百年萧殷》第307页）

㊿周良沛（1933— ），江西永新人。1949年加入中国人民解放军，历任战士、文化教员、宣传队队员。曾被错划右派，1979年后在云南作协工作，曾任北京《诗刊》编委。

(51)到本月廿一日，我和陶萍将飞长沙，因湖南的《芙蓉》文学丛刊办了一个写作学习班，要我去讲学。（《萧殷文学书简》第219页）

(52)一九八一年六七月间，萧殷同志应邀来湘，曾在《芙蓉》文学丛刊举办的“青年文学讲习班”上做了几次讲话。内容包括小说创作中的人物与情节、生活真实与艺术真实、思想倾向性与艺术感染力、创作与生活的关系等许多重要问题。娓娓而谈，深入浅

出，对文学青年们极有教益。本篇是当时的讲话稿，由弘征整理，并经萧殷同志亲自修订补充。——编者（《创作随谈录》第86页）

(53)《创作随谈录之三》这一部分，是萧殷同志一九八一年六七月间应我社之请来湖南在《芙蓉》文学丛刊举办的青年文学讲习班上的讲话，当时由我根据录音记录整理，并经萧老亲自补充订正的。（《创作随谈录》第187页）

(54)戴长松，时在福建宁化县电力公司工作。

(55)《创作随谈录》第94页。

(56)黎维新（1925— ），湖北武昌人。中共党员。曾任汉口《大刚报》副刊《大江》编辑。1949年后任湖南人民社社长。

袁琦，时任湖南人民出版社副社长。

(57)在这些来信中，我发现了一位叫作陈云清的来信，一共3封，写于1981年夏天，忏悔之意溢于言表。他写道：我犹豫再三，现在提笔给您写这封信的时候，还是诚惶诚恐的。请您原谅我在“四人帮”横行时犯过的错误。我无情无理地打击过您和韦丘同志。现在想起来还感到深深的自责和不安。我在1978年上半年曾经做过十多次的书面检查和口头检查，另外在大小会上也多次接受过同志们的批评帮助；从1978年上半年开始，两年的时间，我一直在农村工作和劳动。即使这样，我也永远不能宽恕自己。特别是听说您的身体一直不大好的时候，我总有一种犯罪的感觉。您批评我吧，谴责我吧……（陶萌萌《一生，放不下的思念——回忆父亲萧殷之二》，《百年萧殷》第385页）

陈云清（1944—1997），广东罗定人。中山大学中文系毕业，曾在广东连山县委宣传部工作。

(58)黄记海，时住广东花县花东公社秀塘大队五队。

(59)《创作随谈录》第99页。

(60)《创作随谈录》第105页。

(61)我和葵葵到长沙后，住在湖南省委里面的蓉园宾馆三号楼。萧殷仍有点低烧，陶萍说已经好多了。医生护士不时到房间来为萧殷量体温、听心肺。我和葵葵在蓉园住了两天，第三天和萧殷、陶萍乘飞机回广州，是有车来接我们的，那个人只送我们上了车，在宾馆门口和萧殷挥手再见，但我不知是谁。到机场后只有两个位子，萧殷陶萍先上机，我和葵葵第二天才离开。（卢任民的回忆）

卢任民（1949— ），广东三水人。萧殷女婿。

㉜因那里太炎热,不得不于七月十九日抱病飞回广州。(《萧殷文学书简》第24页)

㉜下一次见面是两年多以后在长沙,他应湖南文艺出版社邀请去讲学。身体似乎更显衰弱,但眼镜片后面的眼珠则显得更大,并且是谈创作不能大会讲就小会讲,甚至三五人听他讲,讲累了就歇歇再继续。而晚上他还要看稿、考虑问题、做准备、待客,以致日程未完便又发了病。回广州后没多久就再次发病,而他的生命也正是这一次便再也没能延续下来。想不到在长沙送他返广州时,就是我们两个曾经"三同"的战友之间的永别。(康濯《萧殷——我的"三同"战友》(《百年萧殷》第85页)

㉜记得是1981年六月下旬,萧老应湖南人民出版社的邀请,和陶萍同志一起去为一个文学讲习班讲课。但六月底、七月初的长沙,气温比广州高得多,这对一个在"文化大革命"中身体受到严重摧残的老人来说,是无法抗衡天气对他的挑战的,所以,课还没有讲完,他就病倒了,并提前返回广州。第二天,我赶去梅花村看望了他。就在这天晚上,他住进了省人民医院东病区。(麦文峰《在医院陪伴先生的日子里》,《百年萧殷》第416页)

麦文峰(1942—),广东南海人。时在广州市东山区文化馆工作。萧殷的关门弟子。1997年入广东作协,曾任广东散文诗学会副秘书长。著有《珠江情思》。

㉝我对麦文峰说:"要有个奋斗目标,有斗争方向,那么他每到一处,就会得到很多有用的东西。"(陶萌萌整理《萧殷口述历史》1983年稿本)

㉝(七月)十九日我(从长沙)飞回广州,但身体十分衰弱,又继续高烧,于七月廿二日遂被送进东病区,住二楼202房。(1981年9月7日致陈谦函)

㉞肖涛玉,履历不详。

㉞后来还叫我8月3日到广东省人民医院东病区同他倾谈鲁迅与青年的问题。萧殷老师说,他年轻时曾用"郑心吾"的笔名发表过作品,由于敬仰鲁迅,便在1936年10月初写信向鲁迅求教,鲁迅于10月9日就收到信,并在日记上写道:"得萧英信并稿。"此稿就是一篇散文习作,叫《温热的手》,后来发表在《新民日报》上。据芦荻先生说,他曾亲眼看过这篇作品。(郑心伶《他,伸出温热的手——兼谈萧殷与鲁迅》,《百年萧殷》第307页)

㉞曹树夏,时在湖北大冶,任一小学校长。

㉞李宏伟,时在广东湛江雷州师专。

㉞匡谷生,履历不详,时在湖南长沙。

⑫萧殷著、张永如编《萧殷文学评论选》，湖南人民出版社1983年3月版第131—132页。

⑬李喜，业余作者，时在内蒙古包头。

⑭因为萧殷老师刚在湖南讲课发病被送回广州住院，身体相当虚弱，不忍心与他久谈，只好等到8月26日下午，我才与黎服兵同志再次到医院做录音采访，专谈他与鲁迅的关系及鲁迅指导青年等问题。或许是想起鲁迅的缘故吧，他虽然病重，但谈兴颇浓，精神似乎突然好起来。（郑心伶《他，伸出温热的手——兼谈萧殷与鲁迅》，《百年萧殷》第307页）

黎服兵，1968年下乡到海南。曾在广东鲁迅研究小组、岭南美术出版社工作，后任广东省新闻出版高级技工学校党委书记。

⑮余东平，时在广东省开平县第二中学。

⑯苑永权，时在大连市旅顺口区九三路居住。

⑰您的稿子真太好了。茅公的给初学写作者的信是第十期登完，十一、十二期就准备连载您的信。就是最好能再多一些，能多连载几期。不知您手边是否还有？（1981年9月23日叶孝慎来函）

⑱文科，时在陕西扶风县南阳公社成家庄。

⑲刘建，时在黑龙江省虎林县庆丰农场工程队。

⑳刚把《浪花·火焰·爱情》诗集及序言挂号寄出，就接到你十月五日的来信，想诗集和序言均已收到，不知有何意见？望告！（《萧殷文学书简》第82页）

㉑陈春飞，时在广东化州县林尘公社竹根头大队洪湾小学。

㉒吕雷同志常来医院看我，最近来，心脏似乎也有些问题，我劝他适当注意。（1981年10月13日致丁元昌函）

㉓陈福连，时在海南岛万宁县东和农场南沟队。

㉔杜埃、秦牧、关山月最近都住进东病区，夜间关山月常来聊天。（1981年10月27日致陈国凯函）

㉕弘征先生的诗感情纯真，是发自肺腑的呐喊或咏叹，他从不忸怩作态和无病呻吟。著名老一辈评论家萧殷在为《浪花·火焰·爱情》写的序中说："弘征的诗，我感到有两个特征：一是激情，二是意境。""构思巧妙，饱含哲理，能寓真理于感情和形象之中。"此外，未央、秦牧、芦荻、钱君匋、阿红等文艺界知名人士纷纷撰文，对弘

征的诗予以了极高的评价。（陶萌萌整理《萧殷年表长编》稿本）

㊹大概是1981年初秋的一天，我在广州市东山梅花村35号萧殷老那书籍已经不多的书斋里认识了两位来自长沙的朋友，一位是时任湖南人民出版社文艺室主任的黄起衰（绰号"衰公"），另一位就是三四十岁身材高大相貌堂堂的弘征（杨衡钟）。因为萧老对弘征一直很关心，1979年他进出版社，萧老就将《谈写作》一书交由他们出版，这次他们是为了编印萧老的《创作随谈录》和别的著作而来的，我曾在湖南省军区工作过两年，见到湘人便觉亲切。四个人当中，萧老的谈兴最浓，其次是"衰公"，其次是我，弘征则很少说话，只是在一旁静静地倾听……第二天，弘征亲自来到寒舍找我。原来他在这之前就听到过萧老的热情介绍和推荐，想来看看我写的杂文。（章明《奇人弘征》，《出版广角》2000年第10期）

㊼汪明涛，江苏靖江人。时为学生。

㊽归秀文，时任湖南人民出版社编辑。

㊾周明（1934—　），陕西周至人。曾任《人民文学》常务副主编、中国现代文学馆副馆长。

㊿1981年……本年，晋升副教授。协助萧殷教授在暨南大学中文系建立文艺学硕士点，使暨大中文系成为国内第一批获得硕士点的授权单位，创点方向是"创作理论与批评方法"。（朱巧云、陈玉珊《饶芃子学术年表》，《华文文学》2022年第1期）

㉛《年表》。

㉜到了1981年，我又去广州。这次去以前，又听人讲萧殷已经病得一丝两气，简直起不来床了。但是到了他家一看，的确不是那样。他的桌上照旧堆着许多文稿、来信，他人靠在藤椅上，显然没有力气，可照旧谈话，谈的还是他的工作，没有别的。谈有多少青年的来信要复，有多少稿子要看，有多少事情要做。还谈他自己考虑了多少年的一部小说，老没动笔，现在该写了。我小心地问起他的病。他笑着，叙说他在"文化大革命"中间一度被判断为已经死亡的故事。说："我早已死过一次了。"好像死是他早已闯过来的一道关，再来，他就不怕它了。（韦君宜《为工作而生存——悼萧殷》，《百年萧殷》第92页）

㉝1981年末，我在广州出差时，下决心再和先生谈谈有关我的转业想法，想再听听他的意见。因为前一年，我回家探望我母亲时，曾和他谈过一次——自从把家搬到武汉后，那儿夏天太热，年年七八月份都四十来摄氏度，小孩热得整晚都哇哇大叫，日子实

在难熬。还有别的因素,想回到广州来。他说,你干得好好的,领导对你那么器重,干吗要离开部队,再说广州能适合你的单位也不多,报纸杂志,文化单位大都满员,很难找到适合你发展的地方。小孩不适应,长大一点就会习惯,你不如在部队再待待看看等等。这回,当我咬着牙再提此事时,没料到他大力支持,说了很多,他说,现在深圳大办经济特区,各行各业都需要人才,作协的韦丘你认不认识?我说认识,人非常好,热情爽朗,他说现在韦丘挂职深圳宣传部副部长,并正在筹办大型文学刊物,他(萧殷先生)也表示支持。他(韦丘)需要得力人手,你将来也会有发展的机会,我立即表示愿意去。他拿起电话,过了大约半个来小时,韦丘就来了,当时大家都很高兴,连陶萍同志都叫我回去就打报告,韦丘还说最好现在就来,一定要快,现在刊物还没办就有好些人挂号了,等等。这一晚先生叫我吃了饭不要走,就在他那儿住。(钟永华《恩师萧殷随记》,《百年萧殷》第288—289页)

㉞1981年初冬,我从生活根据地梅县回到广东作协机关,接受一项任务:为萧殷整理回忆录。当时党组一位负责同志对我说:"萧老的身体越来越不行了,得抓紧时间把他在青年时期参加革命文学工作那段回忆录整理出来,考虑再三,觉得你是恰当的人选……"(程贤章《为萧殷整理回忆录琐记》,《百年萧殷》第245页)

㉟作为《花地》杂志的顾问,萧老为这棵新苗灌注了不少心血。我刊刚改版时,广道同志和我一起到他家请他当顾问,他一口气答应了,还就办刊方针等问题一一叮嘱。特别是当文学界发生新的情况,处在新的转折时,他总是高瞻远瞩地提醒我们注意新的问题。我每次从他的家门走出,心里总是踏实了许多。有时,我不好意思向他约稿,但他一听到我试探的口气,就尽量满足我们的要求。记录他言论的《文学随谈录》首先在我刊连载,他多次把文学书简交我刊发表。现在翻阅那些珍贵的原稿,我仿佛仍是在亲耳聆听萧老的教诲。(陈绍伟《萧老与〈花地〉杂志》,《百年萧殷》第357页)

1982年　壬戌　六十七岁
1月

1日,在省人民医院东病区202房写信给弘征。①

1日,写信给钟永华。

4日,弘征来函。②

4日,写信给丁玲、陈明。

8日，罗君策来函。③

11日，李国柱来函。④

14日晨，写信给弘征。

16日，出院⑤，共住院178天。

16日，叶孝慎来函。⑥

20日，《人民文学》1982年第1期（总第268期）发表先生署名萧殷的文章《要善于从阴暗处看到光明（作家书简）》。

20日，林元来函。

21日，写信给李国柱。

21日，写信给弘征。⑦

22日，写信给刘剑青、周明。

22日，在梅花村，写信给黄廷杰。⑧

28日，在广州写信给罗君策。

28日，李国柱来函。

28日，写信给白拓方。⑨

29日，写信给弘征。⑩

31日，写信给李国柱。

是月，《北疆》1982年第1期"评论"发表先生署名萧殷的文章《关于"问题小说"》。

2月

1日，《萌芽》1982年第2期《理论·杂文》发表先生署名肖殷的文章《坚持写作实践与青年作者的成长（一）》。

2日，写信给蔡运桂，自觉"血管硬化严重，手抖得厉害"。（1982年2月2日致蔡运桂函）

3日，李国柱来函。

4日，弘征来函。⑪

4日，写信给胡真。⑫

5日，写信给李国柱。

5日，写信给林建征。

6日，在梅花村写信给弘征。⑬

6日，写信给郑集思。

8日，郭瑞三来函。

8日，李国柱来函。

15日，写信给郭瑞三。

16日，叶笛来函。⑭

18日，侯安全来函。

19日，写信给罗君策。

20日，在广州写文章《〈小城之夜〉序言》。

20日，丘峰来函。

22日，提议与郑心伶合写一组"学习鲁迅札记"文章。⑮

25日，写信给罗凌翩。⑯

春节，罗源文来访。⑰

3月

5日，提出关于"学习鲁迅札记"具体议题和写作提纲，要求郑心伶阅读摘录，再共同草拟三篇文章初稿《风格、流派及其他》《要立足于现实生活》《典型与真实》。⑱

5日，孙宪文来函。⑲

7日，在广州写《读吕雷的小说》。

按，又名《〈吕雷小说〉序》，见《萧殷文学评论选》。

16日，孙宪文来函。

16日，赖少其来函。

16日，写信给罗君策。

24日，北京出版社来函。

25日，龙世辉来函。

25日，叶孝慎来函。

25日，俞天白来函。⑳

26日，罗君策来函。

26日，唐达成来函。

29日，罗君策来函。

是月，《芙蓉》1982年第2期（总第10期）《评论》发表先生署名萧殷的文章《创作随谈录》。

是月，提出创办《当代文坛报》理论月刊，建立文学评论奖。为此协调各方，奔走呼号，得省委重视与支持并且拨款。[21]

是月，黄廷杰来访。[22]

是月，《海韵》1982年第1期发表先生署名萧殷的文章《读弘征的诗》。

是月，程贤章根据录音整理出先生的文章《回忆录——我怎样走上文学道路》。

是年春，与刘学强谈"特区题材"。[23]

4月

7日，写信给弘征。

14日，赵启强来函。

17日，吕蒙来函。

18日，写信给弘征。

19日，写信给吕蒙、黄准。

20日，写下"白发书生神州泪，尽凄凉，不向牛山滴。易征同志嘱题"。

21日，写信给白拓方。

22日，写信给黄梅。

24日，《羊城晚报》第二版发表先生署名萧殷的文章《读吕雷的小说》。

28日，吕蒙来函。

30日，写信给郭瑞三。[24]

30日，写信给罗君策。

5月

6日，赖少其来函。

9日，写信给弘征。

10日，郭瑞三来函。

11日，写信给李国柱。

11日，"中国当代文学评论丛书"编辑部来函。

12日，梁超荣来函。

13日，黄居松来函。[25]

18日，钱谷融、王元化、王西彦、孔罗荪、侯民泽、张孟恢等来访。写信给郭瑞三。㉖

18日，钟毓材来函。

20日，写信给萧会晃。

22日，在广州写文章《小说不是生活的任意再现》。

24日，李成俊来函。㉗

26日，冰凌来函。㉘

28日，写信给陈谦。㉙

28日，阎纲来函。

是月，《萌芽》1982年第5期《理论》发表先生署名萧殷的文章《坚持写作实践与青年作者的成长（二）》。

6月

2日，王肇岐来函。㉚

6日，写信给李国柱。

6日，写信给骆世昌。

7日，写信给弘征。

7日，写信给罗海清。

8日，赖少其来函。

10日，在广州写文章《离开了人物的真实关系，作品的情节只会悬空》。

11日，苏晨来函。

15日，白拓方来函。

23日，李国柱来函。

25日，罗怀金来函。

28日，写信给赖少其。

是月，陶然、林振名来访。㉛

7月

5日，写信给郭瑞三。㉜

6日，写信给杨宏海。㉝

7日，罗君策来函。

12日，写信给罗君策。

16日，写信给弘征。

22日，入住暨南大学招待所一〇二房。㉞

27日，王肇岐到上海藏书楼查到先生早期发表的文章《井圪塔的血》。㉟

28日，王肇岐来函（8月10日收到）。

29日，阎纲来函。

是月，写信给罗沙。㊱

是月，《作品》1982年第7期《评论》发表先生署名萧殷的文章《〈小城之夜〉序言》。

是月，《旅伴》1982年第9期（总第15期）刊登端木蕻良、碧野、彦火、臧克家、萧殷、王杏元、王西彦、邹荻帆、范若丁的文章《旅游文学九家谈》。

是月下旬，住在暨南大学。㊲

是年夏，在暨南大学整理《萧殷自选集》。

是年夏，罗源文、仲达来访。㊳

8月

2日，住在暨南大学专家招待所。㊴

2日，写信给郑集思。

11日，写信给王肇岐。

12日，阎纲来函。

13日，与黄树森谈《想象》。

14日，写信给李国柱。

15日，写信给罗源文。㊵

15日，写文章《写作切忌无病呻吟》。

15日，写文章《别迷惑在不切实际的幻想中》。

18日，在石牌写文章《创作随谈录之二》一则——《要从生活中发掘题材》。

19日，写信给陶萌萌。

20日，在石牌写文章《创作随谈录之二》一则——《创新、新意和深化》。

21日，写信给汝浩。㊶

22日，在石牌写文章《创作随谈录之二》一则——《艺术的感染力》。

22日，写信给易准。㊷

23日，住暨南大学。㊸

23日，在石牌写文章《多练习素描》。

26日，写信给弘征。

28日，写信给阎纲。

29日，张幼峰来访。㊹

30日早，写信给易准。

是月，写信给张幼峰。㊺

是月，写信给杨应彬。㊻

是年，在暨南大学带研究生。㊼

9月

2日，写信给罗源文。

6日，写信给陶萌萌。

8日，黄河来函。㊽

8日，郭瑞三来函。

9日，林培瑞来函。㊾

22日，《湖北日报》第四版"文艺信箱"发表先生署名萧殷的文章《写作切忌无病呻吟》。

是月，在暨南园写文章《创作随谈录之二》一则——《想象》。

是月，在石牌写《萧殷自选集》序言。

10月

5日，写信给李国柱。

11日，出席暨南大学研究生论文答辩会。㊿楼栖和杨越任答辩委员。㊿¹

12日，离开暨南大学。㊿²

15日，写信给李国柱。

16日，写信给罗君策。

17日，搬家，从梅花村三十五号二楼搬到梅花村四号二楼（梅庐）。㊿³

19日，写信给弘征。

19日，写信给邹育根。㊿⁴

21日，写信给邹育根，询问查找20世纪30年代发表在《广州民国日报》的文章的情况。

22日，写信给罗海清。

23日，邹育根来函，告知查找《广州民国日报》的结果。

25日，弘征来函。

26日，写信给郭瑞三。㊳

26日，写信给邹育根。

30日，潘亚暾来函。

是月，出席游焜炳硕士论文答辩。㊱

是年秋，鲍昌来访。㊲

11月

1日，《萌芽》1982年第11期发表先生署名萧殷的文章《坚持写作实践与青年作者的成长（三）》。

2日，写信给章明。

4日，程堃来函。㊳

5日，郭瑞三来函。

5日，《南方日报》第四版"文艺评论"发表先生署名萧殷的文章《别迷惑在不切实际的幻想中》。

17日，罗君策来函。

25日，黄起衰来函。

是月，《作品》1982年11月号发表先生署名萧殷的文章《离开了人物的真实关系，作品的情节只会悬空（创作谈）》。

是月，程晓荣为先生拍照。㊴

12月

1日，鲍昌来探望。㊵

5日，写信给陈谦。㊶

5日，写信给郭瑞三。㊷

5日，贝兴亚来函。㊸

7日，弘征来函。

8日，写信给陈绍伟。

12日，写信给白拓方。

12日，陈国凯来函。

12日，写信给罗海清。

12日，骆宾基来函。⑭

20日，北京出版社来函。

29日，陈国凯来函。

是月，李成俊来访。自此，先生身体情况急转直下，越来越差。⑮

年底，邓伟来访，为先生拍照。在邓伟的纪念册题词："要成就一种事业，必须准备付出毕生的精力。"游焜炳在旁。⑯

是年，《作品》转载《韩江》小说专号刊登的李前忠的《出嫁前夕》。⑰

是年，《复印报刊资料（文艺理论）》1982年第1期发表先生署名萧殷的文章《要善于从阴暗处看到光明》。

是年，《复印报刊资料（图书评论）》1982年第8期发表先生署名萧殷的文章《〈小城之夜〉序言》。

是年，《出版工作、图书评介》1982年第8期发表先生署名萧殷的文章《〈小城之夜〉序言》。

是年，《特区文学》1982年第2期发表先生署名萧殷的文章《回忆录——我怎样走上文学道路》。

是年，多位编辑来病房约稿。⑱

【注释】

①《随谈录》，今后我打算改为《随想录》或《随感录》，别人看了，都认为记录得很好，殊不知这比我直接写还费事得多。前小谢把《人民文学》所剩下的三千字寄给你，请《芙蓉》编排我的《随谈录》时，一并编入，也不一定要有严格的连贯性，仅仅是随感随录的创作问题而已……一九八二年一月一日于省人民医院东病区二〇二房（《萧殷文学书简》第83—84页）

②弘征同志：元月四日来信，以及胡真同志写的陈大远散文序，都收到了，并且即刻将胡真同志的文章读了，并于即晚转给《羊城晚报》副总编辑杨家文同志，不知他们的看法如何……一月十四日晨（《萧殷文学书简》第84—85页）

③元月八日信及书两套均收。(《萧殷文学书简》第94页)

④我决定买一部空气清新机送给你,只要你能减轻痛苦,多用点钱是没有关系的。在目前,我有能力这样做。(1982年1月11日李国柱来函)

⑤去年有三分之二的时间在病痛中度过,最后一次是在湖南患病住医院,七月下旬回抵广州,第二天住进东病区,直至最近(一月十六日)才勉强离开医院。(1982年1月22日致黄廷杰函)

⑥接着《萌芽》叶孝慎一月十六日来信,他说至今未收到你寄出的照片,已耽搁发排的时间,只好用签名式了。(1982年1月21日致弘征函)

⑦今日中午给你寄了一封信,下午我的孩子来宾馆带来一批信,其中有你二月廿一日的来信,仔细读了,我觉得你的意见很好,同意将有关《三千里江山》缺点部分,做适当的删节(以省略号代之)。(《萧殷文学书简》第86页)

⑧去年有三分之二的时间在病痛中度过,最后一次是在湖南患病住医院,七月下旬回抵广州,第二天住进东病区,直至最近(一月十六日)才勉强离开医院。现住家中,但体质一天不如一天,体力与精力都差得远了。(1982年1月22日致黄廷杰函)

⑨现在我在家里休息。你曾来过这梅花村三十五号二楼,这里原来是一座很通风,充满阳光,冬暖夏凉的楼房,在广州,也算是园林式的别墅;可是,在去年春,忽然在我住宅南面不到两公尺之处,建起一座一百三十多米长、八层楼高的大厦,不仅把阳光全挡住,南风也被堵塞住了,变成酷寒酷热的牢笼,因此,我在这里休息也感到别扭,一天晒不到阳光。因常气促,也不能上下楼,顶多只在楼上散散步而已。但比起住医院要好得多了。(1982年1月28日致白拓方函)

⑩《给文学青年》出版后,请给我一百本样书!(1982年1月29日致弘征函)

⑪今天读到你二月四日来信,知道湖南人民出版社已将《浪花·火焰·爱情》诗集拿去。(《萧殷文学书简》第85页)

⑫今天读到你二月四日来信,知道河南人民出版社已将《浪花·火焰·爱情》诗集拿去,前日我给胡真同志写信时,曾提到这本诗集,并鼓动湖南人民出版社出版它!(1982年2月6日致弘征函)

⑬《给文学青年》的封面设计,据说很不理想,并说起衷、维安等同志都觉有歉意。我现在还未看见,不知道"不理想"到什么程度。在《谈写作》第一次印刷时已有过类似的教训,为什么在设计时不经多人审阅?是什么人最后批准付印?以至"发现时,已制

版，无法再改了"呢？北京文学出版社与广东人民出版社于封面设计后，都给我过目的。长沙与广州并不很远，为什么不能采用这种办法呢？（《萧殷文学书简》第86页）

⑭叶笛，时在中国农业梅县支行畲江信用社工作。

⑮为了学习鲁迅，也为了给青年作者一些帮助，萧殷老师于1982年2月22日在他家里提议，与我合作写一组"学习鲁迅札记"之类的文章。（郑心伶《他，伸出温热的手——兼谈萧殷与鲁迅》，《百年萧殷》第308页）

⑯罗凌翩，弘征夫人。

⑰1982年春节期间我到他家向他拜年，他又将前不久湖南人民出版社出版的《给文学青年》题书送我留念，还郑重地拉开桌前的抽屉取出私章盖上才递交给我。（罗源文《"老乡再加半个老乡"——忆萧殷老师》，《百年萧殷》第363页）

按，1982年1月25日系农历正月初一。

⑱并从3月5日开始同他一起讨论具体的议题与写作提纲。他要我首先阅读摘录鲁迅有关论风格、流派、生活、典型、真实等方面的教导，经详细分类后，再与我共同草拟三篇文章初稿：《风格、流派及其他》《要立足于现实生活》《典型与真实》。可以说，这三篇"札记"完全是萧殷老师的旨意，是专为青年作者如何学习鲁迅、如何搞好创作而写的。不幸的是，三篇文稿，由我抄正送他最后审定时，恰逢他身体越来越差，以至不治，因而一直没有拿去公开发表，或许现在还压在萧殷老师的遗物之中。（郑心伶《他，伸出温热的手——兼谈萧殷与鲁迅》，《百年萧殷》第308页）

⑲孙宪文（1948—　），甘肃人。西北师大中文系毕业，曾任《教育科研论文集》副主编。

⑳俞天白（1937—　），浙江义乌人。1958年毕业于上海师范大学。曾任《萌芽》杂志社副主编、《沪港经济》杂志总编辑。

㉑《年表》。

㉒我同萧老见最后一面，是在1982年阴雨3月天一个下午。四时许，我走进梅花村，上了三十五号户外楼梯……陶大姐对我说："他要送你一本书。"萧老题签后把书递给我。这是他1980年5月至1981年1月所写文艺评论的结集。接着，他又把刚刚完稿抄正为我省一作者的短篇小说集所写序文拿给我看。我把从汕头亲戚家抄来的一张民间治哮喘药方介绍给他。他欣喜地接过去，读了一遍，打开一个小笔记本，逐一抄下，还再三核对服用方法及禁忌。老两口异口同声说："快买来试试！"这次见面，不知为什

么，萧老竟对我谈了他对《作品》编辑工作和作协工作的关切。[黄廷杰《耐读的萧殷（五题）》，《百年萧殷》第342—343页]

㉓1982年春天，当我和雨纯合著的散文集《深圳飞鸿》交付出版时，我曾在一封信中谈及我的惶惑："我觉得文艺作品有两个特点和作用：一是给人新鲜感，二是给人以深度。后者鉴于我初入文坛，水平有限，故抢不过名家，但我置身特区，得天独厚，故抓住新鲜题材，赶写出来，给人一种新鲜感取胜了。这条路子不知对否？……"萧殷老师即给我复了一封长信，真挚地责成我："当作一条创作道路来看，光抓新鲜题材这一点是不够的。打个比方说，这是一个坡度很陡的陡坡，稍不留心，就会使你滑向一个'取奇猎异'的山谷……"在信中，萧殷老师就"特区题材"做了一番鞭辟入里的剖析，他指出："所谓特区，主要'特'在经济建设上……这些都是新鲜的，倘从一个新闻记者的角度来看，全是新闻题材，都值得报道。但文学不能满足于这些。文学的社会职责，不是去描绘生产过程或介绍技术经验；它首先应在精神上鼓舞人，它以人为描写对象，以积极影响人的精神为目的。因此，在特区应反映什么？什么题材最能鼓舞人心？什么题材最能激励人的斗志？作者不仅要勤于探索，而且要善于选择……"（刘学强《笔仍屹立着——痛悼萧殷老师》，《百年萧殷》第359—360页）

㉔我去年前后两次住医院，共八个多月，到今年一月中旬才回家来休息，但三月初因两个出版社要重版我的两本书，而且都要求我加以校订。共三十多万字，对于一个满身疾病的人，绝不是轻松的工作；同时广东作协决定出版十本中年作家的小说集，其中两本要我写序言；还有，由我口述《三十年代广州革命文学活动的一个侧面》（程贤章整理），工作一大堆，而且集中在两星期完成，怎能不把人累垮？只完成了两篇序言，校订了《论生活、艺术和真实》，就病倒了，其他工作只好搁到一边。（1982年4月30日致郭瑞三函）

㉕黄居松（1932—　），广东龙川人。1951年，高中毕业后参加志愿军，在"抗美援朝"中负伤致残。回国后分配到广州工作，在广州市南方面粉厂任会计。

㉖现在家里休息，自医院回家来已四个月，可是连一次楼也未下过。广州文艺理论讨论会时，我也不能去参加，结果还是钱谷融、王元化、王西彦、孔罗荪、侯民泽、张孟恢等来看我。许多工作等着要做，但有心无力！（1982年5月18日致郭瑞三函）

钱谷融（1919—2017），江苏武进人。曾任华东师范大学教授、文学研究所所长，《文艺理论研究》主编，中国现代文学研究会副会长。

王元化（1920—2008），江苏江陵人。1938年加入中国共产党。历任华东师范大学教授、上海市委宣传部部长。

王西彦（1914—1999），浙江义乌人。1937年北平中国大学毕业。后任上海大学文学院教授。

孔罗荪（1912—1996），上海人。1930年肄业于哈尔滨政法大学。1949年后任南京文联副主席、《文艺报》主编、中国作协书记处书记。

张孟恢（1922—1998），四川成都人。1943年后在《国民公报》《商务日报》《新闻日报》工作，曾任北京三联书店、《译文》《世界文学》编审。

㉗二十多年前，弟曾拜读过公《给文艺爱好者与习作者》，迄今印象难忘。（1982年5月24日李成俊来函）

㉘冰凌，时在辽宁省辽阳市灯塔县柳条寨公社大新学校任教。

㉙我的住宅（三十五号二楼）本来很通风、凉爽，而且阳光充足，可是自前年开始，在我们正南不到两公尺处筑起一幢二百来米长，八层楼高的庞然大物，从此，我的住宅变成了酷寒、炎热的牢笼，不仅南风被阻挡，阳光也给遮拦住，而且在冬天还有北风倒灌，加以多年来白蚁蛀蚀，去年楼梯顶已扩成两个大洞，暂虽撑以木柱，但显然随时都有坍倒的危险。为此，从去年起，我请求省委让我搬回梅花村四号二楼（我原来住此，在六九年春被赶了出来），经省委书记批准，但现军区的同志住着，又写信给王猛同志，蒙他也批准。经半年多，最近可能搬家，但最早也得六月初。（1982年5月28日致陈谦函）

㉚王肇岐（1933—　），江苏无锡人。中国人民大学毕业，历任上海市《支部生活》记者、上海文艺出版社副编审。

㉛1982年6月中，我与几位香港作家应邀赴广州暨南大学参加"首届台湾香港文学学术研讨会"（即"世界华文文学学术研讨会"的前身），趁着会议空当，由当时《花城》编辑部主任林振名陪同，去他家拜访。他似乎更瘦了，但依然健谈。说话间，念念不忘要完成他的书稿《创作谈》。（陶然《萧殷拜访记》，《羊城晚报》2018年4月15日A7版）

㉜一九五五夏我与王蒙讨论这部小说的优缺点，经八个月修改，一九五六年夏天他才可能将稿子送来。（一九五六年秋，上海《文汇报》连载了《青春万岁》五六万字；一九五六年九月三十日《北京日报》刊出《青春万岁》的最后一章。）到一九五七年夏，我才收到青年出版社送来的订成册的《青春万岁》的铅印稿。（1982年7月5日致郭

瑞三函）

㉝杨宏海（1951— ），广东梅州人。曾任深圳市文联专职副主席、深圳大学客座教授。

㉞我本来打算到番禺大岗公社去休息，因交通不甚方便，医生和机关都不同意我去，只好于星期四（七月廿二日）搬到暨南大学招待所来，现住该招待所一〇二房，有南风，比梅花村好得多了。（1982年7月致罗沙函）

㉟昨天，我专程去上海藏书楼查问1935至1936年下半年的《广州民国日报》《广州市民日报》以及广州出版的《黑暗》《文学生活》《努力》等刊物。回答说："没有这些报刊。"据他们说收藏南方的三十年代的报刊特别少，上海其他地方也不一定会有。后查看了1939春天的《新华日报》，《井圮塔的血》倒是有的，在第四版连载三天。我请他们复印，他们说，报纸不能复印，只能拍照，时间得二三个月，非常麻烦。我一看字数不长，就化（花）了三个多小时全文抄录一份寄您。我想能查到不容易，您更急于要它，所以就认认真真地抄录了，上午抄了一部分，因有些字看不清，下午又带了放大镜去查对、继续抄。这次去查，虽不能令人满意，但收获还是有的，真为您高兴。（1982年7月28日王肇岐来函）

㊱罗沙（1927— ），原名罗光泽，江西赣县人。曾在广东人民出版社、花城出版社工作，花城出版社诗歌编辑室主任。

㊲7月底他躲到暨大避暑。（罗源文《"老乡再加半个老乡"——忆萧殷老师》，《百年萧殷》第363页）

㊳去年夏天，我同宣传部仲达同志到他家，见他热得难熬，把上衣脱个精光，露出薄板似的身架，瘦骨嶙峋，我一下子感到痛得钻心。他有气无力地躺在透明的尼龙帐子里，轻轻地摇动着葵扇。他要起来，我们不让他动。我们待了一会儿便告辞了。（罗源文《"老乡再加半个老乡"——忆萧殷老师》，《百年萧殷》第363页）

仲达，时在中共广东省委宣传部工作。

㊴七月廿九日来信收到，谢谢！你大概没有料到，我现在住在暨南大学，从一月出院之后，三月到四月又病倒了，整日头晕低烧，多痰气促，但这一次我无论如何不愿再住医院。（1982年8月2日致郑集思函）

㊵8月15日，为了快点搬回梅花村四号住所，他给我写了一封感情至深的信。这封信我至今保存着。（罗源文《"老乡再加半个老乡"——忆萧殷老师》，《百年萧殷》

第363页）

㊶汝浩，履历不详。

㊷欢迎你星期二上午来，我已准备了《随想录》的提纲。（1982年8月22日致易准函）

㊸我在暨南大学住了八十天，因今年广州的气候反常，炎热得使人难受，不得已，我与陶萍于七月下旬暂时住到暨南大学，一来在华侨医院治病，二来也是为研究生毕业论文的答辩会做些准备工作。（《萧殷文学书简》第121—122页）

㊹托人到中大去找寻三十年代我的小说，昨天张幼峰同志告诉我，中大图书馆的人，仔细翻阅了当年的《广州民国日报》及《市民日报》都不齐全，只剩下很少的几份，三五年和三六年的更少。因此，我的小说一篇也没有找到。（《萧殷文学书简》第144页）

张幼峰，1984年至1991年曾任中山大学党委书记。

㊺最近广东人民出版社要我编集一本《自选集》约五十万字。我打算把早期所发表的作品编入集内。但苦于无法找到。三十年代，我的小说大部分发表于《广州民国日报》的副刊《东西南北》上（当时楼栖、杜埃也在这副刊发表小说）。曾到广州中山图书馆、上海徐家汇藏书楼和一些县城图书馆寻找，均未如愿。最近，听一位专家透露：中山大学的内部资料室，藏有一些珍贵报刊，内有《广州民国日报》，及《广州市民日报》。麻烦你切实查问一下。如有，希望告诉我，我打算再托人去找，再复印。我的作品主要刊于一九三五年春到一九三六年秋一年半多的广州《民国日报》副刊上。此外，还有些作品发表于一九三六年下半年《广州市民日报》副刊上。当时我发表这些作品所用的笔名是"郑文生"。也用过"鲁德"笔名。在《市民日报》发表文章时可能用"萧英"这个笔名。这一次，恳请你无论如何要鼎力帮帮忙。这是我唯一的希望了。如果这一次在中大也找不到，我那批小说（至少三十篇）便埋没了。（1982年8月致张幼峰函）

㊻杨应彬（1921—2015），广东大埔人。历任中共广东省委办公厅主任，省委常委兼秘书长，省政协副主席、党组书记。

㊼萧殷同志一向关心青年，爱护青年，但这种爱绝不是无原则的，他对青年的要求十分严格，见到青年有什么缺点、毛病，总是毫不客气地给予批评，一点不讲情面。1978年暨大复办后，他带了两名文艺学的硕士研究生，在进行学位论文答辩的时候，其中一位研究生的论文观点上存在些问题，他就断然决定，暂缓授学位，要这位研究生将论文重新加以修改，第二年再来答辩。这种从严要求的教学态度与当今一些学校存在的

“卖大包”“分数贬值”等不良现象形成了鲜明的对照。（谭志图《求实精神·理论胆识·人格力量——忆萧殷》，《百年萧殷》第209页）

㊽黄河，时住广东省廉江县安铺镇西大街观海路七号。

㊾《论生活、艺术和真实》和《月夜》两册大作最近都收到了，非常感谢。（1982年9月9日林培瑞来函）

㊿自七月下旬一直到十月十二日，我都住在暨南大学，一方面在华侨医院治病，一方面为了研究生毕业论文的答辩会。十月十一日召开了论文答辩会，结果研究生之一获得了硕士学位，另一位研究生却被否决，只同意毕业而已。（1982年10月16日致罗君策函）

(51)这几年，萧殷一直带病工作，经常住院。他是中大中文系的兼任教授。几次约好他来中大住些时候，座谈文艺问题。临来时又进了医院。他在暨大中文系带了两名研究生。去年夏天，研究生毕业论文答辩，约我和杨越任答辩委员。（楼栖《忆往事寄哀思》，《百年萧殷》第118页）

(52)到论文答辩会举行的第二天，我就离开了暨大。（1982年12月12日致白拓方函）

(53)到十七日（星期日）才请一批年轻力壮的小伙子来搬了家。（1982年10月22日致罗海清函）

(54)邹育根（1953—　），广东紫金人。1977年华南师范大学毕业，历任华南师范大学副教授、深圳大学教授。

(55)“文学评论”丛书据说共十二本，年底由湖南人民出版社出版，我七月底才交卷，其中三分之一是新写的，三分之二是旧作。约十六万字。最麻烦的是，要我现在赶编的《自选集》，共约五十万字，除评论外，还要一部分创作，三十年代初期发表的小说，我曾托上海、北京等地的朋友为我寻找，均令人失望。最近有人意外地在华南师范学院图书馆中找到当时的报纸，而且在该报找到我的小说十九篇，这数字不完全，另一些还待继续找，这小说如找全，对《自选集》的编集，可能有一些方便。你现在忙些什么？国华同志忙些什么？都很顺利吧？偶阅《文学知识》，觉得这刊物愈编愈出色，越来越有它的特点了。它与写作实践的关系，愈来愈密切，愈实在了。应这样继续下去！（《萧殷文学书简》第121—122页）

按，时间是1982年，《萧殷文学书简》标识错误。

(56)近三年来，暨南大学聘请我任兼职教授，带两位文艺理论研究生。其中的游焜炳同志毕业后留下来当我的助手。他的毕业论文《论典型性格是个多样性的统一体》于去年十月份答辩通过，被授予硕士学位。（《萧殷文学书简》第97页）

(57)1982年秋，我再次到广州访问他时，情况可就不同了。他病得很重，一说话就气喘，陶萍同志侍奉左右，我只匆匆坐了半小时便走了。谁知道，这一次即成了永诀了呢！（鲍昌《“送你两个民字”——萧殷同志漫忆》，《百年萧殷》第86页）

(58)程堃，早年在延安鲁迅艺术学院学习。1949年后任新华社新疆分社社长。

(59)程晓荣，四川仁寿人。1968年毕业于新疆大学，曾任新疆摄影理论研究会秘书长。

(60)上午，鲍昌由天津去海南岛路经广州来探望肖殷。（1982年12月1日《陶萍日记》手稿）

(61)十月十一日召开了论文答辩会，确定了研究生的学位之后的第二日，即离开暨大回到梅花村来。这次回来，我直接搬到我“文革”前的旧居——梅花村四号二楼。（1982年12月5日致陈谦函）

(62)自今年七月下旬直到十月中旬，我在暨南大学住了八十天，主要任务是审阅研究生的毕业论文，到十月十一日为毕业论文召开了答辩会，决定了一位文学硕士学位，到第二天，即离开暨大回梅花村来。顺便告诉你，我们家已由梅花村三十五号二楼搬到“梅花村四号二楼”，以后联系请寄新址。（1982年12月5日致郭瑞三函）

(63)贝兴亚，曾任湖南省人民政府经济研究信息中心研究员、湖南省社科院研究员。

(64)骆宾基（1917—1994），吉林珲春人。曾任山东省文联副主席、中国作协北京分会副主席。

(65)去冬，我同作家曾炜、范怀烈一起到萧老家探望。他刚从医院出来，患的是支气管炎和严重的肺气肿，没有胃口，人很瘦弱。他老是惦记着很多要做的事。他忽然谈到“死”，说死无足畏，就怕没有什么东西留下来。他说柳青病重，吸着氧气写《创业史》；希望自己也能吸着氧气写《创作论》。万万料不到，这竟是最后一面。（陶里、林中英、郑炜明编《澳门现代文学作品选》，中国友谊出版公司1998年8月版第216页）

(66)去年底，我在萧殷家，正遇上两位北京的电影工作者前来探望他。他们给萧殷拍完照，翻开精致的纪念册，请萧殷题词。萧老略有思索，用不住地颤抖着的右手提起笔，写下苍劲有力的一句话：“要成就一种事业，必须准备付出毕生的精力。”那时看到这句话，我并不怎么在意，可是半年多来耳闻目睹了萧殷对党的文学事业的那种痴情、那种奋斗精神和自我牺牲精神，才觉出这题词真有金子一般重、玉一般纯。我觉得萧殷这句话也是给自己写下的座右铭，他的一生不是都在实践它吗？（游焜炳《病中的萧殷》，《百年萧殷》第47页）

邓伟（1959—2013），北京人。摄影家。出版《中国文化人影录》《邓伟眼中的世界名人》。

⑥⑦1982年，我写了一个短篇《出嫁前夕》在《韩江》小说专号发表时，萧殷老师看到了，请《作品》给予转载，并由欧阳翎老师写评论文章。这篇小作品，被评为广东省第二届新人新作奖，可惜，当1984年仲夏，我到广州领奖时，萧殷已经离开我们了。（李前忠《忆萧殷老师》，《百年萧殷》第327—328页）

⑥⑧就在我替萧殷整理回忆录的那段时间，仍有许多青年作者的来信来稿转到病室里。这是萧殷的死规定，陶萍只好服从。另外，也有报刊编辑悄悄跑去东病区向萧殷约稿。我知道的就有《人民文学》的负责人周明和刘翠玲，以及湖南文艺出版社的弘征、《光明日报》编辑杜慧（郭小川同志的夫人）等同志。萧殷对远道来约稿的同志欣然答应，不久，《人民文学》《湖南文学》都发表了萧殷新作。读者可知道，那是萧殷先生和病魔搏击抗争的最后呐喊。（程贤章《为萧殷整理回忆录琐记》，《百年萧殷》第247页）

1983年　癸亥　六十八岁

1月

2日，弘征来函。

3日，写信给易准。

8日，弘征来函。

12日，罗君策来函。①

14日，入院（广东省人民医院），直到4月6日出院，住院82天。

是月，获中华人民共和国民政部颁发革命残废军人抚恤证（粤肇字第03656号）：

肖殷同志在服现役中因战致成残废，特发此证。中华人民共和国民政部一九八三年一月。残废的时间、地点及原因：一九四〇年威县追击战中负伤。残废情形：下肢胫骨中段二分之一处，局部可以触及隆起的骨折部位，伤肢腓肠肌萎缩，运动机能障碍。残废等级：贰等乙级。残废时所在部队和担任的职务：冀南军区司令部特务团记者。

是月，《作品》1983年第1期发表先生署名萧殷的文章《创作随想录》两则，即

《要从生活中去发掘题材》《创新、新意和深化》。

是月，暨大中文系和《南风》编辑部主办文学讲习所，邀请萧殷当所长，欣然同意。口述《广州文学讲习所成立致语》，咳喘不止，边说边停，不断积蓄力气，一点点说完。《羊城晚报》副刊《花地》、《小说月报》邀请当顾问，亦欣然同意。②

2月

13日，凌晨二时，在医院，表示愿意做陈国凯入党介绍人。③

是月，《作品》1983年第2期发表先生署名萧殷的文章《创作随想录之二——艺术的感染力》。

3月

21日，写信给陈绍伟。

21日，杨兆祥来函。④

22日，中国人民政治协商会议广东省第五届委员会第一次会议秘书处发出《会议通知》。⑤

22日，李五彪来函。⑥

27日，陈焕展来函。

29日，在医院病床上，由秘书代笔写信给罗君策。⑦

是月，王蒙偕夫人来医院111号病房探望，⑧收到王蒙的一把维吾尔族匕首"英吉沙"，难舍王蒙。⑨师生一别二十六年，一方老矣，一方将逝，双方都很激动……王蒙赠送一把维吾尔族匕首，至今仍在萧殷遗物中，虽然时隔三十五年，刀身锈蚀斑斑，但刀锋依然无比犀利。⑩

是月，《作品》1983年第3期发表先生署名萧殷的文章《小说不是生活的任意再现》。

是月，湖南人民出版社出版《萧殷文学评论选》（萧殷著、张永如编）。

是年，为即将创刊的《当代文坛报》组稿，写信给上海徐开垒，约写《巴金传记》，争取在《当代文坛报》连载。⑪

是年年初，一位阔别近40年的老战友从北京赶来探望。⑫

4月

2日，中国人民政治协商会议广东省第五届委员会第一次会议开幕，担任委员，因住院未能出席会议。

6日，出院（广东省人民医院）⑬，时长82天。

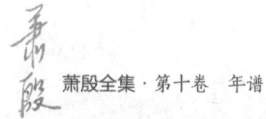

18日,弘征来函。

18日,写日记:

星期一(十八日)

上半夜酣睡四小时,下半夜一点多醒后多痰,不断咯痰,至天明未睡。

星期一晚上不思食,只吃两个鸡脚。血压140/110mmHg。脚有些肿。

未吃其他,鸡脚的姜多些。

药可能未注意"利尿"?也可能"当归"多了?或参多了?

18日,广东省鲁迅文艺奖评选委员会会议在广州文德路75号南楼会议室举行,先生因病未能出席会议。

18日,广东省鲁迅文艺奖评选委员会来函。

19日,写日记:

今(十九日)早体温:36℃(腋下)

九点血压140/110mmHg

服一粒复方降压素

卢静子亲家来,两次输氧。⑭

午饭,咸鱼送饭一碗,其余菜则吃得不多。舌苔白了。

下午两点半:36.4℃。

鸡汤一碗(因加西洋参汤,只饮1/3)准备分三次饮完。(余下的今天未饮)

脚仍肿。仍有浓痰,续用"痰咳净"。

两次服"复方灵芝气"(喘息、健胃)

晚血压:170/120mmHg。

服复方降压素一粒,又输氧,为利尿,服车前子。

20日,写日记:

今天是四月二十日,星期三

饮鸡汤(内西洋参)1/3,

早血压130/96mmHg

体温36.4℃,脚(肿)稍消

午,不思食

昨夜下半夜,未入睡,半夜两点服安定两片。

早晨睡得迷糊，九点才勉强起来饮汤。

饮车前草水，按摩，以温水袋温脚，（肿）稍消。

21日，写日记：

今天廿一日，星期四

昨夜十点睡，睡至半夜一点，以后睡不平稳，不断醒来，直至五点。

早吃酒酿、蛋糕

体温36℃

22日，写日记：

廿二日　星期五

昨夜吃两粒核桃，但只睡至十一点多，下半夜，未眠，不断咯痰。直至天明。

早只勉强饮豆浆及咸面包。

脚（肿）稍见消。

下两点半体温36℃。

23日，写日记：

星期六　23日　阴

十时体温36.7℃（口含）

24日，写信给赵启强。

24日，写日记：

四月廿四日　星期日

上午十一点体温：36.7℃（口含）

25日，写日记：

四月廿五日，星期一

上午十点 体温35.8℃（腋下）

27日，写日记：

四月廿七日　星期三

上午十点　体温36.8℃（口含）

28日，气喘，病情恶化。陶萍致电吕坪，送入医院。⑮

28日，住院（广东省人民医院）⑯，住院125天，直到逝世。

30日，李志佳来函。⑰

春末，刘学强来访。⑱

是月，编完《萧殷自选集》。⑲

是月，《作品》1983年第4期发表先生署名萧殷的文章《创作随谈录之二——想象》。

是月，《当代文坛报》创刊，发表徐开垒写巴金的文章。因健康状况恶化，未能参与编辑工作。⑳

是月，在广东省人民医院东病区，刘庆才来看望。

5月

18日，谭贤邦来函。㉑

24日，谭贤邦来函。

30日，由秘书代笔写信给赵启强。㉒

30日，由秘书代笔写信给罗君策。㉓

是月，罗源文、林元到东病区一楼病房探望。㉔

6月

7日，写信给胡真。

15日，陈谦来函。

是月，卢静子来探望。

7月

15日，王信然来函。㉕

是月，陈国凯来探望。㉖

20日，回忆过往，陶萌萌记录，直到8月26日晚上，一共记下了72页笔记。㉗

26日，香港作家白洛来医院探望并合影。㉘

是月底，茜菲来探望。㉙

是月，吴有恒来探望。㉚

7月、8月，一直与陪伴的学生、同事谈论创作的事情。㉛

8月

8日，陶萍和萌萌用轮椅推先生到东病区花园拍照。

12日，在省人民医院东病区写文章《为社会主义文学事业发现人才、培养人才——广州文学讲习所成立致语》。㉜

19日，写信给陈谦（秘书代笔）。

是月，郭光豹、贺朗来探望。㉝

是月，陈云清多次来医院探望。㉞

24日，陈谦来函。

26日，白洛来函。

27日，饶芃子来探望。㉟

27日，病情加重。㊱

30日，与麦文峰谈创作。在此前的一段时间，麦文峰天天来医院探望。

是月，关心钟永华。㊲

是月，吴有恒来探望。㊳

31日凌晨四时五十分，与世长辞。㊴

9月

1日，赖少其在合肥写诗悼念萧殷。㊵

5日，黎白撰写《一个高尚的人》。

6日，香港《文汇报》第三版刊登《萧殷治丧委员会名单》。

【本报广州专讯】著名现代文学评论家、作家萧殷治丧委员会已经组成，定于九月十日上午九时三十分在广州殡仪馆举行追悼会。

治丧委员会由七十三人组成，正副主任委员如下：

主任委员：吴南生

副主任委员：（按姓氏笔画为序）

丁玲（女） 巴金 王匡 杜埃 杨应彬 杨康华

张光年 陈残云 陈越平 周扬 欧阳山 秦牧 梁威林

委员：（按姓氏笔画为序）

于逢 于黑丁 王起 王蒙 王阑西 韦丘 韦君宜（女） 田蔚（女）

白燕仔（女） 艾芜 吕坪 华嘉 关山月 刘仑 刘天一 刘剑青 冯牧

阮章竞 沙汀 李门 李牲 李超 李运燊 李雪光 李鹰航 严文井 陆青山

余本 肖玉 吴有恒 陈一林 陈国凯 陈荒煤 杨干华 杨奎章 易巩 郁茹（女）

林默涵 周国瑾 俞林 胡一川 胡代炜 洪遒 草明（女） 秦兆阳 梅重清

梁伦 梁奇达 唐因 唐达成 黄雨 黄庆云（女） 黄秋耘 黄焕秋 康濯

1983年

曾敏之　葛洛　赖少其　楼栖

是月，中国作协、《文艺报》编辑部先后给广东分会、先生的家属发来唁电哀悼。㊶

8日，王蒙写《安息吧，鞠躬尽瘁的园丁》。㊷

10日，萧殷同志追悼会在广州殡仪馆礼堂举行。追悼会由欧阳山主持，杜埃致悼词，㊸作协副主席冯牧代表中国作协参加追悼会，㊹广东省文艺界和各界人士五百多人前来悼唁。㊺唐因、唐达成等敬赠挽联。㊻

11日，《南方日报》第一版刊登《萧殷同志追悼会在广州举行》。

16日，赖少其为寻找一件萧殷遗物不慎被画台角撞伤头部，造成颅腔积血，住上海华山医院手术治疗。至次月15日出院。㊼

25日，陶萌萌回到龙川故居，与李永川、刘士旭、徐阳春、罗海清合影留念。

是月，《文艺报》1983年第9期刊登游焜炳的《病中的萧殷》。

10月

7日，《文艺报》1983年第10期（总第418期）刊登《萧殷追悼会在广州举行》以及黎白的文章《一个高尚的人——悼萧殷同志》。

12月

是月，《作品》1983年第12期刊登先生夫人陶萍的文章《萧殷与文学青年》。

是年，陶萍开始收集整理先生的亲笔信件。㊽

是年，宋永平把先生的信件交给陶萍。㊾

【注释】

①元月十二日来信，我在省人民医院收阅的。（《萧殷文学书简》第98页）

②陶萌萌整理《萧殷年表长编》稿本。

③我在医院陪伴着病重的萧殷同志。大年初一，凌晨二时，一阵令人揪心的呻吟震撼着我紧绷的神经。我蓦地睁开双眼，跳下床来到萧师病榻前。"萧老师，很难受吗？"我担心地扶起萧殷同志只剩下一些骨头的躯体，好让他躺得舒服一点，"要不要……叫医生？""不，我想起了两件事……"萧师艰难地呼吸着，胸部剧烈地起伏。春节前他一直处于病危，每说一句话，都像经受着苦刑。"……陈国凯的入党，你回去说，希望支部要抓紧，我愿意做介绍人……"接着，他又提起一位中年作家的调动，要我转告某领导，请求帮助解决……我含泪点着头。不让他再说话了。他长叹一声，难过地闭上了眼睛。（吕雷《记忆，撞击着心扉……》，《百年萧殷》第275—276页）

④杨兆祥（1937—　），河北安新人。1963年毕业于北京广播学院。曾任新疆人民广播电台编辑、记者，《人民文学》编辑。

⑤中国人民政治协商会议广东省第五届委员会第一次会议，定于四月二日至十日在广州举行……接通知后，请于三月三十一日至四月一日凭此通知到广州市流花宾馆南楼三楼会议秘书处报到。此致肖殷委员。（《会议通知》）

⑥李五彪，时在广东湛江市湖光岩中等专业学校。

⑦我很长一段时间以来一直在病中。一月份急性发作，被送入医院抢救。经过这一段的治疗，现已脱离危险。但身体十分虚弱，现仍住在医院里，卧床养病，无法行走，亦无法看书写字。因此也就一直不能给您写信，此信亦只好让秘书代笔。（1983年3月29日致罗君策函）

⑧一九八三年暮春三月。王蒙和夫人崔瑞芳参观了深圳、珠海经济特区回到广州，特意到省人民医院东病区，去看望在那里住院留医的分别了二十多年的老师萧殷。这是一个春寒料峭的上午，在贺朗的陪同下，王蒙夫妇来到东病区111号病房。当时萧殷的病情已很严重，由肺气肿变为严重的肺心病。本来就瘦弱的身体变成皮包骨头，体重只有三十余公斤。当王蒙夫妇走进病房时，萧殷刚吃过药躺在床上，闭着眼睛休息。事前没有通知他本人，怕他老人家情绪激动，影响病情。当时在病房的只有请来照顾病人的护工，陶萍和女儿萌萌都不在场。（《萧殷传》第268页）

⑨今年年初，我与妻子去广州的医院探望了卧床已久的萧殷同志。当他用枯瘦的、我要说是冰凉的手握住我的手的时候，当我告别的时候，萧老哭了，我已意识到了，这便是永诀。从那时起，一提起萧老我就长吁短叹。（王蒙《安息吧，鞠躬尽瘁的园丁》，《百年萧殷》第182页）

⑩《年表》。

⑪《年表》。

⑫今年初，萧殷的病急性发作，被送往医院抢救。病情很危险，他时而清醒，时而昏迷。一位阔别近40年的老战友从北京赶来探望他。老友相见，使萧殷回想起自己一生的理想和追求，他感到不安，挣扎着断断续续地说："好惭愧啊。我本来想将自己一生从事文学事业的心得体会好好整理出来，希望对文学青年有所帮助，可惜没能做到……没做到……""不，你做到了，你做了许多。"那位老友赶忙说。一个深夜，萧殷醒来，见我在他身旁，便若有所思地对我说："我现在更体会到鲁迅真伟大，他去世

前几天还在写作……"萧殷缓慢吃力地说。（游焜炳《病中的萧殷》，《百年萧殷》第45页）

⑬可惜我的身体更糟了，不能好好给你写信，只能由秘书代笔写几句。我4月6日勉强出院，4月28日又急性发作，神志不清，又被送往医院抢救。（《萧殷文学书简》第103页）

⑭卢静子（1916—1999），广东三水人。萧殷亲家。

⑮想不到以后再也没有这种机会了。他的身体越来越差，病情时好时坏。那次出院后，在家里休养不久，又要入院，而且反复多次。大概在1983年6月间，我忽然接到陶萍同志的电话，说萧殷同志在家里气喘得很厉害，看来要马上送入医院了。我急急忙忙赶到他家把他送进省人民医院东病区，然而，这一次他再也不能回到自己家里了。（吕坪《忆萧殷同志在病榻上谈诗》，《百年萧殷》第218页）

按，"1983年6月"，误。

吕坪（1923—2016），广东惠东人。参加抗日宣传，1948年到香港，在《香港学生》周刊工作。1949年后历任茂名市委宣传部长、广东省文联党组书记。

⑯我的身体十分糟糕。四月六日勉强出院，四月廿八日又急性发作，神志不清，又被送往医院抢救。（《萧殷文学书简》第96页）

⑰李志佳，时在广东清远县太平公社大楼小学工作。

⑱今年春末，我到医院探望卧床已久的萧殷老师。我原本是带了一部中篇小说初稿去，想请他老人家审阅指教的。但当我握住他那枯瘦的、有点冰凉的手时，我怎能忍心去消耗他的精力和智力啊！他咳嗽着，断断续续地说："我无奈病魔缠身，力不从心，有负众望……只盼望着身体早日康复，能够及早将自己从事文艺工作几十年的经验教训……整理出来，奉献给文学青年……"（刘学强《笔仍屹立着——痛悼萧殷老师》，《百年萧殷》第360页）

⑲今年初，他编完了《萧殷自选集》，让我将书稿交给出版社。他如释重负地对我说道："集子编好了，我的任务就算完成了。等到这本书出版，也许我不一定能看到了——不过没有关系，反正能交到读者手里就行了。"听了这段话，不知为什么，我的鼻子一酸，眼眶湿润了。是担心？难过？感动？敬仰？我说不清，但我的心里却异常清楚，萧殷同志毕生从事文学事业，并不是为了向人民索取什么报酬，而是为了把自己的一切奉献给人民。（游焜炳《病中的萧殷》，《百年萧殷》第47页）

⑳《年表》。

㉑谭贤邦，时在四川省万县肉类联合加工厂工作。

㉒从与先生交往，到他离世的三年多时间，竟有20多封书信往来。先生每信必回，有的信长达五六页，直至仙逝前夕。近日翻阅先生书信，最后两封是1983年夏日。由秘书代笔，一封有先生签名，字迹歪歪扭扭，看得出先生是用最后的力量回复我、关切我；最后一封由秘书代笔的信，连签字也没了——先生已无力握笔了，但心还在他所关心的文学青年身上。见信思人，不禁唏嘘不已……（赵启强《八十年代有先生真好——怀念萧殷先生》，《百年萧殷》第408—409页）

㉓我的身体十分糟糕，四月六日勉强出院，四月二十八日又急性发作，神志不清，又被送往医院抢救……广东作协拟创办《文学评论报》（暂名），要我任主编。我恐怕只能提出些原则性的意见，无法做具体工作了。力不从心哪。（1983年5月30日致罗君策函）

㉔今年5月，我陪北京《文艺研究》主编林元同志到东病区一楼病房探望他，他一看见林元"出奇"地出现在房门口，便轻微地点头示意欢迎。林元进得房里握着他那有点冰冷而瘦削的手，说北京的老同志都很惦念他，盼望他早日康复。他神情激动，那不容易挪动的身子硬要往上靠，我立刻上前劝慰他，让他安静下来。我们告辞时，他频频点首，干瘪的脸上掠过一丝微笑。（罗源文《"老乡再加半个老乡"——忆萧殷老师》，《百年萧殷》第364页）

㉕王信然，时在云南大姚县三岔河公社光明大队中村。

㉖7月间，我去医院看您，在病房里找您不见，后来才发现您是坐在轮椅上，让人推到大门口。您说，您需要新鲜的空气，需要阳光。您跟我讲了那么多的话，您说，您还有很多工作没有做完。您想出院归家……看见您精神颇好，我稍感安慰。（陈国凯《是您把我引入文学之门》，《百年萧殷》第231页）

㉗1983年，是父亲生命的最后一年。从4月开始，他的病情急转直下，一直摇摇晃晃在生死边界；7月20日，他开始慢慢回忆过往，像是自语，我猝不及防，赶紧记录……直到8月26日晚上，一共记下72页笔记。后来慢慢想，哦，那是他最后想说的话。（陶萌萌《一生，放不下的思念——回忆父亲萧殷之二》，《百年萧殷》第391页）

㉘广州匆匆一晤，回港已近月。（1983年8月26日白洛来函）

白洛（1946—　），海南人，毕业于暨南大学中文系。后曾任香港《周末报》、

《文汇报》编辑。著有《新来香港的人》。

㉙我最后一次见萧殷同志,是在1983年7月底的一天,当时他病有好转,我看他起来坐在靠背椅上,不用吸氧,不需打吊针,精神很好,只是更消瘦了。我想慢慢调养会恢复过来的,所以很高兴地对他说:"你今天气色很好,可以坐起来了。"他也高兴地告诉我,说他今天第一次自己上厕所,但刚站起来立脚不稳,险些倒在浴缸上,幸亏葵葵进来,一手把他扶住了。我听了捏了一把汗,好险呀!接着我告诉他,深圳一位业余作者写来一篇小说,题材很新,只有一个小地方不那么完善,因赶着发稿,我给他修改了。他马上说:"小改还可以,但一般不应由编辑代替作者修改稿子,特别要尊重作者原有的生活基础和艺术构思,不能用编辑的想法代替作者的想法。"他的话给我很大启迪。那天回来后,我心里暗暗祝福他。后来我自己病了,没再去看他。(茜菲《萧殷同志十年祭》,《百年萧殷》第132页)

㉚萧殷患病逝世前,我去医院看他,他还在扶病给文艺界朋友写一长信,讨论问题,力疾作书,神情认真,犹如当年给我写信时。不久,他就病逝了。(吴有恒《〈萧殷文学书简〉序》,《萧殷文学书简》第1页)

㉛《年表》。

㉜第二辑中编入了萧殷同志自一九七七年以来写的一部分谈文艺和创作问题的文章(还有一部分已编入别的著作中了),最后一篇《为社会主义文学事业发现人才、培养人才》是他的绝笔,也是他毕生为实现这一目的而鞠躬尽瘁的最后呼声!这一辑中的所有文章,都是针对当时文艺界的情况有感而发的,观点鲜明,见解精辟,对于我们当时在文艺界拨乱反正,解放思想,起了很好的作用;并且所有问题的提出,大多是围绕培养文学新人、阐明创作规律这样一个中心。尽管其中论及的有些问题,随着时间的推移,或已成为"往事";但我们现在重读这文章,不仅可以温故而知新,使文学青年们了解自粉碎"四人帮"以来我国文艺界的历程。而且,也证实一位马克思主义者的言论,不会因客观形势的改变而失去它的价值。(《创作随谈录》第187页)

㉝我还记得有这么一件事:在萧殷逝世前一个多星期,郭光豹和贺朗同志去医院看他,他似乎已预感到自己行将不起,说:"光豹同志,我答应为你的诗集写一篇序文,现在看来写不成了。很对不起!我欠了你一笔账啊……"(章明《"逝者活在人们心中"——兼谈〈萧殷传〉》,《百年萧殷》第33页)

郭光豹(1934—),广东潮州人。生于新加坡。1951年参军,历任参谋、记者、广州军区创作室主任。大校军衔。著有《秋水长天》。

㉞我记得父亲去世前一周,陈几乎天天到医院来看望,我记得父亲对他和气地说:"你回去吧,我什么也没放在心里,你不要担心,啊!没事。好好写啊!好好写。"今天,我在他的信里,我更看到他寄来作品,向父亲请教……我深深感慨,啊父亲,对于一个深深伤害过自己的年轻人,不仅原谅,而且鼎力帮助,殷切期待,盼望成才!(陶萌萌《一生,放不下的思念——回忆父亲萧殷之二》,《百年萧殷》第385—386页)

㉟萧殷先生逝世前,有大半年的时间,是在广东省人民医院东病区病室里度过的,我和系里的同事曾经多次到那里去探望他,由于经过几次病危的折磨,那段时间,他身体已十分衰弱,每天只吃一二两的饭,但精神清醒,仍像往常一样健谈。我最后一次去看他,是在他病故前四天,记得那天天气闷热,他用一个塑料垫垫腰,斜躺在床上,气喘得很厉害,样子十分痛苦。我心里很不安,禁不住眼泪就夺眶而出,他看我难受,就断断续续地说:"天气不好,故感胸闷和气促,不是有特别的病变。"像是宽慰我似的。(饶芃子《回忆与悼念——缅怀萧殷先生》,《百年萧殷》第187页)

㊱从8月27日,父亲病情加重,我看他呼吸困难辗转难寐,于是我像拍孩子一样轻拍他瘦骨嶙峋的胯骨……爸爸的呼吸渐渐平稳。我想,梦里,他正回到母亲怀抱;可是,他突然翻过身来对我说:"我想起我小时候的歌谣。"接着,慢慢地一字字地带着唱腔说——禾雀哩,屎缸雕,人家踏粄你来嬲,人家食粄你来叫……泪水,从眼窝淌下……(陶萌萌《一生,放不下的思念——回忆父亲萧殷之二》,《百年萧殷》第391—392页)

㊲他想到这里,便建议钟永华到深圳特区去开拓一番事业。此后不久,萧殷便染病逝去。他的遗嘱,只有简简单单的两条,其中一条便是叮嘱有关安排好钟永华到深圳的转业问题,此嘱后来登在《作品》杂志上。直到萧殷老师临终前,还在念念不忘关心钟永华,这让钟永华铭记终生。(紫吟《萧殷与诗人钟永华》,《百年萧殷》第372页)

㊳萧殷患病逝世前,我去医院看他,他还在扶病给文艺界朋友写一长信,讨论问题,力疾作书,神情认真,犹如当年给我写信时。不久,他就病逝了。(吴有恒《〈萧殷文学书简〉序》,《百年萧殷》第26—27页)

㊴《年表》。

㊵八月三十一日,作家、文学评论家肖殷逝世。赖少其赋《伤逝——哭肖殷》诗:"眼望南窗泪和雨,秋风起,落叶不扫黄尘里。恍似昨日登小阁,诗悬宝帐永别离。为

培新花憔悴甚,一萤灯火五更鸡。五十年来生死以,余作新诗哭故知。"并撰书挽联:"以民情作心潮,为华夏尽立论。"(周新月主编《赖少其年谱》,唐辉、于在海主编《赖少其全集》,荣宝斋出版社2018年12月版第10册第58页)

㊶萧殷同志逝世后,中国作协、《文艺报》编辑部曾先后给广东分会、萧殷的家属发来唁电哀悼。(云海《萧殷追悼会在广州举行》,《文艺报》1983年第10期第71页)

㊷《百年萧殷》第180—183页。

㊸与萧殷共事五十载的作家杜埃读了怀念战友的诗文:"怀萦壮志战妖魑,念旧难忘烽火时。萧瑟春回五二载,殷勤报国展红旗。"杜埃与萧殷可谓至交。他俩同是十年浩劫的受害者。大难不死故相约:以后谁先死,就由生者致悼词。1983年9月10日萧殷去世时的追悼会,就是由省文联主席欧阳山主持,省文联副主席杜埃致悼词的。(罗怀金《萧殷雕像揭幕典礼追记》,《百年萧殷》第40页)

㊹作协副主席冯牧代表中国作协赴广州参加萧殷追悼会。(云海《萧殷追悼会在广州举行》,《文艺报》1983年第10期第71页)

㊺9月10日广东省文艺界和各界人士五百多人在广州举行萧殷追悼会。(云海《萧殷追悼会在广州举行》,《文艺报》1983年第10期第71页)

㊻1983年9月10日在萧殷灵堂敬赠挽联的个人和单位有唐因、唐达成、秦兆阳、田间、葛文、公木、吴翔夫妻、黄雨、谢加因、楼栖、茜菲夫妻、吕雷、胡真、黄起衰、弘征、李永川、王起、吴宏聪、叶孝慎、湖南人民出版社、广东作协文学院等。(参考曾锦初、何福添选编《古邑龙川》,广东龙川客家联谊会1997年版第628—631页)

㊼9月,赖少其在获悉老友萧殷去世的消息后,为寻找一件有关萧殷的遗物而翻箱搬柜,不慎被画台角撞伤头部,造成颅腔积血。16日,住上海华山医院手术治疗。至次月15日出院。【编者按】赖少其一九八三年十月二十二日致胡良佐信:"我九月十六日进华山医院,经CT检查,发现脑有血肿,即经脑专家在我的脑壳上打了两个小洞,取出污血六十余cc,左手左脚即灵活如常。十五日出院,现健康迅速恢复。"(周新月主编《赖少其年谱》,唐辉、于在海主编《赖少其全集》,荣宝斋出版社2018年12月版第10册第58页)

㊽萧殷逝世后,我整理他的遗物,把一大袋一大袋的东西打开一看,都是作者的来信和来稿,而且信封上都注明了复信日期。我得了这些作者的名字和地址,才得以顺藤摸瓜,通知他们寄回萧殷的复信。果然不久,有人寄回一二封,有人寄回三四封。多的

竟寄回一二十封，有的人只寄回影印件，原信留下了做纪念，这样就从1978年《作品》复刊至他1983年8月逝世前5年间，得到了几百封他的遗书。而且他逝世前，约有半年时间，因卧病不起，不能亲自执笔，有些信由他口述，别人代笔。收到萧殷这些遗书后，又引起我想收集他在《文艺报》《人民文学》等刊物时所写的复信。那时，正当他风华壮年，每封信常长达千余言，能收集起来，当然更有价值。就我记忆，想起不少当时与萧殷有来往的作者名字，写信向他们征求萧殷的遗书，但除个别人外，多数人都以惋惜和遗憾的心情向我道歉。有的说，他曾保存了20多年的萧殷信件，却在"文革"中被红卫兵抄去了；有的说，因为自己受了冲击，不忍因一封信连累了萧殷老师，曾流着泪烧掉了；有的说，萧殷的信虽然丢失了，但因曾反复看过多遍，内容完全能背诵，因此，就回忆追记了几封给我。（《萧殷文学书简》第259页）

㊾1983年，萧殷同志去世的消息传来，我哭了好多天，想起来就哭。后来，我把保存多年的萧殷同志的来信还给陶萍同志，她把它们捐到了北京中国文学馆。（宋永平《萧殷把我当朋友》，《百年萧殷》第169页）

1984年　甲子

2月

22日，《新文学史料》1984年第1期（总第22期）刊登《萧殷同志追悼会悼词》。

是月，花城出版社出版《萧殷自选集》（萧殷编著）。

4月

12日，吴有恒撰写旧体诗《忆萧殷寄赖少其》悼萧殷。①

8月

31日，香港《文汇报》刊登饶芃子的文章《回忆与悼念——萧殷先生一年祭》。

9月

是月，湖南人民出版社二版《给文学青年》（萧殷著）。

10月

是月，弘征撰写《创作随谈录》编后记。②

【注释】

①我与萧殷、赖少其青春结伴，至今五十年。此诗作于去年送萧殷终之日，未能卒篇，至今始续成之。萧殷与我初相识时，名萧英。1984年4月12日记（吴有恒、赖少

其、韦丘、张作斌、杨奎章等《旧诗一组悼萧殷》,《百年萧殷》第2页)

②全稿是在陶萍同志的关心下由游焜炳同志收集的,有两篇生前未发表的遗文(草稿)还经过他的缮抄整理。书名是由萧殷同志的老友赖少其同志题写的,这也是萧殷同志生前的嘱托。(《创作随谈录》第187页)

1985年　乙丑

1月

是月,湖南人民出版社出版《创作随谈录》(萧殷著、弘征编)。

10月

10日,获广东省作协"首届文学评论荣誉奖"。

1986年　丙寅

6月

8日,获评委会授予广东省第二届(1983—1985)"鲁迅文学奖"荣誉奖。

7月

14日,陶萍向中国现代文学馆捐赠萧殷书信697通、手稿8件。

10月

13日,陶萍将先生致吕蒙的16封信函(原件),捐赠至中国现代文学馆。

1987年　丁卯

是年,曹崇恩、廖慧兰创作雕刻的先生汉白玉半身坐像完工。①

6月

30日,王蒙撰写《致萧殷雕像落成典礼信函》。②

7月

1日,吴有恒撰、赖少其书《碑文》:③

文学家萧殷,原名郑文生,一九一五年出生于龙川佗城竹园里,一九三八年赴延安参加中国共产党,一九三九年赴华北,曾在抗日战争中负伤。历抗日战争、解放战争,以至建国后任报刊编辑、任教授,均致力于革命文学工作,尤其注重文学评论及辅导青年写作,卓著成效,终生不懈,终年六十八岁。萧殷幼学于乡,贫而好学,一生唯好学。吴有恒撰,赖少其书。一九八七年七月一日。

5日,萧殷汉白玉半身坐像落成典礼在广东省龙川县城老隆镇隆重举行。典礼由杨华维主持,300多人参加了开幕典礼。唐达成宣读王蒙的来信,杜埃诵诗,赖少其介绍筹建萧殷雕像的经过,贺朗读碑文。④

是月,赖少其自书《为萧殷立铜像》诗:"脚踩大地手擎天,披肝沥胆著文章。不信阴间轮回转,高手铸就萧殷像。我今作歌歌悲怆,欲与青年共参商,龙川从此增颜色,开山有斧建山难。"⑤

按,赖少其1986年作《为萧殷立铜像诗》。

5日,赖少其在龙川县城题写"萧殷故居"。

9月

是月,《作品》1987年9月号刊登吴有恒的《萧殷塑像碑文》,王蒙的《给陶萍同志的信》,唐达成的《风范永存——在龙川县萧殷塑像揭幕典礼上的发言》。

【注释】

①曹崇恩(1933—   ),广西灵山人。1956年中南美专雕塑系毕业,后留校任教。广州美术学院教授。

廖慧兰(1938—   ),广东梅县人。广州美术学院雕塑教授。

②陶萍同志并参加萧殷雕像落成仪式的朋友们:此次几经安排,未能出席萧殷师雕像的落成典礼,我心中非常难过。萧殷师一生勤勤恳恳,"俯首甘为孺子牛",许多年轻人受到他的教益。回想20世纪50年代,我20岁的时候,他对我的极不成样子的处女作初稿《青春万岁》的鼓励和指点,回想在赵堂子胡同萧殷老师的小院谆谆受教的情景,永世难忘。萧殷同志是我的恩师。在严峻的日子里,他鼓舞我安慰我;在春回大地的时刻,他热烈地召唤我的"第二次文学青春"。当然,这不仅是对我个人的好处,而是通过这一斑可以看到萧殷师的遗泽与师心。年内我一定找机会专门去拜谒一下萧殷师的塑像。萧殷师永远生活在我们心里!1987年6月30日(王蒙《致萧殷雕像落成典礼信函》,《百年萧殷》第18—19页)

③罗怀金《萧殷雕像揭幕典礼追记》,《百年萧殷》第39—40页。

④罗怀金《萧殷雕像揭幕典礼追记》,《百年萧殷》第39—40页。

⑤周新月主编《赖少其年谱》,唐辉、于在海主编《赖少其全集》,荣宝斋出版社2018年12月版第10册第71页。

1988年　戊辰

1月

27日，王蒙偕妻子专程来到龙川，在萧殷公园洁白的汉白玉萧殷雕像前，敬献花篮并参观萧殷故居。

5月

是月，萧殷图书馆在广东省龙川县成立。①

11月

23日，吴有恒撰写《萧殷文学书简》序。

【注释】

①《"萧殷图书馆"在县城正式成立》，中国人民政治协商会议龙川县文史资料研究委员会编《龙川文史》第五辑，中国人民政治协商会议龙川县文史资料研究委员会1989年10月版第60页。

1990年　庚午

10月

是月，陶萍撰写《萧殷文学书简》后记。

1993年　癸酉

8月

是月，《作品》1993年第8期刊登杨干华的文章《萧殷精神永在》。

10月

是月，赖少其撰写《我与萧殷》。①

是月，湖南人民出版社出版《萧殷文学书简》（萧殷著）。

11月

25日，由广东省委宣传部、广东省文联、河源市委宣传部联合主办的"纪念萧殷同志逝世十周年暨萧殷文艺思想研讨会"在广州广东国际酒店召开。赖少其夫妇出席大会，因情绪悲伤，体力不支，委托女儿赖晓峰代为宣读悼念文章《我与萧殷》。②

【注释】

①《百年萧殷》第77页。

②十一月二十五日开会那天，赖少其在夫人和女儿的搀扶下来到了会场，他被安排坐在主席台上。会议开始后，由于情绪悲伤，体力不支，赖少其所写的《我和萧殷》一文由他的女儿赖晓峰代为宣读。晓峰在宣读父亲的讲稿，赖少其一边听，一边又不禁回忆起萧殷兄弟那亲切的音容笑貌。女儿虽然是在代他向文艺界的朋友讲述他和萧殷的战斗情谊，他分明觉得是在向萧殷的亡灵倾诉他十年来的怀念之情。听着听着，他终于抑制不住自己伤感的情绪，眼泪夺眶而出，他悲痛地哭起来了。面对着台下几百位文学界的朋友，赖少其毫不遮掩，在主席台上眼泪纵横。这是他一生第一次当着这么多朋友的面伤心地流泪啊！他哭得那么动情，那么坦然，展示了一个革命艺术家的淳朴的情怀……"五十年来生死以"，五十年来的情谊刻骨铭心，赖少其又一次处于生死的离情别绪之中。不过，这次，女儿晓峰将他的讲稿念完，他的心灵稍稍感到一丝宽慰。他终于可以说：老萧，我欠你的债，欠你的情，终于还了，还了啊！（胡志亮著《木石魂：赖少其传》，中国青年出版社2000年12月版第388—389页）

1994年　甲戌

9月

19日，《羊城晚报》第六版刊登饶芃子的文章《萧殷先生在暨大》。

是月，广东人民出版社出版《粤海文踪——当代广东著名作家十七人传》，内有陶萍的文章《俯首甘为孺子牛——萧殷传》。

12月

是月，暨南大学出版社出版《风范长存——萧殷纪念与研究文集》（广东省作家协会编）。

是年，萧殷逝世后至1994年出版的萧殷著作、记述萧殷生平和纪念萧殷的主要图书有5种，169万字。①

【注释】

①萧殷谢世后，有关纪念出版物有《萧殷自选集》（65万字，花城出版社1984年2月版），《萧殷论》（贺朗著，15万字，广州文化出版社1989年8月版），《萧殷传》（贺朗著，20万字，花城出版社1993年4月版），《萧殷文学书简》（19万字，花城出版社1993年10月版），《风范长存——萧殷纪念与研究文集》（广东省作家协会编，50万字，暨南大学出版社1994年12月版），计169万字。这也是先生身后的丰碑！萧殷

是属于广东的，更是属于中国的。萧殷只有一个！〔黄廷杰《耐读的萧殷（五题）》，《百年萧殷》第348—349页〕

2011年　辛卯
10月
30日，萧殷塑像落成暨揭幕仪式在河源职业技术学院萧殷公园举行。

2012年　壬辰
5月
18日，中共龙川县委宣传部、龙川县教育局联合发布《关于开展"萧殷杯"征文活动的通知》。

7月
9—11日，由龙川县与市委宣传部、中国新文学学会联合举办的"中国新文学学会第28届年会暨萧殷与中国新文学批评学术研讨会"在广东河源龙川召开。①

是月，《中国新文学学会第二十八届年会暨"萧殷与中国新文学批评"学术研讨会论文集》由中国新文学学会、中共河源市委宣传部、中国龙川县委编制。

8月
28日，《关于开展"萧殷杯"征文活动情况的通报》发布。

是月，《文坛红烛——"萧殷杯"征文获奖作品集》由中共龙川县委宣传部、龙川县教育局编制。

【注释】

①为弘扬中国新文学批评传统，开创中国当代文学批评的新局面，"中国新文学学会第28届年会暨萧殷与中国新文学批评学术研讨会"于2012年7月9日至11日在广东河源龙川召开。研讨会由中国新文学学会、中共河源市委宣传部、中共龙川县委联合主办，中共龙川县委宣传部、华南理工大学客家文化研究所承办。来自全国各地的100余名专家与会并发表见解，台湾大海洋诗社也率团与会……研讨会主要从萧殷与中国新文学批评、中国当代文学批评现状等几个议题进行研讨。萧殷的家人陶萌萌、萧葵葵等出席了研讨会。蔡运桂、王万森、古远清、樊星、谭伟平、龙长吟、刘阶耳、凌建英、龚举善、李奇志、周宪新、秦方奇、龙厚雄等也在研讨会上发言。湖南省文联副主席、中

国新文学学会副会长夏义生致闭幕词,对几天的研讨成果进行了简要总结点评。研讨会上,还增选阎志、贺仲明、谭元亨为学会副会长,周新民为学会副秘书长。(《中国新文学批评的传统与现状——中国新文学学会第28届年会暨萧殷与中国新文学批评学术研讨会综述》,《新文学批评》2012年第4期)

2015年　乙未

6月

7日,香港《大公报》A4版刊登陶萌萌的文章《那时我们初相识——回忆父亲萧殷》。

12月

8日,由广东省文联、广东省作协、羊城晚报社、广东省评协联合主办的"纪念萧殷诞辰100周年学术座谈会"在广州珠岛宾馆举行。①

12日,《羊城晚报》B4版《博闻周刊》刊登纪念萧殷诞辰100周年1《萧殷与他培养的作家们》。

13日,《羊城晚报》A7版《人文周刊》刊登纪念萧殷诞辰100周年2《广东文艺:呼唤像萧殷那样的领军人物》。

16日,萧殷诞辰100周年纪念研讨会在河源龙川召开。②

【注释】

① 《羊城晚报》2015年12月8日。
② 《河源日报》2015年12月18日。

2018年　戊戌

12月

是月,《百年萧殷纪念文集》由广东花城出版社出版。

7日,萧殷文学馆在河源市图书馆开馆。同日,萧殷摄影展、《百年萧殷纪念文集》首发式举行,王蒙做《文学与生活》专题报告。①

7日下午,召开"萧殷的文学及评论观"学术研讨会和"追寻那双温润的手"萧殷文学导师成就专场研讨会。②

28日,华南农业大学文法学院与河源市图书馆共建活动暨萧殷文学实践与萧殷文学思想研讨会在广东省河源市召开。

【注释】

①《萧殷文学研讨会暨萧殷文学馆开馆活动昨在我市举行》,《河源日报》2018年12月8日。

②《河源晚报》2018年12月7日。

2019年　己亥

3月

是月,徐光耀书写"永怀恩师"及手抄1947年在华北联大受教于萧殷时期的日记赠予萧殷文学馆。

2020年　庚子

岁末,王蒙写《永远的萧殷》。

按,《永远的萧殷》收录于花城出版社2022年9月版《师者·文心:萧殷评说七十年》。

2022年　壬寅

6月

是月,徐光耀题写"萧殷文学馆"。

9月

是月,《师者·文心:萧殷评说七十年》由广东花城出版社出版。

附录1　萧殷著作编年

萧殷著作编年

一九二八年

《风雨之夜》

1928年写。

《挑水妇》

1928年写。

《明天》

1928年写。

以上据《我怎样走上文学道路》。

一九三〇年

《饿》（郑文生）

刊载于1930年12月1日广州龙川学会《雷声》。

一九三一年

《战阵中》（郑文生）

1931年11月写。

刊载于20世纪30年代广东龙川《抗日救国特刊》。

《芦苇边》（郑文生）

1931年12月22日写。

刊载于20世纪30年代广东龙川《抗日救国特刊》。

《寒士》（郑文生）

刊载于1931年《川中学生》杂志。

一九三四年

《月光浴着我的孤灵》（郑文生）

1933年写。

刊载于1934年9月初《学生文艺丛刊》第8卷第1期。

一九三五年

《牵牛花》（郑文生）

1934年春写。

刊载于1935年7月8日《广州民国日报》副刊《东西南北》第341期。

《第一次颤慄》（郑文生）

1934年春写。

刊载于1935年7月9日《广州民国日报》副刊《东西南北》第342期。

《除夕之前》（郑文生）

1933年12月写。

刊载于1935年7月20日《广州民国日报》副刊《东西南北》第352期。

《疯子》（上）（郑文生）

1932年11月写。

刊载于1935年8月3日《广州民国日报》副刊《东西南北》第364期。

《疯子》（下）（郑文生）

1932年11月写。

刊载于1935年8月5日《广州民国日报》副刊《东西南北》第365期。

《乌龟》（郑文生）

1933年3月写。

刊载于1935年8月8日《广州民国日报》副刊《东西南北》第368期。

《芋园》（上）（鲁德）

刊载于1935年8月16日《广州民国日报》副刊《东西南北》第375期。

《芋园》（下）（鲁德）

刊载于1935年8月17日《广州民国日报》副刊《东西南北》第376期。

《一夜》（郑文生）

刊载于1935年8月19日《广州民国日报》副刊《东西南北》第377期。

《狗运的一生》（上）（郑文生）

1933年8月写。

刊载于1935年8月30日《广州民国日报》副刊《东西南北》第387期。

《狗运的一生》（下）（郑文生）

1933年8月写。

刊载于1935年8月31日《广州民国日报》副刊《东西南北》第388期。

《倒闭》（上）（郑文生）

1935年9月写。

刊载于1935年10月3日《广州民国日报》副刊《东西南北》第415期。

《倒闭》（下）（郑文生）

1935年9月写。

刊载于1935年10月4日《广州民国日报》副刊《东西南北》第416期。

《车夫阿火》（郑文生）

1935年9月写。

刊载于1935年10月12日《广州民国日报》副刊《东西南北》第422期。

《沉落》（郑文生）

1935年9月写。

刊载于1935年10月16日《广州民国日报》副刊《东西南北》第424期。

《旅途速写》（心吾）

1935年11月7日夜写。

刊载于1935年11月11日《广州民国日报》副刊《东西南北》第446期。

《哥哥的脸及其他》（征夫）

刊载于1935年11月20日《广州民国日报》副刊《东西南北》第454期。

《夜的永汉路》（征夫）

刊载于1935年11月20日《广州民国日报》副刊《东西南北》第454期。

《生路》（郑文生）

1933年9月写。

刊载于1935年12月6日《广州民国日报》副刊《东西南北》第468期。

《阿牛》（郑文生）

刊载于1935年12月9日《广州民国日报》副刊《东西南北》第470期。

一九三六年

《灾》（上）（郑文生）

1935年12月14日写。

刊载于1936年1月7日《广州民国日报》副刊《东西南北》第491期。

《灾》（中）（郑文生）

1935年12月14日写。

刊载于1936年1月8日《广州民国日报》副刊《东西南北》第492期。

《灾》（下）（郑文生）

1935年12月14日写。

刊载于1936年1月9日《广州民国日报》副刊《东西南北》第493期。

《父与女》（郑文生）

1934年12月19日写。

刊载于1936年1月15日《广州民国日报》副刊《东西南北》第498期。

《曹家庄的怪剧》（郑文生）

1935年12月写。

刊载于1936年1月27日《广州民国日报》副刊《东西南北》第509期。

《年关杂写》（郑文生）

1936年1月23日写。

刊载于1936年2月5日《广州民国日报》副刊《东西南北》第517期。

《永别了，勇敢的战士！》（萧英）

1936年10月21日写。

刊载于1936年11月15日《文学生活》第3卷第1期。

一九三七年

《街头》（萧英）

刊载于1937年6月6日《广州市民日报》。

《一个忧郁的旅伴——旅途杂记之一》（未完）（萧英）

刊载于1937年6月13日《广州市民日报》。

《一个忧郁的旅伴——旅途杂记之一》（续）（萧英）

刊载于1937年6月15日《广州市民日报》。

一九三八年

《上海大美晚报被禁发行与纵容侵略》（萧英）

刊载于1938年5月《新闻记者》第1卷第2期。

《利用汉奸内部的矛盾加速其崩溃》（萧英）

刊载于1938年8月1日《新闻记者（汉口）》第1卷第5期。

《以打击庸报的手段去打击一切民族罪人》（萧英）

刊载于1938年6月1日中国青年新闻记者学会《新闻记者》第1卷第3期。

《抗战艺术在肤施——鲁迅艺术学院的轮廓画》（萧英），又名《鲁迅艺术学院的轮廓画》，（上）见11月7日《战斗》第32期，（下）见11月18日《战斗》第33期。

刊载于1938年10月28日《新华日报》第290号第三版。

《延安记者开始组织》（萧英）

刊载于1938年12月10日《新闻记者》第1卷第九、十期。

一九三九年

《中国青年新闻记者学会延安分会成立大会记》（萧英）

1938年11月6日写。

刊载于1939年1月14日《新华日报》第四版。

《母与子》（萧英）

刊载于1939年2月25日《新中华报》第四版。

《哀健公》

刊载于1939年2月27日《政治周刊》第二期。

《劫后山西》

刊载于2月重庆各报刊。

《井圪塔的血》（萧英）

1939年2月13日写。

刊载于1939年3月23日—25日《新华日报》第426—428号第四版。

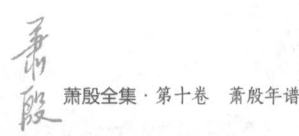

《日本法西斯死灭的前夕》（萧英）

刊载于1939年5月1日《西线》第5期。

《改变新闻宣传的方针》（萧英）

1939年2月8日写。

刊载于1939年7月1日《新闻记者》第2卷第1期。

《西北鸿爪》（肖英）

刊载于1939年8月13日《新龙川》第5辑。

《传令兵之死》（萧英）

刊载于1939年8月25日《新中华报》第四版。

《引路》（萧英）

刊载于1939年9月1日《新中华报》第四版。

《苏联报业的轮廓画》（未完）（萧英摘编）

刊载于1939年11月17日《新华日报》第三版。

《苏联报业的轮廓画》（续完）（萧英摘编）

刊载于1939年11月19日《新华日报》第三版。

《通过敌人封锁线》（萧英）

刊载于1939年12月29日《前线日报》第五版。

《展开战地通讯运动》（肖英）

刊载于1939年12月11日《战地》第4卷第1期。

一九四〇年

《大破击在冀南》（萧英）

刊载于1940年12月11日《新华日报》《百团大战通讯》第2版。

一九四一年

《平固故事》（萧英）

刊载于1941年5月7日《新华日报》的《新华增刊》第6期。

《活跃于冀中大平原的群众生活》（肖英）

刊载于1941年6月10日《江淮日报》。

一九四二年

《关于创作态度——读书散记》（萧英）

1942年1月写。

刊载于1942年4月2日《解放日报》第4版。

一九四四年

《四方脸》（萧英）

刊载于1944年11月20日《解放日报》第4版，又刊载于1946年1月31日《晋察冀日报》第4版（司徒达）。

一九四五年

《疯子——小故事之一》（萧英）

刊载于1945年11月17日《晋察冀日报》第4版。

一九四六年

《〈解放〉（三日刊）出版前后——北平通讯》（肖盈），又名《通讯：北平〈解放〉（三日刊）出版前后》（萧英）

见1946年5月1日《解放》第5号。

刊载于1946年3月29日《晋察冀日报》第3版。

《〈解放〉（三日刊）在北平》（萧英）

刊载于1946年4月7日《解放日报》。

《毛主席的像片——发生在北平××小学的故事》（司徒达）

刊载于1946年4月14日《晋察冀日报》第5版。

《再见吧，北平》（司徒达）

刊载于1946年6月20日《晋察冀日报》副刊第25期。

《买米——北平小故事》（殷）

刊载于1946年6月22日《晋察冀日报》。

《"武力崇拜"与"盲目服从"》（萧殷）

刊载于1946年7月19日《晋察冀日报》。

《时感二题》（萧殷）

刊载于1946年8月7日《时代妇女》第1卷第2期。

《随感》（何远）

刊载于1946年9月14日《晋察冀日报》。

《论墙头草》（萧殷）

刊载于1946年9月23日《晋察冀日报》第4版（第114期）。

《只有恨》（萧殷）

刊载于1946年10月10日《晋察冀日报》。

一九四七年

《周玉章》按语

刊载于1947年2月27日《冀中导报》副刊第62期。

《论架子》

1947年2月写。

见《生活·思想·随笔》。

《大家遵守法令》

1947年2月写。

见《生活·思想·随笔》。

《关于诗的情绪》

1947年3月写。

见《与习作者谈写作》。

《从实际出发与具体分析》

1947年3月写。

见《生活·思想·随笔》。

《谈写景》

1947年12月写。

见《与习作者谈写作》。

一九四八年

《下命令是不民主吗？》

1948年10月写。

见《生活·思想·随笔》。

《两条道路，你选择吧》

1948年11月写。

见《生活·思想·随笔》。

一九四九年

《评〈木偶奇遇记〉》

1949年1月20日写。

见《论文学的现实性》。

《文学·生活现象和生活本质》（萧殷）

1949年5月11日写。

刊载于1949年5月15日《人民日报》第4版《星期文艺》第2期。

《讨论：关于专家标准与群众标准》（何远）

刊载于1949年5月20日《文艺报》第2期。

《我们需要文艺批评》（萧殷），又名《谈谈文艺批评》，见《论文学的现实性》

刊载于1949年5月26日《文艺报》（周刊）第4期。

《谈"桥"》

1949年6月5日写。

见《生活·思想·随笔》。

《语言要有生命，就要向人民学习》（萧殷），又名《论文学语言的创造》，见《论文学的现实性》；又名《向群众口语学习》，见《萧殷自选集》

1949年3月5日写。

刊载于1949年6月1日《华北文艺》第5期。

《关于文学的现实性》（萧殷），又名《关于真实性》，见《萧殷自选集》

1949年6月1日写。

刊载于1949年6月12日《人民日报》第四版。

《我怎样教"创作方法"？》

1949年7月5日写。

见《论文学的现实性》。

《论写作对象与文艺活动对象》

1949年7月16日写。

见《论文学的现实性》。

《谈诗人的人生观与情绪》（萧殷），又名《诗人·理性·情感》，见《论文学的现实性》

1949年7月写。

刊载于1949年7月19日《光明日报》第3版。

《论工人诗的写作及其他》（萧殷）

1949年8月5日写。

刊载于1949年8月15日《文艺劳动》第3期。

《美国的自由原来如此》

1949年9月写。

见《生活·思想·随笔》。

《做一个文艺通讯员》（编辑室）

刊载于1949年9月25日《文艺报》第1卷第1期。

《多多表现新的人物》（何远），又名《多描写新的人物》，见《与习作者谈写作》

1949年10月写。

刊载于《文艺报》1949年第6期。

《评"红石山"与"望南山"》（萧殷），又名《谈主题、情节和性格》，见《谈写作》

1949年10月写。

刊载于1949年10月25日《文艺报》第1卷第3期。

《泛论写真人真事》（萧殷）

1949年11月1日写。

刊载于1949年11月15日《文艺劳动》第6期。

《关于文学评论的方法——两封复信》（一）

1949年12月16日写。

见《萧殷自选集》。

《关于写新人物》

1949年12月22日写。

见《与习作者谈写作》。

《略谈文艺作品的说服力》，又名《文学作品的感染力》，见《萧殷自选集》

1949年12月30日写。

见《生活·思想·随笔》。

一九五〇年

《为什么不能深刻地反映生活》，又名《为什么不能本质地反映生活》，见《生活、艺术和真实》

1950年1月5日写。

见《谈写作》。

《谈严肃》

1950年1月8日写。

见《生活·思想·随笔》。

《谈人物与作者的爱憎》，又名《能把你所讨厌的人写成英雄好汉吗？》，见《谈写作》

1950年1月29日写。

见《与习作者谈写作》。

《关于文学评论的方法——两封复信》（二）

1950年2月15日写。

见《萧殷自选集》。

《一条走不通的歪路》

1950年2月写。

见《萧殷自选集》。

《评"红旗歌"及其创作方法》（萧殷），又名《脱离典型环境去追求性格，行吗？》，见《萧殷自选集》

1950年2月4日写。

刊载于1950年2月25日《文艺报》（半月刊）第1卷11期。

《"生动"与"严肃"及其它——问题简答一则》（山西一位读者问）

1950年3月写。

见《与习作者谈写作》。

《读"撞车"》

1950年4月16日写。

见《与习作者谈写作》。

《影评要写得通俗些》

1950年4月写。

见《生活·思想·随笔》。

《"生动"与"严肃"及其它——问题简答一则》（一读者）

1950年4月写。

见《与习作者谈写作》。

《写"真人真事"与艺术的加工》（萧殷），又名《论真人真事和艺术概括》，见《论生活、艺术和真实》（1980年版）

1950年4月1日写。

刊载于1950年4月23日《人民日报》第5版。

《"生动"与"严肃"及其它——问题简答》两则（业余艺术学校文学系学生班问）

1950年5月写。

见《与习作者谈写作》。

《翻身诗谣》前言

1950年5月写。

见《翻身诗谣》。

《论小说中的故事和人物》

1950年8月8日写。

刊载于《人民文学》1950年第2卷第6期。

《关于诗的形式》

1950年8月写。

见《萧殷自选集》。

《"生动"与"严肃"及其它（之五）》

1950年10月写。

见《与习作者谈写作》。

《试论普及与提高》（萧殷）

1950年10月30日写。

刊载于1950年11月10日《文艺报》第3卷第2期。

《华尔街战贩们的逻辑》（萧殷）

刊载于1950年12月1日《人民文学》第3卷第2期（总第14期）。

一九五一年

《论人物转变与新人物的描写——和中央文学研究所学员们谈话的一段》

1951年3月5日写。

见《谈谈写作》。

《评〈内蒙人民的胜利〉》（郑文森）

刊载于1951年3月16日《人民日报》第三版《新片评介》，又刊载于1951年4月25日《新华月报》第三卷第六期。

《生活的真实与艺术的真实》，又名《论艺术的真实》，见《谈谈写作》

1951年3月25日写。

刊载于《文艺报》1951年第12期。

《中国人民电影事业的新胜利》

1951年3月写。

见《论文学与现实》。

《由"撞车"谈到思想矛盾的描写》

1951年4月13日写。

见《论文学与现实》。

《再深入一步》（何远）

1951年3月写。

刊载于1951年4月25日《文艺报》（半月刊）第四卷第一期（总第37期）。

《想起一件小事》

1951年4月写。

见《论文学与现实》。

《论主题的普遍意义——兼评柯夫的剧本〈堤〉》（萧殷）

1951年4月2日写。

刊载于1951年5月《人民戏剧》第三卷第一期。

《"生动"与"严肃"及其它——问题简答六则》

1951年5月2日写。

见《与习作者谈写作》。

《活得伟大才写得伟大（和张铭同志谈写诗）》（萧殷）

1950年4月21日写。

刊载于1951年5月7日《中国青年》第六十四期。

《歌颂、悲剧及其它》

1951年5月11日写。

见《论文学与现实》。

《论"赶任务"》（萧殷）

1951年6月13日写。

刊载于1951年6月25日《文艺报》第四卷第五期。

《再论普及与提高——在中央文学研究所的谈话记录》

1951年6月29日写。

见《论生活、艺术和真实》。

《论文学与现实》后记

1951年7月10日写。

见《论文学与现实》。

《怎样写新闻消息》前记（黎政）

1951年7月写。

见《怎样写新闻消息》。

《论生活、艺术和真实》后记

1951年8月8日写。

见《论生活、艺术和真实》，北京人民文学出版社1952年3月版。

《写作有秘诀吗？——代"文学写作常识"小引》

1951年10月20日写。

见《与习作者谈写作》。

《从几条消息的改作谈到消息的结构》（黎政）

1947年10月写。

见《怎样写新闻消息》。

《从工人阶级的高处看现实——"文学写作常识"之一》（萧殷），又名《从革命的高处看现实——"文学写作常识"之一》，见《萧殷自选集》

1951年10月28日写。

刊载于1951年11月10日《文艺报》第五卷第二期。

《在斗争中认识生活——"文学写作常识"之二》（萧殷）

1951年11月8日写。

刊载于1951年11月25日《文艺报》第五卷第三期。

《评"葡萄熟了的时候"》（何远）

刊载于1951年11月25日《文艺报》第五卷第三期。

《评电影〈刘胡兰〉》（萧殷），又名《惊险场面不能填补生活的不足——评电影〈刘胡兰〉》，见《萧殷自选集》

1951年11月10日写。

刊载于1951年12月12日《人民日报》第三版。

《生活现象的提高和概括——"文学写作常识"之三》（萧殷）

1951年12月1日写。

刊载于1951年12月25日《文艺报》第五卷第五期。

一九五二年

《高经理》（郑文森）

1952年3月写。

刊载于1952年4月1日《人民文学》第3—4期。

《关于认识生活》

1952年4月2日写。

见《与习作者谈写作》。

《克服诗歌创作中的概念化和现象罗列的倾向》（萧殷），又名《谈写诗》，见《论生活、艺术和真实》（1980年版）《萧殷自选集》

1952年4月27日写。

刊载于《人民文学》1952年第6期。

《为什么把动人的故事写得无血无肉——给一个初学写作者的复信》

1952年6月7日写。

见《与习作者谈写作》。

《关于找题材——几封给习作者的复信》（第五封信）

1952年7月写。

见《萧殷自选集》。

《"白毛女是否实有其人？"——答读者问》（萧殷）

刊载于1952年9月25日《人民日报》第二版，又刊载于1952年9月29日上海《文汇报》第七版。

《〈与习作者谈写作〉后记》

1952年12月28日写。

见《与习作者谈写作》。

一九五三年

《不要辜负了这光荣称号》（柳）

1953年3月1日写。

刊载于1953年3月2日《人民文学》。

《伟大的人类灵魂工程师》（萧殷）

刊载于1953年4月2日《人民文学》第四期。

《关于找题材——几封给习作者的复信》（第二封信）

1953年6月写。

见《萧殷自选集》。

《〈论生活、艺术和真实〉修订后记》

1953年7月18日写。

见《论生活、艺术和真实》（1954年3月版）。

《关于找题材——几封给习作者的复信》（第一封信）

1953年8月写。

见《萧殷自选集》。

《关于找题材——几封给习作者的复信》（第三封信）

1953年11月写。

见《萧殷自选集》。

一九五四年

《伤疤》

1954年3月写。

见《月夜》。

《关于找题材——几封给习作者的复信》（第六封信）

1954年3月写。

见《萧殷自选集》。

《孟泰仓库》（萧殷）

1954年3月写。

刊载于1954年4月16日《新观察》第八期。

《英雄事迹的"垄断"》

1954年4月写。

见《给文艺爱好者》。

《关于提问题——给一个文艺爱好者的一封信》

1954年4月写。

见《给文艺爱好者》。

《仿佛是一部录音机》

1954年4月写。

见《给文艺爱好者与习作者》。

《关于找题材——几封给习作者的复信》（第四封信）

1954年4月写。

见《萧殷自选集》。

《关于找题材——几封给习作者的复信》（第七封信）

1954年4月写。

见《萧殷自选集》。

《谈人物精神面貌的描写——复初学写作者的一封信》，又名《如何反映人物的精神面貌——复初学写作者的一封信》，见《萧殷文学评论选》

1954年6月写。

见《给文艺爱好者与习作者》。

《从生活出发——读"测量员与老羊倌"》

1954年7月写。

见《给文艺爱好者与习作者》。

《关于找题材——几封给习作者的复信》（第八封信）

1954年8月写。

见《萧殷自选集》。

《向文学作品汲取精神力量——"作品内容与自己生活没有直接关系，读了有什么用"的讨论总结》（舒章），又名《向文学汲取精神力量——为"文艺学习"讨论"作品内容与自己生活没有直接关系，读了有什么用"问题所写的总结》，见《给文艺爱好者与习作者》

1954年10月写。

刊载于《文艺学习》1954年第7、8期。

《应当写出与人物言行相适应的性格》（萧殷）

1953年4月写。

刊载于1954年10月《西南文艺》。

一九五五年

《石湾陶瓷雕塑》（萧殷）

刊载于1955年5月16日《新观察》第10期。

《给文艺爱好者与习作者》后记

1955年6月15日写。

见《给文艺爱好者与习作者》。

《从胡风集团的"爱"和"憎"谈起》（萧殷）

刊载于1955年7月8日《文艺学习》第7期（总第16期）。

《变色蚊》（寓言）（萧殷）

刊载于1955年7月16日《新观察》第14期（总第117期）。

《作品为什么和它所描写的真人的生平不完全一样》（萧殷），又名《作品为什么和它所歌颂的人物的生平不完全一致》，见《萧殷自选集》

1955年1月写。

刊载于1955年9月8日《文艺学习》第九期（总第18期）。

一九五六年

《关于主题思想》

1956年2月写。

见《鳞爪集》。

《读〈永不掉队〉》（萧殷），又名《"永不掉队"怎样展开它的主题》，见《论文学与现实》

1950年10月15日写。

刊载于1956年3月19日《语文学习》3月号（总第54期）。

《要更多地和更深地理解生活（评刘绍棠的小说）》（肖殷），又名《作品的内容为什么这样贫乏和肤浅？——评刘绍棠的小说》，见《鳞爪集》

1956年3月写。

刊载于1956年4月30日《文艺报》第八号（总第189号）。

《姚玉贵——记一个劳动模范的事迹》

1956年4月写。

见《月夜》。

《五月间》（萧殷）

1955年5月写。

见《月夜》。

刊载于1956年6月1日《作品》六月号。

《月下》（萧殷），又名《月夜》，见《萧殷自选集》

1956年6月写。

刊载于1956年8月《作品》8月号。

《天旱的时候——陈小培的日记》

1956年6月写。

见《天旱的时候——陈小培的日记》（萧殷著）。

《深入个别观察，克服概念化和公式化》（萧殷），又名《个别观察和艺术概括——在河北省青年业余文学创作者会议上的讲话》，见《论生活、艺术和真实》（1980年版）

1956年8月21日写。

刊载于1956年10月7日《河北文艺》10月号（总第114期）。

《图解不是艺术方法——给一位青年作者的复信》

1956年11月写。

见《萧殷自选集》。

《论思想性、真实性及其他——在上海青年宫与青年作者们谈话》

1956年12月16日写。

见《鳞爪集》。

一九五七年

《关于形象》

1957年1月写。

见《鳞爪集》。

《龙门印象》（萧殷）

1956年11月写。

刊载于1957年2月22日《旅行家》第2期。

《读"青春万岁"》（萧殷）

刊载于1957年2月23日《文汇报》（第3545号）第三版。

《是人性论主宰了思维，还是阶级论》，又名《是阶级论主宰了思维，还是永恒原

则?》,见《谈写作》

1957年2月写。

见《鳞爪集》。

《严寒的夜晚》(萧殷)

1957年2月写。

刊载于1957年3月8日《人民文学》3月号。

《动机与效果为什么发生了矛盾》(萧殷),又名《是人性论主宰了思维,还是阶级论》,见《鳞爪集》;又名《是阶级论主宰了思维,还是永恒原则?》,见《谈写作》

1957年2月写。

刊载于1957年3月20日《北京文艺》3月号(总第23期)。

《关于作品的积极意义》(萧殷)

1957年2月写。

刊载于1957年3月22日《教师报》第4版。

《谈作者的爱憎》(萧殷),又名《人物和作者的爱憎》,见《萧殷自选集》

1957年2月写。

刊载于1957年4月7日《蜜蜂》4月号《蜜蜂书简》。

《"弯弯曲曲的前进"》(萧殷)

1957年3月写。

刊载于1957年4月21日《文艺报》第2号。

《生活应当和思想感情相融合》(萧殷)

1957年4月写。

刊载于1957年5月8日《文艺学习》第5期(总第38期)。

《桃子又熟了——忆仓夷》(萧殷)

1957年4月写。

刊载于1957年5月15日《红旗飘飘》第1集。

《为什么不能发掘得更深些?》(萧殷)

1957年3月写。

刊载于1957年6月20日《北京文艺》6月号(总第26期)。

《不要把自己摆在一个危险的位置上》

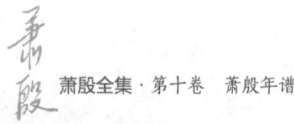

1957年8月写。

见《鳞爪集》。

《坚决保卫工农兵文艺方针》（萧殷），又名《工农兵文艺方针不容动摇》，见《鳞爪集》

1957年8月写。

刊载于1957年9月1日《作品》9月号。

《光辉灿烂的榜样》（萧殷）

1957年9月写。

刊载于1957年11月24日《收获》第3期（总第3号）。

《要正确地对待生活中的消极现象》

1957年11月18日写。

见《鳞爪集》。

《私欲的碰壁》（燕南）

刊载于1957年12月1日《羊城晚报》第2版《花地》。

《一位县委书记——全省党代会速写》（萧殷）

1957年11月30日写。

刊载于1957年12月9日《羊城晚报》第2版《花地》。

一九五八年

《这才是正确的道路》（萧殷），又名《应当深入到基层去》，见《鳞爪集》

1957年12月写。

刊载于1958年1月1日《作品》1月号。

《"过关"》（柳辛）

刊载于1958年1月10日《羊城晚报》第2版《花地》。

《马克思主义会妨碍创作吗？——给一个青年读者的回信》（萧殷）

1957年12月写。

刊载于1958年2月5日《延河》2月号（总第23期）。

《把村庄喊醒……》（萧殷）

1958年2月7日写。

刊载于1958年2月12日《羊城晚报》第2版《花地》。

《在深山里》（萧殷）

1958年1月写。

刊载于1958年3月1日《作品》3月号。

《亘古以来》（萧殷）

刊载于1958年6月16—17日《羊城晚报》第2版《花地》。

《在柳庄》（萧殷）

1958年6月写。

刊载于1958年7月1日《作品》7月号。

《番禺印象》（萧殷）

刊载于1958年8月12日《羊城晚报》第2版。

《谈素材、消极现象及其它——给一个习作者的复信》（肖殷），又名《论素材、消极现象及其它——给一个习作者的复信》，见《谈写作》

1958年5月写。

刊载于1958年8月15日《文学青年》8月号。

《如果敢来挑衅就消灭它》（萧殷）

1958年8月11日写。

刊载于1958年9月1日《作品》9月号。

《技巧还不能做你的救兵——给一个文艺习作者的复信》（肖殷）

1958年7月28日写。

刊载于1958年9月5日《草地》9月号。

《直顶天上北斗星——仿客家山歌》（萧殷）

1958年10月写。

刊载于1958年10月8日《人民日报》第8版。

《民歌应当是新诗发展的基础》（萧殷）

1958年11月11日写。

刊载于1958年11月25日《诗刊》11月号（总第23号）。

《社会主义缔造者的歌声——民歌选〈荔枝满山一片红〉代序》

1958年11月28日写。

见《鳞爪集》。

《鳞爪集》后记

1958年12月写。

见《鳞爪集》。

一九五九年

《既忠于生活,又高于生活》(肖殷),又名《求实精神与革命热情相结合》,见《萧殷文学评论选》《论生活、艺术和真实》(1980年版)

1958年12月3日写。

刊载于1959年1月8日《人民文学》1月号(总第110期)。

《论创作方法》附记

1959年7月28日写。

见《论创作方法》(内部参考读物)。

一九六〇年

《把社会主义的激情唱出来——为"龙川报"作》

1958年6月写。

刊载于1960年5月《龙川民歌》(内部发行)。

一九六一年

《典型形象——熟悉的陌生人》(中国作家协会广东分会理论研究组)

刊载于1961年8月3日《羊城晚报》第2版《文艺评论》,1961年8月21日《文艺报》第8期(总第255号)。

《文艺批评的歧路》(中国作家协会广东分会理论研究组)

刊载于1961年8月17日《羊城晚报》第2版《文艺评论》。

《论〈金沙洲〉》(中国作家协会广东分会理论研究组),又名《艺术构思与作品效果为什么会脱节——论〈金沙洲〉》,见《萧殷自选集》

刊载于1961年10月12日《羊城晚报》第2版《文艺评论》。

一九六二年

《别忘了目标》（文洲）

刊载于1962年1月15日《作品》新1卷1期。

《习艺录》（一）（萧殷），又名《谈谈人物的个性化》（一），见《萧殷自选集》

1962年3月9日写。

刊载于1962年3月14日《羊城晚报》第2版《花地》。

《习艺录》（二）（萧殷），又名《谈谈人物的个性化》（二），见《萧殷自选集》

1962年3月22日写。

刊载于1962年3月26日《羊城晚报》第2版《花地》。

《关于写孩子》（萧殷），又名《谈谈写孩子》，见《萧殷自选集》

1962年3月12日写。

刊载于1962年4月15日《作品》新1卷4期（作家书简）。

《银河纪事》小序（萧殷）

1962年5月写。

见《银河纪事》。

《事件的个别性与艺术的典型性》（萧殷、易准）

1962年4月写。

刊载于1962年6月1日《作品》新1卷5、6期。

《简妙》（何迈）

刊载于1962年6月4日《羊城晚报》第二版《花地·诗品录》。

《爆竹与撞钟》（何莲）

刊载于1962年6月6日《羊城晚报》第二版《花地·诗品录》。

《拿起枪来！被激怒的人们！》（萧殷）

刊载于1962年6月29日《羊城晚报》第2版《花地》。

《砌砖铺瓦的精神》（萧殷）

1962年6月20日写。

刊载于1962年7月5日《羊城晚报》第2版《文艺评论》。

《保卫为人民服务的权利》（萧殷）

刊载于1962年7月15日《作品》新1卷7期。

《从生活出发——给黄谋远同志的一封信》（萧殷），又名《离开生活去探求提高准会落空——给黄谋远同志的一封信》，见《萧殷自选集》

1962年7月写。

刊载于1962年9月10日《四川文学》9月号（总第31期）。

《给读者以激励，给读者以发迪》（萧殷）

刊载于1962年9月27日《羊城晚报》第2版《文艺评论》的《海阔天空说散文》专版。

一九六三年

《形象和构思——摘自"1958年创作随感录"》一则（萧殷）

1958年6月3日写。

刊载于1963年1月15日《作品》新2卷1期（作者手记）。

《形象和构思——摘自"1958年创作随感录"》两则（萧殷）

1958年6月4日写。

刊载于1963年1月15日《作品》新2卷1期（作者手记）。

《形象和构思——摘自"1958年创作随感录"》一则（萧殷）

1958年6月5日写。

刊载于1963年1月15日《作品》新2卷1期（作者手记）。

《形象和构思——摘自"1958年创作随感录"》一则（萧殷）

1958年6月11日写。

刊载于1963年1月15日《作品》新2卷1期（作者手记）。

《烈火炼新诗》（萧殷）

刊载于1963年1月24日《羊城晚报》第2版《文艺评论》。

《二者必舍其一》（萧殷）

1963年5月写。

刊载于1963年6月20日《羊城晚报》第2版《文艺评论》。

一九六四年

《谈练笔——致友人书》（萧殷）

1963年12月27日写。

刊载于1964年1月1日《羊城晚报》第2版《迎春书简——花地专刊》。

《关于反映矛盾和斗争》（萧殷），又名《如何反映阶级斗争》，见《习艺录》；又名《试谈反映阶级斗争》，见《萧殷文学评论选》

1963年11月写。

刊载于1964年3月5日《湖南文学》3月号（总第137期）。

《关于戏剧创作的几点感想》

1964年4月13日写。

见《习艺录》。

《"辩护"的积极意义在哪里？——关于旧版〈金沙洲〉的艺术构思问题》（朱若）

刊载于1964年6月29日《羊城晚报》第2版《文艺评论》。

《资产阶级美学观点的艺术标本——〈北国江南〉的思想实质和美学理想解剖》（萧殷、蓝宜）

刊载于1964年6月《学术研究（广州）》第6期。

《生活的火花》（萧殷）

1964年7月写。

刊载于1964年7月29日《羊城晚报》第2版。

《抛掉心灵里的秽物（作家书简）》（萧殷）

1964年3月25日写。

刊载于1964年8月15日《萌芽》第8期。

一九六五年

《一服精制的资产阶级的腐蚀剂——评〈三家巷〉〈苦斗〉》（萧殷）

刊载于1965年1月21日《羊城晚报》第2版《文艺评论》，1965年1月21日《中国青年报》第四版。

《革命的内容和戏曲的特点——看华东现代戏曲的几点感想》（萧箴）

刊载于1965年3月8日《羊城晚报》第2版《花地》。

一九六六年

《韶山的节日》（编者按）

刊载于1966年4月23日《羊城晚报》第2版《花地》。

一九七四年

《素材·题材·积累》

1974年写。

见《习艺录》。

一九七七年

《撕下红色的面纱》（萧殷）

1977年1月写。

刊载于1977年3月《广州文艺》（双月刊）第2期（总第26期）。

《从生活出发——〈创作论〉片段》（萧殷）

1977年1月25日写。

刊载于1977年3月《广东文艺》（月刊）第3期（总第56期）。

《是"革命英雄"，还是内奸典型？》（萧殷），又名《是"英雄典型"，还是阴谋家形象——斥"四人帮"对"无产阶级英雄形象"的无耻篡改》，见《习艺录》

1977年3月15日写。

刊载于1977年4月20日《人民文学》第4期（总第13期）。

《人物·情节·主题——〈创作论〉片段》（萧殷）

1977年2月24日写。

刊载于1977年4月《广东文艺》第4期（总第57期）。

《一定要把立足点移过来——纪念〈在延安文艺座谈会上的讲话〉发表三十五周年》（萧殷）

1977年3月26日写。

刊载于1977年5月1日《广东文艺》第5期（月刊）。

《人物和故事——〈创作论〉片段》（萧殷）

1977年5月24日写。

刊载于1977年8月《广东文艺》第8期（总第61期）。

《关于散文的立意——〈创作论〉片段》（萧殷）

1977年4月22日写。

刊载于1977年9月《广州文艺》（双月刊）第5期（总第29期）。

《狠批"三突出"，努力创造高大的英雄形象》

1977年9月写。

见《习艺录》。

一九七八年

《艺术创造必须用形象思维》（肖殷）

1978年1月8日写。

刊载于1978年1月19日《广州日报》第3版。

《形象思维——艺术创造的必由之路》（肖殷）

1978年1月9日写。

刊载于1978年1月28日《南方日报》第3版。

《习艺录》后记（萧殷）

1977年12月10日写。

刊载于1978年2月《广东文艺》第2期（总第67期）。

《桃子又熟了——忆仓夷》（肖殷）

1957年4月写。

刊载于1978年5月《广东文艺》第5期（总第70期）。

《赶快建立文学队伍！》（肖殷）

1978年6月写。

刊载于1978年7月15日《作品》7月号。

《创作随谈录之二——关于新诗》

1978年7月29日写。

见《创作随谈录》。

《创作随谈录之二——关于叙事诗》

1978年7月写。

见《创作随谈录》。

《图解政策——导致作品概念化（创作谈）》（肖殷），又名《图解政策只会导致作品概念化》，见《给文学青年》

1978年4月28日写。

刊载于1978年8月15日《作品》8月号。

《关键在于领导》

1978年8月写。

见《创作随谈录》。

《写什么，怎么写》

1978年9月14日写。

见《创作随谈录》。

《作品概念化的原因何在？》（萧殷）

1978年7月写。

刊载于1978年9月26日《广州文艺》（双月刊）第5期（总第35期）。

一九七九年

《〈形象和构思——摘自一九五八年创作随感录〉（附记）》

1979年1月写。

见《萧殷自选集》。

《给友人的信》（萧殷），又名《〈伤痕〉是"眼泪文学"吗？》，见《给文学青年》

1978年12月写。

刊载于1979年1月18日上海《文汇报》第四版。

《议论能代替生活描写吗？》

1979年1月25日写。

见《给文学青年》。

《领导思想要再解放一点》（萧殷）

刊载于1979年1月10日《人民日报》第3版。

《关于典型环境中的典型人物》（作家书简）（萧殷）

1978年10月写。

刊载于1979年1月20日《人民文学》第1期（总第232期）。

《彻底推倒"文艺黑线"论》（萧殷）

1978年12月8日写。

刊载于1979年2月《作品》第2期。

《在某市文艺创作座谈会上的讲话》

1979年2月7日写。

见《创作随谈录》。

《开拓题材，提高艺术质量——一九七九年二月与高州青年作者谈话》

1979年2月9日写。

见《萧殷自选集》。

《小说的社会意义从何而来？》

1979年4月1日写。

刊载于《南方日报》1979年5月25日第三版。

《戏剧冲突和性格冲突》

1979年4月24日写。

见《给文学青年》。

《羊城一夜》序（萧殷）

1979年5月写。

刊载于1979年9月12日《光明日报》。

《能纳入批判现实主义吗？》

1979年6月22日写。

见《给文学青年》。

《论生活、艺术和真实》后记（新版）

1979年7月31日写。

见《论生活、艺术和真实》北京人民文学出版社1980年2月版。

《他们用的是什么武器？》（萧殷）

1979年8月写。

刊载于1979年9月12日《文艺报》第9期（总第357期）。

《现实主义的胜利》

1979年10月30日写。

见《给文学青年》。

《谈写作》后记

1979年12月写。

见《谈写作》。

一九八〇年

《月夜》后记

1980年1月写。

见《月夜》。

《如何写作品评论（答《文艺报》记者问）》（肖殷）

刊载于1981年2月22日《文艺报》（半月刊）1981年第4期。

《关于想象》

1980年2月25日写。

见《给文学青年》。

《典型、本质、形象与图解政策——答业余作者问》

1980年3月13日写。

见《给文学青年》。

《悲剧、题材及其他》

1980年3月写。

见《给文学青年》。

《关于生活细节的描写》（萧殷）

1980年1月26日写。

刊载于《作品》1980年4月号《文学信箱》。

《分析作品能"先政治、后艺术"吗？》

1980年4月写。

见《给文学青年》。

《关于人物个性》（萧殷）

1980年3月3日写。

刊载于1980年5月1日《作品》5月号《文学信箱》。

《要在基本功上多下功夫》（萧殷）

1980年5月写。

刊载于1980年7月《芙蓉》第3期《作家谈创作》。

《当前创作中的几个问题——在中国电影家协会广东分会的一次谈话》

1980年7月18日写。

见《给文学青年》。

《发挥文艺编辑培养新人的作用》（萧殷）

刊载于1980年8月20日《人民日报》第5版、1980年12月《中国现代、当代文学研究》第24期。

《清除障碍，是为了前进》

1980年9月10日写。

见《创作随谈录》。

《谈谈写人物》

1980年9月写。

见《给文学青年》。

《随感录》（萧殷）

刊载于1980年11月1日《作品》第11期"作家手记"。

一九八一年

《探索是为了什么？》

1981年1月26日写。

见《萧殷文学评论选》。

《创作没有秘诀》（萧殷）

1980年11月24日写。

刊载于1981年1月1日《作品》1月号《文学信箱》。

《关于文学期刊的编辑工作——在长春全国文学期刊编辑工作会议上的发言》（萧殷）

刊载于《南风》1981年第4期。

《随感录两则》（萧殷）

刊载于1981年3月10日《奔流》3月号（总第127期）《评论·杂文》。

《不顾环境和性格，任意安排情节行吗？》

1981年3月17日写。

见《给文学青年》。

《关于创造艺术形象的断想》（萧殷）

刊载于1981年4月《作品》4月号《创作谈》、1981年12月《复印报刊资料（文艺理论）》第9期。

《谈人物》（萧殷）

刊载于1981年4月《鸭绿江》第4期（总第224期）、1981年《复印报刊资料（文艺理论）》第11期。

《关于文学评论与编辑工作》

1981年6月30日写。

见《创作随谈录》。

《给赵启强同志的信》（萧殷）

1981年3月5日写。

刊载于1981年8月5日《飞天》第8期。

《不能具体地回答抽象问题（作家书简）》（萧殷）

刊载于1981年《洞庭湖》第9期（总第8期）。

《给文学青年朋友们——读人家的文章，要防止断章取义》

1981年8月1日写。

《给文学青年朋友们——靠档案资料写作，只会导致概念化》

1981年8月6日写。

《给文学青年朋友们——创作贵在创新》

1981年8月8日写。

《给文学青年朋友们——题材不是苦想出来的》

1981年8月13日写。

《给文学青年朋友们——写作要求作家说真话，发真情》

1981年8月14日写。

《给文学青年朋友们——不要作不切实际的幻想》

1981年9月15日写。

《给文学青年朋友们——应从生活出发》

1981年9月20日写。

《坚持写作与青年作者的成长——没有实践经验就无法理解别人的经验总结》

1981年10月23日写。

《坚持写作与青年作者的成长——重要的是认真积累总结实践经验》

1981年10月24日写。

《坚持写作实践与青年作者的成长——不要把希望寄托在秘诀上》

1981年10月25日写。

《坚持写作实践与青年作者的成长——为什么你对四周的生活看得如此平淡？》

1981年10月26日写。

《坚持写作实践与青年作者的成长——理论是实践经验的总结》

1981年10月27日写。

《坚持写作实践与青年作者的成长——把成功寄托在别人代你修改作品，是不实际的》

1981年10月29日写。

《〈浪花·火焰·爱情〉序》

1981年10月写。

《坚持写作实践与青年作者的成长——答爱好文学的青年朋友们》前言

1981年11月5日写。

以上见《萧殷文学评论选》。

一九八二年

《要善于从阴暗处看到光明》（萧殷）

1981年11月写。

刊载于1982年1月20日《人民文学》第1期（总第268期）。

《关于"问题小说"》（萧殷）

刊载于1982年1月《北疆》第1期"评论"。

《坚持写作实践与青年作者的成长（一）》（肖殷）

刊载于1982年2月1日《萌芽》第2期《理论·杂文》。

《创作随谈录》（萧殷）

刊载于1982年3月《芙蓉》第2期（总第10期）《评论》。

《读吕雷的小说》（萧殷），又名《〈吕雷小说〉序》，见《萧殷文学评论选》

1982年3月7日写。

刊载于《羊城晚报》1982年4月24日第二版。

《回忆录——我怎样走上文学道路》

按，1982年3月由程贤章根据录音整理。

刊载于《特区文学》1982年第2期。

《坚持写作实践与青年作者的成长（二）》（萧殷）

刊载于1982年5月《萌芽》第5期《理论》。

《〈小城之夜〉序言》（萧殷）

1982年2月20日写。

刊载于1982年7月《作品》第7期《评论》。

《旅游文学九家谈》（萧殷等）

刊载于1982年7月《旅伴》第9期（总第15期）。

《写作切忌无病呻吟》（萧殷）

1982年8月15日写。

刊载于《湖北日报》1982年9月22日第四版。

《别迷惑在不切实际的幻想中》（萧殷）

1982年8月15日写。

刊载于《南方日报》1982年11月5日第四版。

《多练习素描》

1982年8月23日写。

见《萧殷自选集》。

《萧殷自选集》序言

1982年9月写。

见《萧殷自选集》。

《坚持写作实践与青年作者的成长（三）——答爱好文学的青年朋友们》（萧殷）

刊载于1982年11月1日《萌芽》第11期。

《离开了人物的真实关系，作品的情节只会悬空（创作谈）》（萧殷）

1982年6月10日写。

刊载于1982年11月《作品》第11期《评论》。

一九八三年

《创作随想录——要从生活中去发掘题材》（萧殷）

1982年8月18日写。

刊载于1983年1月《作品》第1期《评论》。

《创作随想录——创新、新意和深化》（萧殷）

1982年8月20日写。

刊载于1983年1月《作品》第1期《评论》。

《创作随想录——艺术的感染力》（萧殷）

1982年8月22日写。

刊载于1983年2月《作品》第2期《评论》。

《小说不是生活的任意再现》（萧殷）

1982年5月写。

刊载于1983年3月《作品》第3期《创作谈》。

《创作随谈录——想象》（萧殷）

1982年9月写。

刊载于1983年4月《作品》第4期《评论》。

《为社会主义文学事业发现人才、培养人才——广州文学讲习所成立致语》

1983年8月12日写。

见《创作随谈录》。

附录2 参考书目

参考书目

193700，《广州市立美术学校一览》，广州市立美术学校编，广州市立美术学校1937年版。

195002，《论文学的现实性》，萧殷著，天下图书公司1950年2月第1版。

195111，《翻身诗谣》，萧殷编，人间书屋1951年11月版。

195702，《进一步繁荣文学创作》，河北省文学艺术工作者联合会编，河北人民出版社1957年2月第1版。

195900，《论创作方法》（内部参考读物），萧殷编，暨南大学1959年版。

197900，《新华社新闻稿 11月1—15日 3563—3577期1979》，福建医科大学图书馆编1979年版。

198006，《谈写作》，萧殷著，湖南人民出版社1980年6月版。

198100，《新闻研究资料》总第7辑，新华出版社1981年版。

198110，《近世中西史日对照表》，郑鹤声编，中华书局1981年10月第1版。

198203，《郭沫若谈创作》，彭放编，黑龙江人民出版社1982年3月版。

198208，《银河纪事》，广东人民出版社编，广东人民出版社1962年8月版。

198303，《萧殷文学评论选》，萧殷著，张永如编，湖南人民出版社1983年3月第1版。

198305，《中国现代作家传略（下）》，徐州师范学院《中国现代作家传略》编辑组编，四川人民出版社1983年5月第1版。

198402，《萧殷自选集》，萧殷编著，花城出版社1984年2月第1版。

198501，《创作随谈录》，萧殷著，弘征编，湖南人民出版社1985年1月第1版。

198701，《鲁迅、许广平所藏书信选》，周海婴编，北京鲁迅博物馆研究室注释，湖南文艺出版社1987年1月第1版。

198707，《李公朴文集》，方仲伯编，云南人民出版社1987年7月版。

198808，《欧阳山文集》，欧阳山著，花城出版社1988年8月第1版。

198904，《中国近现代人名大辞典》，李盛平主编，中国国际广播出版社1989年4

月第1版。

198908，《萧殷论》，贺朗著，广州文化出版社1989年8月第1版。

198910，《龙川文史》第五辑，中国人民政治协商会议龙川县文史资料研究委员会编，中国人民政治协商会议龙川县文史资料研究委员会1989年10月版。

199009，《冀中导报史料集》，杜敬、肖特、展青雷编，河北人民出版社1990年9月第1版。

199208，《蓝色三环》，纪学、曾凡华著，解放军出版社1992年8月第2版。

199210，《广东近现代人物词典》，广东省中山图书馆编，广东科技出版社1992年10月第1版。

199211，《龙川文史》总第13辑，中国人民政治协商会议广东省龙川县委员会文史资料研究委员会编，政协龙川县文史资料研究委员会1992年11月版。

199212，《郭沫若书信集》，黄淳浩编，中国社会科学出版社1992年12月第1版。

199212，《文学思考录》，游焜炳著，花城出版社1992年12月第1版。

199200，《华北联大文学系史话1945.11—1948.9》，马琦编，晋察冀文艺研究会艺教组1992年版。

199304，《萧殷传》，贺朗著，花城出版社1993年4月第1版。

199309，《吴有恒传》，贺朗著，花城出版社1993年9月版。

199310，《萧殷文学书简》，萧殷著，花城出版社1993年10月第1版。

199311，《中国戏曲志·广东卷》，中国戏曲志编辑委员会，《中国戏曲志·广东卷》编辑委员会编，中国ISBN中心1993年11月版。

199407，《陶萍作品选萃》，陶萍著，广东省作家协会、广东文学创作出版基金会编，花城出版社1994年7月第1版。

199408，《龙川县志》，龙川县地方志编纂委员会编，广东人民出版社1994年8月版。

199409，《粤海文踪——当代广东著名作家十七人传》，中国人民政治协商会议广东省委员会文史资料研究委员会编，广东人民出版社1994年9月第1版。

199412，《风范长存——萧殷纪念与研究文集》，广东省作家协会编，暨南大学出版社1994年12月第1版。

199512，《风雨履痕》，方仲伯著，德宏民族出版社1995年12月第1版。

199702，《二十世纪中国实录》（第四卷1944—1955），《二十世纪中国实录》编委会编著，光明日报出版社1997年2月版。

199704，《伟人毛泽东》（上卷），袁永松主编，红旗出版社1997年版4月版。

199707，《丁玲年谱》，王周生著，上海社会科学院出版社1997年7月第1版。

199801，《艺海浪花》，易准著，广东高等教育出版社1998年1月版。

199808，《澳门现代文学作品选》，〔澳门〕陶里、林中英、郑炜明编，中国友谊出版公司1998年8月第1版。

199901，《龙川县和平县郑氏族谱》，重修郑氏六一公族谱委员会编，重修郑氏六一公族谱委员会1999年1月版。

200007，《郭小川1957年日记》，郭小川著，郭小惠、郭小林整理，河南人民出版社2000年7月版。

200012，《林万里文集》，〔印尼〕林万里著，严唯真编，鹭江出版社2000年12月第1版。

200012，《木石魂：赖少其传》，胡志亮著，中国青年出版社2000年12月版。

200106，《宋维静传》，黄穗生、杨苗丽、廖惠霞著，广州出版社2001年6月版。

200108，《广东省志·文化艺术志》，广东省地方史志编纂委员会编，广东人民出版社2001年8月版。

200108，《文学书事：作家给编辑的信》，巴金等著，季涤尘编，人民文学出版社2001年8月第1版。

200111，《浮生文旅》，黄伟宗著，广东旅游出版社2001年11月版。

200201，《散忆半个世纪前的故事》，包慧著，北京时事印刷厂2002年1月版。

200208，《李公朴传》，周天度、孙彩霞著，群言出版社2002年8月第1版。

200300，《近代史资料》（总105号），《近代史资料》编辑部编，中国社会科学出版社2003年版。

200303，《陈残云评传》，何楚熊著，上海文艺出版社2003年3月版。

200409，《黄秋耘散文选集》，黄秋耘著，姚玳玫编，百花文艺出版社2004年9月第2版。

200409，《王汶石文集》第四卷，王汶石著，陕西人民出版社2004年9月版。

200502，《佗城镇志》，龙川县《佗城镇志》编纂委员会著，龙川县《佗城镇志》

编纂委员会2005年2月第1版。

200611,《暨园古道照颜色：暨南大学百年华诞纪念文集》，张汉明、李玉梅主编，香港日月星制作公司2006年11月版。

200601,《丁陈反党集团冤案始末》，李向东、王增如著，湖北人民出版社2006年1月第1版。

200601,《中国名家名作游◎人文之旅》，成有子、阿宏编著，海天出版社2006年1月第1版。

200612,《广东当代作家辞典》，廖红球主编，花城出版社2006年12月第1版。

200707,《青春何其芳：为少男少女歌唱》，卓如著，北岳文艺出版社2007年7月版。

200710,《谢望新评论选》，谢望新著，作家出版社2007年10月版。

200803,《范长江与"青记"》，范苏苏、王大龙主编，北京工艺美术出版社2008年3月第1版。

200909,《山西古今地名词典》，李玉明主编，三晋出版社2009年9月版。

200912,《再造文学巴别塔1949—1966》，张柠著，广东教育出版社2009年12月版。

201001,《广州老画家谈艺录：艺心探微.1》，广州市美术家协会编，西泠印社出版社2010年1月版。

201105,《中国共产党九十年历程》（第四卷：共赴国难），张静如、张树军主编，吉林人民出版社2011年5月版。

201300,《编辑大家秦兆阳》，王培元、陈恭怀编，人民文学出版社2013年版。

201309,《王蒙八十自述》，王蒙著，人民出版社2013年9月第1版。

201409,《永远的朝内166号：与前辈魂灵相遇》，王培元著，人民文学出版社2014年9月版。

201500,《延安文艺档案·延安文学》，陈忠实、李继凯主编，太白文艺出版社2015年版第31册。

201501,《黄说》，黄树森著，广东教育出版社2015年1月第1版。

201507,《徐光耀日记》，徐光耀著，河北教育出版社2015年7月第1版。

201510,《冼星海》，田野编著，吉林文史出版社2015年10月第2版。

201607，《昨夜西风凋碧树》，徐光耀著，北京十月文艺出版社2016年7月第1版。

201612，《延安文艺大事编年》，孙国林编著，陕西师范大学出版总社有限公司2016年12月版。

201701，《延安鲁艺》，延安桥儿沟革命旧址管理处、延安鲁艺文化园区管理办公室编，世界图书出版西安有限公司2017年1月第1版。

201702，《张天翼日记》，张天翼著，中国戏剧出版社2017年2月版。

201709，《玫瑰的盛开与凋谢：冰心吴文藻合传》（下），王炳根著，福建教育出版社2017年9月版。

201711，《羊城后视镜》1，杨柳主编，花城出版社2017年11月版。

201804，《全粤村情·河源市龙川县卷》，广东省人民政府地方志办公室编，广东旅游出版社2018年4月第1版。

201812，《百年萧殷纪念文集》，黄树森主编，花城出版社2018年12月第1版。

201812，《赖少其全集》，赖少其著，荣宝斋出版社2018年12月第1版。

202012，《郭绍纲研究文集》，广东省人民政府文史研究馆、广州美术学院编，中山大学出版社2020年12月版。

202201，《收藏深圳岁月》，廖红雷著，北京华文出版社2022年1月版。

202208，《佗城镇志》，陈奕谦主编，广东人民出版社2022年8月第1版。

202209，《师者·文心——萧殷评说七十年》，饶芃子、温儒敏主编，花城出版社2022年9月版。

202303，《我的文学文化生涯》，黄伟宗著，广东旅游出版社2023年3月版。

《燃烧的岁月——我的父辈在延安》，刘妮主编，即将出版。

《萧殷简历》，萧殷撰，1967年稿本。

《疗养简记》，萧殷记，1974年稿本。

《萧殷口述历史》，萧殷口述，陶萌萌整理，1971年稿本。

《萧殷口述历史》，萧殷口述，陶萌萌整理，1983年稿本。

《萧殷年表长编》，陶萌萌整理，稿本。

附录3 人名索引

人名索引

二画

丁力	1980.7	丁玲	1948.5	丁浪	1980.7
丁聪	1956.1	丁元昌	1978.4	丁有朝	1979.12
丁励松	1980.10	丁国成	1977.12	厂民	1948.5

三画

于逢	1961.4	马烽	1950.7	马楠	1940.1
马兴昌	1981.4				

四画

王匡	1958.7	王杰	1938.3	王越	1980.6
王蒙	1953.10	王元化	1982.5	王少卿	1969
王文若	1978.12	王世英	1939.1	王西彦	1982.5
王伟轩	1964.5	王杏元	1961	王作志	1967
王汶石	1965.2	王鸣风	1978.10	王贵忱	1978.5
王信然	1983.7	王勉思	1979.10	王雪风	1978.10
王阑西	1971.10	王朝闻	1947.9	王肇岐	1982.6
王德伦	1977.10	天蓝	1979.11	韦丘	1961.8
韦嫈	1979.12	韦君宜	1956.1	木下顺二	1963
区梦觉	1961.2	戈扬	1954.3	毛海平	1980.1
公木	1956.1	仓夷	1945.11	乌塞	1954.6
文山	1980.6	文科	1981.9	文毓	1979.1
方成	1956.1	方冰	1980.9	方树民	1938.1
孔罗荪	1982.5	巴金	1962.1	贝兴亚	1982.12
邓伟	1982	邓拓	1945.10	邓良球	1977.5
邓振华	1956.6				

五画

末艾	1973.7	卉春	1981.4	艾芜	1958.9

艾青	1948.5	古鉴兹	1979.11	厉厂樵	1935
龙世辉	1961.7	卢宜	1979.10	卢先发	1978.9
卢任民	1981.7	卢炜圻	1977.10	卢洁香	1978.9
卢静子	1983.4	归秀文	1981.11	叶挺	1946.9
叶笛	1982.2	叶孝慎	1981.1	叶浅予	1956.1
叶剑英	1946.2	田汉	1962.3	田间	1950.3
田家	1953.7	田蔚	1979.11	丘峰	1979.11
白先勇	1978.11	白原	1978.10	白洛	1983.7
白拓方	1971.3	白鸿宾	1939.1	包慧	1938.7
邝炯光	1978.9	冯至	1954.3	司徒婵	1978.8
弘征	1978				

六画

齐兰贞	1964.6	齐燕铭	1962.3	匡谷生	1981.8
老舍	1962.3	老南	1973.3	老烈	1962
邢也	1953.7	西彤	1973.3	成仿吾	1948.5
吕坪	1983.4	吕蒙	1936.12	吕雷	1979.2
朱子奇	1948.5	朱文森	1978.12	朱育军	1978.10
朱崇山	1960	朱逸辉	1963.7	仲达	1982.7
华山	1940.8	华君武	1956.1	伊萨叶夫	1954.7
冰心	1961.12	冰凌	1982.5	刘仑	1936.1
刘白羽	1960.11	刘建	1981.10	刘峰	1978.9
刘士馗	1932.5	刘成学	1980.1	刘成锦	1955.8
刘庆才	1966.7	刘庆云	1966.2	刘肖宁	1978.9
刘学强	1978.2	刘绍棠	1955.5	刘剑青	1977.7
刘晓冬	1981.3	刘家泽	1978.9	刘菊芳	1971
刘逸生	1962.1	刘维民	1978.10	刘锡诚	1978.10
关山月	1979.8	关礼彬	1977.5	关炳辉	1974.9
江丰	1948.5	江俊绪	1979.9	江晓天	1977.8
汝浩	1982.8	安天士	1980.1	那沙	1978.1

孙宪文	1982.3	阳翰笙	1962.3		

七画

麦西	1937.8	麦华三	1977.12	麦文峰	1981.7
严庆澍	1979.3	严希纯	1937.8	芦荻	1936.1
苏华	1980.7	苏晨	1979.8	苏敏	1981.1
杜建国	1974.1	杜埃	1936.1	杜渐	1979.7
杜惠	1980.1	杜园山	1981.6	杜君慧	1981.1
李门	1961.6	李喜	1981.8	李谦	1939.11
李士非	1960	李五彪	1983.3	李日华	1936.12
李公朴	1938.1	李乐山	1980.10	李永川	1976.5
李永葆	1976.6	李成俊	1980.9	李兆军	1978.9
李志佳	1983.4	李克异	1978.1	李宏伟	1981.8
李英儒	1965.5	李国义	1979.10	李国柱	1979.5
李孟昱	1978.9	李前忠	1963.1	李洪沛	1978.8
李焕之	1948.5	李湘洲	1947.10	杨澄	1951.10
杨朔	1939.7	杨嘉	1959	杨之光	1977
杨玉玮	1978.10	杨立平	1981.5	杨干华	1962.12
杨全宁	1977.5	杨兆祥	1983.3	杨应彬	1982.8
杨宏海	1982.7	杨雨民	1956.6	杨昭科	1963.1
杨思仲	1952.2	杨继业	1978.1	杨康华	1936.1
杨奎章	1979.4	杨家文	1979.12	邵燕祥	1949.10
肖伶	1979.8	肖涛玉	1981.8	吴江	1939.2
吴远	1977.10	吴运铎	1952	吴超	1978.2
吴允海	1980.8	吴世枫	1980.2	吴有恒	1936.1
吴组缃	1954.3	吴南生	1978.9	岑桑	1980.1
邱峻锋	1978.9	何洛	1946.2	何路	1953.5
何干之	1948.5	何锡洪	1979.3	余东平	1981.8
邹育根	1982.10	龟井胜一郎	1961.6	汪明涛	1981.11
沙汀	1953.5	沙可夫	1948.5	沈敬	1978.9

沈仁康	1961	沈季平	1979.1	宋创	1939.10
宋文郁	1978.5	宋永平	1953.5	宋志清	1981.4
启斌	1978.9	张文	1978.12	张苹	1977.4
张庚	1962.3	张惠	1978.9	张又君	1981.1
张天翼	1950.10	张长兴	1977.6	张玉鸣	1956.6
张世平	1981.4	张仕林	1956.6	张幼峰	1982.8
张仲实	1978.3	张波良	1977.6	张建甫	1937.8
张孟恢	1982.5	张春桥	1945.10	张振金	1963
张海浪	1966.7	张海标	1978.11	张汉青	1966.6
张继元	1971.11	张盛裕	1978.2	张惊秋	1978.9
陆国松	1980.1	陆定一	1956.8	陈沂	1940.1
陈明	1979.9	陈焕展	1972.9	陈淼	1956.3
陈谦	1976.12	陈颖	1943.1	陈貌	1979.6
陈云清	1981.7	陈风举	1981.1	陈凤珍	1978.9
陈玉刚	1978.7	陈业驯	1978.2	陈汉涛	1978.5
陈民生	1980.10	陈企霞	1949.10	陈雨田	1978.2
陈国凯	1962.12	陈念根	1979.12	陈波文	1978.10
陈绍伟	1974	陈绍锦	1978.10	陈春飞	1981.10
陈残云	1936.1	陈凌霄	1937.7	陈家基	1980.7
陈福连	1981.10	陈端民	1978.5	陈曙光	1936.10
邵荃麟	1953.5				

八画

武国华	1981.1	招琪	1980.1	苑永权	1981.9
范长江	1938.1	茅盾	1955.5	林元	1977.8
林万里	1959.8	林之原	1936.1	林文山	1981.1
林李明	1977.8	林明深	1980.12	林建忠	1978.10
林建征	1978.7	林振名	1981.2	林培瑞	1980.5
林默涵	1957.3	郁茹	1967.7	欧阳山	1942.4
卓可珰	1973.1	易巩	1981.6	易波	1954.1

易准	1961.7	罗沙	1982.7	罗立韵	1953.5
罗怀金	1973.1	罗君策	1978.10	罗秋兰	1973
罗炳辉	1938.7	罗莉莉	1978.1	罗凌翮	1982.2
罗海清	1956.6	罗维金	1978.10	罗源文	1956
季涤尘	1978.8	金明	1977	金萍	1938.7
金曼辉	1937.6	金敬迈	1961	周小舟	1966.12
周立波	1965	周扬	1949.2	周明	1981.12
周敏	1961.6	周游	1946.8	周钢鸣	1961.11
周尊攘	1980.11	周良沛	1981.6	周霭楣	1981.4
冼星海	1939.5	郑真	1978.1	郑文华	1915.9
郑心伶	1976.9	郑臣年	1979.12	郑秀婵	1951.5
郑荣来	1978.11	郑贻源	1979.2	郑集思	1971.10
郑连英	1981.1	单复	1980.11	屈燕新	1977.7
孟泰	1954.3				

九画

赵文龙	1980.9	赵启强	1979.4	赵贤和	1978.9
郝铭鉴	1978.11	茜菲	1936	草明	1942.4
胡风	1951	胡真	1981.5	胡一川	1951.9
柯蓝	1979.5	柳青	1963	柳荫	1978.7
钟永华	1962	钟毓材	1959.8	侯安全	1981.4
侯民泽	1978.11	俞林	1947.4	俞天白	1982.3
饶苾子	1958.9	姜晓新	1978.11	宫兆玮	1978.9
宫庶华	1981.1	祝河祥	1978.10	姚雪垠	1963
贺昭	1938.7	贺朗	1950	骆士漪	1978.1
骆开源	1980.10	骆世昌	1979.5	骆世桨	1981.1
骆宾基	1982.12	彦火	1979.7		

十画

秦牧	1958.9	袁琦	1981.6	耿西	1938.10
聂耶	1938.7	聂智艺	1978.12	聂默然	1981.4
莫耶	1979.11	莫务平	1977.5	原甸	1979.7

晏明	1977.4	钱铁	1978.7	钱谷融	1982.5
钱俊瑞	1946.2	健武	1939.4	徐孔	1949.7
徐刚	1981.6	徐楚	1961.6	徐开垒	1978.10
徐平羽	1962.3	徐迈进	1938.7	徐光耀	1947.2
徐阳春	1979.7	徐健伟	1979.7	徐焕麟	1956.6
凌鹰	1979.11	凌志轩	1979.10	高戈	1938.8
高立德	1938.7	高泽凡	1980.1	高桂清	1980.8
郭风	1980.11	郭小川	1943.2	郭东野	1958
郭沫若	1962.1	郭玲春	1978.9	郭琼鸣	1980.3
郭锋	1949.8	郭景春	1980.1	郭瑞三	1981.4
郭光豹	1983.8	唐梅	1980.6	唐达成	1950
唐维安	1980.12	唐敬斋	1937.7	海辛	1979.7
涂光群	1953.1	容希英	1961.10	陶萍	1943.1
陶铸	1958.8	陶然	1978.4	陶萌萌	1953
陶斯亮	1981.5				

十一画

黄华	1961	黄河	1982.9	黄钢	1978.9
黄准	1977.9	黄梅	1976.4	黄升民	1976.12
黄计钧	1976.2	黄东涛	1979.4	黄记海	1981.7
黄廷杰	1972.9	黄伟宗	1961.4	黄庆云	1972.9
黄国强	1981.1	黄居松	1982.5	黄药眠	1954.3
黄树森	1958	黄秋耘	1957.10	黄修一	1950.6
黄起衰	1979.9	黄卓才	1963.1	黄河浪	1979.7
黄宾虹	1954.2	黄展人	1980.3	黄培亮	1978.10
黄谋远	1962.7	黄新波	1977.5	黄潮洋	1980.10
黄儒林	1979.7	萧三	1950.8	萧也牧	1955.7
萧会晃	1981.6	萧荃荃	1970.12	萧葵葵	1971.2
梵杨	1976.4	曹禺	1962.3	曹树夏	1981.8
曹崇恩	1987	野曼	1978.3	崔荻	1938.10
康生	1943.7	康濯	1938.8	章明	1954.1
章新建	1980.6	阎纲	1978.3	梁逸	1936.11

| 梁羽生 | 1978.11 | 梁卓云 | 1928.7 | 梁建勋 | 1937.8 |
| 梁超荣 | 1981.4 | | | | |

十二画

葛南照	1977.6	董秀玉	1980.6	董德芳	1979.11
蒋荣贵	1980.8	蒋策超	1978.9	韩北屏	1955.5
韩念龙	1937.8	韩美林	1978.5	程埕	1982.11
程贤章	1961	程晓荣	1982.11	傅钟	1939.9
舒心	1978.9	舒展	1978.5	舒强	1948.5
雁翼	1978.10	鲁迅	1934.9	鲁芝	1978.10
童健飞	1977.12	曾生	1936.1	曾炜	1978.10
曾菲	1981.3	曾敏之	1961	曾瑞祥	1927.9
温应忠	1959.8	温健公	1938.12	游焜炳	1980.2
谢发旺	1980.12	谢锋	1937.8	谢东阳	1978.9
谢金雄	1978.8	谢望新	1977.10		

十三画

楼栖	1936.1	赖少其	1932.8	赖伯权	1936.1
雷加	1978.1	雷恩	1954.6	雷锋	1977.9
鲍昌	1956.3	虞丹	1979.8		

十四画

蔡力君	1978.9	蔡天心	1978.11	蔡运桂	1978.7
蔡其矫	1947.7	蔡若虹	1946.4	蔡雪林	1981.5
睿智	1980.3	廖永基	1978.9	廖承志	1978.6
廖慧兰	1987	谭学良	1962.12	谭大法	1978
谭玉林	1954.1	谭贤邦	1983.5	熊诚	1977.2
缪俊杰	1978.11	臧克家	1962		

十五画

镇波	1978.3	黎白	1978.8	黎勇	1978.9
黎服兵	1981.8	黎美兰	1978.9	黎维新	1981.6
潘亚暾	1980.4				

十七画

| 戴木胜 | 1978.3 | 戴长松 | 1981.6 | 蹇先艾 | 1979.11 |

后记

2020年秋，我接受了主编《萧殷年谱》（简称"《年谱》"）的工作。我心里很清楚，做《年谱》就好像替萧殷先生补写日记，希望能够将他生前每年每月每日的情况记录下来。

2021年4月，我草拟《年谱》两个版本征求大家意见，算是一个起步。2022年6月，为做好《年谱》的编纂，我前往河源及龙川佗城，沿着萧殷先生的足迹，感受他那平凡而伟大的一生。2016年12月建成的广东河源市图书馆新馆（简称"河图"），位于客家文化公园内，风景秀丽，环境优美，气势磅礴，曾荣获国际建筑奖。更令人向往的是那早在新馆规划中即确定兴建的"萧殷文学馆"。2018年12月7日，萧殷文学馆（简称"文学馆"）开幕，该馆600平方米的展厅陈列着200多幅珍贵照片和其他文献文物，这是国内收集珍藏萧殷资料、开展萧殷生平思想研究的重要基地。我在文学馆看到萧殷先生早年在《广州民国日报》发表的小说，那份《从生活出发，真实地反映生活》手稿——两张泛黄的纸上密密麻麻充满了萧殷先生的笔迹，以及先生使用过的相机镜头、底片筒、派克笔、笔记本、通信簿、图书、卡片……真实可感，件件珠玑。

《年谱》的编纂工作主要由河图组织开展，对于一群年轻有为的参与者来说，正是他们一次学习和锻炼的好机会。在赖金凤馆长和邓丽萍副馆长的率领下，丘鸿俊、李晓怡、罗优、邱芳裕、张子文、黄爱葵、黄惠、唐家敏等馆员积极工作，他们翻阅大量的文献资料，以及文学馆的文物藏品，希望从中发现能够写入《年谱》的关于萧殷先生工作生活的点点滴滴。《年谱》由丘鸿俊馆员起草初稿，经我修改补充，完成书稿。校对工作则是全体参与，逐字逐句，一丝不苟。今天读者所见的三十多万字的《年谱》，正是参与这项工作的图书馆馆员以认真细致的态度全力以赴去完成的。

在编纂《年谱》的过程中，我们得到了文化档案机构以及社会热心人士的鼎力支持。2020年12月，广州艺术博物院赠送《赖少其全集》给河图，为萧殷与赖少其数十年往来历史提供了佐证。为广泛深入搜集萧殷史料，我多次前往广东省立中山图书馆（简称"省图"）查阅文献资料，丰富的广东地方文献是省图的馆藏特色。在特藏部查阅民国时期的《广州民国日报》《广州市民日报》《雷声》《努力》等报刊，以及《龙川县志》《龙川文史》《佗城镇志》等图书，得到了工作人员的热情接待；萧殷先生1949年以后发表的文章，在省图参考咨询部、报刊部的帮助下多有收获，其专业服务令人印象深刻。在广东省档案馆，我们获得了有关萧殷先生的档案资料。广东省老干部事务中心向我们提供了萧殷先生当年的疗养住院记录。曾锦初老师向我们提供与萧殷先生有关的史料。陈家基教授近年专注萧殷先生事迹，时常予以启示和指引。花城出版社夏显夫先生精心编辑，提出意见和建议。在此，谨对曾经给予《年谱》编纂工作帮助支持的单位和个人表达由衷谢忱。

时至今日，《年谱》即将出版，文学馆的藏品已是河图的镇馆之宝，参与《年谱》编纂的青年馆员，他们熟悉了解文学馆馆藏，在向读者和社会宣传推介萧殷先生的生平事迹的同时，钻研学习，不断进取，从而成为一支从事萧殷文学研究、广东乃至中国文学评论研究的人才队伍。看到这些，或者可以说，萧殷家属将其一辈子的文献文物送归故里、珍藏于河图之目的终于达到。

林子雄
二〇二三年七月于广州西堂北斋

编后记

一

《萧殷全集》的编纂工作于2021年4月启动，经过繁复的资料搜集、整理和编辑，终于于今年付梓并与读者见面。因为新冠病毒感染的影响，参与编纂工作的人员分散在七个不同的城市无法会面，所有编辑、查询、排版设计的联络工作几乎全靠网络完成。《萧殷全集》能在萧殷先生逝世四十周年的时刻出版，堪称奇迹。萧殷先生去世太早，《萧殷全集》的出版，让先生重生了。

《萧殷全集》共10卷，含著作4卷，书信3卷，岁月留痕1卷，影存集萃1卷，年谱1卷。

著作包含《文学作品》1卷、《文学评论》3卷。《文学作品》收入先生创作的小说、散文、诗歌、随笔杂谈和文论探索；《文学评论》收入作家作品论、文艺时评、创作论、文体论、写作论、文学问答、文学访谈、文学飞鸿、文学序跋。

书信3卷，共收录先生的来往信函上千通，全面反映先生的文学创作思想和活动，以及社会交往。

岁月留痕1卷，是为《萧殷全集》的创新篇，该卷八个专题，集丰富史料而成，图文并茂，再现先生的点点足迹过往。

影存集萃1卷，主要收录了萧殷先生所拍摄的照片，以及他在各个时期的历史影像，再现了先生一生的足迹。

年谱1卷，将萧殷先生一生的活动翔实记录，并设置多项附录以方便读者查阅检索。

二

编纂《萧殷全集》最初依据的是1984年2月出版的《萧殷自选集》。那是先生去世前一年与病魔顽强搏斗的时候,亲自选编的65万字的文集。为了这本文集,先生经多位友人相助找回了部分自己的早期作品,但仍有部分无法找回,更有部分因先生自己已经忘却而从未提及。今天,我们借编纂《萧殷全集》的机会,努力查询考证,再次发掘出先生部分早期的作品,包括小说、散文、诗歌、通讯报道、写作辅导以及文艺评论,一并收进全集。

中华人民共和国成立前,先生工作在新闻战线,我们搜集到的这期间的文章多为通讯报道。

中华人民共和国成立后,先生如愿转到自己喜爱的文艺战线,希望把后半生的精力用在自己挚爱的文学创作中,但是因为工作需要,一直在报刊编辑、文艺教学、文学组织活动和文艺行政领导岗位兜转,这些工作占据先生一生大部分时间。先生在《〈月夜〉后记》里说:"虽然当时担负了很重的理论工作及评论工作的任务,感到十分吃力,以致需要加紧学习才能勉强应付;但还是本性难改,对自己一向习惯了的形象思维,依然很有兴趣。只要有深入基层生活的机会,我从不轻易放过;除参加一些必要的政治运动之外,每年还有一定时间的创作假期;就这样,我只要一离开办公室,一深入到农村中,深入到人民斗争的漩涡里,深入到人民生活气氛的中间,我每次都不由自主地提起笔来,不是写一两篇小说,就是写几篇散文。"

1957年是萧殷先生写作成果最多的一年。这一年,先生先后写出多篇小说编进《月夜》文集、多篇文艺评论文章收进《鳞爪集》。1957年2月,在中国青年出版社主办的《旅行家》杂志发表的散文《龙门印象》,先后被选进《现代名家写景·四季之冬》《最新中考语文每日一读之经典现代文阅读》《中学生景色美文推荐》等中学生写作的学习典范系列中。这一年,先生接连写出《严寒的夜晚》和《桃子又熟了——忆仓夷》等散文。《桃子又熟了——忆仓夷》发表在《红旗飘飘》第一期,这篇回忆录,深情记录了他的亲密战友、革命先烈仓夷先生的革命斗争经历,感人至深。

先生的文论占据著作卷的很大比例。应该说,萧殷先生是一位心系文学的论者和评说者,他的热忱和付出,贯穿多个工作岗位和整个职业生涯,坚持一生。通过读他的文论著述,我们可以尽量贴近他的语境和心境,聆听他的文学发现与掘进,了解他的体悟与思辨，感受他的理论洞见与智慧闪现。

说到著作，不得不提及萧殷先生此生的遗憾。

先生自小家境贫困，但生活没有让少年萧殷沉沦。他在读书时期大量阅读文学作品，并且迷上了文学创作，十五六岁起，就在报刊发表作品，十九岁已连续在报纸杂志发表多篇小说、散文。正当他的文学创作日臻成熟，"一二·九"学生运动爆发，先生毅然停止文学创作，代以杂文为匕首和投枪。直到十三年后，先生才重温文学梦想，同时写作短篇作品。1957年新春刚过，四十一岁的先生风华正茂，按捺不住创作激情，开始了长篇小说《多雨的夏天》的创作；同时，将创作感想随手而记，结合自己多年文艺理论和教学工作的经验，逐步完成《创作随感录》的提纲，这个提纲由七十多个专题和部分章节组成，共八万余言。先生为这两部著作呕心沥血、殚精竭虑，却甘之如饴。他很清楚，只要自己花时间循着这个提纲写下去，将会完成一部思维完整的文艺理论著作。但是一年后，先生被调到暨南大学创办中文系，后来主持中国作协广东分会的行政工作和主编《作品》月刊。再后来，又被调到中南局宣传部文艺处。繁重的文艺教学和文学组织工作，令他只能在工作之余断断续续写作。至"文革"前，《多雨的夏天》和《创作随感录》已共完成二十多万字。先生说过："由于工作需要，我需要将主要精力主要时间放在评论工作方面，在这种情况下，我只有忍痛的心情，把创作计划，以至于把构思好的题材撇到一边。现在就更是如此，精力和体力都很有限，不把主要精力放在党所托付的工作上，也就是文艺评论工作上，只是一种不实际的空想……"遗憾的是，《多雨的夏天》和《创作随感录》二十多万字的手稿都已毁于十年动乱。先生说："对自己无法完成心血之作《多雨的夏天》和《创作随感录》，感到惋惜，感到痛心。"

三

先生的遗物中，保留最多、心思花费也最多的，是信件和准备阅后复信的稿件。那三大捆信稿，都是他用细麻绳整整齐齐绑好的，一捆信稿标明"待阅"，一捆标明"已阅，待复"，还有一捆标明"已复"。打开看，全都是不相识的业余作者，来自全国各地，有的是询问写作问题，有的是附稿请求批阅……最后，当先生沉疴难起并已预知自己来日无多的时候，他便将信稿捆扎起来……看着这精心缠绕的细麻绳，可以想见他将信扎起来的时候何等难过，不是因为自己江河日下的羸弱病体，而是因为渴望得到老师指点的文学青年再也得不到回复。

先生去世以后，很多朋友将他们自己珍藏的先生来信交给其夫人和女儿。这里面有写给作家、编辑或朋友们的信，更多的是写给先生自己亲手培养起来的广东作家的信。除此以外，先生还珍藏了多位文坛巨擘的来信。

为了更全面地反映萧殷先生的文学活动和社会交往，书信卷附录了部分致先生的信。

检看上千页信件，洋洋过百万字，虽然那是两人之间的心腹之语，却渗透先生对文学艺术睿智的见解和对青年作家深切的关怀，文坛思潮和时代脉动跃然纸上。先生在笔记本中写下了"阅尽人情知纸厚，踏穿世路觉山平"。那"纸"，大概是指信纸吧。

先生一生以辅导青年文学作者为职志，"文革"前十多年，他坚持每天写信两到三封，他认为有参考价值的，便用复写纸留下底稿，按年份装订成册，至"文革"前已积存数百万字，但在"文革"中完全失去，甚为可惜。

今天，书信卷收集的书信多为"文革"后所写。自70年代初期，先生因病重从粤北干校被紧急送回广州以来，多次病情危重，恢复工作以后身体极为孱弱，力不胜衣。因为妻子陶萍忌讳说病，先生被病痛折磨得苦不堪言时，也绝不向家人诉苦。女儿回忆说，父亲可以喘不上气，可以起不了床，甚至可以晕厥，可以病重病危，却从未说过任何"憋闷""辛苦""难受""难过"之类的词。既然还能"苟延残喘"，在不可冷待友人的复信中，先生往往会忍不住把自己憋闷的苦况向友人"诉说"。为什么先生的信中有如此多处谈及病痛的文字？看看他形销骨立却顽强看稿复信的照片，那"春蚕到死丝方尽，蜡炬成灰泪始干"的忘我奉献精神，感人泪下。

四

在清点先生遗物的时候，我们发现大量的未发表作品手稿、笔记、札记、摘抄、自制草书字帖、著名作家赠书以及文房四宝……似时光倒流四十年。当年的生活气息如此鲜活，犹在眼前，就让我们托物寄情，走近并细品当年。

先生"文革"后保存的笔记本和自己装订的记事本，总计二三十册，四百多页，有摘录马恩列毛等关于文学、文艺的精辟论述；有周恩来等在几个关键时期关于文艺的报告节选；有多位文学大师的心得体会；有鲁迅、焦循、别林斯基、歌德、托尔斯泰、伏尼契、车尔尼雪夫斯基、巴尔扎克、高尔基、贺拉斯等人的语录……他们定义文学、阐释想象、谈论真实、透视本质、辨析客观、分析典型……对文学现象的深刻论述应有尽有，诙谐幽默，鞭辟入里，令人醍醐灌顶。

翻看先生留下的未完成的作品、细碎的理论研究心得、小说散文提纲和书信草稿以及随笔、论文的框架。在他自定的题目下面，有按此思路拟下的提纲以及理论依据，亦有洋洋洒洒的大段感想。他把这些分成几大类，譬如：自然与理想相结合、具体与独特性——个性、情景交融、艺术倾向性、典型环境的力量、感情与创造、创作是作家思想和人格的表现、理想不是外来的、生活手记、马克思主义是科学的……

在先生的遗物中，有十本他自己抄写的《草书书法摘粹》，堪称极品。"文革"中经历了无数次抄家，庞大的藏书如山一般轰然坍塌，而这些"小书"却依然安在。

细看先生摘抄的古诗词，字迹遒劲端秀，那是他在五七干校养猪放鹅之余，在不停批判自己"资产阶级思想"的同时写下的——只有那段时间，在粤北寒凉的大山里，才享有那一生难得的回归自然的安详。"结庐在人境，而无车马喧"，是祸，亦是福。

我们还发现了很多有关先生事迹的历史图文资料，有先生于1934年和1936年两次给鲁迅先生写信并寄去的作品，有当年受范长江委托编辑《新闻记者》时的签名和文章，还有延安中央组织部派先生到晋西为李公朴当秘书时期的照片以及李公朴日记中有关先生的章节……因为诸多鲜为人知的珍贵史料，我们特别编纂了岁月留痕卷。此卷由八个章节组成，发掘、复原了大批历史资料，令我们耳目一新，读者心目中的作家、文学批评家萧殷，原来是这样一步步走来……先生前半生一段段鲜为人知的经历，铸造了后半生的舞台；先生被发掘出来的珍贵历史，折射了半个世纪以来中国文化和中国现当代文学发展演变的历史。图文并茂的岁月留痕卷，为编纂文学家全集开创先河。

五

先生战地记者出身，因此喜爱摄影。新中国成立后，先生喜不自禁，一有空就为亲友拍摄，并且亲自冲晒。幸亏同乡刘庆才父女在"文革"中为其保存，令部分照片幸免于难。我们特地从数千帧照片和底片中精选出三百余帧，编纂成影存集萃卷。这一卷展示了丰富影像，或凄然似秋，或暖然似春。原来，在先生忙碌辛劳、风尘仆仆的一生中，尚有欣喜宽慰的瞬间。值得一提的是，这批随意拍摄的照片，居然出现了今天已不复存在的多处珍贵历史影像，成为考证国家文化历史原貌的依据。先生爱好摄影，却从不趋炎附势，所以合影者或摄影对象多是友人、同事、学生、家人。此卷亦分八个专题，从视觉角度重现先生一生。

六

《萧殷全集》第十卷为先生的年谱。此卷以大量历史文献资料为编纂依据，深入挖掘，细致分析，逐年逐月逐日追随并记录先生一生每步印迹。我们寻找文献，遵循史料，不放过点滴线索，终于找到先生在《广州民国日报》发表的全部文章，找到先生1937年6月在《广州市民日报》发表的两篇文章《街头》和《一个忧郁的旅伴——旅途杂记之一》，在《努力》杂志（1936年第一卷第二期）发现先生1936年10月25日上午10时出席鲁迅先生追悼大会的报道……对系列文献资料的发现犹如大海捞针，每一份都弥足珍贵。

年谱卷采用传统的编纂方法，引用资料，出处可稽。日记和书信也是年谱卷编纂的重要来源。我们从李公朴、徐光耀、张天翼、郭小川、陶萍等人的日记撷取了与先生有关的信息。而先生与他人来往的信函，则为年谱卷提供了许多素材和准确的时间。此卷卷尾附录有《萧殷著作编年》《参考书目》和《人名索引》，以便通过注释查阅和检索相关历史文献，了解时代背景、事件始末，以及人物关系、社交网络，从而进一步了解先生生平。

七

《萧殷全集》出版之际，有必要简述一下编纂过程中遇到的困难。

本书以"全集"命名，却因种种原因，部分已知的作品、文稿和笔记尚未寻获，列举如下：

先生在学生时代刊登于家乡龙川佗城中学校刊的习作，例如《挑水妇》《风雨之夜》《寒士》《擦鞋童子》等，踪迹难觅。

1934年，先生给鲁迅先生寄上信和稿，鲁迅先生将之保存，后珍藏于北京鲁迅博物馆。既然鲁迅先生如此珍视，必曾回信，却因先生离开所提供的寄居地址而错失回信。

1936年，先生第二次写信给鲁迅先生，并随信寄去散文《温热的手》。由于鲁迅先生在收到信稿后的第十天去世，仅在日记中记下"得萧英信并稿"。后来先生说过，《温热的手》也曾在《广州市民日报》副刊发表，惜至今查找无所得。

1936年先生在广西桂系下辖的香港《珠江日报》上发表了多篇杂文。当年《珠江日报》持反蒋态度，但不久后态度改变，该报被命令销毁。因此，此报目前收藏极度稀缺。

1937年先生在上海任南京《金陵日报》特约记者时期所写的报道一直未能寻获。

1947年先生在华北联合大学的讲课教案、1952—1955年间先生在中国作家协会文学讲习所的授课教案、1958—1959年先生在暨南大学的授课教案，仍需查找。

1957年先生写下的长篇小说《多雨的夏天》和与小说同时创作的《创作随感录》共二十多万字、1949—1965年先生写下的十数本日记和用复写纸抄写集齐的大量书信底稿，这批珍贵的文稿，大都在"文革"中丧失。

据此，可以说《萧殷全集》既是幸运的"全集"，更是遗憾的"全集"。

八

《萧殷全集》在先生逝世四十周年之际出版，是广东文艺界的一件大事。《萧殷全集》不仅具可读性，亦具有文献价值。前人的足迹，是我们走到今天的桥梁；回顾过去，更会明白今天。

感谢广东省委宣传部、广东省文联、广东省作协、广东省文艺评论家协会、河源市委宣传部、花城出版社等有关部门和单位对《萧殷全集》编写出版工作的重视与关爱。感谢广东省委宣传部为此安排专项出版资金。感谢把萧殷先生当作"第一恩师"的原文化部部长王蒙先生担任名誉主编。感谢一直以来关心、支持萧殷研究工作的饶芃子先生、温儒敏先生、黄树森先生、黄伟宗先生等。感谢傅修海先生、夏和顺先生、梁少锋先生、林子雄先生、赖金凤女士和杨坚先生等各分卷主编为《萧殷全集》编纂工作做出的卓越成绩。感谢萧殷文学馆的工作团队为此付出的艰辛劳动。感谢学者陈家基先生为发掘萧殷文献做出的重要贡献。感谢资深装帧设计师陈国燊先生、黄龙明先生为全集的设计工作付出的努力。感谢花城出版社社长张懿女士、文学编辑部主任黎萍女士、责任编辑夏显夫先生、秦翊珊女士和各位编辑的勤勉工作。

《萧殷全集》出版了。纸墨寿于金石。这是萧殷精神的重生，也是永生。衷心感谢为此付出努力的人们，感谢你们！感恩萧殷！

本书编写组
2023年8月